Méliès

HEYNE BÜCHER

Tip des Monats

In derselben Reihe
erschienen außerdem als Heyne-Taschenbücher:

Victoria Holt · Band 23/6
Marie Louise Fischer · Band 23/33
Johanna Lindsey · Band 23/34
Robert Ludlum · Band 23/41
Johanna Lindsey · Band 23/43
Marie Louise Fischer · Band 23/45
John Saul · Band 23/50
David Morell · Band 23/52
Philippa Carr · Band 23/53
Eric van Lustbader · Band 23/54
Barbara Cartland · Band 23/55
Mary Westmacott · Band 23/56
Pearl S. Buck · Band 23/58
Alistair MacLean · Band 23/59
Caroline Courtney · Band 23/61
Marie Louise Fischer · Band 23/63
Daphne Du Maurier · Band 23/64
Evelyn Sanders · Band 23/66
Philippa Carr · Band 23/67
Robert Ludlum · Band 23/68
Barbara Cartland · Band 23/69
Jackie Collins · Band 23/70
Peter Straub · Band 23/71
Marc Olden · Band 23/72
Mary Westmacott · Band 23/73
Alistair MacLean · Band 23/74
Xaviera Hollander · Band 23/75
Dean R. Koontz · Band 23/76
Gwen Bristow · Band 23/77
Johanna Lindsey · Band 23/78
Marion Zimmer-Bradley · Band 23/79
Paul-Loup Sulitzer · Band 23/80
James Herbert · Band 23/81
Jackie Collins · Band 23/82
Philippa Carr · Band 23/83
Evelyn Sanders · Band 23/84
Dean R. Koontz · Band 23/85
Jacqueline Monsigny · Band 23/86
David Morell · Band 23/87
Marie Louise Fischer · Band 23/88
Eric van Lustbader · Band 23/89
Robert Ludlum · Band 23/90
Johanna Lindsey · Band 23/91
Ellis Peters · Band 23/92
Karen Robards · Band 23/93
Noel Barber · Band 23/94
Utta Danella · Band 23/95

Catherine Coulter

ZWEI ROMANTISCHE LIEBESROMANE

Lord Deverills Erbe
Liebe ohne Schuld

WILHELM HEYNE VERLAG
MÜNCHEN

HEYNE TIP DES MONATS
Nr. 23/100

Aus dem Amerikanischen übersetzt von Rosmarie Kahn-Ackermann
(Der Titel erschien bereits in der Reihe »Romane für Sie«
mit der Band-Nr. 04/15)

Aus dem Amerikanischen übersetzt von Monika Koch
(Der Titel erschien bereits in der Reihe »Romane für Sie«
mit der Band-Nr. 04/45)

Printed in Germany 1994
Umschlaggestaltung: Atelier Ingrid Schütz, München
Umschlagillustration: Franco Accornero Inc./Agentur Schlück, Garbsen
Gesamtherstellung: Elsnerdruck, Berlin

ISBN: 3-453-06980-3

Inhalt

Lord Deverills Erbe

MAGDALAINE

1

Evesham Abbey 1790

Magdalaine lag allein da und wartete geduldig auf die Wirkung des Opiums, das die rasenden Schmerzen in ihrem Körper mildern sollte. Im trüben Licht des Winternachmittags konnte sie kaum die hohe, gewölbte Decke des Raums und die dunklen, eichenholzgetäfelten Wände wahrnehmen.

Endlich lassen die Schmerzen nach, dachte sie. Bald werde ich von dieser Qual befreit sein. Bitte, Gott, hilf, daß das Opium lange wirkt. Warum haben sie so lange gewartet, bevor sie es mir gegeben haben?

Meine kleine Elsbeth, mein armes Kleines. Gestern erst bist du noch in meine ausgestreckten Arme gelaufen ... O mein Kind, so bald, viel zu bald, wirst du deine Mama vergessen haben. Wenn ich dich nur noch einmal in den Armen halten könnte ... Du wirst mich vergessen, Fremden wird deine Liebe gehören ... *Er* wird da sein, nicht ich ...

Tränen rannen aus den mandelförmigen Augen der jungen Frau und tropften über die vollen Lippen, bevor Magdalaine das salzige Naß ableckte. Es schien so viel zu bereuen zu geben, so wenig, das ihrem kurzen Leben irgendwelche Bedeutung verlieh.

Komm schon, Magdalaine, koste die Erinnerung an die kleinen Triumphe aus, an die flüchtigen Augenblicke der Freude. Warum gelingt dir das nicht? Es ist absurd, so hilflos, so allein zu sein. Ein Schrei ... das ist Elsbeth. Bitte, Josette, nimm sie aus der Wiege, drücke sie an dich. Tröste sie, schütze sie – ich kann es nicht mehr.

Das durchdringende, zornige Geschrei des Kindes verstummte, und Magdalaine beruhigte sich. Sie legte den Kopf in das mit Spitzen besetzte Kissen zurück und starrte auf die dunklen Eichenbalken über ihr. Elsbeth und Josette befanden sich unmittelbar über ihr im Kinderzimmer. Sie waren ihr so nahe – nur Sekunden von ihr entfernt. Vor kurzem wäre sie noch die Treppe emporgeeilt, mit leichten und sicheren Schritten.

Nein, nicht vor kurzem ... vor Jahrhunderten. Du wirst nur mein Grab kennen, mein Kleines. Nur eine eingravierte Inschrift mit dem Namen deiner Mutter. Für dich werde ich nichts weiter sein als ein kalter, grauer Stein und ein schlichter Name. Alter, lebloser Stein, der auf mir lastet, für alle Zeiten.

Magdalaines geschwächter Blick schweifte zu dem großen, von einem Goldrahmen umgebenen Gemälde von Evesham Abbey, das der letzte Graf von Strafford so stolz über das Kaminsims gehängt hatte. Wie in Trance blieben ihre Augen daran haften. Ihr war, als stünde sie in dem grünen Park mit seinen kleinen Hügeln, der das rote Backsteingebäude umgab. Die prächtigen Linden entlang der mit Kies bestreuten Auffahrt schirmten ihre Augen vor der hellen Sonne ab, und die Eiben- und Stechpalmenhecken wirkten so lebendig, daß sie das Gefühl hatte, sie könnte die Hand ausstrekken und sie berühren. Wie typisch englisch waren doch die Giebel und die Kamine auf dem Schieferdach! Vierzig Giebel – sie hatte sie gezählt. Und gleich hinter dem Schloß waren die Ruinen der alten Abtei, die mit eindrucksvoller Würde seit über siebenhundert Jahren dahinbröckelten. Jeder Stein schien mit einer Vergangenheit belastet zu sein, die so dunkel und geheimnisvoll war, daß sie, Magdalaine, sich zuerst davor gefürchtet hatte, sich ihnen zu nähern. Einer dieser Steine würde auf den Friedhof von Strafford geschleppt werden, um den Fleck Erde zu kennzeichnen, in dem sie liegen würde.

Magdalaines vom Opium verschleierter Blick richtete sich auf die Wand gegenüber dem Bett und haftete auf der bizarren geschnitzten Eichentafel – ›Totentanz‹ hieß das Werk. Ein groteskes Skelett, das ein Schwert in der Knochenhand hochhielt und damit eine geisterhafte Schar dämonischer Gestalten in Schach hielt. Die klaffende Höhlung seines Mundes schien unhörbare Worte von sich zu geben.

Mir ist so kalt. Warum facht niemand das Feuer an? Wenn ich mich doch tiefer unter die Decke verkriechen könnte . . .

Erneut schweiften Magdalaines Blicke durch den Raum, langsamer nur, denn eine unkontrollierbare Mattigkeit lastete auf ihren Augenlidern. Ein kaum merkliches Lächeln breitete sich auf ihrem Gesicht aus, bildete Spuren auf den weichen Wangen. Es war ein deutliches Lächeln, ein triumphierendes Lächeln.

Ich habe einen letzten Sieg über dich errungen, mein edler Ehemann. Mein Tod wird deine Niederlage sein.

Das Lächeln erstarrte auf ihren Lippen, die plötzlich eine groteske, gezackte Linie bildeten. Der Schrei eines Kindes zerschnitt die Stille.

Die Schlafzimmertür sprang auf.

»Warten Sie draußen auf mich. Ich möchte mit meiner Frau sprechen.«

Der Arzt richtete sich langsam auf. Obwohl der Doktor ein großer Mann war, beherrschte der Graf von Strafford sofort mühelos den Raum. Seine Stimme war schroff, sein Atem ging heftig. Der Arzt ließ das Handgelenk der Gräfin nicht los, das er zwischen den langen Fingern hielt. Er sagte ruhig:

»Es tut mir leid, Mylord, aber das wird nicht möglich sein.«

»Scheren Sie sich zum Teufel, Branyon, tun Sie, was ich sage! Ich möchte mit meiner Frau allein sein, das ist mein gutes Recht!« schrie der Graf.

Während er mit steifen Schritten auf das Bett zukam, sah der Arzt, daß das Gesicht des Mannes zu einer seltsamen Maske aus Furcht und Wut verzerrt war.

Der Arzt ließ sanft die Hand der Gräfin auf die Decken gleiten. Die einfache Bewegung gab ihm Zeit, seinen Zorn darüber, auf diese Weise angeschrien zu werden, zu überwinden.

»Tut mir leid, Mylord«, sagte er leise. »Aber ihre Ladyschaft kann nicht mehr sprechen. Sie ist vor ein paar Minuten gestorben.«

»Nein!« schrie der Graf und stürzte sich auf den Arzt, um ihn wegzustoßen.

Der Arzt trat schnell zur Seite und blieb schweigend stehen, während der Graf stumm auf das stille, bleiche Gesicht seiner Frau hinabstarrte. Nach einer Weile, in der er regungslos neben dem Bett gestanden hatte, drehte er sich um und sagte mehr zu sich als zu dem Arzt:

»Das ist . . . wirklich Pech.«

Ohne noch einen weiteren Blick auf seine tote Frau zu werfen, verließ er den Raum.

ANN

2

Evesham Abbey 1792

Vier Leute starrten die sich windende, nackte Frau auf dem schweißdurchfeuchteten Laken an. Der Arzt hatte schon vor Stunden seine Jacke nachlässig auf einen Tisch geworfen, sein weites, weißes Hemd umgab jetzt lose Hals und Handgelenke. Sein Mund wirkte durch die feinen Linien der Erschöpfung unnatürlich gespannt, auf der Stirn perlte Schweiß. Die übernächtigt aussehende Hebamme und die Haushälterin standen schweigend am Fußende des Bettes, ihre Hände hingen hilflos herab.

Es war entsetzlich heiß, so erstickend heiß, daß die Frau in ihrer unaufhörlichen Pein die Bettdecke von sich geschoben hatte, ohne darauf zu achten, daß nun ihr gewölbter Leib für alle Umstehenden sichtbar war. Sie war keinen Überlegungen mehr zugänglich, nahm kaum mehr das Nachlassen der schneidenden Schmerzen wahr, die dann nach kurzer Pause wieder mit vermehrter Heftigkeit einsetzten, so daß sich ihrer ausgetrockneten Kehle heisere Schreie entrangen.

Nun lag sie da und rang um Atem. Sie war vorübergehend bei sich, während die nächste qualvolle Wehe schon wieder im Anzug war. Ihre großen blauen Augen starrten angstvoll zum Arzt empor.

Er beugte sich über sie und wischte ihr den Schweiß von der Stirn.

»Lady Ann«, flehte er leise, »Sie müssen sich noch

mehr bemühen. Sie müssen mit all Ihrer Kraft pressen, wenn ich es Ihnen sage. Können Sie mich verstehen?«

Sie fuhr sich mit der Zunge über die rissigen Lippen und wimmerte hilflos. Verzweifelt wünschte sie sich von dem gewaltig gewölbten Leib, den das Kind trug, zu befreien. Sie starrte in die dunklen, ruhigen Augen des Arztes und wünschte sich, ein Teil von ihm zu sein. So intensiv war dieses Verlangen, daß er selbst spürte, wie diese andere Seite ihres Wesens – das lachende, freundliche Mädchen – sich förmlich in sein Inneres einbrannte. Seine Stimme schwankte, während er neben ihr niederkniete und ihre leblosen Finger in seine Hände nahm.

»Lady Ann, bitte, Sie dürfen nicht . . . Sie dürfen nicht aufgeben. Bitte, helfen Sie sich selbst . . . helfen Sie mir.«

Ein schrecklicher, fast krächzender Schrei aus ihrer Kehle, und sie war ihm wieder entglitten, von ihrem eigenen Körper aufgesogen, während ihr Leib von wilden Wehen geschüttelt wurde.

Er schrie sie an.

»Pressen Sie! Pressen Sie jetzt!«

Er zögerte nur flüchtig, dann spreizte er die Finger über ihrem Bauch und drückte mit all seiner Kraft nach unten.

Der Arzt trat leise in die Bibliothek und blieb erschöpft in dem von Vorhängen verdunkelten Raum stehen, um darauf zu warten, daß der Graf sich äußern würde. Der Graf fuhr sich mit den Fingern über die makellose Weste, warf einen angewiderten Blick auf das ehemals weiße Hemd des Arztes mit den großen Blutflecken und sagte dann gleichgültig:

»Ein Mädchen – was, Branyon? Na schön, aber es ist ja ihr erstes Kind. Sie hat noch genügend Jahre vor sich, um mir Söhne zu gebären.«

Dem Arzt stieg vor Zorn das Blut ins Gesicht. Es gelang ihm jedoch, rein äußerlich die Ruhe zu bewahren, die man von seinem Berufsstand erwartete, und sagte mit förmlicher Höflichkeit:

»Leider wird das nicht möglich sein, Mylord.« Er machte eine Pause und sah, wie sich das Gesicht des Grafen verdunkelte. »Lady Ann hätte bei der Geburt Ihrer Tochter beinahe das Leben verloren. Sie wird nicht mehr in der Lage sein, weitere Kinder zur Welt zu bringen.«

»Zum Teufel, was behaupten Sie da! Hören Sie, Ann ist doch kaum achtzehn Jahre alt!« schrie der Graf.

»Unglücklicherweise spielen die Jahre der Lady hier keine Rolle«, sagte der Arzt ruhig und biß die Zähne zusammen.

Gott, wie ich diesen Mann hasse, dachte er. Ich bin dazu da, Leben zu erhalten, aber ich würde ihn mit Freuden umbringen. Arme Ann ... du bedeutest ihm gar nichts, ebensowenig wie damals Magdalaine.

Der Graf wandte sich abrupt von ihm ab und fluchte unflätig. Er hörte nicht mal, daß der Arzt den Raum verließ.

ARABELLA

3

London, 1810

Sir Ralph Wigston spähte über die Ränder seiner Brille und gab salbungsvoll seine Kondolenzphrasen von sich. Er hatte sich mit peinlicher Exaktheit die kurze Nachricht aus dem Ministerium eingeprägt und weitervermittelt, überzeugt, daß er diese geistige Anstrengung nicht nur der schönen Witwe des Grafen, sondern auch dem Grafen von Strafford selbst schuldig war. Letzterer war ein großartiger, loyaler Mann von unbestreitbarer Intelligenz und Tapferkeit gewesen, und er war gestorben, wie es seiner Führernatur zukam. Mit Sicherheit war er stolz gewesen, ein ausgeprägter Autokrat, der unbedingten Gehorsam verlangt hatte. Aber alles war natürlich genauso gewesen, wie es sein sollte.

»Wir müssen Ihnen zu unserem Bedauern mitteilen, meine liebe Lady Ann, daß die . . . sterblichen Überreste des Grafen noch nicht aus den Trümmern der Feuersbrunst geborgen werden konnten.«

»Dann ist es also möglich, daß mein Vater noch lebt.«

Die Worte kamen mit kühlem Gleichmut heraus, und Sir Ralph witterte dahinter eine Spur von Hoffnung, ja, fast eine Art Herausforderung an seine Autorität und Position. Er schob die ihm noch verbleibenden Phrasen bis zu einem späteren Zeitpunkt auf und richtete den kurzsichtigen Blick auf die Tochter des Grafen von Strafford. »Meine liebe junge Lady, erlauben Sie mir, Ihnen in aller

Eile zu versichern, daß ich ganz gewiß diese unselige Mission, Sie vom Hinscheiden Ihres Vaters zu unterrichten, nicht übernommen hätte, wenn es sich dabei nicht um eine bewiesene Tatsache handelte.« Seine Stimme hatte allzu barsch geklungen, und er milderte hastig den Ton.

»Es tut mir wirklich leid, Lady Ann, Miß Arabella, aber es gibt vertrauenswürdige Zeugen, an deren Worten nicht zu zweifeln ist.«

»Ich verstehe.«

Wieder diese kalte, emotionslose Stimme. Sir Ralph entledigte sich ordnungsgemäß und schnell seiner verbliebenen Phrasen.

»Der Prinz wünscht Ihnen durch mich zu versichern, Lady Ann, daß angesichts der Zuverlässigkeit der Zeugen fraglos mit größter Schnelligkeit die Angelegenheiten bezüglich des Besitzes des Grafen mit größter Eile geregelt werden. Ich werde, sofern Sie das wünschen, Ihren Anwalt von den tragischen Umständen unterrichten.«

»Nein!«

Die Tochter des Grafen sprang von ihrem Stuhl hoch und blieb mit ineinander verkrampften Händen stehen.

Sir Ralph erstarrte und runzelte mißbilligend die Stirn.

Lady Ann mischte sich ein.

»Arabella, mein Liebes, ganz sicher wäre es das beste, wenn Sir Ralph –«

»Nein, Mutter«, erklärte Arabella mit unerschütterlicher Härte.

Sie blickte mit den kalten, grauen Augen in Sir Ralphs gerötetes Gesicht. Die Augen des Grafen, registrierte Sir Ralph mit leichtem Schreck.

»Wir wissen Ihre Freundlichkeit zu schätzen, Sir Ralph, aber es liegt an uns – meiner Mutter und mir –, jetzt alle erforderlichen Arrangements zu treffen. Bitte übermitteln Sie dem Prinzen unseren Dank für seine freundlichen Worte der Teilnahme.«

Der Unterton von Ironie in ihren Worten war kaum zu überhören, und in jedem Fall konnte er sich entlassen fühlen. Sir Ralph nahm seine Brille ab und stemmte seinen massigen Körper aus dem Sessel hoch.

Zu seinem Unbehagen befanden sich die kalten, grauen Augen der Grafentochter in gleicher Höhe mit den seinen. Sie streckte ihre schlanke Hand aus.

»Vielen Dank, Sir Ralph. Wie Sie sehen, ist die Nachricht ein erheblicher Schock für meine Mutter gewesen. Wenn Sie uns bitte entschuldigen wollen – ich muß mich jetzt wirklich um sie kümmern.«

»Ja, ja, natürlich«, sagte er hastig. »Meine liebe Lady Ann, wenn es irgend etwas gibt, das . . .«

Die Gräfin hatte das Gesicht abgewandt und war nicht aufgestanden. Nur ein leichtes Kopfnicken wies darauf hin, daß sie seine Worte zur Kenntnis genommen hatte.

»Leben Sie wohl, Sir Ralph«, sagte Arabella in einem Ton, der keinen Widerspruch duldete.

Mit Bedauern überlegte Sir Ralph, daß er gern die kleinen, zitternden Hände der Gräfin in seine eigenen genommen hätte, um ihr zu versichern, daß er ihren Schmerz teilte. Jedoch befand er sich angesichts dieses Drachens von Grafentochter, der da so streitlustig neben der Salontür stand, nicht in der Lage, diesen Wünschen nachzugeben. Zögernd wandte er den Blick vom Gesicht der schönen Gräfin ab und sah in das starre Antlitz ihrer Tochter, das bar jeglichen Lächelns war.

Als die Tür des Salons hörbar hinter ihm ins Schloß fiel, kam ihm wieder einmal der Gedanke, daß besagte Grafentochter ihrem Vater auf faszinierende Weise ähnlich sah. Das gleiche kohlschwarze Haar, dieselben dunklen, geschwungenen Brauen über den hochmütigen, arroganten grauen Augen. Aber die Ähnlichkeit war nicht nur physischer Natur. Wie sehr sie sich doch auch im Temperament glichen! Stolz, selbstherrlich – und verdammt tüchtig. Auch wenn Sir Ralph verärgert darüber war, daß er bei seiner so selbstlosen Aufgabe des Trostspendens so gebieterisch abgewiesen worden war, empfand er doch Bedauern darüber, daß Arabella nicht als Junge zur Welt gekommen war. Verdammt, sie hätte die Fähigkeiten gehabt, die Position ihres Vaters einzunehmen!

Die Gräfin von Strafford blickte mit ihren großen, blauen Augen ihrer Tochter in das gutgeschnittene Gesicht. »Wirklich, liebes Kind, warst du nicht ein bißchen schroff zu Seiner Lordschaft? Du mußt doch wissen, daß er es gut gemeint hat.«

»Mein Vater hätte gar nicht umkommen müssen«, bemerkte Arabella kalt, ohne auf die Worte ihrer Mutter zu achten. »Solch eine dumme Vergeudung von Leben! Dieser alberne, idiotische Krieg, nur um die lächerliche Habgier dummer Männer zu befriedigen! Lieber Gott, kann es etwas noch Ungerechteres geben?«

Sie schob die ausgestreckten Arme ihrer Mutter beiseite und hämmerte in ohnmächtiger Wut gegen die Holztäfelung der Wand.

Mein dummes, armes Kind, dachte die Gräfin. Du willst dich nicht von mir trösten lassen, dazu bist du ihm zu ähnlich. Du trauerst um einen Mann, dessen Existenz mein Leben zu einer endlosen Tragödie gemacht hat. Ist in dir denn gar nichts von meinem Wesen? Arme Arabella, zu weinen ist weder verabscheuenswert, noch bedeutet es Schwäche.

»Arabella, wohin gehst du?« Die Gräfin erhob sich schnell und eilte hinter ihrer Tochter her.

»Ich will Brammersley, Vaters Anwalt, aufsuchen.«

»Aber du bist doch jetzt sicher nicht in der Verfassung –«

»Sei nicht albern, Mutter«, erwiderte Arabella in scharfem Ton über ihre Schulter weg.

Sie war von bitterem Zorn und grenzenloser, wenngleich hilfloser Energie erfüllt. Dann lenkte sie das bleiche, verhärmte Gesicht ihrer Mutter von ihrem eigenen Schmerz ab.

»O Gott, Mutter, ich bin ein solches Scheusal«, sagte sie unsicher und fuhr sich mit der Hand über die Stirn. »Du wirst doch auch ohne mich zurechtkommen? Bitte – es gibt da etwas, das ich tun *muß*. Ich könnte es nicht ertragen, wenn für Vater nicht ein angemessener Trauergottesdienst stattfinden würde, bevor seine Besitzangelegenheiten geregelt werden. Ich werde Vorsorge treffen, daß wir London verlassen können. Wir müssen nach Evesham Abbey zurückkehren, das verstehst du doch, Mutter, oder nicht?«

Die Gräfin hielt dem Blick der düsteren, grauen Augen stand und erwiderte mit einem kaum merklichen Unterton von Traurigkeit:

»Ja, meine Liebe, ich . . . ich verstehe. Du brauchst dir um mich keine Sorgen zu machen. Geh jetzt, Arabella, und tu, was du tun mußt.«

Die sechsunddreißigjährige Gräfin fühlte sich weitaus älter. Nur mit größter Willensanstrengung schleppte sie sich in die Nische des nach der Vorderseite des Hauses liegenden Fensters und sank dort auf einen Stuhl. Dichter grauer Nebel waberte um das Haus, wand sich um die Zweige der Bäume und kroch über das grüne Gras in dem kleinen Park gegenüber.

Sie sah, wie der Kutscher John die unruhigen Pferde hielt. Und da war auch schon Arabella, die mit ihren langen, sicheren Schritten über das Pflaster eilte. Arabella würde alles regeln, und niemand würde ahnen, daß sich hinter ihrer entschlossenen, unerbittlichen Energie ein verzweifelter Kummer verbarg.

Vielleicht ist es besser, wenn sie bei mir keinen Trost sucht, dachte die Gräfin. Denn dann müßte ich Schmerz heucheln. Sie könnte nicht einmal begreifen, daß sein Tod für mich lediglich das Ende meiner Gefangenschaft bedeutet. Ihre ungestüme Kraft wird ihren Kummer vertreiben, und das ist gut so . . . Liebe Elsbeth, unschuldiges, zartes Kind. Genau wie ich wirst nun auch du befreit sein. Ich muß dir schreiben, denn jetzt gehörst du nach Evesham Abbey. Jetzt wirst du nach Hause zurückkehren können.

Die Gräfin erhob sich mit solch plötzlicher Kraft vom Stuhl, daß die seidigen, blonden Locken, die ihr Gesicht umgaben, übermütig ihre Nase kitzelten. Sie warf den Kopf zurück und ging zielstrebig auf einen kleinen Schreibsekretär zu, der in einer Ecke des Salons stand. Es war eine seltsame Geste, so als sei aus einem Instinkt heraus nach achtzehn Jahren Knechtschaft ein neues Selbstvertrauen geboren worden. Mit energischen, fast munteren Bewegungen tauchte sie die Feder ins Tintenfaß und begann, auf ein Blatt eleganten Briefpapiers zu schreiben.

4

Unter Lucifers massiven Hufen stob der Kies über die mit Linden gesäumte Zufahrt. Das rhythmische, mächtige Stampfen hatte für seine Reiterin etwas Beruhigendes.

Arabella drehte sich im Sattel um und blickte zurück. Evesham Abbey stand stolz im dunstigen Morgenlicht, seine von der Sonne ausgetrockneten Backsteinmauern gingen oben in Unmengen von Kaminen und Fenstergiebeln über. Vierzig Giebel insgesamt – Arabella hatte sie gezählt. Als Achtjährige hatte sie eifrig diese arithmetische Großtat ihrem Vater verkündet, hatte dafür einen verblüfften Blick, herzhaftes Gelächter und eine gewaltige Umarmung geerntet, nach der ihre kleinen, stämmigen Rippen noch bis zum Michaelstag schmerzten.

Nun hatten sie einen leeren Sarg in der marmornen Familiengruft beigesetzt. Nachdem die Frauen – außer Arabella – den Friedhof verlassen hatten, hatten vier der Farmer ihres Vaters eine riesige Steinplatte über diesen Sarg gehievt. Danach hatte sich der örtliche Steinmetz an die schwierige Arbeit gemacht, den Namen des Grafen und sein Geburts- und Todesjahr einzumeißeln. Der leere Sarg stand neben dem Magdaleines, der ersten Frau des Grafen. Arabella hatte beim Anblick der Höhlung auf der anderen Seite des Sargs ihres Vaters gefröstelt. Sie war für den ihrer Mutter bestimmt.

Regungslos hatte sie dagestanden, steif und kalt wie die Marmormauer hinter ihr, bis schließlich das monotone Hämmern und Schaben der Handwerkszeuge des Steinmetz verstummt war.

Arabella lenkte Lucifer von der Zufahrt hinab auf einen

schmalen Fußpfad, der sich durch ein Wäldchen schlängelte und zu dem kleinen Fischteich führte, der wie ein kostbarer Edelstein mitten zwischen den grünen Bäumen lag. Der Tag war zu warm für das schwere Reitkleid aus Samt, vor allem jetzt in der Sonne. Selbst die weißen Rüschen an ihrem Hals – das einzige, was die schwarze Düsterkeit ihrer Aufmachung milderte – fühlten sich auf ihrer Haut unangenehm an.

Arabella glitt von Lucifers muskulösem Rücken und band das Pferd an einer niederen Eibe an. Sie hob die Röcke, um sie nicht vom Morgentau naß werden zu lassen, und schlenderte am Rand des Wassers entlang.

Was für eine Erleichterung, all diesen schwarzgewandeten Trauergästen entflohen zu sein, mit ihren langen, ernsthaften Gesichtern, ihrem Einanderzunicken und ihren Verbeugungen, ihren leisen, dumpfen Stimmen, mit denen sie die mechanischen Floskeln des Beileids heruntermurmelten. Sie bewunderte ihre Mutter, die sich in ihrer Trauerkleidung anmutig zwischen den Gästen bewegte, anscheinend unermüdlich.

Arabella hielt einen Augenblick lang inne, um auf das wehmutsvolle Quaken eines einsamen Froschs zu lauschen, der unsichtbar im dichten Schilf hockte. Als sie sich hinabbeugte, fiel ihr Blick auf etwas Schwarzes, das sich ganz in ihrer Nähe von all den verschiedenen Nuancen des Grün um sie herum deutlich abhob. Sie vergaß ihren kleinen, quakenden Gefährten und ging leise und mit fragend gerunzelter Stirn in diese Richtung.

Vorsichtig teilte sie ein Büschel Schilf und sah vor sich einen schlafenden Mann, der der Länge nach auf dem Rücken lag, die Arme hinter dem Kopf. Er trug keine Jacke, nur eine schwarze Reithose, hohe schwarze Stiefel und ein weißes, mit Rüschen versehenes Hemd, das am Hals aufgeknöpft war. Sie betrachtete eingehend sein Gesicht, ruhig und ausdruckslos im Schlaf, und fuhr mit einem unterdrückten Schrei des Erstaunens zurück. Es war, als hätte sie in einen Spiegel gesehen, so sehr glichen sich ihrer beider Züge. Sein lockiges, pechscharzes Haar über der glatten Stirn war kurzgeschnitten. Scharf gezeichnete, dunkle, stolz gewölbte Brauen, volle, sinnliche Lippen – genau wie die ihren – und hohe Backenknochen, die die gerade, kräftige Nase betonten. Arabella war überzeugt, daß seine Nasenflügel bebten, wenn er zornig war.

»Verdammt – der Teufel soll mich holen«, fluchte sie überaus deutlich, wobei sie jede Silbe betonte.

Seine dichten, schwarzbewimperten Lider hoben sich langsam, und Arabella starrte, nunmehr mit geöffnetem Mund – in graue Augen, die wie ihre eigenen waren.

»Du meine Güte«, sagte der Mann bedächtig und mit angenehm klingender Stimme.

Er rührte sich nicht, kniff jedoch leicht die Augen vor den Sonnenstrahlen zusammen, um in das Gesicht über ihm spähen zu können.

»Mit Sicherheit ist es eine *Lady*, die ich da sehe. Aber wo, bitte, ist das Schankmädchen, das sich einer solch – ausdrucksvollen Sprache bedient?«

Ungerührt behielt sie sein Gesicht im Auge. Er hatte eine deutliche Kerbe im Kinn, die ihr fehlte, und er hatte die sonnengebräunte Haut eines Piraten.

»Wer zum Teufel sind Sie?« erkundigte sie sich schließlich.

Nach wie vor bewegte er sich nicht – zumindest hätte er doch aufstehen können wie ein Gentleman. Er verzog nur die Lippen zu einem trägen, unverschämten Lächeln, das kräftige weiße Zähne erkennen ließ. Sie sah, daß seine Augen um eine Schattierung heller waren als die ihren, und dazu mit blaßgoldenen Punkten gefleckt.

»Reden Sie immer wie ein Straßenmädchen?« fragte er liebenswürdig und stützte sich wenigstens auf die Ellbogen.

»Wie ich mit unverschämten Lümmeln rede, die sich auf Deverillschem Grund und Boden herumräkeln, geht jemand wie Sie überhaupt nichts an«, antwortete sie kalt. Sie hob ihre Reitgerte und schlug damit leicht auf ihre behandschuhte Hand. »Ich habe Ihnen eine Frage gestellt, aber nun geht mir der Grund auf, weshalb Sie sie nicht beantworten.« Sie starrte ihn nachdenklich an und spürte, wie sich ihre Kehle schmerzhaft zusammenzog. »Sie sind offensichtlich ein Bastard – der Bastard meines Vaters. Sie können doch nicht so blind sein, die Ähnlichkeit zwischen uns beiden nicht zu erkennen – und ich bin das genaue Abbild meines Vaters.«

Sie wandte das Gesicht ab, um sich nicht anmerken zu lassen, wie betroffen sie war. Armer Vater, er hatte nicht das Glück gehabt, einen ehelichen Sohn zu bekommen. Aber gleich darauf sah sie den Fremden wieder mit kaltem Blick an und sagte düster:

»Ich frage mich, ob es nicht noch mehr von Ihrer Sorte gibt. Wenn ja, so kann ich nur inbrünstig hoffen, daß sie ihm nicht alle so unglaublich ähnlich sehen wie Sie.«

»Das käme mir unwahrscheinlich vor. Aber Sie scheinen über derartige Angelegenheiten besser Bescheid zu wissen als ich. Was mir jedoch wahrscheinlich vorkommt, ist, daß irgendwelche unehelichen Kinder des Grafen, sofern es sie gibt, ausreichend Verstand hätten, um hier nicht aufzutauchen.«

Er redete mit kühler Sachlichkeit, spürte offenbar ihre verletzten Gefühle. Dann stand er gemächlich auf und blieb vor ihr stehen.

»Aber Sie *sind* hier«, erwiderte sie scharf. Sie mußte zu ihm emporblicken, um mit ihm zu sprechen. »Verdammter Mist!« fluchte sie plötzlich los. »Sie haben auch noch seine Größe. Lieber Gott, wie können Sie zu einem solchen Zeitpunkt hierherkommen? Haben Sie denn gar kein Ehrgefühl?«

»O doch, eine ganze Menge, kann ich wohl behaupten.«

Sie empfand den Drang, ihm mit der Reitgerte ins Gesicht zu schlagen. Er trat einen Schritt auf sie zu, ihr Gesicht wurde durch das seine von der Sonne verdeckt. Ihre Nasenflügel bebten und ihre Augen verdunkelten sich.

»Nicht, meine Liebe«, sagte er leise.

»Ich bin nicht ›Ihre Liebe‹«, zischte sie wütend und wich vor ihm zurück. Ihre Augen wurden schmal, und sie sagte mit ausgesprochen gehässigem Unterton: »Sie brauchen mir den Grund Ihres Hierseins nicht mitzuteilen. Ich hätte ihn mir gleich denken können. Der Bastard meines Vaters, der der Testamentseröffnung wegen hergekommen ist. Sie sind ja ein skurriler Spitzbube! Bilden Sie sich wirklich ein, Sie würden als Sohn anerkannt werden und etwas vom Geld meines Vaters für Ihre fragwürdigen Zwecke erben?«

Sie war von hilfloser Wut erfaßt.

Aber zugleich spürte sie auch die unverschämte Mißachtung, mit der er sich hinunterbeugte, um Zweige und Grashalme von seiner Reithose abzubürsten. Er griff nach seiner Jacke.

»Ja«, bestätigte er dann langsam und deutlich. »Ich bin zur Testamentseröffnung des Grafen gekommen.«

»Mein Gott, Sie sind wirklich ein widerlicher Halunke!« fauchte sie.

»Soviel Gift aus einem so schönen Mund«, bemerkte er und zog seine Jacke an. »Sagen Sie, edle Lady, hat Ihnen bisher noch keiner den Hintern versohlt? Ich kann Ihnen nur sagen, dazu könnte ich leicht überredet werden.«

»Wie können Sie wagen, so etwas zu sagen, Sie Hurensohn! Wenn Sie auch nur in meine Nähe kommen, zerfetze ich Ihnen das Gesicht!«

»Hurensohn?« Seine linke Braue hob sich spöttisch. »Wenn ich ein Hurensohn bin, meine Liebe, dann müssen Sie das Balg eines Fischhändlers sein. Und was Ihre Befürchtung betrifft, ich könnte in Ihre Nähe kommen – es gibt kaum etwas auf der Welt, das mir weniger Vergnügen bereiten könnte.«

»Dann gehört Feigheit also auch noch zu Ihren sonstigen gediegenen Eigenschaften«, sagte sie mit solch halsstarriger Wut, daß seine linke Braue erneut in die Höhe schoß und sich auf den gebräunten Wangen amüsierte Lachfältchen bildeten.

»Man könnte geradewegs denken, Sie *wünschten* sich, daß ich Ihnen Ihre Reitgerte entwinde und Sie gründlich versohle«, sagte er mit plötzlich leiser gewordener Stimme.

»Da werden Sie vorher in der Hölle landen!« zischte sie.

Ihr dämmerte mit plötzlichem Schreck, daß ihr die Zügel der Überlegenheit aus den Händen glitten, und sie empfand flüchtig etwas wie Unsicherheit. Sie umklammerte krampfhaft den Griff der Reitgerte.

»Verlassen Sie meinen Besitz«, sagte sie schließlich im keinen Widerspruch duldenden, selbstherrlichen Ton ihres Vaters.

»*Ihr* Besitz?« fragte er und legte verwundert den Kopf zur Seite. »Auch wenn Sie die Manieren und die Redeweise eines schlechterzogenen jungen Flegels haben, können Sie doch wohl kaum Anspruch auf den Titel eines Grafen erheben?«

Damit traf er, ohne es zu wissen, einen überaus schmerzhaften und wunden Punkt tief in ihrem Innern.

Sie war erfüllt von der Verzweiflung darüber, daß sie versagt hatte und kein Junge geworden war, nicht der Erbe, der Stolz ihres Vaters sein konnte. Eine schneidende Antwort lag ihr auf der Zunge, aber sie riß sich zusammen und sagte mit einer ruhigen Würde, die den jungen Mann verblüffte:

»Vermutlich ist es nun der Besitz meiner Mutter. Unglücklicherweise hatte mein Vater keinen . . . Sohn, und ebenso wie sein Bruder, Lord Thomas. Das schmerzt mich, wie es ihn geschmerzt haben muß, denn damit erlischt sein Titel. Mein Vater scheint mit dem . . . Geschlecht seiner Nachkommen kein Glück gehabt zu haben.«

Bewundernswert, dachte er. Laut sagte er ruhig:

»Machen Sie sich keine Vorwürfe, weil Sie eine Frau sind. Sie können sich doch nicht im Ernst einreden, daß die Schuld bei Ihnen liegt. Ihr Vater war sicher stolzer auf Sie, als er auf ein Dutzend Söhne gewesen wäre.«

Er fühlte sich unbehaglich, weil er tatsächlich etwas wie Mitleid empfand.

»Sie können wohl kaum wissen, was mein Vater für Gefühle hegte.«

Ihre Stimme klang hart, ihre Augen waren kalt.

»Wie Sie meinen«, sagte er ruhig, und seine Stimme hatte etwas merkwürdig Endgültiges.

Arabella erstarrte ob dieser Art des Entlassenwerdens. Sie spürte bei ihm etwas wie einen gewohnheitsmäßigen Befehlston, wie angeborene Autorität. Mit kalter Förmlichkeit sagte sie:

»Leben Sie wohl. Ich kann nur hoffen, daß Ihr Ehrgefühl Sie davon abhalten wird, in Evesham Abbey zu erscheinen. Es würde meiner . . . Mutter großen Schmerz bereiten, wenn Sie sich ihr angesichts ihres Kummers aufdrängen würden.«

Sie wandte sich abrupt von ihm ab und entfernte sich mit entschlossenen Schritten.

Er blieb nachdenklich stehen und sah ihr nach.

»Nein«, sagte er dann mit einer Bedächtigkeit, die ihr verhaßt gewesen wäre, »meine Anwesenheit wird Ihrer Mutter keinen Schmerz bereiten. Nur Sie selbst werden zu leiden haben, meine stolze, arrogante Miß Deverill.«

Da seine Ansprache an niemanden im besonderen gerichtet war, gab es für ihn auch keine Antwort, abgesehen vom sanften Wispern des Schilfes.

5

Lady Ann saß zwischen ihrer Tochter und Elsbeth, mit leicht nach vorne hängenden Schultern, die elfenbeinfarbenen Hände im Schoß ineinander verschlungen. Der schwere, schwarze Schleier hing ihr übers Gesicht und verdeckte die glatten, blonden Flechten. Es war heiß und stickig, und sie wünschte sich, es wäre endlich Abend und sie könnte allein hinter den zugezogenen Vorhängen ihres kühlen Zimmers sitzen, befreit von der elenden schwarzen Trauerkleidung, die sie von Kopf bis zu Fuß einhüllte.

George Brammersley, Anwalt ihres verstorbenen Mannes und erst am vergangenen Tag in einer, der mit Wappen geschmückten Kutschen des Grafen eingetroffen, ließ sich mit gewichtiger Würde hinter dem großen Eichenschreibtisch der Bibliothek nieder. Lady Ann sah zu, wie er herumtrödelte, zuerst die Brillengläser polierte und danach die Brille auf die von Adern durchzogene Adlernase setzte. Gemächlich breitete er einen Stapel Papiere vor sich auf der Schreibtischplatte aus. Erst arrangierte er alles auf die eine, dann auf die andere Weise. Er vermied es, die drei Frauen anzusehen. Lady Ann sehnte sich danach, eine Bürste in die Hand zu bekommen, mit der sie die unordentlichen grauen Haarsträhnen, die in den seltsamsten Richtungen von seinem Kopf abstanden, hätte ordnen können.

Sie spürte eine zunehmende Spannung in Arabellas schlankem Körper neben ihr, obwohl sich ihre schwarzen Kleider lediglich berührten. Sie wußte, daß ihre Tochter die Verlesung des Testaments ihres Vaters als unwiderrufliche Anerkennung seines Todes betrachtete, und sie fragte sich, ob Arabellas Selbstbeherrschung der Verzögerungstaktik des Advokaten standhalten würde. Sie suchte nach beschwichtigenden Worten, die sie ihr zuflüstern konnte.

Aber damit war Lady Ann bereits zu spät daran. Arabella sprang von ihrem Stuhl auf und war mit zwei großen Schritten beim Schreibtisch angelangt. Sie beugte sich zu Mr. Brammersley vor und stützte sich dabei mit gespreizten Händen auf die Schreibtischplatte.

Mit mühsam unterdrückter Wut flüsterte sie:

»Ich wünsche, daß Sie jetzt ohne Verzögerung anfangen, Sir. Ich kenne den Grund für Ihr albernes Verhalten nicht, aber meine Mutter wird müde, sofern Sie nicht über ausreichend Verstand verfügen, das selbst zu bemerken. Verlesen Sie jetzt das Testament meines Vaters, sonst werde ich Sie von Ihren Verpflichtungen entbinden.«

Die roten Äderchen auf Mr. Brammersleys Nase zuckten und schienen sich wie ein feines Spinnweb über seine faltigen Wangen auszubreiten. Er schnappte gekränkt nach Luft und warf Lady Ann einen empörten Blick zu. Sie nickte ihm erschöpft zu. Er nahm eine würdevolle Haltung an, schob sein fliehendes Kinn nach vorne, räusperte sich und sagte dann einigermaßen barsch:

»Meine liebe Miß Deverill, wenn Sie sich bitte setzen wollen, wir werden mit der Verlesung beginnen.«

»Es wird Zeit«, fauchte sie, wandte sich abrupt ab und ließ sich steif auf ihrem Stuhl nieder.

Lady Ann brachte nicht die Energie auf, sie zu schelten. Sie registrierte an ihrer rechten Seite eine besorgte Bewegung und lächelte Elsbeth freundlich zu. Sie ergriff deren kleine Hand und drückte sie beruhigend.

George Brammersley hielt ein eindrucksvolles Dokument vor sich und begann in monotonem Trauerton zu reden.

»Es ist ein unglücklicher Anlaß, der uns heute zusammenführt. Das vorzeitige Hinscheiden John Latham Everhard Deverills, des sechsten Grafen von Strafford, betrifft uns alle – seine Familie, seine Freunde, seine Bediensteten, und darüber hinaus sein Land. Das mutige Opfer seines Lebens, so selbstlos und ritterlich dahingegeben um die Rechte Englands . . .«

Geräusche waren zu hören, und Arabella spürte einen Hauch von Zugluft in ihrem Nacken. Desinteressiert nahm sie wahr, daß die Bibliothekstür geöffnet und dann wieder geschlossen wurde. Was sie jedoch nicht bemerkte, war, daß die Stimme des alten Rechtsanwalts an Frische gewann.

Lady Ann warf aus dem Augenwinkel heraus einen Blick in Richtung der Tür. Dann sah sie wieder geradeaus, holte entschlossen Atem und richtete sich in ihrem Stuhl auf.

». . . und dem getreuen Butler der Deverills, Josiah Crupper, vermache ich die Summe von fünfhundert Pfund in der Hoffnung, daß er bei der Familie bleiben wird, bis . . .«

Er sprach uferlos weiter und er schien, wie es Arabella vorkam, jeden einzelnen der Bediensteten ihres Vaters zu erwähnen. Wie sie sich danach sehnte, daß endlich alles vorbei und vorüber wäre!

Mr. Brammersley hielt in seiner Lesung inne, warf Elsbeth einen nachdenklichen Blick zu und gestattete sich ein winziges Lächeln um die Mundwinkel. Seine Stimme wurde weicher.

»Meiner Tochter Elsbeth Maria, Tochter meiner ersten Frau Magdalaine Henriette de Trécassis, vermache ich die

Summe von zehntausend Pfund zu ihrer eigenen und privaten Nutzung . . .«

Gut gemacht, Vater, dachte Arabella. Sie wandte sich ihrer Halbschwester zu, die einen leisen Laut der Überraschung ausgestoßen hatte, und sah, daß deren schöne, mandelförmige Augen sich ungläubig und in kaum unterdrückter Erregung geweitet hatten.

Mr. Brammersley biß sich heftig auf die Unterlippe und empfand Schuldgefühle, weil er gegen das Anwaltsgesetz von Treu und Glauben verstoßen hatte. Aber der komplette Satz im Testament des Grafen war so bösartig und grausam, daß er es nicht über sich brachte, ihn vorzulesen. Er lautete: ›damit sie, anders als ihre Mutter und die habgierige Familie Trécassis, ehrlich und freiwillig besagte Summe ihrem zukünftigen Gatten überträgt.‹

Arabella richtete ihre Aufmerksamkeit wieder auf das Gesicht des Anwalts und wartete, während sie ungeduldig mit den im Schoß liegenden Fingern spielte. Es war anzunehmen, daß nunmehr die Anweisungen ihres Vaters erfolgen würden, in denen er bestimmte, wer bis zu ihrem einundzwanzigsten Geburtstag die Verantwortung für den Besitz übernehmen würde. Hoffentlich in erster Linie ihre Mutter.

George Brammersley warf einen resoluten Blick auf das Schriftstück vor ihm. Zum Kuckuck, er mußte es jetzt hinter sich bringen.

»Was meine letzten Wünsche betrifft, so habe ich sie mir während der vergangenen Jahre sorgfältig überlegt. Die daran geknüpften Bedingungen sind bindend und unwiderruflich. Der siebte Graf von Strafford, Justin Everhard Morley Deverill, Großneffe des fünften Grafen von Strafford durch dessen Bruder Timothy Popham Morley, ist mein Erbe, und ich vermache ihm mein gesamtes Vermögen, dessen wesentlichster Bestandteil

Evesham Abbey, samt eigenem und verpachtetem Grundbesitz . . .«

Arabella hatte das unerfreuliche Empfinden, daß sich der Raum um sie zu drehen begann. Der *siebte* Graf von Strafford! Irgendein Großneffe ihres Großvaters! Niemand hatte ihr je erzählt, daß ein solcher Großneffe überhaupt existierte! Gott, das mußte doch irgendein Irrtum sein. Und er war ja nicht einmal hier. Plötzlich entsann sie sich, daß vor kurzem einmal die Bibliothekstür geöffnet und dann wieder geschlossen worden war. Zögernd drehte sie sich in ihrem Stuhl um und traf auf den kühlen Blick des Mannes, dem sie erst heute früh am Fischteich begegnet war. Ihre Verblüffung erstickte jedes Gefühl von Zorn oder Verlegenheit, das möglicherweise ob ihres völligen Mangels an Höflichkeit ihm gegenüber in ihr aufgestiegen wäre. Der Mann nickte ihr lediglich formell zu. Nichts in seiner gelassenen Haltung wies darauf hin, daß sie einander bereits kennengelernt hatten.

»Arabella, Arabella . . .« Lady Ann zupfte sie am Ärmel. »Komm schon, Kind, höre zu.«

Arabella drehte sich auf ihrem Stuhl wieder um und starrte in dumpfem Schreck erst auf ihre Mutter und dann auf den Advokaten, dessen faltige Wangen einen rötlichen Schimmer angenommen hatten. Mit leicht bebender Stimme fuhr er fort:

»Die folgenden Klauseln sind sowohl für meinen Erben als auch für meine Tochter Arabella Elaine bindend. Es war immer mein innigster Wunsch, daß durch meine Tochter das stolze Erbe der Deverillschen Linie erhalten bleibt. Um sie in meinem Sinn dazu zu ermutigen, ordne ich an, daß sie innerhalb von zwei Monaten nach meinem Tod ihren Vetter zweiten Grades, den siebten Grafen von Strafford, heiraten soll, damit ihr Besitz und Position erhalten bleiben. Sollte sie sich weigern, innerhalb dieser festgesetzten Zeit meinen Wünschen Folge zu leisten, so geht sie aller finanziellen Ansprüche an den Deverillschen Besitz verlustig. Falls sich der siebte Graf von Strafford weigert, seine Cousine zweiten Grades Arabella Elaine zu ehelichen, wird er lediglich in den Genuß des Titels und Evesham Abbeys kommen, während alles übrige Land, eigenes sowohl als auch verpachtetes, Wohnhäuser etc. meiner Tochter Arabella Elaine an ihrem einundzwanzigsten Geburtstag übereignet wird, sowie auch mein gesamtes weltliches Vermögen.«

»Nein!« Arabella sprang auf, ihr Gesicht war aschfarben. Sie schüttelte heftig den Kopf.

»Nein, das muß ... das muß ein Irrtum sein! Nie hätte mein Vater ...«

»Arabella, setz dich!« befahl Lady Ann in entschiedenem Ton. Arabella sah sie verwirrt an und sank dann auf ihren Stuhl zurück.

»Miß Deverill«, sagte Mr. Brammersley mit förmlicher Stimme, »die Anweisungen Ihres ehrengeachteten Vaters sind so, wie ich sie verlesen habe, absolut bindend. Ich möchte hinzufügen, daß der Graf einen versiegelten Brief für Sie beigefügt hat. Ich kann Ihnen versichern, daß außer Ihrem Vater niemand seinen Inhalt kennt.«

Noch während er sprach, erhob er sich und kam um den Schreibtisch herum. Mechanisch streckte Arabella die Hand aus, um den Brief in Empfang zu nehmen, dann stand sie hastig auf und starrte in die Gesichter rund um sie herum, die vor ihren Augen verschwammen. Sie preßte den Umschlag an die Brust, drehte sich hastig um, so daß ihr Stuhl kippte und auf den Teppich fiel, dann rannte sie zur Tür. Lange, eisenharte Finger umschlossen ihren Arm, als sie an dem Elfenbeinknauf zu drehen begann.

»Ihre dramatische Reaktion ehrt Sie nicht sonderlich«, erklärte der neue Graf mit kalter Mißbilligung.

Sie blickte verstört zu ihm empor, sah nichts als grimmige Kritik in den grauen Augen und hatte das Gefühl, alle höllischen Dämonen würden auf sie losgehen.

»Nehmen Sie Ihre Hände weg! Gott, wie ich Sie hasse!«

Sie wollte sich wütend von ihm losreißen, doch da er festhielt, spürte sie, wie der Stoff ihres Ärmels riß. Benommen starrte sie auf den zerrissenen Stoff, knurrte vor Wut, da ihr die Worte fehlten, raste aus der Bibliothek und schlug die Tür hinter sich zu.

Eine zarte Dresdener Porzellanfigur, eine Schäferin, begann zu zittern, stürzte dann von ihrem Platz auf dem Kaminsims und zerschellte auf der marmornen Kaminplatte.

Arabella rannte völlig verwirrt in ihr Schlafzimmer, stieß die Tür mit dem Fuß hinter sich zu und schloß sie ab. Einen Augenblick lang blieb sie schwer atmend stehen und versuchte sich zu fassen, irgend etwas von all dem zu verstehen. Als ihr das nicht gelang, ergriff sie einen mit Brokat bezogenen Hocker an einem seiner dünnen Beine und schleuderte ihn mit aller Kraft gegen die Wand. Er prallte ab und fiel, nunmehr nur noch zweibeinig, zu Boden.

Ganz plötzlich verließ sie aller Zorn. Sie starrte benommen auf den Hocker hinab. Was für eine unglaubliche Dummheit, so etwas zu tun, dachte sie. Sie blickte auf den zerknüllten Umschlag in ihrer Hand. Dann ging sie zu ihrem kleinen Schreibtisch, setzte sich und nahm mit ruhigen Fingern ein weißes Blatt Papier heraus. Beim Anblick der peinlich ordentlichen Handschrift ihres Vaters zog sich ihre Kehle zu.

Dann begann sie zu lesen.

›Mein liebstes Kind‹, hatte ihr Vater geschrieben, ›daß Du diesen Brief nun liest, bedeutet, daß ich nicht mehr bei Dir bin. Wie ich meine Arabella kenne, bist Du jetzt in einem Zustand der Verwirrung und Wut. Ohne Zweifel wird Dein Kummer über meinen Tod geprägt durch Zorn und Unverständnis über meine Anweisungen. Während ich diesen Brief hier schreibe, treffen Deine Mutter und Du Vorbereitungen für Deine erste Saison in London.‹

Arabella starrte überrascht auf das Papier. Er hatte sein Testament also erst vor fünf oder sechs Monaten abgefaßt! Hastig las sie weiter.

›Ich selbst bereite mich darauf vor, auf der Peninsula in einem Gebiet das Kommando zu übernehmen, das für die Brutalität und Blutrünstigkeit seiner kriegerischen Konflikte bekannt ist. Falls ich das Glück habe, nach diesem Auftrag nach Evesham Abbey zurückzukehren, wirst Du diesen Brief nicht zu Gesicht bekommen, denn dann werde ich mit Dir persönlich über meine Wünsche sprechen. Ich schweife ab. Verzeih mir, Kind. Du hast inzwischen Deinen Cousin zweiten Grades und meinen Erben, Justin Deverill, kennengelernt – oder vielmehr sollte ich *Captain* Justin Deverill schreiben, denn er ist selbst ein mutiger und intelligenter Offizier. Ob zu Recht oder zu Unrecht habe ich verhindert, daß Du ihn kennenlernst oder auch nur von seiner Existenz erfährst, bevor Du ins heiratsfähige Alter gekommen bist. Nimm es Deiner Mutter nicht übel, daß sie Dir vom Vorhandensein eines männlichen Erben der Grafschaft nichts erzählt hat, denn ich habe ihr das ausdrücklich verboten. Evesham Abbey ist *Deine* Heimat, und ich konnte es nicht über mich bringen, Dich darüber zu informieren, daß es jemand gibt, der Dir Deine Position streitig machen könnte. Vergib mir, mein Kind, diese, wie mir schien, notwendige Täuschung. Was Deinen Cousin betrifft, so bin ich seit ungefähr acht Jahren in engem Kontakt mit ihm und habe seine Karriere ausreichend kritisch verfolgt, um entscheiden zu können, ob er wirklich der Mann ist, den ich mir als Vater meiner Enkel wünsche. Vermutlich hast Du die äußere Ähnlichkeit zwischen Euch beiden frappant gefunden. Ich schließe daraus, daß Du ihn nicht als unangenehm aussehend empfindest, denn damit würdest Du Deinen eigenen gutgeformten Zügen unrecht tun. Er ist auch sonst weitgehend so wie Du und ich, Arabella: zutiefst loyal, stolz und voll Deverillscher Halsstarrigkeit. Ich bitte Dich inständig, meinen Anweisungen zu folgen. Evesham ist, wie gesagt, Deine Heimat. Wenn Du Deinen Cousin zweiten Grades nicht heiratest, wirst Du Dein Geburtsrecht verlieren. Du mußt Dir das gut überlegen, mein Kind. Wenn Du Dich entschließt, meine Wünsche zu befolgen, wirst Du meinem Leben einen Sinn geben. Adieu, meine liebste Tochter.‹

Die Spätnachmittagssonne schickte leuchtendgoldene Strahlen zwischen träge dahinziehenden Wolken hindurch auf die vierzig massiven Backsteingiebel und verfärbte sie zu einem glänzenden Tizianrot. Arabella ging schnell über den welligen grünen Rasen, ohne auf die Narzissen zu achten, die in seiner Mitte in üppiger Fülle blühten. Ebensowenig warf sie einen Blick auf die große Zeder, die angeblich von Charles II. gepflanzt worden war.

Sie schritt zur Südseite der Ruinen der alten Abtei, dorthin, wo der Grund sachte anstieg, und bog dann auf den Weg ab, der zum Deverillschen Friedhof führte. Zwischen den geraden Gräberreihen von Generationen der Deverills hindurch ging sie zum Zentrum, wo ihr Vater seine eigene Gruft aus italienischem Marmor hatte erbauen lassen. Oben schwebte der Erzengel Gabriel, seine weißen Steinflügel breiteten sich schützend über der schweren gotischen Eichentür aus. Arabella öffnete sie und schlüpfte ins matt erhellte Innere der Gruft. Erschöpft sank sie auf den kalten Steinboden über dem leeren Sarg des Grafen nieder. Ihre langen, schlanken Finger fuhren langsam und unendlich traurig über die Buchstaben seines Namens.

Die Dämmerung beschattete bereits die verwitterten Namen auf den Grabsteinen, als der junge Graf die Grufttür öffnete und lautlos eintrat. Seine Augen weiteten sich, um sich an das trübe Licht anzupassen, und er konnte Arabella ausmachen, die zusammengerollt wie ein kleines Kind schlafend dalag. Ihre Füße waren unter die Röcke gezogen, ihr Arm ruhte auf dem Grab ihres Vaters. Wie verletzlich und hilflos sie aussieht, dachte er.

Leise trat er zu ihr hin und kniete neben ihr nieder. Sein Blick folgte dem Schwarz ihres Kleides bis hinauf zu dem Ausschnitt am Hals. Das Kleid warf dunkle Schatten auf ihre blassen Wangen. Ihr Haar hatte sich aus den Nadeln gelöst und fiel in seidigen, dunklen Wellen über Stirn und Schultern. Es schien ein Jammer, sie zu wecken. Selbst als er sie leicht an der zarten Schulter rüttelte, wußte er bereits, daß die Arglosigkeit des Schlafs sie verlassen und einem Ausdruck unerbittlicher Härte in ihren Augen und in ihrer Stimme weichen würde.

Sie erwachte widerwillig, mit einem leisen Wimmern, öffnete die von dichten, schwarzen Wimpern umgebenen Lider und sah geradewegs in die klaren, grauen Augen. Das matte Licht und ihre Schlaftrunkenheit verwirrten ihren Blick, und sie keuchte:

»Vater!«

»Nein, Arabella, ich bin nicht Ihr Vater«, sagte der Graf freundlich. »Ich bin es, Justin, und ich möchte Sie holen. Es tut mir leid, wenn ich Sie erschreckt habe.«

Arabella stieß ihn weg, so daß er fast die Balance verlor, und stand hastig auf.

»Wie können Sie es wagen, hierherzukommen! Und wie können Sie mich glauben lassen . . . Sie seien mein Vater!« Sie empfand Wut über sich selbst, weil sie sich ihren Kummer anmerken ließ. »Erschreckt haben Sie mich überhaupt nicht«, fügte sie in scharfem Ton hinzu.

Der Graf stand gemächlich auf, blickte forschend auf sie hinab und sah die Ader in der Mulde ihrer Kehle heftig pochen.

»Wir scheinen eine Neigung zu haben, uns an den seltsamsten Orten zu begegnen. Zuerst am Fischteich und nun in der Gruft. Kommen Sie, Miß Deverill, es ist kalt und dunkel hier innen. Kehren wir ins Haus zurück. Es ist ein langer Weg, aber das ist nicht schlecht. Denn ich glaube, wir haben einander eine Menge zu sagen.«

Seine gleichmütige Stimme hallte auf entnervende Weise an den Steinwänden wider.

»Wir haben einander nicht das Geringste zu sagen, Captain Deverill«, erwiderte sie kalt.

»Miß Deverill, wollen Sie, daß ich Sie mit Gewalt von hier raushole? Was Sie vielleicht einen weiteren Ärmel kosten würde?« Er ließ ihr keine Zeit zu einer Antwort, sondern fuhr im gleichen, unerträglich gelassenen Ton fort: »Ich bin durchaus bereit, Ihnen für Ihr Verhalten angesichts Ihrer Trauer . . . Zugeständnisse zu machen, aber kindische Albernheiten werde ich nicht dulden.«

Unwillkürlich griff sie mit der Hand nach dem zerissenen Ärmel und rieb sich den Arm.

»Ja«, sagte sie schließlich und rückte von ihm weg, »es ist ziemlich kalt hier. Ich werde freiwillig von hier weggehen.«

Er nickte nur, folgte ihr hinaus aus der Gruft und schloß die Eichentür hinter ihnen. Schweigend gingen sie durch den Friedhof bis zum Weg hinaus. Arabella musterte sein Profil, das sich in der Abenddämmerung kräftig und deutlich abzeichnete, und sie spürte erneut Entrüstung in sich aufsteigen.

»Sie ... Sie wußten von diesem ... Arrangement, nicht wahr? Auch heute früh wußten Sie davon!«

»Ja, natürlich wußte ich Bescheid. Der Graf kam vor ein paar Jahren zu mir. Es war nach dem Tod meines eigenen Vaters. Ich muß gestehen, er war äußerst gründlich bei der Überprüfung meines Charakters und meiner beruflichen Aussichten.«

»Und wenn mein Vater nicht gestorben wäre, hätte er Sie mir als meinen zukünftigen Ehemann vorgestellt?« erkundigte sich Arabella unverblümt.

»Stimmt.« Er blieb kurz stehen und blickte hinab in ihr erregtes Gesicht. »Und nun, nachdem ich Ihre überaus interessante Bekanntschaft gemacht habe, Miß Deverill, kann ich der Entscheidung Ihres Vaters nur Beifall zollen, unser Zusammentreffen hinauszuschieben, bis Sie in ... heiratsfähigem Alter sind.«

»Heiratsfähiges Alter!« wiederholte sie zornig. »Sie ... Sie ...«

»Hurensohn, Miß Deverill?« warf er geschmeidig ein.

Sie starrte ihn eher ungläubig als wütend an.

»›Heiratsfähiges Alter‹ hat auch mein Vater in seinem Brief an mich geschrieben. Ich finde es einen seltsamen Zufall, Sir, daß Sie dieselben Wörter benutzen.«

»Stimmt, aber ich kann Ihnen versichern, daß ich den Inhalt dieses Briefes nicht kenne. Trotzdem, Ihnen ist doch sicher klar, daß Ihr Vater und ich das Thema ausgiebig diskutiert haben.«

»Und Sie wären bereit ... den Anweisungen meines Vaters Folge zu leisten?« fragte sie, noch immer ungläubig.

»Sie sind alles andere als dumm, Miß Deverill. Sie müssen doch erkennen, daß eine Heirat mit Ihnen mir zum Vorteil gereichen würde.« Und voller Ironie fügte er hinzu: »Waren Sie denn nicht bei der Verlesung des Testaments Ihres Vaters dabei?«

»Sie meinen, Sie wollen mich heiraten . . . weil ich Ihnen damit ein Vermögen einbringe?«

Er überhörte den verzweifelten Beiklang in ihrer Stimme, zuckte die Schultern und nickte.

»Das ist mit Sicherheit ein triftiger und keineswegs verachtenswerter Grund. Aber natürlich würden auch Sie durch eine solche Verbindung gewinnen.«

Ihre Augen funkelten plötzlich voller Zorn, und er fuhr in barschem Ton fort:

»Wenn Sie mich nicht heiraten, Miß Deverill, werden Sie leider feststellen müssen, daß Sie ohne einen Penny dastehen werden. Da ich mir vorstellen kann, daß Ihnen die Redewendung ›ohne einen Penny‹ nichts oder nur wenig sagt, darf ich Ihnen in aller Offenheit klarmachen, daß Sie in unserem stolzen und rechtschaffenen Land trotz aller Fähigkeiten, die Ihnen als junge Lady zweifellos zur Verfügung stehen, nicht länger als acht Tage werden bestehen können.« Er machte eine Pause und betrachtete sie kühl abschätzend. »Obwohl Sie angesichts Ihres Aussehens und Ihrer Figur mit einigem Glück die Hure eines Mannes werden könnten.«

»Sie verursachen mir Übelkeit!« zischte sie.

In seine gelassene Stimme kam ein Unterton von Zynismus.

»Sie enttäuschen mich, Miß Deverill. Heute früh war Ihre Sprache weit farbiger. Auch wenn ich Ihnen Übelkeit verursachen sollte, rede ich nur die Wahrheit. Falls Sie mich nicht heiraten wollen, werden Sie innerhalb von zwei Monaten Evesham Abbey verlassen müssen.«

So als ob ihr Körper die Wahrheit ihrer Worte beweisen wollte, empfand Arabella plötzlich tatsächlich Übelkeit. Ihr Magen krampfte sich zusammen, Gallenflüssigkeit stieg ihr in die Kehle. Ihre wohlgeordnete, überaus zufriedenstellende Position als Lieblingstochter des Grafen von Strafford war zusammengebrochen gleich den Ruinen der alten Abtei, alle Selbstsicherheit war hektischer, sinnloser Verwirrung gewichen. Hilflos fiel sie auf die Knie in das weiche Gras neben der Zufahrt und erbrach sich in heftigem Würgen, das ihren gesamten Körper beben ließ.

Der Graf zuckte erschreckt zusammen, stellte eine kurze Selbstbetrachtung an und kam zu dem Schluß, daß er hier gründlich versagt hatte. Er verfluchte sich selbst und übertraf dabei Arabellas Vokabular bei weitem. Irrtümlicherweise hatte er ihren Mut der Verzweiflung für Arroganz und Eitelkeit gehalten. Der Tod ihres Vaters, sein eigenes, unerwartetes Auftauchen in ihrem Dasein, die Bestimmungen im Testament – all das war ein gewaltiger Schock für sie gewesen. Er hatte alles verpfuscht, sie bei weitem zu hart angefaßt. Mein Gott, sie war jung und zutiefst verwirrt. Er beugte sich über sie und stützte sie, indem er ihre bebenden Schultern mit seinen schmalen Händen schützend umfaßte. Sanft strich er das schwarze Haar zurück, das aufgelöst ihr Gesicht bedeckte. Sie schien ihn gar nicht wahrzunehmen. Als sie sich beruhigt hatte, nahm er ein Taschentuch aus seiner Westentasche und reichte es ihr schweigend. Sie wischte sich damit, ohne aufzublicken, den Mund ab.

»Miß Deverill, können Sie aufstehen, wenn ich Ihnen dabei helfe? Es ist schon fast dunkel, und Ihre Mutter wird sich Sorgen machen.«

Wie ruhig er spricht, dachte sie, so als ob wir nur stehengeblieben wären, um die Narzissen zu bewundern.

Komm schon, Arabella, steh auf. Es ist bereits dunkel, er kann dir nicht ansehen, wie sehr du dich schämst.

Sie holte mit leichtem Schaudern Atem und preßte die Knie zusammen, um aufzustehen. Der Graf schob die Hände unter ihre Ellbogen und hielt ihren schwankenden Körper fest.

»Ich brauche Sie nicht!«

Die Schärfe ihres Schmerzes in ihrer Stimme schien die stille Abendluft förmlich zu durchschneiden. Mit geballten Fäusten fuhr sie in einer blitzschnellen, völlig unerwarteten Bewegung in seinen Armen herum und schlug mit der Wut eines verzweifelten, in der Falle gefangenen Tiers gegen seine Brust.

Er ließ sie los und schnappte nach Luft, mehr aus Verblüffung als aus Schmerz.

»Sie kleiner Teufel!«

Sie rannte davon. *Ich brauche deine Hilfe nicht, ich brauche niemand außer mich selbst. O Vater, was hast du mir angetan!*

Die scharfen Kieselsteine gruben sich schmerzhaft in die dünnen Sohlen ihrer Schuhe. Blindlings, in völlig unvernünftiger Panik rannte sie weiter und nahm nicht wahr, daß sich der Weg vor ihr sachte anhob. Sie geriet ins Stolpern und stürzte der Länge nach auf den Kies. Schmerzerfüllt stieß sie einen Schrei aus, und Tränen rannen ihr nun ungehemmt übers Gesicht. All die Jahre stoischer Disziplin, der Verachtung für solch widerwärtige Schwäche, waren wie weggepustet.

Das wird allmählich zur Gewohnheit, dachte der Graf, während er erneut neben ihr niederkniete. Arabellas Kleid war schmutzig und zerrissen, teilweise floß Blut auf den schwarzen Stoff. Instinktiv wußte Deverill, daß die lauten, herzzerreißenden Schluchzer nicht dem Sturz galten; und ebensowenig, das ahnte er, war sie jemand, der leicht weinte. Er unternahm keinen Versuch, sie zu beruhigen. Statt dessen umfaßte er geschickt ihre Taille, stellte sie auf die Beine und hob sie anschließend auf seine Arme.

Sie wurde starr, und er rechnete einigermaßen erschöpft damit, daß sie erneut zuschlagen würde. Also umfaßte er sie fester und ging weiter, ohne auf sie hinabzublicken.

Arabella kam der Gedanke, sich gegen ihn zu wehren, gar nicht. Erstarrt war sie lediglich ob des Schocks der Berührung mit einem männlichen Körper. Denn niemand außer ihrem Vater hatte sie je so gehalten. Sie spürte die Kraft seiner Arme, die sie umfaßt hielten, und flüchtig auch eine innere Stärke in ihm, eine gelassene Selbstsicherheit, die die seltsame Leere in ihrem Innern noch deutlicher machte.

Am Rand des Rasens vor dem Schloß blieb der Graf kurz stehen und blickte gedankenvoll zu den von Kerzen erhellten Fenstern empor.

»Gibt es eine Treppe zu Ihrem Zimmer, wenn man den Westeingang benutzt?« fragte er, während er den riesigen Bau musterte.

Er spürte an seiner Schulter, wie sie nickte.

Als sich der Graf umwandte, um am Haupteingang vorüberzugehen, wurde die Tür plötzlich aufgerissen, und Lady Ann winkte ihm heftig zu.

»Justin, Sie haben sie gefunden!«

Er beugte das Gesicht dicht über das Arabellas und flüsterte:

»Tut mir leid, Miß Deverill, aber da scheinen wir kein Glück zu haben.«

»Ja, Ann, ich habe sie gefunden«, rief er dann zurück und kam auf sie zu.

Lady Ann schrie nicht, noch bekam sie einen hysterischen Anfall. Ihre großen, blauen Augen hafteten ungläubig an dem tränenüberströmten, schmutzigen und blutigen Gesicht ihrer Tochter.

»Lieber Gott«, brachte sie heraus.

Der Graf spürte, wie Arabella seine Jacke umklammert hielt, so als wolle sie sich irgendwie in ihn verkriechen. In sachlichem Tom sagte er:

»Sie ist nicht schlimm verletzt, Ann, hat nur ein paar Kratzer von einem kleinen Sturz. Ist Dr. Branyon noch da? Ich glaube, es wäre gut, wenn er nach ihr sehen würde.«

Arabella raffte die Reste ihres Stolzes zusammen und drehte sich zu ihrer Mutter herum.

»Ich brauche Dr. Branyon nicht, Mutter, mir geht es ausgezeichnet ... Ich bin dummerweise hingefallen und ... habe mir den Zeh angestoßen. Wenn Sie mich bitte herunterlassen würden, Sir.«

»Wie Sie wünschen, Miß Deverill«, sagte er gleichmütig und ließ sie auf den Boden gleiten.

Sie taumelte und wäre hingefallen, hätte er nicht schnell den Arm um ihre Taille gelegt. Sie trennte sich von ihrer so betrüblich dezimierten, würdevollen Haltung, legte die Hand auf seinen Arm und ging steif neben ihm ins Schloß.

Dr. Paul Branyon richtete sich vor einer gründlich gereinigten, mit Nachtgewand versehenen Arabella auf und sagte mit seinem anziehenden Lächeln:

»Nun, meine kleine Bella, obwohl Sie einen selten schrecklichen Anblick geboten haben, kann ich nichts an Ihnen feststellen, das ein Bad nicht kurieren könnte. Ein paar Tage lang wird es Ihnen hier und dort ein bißchen weh tun, aber da ist nichts von Bedeutung. Trotzdem bestehe ich darauf, daß Sie jetzt im Bett bleiben und erst mal gründlich schlafen.«

An diesem Abend verfehlte das freundliche Blinzeln in Dr. Branyons Augen seine gewohnte Wirkung – es entlockte Arabella kein Lächeln. Vom Kopf bis zu den Füßen schmerzte sie alles, und sie beobachtete mißtrauisch, wie er aus einer Phiole eine Flüssigkeit in ein Glas Wasser tropfen ließ. Genau wie ihr Vater haßte das Mädchen jede Form von Leiden. Der Graf hatte im Verlauf der Jahre die Überzeugung in ihr gefestigt, daß schwächliche Leute ihre Krankheiten lediglich dazu benutzten, die Aufmerksamkeit anderer auf sich zu lenken. Mürrisch sagte sie:

»Ich weigere mich, an mir herumpfuschen zu lassen. Sie können also Ihren Wundertrank in Mrs. Tuckers Tee gießen.«

»Immer die kleine Tyrannin«, erwiderte Dr. Branyon munter, ohne auf ihren Ausbruch zu achten.

Lady Ann trat vor und erklärte mit einer Energie in der Stimme, die Arabella enervierend fand:

»Still, Kind. Es war heute ein ungewöhnlich anstrengender Tag. Vieles hat sich geändert ... und du mußt dir eine Menge durch den Kopf gehen lassen. Ich möchte nicht, daß du mit trüben Augen und in sinnlos mürrischer Verfassung umhergehst, nur weil du nachts nicht geschlafen hast.«

»Wirklich, Mutter ...«, begann Arabella in einem Ton, der normalerweise Lady Ann seufzend zum Schweigen brachte.

»Keinen Unsinn mehr, Kind«, erwiderte Lady Ann mit ungewohnter Schärfe in der sonst so sanften Stimme. »Trink deine Medizin. Du hast sie weitaus nötiger als die arme Mrs. Tucker.«

Verdrossen schluckte Arabella die Flüssigkeit und zog anschließend eine solch angewiderte Grimasse, daß Lady Ann kaum das Lachen unterdrücken konnte.

»Ich werde jetzt Grace zu dir schicken, Liebes. Klingle, wenn du irgend etwas brauchst.«

Lady Ann beugte sich schnell über ihre Tochter und küßte sie leicht auf die Wange. Leise sagte sie:

»Verzeih mir, Kind, daß ich dir von Justins Existenz nichts verraten habe. Es hat mich mehr und mehr bedrückt, aber ich hatte deinem Vater versprochen, es nicht zu tun.«

»Ich . . . ich glaube, ich kann es verstehen, Mama«, murmelte Arabella unsicher.

Sie konnte es ihrer Mutter nicht verdenken, da sie die Willensstärke ihres Vaters gekannt hatte.

»Gute Nacht, kleine Bella.«

Dr. Branyon lächelte und tätschelte ihr die Hand.

Schlaftrunkenheit trübte ihren Blick, als sie dem Arzt und ihrer Mutter nachsah, die aus dem Zimmer gingen.

In Dr. Branyons braunen Augen lag ein deutlich spöttischer Ausdruck, als er Lady Ann die breite Treppe hinab in die große Eingangshalle begleitete. In leicht neckendem Ton bemerkte er:

»Wäre ich abergläubisch, meine Liebe, würde ich allmählich auf den Gedanken kommen, Sie seien eine Hexe.«

Lady Ann hob fragend eine schön geschwungene Augenbraue.

»So diesen unbeugsamen Willen Ihrer Tochter zu brechen!« fuhr er fort. »Mir scheint, ich muß nach einer schwarzen Katze für Ihre Schulter Ausschau halten. Nie zuvor habe ich erlebt, daß Sie das letzte Wort haben.«

Lady Ann blieb einen Augenblick lang stehen, um diese Bemerkung ihres ältesten Freundes zu verdauen, und fragte ihn dann in ebenfalls neckendem Ton:

»Aber Paul, Sie stellen mich in einem überaus ungünstigen Licht dar. Bin ich – oder war ich – wirklich solch ein Hasenfuß?«

»Nein, das eigentlich nicht«, erwiderte er, nun ernsthaft. »Es ist nur so, daß der Graf und Arabella . . . nun ja, die beiden schienen Sie mit ihrer Vitalität, ihrer unbegrenzten Energie immer irgendwie zu ersticken. Ich konnte in Evesham Abbey nie richtig Lady Anns wirkliche Persönlichkeit fühlen.«

»Sie waren sich beide entsetzlich ähnlich.« Lady Ann seufzte. »Manchmal, Paul, habe ich das Gefühl, daß Sie ein allzu scharfes Wahrnehmungsvermögen haben . . .«

Sie runzelte die Stirn und blickte unwillkürlich auf den riesigen Familienring der Deverills an ihrem Mittelfinger. Irgendwie schien er weniger schwer an ihrer Hand zu wiegen als zuvor. Sie holte tief Luft und blickte in völligem Vertrauen zu einem Gesicht empor, dessen Ausdrucksmöglichkeiten sich ihr in allen Einzelheiten eingeprägt hatten.

»Oft habe ich das Gefühl gehabt, *ich* sei das Kind und Arabella die liebevolle, aber dominierende Mutter. Gelegentlich habe ich mich, was sie betrifft, fehl am Platz gefühlt, vor allem wenn sie mich mit einer Art liebevoller Herablassung behandelt hat. Wie der Graf mir gegenüber empfunden hat, wissen sie natürlich.«

Sie stellte überrascht fest, daß sie ohne jegliche Bitterkeit sprach.

Dr. Branyon kämpfte den ihm vertrauten, unvernünftigen Zorn nieder, der ihn im Verlauf der vergangenen Jahre so oft erfaßt hatte.

»Ja, ich weiß«, sagte er ruhig.

Lady Ann blieb in der Mitte der Eingangshalle stehen und sah sich gleichmütig im Raum um. Er hatte zwei gewölbte Durchgänge, voneinander getrennt durch gekerbte Stützpfeiler und war kunstvoll getäfelt. Alles was mit dem Krieg zusammenhing, war an den Wänden und darunter ausgestellt – Brustpanzer und Helme, Lederwämse, Musketen und viele andere Gegenstände aus den Bürgerkriegen. Verblaßte flämische Gobelins mit Schlachtenszenen schimmerten an den Wänden. Von altertümlichen Fackelleuchten stiegen bläulich-schwarze Rauchspiralen zu den von Ruß verfärbten Deckenbalken empor.

»Es ist wirklich merkwürdig«, bemerkte Lady Ann nachdenklich, »aber ich habe Evesham Abbey immer gehaßt. Obwohl ich nicht bestreiten kann, daß es unglaublich schön ist. In dieser Halle hier lebt noch immer die Geschichte Englands, und doch empfinde ich keinerlei Stolz darauf, keine Aufwallung von Freude über seine Großartigkeit. Sie sagten, lieber Freund, daß ich mit Arabellas Kraft rechnen könne. Aber ich will Ihnen eines sagen – der Gedanke, was aus ihr würde, wenn sie gezwungen wäre, Evesham Abbey zu verlassen, ist mir schrecklich. Jede Täfelung, jede Rüstung, alles ist ein Teil ihrer Selbst. Viel von ihrer ›unbegrenzten Energie‹, wie Sie sagen, hängt mit diesem Haus hier zusammen. Sie sehen also, ich muß bestimmend zu ihr sein, ihre Impulsivität dämpfen . . .«

»Damit sie den neuen Grafen von Strafford heiratet, wie ihr Vater das verlangt hat«, beendete Dr. Branyon den Satz.

»Ja, Paul, sie muß Justin heiraten.«

»Demnach, was sich heute abgespielt hat, möchte ich behaupten, daß Sie damit harte Arbeit auf sich geladen haben«, bemerkte er trocken.

»Arabella hat geweint, Paul«, sagte Lady Ann leise.

Bevor Dr. Branyon Klarheit über diese ungewöhnliche Bemerkung gewinnen konnte, nickte Lady Ann dem Lakaien zu, der die Tür aufhielt, und trat in den Salon.

»Justin, Elsbeth«, begrüßte sie die beiden auf ihre anmutige Weise. »Wir haben euch hoffentlich nicht zu lang warten lassen.«

»O nein!« rief Elsbeth.

Sie trat auf ihre Stiefmutter zu und fragte schüchtern:

»Geht es Arabella gut, Ma'am?«

»Inzwischen wird sie vermutlich tief schlafen, Elsbeth«, mischte sich Dr. Branyon ein. »Und morgen wird sie wieder hergestellt und so sein wie immer.«

»Ein Jammer«, bemerkte der Graf, ohne sich an jemand Bestimmten zu wenden.

Lady Ann unterdrückte ein leises Lachen und wandte sich an Elsbeth.

»Hast du dich mit Seiner Lordschaft bekannt gemacht, Liebes?«

Der Graf sah verblüfft drein ob dieser neuen Bezeichnung.

»O nein, bis jetzt noch nicht, Lady Ann. Seine Lordschaft mußte sich umziehen. Er ist erst ganz kurz vor Ihnen und Dr. Branyon hereingekommen«, erwiderte Elsbeth schlicht.

»Wir haben den ganzen Abend Zeit, das nachzuholen, Miß Deverill«, erklärte der Graf galant, während er sie zu einem der kleinen, mit karminrotem Samt bezogenen, vergoldeten Sesselchen neben dem Kamin begleitete.

Lady Ann machte sich an dem Teegeschirr aus feinstem Prozellan zu schaffen.

»Nehmen Sie Sahne in Ihren Tee, Justin? Wir müssen uns selbst bedienen.«

»Einfach so, wie er aus der Kanne kommt, Ann«, erwiderte er.

»Keine Umstände, Mylord, hm?« bemerkte Dr. Branyon und nickte zustimmend.

Während die Teetassen herumgereicht wurden und alle daran nippten, betrachtete er verstohlen den neuen Grafen von Strafford. Er war nicht unzufrieden mit dem, was er sah. Der Graf war groß, so wie sein verstorbener Vorgänger, und bewegte sich leger und anmutig. Obwohl sein bronzefarbenes Gesicht ihn eher wie einen Abenteurer aussehen ließ, paßte seine gutsitzende und elegante Kleidung zu ihm. Er schien sich in einem Salon ebenso unbefangen bewegen zu können wie auf dem Schlachtfeld. Justin spürte, daß er gemustert wurde und wandte Dr. Branyon das Gesicht zu, mit einem fragenden Lächeln, das seine Züge milderte.

Dr. Branyon konnte an ihm nichts von der skrupellosen Härte oder der kalten Arroganz entdecken, die er an dem verstorbenen Grafen so verabscheut hatte. Allmählich kam ihm der Gedanke, daß Ann mit ihrer Hoffnung recht hatte. Der Graf konnte tatsächlich der richtige Ehemann für Arabella sein.

Justin wandte seine Aufmerksamkeit Lady Ann zu und bemerkte anerkennend:

»Ich muß Ihnen ein Kompliment über die Ausstattung dieses Zimmers machen, Ann. Es wird der ›Samt-Salon‹ genannt, wenn ich mich nicht irre?«

»Ich nehme Ihr Lob mit größtem Vergnügen entgegen, Justin, auch wenn in diesem Raum seit Jahren nichts verändert worden ist. Der karminrote Samt hat sich gut gehalten, nicht wahr?«

Der Graf sah sich um und nickte. Der karminrote Samt und das vergoldete Mobiliar gaben dem Ganzen etwas Üppiges, noch unterstrichen durch die weißen Säulen und den weißen Marmorkamin.

»Haben Sie vor, hier in Evesham Abbey zu wohnen, Miß Deverill?« fragte er plötzlich, zu Elsbeth gewandt.

»O nein, Mylord!« rief sie und errötete. »Das ist . . . ich finde es sehr gütig von Ihrer Lordschaft, mir ein so großzügiges Angebot zu machen, aber jetzt kann ich mir leisten, völlig andere Pläne zu haben.«

Der Graf erinnerte sich an die ihr von ihrem Vater vermachten zehntausend Pfund und lächelte.

»Was gedenken Sie denn mit Ihrem Vermögen anzufangen, Miß Deverill?«

Elsbeth warf Lady Ann einen flehenden Blick zu, und diese erwiderte völlig gelassen:

»Das ist noch nicht endgültig entschieden, Justin. Aber ich glaube, Elsbeth würde einen verlängerten Aufenthalt in London sehr genießen. Ich würde sie natürlich dorthin begleiten.«

Sie machte eine Pause und begegnete ganz offen dem Blick seiner grauen Augen. »Wenn Sie und Arabella verheiratet sind, werden wir festere Pläne schmieden.«

Die linke Braue des Grafen hob sich in ironischem Erstaunen, aber er äußerte sich nicht.

Nachdem Crupper das Tablett mit dem Teegeschirr weggeräumt hatte, rückte Dr. Branyon näher an Lady Ann heran und tadelte sie sanft:

»Überstürzen Sie nichts, meine Liebe. Obwohl der Graf Ihnen nicht gerade eine Abfuhr erteilt hat, hat er doch deutlich das Gefieder gesträubt.«

»Ach was«, erwiderte Lady Ann gelassen. »Justin weiß genau, was auf dem Spiel steht. Er wird sein Bestes tun, um Arabella zum Traualtar zu schleppen, verlassen Sie sich darauf.«

Dr. Branyon äußerte sich nicht gleich, sondern sah nachdenklich zu Elsbeth hinüber, die sich angelegentlich mit dem Grafen unterhielt.

»Ich wußte nicht, daß Sie die Absicht hegen, mit Elsbeth von hier wegzugehen«, sagte er schließlich.

Lady Ann spürte, wie ihr Herz eine Spur schneller schlug, und wandte verwirrt den Blick ab. Eine lang verschüttet gebliebene Erinnerung tauchte in ihr auf, und sie sagte unerwarteterweise:

»Erinnern Sie sich an Arabellas Geburt, Paul? Ich habe es Ihnen nie erzählt, aber ich weiß, daß Sie damals während all dieser langen, quälenden Stunden bei mir waren. Ich weiß auch, daß Sie mir das Leben gerettet haben.«

Dr. Branyon sah sie erstaunt an.

»Ann, ich hätte nicht gedacht, daß Sie sich daran erinnern.«

Es war unmöglich, daß sie ahnte, welche Qual für ihn selbst diese Stunden damals bedeutet hatten. Vermutlich wollte sie einem alten, vertrauten Freund gegenüber nur höflich sein.

»Es wird spät, Ann, und ich sollte noch zu Mr. Crokker fahren, um mich um seine Magenschmerzen zu kümmern.«

Er stand abrupt auf und empfand plötzlich Niedergeschlagenheit.

Ich habe ihm Unbehagen verursacht, dachte Lady Ann und stand ihrerseits zögernd auf.

»Bitte, kommen Sie morgen vorbei, Paul, wenn auch nur, um Arabella für kerngesund zu erklären.«

»Natürlich.«

Lady Ann legte die Hand auf seinen Arm.

»Es würde mir . . . uns großes Vergnügen bereiten, wenn Sie dann zum Abendessen hierblieben.«

Du schuldest mir keine Dankbarkeit! hätte er sie am liebsten angeschrien.

»Wie Sie wünschen, Ann«, sagte er statt dessen mit einer Kühle, die einen Ausdruck von Verwirrung in ihren Augen hervorrief. »Dann also bis morgen, meine Liebe.«

Lady Ann blieb schweigend an der Tür des ›Samt-Salons‹ stehen, bis Dr. Branyon, begleitet von Crupper, außer Hörweite war.

»Ich benehme mich einfach lächerlich«, sagte sie halblaut. »Wie ein romantisches Schulmädchen . . . und das mit einer erwachsenen Tochter!«

Sie drehte sich um und begegnete dem unbehaglich eindringlichen Blick des Grafen. Da sie aber doch kein junges, unerfahrenes Mädchen mehr war, gelang es ihr, ein unbefangenes Gesicht zu machen.

»Meine liebe Elsbeth«, sagte sie in herzlichem Ton, während sie auf ihre Stieftochter zuging, »wenn du dich nicht bald ins Bett zurückziehst, werde ich Streichhölzer holen müssen, um deine Augenlider offenzuhalten.«

Elsbeth gähnte mit der unbefangenen Offenheit eines Kindes.

»Bin ich für Sie ein so langweiliger Gesellschafter gewesen, Miß Deverill?« erkundigte sich der Graf in betretenem Ton.

»O nein, Mylord!« rief Elsbeth und wurde knallrot. Sie empfand sich als entsetzlich ungeschickt. Warum konnte sie nicht wie Arabella sein, so selbstsicher? »Ich bin nur wirklich sehr müde. Das hat mit Ihnen nichts zu tun, Mylord.«

Lady Ann kam ihrer Stieftochter zu Hilfe.

»Achte nicht auf Seine Lordschaft, Liebes, er macht sich nur über dich lustig. Nun also schnell ins Bett.« Bedeutungsvoll fügte sie hinzu: »Wir haben morgen viel zu besprechen, mein Kind.«

Elsbeths dunkle Augen glänzten.

»O ja, Lady Ann, und ob.« Sie drehte sich um und machte vor dem Grafen ihren besten Knicks. »Gute Nacht, Mylord. Wirklich, Sir, ich finde Sie nicht im allergeringsten langweilig.«

»Danach werde ich bestimmt sehr gut schlafen, Miß Deverill.«

Der Graf lächelte und nahm ihre kleine Hand.

»Sie hätten Diplomatin werden sollen, Ann«, bemerkte der Graf und unterbrach damit die gemütliche Stille, die nach Elsbeths Weggang für einige Minuten geherrscht hatte.

»Ah, derartige Missionen sind natürlich für Sie, die edlen, mutigen Männer, reserviert«, erwiderte sie leichthin und löste fast unwillig den Blick von dem orangefarbenen, knisternden Kaminfeuer. Sie versuchte, Dr. Branyon aus ihren Gedanken zu verbannen.

»Stimmt, aber ich kann mir nicht vorstellen, daß das immer so bleiben wird.«

Er kniff die grauen Augen zusammen, so daß sich die dichten, schwarzen Brauen fast berührten. »Dr. Branyon scheint ein äußerst charmanter Mann zu sein. Und der Familie Deverill sehr . . . ergeben.«

Sie empfand einen leichten Druck in der Kehle und wagte nicht zu antworten, sondern nickte lediglich.

Der Graf wechselte das Thema.

»Ich habe Ihren Mann nun seit fast acht Jahren gekannt, Ann. Ich finde es sehr merkwürdig, daß er die Existenz einer weiteren Tochter überhaupt nie erwähnt hat. Sie ist ein reizendes Mädchen, aber . . .« Er hielt inne.

»Aber was, Justin?«

»Halten Sie mich bitte nicht für unverschämt, Ann, aber ich würde sagen, sie ist halb verhungert nach Liebe und Aufmerksamkeit.«

»Da haben Sie völlig recht, Justin«, erwiderte sie langsam. »Der Graf erlaubte ihr nicht, hier bei uns zu leben. Sie war nichts weiter als ein kleines, verängstigtes Kind, als er sie nach Kent zu seiner älteren Schwester Caroline schickte. Ich habe während all dieser Jahre die Korrespondenz mit Elsbeth aufrechterhalten, aber das ist natürlich nicht das gleiche. Ich bin ganz sicher, daß Caroline für das Kind getan hat, was sie konnte – aber wie Sie sagen, sie ist halb verhungert nach Liebe.« Lady Ann holte tief und entschlossen Atem. »Ich habe die Absicht, all das wiedergutzumachen, was sie in der Vergangenheit erlitten hat.«

»Aber warum hat der Graf sie so behandelt?«

»Weil er Arabella so geliebt hat«, erwiderte Lady Ann traurig. »Und aus irgendeinem Grund, hinter den ich nie gekommen bin, hegte er einen Groll gegen die Familie Trécassis. Der Graf war kein Mensch, der leicht verziehen hat, wissen Sie.«

»Scheint es Ihnen dann nicht sonderbar, daß er ihr zehntausend Pfund vermacht hat?«

»Doch. Ich fürchte, wir werden nie erfahren, warum er das getan hat. Ich war selbst sehr überrascht.« Lady Ann machte eine kurze Pause und suchte nach einer Entschuldigung. »Verzeihen Sie, wenn ich vorhin einfach damit herausgeplatzt bin, Justin . . . ich meine, was Sie und Arabella betrifft. Dr. Branyon hat mir vorgeworfen, mich überstürzt verhalten zu haben«, fügte sie mit einem kleinen Lachen hinzu.

Der Graf rieb sich betreten das Kinn.

»Sagen Sie einmal, Sie haben mir in der Angelegenheit nicht eben viel Spielraum gelassen. Obwohl ich mich schon vor einigen Jahren entschieden habe, Arabella zu heiraten, bedeutet es nach wie vor einen Schock für mich, so rigoros in einen Kessel mit kaltem Wasser geworfen zu werden. Sie wissen, Ann, daß ich bei ihr mein Bestes versuchen werde.«

»Wenn ich etwas anderes geglaubt hätte, Justin, so hätte ich den Plan mit der Wildheit einer Löwin bekämpft, die ihr Junges verteidigt. Obwohl ich über das Täuschungsmanöver des Grafen Bestürzung empfunden habe, hielt ich diese Entscheidung doch für die beste Lösung. Wissen Sie, ich konnte nur mit Mühe ruhig bleiben, während George Brammersley vor Ihrem Eintreffen hinter dem Schreibtisch herumtrödelte, und ich glaube, sie beginnt sowohl die Motive ihres Vaters als auch mein Stillschweigen zu verstehen.«

»Sie sind eine bemerkenswerte Frau, Ann.«

»Nein, Justin«, erwiderte sie ruhig. »Ich bin nur eine Realistin. Das Leben kann das gelegentlich bewirken. Vielleicht war es falsch vom Grafen, Arabella auf diese Weise beschützen zu wollen. Sie wissen, was er empfand.«

»Ja. Wenn Arabella gewußt hätte, daß es einen Erben für den Grafentitel gibt, wäre sie beim Gedanken an ihre mögliche Enteignung sehr erregt gewesen.«

»Nun ja, das ist jetzt vorbei.« Sie schwieg kurz und fragte dann freundlich: »Was halten Sie von Ihrem neuen Heim, Justin?«

Er lachte.

»Ich fühle mich ein bißchen eingeschüchtert durch all die Pracht. Erst heute abend fiel mir die Unzahl von Giebeln und Kaminen auf.«

Lady Ann lachte.

»Sie müssen Arabella nach der tatsächlichen Anzahl der Giebel fragen. Wissen Sie, als sie knapp acht Jahre alt war, kam sie in die Bibliothek gestürzt und verkündete ihrem Vater stolz, Evesham hätte genau vierzig Giebel ...« Lady Ann machte eine Pause und sagte verlegen: »Verzeihen Sie mir, Justin, ich wollte Sie nicht langweilen.«

»Seien Sie nicht albern, Ann«, sagte der Graf in brüskem Ton. »Wieso sollten mich Geschichten über meine ... voraussichtliche Frau langweilen? Erzählen Sie weiter.«

»Na schön. Zurück zu Arabellas vierzig Giebeln. Kurze Zeit später schickte ihr Vater sie nach Cornwall, damit sie dort ihre Großtante Grenhilde besuchen sollte. Kaum war sie weggefahren, beauftragte er Maurer und Zimmerleute, einen weiteren Giebel an Evesham Abbey anzubauen. Als Arabella nun zurückgekehrt war und in seine Arme hüpfte, sagte er in unvorstellbar strengem Ton: ›Na, meine großartige Tochter, mir scheint, ich muß einen Hauslehrer für Mathematik für dich anheuern. Vierzig Giebel – so was! Du hast mich ernsthaft enttäuscht, Arabella.‹ Sie erwiderte kein Wort, schlüpfte aus seinen Armen und blieb danach für zwei Stunden unsichtbar. Ihr Vater begann sich bereits Sorgen um sie zu machen, als die kleine Person angerannt kam, völlig verschmutzt und total erschöpft. Sie blieb vor ihm stehen, die verschmierten Hände auf die Hüften gestützt, starrte ihn finster an und sagte in vernichtendem Ton: ›Wie kannst du mir einen solchen Streich spielen, Vater! Ich habe deinen Maurer dazu gebracht, daß er mir recht gegeben hat – es waren vorher nur vierzig Giebel!‹ Soweit ich mich erinnere, hörte der Graf von jenem Tag an auf, sich darüber zu grämen, daß er keinen Sohn hatte. Er ließ von da ab Arabella nicht mehr von seiner Seite. Selbst bei der Jagd setzte er sie vor sich auf seinen riesigen schwarzen Hengst, und sie stoben mit einer Geschwindigkeit davon, daß mir die Haare zu Berge standen!«

Der Graf lachte lauthals.

»Und sind es nun vierzig oder einundvierzig Giebel?«

»Auf Arabellas finsteren Befehl hin ließ der Graf den einundvierzigsten Giebel wieder abreißen.«

Der Graf stand auf, streckte sich und lehnte sich dann gegen den Kaminsims, die Hände in den Hosentaschen.

»Sie hat sich inzwischen nicht sehr verändert, möchte ich behaupten.«

Lady Ann wandte sich auf ihrem Sessel um, ihr Seidenrock raschelte.

»Stimmt«, gab sie mit einem Lächeln zu. »Aber es macht einen Teil ihres Reizes aus. Trotzdem – armer George Brammersley! Ich fürchte, ihr Verhalten hat ihn bewogen, sich mit einem Beruhigungsmittel in sein Zimmer zurückzuziehen.«

»Aber vergessen Sie nicht, Ann, was für ein Schock die Bedingungen im Testament ihres Vaters für sie gewesen sein müssen.« Justin dachte an sein erstes Zusammentreffen mit Arabella am Morgen, äußerte sich jedoch nicht darüber.

»Na, das ist ja, weiß der Himmel, ein Fortschritt«, neckte ihn Lady Ann. »Sie verteidigen sie bereits . . . jedenfalls ihr Temperament . . .«

Er griente.

»Ihr Temperament kann bis zu den vierzig Giebeln des Schlosses hinaufsprühen, solange sie mein eigenes nicht am Boden zerstört!«

6

Am nächsten Morgen stieg Arabella langsam die Treppe hinab. Sie war sehr gedämpfter Stimmung. Das war ungewöhnlich für sie und gefiel ihr gar nicht. Sie war in der Situation, zwischen zwei Dingen wählen zu müssen – das eine war überhaupt nicht akzeptabel (sie konnte den Gedanken, Evesham Abbey zu verlassen, nicht ertragen), und das andere barg keinerlei erkennbares Vergnügen für sie. Das Ganze war einfach unfair. Ungefähr so, als ob man Magenschmerzen hatte, ohne sich zuvor mit allzu reichlichem Essen vollgestopft zu haben.

Sie ging durch die große Eingangshalle, die zu dem kleinen Frühstückssalon führte. Nur sie und ihr Vater hatten zuvor so zeitig gefrühstückt, und sie sehnte sich danach, nun allein zu sein.

»Miß Arabella!«

Das Mädchen drehte sich um, die Hand auf dem Türknauf, und sah Mrs. Tucker mit einem Tablett kommen.

»Guten Morgen, Mrs. Tucker. Ich freue mich, daß Sie wie gewöhnlich mein Frühstück zubereitet haben. Es wird ein schöner Tag werden, glauben Sie nicht auch?«

»Ja, ja, natürlich, Miß Arabella.«

Mrs. Tuckers Doppelkinn über dem weißen Rüschenkragen bebte nervös, und ihre Nase zuckte.

»Fühlen Sie sich heute früh besser?« Ihr Blick haftete auf mehreren Kratzern an Arabellas Kinn.

»Es ist erträglich, Mrs. Tucker«, erwiderte Arabella.

Sie stieß die Tür auf und trat beiseite, um die Haushälterin samt ihren umfangreichen schwarzen Röcken und dem Tablett eintreten zu lassen.

Dann folgte sie ihr ins Zimmer, blickte auf und erstarrte. Der Graf saß am oberen Ende des Tischs, auf dem Stuhl ihres Vaters, vor ihm waren Platten mit Rührei, Schinkenspeck und Roastbeef arrangiert, sein Blick haftete auf einer Londoner Zeitung. Arabella schnappte nach Luft, und das Geräusch veranlaßte ihn aufzublicken. Er erhob sich höflich.

»Danke, Mrs. Tucker, das ist für den Augenblick alles«, sagte er zu der schnaufenden Haushälterin. »Machen Sie der Köchin ein Kompliment für das köstliche Frühstück.«

»Ja, Mylord.«

Mrs. Tucker brachte einen einigermaßen glaubwürdigen Knicks zustande und zog sich aus dem Salon zurück, wobei sie geflissentlich Arabellas Blicken auswich.

»Wollen Sie mir nicht Gesellschaft leisten, Miß Deverill?« erkundigte sich der Graf und zog einen Stuhl heraus, der neben dem seinen stand.

»Sie!« fauchte sie mit bebenden Nasenflügeln. Sie schluckte ihren Zorn hinab und brachte mit relativer Gelassenheit heraus: »Frühstücken Sie immer so zeitig?«

»Ja«, antwortete er, noch immer die Stuhllehne in der Hand. Er sah ihr Reitkleid, grinste und sagte betont: »Ich reite immer gern gleich nach dem Frühstück. Es hat den Anschein, Miß Deverill, daß Sie die gleiche Gewohnheit haben.«

»Ja.« Ihr Ton war scharf. Sie ließ sich auf dem angebotenen Stuhl nieder und begann sich Eier und Speck auf den Teller zu laden, bevor er selbst sich wieder gesetzt hatte.

»Wäre es nicht eine Frage schlichter Höflichkeit, auf Ihren . . . Gastgeber zu warten?« fragte er milde.

Ihre Hand umkrampfte unwillkürlich den Griff ihrer Gabel, und sie warf ihm einen finsteren Blick zu.

Er seufzte, griff nach seiner Zeitung und senkte den Kopf.

»Würden Sie mir bitte den Kaffee herübergeben?«

Der lockige schwarze Kopf des Grafen wandte sich ihr zu.

»Gewiß, Miß Deverill. Hier.«

»Und einen Teil der Zeitung, bitte.«

»Natürlich, Miß Deverill. Einen ganz bestimmten Teil?«

»Da ich Sie nicht berauben möchte, geben Sie mir vielleicht den Teil, den Sie schon gelesen haben.«

»Bitte, Miß Deverill.«

Als sie ihm die Seiten aus der ausgestreckten Hand nahm, bemerkte er tiefe Kratzer auf ihrem Handrücken.

»Sind Sie heute früh wieder in Ordnung?« erkundigte er sich in bedeutsamem Ton.

»Natürlich.«

Ihr Blick fiel auf die Verletzungen, und sie zog die Hand hastig zurück.

»Ich bin erleichtert, wenngleich nicht überrascht. Dr. Branyon versicherte mir, Sie würden heute wieder ganz die alte sein.«

Sie biß ob seines amüsierten Untertons die Zähne zusammen und wandte sich in verachtungsvollem Schweigen erneut ihrem Frühstück zu.

»Würden Sie vielleicht gern mit mir reiten, Miß Deverill?« fragte er plötzlich.

Eine Ablehnung lag ihr auf der Zunge, überlegte es sich dann jedoch anders und erwiderte:

»Wie Sie wollen.«

»Ausgezeichnet. Sie könnten mich auf meinem ersten Ausritt führen. Auf welchem Pferd reiten Sie, Miß Deverill? Ich werde im Stall Bescheid sagen lassen.«

»Auf dem Pferd des Grafen«, antwortete sie ohne zu überlegen.

»Ja? Glauben Sie nicht, daß das zu zweit ein bißchen

unbequem werden wird? Nicht, daß ich etwas dagegen hätte, mein Pferd mit Ihnen zu teilen.«

»Ich meine nicht *Ihr* Pferd«, sagte sie hitzig. »Ich meine das Pferd des Grafen . . . meines Vaters.«

»Sie meinen Lucifer«, kam er ihr freundlich zu Hilfe.

»Ja«, zischte sie.

»Natürlich haben Sie dafür meine Erlaubnis.«

»Sie sind zu gütig!«

Ihr bissiger Sarkasmus schien bei ihm verschwendete Mühe zu sein. Sie schob wütend ihren Stuhl zurück.

»Ich wäre Ihnen sehr verbunden, wenn Sie auf . . . *mein* Mobiliar besser achtgeben würden, Miß Deverill«, bemerkte der Graf sinnend.

Sie starrte ihn in sprachloser Wut an.

»Kommen Sie, meine liebe Miß Deverill. Ich glaube, für den Moment haben wir nun genügend die Klingen gekreuzt.« Er lächelte plötzlich, so daß seine kräftigen, weißen Zähne sichtbar wurden.

»Ich werde Ihnen Lucifer schenken. Bald werden wir ihn als ›das Pferd der Gräfin‹ bezeichnen.«

Arabella hatte das Gefühl, daß ihr Gehirn weitgehend dem Rührei glich, das sie soeben verzehrt hatte. Seine unverfrorene Anspielung machte sie fast sprachlos.

Der Graf zog seine Uhr heraus und blickte darauf. »Kommen Sie, Miß Deverill?«

»Ja«, sagte sie gedehnt. »Ich komme.«

Dr. Branyon war ein kurzer, jedoch erfreulicher Blick auf Lady Anns schön geformte Knöchel vergönnt, als sie die Röcke hob, um anmutig über einen winzigen blühenden Rosenbusch zu steigen. Sie trug keinen Hut, und ihr dichtes, blondes Haar glänzte golden in der hellen Mittagssonne. Ein Strauß Osterglocken in ihrer Hand verriet, womit sie soeben beschäftigt gewesen war.

Sie erblickte Dr. Branyon, der nur wenige Meter von ihr entfernt dastand, und errötete.

»Paul . . .«, stammelte sie, »wie haben Sie mich gefunden?«

»Crupper ist ein scharfer Beobachter, meine Liebe.«

Lady Ann hatte sich schnell gefaßt.

»Ich glaubte schon, Sie seien heute vielleicht zu sehr mit Ihren Patienten beschäftigt, um kommen zu können.«

»Nur eine bevorstehende Geburt von Drillingen hätte mich abhalten können. Darf ich Ihnen vielleicht diese mörderisch aussehende Blumenschere abnehmen?«

»Ja, vielen Dank, Paul.«

Sie entledigte sich des Werkzeugs und stellte fest, daß diese triviale Aktion ihr inneres Gleichgewicht und eine angemessene Perspektive wiederherstellte. Alles war wie zuvor. Er war nach wie vor ihr langjähriger Freund. Trotzdem, sie konnte sich nicht erinnern, seinen dunkelbraunen Kordsamtanzug je so elegant gefunden zu haben. Seine Augen waren fast von der gleichen Farbe und funkelten freundlich und amüsiert.

Dr. Branyon paßte seinen Schritt dem ihren an, während sie durch den Blumengarten zum Rasen hinübergingen. »Macht unsere Arabella Fortschritte?« fragte er.

»Meinen Sie ihre physische Gesundheit oder ihre Beziehung zu Justin?«

»Na, wie ich unsere kleine Bella kenne, ist sie so gesund wie das schwarze Untier, das sie so beharrlich zu reiten pflegt. Was Justin betrifft, so ist das wohl etwas anderes.«

»Im ersten Punkt haben Sie recht wie gewöhnlich. Was Justin angeht, so bin ich mir da nicht so sicher. Sie sind heute morgen gemeinsam ausgeritten, und es scheint keinem etwas geschadet zu haben. Wenn Arabella auch nicht ganz so redefreudig war wie sonst, so war sie doch zumindest dem Grafen gegenüber nicht unhöflich. Wenn ich mich nicht täusche, halten sich jetzt beide in der Bibliothek auf und brüten über den Rechnungsbüchern von Evesham Abbey. Arabella kennt sich in der Leitung des Besitzes ebensogut aus wie ihr Vater. Armes Kind, ich erinnere mich, wie er ihr alles einpaukte! Der liebe Mr. Blackwater, unser Verwalter, war ganz außer sich, als Arabella ihm im reifen Alter von sechzehn Jahren die ersten Anweisungen erteilte.«

Dr. Branyon lachte.

»Und wie wird sich der Graf mit Bellas höchst unweiblicher Tüchtigkeit in einer traditionellen Männerdomäne abfinden? Die Kleine ist zudem auch noch zehn Jahre jünger als er!«

»Um Ihnen die Wahrheit zu sagen, Paul, er schien höchst befriedigt darüber zu sein. Ich glaube, er wird sie schließlich sogar zutiefst bewundern.«

Dr. Branyon blieb stehen und legte eine Hand auf Lady Anns Schulter.

»Vielleicht haben Sie recht. Obwohl ich mit großer Deutlichkeit einige Streitereien voraussehe, bei denen die Fetzen fliegen werden, passen die beiden vermutlich besser zusammen als die meisten Ehepaare. Arabella braucht einen starken Partner, sonst würde sie ihm das Leben zur Hölle machen. Was Justin betrifft, so würde er mit Sicherheit ein absoluter Haustyrann werden, wenn er mit einer nachgiebigen grauen Maus verheiratet wäre.«

»Wie gründlich Sie mit meinen Sorgen aufräumen, Paul.«

Sie zupfte eine Osterglocke aus ihrem Strauß und steckte sie in das Knopfloch seiner Jacke. Dann zuckte sie schuldbewußt zusammen.

»Ach du lieber Himmel, ich habe ja Elsbeth ganz vergessen. Sie wird glauben, ich sei in den Fischteich gefallen. Gehen wir zu ihr, Paul, es ist fast Teezeit.«

Dr. Branyon blieb plötzlich stehen und lachte laut auf.

»Du meine Güte, Paul, was habe ich denn gesagt?«

»Mir kam gerade eben der Gedanke, meine liebe Ann, daß Sie demnächst die würdevolle Gräfinwitwe von Strafford sein werden! Das ist wirklich zum Lachen!«

»Ich . . . ich bin ziemlich matronenhaft, Paul«, brachte sie heraus, selbst einigermaßen überwältigt von diesem ehrfurchtgebietenden Altedamentitel.

»Aber dafür noch nicht ausreichend senil.« Er grinste und ergriff ihren Arm. »Kommen Sie, meine liebe Gräfinwitwe, lassen Sie mich Ihnen behilflich sein. Vielleicht kann ich Ihnen einen Stock verschreiben.«

»Paul – hören Sie auf!«

Elsbeth hatte keineswegs die Befürchtung gehegt, Lady Ann sei ein Unfall zugestoßen. Genaugenommen dachte sie überhaupt nicht an sie. Sie saß da, ihre Strickarbeit im Schoß, starrte ins Leere und stellte sich all die erfreulichen Zerstreuungen vor, die sie in London erwarteten. Bälle, Abendgesellschaften, ja, sogar Aufführungen in Drury Lane! Ihr Leben lang hatte sie vom Pantheon Bazaar gehört, wo man Bänder in buchstäblich jeder Farbnuance und Tausende von anderen Kinkerlitzchen bekommen konnte. Und da war natürlich auch noch Almack's, wo man als junges Mädchen ungezählte Stunden mit charmanten, hinreißenden jungen Männern tanzend zubringen konnte. Ihre zehntausend Pfund würden ihr einen Platz in der Londoner Gesellschaft sichern. Lady Ann, Witwe eines Peers und Kriegshelden, würde ihr jede Tür öffnen können.

Sie runzelte die Stirn, weil ihr Josette einfiel. Wie sie sich wünschte, die alte Dienerin würde mit ihren düsteren Beschimpfungen aller Deverills aufhören! Schließlich, hatte ihr Vater nicht bewiesen, daß er sie doch geliebt hatte? Diese Riesensumme, die er ihr vermacht hatte! Elsbeth seufzte. Josette wurde einfach alt und schrullig. Erst heute morgen hatte sie sie, Elsbeth, ›Magdalaine‹ genannt.

»Kommen Sie näher ans Fenster, Magdalaine«, hatte sie ganz deutlich gesagt. »Wie kann ich die Volants nähen, wenn Sie so herumzappeln?«

Elsbeth hatte ihre alte Dienerin nicht darauf aufmerksam machen wollen, daß sie keineswegs ihre Mutter, also Magdalaine, war. Gefügig war sie ans Fenster gegangen.

Und dann hatte sie den Grafen und Arabella erspäht. »Oh, schau mal, Josette«, rief sie, »da kommen die beiden!«

Zwei große Hengste galoppierten die Zufahrt zum Rasen vor dem Schloß herauf. »Sie machen ein Wettrennen! Da, Arabella hat gewonnen!«

Elsbeth schauderte leicht. Pferde waren für sie ausgesprochen unberechenbare Wesen, denen man nicht trauen konnte.

Elsbeth hörte Arabellas Triumphschrei und sah zu, wie sie ohne jede Hilfe vom Pferd sprang. Josette trat näher und kniff die wäßrigen Augen in der hellen Morgensonne zusammen.

»Sie ist genau wie ihr Vater! Unverschämt und eingebildet. Keine Lady wie Sie, mein kleiner Liebling. Sie springt vom Pferd wie ein Mann! Und sehen Sie sich den neuen Grafen an – er ermutigt sie auch noch!«

Elsbeth achtete nicht sonderlich auf Josette. Mit einem Stich von Neid dachte sie, daß sie älter war als Arabella und sich trotzdem so . . . so unfertig fühlte.

Elsbeth nahm sich zusammen. Es war albern, entschied sie, auf Arabella eifersüchtig zu sein. Schließlich war sie,

Elsbeth, diejenige, die die zehntausend Pfund hatte. Falls Arabella sich nicht nach den Anweisungen ihres Vaters hielt, würde sie überhaupt nichts bekommen. Arabella mußte den neuen Grafen heiraten, und den fand sie, Elsbeth, ebenso einschüchternd wie den riesigen Hengst, den er ritt. Der Mann war so groß, so überwältigend. Er schien jedes Zimmer mit seiner Anwesenheit förmlich auszufüllen. Sie empfand einen leisen Schauder, der ihre Hand zittern ließ. Es war ein seltsames Gefühl von Furcht, die ihr irgendwie die Röte in die Wangen trieb.

Sie wandte sich wieder ihrer Stickerei zu und blickte erst auf, als Lady Ann und Dr. Branyon nebeneinander in den Samtsalon geschlendert kamen, in eine angeregte Unterhaltung vertieft. Elsbeth spürte, daß sich bei den beiden irgend etwas verändert hatte, etwas, das sie nicht recht begriff.

»Bravo, Elsbeth! Sie spielen Mozart ganz ausgezeichnet!« rief Dr. Branyon munter.

Der Graf pflichtete bereitwillig bei. Er fand es seltsam, daß die schüchterne, so zurückhaltende Elsbeth mit solcher Leidenschaft Pianoforte spielte.

Elsbeth stand vom Hocker auf und errötete erfreut, zumal sie wirklich besonders gut gespielt hatte.

Es ging auf zehn Uhr zu, und Lady Ann war im Begriff, sich zurückzuziehen, als sich der Graf an Arabella wandte und sagte:

»Nun sind Sie an der Reihe, Miß Deverill. Wollen Sie uns nicht etwas vorspielen?«

Arabella lachte hell auf.

»Wenn ich spiele, werden Sie Ihre galante Aufforderung mit Sicherheit bereuen.«

»Höre, Arabella, das stimmt nun nicht ganz«, wandte Lady Ann ein.

Sie dachte an die qualvollen Stunden, die sie hinter Arabella am Pianoforte stehend zugebracht hatte, und an das klägliche Resultat ihrer Bemühungen.

»O Mutter«, erwiderte Arabella verschmitzt, »es ist an der Zeit, daß du den Tatsachen ins Auge siehst. Trotz ihrer unermüdlichen heroischen Anstrengungen«, sagte sie über die Schulter hinweg zum Grafen, »habe ich nie auch nur eine Tonleiter zustande gebracht, ohne über meine eigenen Finger zu stolpern.«

»Aber Arabella, du kannst doch alles so gut!« protestierte Elsbeth tapfer. »Ich kann einfach nicht glauben, daß du . . .«

»Du liebes Gänschen«, sagte Arabella liebevoll zu ihrer Halbschwester, »du hast das gesamte musikalische Talent der Familie Deverill geerbt. Ich möchte viel lieber dir zuhören, als erleben, daß jeder schreiend und sich die Ohren zuhaltend aus dem Zimmer rennt!«

Lady Ann unterdrückte mühsam ein Lächeln. In gespielter Nachgiebigkeit hob sie die Hände.

»Ausgezeichnet, Mama. Du hast jedermann hier vor einer schrecklichen Erfahrung gerettet.«

»Nun, Mylord«, wandte sich Dr. Branyon an den Grafen, »wie war Ihre erste Nacht in Evesham Abbey?«

Der Graf beugte sich auf seinem Stuhl vor und verschränkte die Hände zwischen den Knien.

»Merkwürdig, daß Sie danach fragen, Sir«, erwiderte er bedächtig, »denn ich habe eine einigermaßen ungewöhnliche Nacht hinter mich gebracht.« Angesichts der auf ihn gerichteten Blicke lächelte er leicht. »Ich bin geneigt zu glauben, daß das alles nur meine eigene Einbildung war. Wie dem auch sei, Sie alle sind vertraut mit der Schnitzerei in meinem Schlafzimmer – dem ›Totentanz‹.«

»Er ist entsetzlich!« rief Elsbeth und schauderte.

»Er ist mit Sicherheit ungewöhnlich«, sagte der Graf.

»Ich betrachtete ihn mir genau, bevor ich zu Bett ging, und versuchte hinter das Motiv zu kommen. Ich konnte einfach keine plausible Erklärung finden und grübelte noch darüber nach, bis ich einschlief.« Der Graf warf Dr. Branyon einen Blick zu. »Ich hoffe, Sie werden mich nicht ins Irrenhaus befördern, Sir, wenn ich jetzt weitererzähle.«

»Los, kommen Sie schon zur Sache«, drängte Arabella ungeduldig.

»Stören Sie bitte nicht den dramatischen Aufbau meines Berichts, Miß Deverill. Es war sehr spät, schon in den frühen Morgenstunden, als ich plötzlich aufwachte und das deutliche Gefühl hatte, nicht allein zu sein. Ich zündete die Kerze neben meinem Bett an und hob sie hoch, um das Zimmer auszuleuchten. Aber ich konnte nichts weiter sehen als das greulich grinsende Skelett auf dem Holzrelief. Ich begann bereits, mir selber ziemlich albern vorzukommen, als ich in der Nähe des Kamins einen merkwürdig dumpfen Laut hörte. Ich hob erneut die Kerze, sah jedoch nichts. Dann – ich schwöre – hörte ich einen hohen Jammerschrei, wie der eines neugeborenen Kindes. Bevor ich noch reagieren konnte, erfolgte, diesmal ganz in meiner Nähe, ein zweiter Schrei. Nicht der eines kleinen Kindes, sondern der einer Frau – durchdringend und irgendwie entsetzlich gequält. Dann erfolgte nichts mehr. Ich bin mir nach wie vor nicht sicher, ob ich mir das Ganze nicht einfach eingebildet habe.«

Der Graf sah in die bestürzten Gesichter rings um ihn her.

Lady Ann war die erste, die sich faßte.

»Sie haben sich nichts eingebildet, Justin. Sie haben die Bekanntschaft der Gespenster von Evesham Abbey gemacht. Das, was Sie da beschrieben haben, geschieht nur selten – und nur im Schlafzimmer des Grafen.«

»Das ist doch wohl ein Scherz, Ann«, sagte der Graf, erstaunt und irgendwie unangenehm berührt bei dem Gedanken, sein Schlafzimmer mit außerirdischen Bewohnern teilen zu müssen.

»Nein, es ist wahr«, pflichtete Arabella bei. »Mein Vater hat das gleiche mindestens vier- oder fünfmal erlebt. Es lebte vor über zweihundert Jahren, bevor Evesham Abbey an die Familie Deverill ging, ein Lord namens Favill hier. Er galt als bösartig und grausam, ein wilder, unsteter Mann. Man erzählt sich, daß in einer stürmischen Nacht ein Diener bei der Hebamme des Ortes eintraf und ihr befahl, ihn zu begleiten. Sie hatte Angst und weigerte sich, aber er zwang sie mitzukommen. Die Augen wurden ihr verbunden, und danach mußte sie viele Meilen in einem Wagen fahren. Schließlich hielt das Gefährt, sie wurde eine lange Treppe hinaufgeführt und in ein Schlafzimmer geschoben. Als der Diener ihr die Binde von den Augen nahm, sah sie eine Frau im letzten Stadium der Schwangerschaft in einem Bett liegen. Ein großer, finster schweigender Mann stand am Kamin. Die Frau begann zu schreien, und die Hebamme stürzte zu ihr hin, um ihr zu helfen.

Nach langen, schweren Wehen wurde das Kind schließlich geboren. Zum Entsetzen der Hebamme stürzte sich der Mann darauf, packte es und schleuderte es in das prasselnde Feuer. Die Frau schrie auf und fiel in Ohnmacht.

Der Diener packte die Hebamme, verband ihr wieder die Augen und fuhr sie zurück in ihr Haus.«

Arabella spürte, wie sie eine Gänsehaut an den Armen bekam, obwohl sie die Geschichte schon seit so langer Zeit kannte.

»Guter Gott«, sagte der Graf.

»Es gibt ein Ende der Geschichte«, sagte Lady Ann. »Es

scheint, daß sich die Hebamme an verschiedene Geräusche erinnerte und sogar die Stufen der Treppe gezählt hatte. Es gelang ihr, den Richter nach Evesham Abbey zu führen. Obwohl der Richter keine schlüssigen Beweise für das Verbrechen finden konnte und Lord Favill auf diese Weise seiner Bestrafung entging, war damit die Sache noch nicht zu Ende. Es wurde berichtet, daß Lord Favill einmal spät in der Nacht aus seinem Schlafzimmer gestürzt kam, das Gesicht in schierem Entsetzen verzerrt. Er raste in den Stall und warf sich auf einen seiner halbwilden Hengste. Niemand weiß genau, was anschließend passierte, aber am nächsten Morgen wurde Lord Favill hinter einem Hügel bei den Ruinen der alten Abtei von seinem Pferd erdrückt tot aufgefunden. Bis heute heißt die Anhöhe ›Favills Sprung‹.«

»Wie schrecklich.« Elsbeth schauderte. »Josette hat mir von Lord Favill erzählt, aber ich habe ihr nicht geglaubt.«

»Es ist eine grausame Geschichte«, sagte Lady Ann in aufmunterndem Ton, »aber schließlich liegt sie zweihundert Jahre zurück.«

Dr. Branyon schüttelte den Kopf.

»Ich fürchte, Sie werden hier heute nacht alle miteinander merkwürdige Laute hören.«

Lady Ann erhob sich.

»Na, ich jedenfalls habe nicht die Absicht, etwas anderes zu tun als zu schlafen.« Sie wandte sich an Elsbeth. »Komm, Liebes. Ich werde dich in dein Zimmer begleiten. Du siehst ziemlich mitgenommen aus.«

Arabella fühlte sich einigermaßen verwirrt, als sie sich ein paar Minuten später, nachdem sich der Arzt verabschiedet hatte, allein mit dem Grafen im Salon wiederfand. Sie sah zu, wie er aufstand und zum Buffet schlenderte. »Ein Glas Sherry, Miß Deverill?«

»Ja, bitte.«

Sie schlug die Beine übereinander, stützte den Ellbogen auf und legte das Kinn in die Hand.

»Sie scheinen das alles mit ziemlicher Gelassenheit aufgenommen zu haben.«

Er reichte ihr das Glas.

»Glauben Sie mir, ich würde Dr. Branyon liebend gern um ein Schlafmittel bitten, wenn ich nicht annähme, dies würde mich in Ihrer Wertschätzung heruntersetzen.«

»Ach was – wie absurd Sie sind!«

Sie trank hastig einen großen Schluck Sherry.

»Noch zwei Gläser vom Sherry meines Vaters, und Sie schlafen wie ein Stein.«

»Dann lassen Sie ihn uns mit Genuß trinken! Auf Ihre Gesundheit . . . Arabella. Das ist ein schöner Name, wissen Sie. Hoffentlich haben Sie nichts dagegen, wenn ich ihn benutze. ›Miß Deverill‹ ist so schrecklich unpersönlich.«

»Ich bin nicht sicher, daß ich nichts dagegen habe«, erwiderte Arabella rundheraus. »Es ist sehr viel leichter, Sie mit ›Miß Deverill‹ auf Abstand zu halten.«

»Aber ich würde es vorziehen, Ihnen viel näher zu stehen.«

Sein zärtlicher Ton veranlaßte sie, die Beine nebeneinander zu stellen und vom Sofa aufzustehen.

»Sie . . . Sie sind voreilig, Sir.«

»Justin«, verbesserte er sie freundlich.

»Sir!« wiederholte sie in scharfem Ton. »Es wird spät. Gute Nacht.«

»So feige, Arabella?«

Er stellte sein Glas hin und ging zielstrebig auf sie zu.

»Ich schwöre Ihnen, wenn Sie noch einen Schritt näherkommen, werde ich Ihnen diesen Sherry ins Gesicht schütten!« Sie blieb kampflustig stehen und behielt ihn scharf im Auge.

Zu ihrer Überraschung und nur teilweisen Erleichterung schien der Graf ihre Drohung ernst zu nehmen. Er ließ seinen mächtigen Körper auf ein Stühlchen mit Spindelbeinen nieder, das unter seinem Gewicht ächzte, und seufzte herzerweichend.

»Sie überlassen mich meinem Schicksal in einem Schlafzimmer, in dem es spukt.«

Arabella runzelte die Stirn und erwiderte in etwas versöhnlicherem Ton:

»Ich kann es Ihnen nach Ihrem haarsträubenden Erlebnis gestern nacht nicht verdenken, daß Sie sich ungemütlich fühlen. Mir ging es jedenfalls in diesem Zimmer immer so.«

»Wie es mich freut, das zu hören«, sagte der Graf erleichtert. »Ist Ihr Schlafzimmer groß genug für uns beide?«

Seine Frage weckte eine Reihe sehr intimer Vorstellungen in ihrem Inneren. Arabella wich zurück, verlegene Röte stieg ihr in die Wangen.

»Sie sind doch nicht etwa prüde, oder, meine Liebe?«

»Sie sind wirklich unmöglich und . . . unausstehlich!« fauchte sie und stürmte aus dem Salon.

Ein erwartungsvolles und zuversichtliches Lächeln zuckte um die Mundwinkel des Grafen. Wie starrköpfig und widerspenstig sie doch war! Und doch, er glaubte nicht, daß er sie anders haben wollte. Er begann den Eindruck zu gewinnen, daß er gar keinen so schlechten Handel abgeschlossen hatte.

7

Der Graf trommelte ungeduldig mit den langen Fingern auf eine der neueren Seiten des Rechnungsbuchs. Verdammt, er war nicht an endlose Reihen von Zahlen gewöhnt, die zusammengerechnet und nochmals zusammengerechnet werden mußten, an all die Details, die dieses und jenes Investment betrafen, an das Jonglieren mit Zahlungen seiner Pächter, damit sie soviel wie möglich einbrachten. Am liebsten wäre ihm gewesen, all diese Dinge würden verschwinden und verschwunden bleiben, genauso wie das Gespenst von Evesham Abbey vor einer Woche. Er lehnte sich in seinem Stuhl zurück und ließ die Feder auf die offene Buchseite fallen. Er hatte seine Erwachsenen-Jahre als Soldat zugebracht – als Anführer von Männern, nicht als Meister von Zahlen. Ah . . . Ciudad Rodrigo – das war eine Schlacht gewesen, und eine entscheidende dazu. Und doch, so dachte er düster, hielt Napoleon Europa noch immer fest in seinen korsischen Händen. England litt unter der französischen Blockade, und wenn die Gerüchte zutrafen, so warf Napoleon nun gierige Blicke nach Osten – nach Rußland. Und hier saß er, Justin, weitab vom Weltgeschehen. Mit einem Laut ohnmächtigen Ärgers schüttelte er den Kopf und wandte seine Aufmerksamkeit wieder den Eintragungen vor ihm zu. Wen er brauchte, war Arabella. An dem einen Nachmittag, den sie damit zugebracht hatte, ihm Dinge wie Pachtbeträge, Marktpreise, Ernteeinkünfte und dergleichen zu erklären, hatte sie sich präzise und kenntnisreich ausgedrückt, und er hatte immerhin ein paar grundlegende Einsichten gewonnen. Blackwater, sein Verwalter, war da weit weniger hilfreich gewesen. Der fleißige kleine Mann schien Schwierigkeiten zu haben, seinen altersbedingt nachlassenden Verstand an das neue Jahrhundert anzupassen.

Arabella. Während der vergangenen Woche war sie praktisch ebensowenig vorhanden gewesen wie seine nächtlichen Gespenster. Er vermutete, daß sie sehr früh in ihrem eigenen Zimmer frühstückte, um ihm damit aus dem Weg gehen zu können. Sie ritt allein auf Lucifer aus, und an vielen Tagen kehrte sie erst zurück, wenn die Sonne bereits hinter der von Charles II. gepflanzten Zeder auf dem vorderen Rasen unterging.

Aus Klugheit ließ er sie in Ruhe. Oder zumindest hielt er es für klug. Häufig war es Arabella, die dafür sorgte, daß sie nicht mit ihm allein war. Er wäre völlig ratlos gewesen, hätte er nicht mehrere Male gespürt, wie ihre großen grauen Augen zu ihm hinüberschweiften, während er sich mit jemand anderem unterhielt.

In der Ferne grollte Donner. Endlich eine Ablenkung von dieser elenden Arbeit. Er stand auf und ging zum Fenster. Dunkle, pralle Regenwolken hingen tief und bedrohlich am östlichen Himmel.

Kalter, schwerer Wind umwirbelte Arabella, kündigte den demnächst losbrechenden Sturm an. Trotzdem rührte sie sich nicht von ihrem Platz auf dem am höchsten emporragenden grauen Stein inmitten der Ruinen der alten Abtei. Wie seltsam, daß ihr Vater diese Ruinen immer gehaßt hatte. Als sie noch ein Kind war, hatte er ihr verboten, auch nur in ihre Nähe zu kommen. Es war die einzige Gelegenheit, an die sie sich erinnern konnte, bei der sie sich ihm widersetzt hatte. Sie ließ die Finger über die glatte, leblose Oberfläche des Steins gleiten, versunken in Erinnerung an ihre sorgsam gehüteten Kindheitsabenteuer.

Ein großer Regentropfen schlug gegen ihre Wange und rann über ihr Kinn hinab. Zögernd stand sie auf und blickte nach Evesham Abbey hinüber, das nun schon beinahe von der Dunkelheit eingehüllt war. Es schien unwahrscheinlich, daß sich Lady Ann und Elsbeth von Talgarth Hall fortwagen würden, nun da sich der Sturm so schnell zusammenbraute. Sie hatte sie vor zwei Stunden dorthin aufbrechen sehen, allein mit dem Kutscher John, und sie hatte sich gefragt, weshalb der Graf sie nicht begleitet hatte.

Der junge Graf stand, die Hände auf die Hüften gestützt, im Schutz des mit Säulen bestandenen Porticos.

»Miß Arabella ist nicht mit Lucifer weggeritten?« fragte er in grimmigem Ton James, den ersten Stallknecht.

Der Regen prasselte mit aller Wucht herab.

»Nein, Mylord«, antwortete James besorgt. Er zitterte vor Kälte.

»Na gut, vielen Dank, James. Holen Sie sich einen Mantel, bevor Sie zum Stall hinübergehen.«

Verdammt – fand sie seine, Justins, Gesellschaft wirklich so widerwärtig, daß sie vorzog, sich statt dessen eine Erkältung zu holen? In äußerst kurzer Zeit verwandelte sich seine Besorgnis um sie in heftigen Zorn.

Während er sich noch ausmalte, wie er ihr den Hals umdrehen würde, konnte er in Dunkelheit und Regen die vagen Umrisse einer Person erkennen, die über den Rasen eilte. Als sie sich näherte, erkannte er Arabella, die mit über die Knie hochgezogenen Röcken auf ihn zugerannt kam. Zwei Stufen auf einmal nehmend, eilte sie die Treppe empor und blieb keuchend vor ihm stehen.

»Wo zum Teufel haben Sie gesteckt?« platzte er wütend heraus.

Arabella strich sich das durchnäßte Haar aus der Stirn, hob fragend eine Braue und erwiderte bereitwillig:

»Ich glaube, es ist auch für Leute mit minderer Intelligenz offensichtlich, daß ich durch den Regen gerannt bin. Wenn Sie jetzt freundlicherweise aufhören würden, mich auf so dumme Weise anzustarren, würde ich hinaufgehen und mich umziehen.«

In aufflackernder Begierde warf er einen Blick auf ihren schlanken Hals und stellte sich vor, wie sich seine Finger um ihn schlossen.

»Um Himmels willen, Sie sehen ja aus, als ob Sie gerade eine Schlacht verloren hätten oder so was. Sie sollten wirklich nicht hier außen herumstehen, es ist ziemlich kalt, und Sie könnten sich ohne weiteres eine Lungenentzündung holen.«

»Arabella!« donnerte er, aber sie war bereits an ihm vorbeigehuscht und in der Eingangshalle verschwunden.

Er wollte, ihr durchweichtes Kleid hätte nicht auf so enthüllende Weise an ihren Brüsten und Hüften geklebt. Es ließ ihn seinen Zorn vergessen.

»Wir werden in einer halben Stunde im Samt-Salon zu Abend essen, Madam!« rief er hinter ihr her. »Ich weigere mich, länger zu warten.«

Sie drehte sich auf der Treppe um, wobei sich Pfützen um ihre Füße bildeten, betrachtete ihn gelassen und erwiderte in einem Ton, mit dem man Kinder zu beruhigen pflegt:

»Aber ja, natürlich. Machen Sie sich keine weiteren Gedanken um mich, Sir. Ich werde gleich bei Ihnen sein.«

Der Graf spürte, wie seine Mundwinkel zu zucken begannen, und unterdrückte eisern sein Grinsen.

Er hatte sich von jeher eingeredet, gegen weibliche Reize immun zu sein, und war infolgedessen verblüfft, als Arabella exakt dreißig Minuten später den Samt-Salon betrat. Anmutig glitt sie herein, noch immer in schwere, schwarze Seide gekleidet. Es war ihr Haar, das ihn verwirrte. Noch immer feucht, hing es in glänzenden dunklen Wellen über ihren Rücken bis zur Taille herab, von einem einfachen, um ihre Stirn gebundenen Band nach hinten gehalten. Er unterdrückte das heftige Verlangen, die seidige Masse zu heben und sie gegen sein Gesicht zu pressen.

»Na schön, hoffentlich werden wir nicht Dr. Branyon holen müssen, damit er Ihnen eine Arznei verschreibt«, sagte er gereizt.

»Ich bin mit der hervorragenden Gesundheit meines Vaters gesegnet«, erwiderte sie liebenswürdig und trat zu ihm an den Kamin – gefährlich nahe.

Und zum erstenmal empfand der Graf etwas wie einen leichten Schreck. Er fand ihre kühle Selbstsicherheit ziemlich irritierend und wandte sich mit einem Ruck von ihr ab.

»Justin.«

Er fuhr herum und starrte sie ungläubig an. Er hatte wohl nicht richtig gehört.

»Sie haben auch einen reizvollen Namen. Haben Sie etwas dagegen, wenn ich Sie so nenne?«

Ihre Stimme hatte einen leicht heiseren Unterton, der ein angenehmes Prickeln in seinem Körper verursachte.

»Sie können gar nicht Arabella Deverill sein«, sagte er mit fester Stimme. »Vielleicht sind Sie ihre seit langem versteckt gehaltene Zwillingsschwester?«

»Nein, ich bin's, Justin«, sagte sie ungerührt. »Ich habe keine Zwillingsschwester. Wenn Sie sich jetzt aus Ihrer Verdrossenheit lösen, würde ich gern mit Ihnen über ernsthafte Dinge sprechen.«

Die schwarzen Brauen des Grafen zogen sich zusammen. Dieses kleine Luder – jetzt versuchte sie *ihn* plötzlich zu becircen!

»Nicht vor dem Abendessen«, knurrte er.

»Nein, natürlich kann ich nicht erwarten, daß Sie ohne irgendwelche Nahrung Vernunft annehmen«, sagte sie in gütigem Ton und zog an der Klingelschnur.

»Crupper«, sagte der Graf ein paar Augenblicke später zu dem eintretenden Butler, »was schlagen Sie zum Abendessen vor?« Zumindest konnte er nun das Kommando über sein eigenes Abendessen übernehmen.

»Mylord, Schweinebraten und frische Gartenerbsen, so wie Miß Arabella angeordnet hat.«

»Ich mache mir nicht viel aus Schweinebraten, Crupper. Haben Sie noch etwas anderes?«

»Natürlich gibt es noch andere Möglichkeiten«, mischte sich Arabella freundlich ein. »Der Koch bereitet mir am Donnerstag immer Schweinebraten zu«, fügte sie mit deutlichem Augenzwinkern hinzu.

»Dann lassen Sie es bei dem verdammten Schweinefleisch, Crupper. Das genügt vollkommen.«

Du lieber Himmel, der Graf war heute aber nervös, dachte Crupper beunruhigt. Er wartete, bis er den Samt-Salon unter Verbeugungen schon fast verlassen hatte, bevor er seine wichtige Botschaft los wurde.

»Ich bitte Ihre Lordschaft um Verzeihung, aber ein Diener aus Talgarth Hall ist vorhin eingetroffen. Lady Ann und Miß Elsbeth werden zum Abendessen dort bleiben, weil sie sich nicht in das schlechte Wetter hinauswagen wollen.«

»Danke, Crupper«, sagte der Graf, noch immer mit gerunzelter Stirn. Er war sich im Augenblick nicht sicher, ob er ihre Abwesenheit bedauerte oder erfreut darüber war.

»Ist das Schweinefleisch nach Ihrem Geschmack?« erkundigte sich Arabella in verbindlichem Ton, nachdem sie beobachtet hatte, wie der Graf sich mit herzhaftem Appetit darüber hermachte.

»Es ist passabel«, gab er widerwillig zu.

Ihm wurde bewußt, daß er sich soeben eine weitere Portion auf den Teller gehäuft hatte. Zusätzlich wurde ihm aufs unbehaglichste klar, daß er sich flegelhaft benahm. Er legte die Gabel auf den Teller und lehnte sich mit über der Brust verschränkten Armen in seinem Stuhl zurück. Unachtsamerweise hatte Arabella die Oberhand gewonnen, und sie hatte die Gelegenheit auch geschickt ausgenutzt. Wider Willen mußte er lachen.

Arabella hob ob seines unerwarteten Ausbruchs von Heiterkeit den Blick und legte den Kopf zur Seite. Sie spürte, daß er bemüht war, die Situation wieder in den Griff zu bekommen, und sagte in provokativem Ton:

»Wissen Sie, Justin, die Kerbe in Ihrem Kinn ist wirklich sehr reizvoll. *Ich* habe sie nicht.«

»Möchten Sie meine attraktive Kerbe im Kinn nicht näher betrachten, Arabella?« erkundigte er sich unverfroren. »Es gibt noch eine ganze Menge anderer Dinge an mir, die Sie mit Sicherheit ebenfalls reizvoll finden würden.«

»Ganz sicher würden Sie das gleiche bei mir feststellen, Justin«, erwiderte sie mit herausforderndem Lächeln.

»Nachdem ich Sie in Ihrem triefnassen, enganliegenden Kleid gesehen habe, kann ich mir mit dem besten Willen nicht vorstellen, enttäuscht zu werden.«

Er grinste und wurde dann schlagartig ernst.

»Kommen Sie, setzen wir uns ans Feuer und diskutieren wir ernsthafte Themen.«

Er geleitete sie zu einem kleinen Sofa und ließ sich absichtlich dicht neben ihr nieder.

»Ich werde Sie heiraten«, verkündete sie rundheraus und sah ihm direkt in die Augen.

»Sie machen mich zum glücklichsten Mann der Welt, Ma'am«, erwiderte er prompt.

»Ach, zum Teufel, Justin – würden Sie jetzt bitte einmal ernst sein? Sie wissen ganz genau, daß wir heiraten *müssen.* Ich flehe Sie an, das Ganze nicht mehr als nötig ins Lächerliche zu ziehen.«

»Ich fange an zu glauben, daß unsere Heirat durchaus ernst zu nehmen ist, Arabella«, sagte er bedächtig, und sein Blick ruhte voller Verlangen auf ihrem dichten, dunklen Haar. »Es gefällt mir, wenn Sie Ihr Haar offen tragen. Es ist sehr seidig und weich.«

Er wickelte eine Strähne um den Finger, ließ sie los und sah zu, wie sie wieder zu einer Locke zurücksprang.

»Justin, wirklich, ich . . . ich . . .« Ihre Stimme versagte. Eine ebenso seltsame wie angenehme Empfindung schien ihre Zunge zu lähmen.

Zaghaft legte sie eine Hand auf seine Brust und berührte dann zögernd mit den Fingerspitzen der anderen die Kerbe in seinem Kinn.

»Das ist ein teuflisch gut geschnittenes Jackett, Justin«, murmelte sie völlig überflüssigerweise, den Blick unentwegt auf sein Kinn gerichtet.

»Sie haben einen ausgezeichneten Geschmack, Arabella.«

»Weston?« Das war der Schneider ihres Vaters gewesen.

»Ja, meine Liebe.«

Arabella spürte in diesem Augenblick, daß die schreckliche Unsicherheit, von der sie seit dem Tod ihres Vaters erfaßt worden war, langsam zu weichen begann.

»Justin . . .«, flüsterte sie und legte zu seinem Entzükken vertrauensvoll die Arme um seinen Hals.

Der Graf umschlag sie bereitwillig. Er legte leicht sein Kinn auf ihr Haar, und seine Hände glitten bedächtig über ihren schlanken Rücken. Dann zupfte er sie am Haar, und als sie das Gesicht hob, umfaßte er mit einer

Hand ihr Kinn. Mit einer Natürlichkeit, die frei von jeder Hemmung war, teilten sich ihre Lippen. Seine Zunge bewegte sich in ihrem Mund, und sie empfand ein völlig neues, fast quälendes Verlangen, das ihren ganzen Körper erfaßte. Zum erstenmal in ihrem achtzehnjährigen Leben wurde sie sich ihrer eigenen Weiblichkeit bewußt, ihre Brüste, die sich gegen seinen breiten Brustkasten preßten, eines beharrlichen, jedoch unerklärbaren Begehrens in ihrem Inneren. Sie war keineswegs peinlich berührt von seinem besitzergreifenden Eindringen in ihren Mund und reagierte mit einer Heftigkeit, die der seinen nicht nachstand.

Der Graf holte mühsam Luft und ließ sie sachte los.

»Mein Gott, Arabella«, stöhnte er, den Mund dicht an ihrem Ohr. »Ich habe nie zuvor eine Frau so begehrt wie dich.« Er packte ihre Hände und schob das Mädchen von sich weg. »Führe mich nicht weiter in Versuchung, Liebste, sonst wird die Hochzeit vollzogen, noch bevor sie stattgefunden hat.«

»Aber du führst mich auch in Versuchung, Justin«, protestierte sie, ihre Stimme klang heiser.

Mit großer Willensanstrengung hielt er sie von sich weg. Er konnte nicht wagen, sie erneut zu küssen. In ihre Augen trat ein Ausdruck der Enttäuschung, und sie sah ihn verwirrt und voller Verlangen an.

»Könntest du mich nicht noch einmal küssen, Justin?« fragte sie mit gespielter Unschuld. »Ich . . . ich finde es sehr angenehm.«

Justin starrte auf ihre vollen Lippen, leicht geöffnet und überaus verlockend, er spürte, wie sich seine Entschlossenheit in nichts auflösen wollte.

»Ich finde es auch sehr angenehm, Liebste. Aber ich darf nicht, ich darf deine Unschuld nicht ausnützen.«

»Ich bin wahrscheinlich nicht sehr . . . erfahren, aber

ein Unschuldslamm bin ich mit Sicherheit auch nicht«, erwiderte sie, aufgebracht über seine männliche Herablassung.

Justin lächelte zärtlich und belustigt auf sie hinab, aber er hatte keine Zeit, etwas zu erwidern, denn die Tür flog auf, und Lady Ann und Elsbeth traten ein, beide lachend und mit regennassen Umhängen.

»Was für eine schreckliche Nacht! Hoffentlich habt ihr wenigstens ein gutes Abendessen bekommen.«

Lady Ann schwieg, als sie scharfsinnig und mit absoluter Akkuratesse die romantische Szene deutete, die sich ihr darbot. Arabellas Gesicht war gerötet, umgeben von einer Masse wirrer, feuchter Locken.

»Lady Ann, Miß Deverill«, brachte Justin mit einigermaßen mühsamer Gelassenheit heraus.

Für Lady Ann war die peinliche Situation ebenso genußreich wie für Arabella unangenehm. Sie blinzelte dem Grafen lächelnd zu und wandte sich an Elsbeth.

»Komm, Schätzchen, wir gehen jetzt in unsere Zimmer und ziehen uns um.«

»Ja, Ma'am.« Elsbeth fügte sich mit einem Gefühl vager Enttäuschung und folge Lady Ann zur Tür.

»Wenn es Ihnen recht ist, Mylord«, sagte Lady Ann mit spöttischem Lächeln über die Schulter weg, »werden Elsbeth und ich Ihnen beim Tee Gesellschaft leisten. Wie wäre es in einer halben Stunde, Justin?«

»Ausgezeichnet, Ann«, erwiderte der Graf leicht verkrampft.

Als sie zum angegebenen Zeitpunkt in den Samt-Salon zurückkehrten, gab der Graf jedem ein Glas Champagner in die Hände und verkündete feierlich:

»Beglückwünschen Sie uns, Ann und Elsbeth. Arabella hat mir die Ehre erwiesen, meinen Heiratsantrag anzunehmen.«

»Oh – deshalb waren Sie so . . . ich meine, Sie schienen ein bißchen –«

»Schon gut, Elsbeth«, unterbrach sie Lady Ann schnell, als sie aus den Augenwinkeln wahrnahm, wie Arabella zusammenzuckte. »Es ist nur angemessen, wenn Leute . . . sich bei ihrer Verlobung besser kennenlernen. Auf euer Wohl, meine Lieben!«

8

»Dann ist es also vereinbart. Arabella und ich werden am nächsten Mittwoch heiraten.«

Der Graf umfaßte Arabellas kühle Finger und drückte sie liebevoll.

»Wie du siehst, Mutter, muß er mir erst damit drohen, mir die Finger zu zerquetschen, bevor ich einverstanden bin.« Arabella seufzte bekümmert, ihre Augen funkelten verschmitzt.

Lady Ann ließ sich durch die Neckerei ihrer Tochter nicht täuschen. Sie strahlte eine Art Selbstzufriedenheit aus, die Lady Ann veranlaßte, den Grafen mit verwirrter Bewunderung zu betrachten.

»Ich bin so glücklich für dich, Arabella«, sagte Elsbeth leise, wobei sie eine kurze Aufwallung unerklärbaren Neids unterdrücken mußte.

Die Tür zur Bibliothek öffnete sich, und Crupper, mit vor Alter und Würde steifem Rückgrat, trat herein, räusperte sich und verkündete: »Mylord, Lady Ann, es ist soeben ein junger Gentleman eingetroffen.«

»Sehr früh am Vormittag für einen Besucher«, bemerkte Lady Ann verdutzt.

»Wer ist der Gentleman, Crupper?« erkundigte sich der Graf.

»Er hat mir mitgeteilt, sein Name sei Gervaise de Trécassis, Mylord, Cousin von Miß Elsbeth.«

Cruppers eingefleischter Widerwille gegen Fremde, vor allem Franzosen, war unverkennbar.

»Er selbst nennt sich Comte de Trécassis«, fügte er mit mißtrauischem Nachdruck hinzu.

»Du meine Güte – ich hatte gedacht, alle Mitglieder von Magdalaines Familie seien während der Revolution umgebracht worden!« Lady Ann sah Elsbeth voller Erstaunen an. »Meine Liebe, es muß sich um den Neffen deiner Mama handeln.«

»Los, Crupper, führen Sie den Comte herein«, sagte der Graf ruhig.

Er ließ Arabellas Hand los und erhob sich langsam. Crupper geleitete gleich darauf einen ungewöhnlich gut aussehenden jungen Mann herein; er war mittelgroß und schlank, sehr elegant in lederfarbenen Hosen und glänzenden schwarzen Schaftstiefeln. Arabella verzieh ihm bereitwillig seine Attribute des Dandytums – die große, von Juwelen eingefaßte Uhrentasche, mehrere schwere Ringe und Hemdkragenspitzen, die sein glattes Kinn berührten – als sie dem Blick seiner funkelnden, schwarzen Augen unter zartgeschwungenen Brauen und stilvoll frisierten Locken begegnete. Wie faszinierend und romantisch er aussieht, dachte sie und bedauerte heftig, daß sie dem angeblich so hinreißenden und schönen Lord Byron noch nicht eher begegnet war, um Vergleiche ziehen zu können.

»Der Comte de Trécassis«, verkündete Crupper.

Der junge Mann, gewiß nicht viel älter als Elsbeth, betrachtete die Anwesenden mit einem halb entschuldigenden, jedoch irgendwie äußerst selbstsicheren Lächeln auf den wohlgeformten Lippen.

»Monsieur le Comte, was für eine unerwartete Überraschung!«

Lady Ann erhob sich anmutig und streckte die Hand aus. Sehr zu ihrem Erstaunen ergriff der junge Mann ihre Hand und streifte deren Innenseite galant mit den Lippen – ganz in französischem Stil.

»Das Vergnügen ist auf meiner Seite, Mylady. Ich bitte

Sie, mir mein Eindringen bei Ihnen zu dieser Zeit zu vergeben, aber ich habe soeben erst die Nachricht vom Tod des Grafen erhalten. Ich wollte Ihnen persönlich mein Mitgefühl ausdrücken.«

Er sprach mit weicher, wohlklingender Stimme und einem Akzent, welcher die drei weiblichen Anwesenden sofort bewog, ihm alles zu verzeihen.

»Sie sind der Graf von Strafford, Mylord?« erkundigte er sich respektvoll, nachdem er Lady Anns Hand losgelassen hatte.

Ein kurzer Augenblick gegenseitigen Abschätzens der beiden Gentlemen folgte, bevor der Graf mit legerer Höflichkeit antwortete: »Ja, ich bin Strafford. Lady Ann hat uns mitgeteilt, daß Sie der Neffe der ersten Frau des verstorbenen Grafen sind.«

Der Comte verbeugte sich zustimmend.

»Wo bleiben nur meine Manieren! Mein lieber Comte, darf ich Ihnen Ihre Cousine Elsbeth vorstellen – und meine Tochter Arabella.«

Lady Ann war keineswegs überrascht, daß der anziehende junge Mann selbst von ihrer normalerweise distanzierten Tochter mit echter Freude begrüßt wurde. Elsbeth hielt sich vorerst zurück und ließ Arabella zuerst reden.

»Auch wenn wir nicht miteinander verwandt sind, Comte«, erklärte sie ihm mit einem Lächeln, das ihre Grübchen zum Vorschein brachte, »bin ich quietschvergnügt, Sie kennenzulernen.«

Der Comte lächelte ihr gewinnend zu und erwiderte mit entwaffnender Schlichtheit: »Ich bin mit dem Wort ›quietschvergnügt‹ nicht vertraut, Mademoiselle, aber ich hoffe doch, es hat eine angenehme Bedeutung.« Dann wandte er sich Elsbeth zu und sagte leise: »Ah, meine liebe kleine Cousine – ich sehe es als Glück an, daß ich endlich das letzte außer mir noch lebende Mitglied unserer angesehenen Familie kennenlerne.«

»Ich auch«, sagte Elsbeth schüchtern. Statt ihre Hand zu nehmen, legte ihr der Comte leicht die Hand auf die Schulter und küßte sie auf die Wangen. Elsbeth wurde scharlachrot im Gesicht vor Verlegenheit und Vergnügen.

Der Comte trat einen Schritt von seiner Cousine zurück, strahlte die anderen alle an und breitete leicht die Arme aus.

»Sie sind so gütig zu mir – einem Fremden. Obwohl meine kleine Cousine hier meine einzige Blutsverwandte ist, betrachte ich Sie bereits als so etwas wie meine Familie.«

Er sah sich mit erwartungsvoll fragendem Blick um.

Der Graf, der den drei eifrigen weiblichen Gesichtern entnahm, welcher Art seine Verpflichtung war, sagte – wie Arabella fand – eine Spur zu kühl: »Monsieur, Ihr Mitgefühl zu diesem Zeitpunkt ehrt Sie. Wir vermuten doch, daß Sie für einige Zeit auf Evesham Abbey bleiben – sofern Sie nicht andere dringende Angelegenheiten zu erledigen haben, natürlich.«

»O nein, Mylord«, antwortete der Comte spontan. »Natürlich bin ich in erster Linie meiner Cousine verpflichtet. Ich nehme Ihre freundliche Einladung gern an, Monsieur le Graf.«

Arabella lachte hellauf.

»Lieber Comte, Sie dürfen ihn nicht ›le Graf‹ nennen, sondern besser einfach ›Justin‹.«

»In diesem Fall müssen Sie alle ›Gervaise‹ zu mir sagen. Unglücklicherweise ist mein Titel nichts weiter als das – nämlich ein Titel. Sie sehen einen einfachen Emigranten vor sich, der durch diesen korsischen Emporkömmling aus seinem Heim vertrieben wurde!«

»O wie schrecklich für Sie, Sir!« rief Elsbeth mit unerwartet heftig geäußertem Mitleid.

»Sie sind zu gütig, *ma petite cousine.*«

Unwillkürlich hob sich die eine Braue des Grafen, als er den schmeichelnden Unterton in der Stimme des jungen Mannes hörte. Er glaubte ein kaum wahrnehmbares, berechnendes Glitzern in den dunklen Augen zu bemerken, während er Elsbeth ansah, und Justin fielen die zehntausend Pfund des Mädchens ein. Der Comte war nach allen Regeln der Mode aufgetakelt, und der Graf fragte sich zynisch, ob Evesham Abbey möglicherweise demnächst von wütenden Schneidern aufgesucht würde, die ihr Geld forderten.

»Mein lieber Junge ... Gervaise«, sagte Lady Ann fröhlich, »es ist beinahe Zeit fürs Mittagessen. Ich werde einem Diener klingeln, damit er sich um Ihr Gepäck kümmert. Wir können dann den Nachmittag damit zubringen, einander besser kennenzulernen.«

Der Comte bedachte sie mit einem knabenhaften Lächeln, das, wie Justin trocken dachte, darauf abzielte, Lady Anns mütterliche Instinkte zu aktivieren.

»Ich bin Ihr Sklave, Mylady.«

Am Ende des Abends kam der Graf mit einer gewissen mürrischen Bewunderung zu der Erkenntnis, daß der junge Comte niemandes Sklave war. Im Gegenteil, es hatte den Anschein, daß all die Frauen seinem unbestreitbaren Charme erlegen waren. Selbst seine Arabella schien die Anwesenheit des jungen Mannes mit ungeteilter Freude hinzunehmen, was den Grafen veranlaßte, im Dunkel seines Schlafgemachs die Stirn zu runzeln.

Während der nächsten paar Tage war es dem Grafen überlassen, sich zu fragen, ob er nicht mit einem Wirbelwind verlobt sei. Wenn Arabella nicht eben mit langen

Anproben ihrer Hochzeitstoilette bei der Schneiderin und Lady Ann beschäftigt war, ritt sie mit dem Comte aus, angelte zusammen mit dem Comte, durchstreifte das Land mit dem Comte, und ging alles in allem über Justin mit einer Sorglosigkeit hinweg, die an Rücksichtslosigkeit grenzte. Der Graf konnte ihr nicht einmal bei äußerster Verstimmung vorwerfen, daß sie kokettierte; es war nur so, daß ihr natürliches Temperament und ihre Vitalität in der Anwesenheit des Comte förmlich aufzublühen schienen. Daß Elsbeth Arabella und den Comte bei all ihren Unternehmungen begleitete, schien Justins Gefühl, ungerecht behandelt zu werden, nicht zu beschwichtigen. Er fiel wieder zurück in sein Verhalten kühler Distanz und behandelte die drei jungen Leute gelegentlich mit onkelhaft gleichgültiger Nachsicht, die Lady Ann veranlaßte, ihn mit hochgezogenen Brauen anzusehen, und Arabella, die Zähne zusammenzubeißen.

Seinen einzigen Verbündeten fand der Graf in Dr. Branyon. Es war der Arzt, der an einem Abend, als Lady Ann und die drei jüngeren Mitglieder der Gruppe Lotterie spielten, in sehr gemessenem Ton äußerte: »Zweifellos ist der junge Comte völlig harmlos, obwohl ich gestehen muß, daß der Zeitpunkt seines Auftauchens, sagen wir einmal – fast verdächtig unverfänglich war. Ich frage mich, warum er sich nicht schon vor Jahren einmal gemeldet hat. Schließlich war der verstorbene Graf sein angeheirateter Onkel.«

Der Graf beobachtete den jungen Mann, wie er mit ungetrübtem Charme Lady Ann gegenüber verlor.

»Vielleicht sollte man einmal die . . . früheren Aktivitäten des Herrn einer genaueren Überprüfung unterziehen.«

Der Comte warf in diesem Augenblick in gespielter Verzweiflung die Hände in die Höhe und rief:

»Ich bin erledigt! *Voilá, j'ai perdu tout!*«

»Sie waren zu sorglos, Gervaise«, tadelte Arabella lachend. »Und ich hege den Verdacht, daß Sie meine Mutter absichtlich haben gewinnen lassen.«

»Ich nehme an, daß wir jetzt aufgefordert werden, mit Tee zu trinken, Doktor«, bemerkte der Graf trocken und stand auf, um sich zu der heiteren Gruppe zu gesellen.

Am darauffolgenden Morgen war Justin angenehm überrascht, Arabella allein beim Frühstück anzutreffen.

»Guten Morgen, Mylord«, begrüßte sie ihn vergnügt.

»Du bist heute morgen zeitig auf, Bella.«

»Mhm«, erwiderte sie lediglich, griff nach einer Scheibe Toast, trank einen Schluck Kaffee, und ohne sich erst am Tisch niederzulassen traf sie Anstalten, das Zimmer zu verlassen.

»Arabella!«

An ihrem Kinn hing ein Brosamen, und der Graf sagte mürrisch:

»Wisch dir wenigstens den Mund ab. Du wirst doch wohl nicht wollen, daß der Comte dir schlechte Eßmanieren unterstellt.«

Arabella wischte den Brosamen achtlos weg und sagte vergnügt:

»Ich muß mich wirklich beeilen, Justin. Wir wollen heute nachmittag nicht allzu spät zurück sein.«

»Und wohin geht es denn heute, mein Mädchen?« erkundigte er sich leicht verdrossen.

Arabella lächelte ihm belustigt und liebevoll zu.

»Nun, ich führe Gervaise – und natürlich Elsbeth – zu den römischen Ruinen in Bury St. Edmunds.«

»Und warum werde ich dazu nicht auch eingeladen?« fragte er, was er sofort bereute.

»Aber Justin, du warst schon einmal bei den Ruinen, erinnerst du dich nicht? Du hast mir erzählt, du hättest sie auf deinen Streifzügen durchs Land, bevor du nach Evesham Abbey kamst, besucht.«

»Arabella, wir werden in zwei Tagen heiraten.« Er wußte sofort, daß dieses Argument nicht zog.

In ihre Wangen stieg leichte Röte, und sie sagte fast schüchtern: »Das ist mit Sicherheit ein Datum, das ich nicht vergessen werde.« Dann fügte sie schnell hinzu: »Würdest du gerne mitkommen, Justin? Ich wollte nur nicht, daß du dich langweilst.«

Der Graf stand auf, ging zu seiner Verlobten und legte ihr leicht die Hände auf die Schultern.

»Meine kleine Bella, es ist nur so, daß ich dich in den vergangenen Tagen nicht ein einziges Mal für mich allein gehabt habe.« Seine Finger liebkosten sie sachte. Er spürte, wie sie reagierte und zog sie an seine Brust.

Sie seufzte und schmiegte das Gesicht an seine Schulter, während sie die Arme um seinen Hals legte.

»Ich dachte, du wolltest nicht . . . in Versuchung geraten«, murmelte sie.

Er lachte unsicher und schob sie zurück.

»Sie sind ein kleines Luder, Madam.«

Sie stellte sich auf die Zehenspitzen und küßte die Kerbe in seinem Kinn.

»Es gibt an dir so viel zu küssen, Justin, ich schwöre dir, ich werde Jahre dafür brauchen.«

Er küßte sie wild, genoß den weichen, süßen Geschmack ihres Mundes. Arabella preßte sich gegen seinen Körper und empfand eine solch schmerzhafte Lust, daß sie die römischen Ruinen völlig vergaß.

»Ab mit dir«, sagte Justin mit belegter Stimme und rechnete sich stillschweigend aus, daß es nicht einmal mehr achtundvierzig Stunden dauern würde, bis seine unehrenhaften Absichten sich wie durch Magie in ehrenhafte verwandeln würden.

Sie umarmte ihn erneut und eilte dann aus dem Frühstückssalon.

Der Graf kehrte zu seinem Frühstück zurück und schalt sich selbst ob seines durch Eifersucht begründeten Verdachts bezüglich Arabella. Er versuchte sich auf sein Steak zu konzentrieren statt auf die Freuden, die ihn, wie er wußte, in der Hochzeitsnacht erwarteten.

Er entwarf einen Plan, mit dessen Hilfe er Körper und Geist für den Rest des Tages gründlich beschäftigen konnte. Am Vormittag traf er sich mit Blackwater und aß gemeinsam mit Lady Ann und Dr. Branyon zu Mittag. Dr. Branyon war nun fast ein täglicher Besucher in Evesham Abbey. Am Nachmittag machte Justin die Runde bei mehreren seiner Pächter, und es war spät am Tag, als er zurückkehrte und sein Pferd in den Stall brachte. Da noch immer genügend Tageslicht herrschte, beschloß er, eine kurze Inspektion des Gutshofs vorzunehmen. Die Kühe waren noch nicht zum Melken zurückgetrieben worden, und nur ein paar Hühner scharrten träge in ihrem Gehege. Er näherte sich der großen, zweistöckigen Scheune und blieb einen Augenblick lang stehen, um den angenehmen Duft des Heus einzuatmen. Zu seiner Überraschung und seinem Entzücken sah er Arabella um die eine Ecke der Scheune herumkommen, bedächtig die Tür öffnen und drinnen verschwinden.

Er blieb ein paar Minuten lang stehen und kämpfte mit sich selbst. Es verlangte ihn sehr danach, ihr zu folgen, und im Geist sah er alle Fallgruben vor sich, die ein solches Unternehmen beinhaltete.

»Ach, zum Teufel«, sagte er laut und wollte alle logischen Argumente in den Wind schlagen.

Als er sich in Bewegung setzte, sah er zufällig aus dem Augenwinkel, wie sich etwas bewegte. Er drehte sich vollends um und sah den Comte de Trécassis zielstrebig auf die Scheune zugehen, sein modischer Umhang blähte sich hinter ihm.

Irgendeine unerklärliche Ahnung überkam Justin. Er rührte sich nicht, um den Comte zu begrüßen, sondern blieb stehen, wo er war, den Blick auf den eleganten jungen Mann gerichtet.

Der Comte blieb ein paar Sekunden vor der Scheunentür stehen, sah sich um und verschwand dann ebenfalls im Inneren des Gebäudes.

Unwillkürlich fuhr die Hand des Grafen an die Seite, wo so viele Jahre seiner Soldatenzeit der Degen gehangen hatte. Seine Hand ballte sich zur Faust, als er dort nichts Tödlicheres fand als eine Tasche. Er holte tief Luft und blieb dann starr stehen, die Augen auf das Scheunentor gerichtet. Er empfand nichts als tiefen, betäubenden Schmerz. Es war, als verlöre er einen Teil seines Selbst, einen kostbaren Teil – aber einen für ihn selbst nicht gänzlich begreifbaren oder von ihm erforschten.

Die Zeit verging, aber er hatte den Sinn dafür verloren. Von der Weide gleich hinter dem Hof drang das beharrliche Muhen von Kühen herüber. Die Sonne verblaßte schnell im Westen, hüllte die Scheune in sanftes, goldenes Licht.

Dann öffnete sich die Scheunentür wieder, und der Comte trat schnell heraus. Erneut blickte er sich um, so wie jemand, der nicht entdeckt werden wollte. Mit einer Bewegung, die im Grafen eine plötzliche rasende Wut auslöste, schloß der Comte die Knöpfe an seiner Reithose, bürstete sich Strohhalme von ihr und seinem Umhang und stolzierte dann mit herausforderndem Gang zurück in Richtung des Schlosses.

Noch immer bewegte sich der Graf nicht, sein Blick haftete am Scheunentor. Er mußte nicht lange warten, als eben das letzte Sonnenlicht in Dunkelheit überging, öffnete sich die Tür erneut, und Arabella, mit herabwallendem und zerzaustem Haar, kam vorsichtig heraus, blieb einen Augenblick stehen, um sich wollüstig zu strecken und dann leise vor sich hinsummend ebenfalls dem Schloß zuzustreben. Alle paar Schritte weit bückte sie sich, um Strohhalme von ihrem Kleid zu zupfen. Er sah, wie sie fröhlich den Jungen vom Gut zuwinkte, die die Kühe zum abendlichen Melken dem Hof zutrieben.

Ein quälendes Kaleidoskop von Vorstellungen erstand vor dem Grafen. Er sah ganz deutlich den ersten Mann vor sich, den er in der Schlacht getötet hatte – ein junger französischer Soldat. Eine Kugel aus Justins Gewehr hatte Blut wie tödliche rote Finger auf dem hellen Uniformrock verbreitet. Er sah das lederne, verzerrte Gesicht eines alten Sergeanten vor sich, den sein, Justins, Degen durchbohrt hatte, das Erstaunen über den unmittelbar bevorstehenden Tod lag in seinen Augen. Er hätte sich jetzt gern erbrochen – so wie damals.

Der Graf hegte keine romantischen Vorstellungen über das Töten; er hatte gelernt, daß das Leben zu kostbar, zu zerbrechlich war, um in der Hitze der Leidenschaft vernichtet zu werden.

Er drehte sich um und schritt auf sein neues Heim zu. Die straffe Haltung seiner Schultern und sein präziser militärischer Gang wurden nun durch den Ausdruck starrer Leere in seinen grauen Augen Lügen gestraft.

9

»Es ist eine freudige und geheiligte Zeremonie, die uns heute zusammenbringt. In der Anwesenheit unseres Herrn sind wir gekommen, um zwei seiner Kinder, Seine Lordschaft, den siebten Grafen von Strafford, und Arabella Elaine Deverill, Tochter des verstorbenen ehrengeachteten Grafen von Strafford, mit den heiligsten aller irdischen Bande zu vereinen.«

Arabella blickte zu dem gutgeschnittenen Profil des Grafen empor. Sie versuchte ihm zu suggerieren, daß er sie seinerseits ansehen sollte, aber das tat er nicht, seine grauen Augen hafteten ausschließlich auf dem Gesicht des Geistlichen. Er wirkte sehr in sich selbst zurückgezogen, hatte sich am vergangenen Abend ihr gegenüber äußerst distanziert verhalten. Sie unterdrückte ein Kichern . . . sicher handelte es sich um die letzte Aufwallung von Nervosität bei einem Junggesellen.

Lady Ann spürte einen Druck in ihrer Kehle und schluckte. Sie hatte immer die Mütter verabscheut, die bei der Hochzeit ihrer Töchter schluchzten, nachdem sie zuvor ihre gesamten kupplerischen Fähigkeiten eingesetzt hatten, um die Verbindung zustande zu bringen.

»In der Anwesenheit des Herrn und auf Grund seiner Gesetze und Gebote frage ich dich, Justin Morley Deverill, willst du diese Frau, Arabella Elaine Deverill, zu deiner gesetzlich angetrauten Gattin nehmen . . .«

Elsbeth spitzte die Ohren, um den Grafen antworten zu hören. Seine Stimme war tief, aber seltsam leise. Sie sah, wie Arabella zu ihm aufblickte, ein verwirrtes Lächeln auf den Lippen.

Ihr eigenes Gelöbnis legte Arabella mit lauter, klarer Stimme ab.

»Ich, Arabella Elaine, nehme dich, Justin Morley Deverill, zu meinem gesetzlich angetrauten Gatten, um dich zu lieben, zu ehren und dir zu gehorchen . . .«

Gehorchen – Lady Anns Gedanken blieben an dem Wort hängen. Das war wirklich ein Zugeständnis von seiten ihrer starrköpfigen, unabhängigen Tochter. Sie hörte sich ihrerseits damals das gleiche Gelöbnis einem anderen Grafen von Strafford gegenüber ablegen – mit unsicherer Stimme und in der großen Kathedrale kaum vernehmbar. Gehorchen. Er hatte ihr in der Hochzeitsnacht das Wort zugeschleudert, als sie vor seinen fieberhaft und roh zupackenden Händen zurückgeschreckt war. Sie hatte gehorcht, sie hatte sich unterworfen, sie hatte gewußt, daß ihr keine Wahl blieb, und wenn er sie nicht deshalb verfluchte, weil sie passiv neben ihm liegen blieb, so hatte er sich auf andere Weise an ihrem Körper gerächt, auf grausame und erniedrigende Art, die für sie die Nächte zu einem Alptraum werden ließen. Lady Ann richtete den Blick auf Justin, der nach einem merkwürdigen kleinen Zögern den goldenen Ring über Arabellas Finger streifte.

»Durch die auf mich übertragene Ermächtigung der Kirche von England erkläre ich euch nun zu Mann und Frau.«

Der Geistliche lächelte leicht und flüsterte dem Grafen zu: »Sie dürfen die Braut küssen, Mylord.«

Justin spürte, wie sein Kinn starr wurde, und als er sich dazu zwang, sich hinabzubeugen und Arabellas Lippen mit den seinen zu streifen, geschah es mit einer steifen, unnatürlichen Bewegung. Der strahlende Glanz auf ihrem Gesicht verursachte ihm Übelkeit. Er wandte sich schnell ab und starrte mit hoffnungsloser Intensität auf das goldene Kreuz hinter der linken Schulter des Geistlichen.

Lady Ann ertappte sich dabei, wie sie innerlich zum Himmel flehte, daß Justin sanft mit Arabella umgehen würde. Aber dieser Wunsch veranlaßte sie gleich darauf zu einem etwas verkrampften Lächeln. Heute nachmittag, als größte Geschäftigkeit herrschte, hatte sie es für an der Zeit gefunden, an ihre vornehmste Pflicht als Mutter zu denken. Nervös hatte sie das Dienstmädchen aus Arabellas Zimmer geschickt und sich dann ihrer Tochter zugewandt.

»Meine Liebe«, begann sie langsam, »heute abend wirst du eine verheiratete Frau sein. Ich glaube, du solltest wissen, daß es da gewisse . . . Veränderungen gibt. Das heißt, Justin wird dein *Ehemann* sein und . . .«

Arabella unterbrach sie mit hellem Gelächter.

»Meine liebe Mama – sollte sich das vielleicht auf den unausweichlichen Verlust meiner Jungfräulichkeit beziehen?«

»Arabella!«

»Ach Mama, es tut mir leid, daß ich dich schockiert habe. Aber du mußt wissen, daß Vater mir den gesamten Prozeß in allen Details erklärt hat. Ich habe keine Angst, Mama, im Gegenteil, ich kann mir nichts Erfreulicheres vorstellen, als Justin zu lieben.«

»Oh . . .«, brachte Lady Ann mit leicht erstickter Stimme heraus.

»Hoffentlich hältst du mich nun nicht für ein gefallenes Mädchen, aber ich finde es zutiefst lächerlich, daß Damen die Liebe nicht genießen sollen. Und wenn ich denke, daß vielen Mädchen gelehrt wird, dies sei eine äußerst unangenehme Verpflichtung . . . da reißt mir der Geduldsfaden.«

»Bist du wirklich ganz sicher, Liebes, daß ich dir wirklich nichts erklären muß?«

Lady Anns Stimme klang nun fast kläglich.

»Nein, Ma'am. Aber ich liebe dich deiner Besorgnis wegen.«

Wieder einmal hatte Lady Ann, als Arabella ihre Mutter zärtlich umarmte, das Gefühl, daß eigentlich *sie* die Tochter war.

Als Lady Ann mit heroischer Gelassenheit versuchte, Arabellas Nachtgewand zurechtzuzupfen, spürte sie die unterdrückte Erregung ihrer Tochter, sah, wie frei von Scheu oder Furcht ihre grauen Augen funkelten.

»Justin wird entzückt sein, mein Liebes«, sagte sie schließlich.

Tatsächlich bot Arabella ein überaus bezauberndes Bild, so wie ihr schwarzes Haar glänzend gebürstet über den Rücken fiel. Lady Ann zwang sich zu einem zuversichtlichen Lächeln und küßte ihre Tochter auf die Wange.

»Ich werde jetzt Justin holen, Liebes. O Arabella«, schluchzte sie plötzlich und warf sich in die Arme ihrer Tochter, »ich hoffe so, daß du glücklich wirst!«

»Was *mich* betrifft, Mama, so hat sich Vater in seinem Urteil nie geirrt.«

Lady Ann blickte hastig auf. Vielleicht bildete sie es sich nur ein – aber sie glaubte etwas wie mitleidiges Verstehen aus der Stimme ihrer Tochter herauszuhören. Lady Ann schüttelte kaum merklich den Kopf und wandte sich ab.

»Hoffentlich hast du recht, Arabella. Gute Nacht, Liebes.«

Nachdem ihre Mutter das Zimmer verlassen hatte, ging Arabella voller Erwartung und Vorfreude im Zimmer auf und ab. Sie schwärmte für Neuentdeckungen, und heute nacht . . . nun, heute nacht . . . Ihr Blick fiel auf die Holzschnitzerei, den ›Totentanz‹ und sie streckte ihr spöttisch die Zunge heraus. Sie begann sich bereits zu fragen, ob ihre Mutter vielleicht auch Justin irgendwelche Lektionen erteilte, als sich die Tür plötzlich öffnete und ihr Ehemann erschien. Wie prachtvoll er in dem dunkelblauen Brokatmorgenrock aussah! Ihr Herz begann bei seinem Anblick schneller zu schlagen.

Der Graf schloß die Tür und drehte den Schlüssel um.

»Ich bin froh, daß du mich nicht allzulang hast warten lassen, mein lieber Ehemann«, sagte Arabella verschmitzt und machte einen tiefen Knicks.

Er blieb bewegungslos an der Tür stehen, sein Blick umfaßte die Gestalt in dem langen, weißen Gewand.

»Wie jungfräulich du aussiehst, Arabella.«

»Natürlich, kein Wunder«, erwiderte sie, zu erregt über die Situation, um mißtrauisch zu werden.

Noch immer näherte sich Justin ihr nicht, und Arabella tänzelte zu ihm hinüber, wobei sich ihre nackten Füße auf dem Teppich lautlos bewegten. Vertrauensvoll legte sie die Hände auf seine Schultern und bot ihm die Lippen dar.

Seine Hände glitten zu ihren Armen, und plötzlich stieß er sie mit Wucht von sich. Sie taumelte zurück, umklammerte eine Stuhllehne und starrte ihn mit geöffnetem Mund verwirrt an.

»Justin, ich . . . ich verstehe nicht –«

»Zieh dein Nachthemd aus«, sagte er wild.

»Justin, wenn du getrunken hast, möchte ich nicht, daß wir . . .«

Sie brach ab und wich zurück, als er auf sie zukam. Sie sah, wie die Adern an seinem Hals hervortraten.

»Tu, was ich dir sage, du kleine Hure, sonst reiße ich es dir vom Leib!«

»Lieber Gott, Justin, was ist mit dir los? Warum redest du so mit mir? Wie kannst du es wagen, mich eine Hure zu nennen?«

Ihr plötzlicher Zorn verwandelte sich in Angst, als sie die nackte Wut in seinen Augen sah. Er ging auf sie zu, trieb sie vorübergehend hinter einem großen Ohrensessel neben dem Kamin in die Enge.

»Justin – hör auf!« keuchte sie.

Sein Arm fuhr vor, um sie zu packen, und mit einem heiseren Schrei drehte sie sich um und raste zur Tür. Mit schweißnassen Händen umklammerte sie verzweifelt den Türknauf, aber er ließ sich nicht umdrehen. Sie spürte, daß er hinter ihr stand und ihre vergeblichen Bemühungen beobachtete. Dann packte er plötzlich einen großen Teil ihres Haares und wickelte ihn um die Hand. Er zog daran, so daß sie vor Schmerz aufschrie und gegen seine Brust taumelte. Mit der anderen Hand zerrte er sie herum, so daß sie ihm gegenüberstand.

»Jetzt, Madam, werden Sie tun, was ich Ihnen sage!« zischte er.

Instinktiv begriff sie, daß sie nicht vernünftig mit ihm reden konnte, daß er darauf nicht reagieren würde. Sie biß die Zähne gegen den Schmerz in ihrem Kopf zusammen, hob das Knie und stieß es mit aller Kraft nach vorne. Es prallte gegen seinen muskulösen Schenkel, als er auswich.

Seine Augen blitzten in solcher Wut, daß sie glaubte, er würde sie schlagen, und ihr Körper spannte sich in Erwartung seiner Attacke. Statt dessen holte er tief Luft und riß heftig an ihrem Haar, so daß sich ihr Gesicht mit einem Ruck unmittelbar vor dem seinen befand. Er begegnete ihrem Blick voller Hohn.

»Ein Trick, den dir vermutlich dein ehrenwerter Vater beigebracht hat. Es wäre dir schlecht bekommen, wenn du Erfolg gehabt hättest, weißt du.«

»Justin . . .«, flüsterte sie. Sie brachte nichts anderes mehr heraus.

Mit einer schnellen Bewegung ließ er ihr Haar los, vergrub die Finger in die Spitzenrüschen an ihrem Hals und zerrte mit einer Wucht daran, die sie nach vorne taumeln ließ. Das Geräusch des zerfetzten Satins zerriß die Stille des Zimmers. Arabella starrte wie betäubt auf ihr Nachtgewand, das von ihrem Hals bis zu den Knöcheln aufgerissen war. Bevor sie reagieren konnte, zerrte er es von ihren Schultern und riß dabei die kleinen Knöpfe an ihren Handgelenken weg. Sie spürte, wie seine Augen über ihren nackten Körper schweiften, und wurde sich schockartig ihres Ausgeliefertseins bewußt. In einer Aufwallung blinder Wut ballte sie die Hand zur Faust und versuchte ihm mit aller Kraft ins Gesicht zu schlagen.

Er blockierte ihren Arm, bevor sie sein Kinn erreichte.

»Sie wollen mit mir kämpfen, Madam, ja« knurrte er, packte sie um die Taille und warf sie sich über die Schulter.

Arabella hämmerte vergeblich mit den Fäusten auf seinen Rücken, die Schläge trafen nur harte Muskulatur. Er schleuderte sie herab, und sie fiel auf das Bett, so daß es ihr den Atem verschlug. Noch während sie gequält und keuchend nach Luft rang, dachte sie nur daran, daß sie ihm entkommen mußte und umklammerte krampfhaft die Bettdecke, um auf die andere Seite hinüberkriechen zu können. Sie stieß einen Schrei aus, als er sie am Knöchel packte und sie mit einem Ruck wieder auf den Rükken warf.

»Lieg still!« befahl er. »Das ist viel besser. Und jetzt, finde ich, ist es nur angemessen, wenn ich mein erworbenes Gut überprüfe.«

»Der Teufel soll dich holen!« schrie sie ihn an. »Hör mit deinen Verrücktheiten auf und laß mich gehen. Laß mich los, hörst du?«

Seine Lippen verzogen sich verächtlich.

»Sie reden die Sprache einer Schankdirne, Madam. Ich hätte gleich wissen sollen, daß Sie in Ihrem tiefsten Inneren vulgär sind.«

Erneut versuchte sie, sich von ihm loszureißen.

»Wenn du dich wieder rührst, werde ich dich festbinden«, sagte er kalt. »Ich habe für Ihre Gunst teuer bezahlt, meine liebe Gräfin von Strafford.«

»Warum tust du das, Justin? Bitte, hör mich an! Was habe ich dir getan?« Arabella verabscheute den flehenden Unterton in ihrer Stimme, aber sie konnte nicht anders.

Ohne auf sie zu hören, betrachtete er ihren Körper mit kalter Sachlichkeit.

»Du bist in der Tat sehr schön. All das wilde schwarze Haar, das dir über die Schultern fällt. Habe ich dir nicht schon einmal gesagt, daß ich dich mehr als alle anderen Frauen begehre?«

Sein Blick haftete an ihren Brüsten, und sie versuchte vergeblich, ihr Heben und Senken zu vermeiden. Lieber Himmel, das konnte doch *ihr* nicht zustoßen! Sie schloß die Augen.

Seine Hand berührte ihre eine Brust.

»O Gott, nein«, wimmerte sie.

»Sie haben völlig recht, Madam. Ich gedenke auch gar nicht, Ihre wollüstigen Leidenschaften zu erwecken.«

Abrupt erhob er sich vom Bett, band die Kordel seines Morgenrocks auf und entledigte sich mit ein paar Schulterbewegungen des Kleidungsstücks. Er blieb nackt vor ihr stehen, den Blick aufmerksam auf ihr Gesicht gerichtet, die Lippen verächtlich verzogen.

Arabella konnte die Blicke nicht von seinem schlanken, muskulösen Körper abwenden. Nie zuvor hatte sie einen nackten Mann gesehen, und ihre Augen weiteten sich in Schreck und Furcht beim Anblick seines riesigen, erigierten Penis. Instinktiv preßte sie die Schenkel zusammen und versuchte sich mit den Händen zu bedecken.

»Mein Gott, was für eine Schauspielerin du abgegeben hättest«, höhnte er.

»Nun, meine geliebte, jungfräuliche Gattin, meine Proportionen werden dich ja sicher nicht enttäuschen.«

Sie konnte ihn nur anstarren. Er beugte sich über sie, zerrte ihre Beine auseinander und setzte sich dann rittlings auf sie. Sie begann sich schweigend zu wehren, fuhr ihm mit den Fingernägeln ins Gesicht, stieß mit den Knien nach ihm. Geschickt hielt er ihre Hände über ihrem Bauch zusammen und drückte ihre Beine mit den seinen zusammen. Sie spürte, wie sich seine Rechte zwischen ihre Schenkel schob und erstarrte vor Entsetzen. Sie zuckte unter seinen brutal tastenden Fingern zurück und versuchte dann ihre Hände loszureißen, aber noch während sie sich wehrte, spürte sie, wie seine Finger sie betasteten. Völlig außer sich warf sie sich von einer Seite zur anderen, das wirre Haar fiel ihr ins Gesicht.

Er hielt einen Augenblick lang inne, packte ihre Hände fester und riß sie ihr über den Kopf hoch. Mit einer fast zärtlich wirkenden Bewegung strich er ihr die Haarsträhnen aus den Augen.

»Ich kann noch immer nicht glauben, daß du mir das angetan hast!« schrie er und drang dann mit aller Macht in sie ein.

Selbst als der stechende Schmerz ihr einen Schrei entlockte, spürte sie, wie er, gehemmt durch ihr straff gespanntes Hymen, innehielt. In seine Augen trat flüchtig ein überraschter Ausdruck.

»Justin!« Ihre Stimme klang mitleiderregend.

Er knurrte tief in der Kehle, ließ sie los, packte ihre Hüften und riß sie hoch. Erneut drang er wild in sie ein und durchbrach die Barriere.

Sie stieß einen gellenden Schrei aus, der wie der eines Tieres klang, aber er setzte ihr mit ungehemmter Wildheit zu, bis er sich mit einem Stöhnen der Erleichterung in sie ergoß.

Arabella war bar jeden Kampfwillens, jeden Mutes. Der Schmerz stach sie wie mit Nadeln, und als er sich aus ihr zurückzog, konnte sie nicht umhin, noch einmal aufzuschreien.

Der Graf verharrte über ihr, seine Wut war erschöpft. Er blickte in ihre Augen, die wie tiefe Teiche aus Schmerz und Entsetzen waren, und vorübergehend kamen ihm Zweifel. Aber die Erinnerung an den prahlerischen Gang des Comte, der wie ein Siegesschrei gewesen war, verhärtete seine Gefühle wieder. Er rollte sich ohne ein Wort zu sagen zur Seite und stand auf. Trotzdem konnte er nicht die Augen von ihrem Körper abwenden und zuckte innerlich beim Anblick des Blutes und seines eigenen Ergusses auf ihren Schenkeln und auf den Bettlaken zusammen. Ihm wurde übel, und er verabscheute, was er ihr angetan hatte.

Arabella rührte sich nicht, ihre Beine waren noch immer gespreizt, sie lag da, wie er sie verlassen hatte. Ihre Augen blickten ihn nach wie vor in erstarrtem Entsetzen an.

»Es scheint«, sagte er mit einem Gefühl schaler Bitterkeit, »daß ich mich bezüglich deiner Unberührtheit getäuscht habe. Wie edel von deinem Liebhaber, dich für die Hochzeitsnacht intakt zu lassen, um mir die Ehre deiner Defloration zuzugestehen.« Er kniff die Augen zusammen. »Aber natürlich gibt es da andere Möglichkeiten, nicht wahr, Madam? Sodomie? Oder vielleicht hast du ihn mit deinem schönen, sinnlichen Mund befriedigt?«

Nach wie vor starrte sie ihn stumm an, und er fuhr mit harscher, kalter Entschiedenheit fort:

»Nun, da dein Ehemann deine Jungfräulichkeit für sich

in Anspruch genommen hat, kannst du ja mit deinem Liebhaber auch auf konventionelle Weise verkehren. Vielen Dank, liebe Arabella, für diese Farce einer Hochzeitsnacht.«

Sie spürte seine tödliche Wut und zuckte bei seinen vernichtenden Worten zusammen. Und trotzdem waren es für sie nur bedeutungslose Laute.

Ihr Schweigen war für ihn Eingeständnis ihrer Schuld. Er packte seinen Morgenrock, zog ihn an und sagte in schneidendem Ton:

»Daß du solch eine lasterhafte Schlampe bist, verursacht mir Übelkeit. Du hast mich für meine Erbschaft teuer bezahlen lassen – eine Erbschaft, die du für dich haben wolltest! Ich bitte dich nur, liebe Gattin, in Zukunft bei deinen Affären mehr Diskretion walten zu lassen.«

Er drehte sich um und verschwand in dem kleinen Ankleidezimmer nebenan, dessen Tür er hinter sich zuschlug.

Die vergoldete Uhr auf dem Kaminsims tickte mit unerschütterlicher Regelmäßigkeit. Die organgegelb glühenden Kohlen im Kamin knisterten und knackten. Ins Zimmer kroch langsam die Kälte. Das scheußlich grinsende Skelett auf dem ›Totentanz‹ an der Wand verhöhnte schweigend die regungslose Gestalt auf dem Bett.

Lady Ann brach mit ihrer Gewohnheit und überraschte Mrs. Tucker dadurch, daß sie zu unerhört früher Morgenstunde, nämlich um acht Uhr, an der Tür zum Frühstückssalon auftauchte. Das war eigentlich ziemlich albern, denn aller Wahrscheinlichkeit nach würde das frisch verheiratete Paar erst Stunden später erscheinen. Aber Lady Ann war mit dem vagen Empfinden, irgend etwas sei nicht ganz in Ordnung, aufgewacht. Und obwohl die behagliche Wärme des Bettes sie verlockte, sich erneut unter den Decken zusammenzukuscheln, setzte sie doch die Füße auf den Boden, klingelte ihrer Zofe und zog sich schneller an als sonst.

»Mylady!« rief Mrs. Tucker, und ihre Grübchenwangen bebten erregt über dem gestärkten weißen Kragen.

»Guten Morgen, Mrs. Tucker«, erwiderte Lady Ann mit anmutiger Betretenheit. »Vermutlich bin ich die einzige, die zu so unmöglicher Zeit ein Frühstück haben möchte.«

»O nein, Mylady. Seine Lordschaft ist schon seit einer guten halben Stunde im Frühstückssalon, obwohl ich nicht behaupten kann, daß er den Nierchen und Eiern des Kochs viel Ehre angetan hat!«

Lady Ann empfand einen seltsamen Druck in der Magengrube.

»Wenn das so ist, Mrs. Tucker«, sagte sie mit gespielter Ruhe, »so braucht der Koch für mich nichts weiter zu richten.«

Die Tür zum Frühstückssalon war nur angelehnt, und als Lady Ann ins Zimmer trat, sah sie dort den Grafen, noch bevor er ihre Anwesenheit bemerkte. Sein Teller war unberührt. Er lehnte seitlich in seinem Sessel, eines seiner mit Lederhosen bekleideten Beine nachlässig über die mit Brokat bezogene Armlehne baumelnd. Sein kräftiges Kinn ruhte leicht auf einer Hand, er schien sinnend hinaus auf den Rasen zu blicken, ohne wirklich etwas zu sehen.

Lady Ann straffte die Schultern und trat näher.

»Guten Morgen, Justin. Mrs. Tucker hat mir gesagt, Sie vernachlässigten sträflich das köstliche Frühstück des Kochs.«

Er wandte sich ihr hastig zu, und sie sah die gespannten Linien um seinen Mund und die ausdrucksvollen Augen.

»Guten Morgen, Ann. Sie sind heute aber früh auf. Leisten Sie mir bitte Gesellschaft, sonst bin ich beim Koch völlig abgeschrieben.«

Lady Ann ließ sich auf dem Stuhl neben ihm nieder. Sie brannte darauf, Näheres zu erfahren, wußte aber nicht, wie sie vorgehen sollte. Sein Gesicht bekam einen abweisenden Ausdruck, so als ahnte er ihre Gedanken. Sie begann sich Butter auf einen heißen Toast zu streichen, und ohne ihn noch einmal anzusehen, sagte sie leichthin: »Wie merkwürdig, daß Sie nun mein Schwiegersohn sind. Dr. Branyon wies bereits unpassenderweise darauf hin, daß ich meiner neuen Stellung als Gräfinwitwe von Strafford nicht mehr entgehen könne. Wie bejahrt ich mich plötzlich fühle!«

»Ja, das ist allerdings absurd. Haben Sie vor, Paul Branyon zu heiraten, Ann?«

»Justin – was für eine Frage!« rief sie, völlig aus der Fassung gebracht.

»Vor allem eine unverschämte, die Sie vielleicht nicht beantworten wollen. Bitte, verzeihen Sie mir, Ann. Solche Fragen neigen dazu, die Person, der sie gestellt werden, in eine peinliche Situation zu bringen, finden Sie nicht auch?«

»Genauso ist es, Justin«, antwortete sie nach einer kurzen Pause. Was für eine elegante Abfuhr er ihr erteilt hatte!

»Wenn Sie mich entschuldigen würden, Ann, ich habe heute vormittag eine Menge zu erledigen.«

Der Graf erhob sich ziemlich steif aus seinem Stuhl und verließ in gewohnt straffem Schritt den Frühstückssalon.

»Ja, ja, natürlich, Justin«, murmelte sie seiner verschwindenden Gestalt nach.

Düster starrte sie auf den Frühstückstisch. Lieber Gott,

was konnte nur vorgefallen sein? Arabella war in der Nacht zuvor so glücklich und aufgeregt gewesen – alles andere als eine verängstigte junge Braut! Sie mußte zu ihr gehen. Ihre Besorgnis veranlaßte sie, die Treppe zum Schlafzimmer des Grafen hinaufzueilen.

Die Tür stand halb offen, und sie klopfte flüchtig, bevor sie eintrat.

»Oh!« sagte sie überrascht beim Anblick von Grace, Arabellas Mädchen, das allein im Zimmer stand, die zerrissenen Überreste eines Nachtgewands in den Händen.

Grace machte schnell einen Knicks, ihre rehbraunen Augen wichen Lady Anns Blick aus.

Grace schluckte verlegen. Miß Arabella, oder vielmehr nun Ihre Ladyschaft, hatte ihr strikte Anweisung gegeben, das Zimmer aufzuräumen, bevor jemand hereinkam.

»Ihre Ladyschaft ist in ihrem eigenen Zimmer, Mylady.«

»Ah so«, sagte Lady Ann, und ihr Blick streifte über die getrockneten Blutflecken auf dem Laken und auf das ebenfalls blutbefleckte Handtuch in der Waschschüssel. Ihr wurde übel vor Besorgnis.

»Danke, Grace«, sagte sie und drehte sich hastig um. »Machen Sie Ihre Arbeit fertig.«

Lady Ann stellte fest, daß ihre Schritte langsamer und langsamer wurden, je mehr sie sich dem Schlafzimmer ihrer Tochter näherte. Sie konnte nicht umhin, sich an ihre eigene entsetzliche Hochzeitsnacht zu erinnern. Aber das konnte doch nicht sein – Justin war so gänzlich anders als ihr verstorbener Mann! Mit klammen Fingern klopfte sie an Arabellas Tür. Es schien eine Ewigkeit zu dauern, bevor ihre Tochter: »Herein!« rief.

Lady Ann war sich nicht im klaren darüber, in welcher Verfassung sie Arabella anzutreffen erwartet hatte, aber als sie eintrat, fiel ihr verblüffter Blick auf eine völlig gelassene Tochter. Arabella stand ruhig auf, um sie zu begrüßen. Sie trug ihr schwarzes Reitkostüm, der Samthut saß auf den sorgfältig frisierten Locken, die schwarze Straußenfeder bog sich über seinen Rand und berührte fast die Wange der jungen Frau.

»Guten Morgen, Mutter. Was um alles auf der Welt hat dich bewogen, so früh aufzustehen?«

In ihrer Stimme lag ein Unterton von Arroganz, ja sogar Herausforderung, der Lady Ann sofort Unbehagen bereitete.

»Du reitest aus wie immer?« fragte sie.

»Natürlich, Mutter. Gibt es einen Grund, weshalb ich das nicht tun sollte?«

Lady Ann stellte fest, daß sie der Herausforderung nicht gewachsen war. Wenn Arabella sich ihr nicht anvertrauen wollte, konnte sie nichts dagegen tun. Bedrückt dachte sie, daß ihre Tochter sich ihr eigentlich nie anvertraut hatte. Nur ihr Vater hatte ihre Gedanken und Neigungen gekannt. »Nein, Liebes, wenn du reiten möchtest, so ist das völlig deine Angelegenheit. Ich konnte nur nicht mehr schlafen und wollte dir guten Morgen sagen. Das ist alles.«

Arabellas rechte Braue hob sich mißtrauisch fragend.

»Ich fürchte, du wirst schnell erschöpft sein, wenn du nicht deine Ruhe hast, Mutter. Wenn du mich jetzt entschuldigst – ich nehme an, Lucifer ist schon gesattelt und wartet auf mich.«

Arabella streifte ihre Handschuhe über, ging dann auf ihre Mutter zu, küßte sie leicht auf die Wange und verließ schnell das Zimmer.

Lady Ann starrte ihrer Tochter nach, die Stirn bekümmert gerunzelt.

Als Arabella Lucifer an den Ruinen der alten Abtei entlang zu dem nach Bury St. Edmunds führenden Fahrweg lenkte, war ihr Blick klar und still, die behandschuhten Hände an Lucifers Zügeln waren ruhig.

Arme Mutter, dachte sie schuldbewußt, ich habe sie widerwärtig behandelt. Sie hat nicht die Begabung, ihre Gedanken zu verbergen. Wie ist sie nur draufgekommen, daß etwas schiefgegangen ist?

Sie spornte Lucifer zum Galopp an. Wenn sie nur all das Häßliche, die Schmerzen, die Haßgefühle aus der vergangenen Nacht hätte hinter sich lassen können! Aber noch während sie sich das wünschte, sah sie das Gesicht ihres Vaters vor sich, streng und verächtlich. Es war Schwäche, Feigheit, irgendwelche Erfahrungen, die man im Leben machte, verdrängen zu wollen. Ihre Schultern strafften sich aus langer Gewohnheit heraus, ihr Kinn schob sich kampflustig nach vorne. Justin hatte sein Bestes getan, ihr Leben zu zerstören! Die Schmerzen zwischen ihren Schenkeln waren ein bitterer Beweis, daß er sie vergewaltigt hatte. Sie wollte sich von ihm nicht auch noch Geist und Seele zerstören lassen.

Sie versuchte sich an seine Worte zu erinnern, hinter deren Bedeutung zu kommen – nicht um Justin zu entschuldigen, aber um ihn zu begreifen. Absurderweise glaubte er, daß der Comte ihr Liebhaber sei, obwohl er ihn nicht mit Namen genannt hatte. Sie überlegte mit einer Mischung aus Bitterkeit und Belustigung, daß außer ihm nur noch Dr. Branyon und der gute alte Crupper in Frage gekommen wären. Selbst im hellen Tageslicht konnte sich Arabella nicht vorstellen, wie Justin zu einem solchen Trugschluß kommen konnte. Jemand mußte ihn angelogen, ihn davon überzeugt haben, daß sie ihn betrogen hatte. Aber wer? Und warum hatte er sie dann doch geheiratet? Wie dumm du bist, Arabella, sagte sie zu sich selbst – er hat dir doch mitgeteilt, warum. Hätte er dich nicht geheiratet, so hätte er den größten Teil des Besitzes eingebüßt.

Lucifers Atem wurde mühsamer, in seiner seidigen Mähne zeigten sich weiße Schweißflecken. Zerstreut sah sie sich um und stellte fest, daß sie an den römischen Ruinen vorbeigeritten war, ohne sie auch nur zu bemerken. Sie hielt an und tätschelte den Hals des Tieres. Dann, fast widerwillig, ließ sie Lucifer wenden und in langsamem Trott nach Evesham Abbey zurückkehren. Sie mußte seit Stunden geritten sein, denn die Sonne hatte ihren Höchststand erreicht.

Je näher sie dem Schloß kam, desto mehr begann ihre durch Bitterkeit entstandene Ruhe abzubröckeln. Justin würde dort sein und warten. Sie würde ihm gegenübertreten müssen, nicht gleich heute, aber morgen – ein Leben lang voller ›morgen‹! Flüchtig zog sie in Betracht, ihn zu konfrontieren, ihm ihre Unschuld zu beschwören, in Erfahrung zu bringen, wer ihm eine solch verdammenswerte Lüge erzählt hatte. Aber sie sah eine solche Szene vor sich und wußte, daß sie dabei die Rolle der abgewiesenen Bittstellerin spielen müßte. Angesichts seiner Wut in der vergangenen Nacht wußte sie instinktiv, daß er ihr nach wie vor nicht glauben würde. Erneute Wut und gewalttätige Vergeltung würden die Folge sein. In diesem Augenblick verfluchte sie die Tatsache, daß sie eine Frau war, haßte seine Kraft, die ihm eine rein physische Überlegenheit schaffte.

Arabella schauderte trotz der heiß niederbrennenden Sonne. Sicher würde er sie nicht mehr zwingen, ihm zu Willen zu sein. Seine Rache war gründlich und erbarmungslos gewesen.

Sie lenkte Lucifer in den Hof vor dem Stall, hielt vor dem Reitknecht und glitt herab. Als sie sich dem Vordereingang von Evesham Abbey näherte, verabscheute sie sich ob ihres Gefühls von Bedrohung, das sie überwältigte. Wenn sie ihren Stolz nicht aufrecht hielt, würde sie gar nichts mehr haben. Justin durfte nicht wissen, wie sehr er sie verletzt, desillusioniert hatte. Sie dachte an die Worte, die er ihr in seiner Wut zugeschleudert hatte. Es war eines darunter, das sie nicht verstanden hatte. Seltsamerweise schien es ihr eminent wichtig, die Bedeutung dieses Wortes zu erfahren.

Am Stand der Sonne erkannte sie, daß bald Mittagessenszeit sein würde, und sie betrat das Schloß durch einen Seiteneingang. Unbedingt wollte sie, so lange es ging, vermeiden, auf Justin zu treffen. Sie schlüpfte in die Bibliothek und schloß leise die Tür hinter sich. Arabella war keineswegs eine profunde Gelehrte, und ganz gewiß nicht geübt im Umgang mit einem Lexikon. Demzufolge verbrachte sie mehrere Minuten damit, es in den Bücherregalen herauszusuchen. Sie hatte immer angenommen, daß man irgendwelche Wörter, die ihr Vater nicht benutzte, auch nicht zu kennen brauchte. Aber nun begann sie zu glauben, daß sie sich in diesem Fall irrte. Sie nahm den ledergebundenen Band heraus und begann die Seiten durchzublättern.

Schließlich fand sie das Wort, das sie suchte.

»Sodomie«, las sie. »Mittelenglisch und altfranzösisch ›sodomie‹, bezieht sich auf das biblische Sodom und . . .«

Arabella hörte plötzlich ein Geräusch hinter sich und fuhr herum, wobei sie fast das Lexikon fallen ließ. Verwirrt starrte sie auf Justin, der gelassen dastand, die Hand auf die Schreibtischplatte gestützt. Ihr Mund wurde plötzlich trocken. Sie empfand ein schlechtes Gewissen, als hätte sie etwas Unrechtes getan.

»Nun, mein liebes Eheweib, welches Wort könnte denn für dich von solchem Interesse sein, daß du es im Lexikon nachschlägst?«

Sie fuhr bei seinem kalten, anmaßenden Ton zusammen. Ihr Blick fiel auf das Wort, das an sich für sie schon etwas so Verdammenswertes hatte, und sie versuchte mit einer ruckartigen, unkoordinierten Bewegung das Buch zuzuschlagen. Er war mit schnellen Schritten bei ihr und entwand ihr den Band.

»Wir haben doch wohl keine Geheimnisse voreinander?« sagte er spöttisch. »Komm schon, Arabella, wenn du die Bedeutung eines Wortes wissen willst, brauchst du mich nur zu fragen.«

Sie richtete sich auf und rang mit aller Kraft nach einer stolzen und ruhigen Haltung.

»Es ist unwichtig, das kann ich dir versichern. Wenn du mich bitte entschuldigst . . .«

»Aber ich will dich gar nicht entschuldigen. Bleib hier, ich möchte dein Wort herausfinden.« Sein Blick blieb in der Mitte der immer noch aufgeschlagenen Seite haften. »Wie interessant – es war doch sicher ›Sodomie‹.«

Langsam schloß er das Lexikon und legte es auf den Schreibtisch. Dann wandte er sich ihr wieder zu.

»Arme Arabella, hat dein Liebhaber diese Bezeichnung nicht angewandt, um deine . . . Praktiken zu beschreiben? Wie nachlässig von ihm.«

»Geh mir aus dem Weg!« schrie sie und stürzte plötzlich vor. »Ich will nicht hierbleiben und mich so gemein beleidigen lassen!«

Er packte sie am Arm und drehte ihn ihr auf den Rükken.

»Du wirst dir anhören, was ich dir zu sagen habe. Also, meine Liebe, unter Sodomie versteht man gewisse Formen unnatürlichen Geschlechtsverkehr. Bist du nun angemessen aufgeklärt?«

»Hör auf!« schrie sie ihn an. »Du bist bösartig und widerwärtig! Wie kannst du so etwas von mir glauben? Lieber Himmel, Justin, wer hat dir eine solch schmutzige Lüge erzählt?«

Seine grauen Augen verengten sich zu Schlitzen, und sein Kinn bewegte sich krampfhaft. Er ließ plötzlich ihren Arm los und wandte sich von ihr ab. Er hatte sich geschworen, sich nicht erneut von seinem bitteren Zorn und seiner Enttäuschung überwältigen zu lassen. Es gelang ihm, scheinbar gelassen, aber ohne sich ihr zuzuwenden, zu antworten:

»Niemand hat mir irgenwelche Lügen über dich erzählt, Arabella. Du hast es ganz allein selbst zu verantworten, daß ich die Wahrheit herausbekommen habe.«

»Um Gottes willen, Justin, wovon redest du?«

Er wandte sich ihr nun wieder zu, seine Stimme war eine seltsame Mischung aus Sarkasmus und Bitterkeit.

»Falls du nicht verstehen solltest, was man unter einem Akt unnatürlichen Geschlechtsverkehr versteht, meine Liebe, brauchst du nur an dein schön gerundetes Hinterteil zu denken. Ah – jetzt ist dir ein Licht aufgegangen. Hat es dir Spaß gemacht, Arabella?«

»Du kotzt mich an, du dreckiger Hurensohn!« Sie rannte aus der Bibliothek und hörte, wie er höhnisch hinter ihr herrief:

»Du beginnst dich in deinen vulgären Schimpfwörtern zu wiederholen, Frau. Bemühe dich bitte um etwas mehr Originalität und Akkuratesse!«

»Noch eine Makrone, meine Liebe.«

Dr. Branyon lächelte Lady Ann zu, während er einen weiteren Keks auf seinen Teller gleiten ließ.

»Elsbeth, noch eine Tasse Tee?«

»Nein, vielen Dank, Lady Ann«, erwiderte das Mädchen und konzentrierte die Aufmerksamkeit mit einiger Mühe auf seine Stiefmutter.

»Vermutlich ist es nicht allzu merkwürdig, daß der Graf und Arabella uns keine Gesellschaft leisten.«

Der Comte spreizte ausdrucksvoll die Hände und hatte ein verständnisvolles Funkeln in den dunklen Augen.

Derartige Bemerkungen schätzte Lady Ann nicht sonderlich. Sie fand sie für Elsbeths unschuldige Ohren unangemessen, also reagierte sie gar nicht, sondern wandte sich Dr. Branyon zu.

»Paul, Sie werden doch sicher heute zum Abendessen zu uns kommen. Es ist Donnerstag, und der Koch wird Arabellas Schweinebraten zubereiten.«

»Mit Vergnügen, meine Liebe.«

Dr. Branyon warf einen Blick auf die Uhr auf dem Kaminsims und stand eilig auf.

»Wenn ich mir Arabellas Leibgericht nicht entgehen lassen möchte, muß ich mich jetzt um meine Patienten kümmern. Um sechs Uhr?«

Lady Ann nickte und begleitete ihn aus dem Salon bis vor zum Ausgang. Bevor der Arzt die Stufen hinabging, drehte er sich um und ergriff ihre Hand.

»Ann, irgend etwas bedrückt Sie. Kommen Sie, meine Liebe«, fuhr er fort, weil er ihr Schweigen mißdeutete, »Sie wissen, Sie müssen sich allmählich an die Tatsache gewöhnen, daß Arabella eine verheiratete Frau ist.«

»O Paul«, sagte sie unglücklich, »ich kann Ihnen versichern, das ist es nicht. Aber irgend etwas ist zwischen den beiden nicht in Ordnung, da bin ich ganz sicher. Ich fühle mich so unbeschreiblich hilflos.«

Dr. Branyon hatte im Verlauf der Jahre herausgefunden, daß sie bezüglich anderer Leute über ein recht präzises Wahrnehmungsvermögen verfügte. Vorsichtig sagte er:

»Da ich die beiden heute noch nicht gesehen habe,

kann ich mich dazu nicht äußern. Heute abend . . . nun ja, warten wir einmal ab, was sich zwischen ihnen abspielt.«

Wie er es verabscheute, sie bedrückt zu sehen! Ohne nachzudenken, hob er ihre Hand an die Lippen. Er spürte, wie ihre Finger leicht zitterten. Er vergaß alles über seinem Verlangen nach ihr. Wie ein Hungriger starrte er auf ihre Lippen, dann in ihre Augen. Sie erwiderte seinen Blick, und eine leichte Röte stieg ihr in die Wangen.

»Ann – meine Liebste . . .«, flüsterte er mit solcher Sehnsucht, daß Lady Ann nicht den Reitknecht bemerkte, der sich ihnen mit dem Pferd des Arztes näherte.

Dr. Branyon lächelte verkrampft. »Die Vordertreppe ist nicht gerade ein sehr privater Aufenthaltsort. Ich möchte mit Ihnen sprechen, Ann.«

»Wann?« fragte sie ohne Umschweife und senkte dann sofort unsicher den Kopf.

Er lachte leise und ließ ihre Hand los.

»Wie schön, daß Sie etwas von Arabellas Direktheit übernommen haben. Es ist eine ihrer liebenswertesten Eigenschaften.« Er machte eine kurze Pause und wagte dann den Sprung ins kalte Wasser. »Wissen Sie, Ann, der Fischteich ist um diese Jahreszeit so schön. Glauben Sie nicht, daß Ihnen ein Spaziergang um sein Ufer Freude machen würde? Sagen wir morgen nachmittag um ein Uhr?«

»Ich glaube, das würde mir mehr Vergnügen machen, als irgend etwas anderes«, antwortete sie ohne zu zögern.

Dr. Branyon vergaß die Jahre, die er ohne sie zugebracht hatte, er dachte jetzt an die Zukunft.

»Das Leben ist gut«, sagte er und schüttelte wie in Verwirrung den Kopf. »Also dann morgen um ein Uhr, liebste Ann.«

Er drehte sich um und stieg die Stufen hinab zu seinem wartenden Pferd.

Als Lady Ann in den Salon zurückkehrte, hatte sie ihre

Gefühle unter Kontrolle. Sie war überzeugt, daß niemand bei ihr eine Veränderung bemerken würde – außer Justin vielleicht. Aber aller Wahrscheinlichkeit nach würde er ohnehin nicht da sein.

Sie war überrascht, im Salon nur den Comte anzutreffen und lächelte ihm fragend zu.

»*Ma petite cousine* hat sich in ihr Zimmer zurückgezogen, um sich zum Abendessen zurechtzumachen«, erklärte er mit seinem reizvollen Akzent.

»Ah so«, sagte Lady Ann und zwang sich zu einem weiteren Lächeln. Lieber wäre sie im Augenblick ganz allein gewesen.

»Lady Ann, ich bin entzückt, daß ich endlich dazu komme, mich mit Ihnen unter vier Augen zu unterhalten«, sagte der Comte plötzlich in eindringlichem Ton. Er beugte sich in seinem Sessel vor. »Sehen Sie, *chère Madame,* Sie sind die einzige, die mir etwas von meiner Tante Magdalaine erzählen kann.«

»Aber mein lieber Gervaise«, protestierte sie etwas verwirrt, »ich weiß kaum etwas über sie! Ganz bestimmt hat Magdalaines Bruder, Ihr Vater –«

»Bah – er konnte mir nur etwas über ihre Kindheit in Frankreich erzählen! Von ihrem Leben in England wußte er nichts. Bitte teilen Sie mir mit, was Sie von ihr wissen«, flehte er mit einem schmeichelnden Ausdruck in den dunklen Augen.

»Na gut, aber lassen Sie mich für einen Augenblick nachdenken.«

Lady Ann versuchte sich an das zu erinnern, was sie an Informationen über die erste Frau des Grafen in Erfahrung gebracht hatte.

»Ich glaube, der Graf lernte Ihre Tante während eines Besuchs am französischen Hof im Jahr 1788 kennen. Ich weiß nichts über den Ablauf der Geschehnisse, nur, daß die beiden bald danach im Château Trécassis heirateten und anschließend nach England zurückkehrten. Elsbeth wurde, wie Sie wissen, im Jahr 1789 geboren, knapp ein Jahr nach der Hochzeit.« Sie machte eine Pause und lächelte über das eifrige Gesicht des jungen Mannes. »Aber natürlich, Gervaise, können Sie selbst nicht viel älter sein als Elsbeth. Sie müssen doch fast zur selben Zeit wie sie auf die Welt gekommen sein.«

Der Comte machte eine vage zustimmende Geste, die zugleich besagte, sie möge weiterreden.

»Nun komme ich zu einem Punkt, bei dem ich mir der Tatsachen nicht sicher bin. Ich glaube, Magdalaine kehrte kurz nach Ausbruch der Revolution nach Frankreich zurück. Den Grund für ihre Reise zu einem solch gefährlichen Zeitpunkt weiß ich nicht.« Sie schüttelte den Kopf. »Den Rest kennen Sie ja sicher. Unglücklicherweise wurde sie kurz nach ihrer Rückkehr nach Evesham Abbey krank und starb hier Anno 1790.«

»Mehr wissen Sie nicht, Madame?«

»Nein, leider nicht, Gervaise.«

Der junge Mann lehnte sich in seinen Sessel zurück und tippte die Fingerspitzen gegeneinander. Den Blick eindringlich auf Lady Anns Gesicht gerichtet, sagte er bedächtig:

»Es hat den Anschein, als könnte ich Ihrer Geschichte, so wie Sie sie kennen, noch etwas hinzufügen. Ich möchte Sie nicht verletzen, Lady Ann, aber es scheint, daß Ihr verstorbener Mann schon 1778 nach Frankreich kam. Sein Vermögen war in kläglichem Zustand. Mein Vater, Magdalaines älterer Bruder, erzählte mir, der Comte de Trécassis habe dem Grafen eine riesige Summe für die Heirat angeboten. Es gab da eine . . . Zusatzmitgift, die später ausbezahlt werden sollte, nachdem gewisse Bedingungen erfüllt worden waren.«

Lady Ann schwieg einen Augenblick. Ihre Gedanken schweiften zu ihrer eigenen riesigen Mitgift zurück und dem nicht allzu subtilen Wunsch des Grafen, sie, Ann, so schnell wie möglich zu heiraten. Sie erinnerte sich, wie bitter desillusioniert sie damals als schüchternes Mädchen gewesen war. Unbeabsichtigt hörte sie eine Unterhaltung des Grafen mit seinen Freunden, in dem er ihnen triumphierend mitgeteilt hatte, die Mitgift seiner Verlobten lohne den ›Geruch nach Kramladen‹. Obwohl Anns Vater geadelt worden war, war ihr Großvater mit dem unverzeihlichen Stigma eines Kaufmanns belastet gewesen. Das veranlaßte sie jetzt, sich zu fragen, weshalb ihm der Comte de Trécassis wohl eine solche riesige Mitgift angeboten hatte, nur damit er Magdalaine heiratete. Schließlich war deren Stammbaum makellos, die Trécassis waren mit den Capets blutsverwandt. Hatte diese Mitgift als eine Art Bestechung gedient?

Der Comte erhob sich und strich seine mit gelbem Muster versehene Weste glatt.

»Bitte verzeihen Sie, *chère Madame*, daß ich soviel von Ihrer Zeit in Anspruch genommen habe.«

Lady Ann schüttelte innerlich die achtzehn Jahre alten Erinnerungen ab und lächelte.

»Mir tut es leid, Gervaise, daß ich Ihnen nicht mehr erzählen kann. Aber sehen Sie, Magdalaine und Ihre Familie wurden in meiner Anwesenheit kaum je erwähnt.«

»Verständlich. Oh, Lady Ann, ich habe verabsäumt, Ihnen zu sagen, daß diese Perlen, die Sie tragen, sehr elegant sind. Als Gräfin von Strafford muß Ihr Schmuckkasten doch wohl unter absolutem Verschluß sein«, sagte der Comte fröhlich, der französische Akzent war deutlicher denn je.

»Vielen Dank, Gervaise, für Ihr reizendes Kompliment«, erwiderte Lady Ann einigermaßen zerstreut.

Sie war mit den Gedanken beim heutigen Abend und dem morgigen Rendezvous.

Dann stand sie auf und fügte in trockenem Ton hinzu:

»Was die Straffordschen Juwelen betrifft, mein lieber Junge, so kann ich Ihnen versichern, der Prinzregent würde sich nicht einmal herablassen, Prinzessin Caroline damit zu bedenken, für die er, soviel ich gehört habe, eine große Abneigung hegt.«

»Sehr merkwürdig«, murmelte der Comte.

»Allerdings. Man fragt sich, wie es zu einer solchen Verbindung überhaupt kommen konnte angesichts dessen, daß sich die beiden gegenseitig verabscheuten.«

»Wie? O ja, gewiß. Das sind eben königliche Gepflogenheiten, *chère Madame.*«

Er beugte sich über ihre Hand und schlenderte aus dem Salon.

Der Abend verlief in gedämpfter Stimmung, obwohl Dr. Branyon sein Bestes tat, die Atmosphäre durch Anekdoten aus seiner Praxis aufzulockern. Aber das trug ihm von seiten des Grafen und Arabellas nur ein angestrengtes Lächeln ein. Der Comte lachte, aber der Arzt vermutete, daß er die Pointen zumeist gar nicht verstanden hatte. Elsbeth ihrerseits lächelte zurückhaltend, wie es zu erwarten war. Aber etwas an ihr war verändert. Dr. Branyon betrachtete sie aufmerksam. Er hatte sie Lady Ann gegenüber einmal als ›nervöse kleine Maus, die fortgesetzt Angst hat, in eine Falle zu geraten‹, bezeichnet. Nun war er sich da nicht mehr so sicher. Sie verfügte neuerdings über eine Art Selbstsicherheit, eine Ruhe, die mehr aus Zuversicht als aus Furcht, sich falsch zu benehmen, zu stammen schien.

»Komm, Arabella«, sagte Lady Ann, als sie vom Salon ins Speisezimmer traten, »du bist jetzt die Gräfin von

Strafford, und ich muß dir notgedrungen meinen Stuhl abtreten.«

Arabella, im Begriff, ihren gewohnten Platz am Tisch einzunehmen, warf ihrer Mutter einen verblüfften Blick zu. Dann schüttelte sie vehement den Kopf.

»O nein, Mutter, ich möchte dich nicht verdrängen. Das ist doch alles lächerlich. Ich setze mich an meinen üblichen Platz, danke!«

An Arabellas Fingern, die die Stuhllehne umkrampft hielten, traten die Knöchel weiß hervor, als der Graf sich einmischte.

»Lady Ann hat völlig recht, Arabella. Es ist nur angebracht, daß du als Gräfin von Strafford deinen Platz unten am Tisch einnimmst.«

»Vater nannte es immer ›das Ende des Tisches‹«, erwiderte Arabella bissig. »Laßt uns mit diesem Unsinn aufhören, mein Schweinebraten wird von Sekunde zu Sekunde kälter.«

»Du wirst da sitzen, wo du hingehörst. Giles, bitte helfen Sie Ihrer Ladyschaft, sich auf Ihren Platz zu setzen.«

Der zweite Diener, der sich Miß Arabella noch nie in seinem Leben widersetzt hatte, richtete den flehenden Blick auf Lady Ann.

»Komm, Liebes«, redete sie ihrer Tochter freundlich zu, »erlaube Giles, daß er dir den Stuhl zurückschiebt.« Sie selbst schalt sich innerlich, daß sie die Sache überhaupt zur Sprache gebracht hatte. Ganz entschieden war zwischen den Neuvermählten etwas nicht in Ordnung, und nun hatte sie auch noch Öl ins Feuer gegossen. Mit angehaltenem Atem wartete sie ab, ob Arabella nun das Speisezimmer in ein Schlachtfeld verwandeln würde.

Aber Arabella schwieg, preßte die Lippen zusammen, konnte nur ein trotziges Achselzucken nicht unterdrükken, als sie sich von dem nervösen Giles den hochlehnigen Stuhl zurechtrücken ließ.

Nach einem äußerst schweigsam verlaufenen ersten Gang wandte sich Dr. Branyon an den Grafen.

»Haben Sie die Bekanntschaft des alten Hamsworth gemacht, Justin?«

Ein leichtes Lächeln zuckte um die Mundwinkel des Grafen.

»Ein verschrobener alter Halunke, und ich glaube, ein Pächter, der für das Land gut ist und war. Er versorgte mich mit einer langen Liste von Verbesserungen, die er auf dem Besitz für angebracht hält.«

»Das gleiche hat er auch ständig bei Vater gemacht«, platzte Arabella ohne zu überlegen heraus.

»Und was kam dabei heraus?« fragte der Graf und richtete über die Länge des Tisches weg den Blick auf sie.

»Vater hat nie auf ihn gehört. Deshalb versuchte er fortgesetzt, mich zu bestechen.«

Justin dachte an den alten Kerl und an seine vulgären Bemerkungen über eines der Milchmädchen, und seine Hand umkrampfte die Gabel.

»In welcher Weise?«

Sein Ton war so barsch, daß Elsbeths mandelförmige Augen ihn erschreckt ansahen.

Arabella verspürte eine wahrhaft teuflische Regung in sich. Sie lächelte vielsagend und hob kokett die Brauen.

»Wie merkwürdig, daß du danach fragst, Mylord. Als ich fünf Jahre alt war, fand die Bestechung in Form von Äpfeln aus dem Obstgarten statt. Aber dann, als ich älter wurde, wurde der alte Hamsworth . . . kreativer. Natürlich konnte man ihn damals nicht als besonders *alt* bezeichnen.«

Die Belohnung, die sie für ihr abwegiges Märchen erhielt, bestand in einer dumpfen Röte des Zorns, die in das bronzefarbene Gesicht ihres Mannes stieg. Arabella wandte sich wieder ihrem Essen zu und stellte fest, daß ihr der geliebte Schweinebraten wie Leder schmeckte. Sie nahm nur noch vage wahr, daß die Unterhaltung für den Rest der Mahlzeit fast ausschließlich von ihrer Mutter, Dr. Branyon, Elsbeth und dem Comte bestritten wurde.

»Arabella.«

Bei der Nennung ihres Namens hob sie den Kopf. Lady Ann fuhr leiser fort:

»Wann immer du möchtest, daß sich die Ladies zurückziehen, mußt du aufstehen.«

Was für eine ehrfurchtgebietende Machtfülle, und sie hatte noch nicht einmal daran gedacht! Schnell schob Arabella ihren Stuhl zurück, so daß der arme Giles ins Stolpern geriet, und stand auf.

»Wenn uns die Gentlemen entschuldigen wollen, dann werden wir Sie jetzt Ihrem Portwein überlassen.«

So einfach war das. Sie blickte dem Grafen direkt ins Gesicht, drehte sich auf dem Absatz um und verließ so schnell das Speisezimmer, daß Lady Ann und Elsbeth sich beeilen mußten, mit ihr Schritt halten zu können.

»Was ist bloß mit Arabella los?« flüsterte Elsbeth Lady Ann zu, als sie ihr in den Samt-Salon folgten. »Und Seine Lordschaft – er redet so kalt mit ihr.«

»Manchmal, meine Liebe«, antwortete Lady Ann energisch, »sind jungverheiratete Leute nicht immer einer Meinung. Es handelt sich um einen Streit zwischen Liebenden, nicht mehr.«

Wenn ich es nur glauben könnte, dachte sie dumpf. Liebe Elsbeth – wie unschuldig sie noch ist! Es schien so, als hätte die Kleine diese einfache Erklärung akzeptiert. Vielleicht war sie in Gedanken woanders, möglicherweise bei ihrem baldigen Aufenthalt in London. Und doch, dachte Lady Ann verwirrt, hatte Elsbeth seit Tagen weder ihre zehntausend Pfund noch die geplante Reise erwähnt.

Lady Ann beobachtete Arabella, wie sie rastlos vor den hohen Glastüren hin und her schritt. Sie wandte sich an ihre Stieftochter.

»Spiele ein bißchen für uns, Elsbeth. Vielleicht eine deiner französischen Balladen.«

Elsbeth gehorchte willig, ließ sich anmutig vor dem Pianoforte nieder, und gleich darauf klangen melodische Akkorde durch den Raum. Lady Ann ging zu ihrer Tochter und legte ihr eine Hand auf den Arm.

»Warum um Himmels willen hast du solch eine Räubergeschichte über den armen, alten Hamsworth erzählt? Du weißt ganz genau, daß dein Vater dich nicht auch nur in die Nähe seiner Behausung gelassen hat!«

Arabella hob das Kinn. »Das war bloß ein Spaß, Mutter.«

»Einer, der Justin sehr zornig gemacht hat. Was du da andeutetest, meine Liebe, war sehr unangebracht, weißt du.«

»Es war genau das, was der Graf erwartet hat – nein, hören *wollte*!« erwiderte Arabella wütend.

»Arabella, was redest du da?« rief Lady Ann entsetzt. »Das ist doch absurd! Er ist dein Mann, kein eifersüchtiger Liebhaber, über den du dich lustig machst!«

Arabellas schöne graue Augen blickten in das erregte Gesicht ihrer Mutter. Fast hätte sie sich verraten. Sie zuckte die Schultern und erwiderte im Ton liebevoller Zurechtweisung:

»Höre, Mutter, nimm das, was ich gesagt habe, nicht so ernst. Der Graf und ich hatten einen kleinen Zwist, das ist alles.«

Bevor Lady Anns Ungläubigkeit sich in Worte fassen ließ, traten die Gentlemen in den Salon.

Als dann Crupper mit dem Teetablett eintrat, war Arabella mit ihren Nervenkräften fast am Ende. Das Zusammensein mit dem Comte und Justin, der glaubte, sie beide hätten ein Verhältnis miteinander, war zuviel. Sie verharrte in brütendem Schweigen. Ihrer neuen Verpflichtung, die gefüllten Teetassen zu verteilen, kam sie noch ohne Mißgeschick nach. Aber sobald die letzte Tasse eingeschenkt war, stand sie hastig von ihrem Stuhl auf. Sie unternahm einen dürftigen Versuch, so zu tun, als unterdrücke sie ein Gähnen und verkündete mit völlig untypischer Atemlosigkeit:

»Das war ein solch langer Tag – wie ihr seht, gähne ich ganz furchtbar. Ich wünsche allen eine gute Nacht.«

Sie nickte den Anwesenden allgemein zu und ging zur Tür.

»Einen Augenblick, meine Liebe.« Die Stimme des Grafen hielt sie auf. »Ich möchte mich selbst auch zurückziehen.«

Arabella wäre am liebsten weggerannt, aber sie wußte, daß das nicht möglich war. Sie blieb starr und schweigend stehen, bis sich Justin rundum verabschiedet hatte. Sie hegte den Verdacht, daß er die Prozedur absichtlich hinzog. Dr. Branyon unterdrückte seine bösen Ahnungen, als er sah, wie der Graf seinen Arm unter den Arabellas schob und sie aus dem Zimmer geleitete. Er hoffte inständig, Lady Ann würde ihn nicht bitten, mit dem Grafen zu sprechen, denn er hegte keineswegs den Wunsch, auf eiskalte Art abgewiesen zu werden.

Arabella bewahrte gespanntes Schweigen, bis sie beide oben an der Treppe angelangt waren.

»Ich möchte jetzt in mein Zimmer gehen«, brachte sie dann in ersticktem Flüsterton heraus.

Justin umfaßte ihren Arm fest mit der Hand.

»Natürlich meinst du damit *unser* Zimmer. Das, meine Liebe, ist unser Schicksal.«

»Nein!« zischte sie und wand sich von ihm los. Sie rannte den Korridor entlang zu ihrem Zimmer und riß die Tür auf. Ein Gefühl der Unwirklichkeit überkam sie. Das gesamte Mobiliar war in gespenstische, weiße Überzüge gehüllt. Ihre Lieblingsbilder waren verschwunden, ihre persönlichen Habseligkeiten nirgendwo zu sehen. Sie drehte sich langsam um und sah den Grafen auf der Schwelle stehen, die Arme leger über der Brust verschränkt.

»Ich ... ich verstehe nicht ...«, stammelte sie.

»Ich bin zu dem Schluß gekommen«, erklärte der Graf in sachlichem Ton, »daß dein Zimmer für uns beide nicht groß genug ist. Deshalb ließ ich während des Abendessens deine Sachen hinüber ins gräfliche Schlafzimmer bringen. Falls Evesham Abbeys gespenstische Besucher wiederkehren, werden wir uns einfach daran gewöhnen müssen. Nun komm, meine liebe Frau, dein Ehemann erwartet sein Vergnügen.«

Arabella schob die Hand in die Tasche ihres Kleides und umschloß mit den Fingern den glatten Elfenbeingriff ihrer kleinen Pistole. Als sie sie vor dem Essen neben ihrer Schmuckkassette hatte liegen sehen, hatte sie sich selbst gefragt, warum sie ihr nicht früher eingefallen war. Ironischerweise würde das Geschenk ihres Vaters sie nun vor dem Mann schützen, den er ihr so sorgfältig ausgesucht hatte. Sie richtete sich auf und erkundigte sich mit ätzendem Sarkasmus:

»Planen Sie heute nacht eine weitere Vergewaltigungsszene, Mylord?«

Er zuckte gleichmütig die Schultern.

»Wie Sie das wünschen, Madam. Wenn Ihr Liebhaber Ihrer Gunst bei Tage teilhaftig wird, sehe ich nicht ein, weshalb ich bei Nacht nicht auf meine Kosten kommen soll.«

Er redet mit mir, als wäre ich eine Hure aus Soho, dachte sie. Da sie nun den Schutz der Pistole spürte, ließ sie ihrem Zorn freien Lauf.

»Mein Gott, was hat mein Vater für einen Fehler gemacht, dich für mich auszusuchen! Wie hast du es nur geschafft, vor ihm deine vulgären, niederen Instinkte zu verbergen? Wenn man bedenkt, daß *ich* jemand wie dir meine Unschuld beteuern muß? Ich will dir nur erneut und noch einmal eines sagen, auch auf die Gefahr hin, daß du für die Wahrheit taub bist: Ich *habe* keinen Liebhaber!«

»Es stimmt, daß dein Vater einen Fehler gemacht hat, aber nicht, das kann ich dir versichern, was meinen Charakter betrifft. Ein Glück, daß er nicht hier ist, um Zeuge der Perfidie seiner eigenen Tochter zu sein. Komm schon, Arabella, ich werde dieses ganzen Unsinns müde.«

Daß sie weiterlog, fachte seine Wut erneut an. Er hatte nicht vorgehabt, sie in dieser Nacht zu vergewaltigen, trotz ihrer bösartigen Bemerkungen bei Tisch über den lüsternen alten Hamsworth. Er hatte sie dazu bringen wollen, Leidenschaft zu empfinden, sich ihm freiwillig hinzugeben. Obwohl er das vor sich selbst nicht zugab, wollte er sie für sich gewinnen, sie den Comte vergessen lassen.

Ungeduldig winkte er ihr mit dem Finger. Wortlos folgte ihm Arabella aus dem Zimmer. Obwohl er ihren Arm nicht mehr ergriff, spürte sie doch gespannte Wachsamkeit in ihm und wußte, daß er sie sofort packen würde, wenn sie zu fliehen versuchte.

Als sie vor dem Schlafzimmer des Grafen angekommen waren, trat er zurück, um zu warten, bis sie eingetreten war. Noch bevor sie sich umdrehte, hörte sie, wie der Schlüssel umgedreht wurde.

»Ich werde deine Zofe spielen, Arabella. Komm und laß mich all die vielen Knöpfe lösen.«

»Nein«, sagte sie mit verzweifelter Ruhe. »Du wirst mich nicht berühren, Justin.«

Sie sah, wie seine Nasenflügel in plötzlichem Zorn bebten. Aber gleich darauf verzogen sich seine Lippen zu einem Lächeln matter Selbstsicherheit, und seine Augen glitzerten ob ihrer Herausforderung.

»Wie ich vorhin schon sagte«, erwiderte er mit Nachdruck, »du kannst es haben wie du willst. Legst du Wert auf ein zerrissenes Kleid, Arabella? Denn das ist es, was deine Weigerung bedeutet. Aber wirklich, nach einer oder zwei Wochen wirst du keine Kleider mehr haben. Nicht, daß ich irgend etwas dagegen hätte, wenn du auch tagsüber nackt bist.«

Er kam auf sie zugeschlendert.

Arabella floh auf die andere Seite des großen Betts, da sie wußte, daß es nichts gab, wovon sie ihn hätte überzeugen können. Ihre Augen maßen den zwischen ihnen liegenden Abstand, ihre Finger umklammerten den Pistolengriff.

»Da du so sportlich sein willst, ist es ja gut, daß wir uns so frühzeitig zurückgezogen haben.«

Er kam mit entnervender Langsamkeit näher, um das Bett herum. Sie konnte nicht weiter zurückweichen, ihr Rücken berührte bereits die langen Samtvorhänge.

»Du wirst nicht näher an mich herankommen, Justin.«

Noch während sie sprach, zog sie die Pistole aus der Tasche und richtete sie auf seine Brust.

Er lächelte grimmig und trat noch einen Schritt näher.

»Leg die Pistole weg, Arabella. Ich möchte nicht, daß du dich selbst verletzt.«

Ihr Vater hatte ihr beigebracht, das, was er selbst als ›beeindruckende Kaltblütigkeit‹ bezeichnet hatte, zur Schau zu stellen, wenn sie mit etwas Unerfreulichem konfrontiert wurde. Sie bemühte sich, seinen Lehren zu folgen.

»Ich bin gut trainiert, Mylord. Und ich möchte dich nicht unbedingt umbringen. Aber Justin, wenn du einen Schritt näher kommst, schieße ich dir eine Kugel durch den Arm.«

Er starrte sie mit einer seltsamen Mischung aus Zorn, Verbitterung und Bewunderung an. Verdammt, er glaubte ihr! Schnell rechnete er sich seine Chancen, sie zu entwaffnen, aus. Er konnte sich leicht vorstellen, daß sie bei dem verstorbenen Grafen durch eine gute Schule gegangen war. Auf diese Entfernung konnte sie – und würde sie – ihm mit Leichtigkeit eine Kugel in jeden Teil seiner Anatomie schießen, der ihr geeignet schien. Er sah, daß sie ihn mit einer Art kalter Distanz betrachtete.

Er drehte sich auf dem Absatz um. Ohne einen Blick zurückzuwerfen, verschwand er im angrenzenden Ankleidezimmer und schlug die Tür hinter sich zu.

Arabella nahm die Waffe in die andere Hand und wischte sich die verschwitzte Hand am Kleid ab. Sie spürte, wie ihr Mut nachließ beim Gedanken an eine lange Reihe endloser, mit ähnlichen Konflikten beladenen Nächte. Sollte sie ihren Ehemann für den Rest ihrer Tage mit gezückter Pistole von sich fernhalten? Sie schüttelte verzweifelt den Kopf, innerlich zu erschöpft, um klar darüber nachdenken zu können, was sie tun sollte.

Müde starrte sie auf das Bett, ging aber daran vorüber. Sie sank auf einen großen Polstersessel neben dem Kamin, zog die Beine hoch unter das Kleid und lehnte erschöpft das Gesicht gegen einen Arm. Sie wollte, sie hätte weinen können, aber sie wußte, daß sie das nicht tun würde. Tränen lösten kein Problem. Ihre Finger hielten den Pistolengriff umklammert.

Am nächsten Morgen erwachte Arabella früh, ihre Beine waren verkrampft, weil sie so lange Stunden in derselben angezogenen Position verharrt hatten. Verwirrt bemerkte sie, daß sie mit einer Decke verhüllt war, und daß die kleine Pistole auf dem Tisch neben ihrem Stuhl lag. Ihr Herz machte einen Sprung bei der Erkenntnis, daß Justin, während sie schlief, ins Zimmer gekommen sein mußte. Er hätte mit ihr machen können, was er wollte. Und doch hatte er sie lediglich zugedeckt und ihr die Waffe aus den Fingern genommen. Sie erhob sich langsam und streckte ihre schmerzenden Glieder. Sie begriff ihn nicht.

10

»Die Lilien blühen dieses Jahr im Überfluß.«

»Das ist ein Naturgesetz. Für jeden Frosch muß es eine Absprungbasis geben.«

»Aber schauen Sie, das Riedgras ist so dicht! Es ist schwierig, da durchzugehen.«

»Ja, und es ist so grün.«

Dr. Branyon blickte zärtlich auf Lady Ann hinab. Er konnte kaum seine Belustigung über ihre Ablenkungsmanöver verbergen. Mit sanfter Ironie fuhr er fort: »Gibt es noch weitere faszinierende Betrachtungen, die Sie über diesen bezaubernden Fleck hier anstellen können?«

»Ich . . ., ich glaube nicht«, erwiderte sie zaghaft.

Warum bin ich nur so nervös, dachte sie, hin und her gerissen zwischen Belustigung und Ärger über sich selbst. Ich muß aufhören, mich derart lächerlich zu benehmen.

»Ausgezeichnet! Dann können wir ja einmal über Aktuelleres sprechen. Kommen Sie, Liebe, ich gebe Ihnen meine Jacke. Dann können Sie es sich in dem so dichten, grünen Riedgras bequem machen.«

Zum erstenmal seit sie sich hier am Fischteich getroffen hatten, schaffte sie es, ihm ins Gesicht zu sehen. Wie sie dieses Gesicht liebte, so schmal, mit den tiefen Linien an jeder Seite seines Munds – ›die Falten seines Arztlächelns‹ hatte sie ihn einmal geneckt.

Er drückte ihre Hand, die er in der seinen hielt, und führte sie zur anderen Seite des Teiches hinüber. Dort fand er eine geeignete Stelle, breitete seine Jacke aus und verbeugte sich kunstvoll vor Lady Ann.

»Ihr Diener, Mylady.«

»Ich hätte ein Picknick mitbringen sollen«, murmelte sie, während sie sich elegant niederließ und ihr rosa Kleid anmutig über die Knöchel breitete.

»Nach mehr als achtzehn Jahren, meine Liebe, möchte ich keinen noch so schmalen Grashalm zwischen uns kommen lassen«, erwiderte Dr. Branyon in liebevollem Ton.

Er ließ sich dicht neben ihr nieder. Lady Ann empfand eine plötzlich aufsteigende Wärme, löste mit unsicheren Fingern das Band ihres Huts und nahm ihn ab.

Dr. Branyon ergriff ihn und schob ihn sachte auf die Seite. Langsam hob er die Hand zu ihrem Gesicht, streifte mit den Fingern über ihre glatte Wange, die gerade Nase, und verharrte dann an den rosigen Lippen.

»Sie sind so schön«, sagte er mit leicht heiserer Stimme, und ihr Herz begann mit ungewohnter Gewalt zu pochen.

Er ließ zärtlich die Hand über ihren Nacken gleiten, strich über den dicken Knoten ihres hellblonden Haars und zog sie dann an sich. Er fand, daß sie wie ein junges Mädchen in Erwartung des ersten Kusses aussah, und er küßte sie sanft, wobei er kaum ihre Lippen berührte. Zärtlich legte er die Hände auf ihre Schultern und drückte sie auf die Erde hinab. Ihre Augen öffneten sich, und er erkannte Unsicherheit, vielleicht sogar Furcht in ihrer Tiefe. Sofort ließ er sie los und legte sich, den einen Ellbogen aufgestützt, neben sie. Seit vielen Jahren war er überzeugt, daß der Graf sie nicht gut behandelt hatte. Und doch war da eine Ausstrahlung zerbrechlicher Unschuld, die selbst ihr Ehemann nicht hatte zerstören können.

»Du wirst mich doch heiraten, Ann, oder nicht?« fragte er.

Sie lächelte zu ihm empor, lächelte durchtrieben, nun befreit von jeglicher Unsicherheit, und erwiderte munter:

»Leider werde ich nun wohl müssen, Paul. Ich wäre eine schrecklich verworfene Person, wenn ich einen Mann küssen würde, den ich nicht zu heiraten gedenke.«

»Dann muß ich dich noch einmal küssen, um mir dessen ganz sicher zu sein.«

Sie lachte, als er sie küßte, und seine Zunge drang in ihren Mund ein. Sie zuckte unwillkürlich zurück. In diesem Augenblick war es der Graf und nicht Paul, dessen Mund sich gegen den ihren preßte, der sie zwang, die Lippen zu öffnen. Wie sie die laszive Nässe seiner Zunge gehaßt hatte! Selbst sein Kuß hatte für sie immer etwas von einer Vergewaltigung an sich gehabt.

Dr. Branyon zog sich sofort von ihr zurück und sah sie mit solchem Verständnis an, daß die schrecklichen Erinnerungen sofort zerrannen.

»Paul . . . bitte, verzeih mir. Es ist nur . . . daß *er* mir weh tat . . . Ich meine«, stammelte sie, »er war nicht sehr zartfühlend, wenn er . . .«

Sie schwieg und wandte das Gesicht ab.

Er hegte den quälenden Wunsch zu erfahren, was ihr der Graf angetan hatte, spürte jedoch, daß es dafür zu früh war.

»Vertraust du mir, Ann?« fragte er leise.

Sie sah ihn an, hob die Hand und berührte mit den Fingern seinen Mund.

»Ich vertraue dir mehr, als ich ihn je gefürchtet habe«, sagte sie einfach und wurde sich voller Erstaunen bewußt, daß sie ihre Worte wirklich selbst glaubte.

Er nahm sie in die Arme und zog sie sanft an sich. Er spürte, wie sie sich gegen ihn schmiegte, wie ihre vollen Brüste sich verlockend an ihn preßten, genau wie ihr Bauch und ihre Schenkel. Sie schlang die Arme um seinen Nacken und vergrub das Gesicht an seinem Hals. Allein ihn so nahe bei sich zu haben und seinen warmen Atem in ihrem Nacken zu spüren, erfüllte sie mit Glück.

Er fragte sich mit einer gewissen Verlegenheit, ob sie wohl sein hartes Glied spüren konnte. Dieses eine Mal in seinem Leben war er dankbar für die vielen Kleidungsstücke, die Frauen an sich hatten. Er hätte gern ihre runden Hüften gestreichelt, zwang sich jedoch, die Hände auf ihrem Rücken zu lassen.

Schweigend lagen sie einander in den Armen, bis die Sonne Anstalten traf, hinter dem Horizont zu versinken.

»Wach auf, kleine Schlafmütze«, flüsterte er ihr ins Ohr.

»Du weißt sehr gut, daß ich nicht schlafe, Sir«, sagte sie leicht benommen, hob den Kopf von seinem Hals und seufzte, als ihre Sorgen sie wieder einholten. »Paul, was sollen wir nur mit Arabella und Justin machen?«

Er antwortete nicht, bis er sie leicht auf die Nasenspitze geküßt und ihr anschließend auf die Beine geholfen hatte. Während er seine Jacke von Staub und Gras befreite, blickte er in ihr ihm zugewandtes Gesicht und sagte nachdenklich:

»Vielleicht meinst du, ich sei nicht ganz richtig im Kopf, aber ich kann nicht umhin zu glauben, daß ihre . . . Differenzen in irgendeiner Weise etwas mit dem Comte zu tun haben.«

Lady Ann sah verdutzt drein.

»Mit dem Comte! Aber inwiefern? Ich kann mir nicht vorstellen, was Gervaise damit zu tun haben könnte.«

»Ich ebenso wenig, meine Liebste – zumindest habe ich keine genaue Vorstellung.«

»Ich fürchte . . . nein, ich weiß, daß Justin in ihrer Hochzeitsnacht unfreundlich mit ihr umgegangen ist.«

»Aber Ann, das ist unmöglich. Du mußt dich irren.«

Dr. Branyon sah sie ungläubig an. »Ich könnte mir eher vorstellen, daß unsere selbstbewußte kleine Bella ihren frischgebackenen Ehemann äußerst charmant verführt hat – auch ohne deine Erlaubnis! Und was Justin betrifft, so kann ich nicht glauben, daß er unerfahren genug ist, um ihr Angst einzujagen.«

Lady Ann errötete. Sie konnte nicht über sich bringen, ihm zu erzählen, was sie wußte.

Er lächelte zärtlich, wunderte sich nur kurz über ihre Schweigsamkeit.

»Ich kann dir nicht raten, dir keine Sorgen zu machen, denn das wirst du trotzdem tun. Wenn sich die Gelegenheit ergibt, werde ich mit Arabella sprechen. Was den Comte betrifft, so ist das etwas völlig anderes. Ich gebe zu, ich kann ihn nicht ausstehen.«

»Ich halte ihn für einen harmlosen jungen Mann, aber weißt du«, gestand sie mit leichtem Stirnrunzeln, »wenn ich es mir jetzt recht überlege, war es doch sehr merkwürdig, sich so ausführlich mit mir über Magdalaine zu unterhalten.«

»Über Magdalaine?« wiederholte er nachdenklich.

Sie nickte.

»Er wollte Näheres über ihr Leben in England erfahren. Natürlich weiß ich sehr wenig von ihr. Und danach erzählte er mir von der seltsamen Regelung ihrer Mitgift, die ihre Familie getroffen hatte. Es hat den Anschein, als ob sie nicht alles davon bei ihrer Heirat mit dem Grafen erhalten hat. Ich weiß wirklich nicht, warum er mir das alles mitgeteilt hat, denn Magdalaine starb so kurz nach ihrer Rückkehr aus Frankreich – zwei Jahre nachdem sie den Grafen geheiratet hatte.« Sie machte eine Pause und blickte mit einem plötzlichen Lächeln auf. »Aber wie dumm von mir! Paul, du warst doch bei ihr, als sie starb, nicht wahr? Gervaise sollte mit dir sprechen, wenn er mehr über seine Tante erfahren möchte.«

Dr. Branyon wandte den Blick ab und sagte grimmig:

»Ja, ich war bei Magdalaine, als sie starb. Aber was für Arrangements bei ihrer Mitgift getroffen worden waren, weiß ich nicht. Außerdem würde ich dem jungen Spund gehörig meine Meinung sagen, wenn er sich mit solchen Fragen an mich wenden würde.«

Lady Ann sah ihn forschend an, verwirrt durch die Heftigkeit seiner Reaktion.

Als sie auf ihrem Heimweg bereits zwischen den geometrisch angelegten Blumenbeeten dahinschlenderten, fragte Dr. Branyon sie im beiläufigen Interesse: »Wollte der Comte noch etwas anderes von dir wissen, Ann?«

Sie überlegte kurz und antwortete dann in belustigtem Ton: »Nein, nichts von irgendwelcher Wichtigkeit, abgesehen davon, daß er sich nach dem Straffordschen Familienschmuck erkundigte. Er war der Ansicht, daß ich als Gräfin über eine immense Schmuckschatulle verfügen müßte. Ich erklärte ihm sofort, wie lächerlich das sei.«

»Hmmm.«

Daraus bestand Dr. Branyons gesamte Reaktion.

Als sie vor den Eingangsstufen von Evesham Abbey angelangt waren, ergriff er Lady Anns Hand und drückte sie beruhigend.

»Ich kann nicht bleiben, Ann. Bitte mache dir nicht allzuviel Sorgen Arabellas wegen. Ich werde versuchen, demnächst mit ihr zu sprechen.«

Er hob ihre Hand an seine Lippen.

»Lege einen Hochzeitstermin fest, meine Liebste. Falls du das Gefühl hast, du könntest den gesellschaftlichen Konventionen trotzen, würde ich sehr gern weniger als acht Monate warten.«

»Ja, Paul, ich werde es mir überlegen.«

Warum kann ich bloß nichts empfinden? Ist das die Strafe für meine Sünde? O bitte, ich möchte so gern meine Liebe für ihn empfinden!

Seine Lippen streiften gierig über ihre kleinen, spitzen Brüste, und sie vergrub die Finger in seinen kurzen, schwarzen Locken, um ihn noch heftiger an sich zu ziehen. Er hielt diese Geste für einen Ausdruck eines Verlangens, das dem seinen entsprach, und zupfte an ihren Brustwarzen.

Sie biß die Zähne vor Schmerz zusammen und unterdrückte einen Aufschrei. Dann umfaßte sie mit den Händen sein glattes Kinn und schob seinen Mund nach oben zu ihren Lippen. Seine strahlend schwarzen Augen waren verschleiert vor Begierde, und sie nahm einen Schimmer von Ungeduld in ihrer Tiefe wahr.

Ganz plötzlich empfand sie Furcht. Sie durfte ihn nicht merken lassen, daß seine leidenschaftlichen Umarmungen ihr kein Vergnügen verschafften, daß sie im Gegenteil alle Gefühle in ihr erstickten. Instinktiv stöhnte sie leise und bog den Rücken durch, obwohl sie von dem überwältigenden Wunsch erfüllt war, ihn von sich zu stoßen, ihn anzuflehen, sein hartes Glied nicht in sie hineinzustoßen. Sie hielt den Atem an, beschämt über solche unnatürlichen Empfindungen, und ließ seine heftig in ihren Mund eindringende Zunge gewähren. Sie durfte nicht vergessen, daß er sie liebte, daß sie ihn auf keinen Fall verlieren wollte, ihn nicht abschrecken durfte.

Sie versuchte sich zu entspannen, den warmen Duft des Heus zu inhalieren. *Du* bist die Glückliche, die Auserwählte. Er will nicht Arabella oder irgendeine andere Frau haben. Ihm deinen Körper zu schenken, ist ein Beweis deiner Liebe zu ihm.

Plötzlich richtete er sich auf die Knie auf, packte die ihren und drückte sie auseinander. Sie schloß die Augen, als seine Finger in ihre Scheide eindrangen. Er gab einen Laut der Enttäuschung von sich, und dann spürte sie, wie er die mit Speichel benäßten Finger einführte. Mit einem Gefühl der Benommenheit und des Elends fragte sie sich, wie sie es ertragen sollte, wenn dieses harte Stück pulsierenden Fleisches wieder in sie eindringen würde.

Unfähig, seine Begierde zu zügeln, legte er sich über sie und stieß zu. Es war wie eine Eruption aller seiner Sinne, so als ob Raum und Zeit für einen kurzen Augenblick aufgehoben wären. Sein Sperma überflutete die enge kleine Passage, erleichterte ihm sein Ziel, und er drang tief ein. Flüchtig empfand er etwas wie ein ekstatisches Siegesgefühl, eine überwältigende Bestätigung seiner Männlichkeit. Ihre kleinen Hände krampften sich in seine Schultern, und wieder glaubte er, sie besiegt zu haben, wie ein Mann eine Frau zu besiegen hat, und daß er ihr durch seine eigene Leidenschaft zur Erfüllung ihres eigenen Verlangens verholfen hätte.

Er befreite sie von der Last seines Körpers, küßte sie leicht auf die feuchten Lippen und rollte seitlich neben sie. Sie hatte das Gefühl, aus Blei zu sein, ihr Körper war klebrig und prickelte, als die kühle Luft die dünne Schweißschicht durchdrang, die er auf ihr hinterlassen hatte.

»Ich bete dich an, *ma petite cousine*«, murmelte er, sich seiner Verpflichtung als siegreicher Liebhaber bewußt – Worte, die ihn so wenig kosteten.

Natürlich hatte es seiner Eitelkeit geschmeichelt, seine scheue Cousine verführen zu können, aber er hatte auch das Gefühl, daß er, um sich ihrer absoluten Hingabe zu versichern, unbedingt ihren Körper besitzen müsse.

»Und ich dich, Gervaise«, flüsterte sie hingerissen, ohne noch an die soeben erlittene Pein zu denken.

Wie begünstigt war sie doch gegenüber anderen

Frauen, von einem so gut aussehenden Mann geliebt zu werden – mit dunklen, mandelförmigen Augen, genau wie die ihren, und blitzenden weißen Zähnen. Er war viel schöner als der Graf, dessen große Gestalt sie bereits ängstigte, vor allem jetzt, da sie wußte, was Männer dem Körper einer Frau abverlangten. Wenn sie nur selbst Genuß dabei empfunden hätte! Sie versuchte, solche egoistische Gedanken beiseite zu schieben. Sie mußte einfach glauben, ihn zu besitzen und daß sein Entzücken an ihrem Körper mehr als genug für sie war.

»Weißt du, Elsbeth«, sagte er nach einer Weile, »ich habe mit Lady Ann über deine Mutter, Magdalaine, gesprochen. Sie weiß aber weit weniger über sie als ich ... ich meine über die Umstände.«

Elsbeth zog einen Zipfel ihres Umhangs über sich und legte sich auf die Seite, um ihn anzusehen.

»Was meinst du mit ›Umständen‹?«

Sie war leicht irritiert, daß er nicht über sie beide und die gemeinsame Zukunft sprach.

Er tätschelte flüchtig ihre Wange und ließ die Finger über ihren Busen gleiten.

»Nun ja, mein Vater hat mir ein paar sehr ungewöhnliche Geschichten über deine Mutter erzählt. Interessiert dich das nicht?«

In seiner Stimme klang ein leiser Vorwurf durch.

»Aber natürlich«, protestierte sie hastig. »Es ist nur so, daß alles so lange zurückliegt. Ich war schließlich noch ein Baby. Aber ich freue mich sehr, irgendwelche Dinge über sie zu hören.«

»Na schön, demnächst einmal«, sagte er leichthin.

Wie gut er doch ihre Gedanken zu lenken verstand, dieses unsichere, einsame Kind in ihr anzusprechen, das so verzweifelt bemüht war, zu gefallen. Obwohl er überzeugt war, daß er sie an sich gefesselt hatte, fragte er sich doch, ob ihre Loyalität gegenüber Lady Ann und Arabella sie letzten Endes nicht doch unfähig machen würde, das zu tun, was er wollte.

Er tat so, als sei er des Themas überdrüssig. Für den Augenblick reichte es, daß er ihre Neugierde geweckt hatte. Sein Blick wanderte erneut mit schweigender Intensität über ihren Körper. Er konnte nicht wissen, daß sie verzweifelt nach etwas suchte, womit sie ihn ablenken konnte. Plötzlich fiel ihr etwas ein.

»Gervaise, es ist wirklich verständlich, daß du mehr über meine Mutter erfahren solltest. Wußtest du, daß Josette, meine Zofe, auch die Kinderfrau meiner Mutter war? Sie kannte meine Mutter von klein auf und hat sie nach der Heirat mit meinem Vater hierher nach Evesham Abbey begleitet.«

Sein schweifender Blick verharrte auf ihrem hübsch gerundeten Bauch. Wie dumm von ihm! Josette – natürlich! Nun brauchte er mit Elsbeth gar nicht mehr zu rechnen. Ob Josette der Familie Trécassis und ihm gegenüber Loyalität empfinden würde? Er empfand eine Aufwallung von Zuversicht. Erfüllt von Dank zog er das Mädchen erneut an sich.

Elsbeth warf einen Blick auf die kleine, goldene Stehuhr auf dem Tisch neben der Kupferbadewanne und glitt tiefer in das warme, wohlduftende Wasser. Sie empfand ein äußerstes Glücksgefühl, auch wenn sie sich so heftig abgerieben hatte, daß das weiche Fleisch zwischen ihren Schenkeln jetzt noch schmerzte. Wohlig bewegte sie sich in dem warmen Wasser, der gewalttätige, peinliche Aspekt männlicher Liebe war so gut wie vergessen. Sie schwelgte voller Lust in der Vorstellung von Gervaise als ihrem faszinierenden, galanten Liebhaber.

»Kommen Sie, Lämmchen, es wird spät. Sie werden

doch wohl rechtzeitig zum Abendessen unten sein wollen.«

Elsbeth wandte sich ihrer alten Dienerin Josette zu und hörte vage eine ungewohnte Schärfe aus deren brüchiger Stimme heraus.

»Kommen Sie, Mistress«, wiederholte Josette und hielt ihr ein großes Badetuch entgegen.

»Ah – schön«, erwiderte Elsbeth genußvoll und erhob sich mit ausgestreckten Armen.

»Wirklich, Lämmchen!« rief Josette entsetzt, »Sie sind doch eine Lady und keine *grisette*, die ihren nackten Körper zeigt!«

Hastig wickelte sie das Mädchen in das Tuch, wobei sie den Blick abwandte.

Elsbeth betrachtete ihre getreue alte Dienerin mit heimlichem Lächeln. Wie altmodisch sie doch war, dachte sie, und vergaß völlig, daß sie noch vor kurzem niemals aus der Badewanne aufgestanden wäre, bevor Josette ihr Tuch in die passende Position gebracht hatte.

»Ach, schelte mich nicht!« rief sie vergnügt. »Ich bin viel zu glücklich.«

Josette brummte, zog Elsbeth das Hemd über den Kopf und bemühte sich mit ihren arthritischen Fingern, die zarten Bänder zu schließen. »Nur weil Sie jetzt eine reiche, junge Lady mit zehntausend Pfund sind, ist das noch kein Grund für Sie zu kreischen wie ein Waschweib.«

»Ach Josette, das ist es doch nicht«, platzte Elsbeth heraus. »Ich kann es dir ja gleich sagen, du scharfäugiger alter Adler, denn du wirst es ohnehin demnächst erfahren.« Sie wirbelte herum und ergriff Josettes verkrüppelte Hände. »Ich habe mich verliebt«, flüsterte sie.

Josette empfand etwas wie Verwirrung. Nein, es war ja nicht Magdalaine, die sich verliebt hatte – sondern Elsbeth! Sie zuckte zurück.

»Aber nein, mein Kleines! Sie können sich doch nicht in den Grafen verliebt haben! Er ist mit Arabella verheiratet.« Sie versuchte sich genau zu erinnern. »Er hat doch Arabella geheiratet, oder nicht?« fragte sie unsicher.

Elsbeth lachte hellauf und umarmte die ihr so vertraute alte Frau mit den gebeugten Schultern.

»Ja, der Graf hat Arabella tatsächlich geheiratet. Aber ich spreche doch gar nicht von ihm.«

»Aber wer ist es denn dann?« erkundigte sich die Alte bedrückt. Wäre doch das zierliche, lächelnde Mädchen vor ihr Magdalaine nicht so ähnlich gewesen!

»Mein Cousin natürlich. Der Comte.«

»Der Comte«, wiederholte Josette in ungläubigem Ton.

»Meine liebe Josette, ist es nicht herrlich? Bin ich nicht die glücklichste aller Frauen? Er liebt mich, und nun, da ich unabhängig bin, kann ich ihn heiraten ohne die Schande, ohne einen roten Heller dazustehen.«

Die alte Frau erstarrte plötzlich in Elsbeths Armen. Sie stieß das Mädchen von sich und griff sich an die Stirn.

»Josette, um Himmels willen, was ist los?« rief Elsbeth, als die alte Frau langsam von ihr zurückwich. Ihr faltiges Gesicht schien sich gleichsam in sich selbst aufzulösen. »Nein!« schrie sie.

Elsbeth zuckte zusammen und starrte Josette entgeistert an. Jetzt ist sie verrückt geworden, dachte sie mitleidig.

»Hör mal, Josette –« begann sie.

»Nein! Sie können ihn nicht heiraten! Nein, Magdalaine, nein!«

»Ich bin nicht Magdalaine, Josette. Komm, sieh mich an. Ich bin Elsbeth, ihre Tochter.«

Josette starrte ihre junge Herrin an, und ihr Kopf begann zu zittern.

»Das ist Gottes Strafe«, murmelte sie in einem eintönigen Singsang vor sich hin. Sie konnte nicht mehr länger in das eifrige, besorgte junge Gesicht vor sich sehen, wandte sich ab und schlurfte aus dem Zimmer.

»Josette, warte!« rief Elsbeth, von einer plötzlichen, unerklärbaren Furcht erfaßt. Die Tür fiel ins Schloß, und sie blieb allein zurück. Ungeschickt zog sie sich an und schlang ihr dunkles Haar im Nacken zu einem dicken Knoten.

Sie vergaß dann allerdings ihre Sorgen, als ihr Lady Ann mitteilte, daß Lady Talgarth und Miß Suzanne Talgarth demnächst zum Abendessen eintreffen würden. Die Damen trafen auch gleich darauf mit funkelnden Juwelen, in enganliegendem Satin und einem Wirbel lavendelfarbenen Tülls ein. Elsbeth war schüchtern, und es verschlug ihr weitgehend die Sprache. Wie fast immer in Anwesenheit der üppigen und stets lachbereiten Suzanne. Sie warf einen Blick auf Lady Ann und Arabella und kam zu dem Schluß, daß neben den Talgarths die Deverillschen Frauen in ihren schwarzen Seidenkleidern zur Bedeutungslosigkeit verblaßten – wie düstere Krähen neben exotischen Vögeln mit prächtigem Gefieder.

Deshalb wurde sie auch völlig aufgeheitert, als Gervaise, während sie ins Speisezimmer gingen, ihr bedeutungsvoll ins Ohr flüsterte: »Wie zerbrechlich und zart du bist, *ma petite*. Ganz anders als diese rosa und weiße englische Kuh!«

»Aber Gervaise!« schalt sie überaus zufrieden. Sie hörte den Grafen leise lachen und sah, wie sein dunkler Kopf dicht zu Miß Talgarths goldenen Locken herabgebeugt war. Elsbeths Blick glitt zu Arabella hinüber, und sie stellte verwirrt fest, daß ihre Halbschwester ganz offen über die beiden lächelte.

Ausgezeichnet, Suzanne, dachte Arabella. Ich hätte mir kein besseres Ablenkungsmanöver ausdenken können.

Vater hat sich wirklich in dir getäuscht, Suzanne. ›Fade, zimperliche kleine Gans‹ . . . weit gefehlt! Wenn er dich jetzt sehen könnte, so wäre ich überzeugt, er würde mit Justin um deine Gunst wetteifern!

»Wirklich, ich weiß nicht, was ich mit dem Mädchen anfangen soll«, erklärte Lady Talgarth soeben, während der unüberhörbare Stolz in ihrer durchdringenden Stimme die erschöpft geschüttelte Lockenpracht Lügen strafte. »Zwei Heiratsanträge allein in ihrer ersten Saison, Ann, und das kleine Ding läßt beide Gentlemen an der Angel zappeln!« Sie blickte scharf den Tisch entlang. »Arabella, du kennst doch sicher den jungen Viscount Grayburn? Diesen ansehnlichen jungen Mann?«

Arabella hob verblüfft die Brauen. »Du meine Güte, Ma'am, Sie meinen doch wohl nicht diesen jungen Tölpel mit den vielen Pickeln im Gesicht.«

Suzanne lachte schallend. »Siehst du, Mama, Arabella ist völlig meiner Ansicht. Du hast vergessen hinzuzufügen, Bella, daß er zwar kaum fünfundzwanzig ist, aber schon anfängt, einen Schmerbauch zu bekommen. Ich habe aus gut informierter Quelle erfahren, daß Lord Graybourn sich nur deshalb schon vor Mittag aus dem Bett erhebt, weil er Angst hat, er könnte sein Frühstück versäumen.«

»Wirklich, Suzanne, das ist sehr unfreundlich«, protestierte Lady Talgarth, und ihr Blick ruhte mißbilligend auf Arabella.

Die junge Frau zuckte die Schultern und senkte den Blick auf den Teller. Während der Diener die klare *consommé* servierte, schaute Suzanne kokett mit weit geöffneten Augen den Grafen an, schürzte die rosigen Lippen und sagte in spielerischem Ton:

»Ich glaube, ich würde einen Gentleman vorziehen, der mehr weltliche Erfahrung hat. Vielleicht einen mit militärischer Schulung ... so wie Sie, Mylord. Wie beschützt und sicher du dich doch fühlen mußt, Bella.«

Arabella spürte, wie ihre Finger den Stiel des Glases umklammerten. Mit einem flüchtigen Seitenblick stellte sie fest, daß ihr Mann kaum merklich die Augen zusammenkniff und an seiner Krawatte zupfte, so als sei sie zu eng gebunden. Dann lächelte Arabella Suzanne zu und erwiderte gelassen:

»Vielleicht ist es am klügsten, Suzanne, sich in Dingen wie Sicherheit auf sich selbst zu verlassen. Es ist oft schwierig, glaube ich, im vornherein die Aktionen anderer Leute richtig einzuschätzen.«

»Wie man sieht –« Suzanne ließ die ebenmäßigen weißen Zähne blitzen, »Bella ist wieder einmal derselben Ansicht wie ich. Obwohl«, fügte sie hinzu und rümpfte die Nase, »ich kein Wort von dem verstanden habe, was sie gesagt hat.«

»Liebe Miß Talgarth«, mischte sich der Comte mit sehr ausgeprägtem Akzent ein, »sie können wirklich nicht so wichtig sein, diese Jahre weltlicher Erfahrung, von der Sie sprechen. Meine liebe Mademoiselle, ein Franzose kommt mit solchen Talenten schon auf die Welt.«

»Meiner Meinung nach ist das alles ein und dasselbe«, verkündete Lady Talgarth etwas unklar, völlig unempfindlich gegen die plötzlichen spannungsvollen, emotionellen Unterströmungen bei einigen der Anwesenden. Voller Zähigkeit kehrte sie wieder zu ihren Problemen zurück. »Aber ganz sicher können weder Arabella noch du Lord Hartland des Schmerbauchs oder der Pickel bezichtigen.«

Arabella sah, wie Suzanne zögerte und bemerkte mit unschuldiger Aufrichtigkeit:

»Wirklich, da haben Sie völlig recht, Ma'am. Und was die Erfahrung betrifft, nun, mit seinen fünfzig Jahren, zwei Ehefrauen, die er bereits zu Grabe getragen hat, ganz zu schweigen von seiner zahlreichen, von Ehrgeiz erfüllten Nachkommenschaft, die ihn ziemlich teuer kommt, ist nicht das geringste an ihm auszusetzen.«

Justin unterdrückte mühsam ein hörbares »Bravo!« Arabella hatte der alten Vettel gebührend herausgegeben.

»Ist der Prinz schon für den Sommer nach Brighton gezogen?« erkundigte sich Lady Ann mit verzweifelter Munterkeit und wünschte, sie wäre nahe genug bei Arabella gesessen, um ihr gegen das Schienbein zu treten.

Suzanne wandte sich Lady Ann zu und erwiderte arglos: »O ja, und obwohl Papa sich jammervoll über seine Gicht beschwert, hat Mama ihn überredet, daß wenigstens ich meiner Tante Seraphina einen längst überfälligen Besuch abstatten soll. Ihr Haus liegt der Marine Parade gegenüber und man kann praktisch *jeden* beobachten, der im Pump Room aus und ein geht.«

»Werden Lord Hartland und Viscount Graybourn auch in Brighton auftauchen, Suzanne?« neckte sie Arabella.

»Mit Sicherheit, Bella, aber ich bin nicht so dumm, ihnen allein meine Aufmerksamkeit zu widmen.«

»Ich werde natürlich Suzanne zu meiner Schwester begleiten«, sagte Lady Talgarth nachdrücklich zu Lady Ann.

Justin tippte mit der Gabel gegen den Stiel seines Weinglases, um die Aufmerksamkeit aller auf sich zu lenken.

»Dann wollen wir auf Ihren Besuch in Brighton trinken, Miß Talgarth, und auf den Gentleman, der einmal das Glück haben wird, eine solch schöne Rose zu pflükken.«

Während Arabella ihr Glas austrank, überlegte sie einigermaßen amüsiert, wie geschickt Suzanne in der Behandlung der Gentlemen geworden war. Sie, Arabella, war überzeugt, daß die schöne Rose durchaus wirkungsvoll ihre Dornen vorweisen konnte, wenn ihr etwas gegen den Strich ging. Lady Ann räusperte sich und warf ihrer Tochter einen bedeutungsvollen Blick zu.

Arabella stand auf und nickte dem Grafen und dem Comte zu.

»Wenn uns die Gentlemen entschuldigen wollen, werden wir nun in den Samt-Salon gehen.«

Justin erhob sich ebenfalls und sagte freundlich:

»Ich glaube, wir werden uns heute abend nicht weiter mit unserem Portwein aufhalten, meine Liebe. Wenn die Ladies nichts dagegen haben, werden wir uns gleich zu ihnen gesellen.«

Lady Talgarth bemerkte zu Lady Ann in einem Flüsterton, der dafür gedacht war, die Ohren Cruppers zu erreichen, der am anderen Ende des Speisezimmers stand:

»Wie merkwürdig, meine liebe Ann, Arabella an *Ihrem* Platz zu sehen.«

Arabella überhörte das geflissentlich und blickte nur zurück, als Suzanne sie am Ärmel zupfte.

»Lieber Himmel, du gehst ja so schnell! Komm schon, Bella, achte nicht auf Mama. Du mußt wissen, daß sie vor Neid platzt, weil du noch vor mir eine so passende Verbindung eingegangen bist.«

»Dir ist das doch gleichgültig, Suz, oder nicht?« fragte Arabella liebevoll.

Die blonden Locken über den kleinen, wohlgeformten Ohren hüpften.

»Aber – Bella! Stell dir das doch vor . . . wenn *du* einen Grafen geangelt hast, muß ich ganz ohne Zweifel einen Herzog an Land ziehen!«

Arabella blickte in das Gesicht mit den Lachgrübchen und lächelte unwillkürlich.

»Du wirst eine perfekte Herzogin abgeben, Suz.«

»Weißt du, es würde Mama recht geschehen, wenn ich

unseren pickligen Viscount heiraten würde. All das Geld, das auf Putz und Kleidung für meine Saison verschwendet worden ist! Papa wurde blaß, als er merkte, daß als einziges Resultat ein Gentleman herauskam, der noch nicht einmal Whist spielen konnte!« Sie schwieg einen Augenblick und ließ sich neben Arabella nieder, um anschließend das lavendelblaue Gewand in kleidsame Falten zu ordnen. »Ach du lieber Himmel, Elsbeth trifft Anstalten, zu spielen. Ich hoffe bloß, Mama wird nicht darauf bestehen, daß *ich* mich danach ans Pianoforte setze.«

Nach dem dritten Bach-Präludium begann Suzanne unruhig zu werden. Sie beugte den blonden Kopf zu Arabella hinüber und flüsterte hinter den lavendelblau behandschuhten Fingern hervor:

»Was für ein Glückspilz du bist, Bella. Der Graf sieht so unglaublich gut aus und ... so männlich! Wenn ich nicht eine so wohlerzogene junge Lady wäre, würde ich dich unverschämterweise über alle Einzelheiten deiner Hochzeitsnacht ausquetschen!«

Die Erinnerung an all die Schmerzen und Demütigungen verschlug Arabella für ein paar Sekunden die Sprache. Dann erwiderte sie gelassen:

»Aber du bist ja nicht so unverschämt, danach zu fragen, Suz. Du mußt schon persönlich alles über Hochzeitsnächte herausfinden, wenn es bei dir soweit ist.«

»Spielverderberin!« schalt Suzanne mit verschmitzt funkelnden Augen.

Nachdem Elsbeths musikalischer Vortrag den üblichen Beifall erhalten und Suzanne überaus überzeugend über schmerzende Finger geklagt hatte, um selbst nichts darbieten zu müssen, fand sich Arabella zusammen mit dem Comte beim Whist wieder. Den Grafen und Suzanne hatten sie als Gegenspieler.

Sie entdeckte schnell, daß die Fähigkeiten des Comte in diesem Spiel nicht zu verachten waren. Sie begann mit dem Wagemut und der Geschicklichkeit zu spielen, die ihr Vater ihr beigebracht hatte. Ohne es zu beabsichtigen, befand sie sich bald darauf inmitten eines stillschweigenden Kampfes gegen ihren Ehemann, während der Comte und Suzanne für sie kaum vorhanden waren. Als Lady Ann des Tees wegen dem Spiel Einhalt gebot, hatten Arabella und der Comte ihre Gegner geschlagen. Suzanne, eine hoffnungslose Spielerin, lachte nur vergnügt und warf die Karten in buntem Durcheinander auf den Tisch.

»Sie waren wie Jeanne d'Arc, die ihre Feinde niedermäht«, sagte der Comte bewundernd, ergriff Arabellas Hand und zog sie zu deren Verärgerung an die Lippen.

»Sie . . . messen einem einfachen Spiel zu viel Bedeutung bei, Gervaise«, erwiderte sie steif. Es war ihr nicht entgangen, daß der Graf plötzlich gefährlich die Augen zusammengekniffen hatte.

»Nein, der Comte hat völlig recht, Bella«, fügte Suzanne hinzu. »Ein wahrer Drache! Erinnerst du dich, schon als Kind hast du immer versucht, mir die Spielregeln einzuhämmern.«

»Sie haben einen viel zu hübschen Kopf für sinnlose Spiele, Miß Talgarth«, murmelte der Graf herausfordernd und nahm Suzannes Arm.

»Sie lügen auf monströse Weise, Mylord!« rief sie. »Kommen Sie schon, geben Sie zu, daß Sie mir am liebsten den Hals umgedreht hätten, weil ich Ihnen alle Gewinnchancen verpatzt habe!«

»Seine Lordschaft findet die schöne Miß Talgarth sehr amüsant, nicht wahr, Cousine?«

Arabella hob den Blick, sah in das spöttische Gesicht des Comte und sagte abweisend: »Sicher, Monsieur, aber ich selbst finde Suzanne auch sehr amüsant.«

Nachdem Lady Talgarth und Suzanne mit wirbelnden Umhängen und hinreißenden Hüten Abschied genommen hatten, entschuldigte sich Arabella hastig, mied Justins Blick und eilte die Treppe hinauf. Sie verschloß die Tür des gräflichen Schlafgemachs und seufzte tief und erleichtert auf – schnappte jedoch sofort nach Luft, als sich die Tür zum angrenzenden Ankleideraum öffnete und der Graf hereintrat.

Er sah, wie ihr Blick zum Nachttischchen glitt, wo vermutlich ihre Pistole in der Schublade lag, und blieb stehen. Aufmerksam sah er zu, wie sie die Hände ballte und ihr Gesicht im matten Kerzenlicht bleich wurde. Das Bild Arabellas, die im Nachtgewand lächelnd auf ihn zutänzelte, tauchte plötzlich vor ihm auf. Ihre Hochzeitsnacht schien eine Ewigkeit zurückzuliegen. Mit ruhiger Stimme sagte er: »Du wirst deine Waffe heute nacht nicht brauchen, Arabella. Ich bin lediglich gekommen, um dir eine gute Nacht zu wünschen.«

Sie nickte verkrampft und sah zu, wie er sich umdrehte, ins Ankleidezimmer zurückkehrte und die Tür hinter sich schloß.

Schwere Regentropfen prasselten gegen die Fensterscheiben und trieben in Kaskaden die Reihen der Rosenbüsche gegen die Außenmauer der Bibliothek. Arabella seufzte ungeduldig ob ihrer erzwungenen Untätigkeit und überflog eilig die dunklen Bücherregale auf der Suche nach einer passenden Lektüre für den Nachmittag. Wie seltsam es doch war, daß sie, die Tochter des Grafen von Strafford, heimlich Evesham Abbey durchstreifte und dabei fast allen Bewohnern aus dem Weg zu gehen trachtete. Selbst Dr. Branyon, der für den späteren Nachmittag zum Tee erwartet wurde, gehörte inzwischen zur Gruppe derjenigen, deren durchdringende Blicke ihr das

Gefühl vermittelten, unberechtigterweise in ihrem eigenen Heim zu wohnen.

»Ach verdammt, es ist einfach absurd«, murmelte sie und griff nach irgendeinem Buch, das ihr in die Hände kam.

Wieder im gräflichen Schlafzimmer angelangt, stellte sie mit etwas krampfhafter Belustigung fest, daß sie Dramen des französischen Dichters Mirabeau erwischt hatte. Da ihre Französischkenntnisse ebenso mangelhaft waren wie ihre Fertigkeiten auf dem Pianoforte, verschaffte ihr das mühsame Entziffern der Zeilen keinerlei Vergnügen. Nach einer Weile hob sie den Kopf und rieb sich die Augen. Erneut kam ihr zum Bewußtsein, wie sehr sie den Wunsch hegte, allein zu sein, den Blicken aller anderen entzogen. Hatte sie nicht ganz instinktiv den dunkelsten Winkel des Zimmers aufgesucht, um dort den Nachmittag zu verbringen?

Als sie sich schließlich dazu gezwungen hatte, die angeblich witzigen Zeilen des ersten Akts zu übersetzen, ließ sie das Buch geöffnet in den Schoß sinken und legte erschöpft den Kopf gegen den Arm, um vor sich hinzudösen.

Arabella wußte nicht genau, was sie geweckt hatte, vielleicht ihre Furcht, der Graf könnte ins Zimmer kommen und sie dort auffinden, aber sie war sofort hellwach. Sie blickte in den heller erleuchteten Teil des Zimmers und sah mit einiger Verwirrung dort die gebeugte Gestalt Josettes, Elsbeths Dienerin. Die alte Frau ging auf die geschnitzte Darstellung des ›Totentanzes‹ zu, sah sich hastig um, und begann dann mit den gichtigen Fingern über die Holzfiguren zu streichen.

Arabella stand auf und trat aus ihrem dunklen Winkel heraus.

»Josette, was tun Sie denn hier?«

Die Alte fuhr zurück, ihre Arme sanken seitlich herab. Verwirrt starrte sie die junge Gräfin an und brachte lediglich unzusammenhängende Laute heraus.

»Kommen Sie, Josette, was ist denn an der Schnitzarbeit so interessant? Wenn Sie sie untersuchen wollen, brauchen Sie mich doch nur darum zu bitten. Es gibt doch sicher keinen Grund, sich deshalb hier einzuschleichen.«

Arabella betrachtete Josette mit gerunzelter Stirn.

»Verzeihen Sie, Mylady«, brachte die Dienerin schließlich mit erstickter Stimme heraus, »es ist nur, daß ich ... daß ich ...«

»Daß Sie was?« fragte Arabella erbarmungslos, entschlossen, der Sache auf den Grund zu kommen.

Die alte Frau sah wirklich aus, als erwarte sie, daß das grimmig grinsende Skelett demnächst die Hand ausstreckte und sie am Hals packte.

Die Alte rang die Hände und preßte sie dann gegen die eingesunkene Brust.

»O Mylady, ich hatte keine andere Wahl, *mußte* einfach ...« Sie brach plötzlich ab, ihre Augäpfel rollten nach oben. Bevor Arabella noch eine weitere Frage stellen konnte, rannte sie unbeholfen aus dem Zimmer.

Arabella traf keine Anstalten, ihr zu folgen. Sie starrte auf die geschlossene Tür und fragte sich, was in der alten Frau wohl vorgegangen war. Nach ein paar Sekunden stellte sie sich vor den ›Totentanz‹ und starrte lange auf das bizarre Panorama der grotesk geschnitzten Figuren. Sie ließ langsam die Finger über die Oberfläche gleiten. Das Skelett schrie seinen dämonischen Begleitern lautlose Befehle zu. Das Schnitzwerk war so, wie es immer gewesen war. Arabella blieb noch einen Augenblick stehen, dann wandte sie sich achselzuckend ab und kehrte in ihre dunkle Ecke zurück.

11

Arabella schlüpfte leise durch die Tür in das angrenzende Ankleidezimmer, den Morgenrock lose zusammengebunden, ihr schwarzes Haar strömte über die Schultern herab. Sie schlich sich zum Bett hinüber. »Justin, Justin – wach auf!« Sie beugte sich über ihn und flüsterte ihm eindringlich ins Ohr.

Seine Lider hoben sich erschreckt, und er richtete sich auf. Im frühen Morgenlicht konnte er kaum ihre blassen Gesichtszüge wahrnehmen. »Was – Arabella?«

Arabella holte tief Luft.

»Es ist Josette, Elsbeths Dienerin. Sie ist tot, Justin. Ich habe sie gerade vorhin unten an der Haupttreppe gefunden. Ich ... ich glaube, sie hat sich das Genick gebrochen.«

»Guter Gott«, sagte er und warf die Bettdecke zurück, ohne sich um die Tatsache zu scheren, daß er weitgehend nackt war. »Komm schon, Bella, gib mir meinen Morgenrock«, fügte er ungeduldig hinzu.

Während sie ihm das üppige Brokatgewand reichte, versuchte sie den Blick abzuwenden, aber ihre Augen schweiften unwillkürlich über seinen mächtigen Manneskörper. Sie trat nervös zurück, Röte schoß ihr in die Wangen.

Der Graf schien gegen ihr Mißbehagen völlig unempfindlich zu sein und sagte, während er auf die Tür zuging, über die Schulter weg:

»Steh doch nicht einfach herum, Bella. Los, mach schon – du bist ja schließlich als erste zu mir gekommen, oder nicht?«

»Ja«, erwiderte sie und fragte sich, weshalb sie eigentlich nicht auf den Gedanken gekommen war, jemand anderen zu wecken. Sie holte ihn ein. »Ich konnte nicht schlafen und wollte mir ein Glas Milch holen.«

»Ein Glück, daß die Dienerschaft noch nicht auf ist«, bemerkte er grimmig.

Sie blieb zurück, während er sich über die verzerrt daliegende Gestalt der alten Frau beugte, um sie zu untersuchen. Nach einer Weile richtete er sich auf und nickte.

»Du hast recht. Sie hat sich das Genick gebrochen.«

Er schwieg, ließ den Blick die Treppe hinauf und dann wieder hinab auf die reglose Gestalt schweifen. Seine dunklen Brauen zogen sich zusammen.

»Was denkst du, Justin?« fragte Arabella.

»Im Augenblick weiß ich nicht recht, was ich denken soll«, antwortete er bedächtig. Dann fügte er energisch hinzu: »Das Wichtigste zuerst. Hol eine Decke, damit wir sie einwickeln können, bevor ich sie in den hinteren Salon trage. Ich werde Dr. Branyon kommen lassen.«

Dr. Branyon traf ungefähr eine Stunde später ein, das Gesicht angespannt vor Besorgnis. Er hatte alle möglichen Unglücksfälle befürchtet, denn der Stalljunge hatte ihm nichts berichten können.

Als er dann später dankbar vor einer Tasse dampfenden Kaffees saß, sagte er:

»Sie hat mehrere Knochen gebrochen, aber gestorben ist sie, wie Sie ja beide angenommen haben, an einem gebrochenen Genick, als sie die Treppe hinabgestürzt ist. Ein Jammer.« Er seufzte. »Mein Gott, es ist schwer zu glauben, daß sie seit über zwanzig Jahren in England gelebt hat. Sie war ja schon Magdalaines Dienerin. Elsbeth wird über ihren Tod sehr aufgeregt sein.« Er wandte sich an Arabella. »Haben Sie schon Ihre Mutter geweckt? Ich würde vorschlagen, daß sie Ihre Schwester informiert.

Ich werde hierbleiben und ihr ein Beruhigungsmittel geben, falls es nötig ist.«

»Ja, ich habe Mutter Bescheid gesagt«, antwortete Arabella. »Sie wird gleich herunterkommen.«

Lady Ann hielt sich den größten Teil des Tages bei Elsbeth auf und erschien nur kurz zum Mittagessen.

»Ich hatte keine Ahnung, daß meine Cousine so betrübt über den Tod einer Dienerin sein würde«, bemerkte der Comte, und ein ungläubiger Unterton lag in seiner Stimme.

»Josette war für Elsbeth so etwas wie eine zweite Mutter«, erklärte Lady Ann ruhig. »Daß Elsbeth ihren Tod als schmerzlich empfindet, ist nicht weiter verwunderlich.«

Arabella ertappte sich dabei, daß sie den Comte mit unverhüllter Mißbilligung anstarrte. So als ob er die schweigende Entrüstung aller Anwesenden spürte, spreizte der Comte mit einer entschuldigenden Geste die Hände und sagte hastig:

»Verzeihen Sie mir bitte eine solch unverschämte Bemerkung, Lady Ann. Es muß wohl daran liegen, daß wir Franzosen uns solche Dinge weniger zu Herzen nehmen als die Engländer. Natürlich, Sie haben recht, ich weiß die Gefühle meiner Cousine zu schätzen. Ganz sicher ist das Ganze ein unglückseliger Vorfall.«

Der Graf stand abrupt auf und warf seine Serviette auf den Teller.

»Paul, würden Sie bitte mit mir in die Bibliothek kommen, um die letzten Vorbereitungen zu treffen . . . der Sargbauer wird binnen kurzem hier eintreffen.«

Er nickte Lady Ann und Arabella zu und verließ das Speisezimmer.

Es war spät am Nachmittag, als der Sargmacher mit seiner traurigen Last verschwunden war. Der Graf und

Arabella standen am Haupteingang des Schlosses und sahen ihm nach.

»Gott, wie ich den Tod hasse«, sagte sie heiser, mehr zu sich selbst als zu ihm. »Sieh hin«, sie deutete auf die sich entfernende schwarze Kutsche, die die tote Josette wegbrachte, »das absolute Todessymbol mit diesen schwarzen Federn am Geschirr der Pferde, und den gespenstischen schwarzen Vorhängen an den Fenstern.« Voller Bitterkeit fügte sie hinzu: »Aber sieh mich an, mit diesen schwarzen Kleidern. Ich bin ebenso mit allen Kennzeichen des Todes ausgerüstet. Täglich erinnern sie mich daran, daß der Tod allmächtig ist. O Gott, warum nur müssen die, die wir lieben, aus unserem Leben verschwinden?«

Der Graf blickte in ihr blasses, angespanntes Gesicht und sagte freundlich:

»Deine Frage ist das Spielzeug unserer Philosophen. Selbst sie können nur Sinnwidriges herausfinden. Unglücklicherweise müssen es immer die Lebenden sein, die leiden, denn die, die sie geliebt haben, haben jeden Schmerz hinter sich.« Er schwieg kurz und blickte hinaus auf den Park in seiner vollkommenen Schönheit. »Es ist ein deprimierender Gedanke, daß wir nur auf so kurze Zeit inmitten dieser immer weiter bestehenden Natur verbleiben können.« Er schüttelte den Kopf. »Nun bin ich es, der Unsinn redet. Bella, warum stiftest du nicht alle deine schwarzen Kleider dem Kurat? Deine Liebe und die Erinnerungen an deinen Vater trägst du schließlich in dir selbst. Warum unterwirfst du dich den lächerlichen Restriktionen der Gesellschaft?«

In ihren grauen Augen lag ein nachdenklicher Ausdruck. »Vater hat Schwarz immer gehaßt«, gab sie zu.

Als sie sich zum Gehen wandte, fiel ihr Josettes merkwürdiger Besuch im gräflichen Schlafzimmer ein.

»Justin, vielleicht ist es Unsinn und hat gar nichts zu bedeuten, aber Josette hat sich gestern nachmittag an den ›Totentanz‹ herangeschlichen. Sie sah mich erst nicht, weil ich in dem großen Sessel in der Ecke des Schlafzimmers saß. Als ich sie zur Rede stellte, was sie im Schlafzimmer des Grafen zu suchen habe, war sie entsetzlich aufgeregt. Sie rannte hinaus, als wäre ihr der Teufel auf den Fersen.«

Der Graf sah sie scharf an.

»Erinnerst du dich, ob sie dir eine Erklärung für ihr Verhalten gegeben hat?«

»Sie äußerte sich vage darüber, daß sie in das Zimmer ›hätte kommen müssen‹. Es ergab überhaupt keinen Sinn. Ihr Benehmen war wirklich seltsam, weißt du. Vielleicht war sie so verwirrt, daß sie glaubte, Magdalaine sei noch am Leben und befände sich im gräflichen Schlafzimmer.«

Sie schwieg und schüttelte den Kopf.

»Noch etwas, Bella?« drängte der Graf, ohne sie aus den Augen zu lassen.

»Du wirst sicher annehmen, ich sei nicht mehr ganz bei Trost, aber – ach, zum Kuckuck! Justin, warum um alles auf der Welt ist Josette mitten in der Nacht ohne eine Kerze im Haus herumgewandert?«

Unvermittelt fühlte sich Justin in eine lang zurückliegende drückend heiße Nacht in Portugal zurückversetzt. Er und mehrere andere Soldaten hatten den Umkreis eines mit dichtem Unterholz versehenen Waldgebietes auf der Suche nach geflohenen Guerillas ausgekundschaftet. Auch damals war ihm dieser kaum wahrnehmbare Geruch nach Gefahr in die Nase gestiegen. Er hatte seinen Leuten befohlen, sich auf den Bauch zu werfen – kurz bevor eine Gewehrsalve über ihre Köpfe wegpfiff. Jetzt, genau wie damals, roch er die Gefahr – gewiß nicht in Gestalt irgendwelcher Halsabschneider, die dieses

Schloß hier umlauerten, aber jedenfalls bestand Gefahr. Er hatte das Gefühl, Arabella von dieser vagen Wahrnehmung nichts mitteilen zu können, und so wandte er sich ihr zu und sagte leichthin und ohne nachzudenken: »Vielleicht war die alte Josette auf dem Weg zu einem heimlichen Liebhaber. Eine Kerze hätte sie mit Sicherheit verraten.«

Sie zog sich von ihm in einer Weise zurück, als sei sie plötzlich in ein fremdes Land versetzt worden.

»Arabella, warte – ich habe damit doch nicht gemeint . . .« Er hielt inne, wütend auf sich selbst, aber sie war schon weg.

»Ist es zu glauben, Bella? Unser pickliger Viscount ist gerade ›ganz zufällig‹ auf seinem Weg nach Brighton hier in der Nähe vorbeigekommen! Mama gurrt wie eine Taube und wuselt um ihn herum. Der Himmel segne Papa, er hat unseren Besucher ganz scheußlich behandelt. Natürlich war es nur seine Gicht, die ihn so widerwärtig sein ließ, aber Mama war völlig aus dem Häuschen. Sie hat ihn beschuldigt, alle meine Aussichten zu ruinieren.« Suzanne hielt die Stute an und tätschelte deren Hals. »Papa brüllte vor Lachen, bis er knallrot im Gesicht war, als ich ihm sagte, wenn Arabella Deverill sich einen Grafen angeln könnte, dann stünde mir ein Herzog zu.«

Arabella hielt ihrerseits Lucifer an und blickte nachdenklich auf ihre Freundin.

»Weißt du, Suz, es ist ja wirklich sehr komisch, aber ich halte es nicht für klug, daß –«

»Himmel, Bella, was ist denn mit dir los? Was ist nicht klug?« fragte Suzanne, als Arabellas Schweigen sich in die Länge zog.

Arabella schüttelte den Kopf.

»Du wirst mich für eine Besserwisserin halten, aber wenn ich daran denke, daß Mädchen dazu erzogen und ermutigt werden, sich eine romantisch verklärte Vorstellung von einem albernen Mann zu machen, der dann ihr Ehemann wird – dann könnte ich schreien!«

»Du mußt vorsichtig sein, Bella, das klingt ja ganz nach einer enttäuschten Frau!« schalt Suzanne. »Nein, ich halte dich nicht für eine Besserwisserin. Ich halte es nur für überflüssig, daß du mir Ratschläge erteilen willst. Weißt du, manchmal habe ich das Gefühl, daß eigentlich du die große Romantikerin bist, nicht ich. Hältst du mich wirklich für so naiv, daß ich mir einbilde, ich würde auf die *grand amour* stoßen?«

Sie lachte und schlug leicht mit dem Zügel auf den glänzend braunen Hals Bluebells.

»Komm!« rief sie über die Schulter weg, »wir sind fast in Bury St. Edmunds. Es ist ein schöner Tag, erforschen wir die Ruinen!«

Da dann aber keine der beiden Damen in der Stimmung war, die Relikte längst vergangener Zeiten gründlich zu betrachten, ließ sich Suzanne, von hartnäckiger Gemütsart, anmutig auf einen Grashügel unter einer großen Ulme fallen, schlug mit der Hand leicht neben sich auf die Erde, damit sich Arabella ebenfalls setzte, und spann die Gedanken von vorher weiter.

»Nein, ich würde niemals an die *grand amour* glauben. Im Gegenteil, ein solcher Gedanke ist nur lächerlich, vor allem nach all den Jahren, in denen ich Mama und Papa vor Augen habe! Genaugenommen«, fügte sie mit einem winzigen Stirnrunzeln hinzu, »ist so etwas wie die Liebe nur für die gewöhnlichen Leute möglich.«

»Ich hatte keine Ahnung, daß du ein solcher Snob bist, Suz«, sagte Arabella und strich die Falten ihres blauen Reitkostüms glatt.

Wie herrlich war es, all diese trübseligen schwarzen Kleider weggepackt zu haben!

»Nein, kein Snob, Bella, nur eine Realistin. Zweifellos wird mein Herzog einiges über vierzig sein, zu Korpulenz neigen und im Carlton House sein Geld verspielen. Aber siehst du, ich werde ›Eure Hoheit‹ sein, über ungezählte Bedienstete verfügen, die mir jede Laune erfüllen, und das genießen, was man eben so zu genießen hat.«

»Du glaubst also wirklich nicht daran . . . den Mann zu lieben, den du heiraten wirst?« fragte Arabella zögernd.

»Ach, was für ein Kind du bist, Bella.« Suzanne legte den hübschen Kopf zur Seite und fügte hinzu: »Oh, ich habe ja ganz deinen gut aussehenden Grafen vergessen. Er ist natürlich ein absolut faszinierender Mann, Bella. Was für ein Glück du gehabt hast, auf dem Weg einer Konventionsehe einen solchen *nonpareil* zu heiraten! Sicher, es war dir im Testament deines Vaters vorgeschrieben, aber du hättest es weit schlechter erwischen können.«

»Ja, es war die Idee meines Vaters«, murmelte Arabella unverbindlich, aber unfähig, einen Unterton von Bitterkeit aus ihrer Stimme zu verbannen.

»Wie merkwürdig das ist«, bemerkte Suzanne nach einer Weile, »als wir beide Kinder waren, konnte ich mir dich nie recht als verheiratete Frau vorstellen. Du warst immer so sicher, so geradeheraus und stark. Wenn du nicht so hübsch wärst, könntest du wahrscheinlich ganz leicht als Mann gelten.«

»Du redest ziemlich unsinnig daher, Suz. Wie konntest du je in Frage stellen, daß ich einmal heiraten würde? Ich hätte es wahrhaftig nicht genossen, in die Fußstapfen dieser lächerlichen Dame Stanhope oder meiner Tante Grenhilde zu treten! Was mein Selbstbewußtsein und meine Stärke betrifft – «, Arabella machte eine Pause und wählte ihre Worte sorgfältig, »so wäre es vielleicht jetzt besser für mich, wenn ich nachgiebiger ... und unterwürfiger wäre.«

»Ich fange an zu glauben, daß es bei dir und dem Grafen hart auf hart geht, was eure Dickköpfigkeit betrifft«, sagte Suzanne streng. »Und für mich ist es offensichtlich, daß du trotz all dem Wagemut und deinen jugendlichen Heldentaten als Frau einfach nicht klug genug bist.«

»Was um Himmels willen meinst du denn damit?« fragte Arabella einigermaßen verärgert.

Das belustigte Funkeln verschwand aus Suzannes Augen, ihre Stimme wurde nun wirklich ernst.

»Ich will es dir sagen, Bella, du hast einen starken Charakter, aber es ist einfach nicht der starke Charakter einer *Frau*. Nun unterbrich mich nicht, denn ich glaube, ich stoße jetzt zum Kern des Problems vor! Ich habe nie erlebt, daß du dich verstellt hättest, Bella. Du bist immer geradeheraus und ehrlich bis zur Grobheit. Und siehst du, genau das ist dein Problem. Gentlemen glauben, daß wir uns verstellen, auch wenn wir ehrlich sind. Und wenn wir uns verstellen – wie wir es ja oft tun müssen –, können sie sowieso keinen Unterschied erkennen. Deshalb, meine liebe Freundin, warum sollten wir sie enttäuschen?«

»Wie weise du geworden bist! Meine liebe Suzanne, ich habe dich zum Reiten aufgefordert, damit du mich aufheiterst. Du mußt wissen, daß Elsbeth in totale Düsternis versunken ist, seit ihre Dienerin Josette zu Tode gestürzt ist. Und jetzt finde ich heraus, daß du nichts weiter tun möchtest, als meinen Charakter zu sezieren! Das ist scheußlich von dir.«

Suzanne seufzte und schürzte die rosigen Lippen. Sie streckte die Beine aus und bewegte die Zehen in den weichen Kalbslederstiefeln.

»Ich sehe schon, daß all meine Weisheit mißachtet wird. Ich will dir sagen, Bella – ich glaube, du bist ein fast ebenso romantisches Gänschen wie Elsbeth.«

Arabella starrte ihre Freundin verdutzt an.

»Suz, hör auf mit den Zehen zu wackeln und erkläre mir, was du meinst. Elsbeth eine Romantikerin? Aber der Gedanke ist einfach absurd. Trotz ihrer einundzwanzig Jahre ist sie ein solch unschuldiges Kind!«

»Arme Arabella! Selbst Elsbeth kann sich verstellen. Hast du denn nicht bemerkt, wie sie jedes Wort des Comtes in sich aufsaugt? Ich schwöre dir, sie ist von dem jungen Franzosen völlig hingerissen. Er ist ihr Cousin?«

»Ja, natürlich ist er ihr Cousin. Ihre Mutter war seine Tante. Aber wirklich, Suz –«

»Aber Bella, wie kannst du nur so blind sein? Deine liebe Halbschwester ist keineswegs ein unschuldiges Kind. Ich schwöre dir, sie will sich ihren jungen Cousin unter den Nagel reißen!«

Elsbeth und Gervaise? Das kann doch nicht möglich sein! dachte Arabella. Aber andererseits – waren die beiden nicht häufig während des Tages abwesend gewesen? Wirkte Elsbeth neuerdings nicht viel selbstsicherer, zuversichtlicher? Und redete sie nicht auch ungewohnt unbefangen mit Gervaise?

Sie sprang auf, als ihr die Konsequenzen einer solchen Annahme klar wurden. Justin glaubte, der Comte sei ihr, Arabellas, Liebhaber. Ihr war zu ihrer eigenen Entschuldigung nichts weiter eingefallen als die Versicherung ihrer Unschuld. War es wirklich möglich, daß Elsbeth, die scheue, unsichere Elsbeth, die Geliebte des Comte war?

Suzanne löste die übereinandergeschlagenen, wohlgeformten Beine und stand ebenfalls auf. In den Augen ihrer Freundin lag ein seltsam starrer Ausdruck, der sie irritierte.

»Bella, was regt dich so auf? Es kann natürlich sein, daß ich mich bezüglich Elsbeth und des Comte irre . . .«

Arabella wandte sich ihrer Freundin zu und sah sie an. »Nein«, sagte sie langsam.»Du hast wirklich recht. Ich bin einfach blind gewesen gegen das, was um mich herum vorging.« Und eindringlich fügte sie hinzu, wobei sie ihre Reitgerte fester umfaßte: »Ich muß nach Evesham Abbey zurückkehren, Suzanne. Es gibt eine Menge, worüber ich nachdenken muß.«

Arabella schwang sich auf Lucifers Rücken und spornte ihn an, bevor Suzanne sich noch einen Reim auf das Ganze machen konnte.

Der Graf starrte sinnend auf den Brief, den er von seinem Freund Lord Morton vom Ministerium erhalten hatte. Jack hatte wirklich ganze Arbeit geleistet – trotz französischer Kontrollen auf dem Kontinent. Erneut las er die wenigen Zeilen durch, dann riß er das Blatt in Fetzen und streute sie auf die Holzscheite im Kamin. Er zündete ein Streichholz an und sah zu, wie die Papierstreifen an den Rändern schwarz wurden und sich dann in hell orangefarbene Flämmchen verwandelten.

Er war im Begriff, die Bibliothek zu verlassen, als sich die Tür öffnete und Lady Ann eintrat.

»Mein lieber Justin, ich bin so froh, daß Sie noch nicht weggegangen sind, denn ich wollte etwas mit Ihnen persönlich besprechen.«

Der Graf dachte an Arabella und wurde sofort mißtrauisch. »Es stimmt, daß ich im Begriff war, nach Talgarth Hall zu reiten, Ann, aber natürlich hat das noch ein paar Minuten Zeit. Möchten Sie sich nicht setzen?«

Lady Ann machte es sich auf dem Sofa bequem und

schlug mit der Hand leicht auf den Platz neben ihr. Ruhig sagte sie:

»Ich habe nicht die Absicht, unangenehme Themen anzuschneiden, Justin, also können Sie unbesorgt sein. Es ist Elsbeth, über die ich sprechen will.«

»Elsbeth? Aber alle Entschlüsse, die in bezug auf sie zu treffen sind, gehören doch in Ihre Domäne, Ann.«

Er schlug ein Bein übers andere und wartete nicht allzu geduldig auf das, was kommen würde.

»Ich . . . ich weiß, daß Sie von Gervaise nicht allzuviel halten«, begann sie bedächtig, wobei ihr nicht entging, daß sich sein Blick bei der Erwähnung des Namens verhärtete.

»Da haben Sie völlig recht, Ann«, unterbrach er sie. »Genaugenommen habe ich vor, Elsbeths jungen Cousin zu bitten, seinen Aufenthalt hier – sagen wir einmal, abzukürzen.«

Lady Ann warf einen besorgten Blick in das starre Gesicht des Grafen.

»Es wäre mir lieb, wenn Sie das nicht tun würden, Justin – denn es ist ihr Cousin, dem sich Elsbeth seit Josettes Tod zugewandt hat. Er ist alles an Familie, was sie noch besitzt. Ich hatte schon vermutet, daß Sie ihn wegschicken wollen. O Justin, können Sie Elsbeth nicht mehr Zeit lassen, damit sie ihren Kummer vergißt? Nur noch eine Woche wenigstens?«

Ich könnte dir viel über unseren jungen Franzosen erzählen, dachte Justin. Was würdest du davon halten, meine arglose Ann, wenn ich dir sagte, daß es nicht Elsbeth ist, die seine Gesellschaft sucht, sondern deine eigene Tochter?

Bevor er antworten konnte, flog die Bibliothekstür auf, und Arabella kam hereingestürzt. Sie blieb wie angewurzelt stehen.

»Oh, ich dachte, du wärst allein, Justin ... Wie geht es dir, Mutter?«

»Gut, Arabella. Du redest, als wäre ich Besuch in meinem eigenen Haus, Liebes. Stürze jetzt nicht weg, ich wollte ohnehin gerade gehen. Justin –«, sie erhob sich, »bitte lassen Sie sich das, was ich gerade gesagt habe, durch den Kopf gehen. Vielleicht können wir uns später noch einmal darüber unterhalten.«

Immerhin etwas, dachte sie, während sie im Vorübergehen ihrer Tochter die Hand tätschelte.

Plötzlich faßte Arabella nach der Hand ihrer Mutter und hielt sie fest. Der Ausdruck auf dem Gesicht Justins war völlig abweisend. Ihr kam schlagartig der Gedanke, daß Suzannes Beobachtungen, was Elsbeth und den Comte betraf, vielleicht nur dazu dienten, sie, Arabella, in seinen Augen noch schuldiger erscheinen zu lassen. Wenn sie selbst nichts von der intimen Beziehung zwischen ihrer Halbschwester und dem Comte bemerkt hatte, dann war sie aller Wahrscheinlichkeit nach dem Grafen auch nicht aufgefallen. In seinen Augen lag nichts weiter als Mißtrauen und Verdammung. Sie zog sich hinter ihre Mutter zurück.

»Es ist nicht so wichtig«, brachte sie heraus. »Es tut mir leid, euch gestört zu haben, Justin ... Mutter. Ich glaube, ich gehe jetzt in mein Zimmer.«

»Warte, Arabella«, sagte der Graf in scharfem Ton, als sie sich umdrehen wollte. Lady Ann merkte, daß Arabella sie als Schutzschild zwischen sich und dem Grafen benutzte. Sie sah, wie ihre Tochter erstarrte, als ihr Mann auf sie zukam. Er zog einen Schlüssel aus der Westentasche. »Wenn du ins Schlafzimmer gehen willst, wirst du diesen Schlüssel hier brauchen.«

Lady Ann fand, sie hätte jetzt lange genug den Frieden aufrechterhalten.

»Mein liebes Kind, erstens einmal wollte ich gerade gehen. Du hast uns nicht gestört. Zweitens, weshalb um Himmels willen, haben Sie Ihr Schlafzimmer abgeschlossen, Justin?«

Der Graf antwortete ohne zu zögern.

»Ich habe lose Dielen im Zimmer entdeckt und wollte nicht, daß sich jemand von den Bediensteten verletzt. Deshalb möchte ich, bis alles repariert ist, das Zimmer verschlossen halten. Hier, Arabella.«

»Danke, Mylord.«

Arabella riß dem Grafen den Schlüssel aus der ausgestreckten Hand und stürmte davon.

Lady Ann sah ihrer Tochter bedrückt nach. »O Justin, wollen Sie mir nicht sagen, was zwischen Ihnen beiden nicht in Ordnung ist?«

»Nein, Ann«, erwiderte er mit Festigkeit. »Und jetzt, wenn Sie mich entschuldigen wollen, muß ich wirklich Lord Talgarth meinen Besuch abstatten. Ich werde mir durch den Kopf gehen lassen, was Sie bezüglich des Comte gesagt haben.«

»Ihr benehmt euch beide wie Idioten!« rief sie. Ihr Kummer verwandelte sich plötzlich in Zorn.

Die schwarzen Brauen des Grafen zogen sich zusammen. »Üben Sie keinen Druck auf mich aus, Ann«, sagte er in gepreßtem Ton.

»Ich werde sehr wohl Druck auf Sie ausüben, Justin«, fuhr sie auf und blieb entschlossen an der Tür stehen. »Arabella war nie eine furchtsame Natur. Und doch hat sie sich seit ihrer Heirat mit Ihnen in ein stilles, zurückgezogenes, ja, ängstliches Geschöpf verwandelt. Ich wünsche zu wissen, was vorgefallen ist! Was haben Sie meiner Tochter angetan?«

Er trat zurück. Der Zorn auf seinem Gesicht wich einem Ausdruck tiefster Bitterkeit. Er sprach schnell, aber so leise, daß Lady Ann näher an ihn herantreten mußte, um ihn zu verstehen.

»Fragen Sie mich nicht noch einmal, Ann, was ich Ihrer Tochter angetan habe. Furchtsame Natur – wirklich! Wenn Arabella seit unserer Heirat gelernt hat, vorsichtig aufzutreten, sobald sie in meiner Gesellschaft ist, so hat sie das ausschließlich sich selbst zuzuschreiben. Daß ich mich entsprechend gerächt habe, gereicht mir nicht zur Ehre; und doch, eines kann ich Ihnen sagen, jede Aktion, die ich Ihrer Tochter gegenüber vornehme, ist gerechtfertigt!«

»Ich ... ich verstehe Sie nicht!« rief Lady Ann. »Sie sprechen, als hätte Arabella Ihnen ein großes Unrecht zugefügt!«

»Ein solches Thema können Sie mit Ihrer Tochter erörtern, Ann, nicht mit mir. Ich glaube, daß ich in Talgarth Hall zu Mittag essen werde. Ihr Diener, Ma'am.«

Er ging aus dem Raum, ohne noch einen Blick zurückzuwerfen.

12

Elsbeth sog tief den Duft des frischen Heus ein und strebte der Pferdebox hinten in einem dunklen Winkel der Scheune zu. Es war mindestens eine Woche her, seit sie sich das letztemal aus Evesham Abbey weggeschlichen hatte, um sich mit Gervaise hier zu treffen. Wenn sie es sich recht überlegte, hatte er seit Josettes Tod überhaupt nicht mehr zu ihr über seine männlichen Bedürfnisse gesprochen. Solch tiefe Gefühle ehrten ihn, fand sie. Daß er ihrem Kummer über den tragischen Sturz ihrer alten Dienerin mit solcher Sensibilität Rechnung trug, ließ ihn in ihren Augen noch nobler erscheinen.

Und doch runzelte sie die Stirn, als sie ihren Umhang auf dem Stroh ausbreitete. Sie hatte bemerkt, daß ihn in den vergangenen Tagen irgend etwas innerlich beschäftigt hatte. Es hatte sogar den Anschein, als hätte er bei ihrer heute nachmittag errötend vorgetragenen Aufforderung, sich hier mit ihr zu treffen, leicht gezögert.

Die Woche, in der sie nicht miteinander geschlafen hatten, hatte ihre romantische Vorstellung, ihre physische Vereinigung sei ein wunderbarer Beweis ihrer gegenseitigen Liebe, noch genährt. Sie hatte sich sogar eingeredet, daß sie Entzücken bei der Berührung seiner Hände empfände, daß sie dahinschmelzen würde, wenn seine Lippen sie küßten.

Sie begann, während sie im Halbdämmer der Box wartete, nervös zu werden. Sicher war er durch irgend etwas überaus Dringendes abgehalten worden. Sie war eben im Begriff, aufzustehen und heimlich einen Blick aus dem Scheunentor zu werfen, als sie ein Rascheln hörte und Gervaise leise in die Box schlüpfte.

»Ach, Liebster«, flüsterte sie beglückt, »ich war schon besorgt, weil du so spät kommst. Es war doch hoffentlich nichts Unangenehmes, was dich aufgehalten hat?«

Der Comte ließ sich geschmeidig neben sie auf den Umhang fallen. »Nein, meine liebe Elsbeth. Ich habe mich lediglich mit Lady Ann unterhalten. Es wäre unhöflich gewesen, mich abrupt zurückzuziehen.«

Sie beugte sich vor und schlang die Arme um seinen Hals, voller Schuldgefühle ob der Zweifel, die sie vorher gehegt hatte. Sie spürte, wie er sie leicht aufs Haar küßte und erwartete, daß er sie nun leidenschaftlich in die Arme nehmen würde, vor allem nach dieser Woche der Enthaltsamkeit. Aber er tat nichts dergleichen.

»Was bekümmert dich, Liebster?« fragte sie leise und nicht gewillt, die Erleichterung, die sie darüber empfand, daß er nicht gleich seinem Verlangen nachgab, zur Kenntnis zu nehmen.

»Du hast ein gutes Wahrnehmungsvermögen, meine kleine Cousine«, sagte er freundlich. Seine nächsten Worte überlegte er sorgfältig. »Du mußt wissen, daß der Graf und ich nicht allzu gut miteinander auskommen. Seine Abneigung gegen mich steigert sich von Tag zu Tag. Er ist kaum mehr höflich.«

»Oh, das ist scheußlich von ihm!« rief Elsbeth in plötzlicher Angst. »Er ist eifersüchtig auf dich, Gervaise, das weiß ich. Er merkt, daß du viel kultivierter bist als er und einen weitaus besseren Charakter hast.« Ihr schmales Gesicht verzog sich bekümmert. »Was sollen wir bloß tun?«

Zufrieden über ihre Reaktion lächelte der Comte mit einer gekonnten Mischung aus Zärtlichkeit und Bitternis, und sagte leise:

»Du bist so sensibel für alles, was sich um uns herum

abspielt, liebste Elsbeth. Vielleicht hast du recht, was den Grafen betrifft.« Er seufzte wehmütig und umklammerte ihre kleine Hand. »Wie dem auch sei, vor einer Weile hat er mir mehr oder weniger befohlen, Evesham Abbey am Wochenende zu verlassen. Wir werden nur noch für kurze Zeit beisammen sein, Liebste.«

Elsbeth fuhr in die Höhe.

»O nein – das ist unmöglich! Gervaise, ich kann dich nicht von hier fortgehen lassen!« Tränen sammelten sich in ihren Augenwinkeln und begannen über die blassen Wangen zu rinnen.

Der Comte wischte sie zärtlich weg und sagte aufmunternd:

»Wir müssen tapfer sein, Elsbeth. Das hier ist schließlich das Reich des Grafen. Seine Entscheidungen, ganz gleich, welche Motive dahinterstecken, müssen befolgt werden. Kurz gesagt, ich habe in dieser Sache keine Wahl.«

Elsbeth sank auf die Knie, überwältigt von Kummer. Eben erst hatte sie Josette verloren, und nun Gervaise!

»Ich werde mit dem Grafen sprechen«, sagte sie hastig, »vielleicht hört er auf mich. Nein, ich werde Lady Ann von unserer Liebe erzählen und ihr sagen, daß wir heiraten wollen, daß ich vor Kummer sterbe, wenn man dich mir entreißt!«

Flüchtig empfand er Panik bei dem Gedanken, sie könnte wirklich mit dem Grafen oder Lady Ann sprechen.

»Ach, meine Kleine, das darfst du nicht – nein, ich verbiete dir sogar, dich so zu erniedrigen.« Er umfaßte mit den Händen ihre schlanken Arme. »Nein, das wäre nicht das Richtige. Höre, Elsbeth, wir werden andere Pläne machen. Du begleitest Lady Ann nach London, sobald ihre Trauerzeit vorüber ist. Dort treffen wir uns dann und fliehen einfach. Ich werde dich nach Brüssel bringen.«

Der bekümmerte Ausdruck verschwand blitzschnell aus ihrem Gesicht bei seinen Worten, ihre Augen glänzten erregt.

»Ach, mein lieber Liebster, das ist ein herrlicher Plan! Mit meinen zehntausend Pfund brauchen wir uns keinerlei Sorgen zu machen. Du bist so klug, Gervaise, du wirst das Geld gut anlegen und uns beide schrecklich reich machen!«

Erleichterung überkam ihn. Nun brauchte er sich Elsbeths wegen keine Gedanken mehr zu machen.

Plötzlich erlosch der Glanz in ihren Augen.

»Aber, Gervaise, Lady Ann wird nicht vor dem nächsten halben Jahr nach London reisen. Müssen wir wirklich so lange getrennt sein?«

Der Comte schnippte mit den Fingern.

»Wir haben uns viele Jahre lang überhaupt nicht gekannt, was bedeuten da sechs Monate? Du wirst schon sehen, kleine Cousine, die Zeit wird verfliegen wie nichts.«

»Wahrscheinlich hast du recht«, pflichtete Elsbeth schnell bei, da sie seine Ungeduld ob ihres Protests spürte. »Aber ich werde dich schrecklich vermissen.«

»So wie ich dich.«

Sein Blick schweifte über ihr Gesicht, nunmehr überzeugt, daß sie so reagierte, wie er es wünschte. Dann traf er Anstalten aufzustehen. Er war völlig verblüfft, als sie seine Hand packte und leidenschaftlich rief: »Bitte, bleib jetzt bei mir!«

Einen Augenblick lang verschlug es ihm die Sprache. Dann sagte er so ruhig wie möglich:

»Elsbeth, ich halte es nicht für klug, daß wir uns auf diese Art weiterhin treffen. Du weißt, welche Freude mir das Zusammensein mit dir bereitet, aber es wäre katastrophal, wenn wir ertappt würden oder man uns auch nur verdächtigen würde. Das ist dir doch sicher klar. Wir müssen an die Zukunft denken.«

Elsbeth war so sehr in der tragischen Vision ihrer Trennung voneinander befangen, daß die Hingabe ihres Körpers ihr nun wie das Unterpfand ihrer Liebe und Treue vorkam.

»Nur noch dieses eine Mal, Gervaise. Halte mich fest und liebe mich dieses letzte Mal noch.«

Die Eindringlichkeit ihrer Stimme, die Leidenschaft in ihren dunklen Augen erregten Widerwillen in ihm, nicht gegen Elsbeth, sondern gegen sich selbst. Aber er durfte sie nicht zweifeln lassen. Also umfaßte er ihre zarten Schultern, beugte sich über sie und preßte die Lippen auf ihren Mund.

In ihrem verzweifelten Wunsch, diese letzten gemeinsamen Augenblicke zu genießen, vergaß Elsbeth ihre Furcht und spürte bei seiner Berührung eine Aufwallung von Verlangen.

Er selbst empfand nur Kälte und Benommenheit, und als sich ihre Lippen voneinander lösten, konnte er die Situation nicht mehr länger ertragen. Er riß sich von ihr los und stand mühsam auf.

»Elsbeth – nein, ich kann nicht«, flüsterte er. »Ich kann einfach nicht, meine kleine Cousine. Ich – ich habe versprochen, mit Arabella auszureiten. Du siehst doch ein, wenn ich zu spät komme, könnte sie Verdacht schöpfen. Wir müssen tapfer sein, Elsbeth. Das alles wird schnell ein Ende haben, ich verspreche es dir.«

»Aber Gervaise –«, begann sie, sah aber dann die feste Entschlossenheit in seinem Gesicht und nickte schweigend.

Bevor er sich von ihr wegschlich, küßte er sie leicht und ohne jede Leidenschaft auf die Wange. Sie glaubte aus dieser zärtlichen Geste intensive Traurigkeit herauszulesen und hielt die Tränen zurück, bis er sie verlassen hatte.

Lady Ann hob den Fuß mit dem Reitstiefel und erlaubte dem Stallknecht, ihr in den Sattel zu helfen.

»Danke, Tim.« Sie ordnete ihr Reitkleid in gefälligen Falten um ihre Beine. »Sie brauchen mich nicht zu begleiten, ich reite nur zu Dr. Branyon.«

Lady Ann war seit Monaten nicht mehr geritten, und sie wußte, daß ihr am nächsten Morgen die Beine schmerzen würden. Aber selbst das schien im Augenblick nicht wichtig zu sein. Sie fühlte sich hilflos und niedergeschlagen. Ihr Zorn auf Justin vom vergangenen Tag hatte sich in tiefe Melancholie verwandelt. Evesham war wie ein kaltes und immens leeres Grabgewölbe, das sie keinen Augenblick länger hatte ertragen können. Justin war irgendwohin verschwunden, Arabella ritt wahrscheinlich *ventre à terre* in irgendeine Richtung, in der sie ihren Ehemann mit Sicherheit nicht antreffen würde, und was Elsbeth und den Comte betraf, so hatte Lady Ann seit dem Mittagessen keinen von beiden gesehen.

Kurz kam ihr der Gedanke, während sie das Pferd Tulip auf das hübsche georgianische Haus Paul Branyons zulenkte, das am Rand des kleinen Dorfes Strafford on Baird stand, daß der Arzt möglicherweise gar nicht daheim war.

Seit Josettes Tod waren sie kaum je zusammengewesen. Doch heute hatte sie einfach das Bedürfnis gehabt, ihn aufzusuchen, um sich ihre gedrückte Stimmung durch seinen gesunden Menschenverstand vertreiben zu lassen.

Als sie die Stute in die kleine Zufahrt lenkte, wurde sie von einem stämmigen Jungen mit sandfarbenem Haar begrüßt.

»Guten Tag, Mylady.«

»Nett, Sie wiederzusehen, Will«, erwiderte sie, als der Junge auf sie zuhinkte, um Tulips Zügel zu ergreifen. »Sie sehen wieder ganz gesund aus.«

»Aye, Mylady, mir geht's wieder ganz gut.«

»Ist Dr. Branyon zu Hause, Will?«

»Aye, Mylady. Er ist gerade von Dalworthy zurückgekommen. Der verrückte alte Kerl hat sich den Arm gebrochen.«

»Sehr schön«, sagte sie, ohne den gebrochenen Arm zur Kenntnis zu nehmen. »Bitte geben Sie der armen Tulip ein bißchen Heu, Will.«

Sie glitt graziös vom Pferd und lief beglückt die drei schmalen Stufen zum Eingang empor. Sie griff nach dem alten Messingklopfer und schlug damit kräftig gegen die Tür. Zu ihrer Überraschung öffnete nicht Mrs. Muldon, Dr. Branyons temperamentvolle irische Haushälterin, sondern Dr. Branyon selbst.

»Ann – was um Himmels willen tust du hier, mein Mädchen?«

Lady Ann ertappte sich dabei, daß sie nervös mit ihrer Reitgerte gegen einen ihrer schwarzen Stiefel schlug.

»Ich . . . ich wollte dich überraschen, Paul.«

Er lächelte sie freundlich an.

»Wie unhöflich von mir, Ann. Bitte, komm herein. Ich fürchte, wir werden uns selbst um unseren Tee kümmern müssen. Mrs. Muldon ist heute früh in äußerster Panik nach Leeds abgefahren. Offenbar haben ihre Schwester und deren drei Kinder gleichzeitig Mumps.«

»Wie unangenehm«, sagte Lady Ann, selbst in keiner Weise berührt. Sie folgte Paul in den Salon, einen gemütlichen hellen Raum, in dem sie sich bei ihren Besuchen immer sehr wohl gefühlt hatte.

»Ein reizender Modeartikel«, sagte er und betrachtete

ihren eleganten Reithut mit einer Grimasse. »Sei so gut und lege ihn ab.«

»Wie du willst, Paul.«

Die Schleife unter ihrem linken Ohr ließ sich nicht recht lösen, und ihr Herumfummeln brachte Dr. Branyon zum Lachen.

»Erlaube, meine Liebe.«

Die Schleife löste sich unter seinen Fingern wie durch Magie. Er nahm den Hut von ihrem blonden Haar und warf ihn auf den Tisch.

»Nun setz dich und erzähle mir, was es an neuen Schwierigkeiten gibt. Du bist nicht nur gekommen, um mich zu überraschen. Das weiß ich.«

»Du hast recht, Paul. Schwierigkeiten – das ist der richtige Ausdruck. Justin und ich haben uns Arabellas wegen gestritten. Ich konnte es einfach nicht mehr ertragen, die Angst mit anzusehen, die das arme Kind in seiner Nähe aussteht. Es war nicht gerade ein erfreulicher Wortwechsel.«

»Komm, Liebe, ein bißchen langsamer. Erzähle mir genau, was sich abgespielt hat.«

Dr. Branyon drückte ihr beruhigend die Hand.

Lady Ann berichtete über die Szene mit Justin und Arabella am vergangenen Tag in der Bibliothek.

»Bevor Justin aus Evesham Abbey wegstürzte, um ostentativ nach Talgarth Hall zu reiten«, schloß sie dann, »ließ er eindeutig durchblicken, daß Arabella ihm ein großes Unrecht angetan habe, und daß ich mich, wenn ich die Wahrheit herausbekommen wolle, an sie wenden solle. Bella weicht mir natürlich aus – übrigens auch allen anderen Familienmitgliedern, so als ob wir die Pest hätten.«

»Was ist mit dem Comte?« erkundigte sich Dr. Branyon.

»Gervaise? Komm schon, Paul, du kannst ihn doch wirklich nicht mehr verdächtigen, irgendwelchen Unfrieden zwischen Justin und Arabella gestiftet zu haben? Er war doch viel häufiger mit Elsbeth als mit Bella zusammen.«

»Na gut, Ann, ich verlasse mich auf dein Wort.«

Lady Ann beugte sich plötzlich vor.

»O Paul, entschuldige. Da störe ich nun deinen Frieden mit meinen dummen Angelegenheiten. Eine Tasse Tee wäre jetzt genau das Richtige. Zeige mir Mrs. Muldons geheiligtes Reich, dann will ich versuchen, etwas zusammenzubrauen, das Tee zumindest ähnlich ist.«

Dr. Branyon stand auf, streckte die Hand aus und lächelte zärtlich auf sie herab.

»Komm, Liebste, wir werden es gemeinsam versuchen.«

Lady Ann merkte, wie ihre Sorgen von ihr abglitten, als er ihre Hand ergriff. Ihr wurde klar, daß im Augenblick eine Tasse Tee nicht das war, was sie haben wollte. Sie umklammerte seine Hand und legte den anderen Arm um seinen Hals. Sie spürte die Kraft und Gespanntheit seines Körpers und wünschte sich fast verzweifelt, eins mit ihm zu werden, durch ihn von sich selbst befreit zu werden. Er blieb starr stehen und bewegte sich nicht. Vage wurde ihr bewußt, was sie da tat, daß er bemüht war, sie in ihrer Torheit nicht zu bestärken, aber das war ihr gleichgültig. Mit einer heiseren Stimme, die sie kaum als die ihre erkannte, flüsterte sie:

»O Paul, ich liebe dich so. Bitte, Liebster, schick mich nicht weg!«

Er packte sie hart am Arm, als wollte er sie von sich fernhalten. Sie wandte innerlich alle Energien an, um seine Skrupel zu bekämpfen. Immer will er mich beschützen, dachte sie, und mit einem sehnsuchtsvoll lockenden

Lächeln stellte sie sich auf die Zehenspitzen und berührte seine Lippen mit den ihren. Ihre Hand glitt in sein oben offenes Hemd und berührte seine Brust. Als er immer noch stumm und steif verharrte, legte sie die Wange an seine glatte Haut.

Dr. Branyon fühlte sich plötzlich wie ein Ertrinkender, der nicht gerettet werden will. Er vergrub den Kopf in den blonden Locken und stöhnte. Im letzten Versuch, sie beide vor etwas zu bewahren, das ihm eine Torheit zu sein schien, sagte er mit schwankender Stimme:

»Ann, Liebste, ich möchte keinen Anlaß zum Klatsch geben. Es muß dir doch klar sein, daß . . .«

Aber als sich ihre Lippen erneut auf seinen Mund preßten, brach sein aufgestautes Verlangen durch, und er riß sie wild an sich.

Ihre Kleinheit und Zierlichkeit entzückte ihn. Aber bevor er sie in seinen Armen aufhob, überkamen ihn noch einmal Skrupel. Mit einer Stimme, die vor Leidenschaft so belegt klang, daß die Worte kaum verständlich waren, fragte er:

»Ann, bist du auch sicher . . . willst du das wirklich?«

Ihre Antwort war stumm. Ihre Lippen auf den seinen öffneten sich, zaghaft erst, dann immer kühner, und wagemutiger erforschte ihre Zunge seinen Mund. Skrupel, Vernunft, alle Fragmente seiner rationalen Welt verflüchtigten sich unter dieser Form schweigender Bestätigung.

Er eilte, zwei Stufen auf einmal nehmend, die mit abgetretenem Teppichbelag versehene Treppe hinauf, wobei er sich nebelhaft an die unendlich vielen Nächte erinnerte, in denen er müde und einsam in sein Schlafzimmer hinaufgestiegen war. Er preßte Ann an die Brust, wie um sich zu versichern, daß sie nicht ein nur in seinen Fantasievorstellungen existierendes Wesen sei.

Er legte sie in die Mitte seines großen Himmelbetts, so

sanft, als wäre sie ein hilfloses, kleines Kind, und ließ sich neben ihr nieder. Er dachte an ihre Furcht, die, wie er wußte, ihre Ursache in der ungezügelten Gier ihres Mannes hatte. Er erinnerte sich an jenen Tag am Fischteich, als sie vor ihm, Paul, zurückgezuckt war. Aber heute konnte er bei ihr weder Furcht noch Zögern erkennen. Ihre blauen Augen glänzten vor Erregung, ihre Wangen waren zart gerötet.

Sie legte die Hände um seinen Nacken und zog ihn zu sich herab.

»Meine geliebte Ann«, flüsterte er und preßte seinen Mund auf den ihren.

Ihre Lippen teilten sich so selbstverständlich wie Rosenblätter, die sich in der Wärme einer Frühlingssonne entfalten.

Er begann ihre Augen, die zarten Ohren, ihre Kehle zu küssen. Ihre Finger lösten die lose Kordel seines Hemds. Als ihre Hände über seine Schultern und die nackte Brust glitten, wurde er von solchem Verlangen erfüllt, daß er am ganzen Körper zu zittern begann.

»O Ann«, stöhnte er in die Mulde ihrer Kehle hinein, »du treibst mich an den Rand des Wahnsinns.«

»Nimm mich mit, Paul«, flüsterte sie.

Sie löste sich von ihm und begann die Knöpfe ihres Reitjacketts zu öffnen. Als sie aufstand und neben dem Bett stehenblieb, empfand sie nichts als jubelnde Freude, Entschlossenheit und Zielstrebigkeit. Schnell entledigte sie sich ihrer Jacke und öffnete weiter die unzähligen kleinen Knöpfe ihrer weißen Bluse. Sie öffnete den Verschluß ihres Rocks und ließ ihn mit einer leichten Hüftbewegung zu Boden gleiten. Einen Augenblick lang blieb sie in Hemd und Reitstiefeln stehen und empfand plötzliche Belustigung bei dem merkwürdigen Bild, das sie bieten mußte.

»Ich fürchte, jetzt muß ich dich um Assistenz bitten, Paul.«

Sie lachte und streckte ihm das eine Bein mit dem Reitstiefel hin.

Er erhob sich und warf sie aufs Bett zurück.

»Es verstößt gegen jeglichen gesunden Menschenverstand, jemand die Stiefel im Stehen auszuziehen.«

Innerhalb von Sekunden lagen die Stiefel neben den Kleidungsstücken am Boden.

»Dein Hemd, Ann«, sagte er leise.

»Ja, mein Hemd«, flüsterte sie und streifte langsam die Spitzenbänder von den Schultern.

Es war das erstemal in ihrem Leben, daß sie keinerlei Scheu davor empfand, sich vor einem Mann auszuziehen. Hemd und Strümpfe glitten über ihre Beine hinab. Sie legte sich wieder aufs Bett.

»Paul, ich weigere mich, in dem Zustand, in dem mich die Natur geschaffen hat, allein zu sein. Es ist unfair und außerdem unzweckmäßig.«

Er hatte wirklich nicht daran gedacht, sich vor ihr nackt auszuziehen, denn der Beweis für sein Verlangen nach ihr war unübersehbar.

Sein Blick glitt über ihren Körper, und er vergaß sich selbst. Nackt ließ er sich neben ihr nieder, umfaßte sachte ihr Kinn mit einer Hand und bedeckte ihr Gesicht mit Küssen. Langsam ließ er die andere Hand über ihre vollen, weißen Brüste gleiten.

»Himmel, bist du schön«, murmelte er.

Seine Hand glitt abwärts, über ihren gerundeten Bauch bis zu dem weichen blonden Flaum darunter. Dort ließ er die Finger ruhen und liebkoste dann zart mit den Lippen ihre Brust.

Sie keuchte hörbar.

»Ann?« Er blickte forschend in ihr Gesicht, suchte nach

Anzeichen von Furcht. Aber ihre Augen waren verschleiert, und sie umfaßte mit beiden Händen so leidenschaftlich sein Gesicht, daß seine Zweifel zum letztenmal zerstreut wurden. Seine Finger wurden zielstrebiger und rhythmischer in ihren Bewegungen. Sie umklammerte seinen Nacken, Schauer durchliefen ihren Körper.

»Paul – bitte!« rief sie.

Er bäumte sich über ihr auf und ließ, mit immenser Anstrengung um Selbstbeherrschung bemüht, sein Glied in sie hineingleiten. Nach wie vor bemüht, seinen Körper unter Kontrolle zu halten, versuchte er sich krampfhaft an jeden trivialen Vorfall des Vormittags zu erinnern, einschließlich Dalworthys gebrochenem Arm.

Ihr Körper unter dem seinen spannte sich plötzlich an, ein krampfhaftes Zittern durchlief ihn. Er spürte, wie sie ihren Höhepunkt erreichte, drückte sie heftig an sich und erlaubte sich selbst, sich gehenzulassen.

Lady Ann hob den Kopf aus der Mulde seines Halses.

»Willst du mich noch immer heiraten, Paul, nun da ich eine gefallene, sündige Frau bin?«

Er grinste.

»Ich werde mir das Ganze gründlich überlegen, Geliebte, sobald du mir die Summe deines Einkommens genannt hast. Ich möchte nicht, daß die Leute hier glauben, ich hätte unter meinem Stand geheiratet.«

Sie lachte leise und tief aus der Kehle heraus, erfüllt von tiefer körperlicher Befriedigung. »Unter deinem Stand? Liebster, was immer wir tun, ich werde vermutlich immer unter deinem Niveau sein.«

Er umfaßte ihren Rücken fester und vergrub das Gesicht in ihren blonden Locken.

»Dagegen habe ich ein Mittel«, sagte er und lachte, während seine Hände zu ihren gerundeten Hüften hinabglitten, um sie kräftig zu kneten.

»Eines deiner üblen Heiltränkchen, ja?« beschwerte sie sich atemlos. Sie spürte, wie sein schlaffes Glied wieder anschwoll, und sehnte sich das erste Mal in ihrem Leben danach, einen Mann zu berühren. Sie tastete mit ihrer Hand über seinen straffen Bauch hinab und ergriff seinen Penis.

Er stöhnte und preßte ihre Hüften hart gegen die seinen.

»Du bist eine Verführerin, Ann.«

Er umschloß ihre Hände mit den seinen, und gemeinsam führten sie sein Glied in sie ein.

»Oh«, flüsterte sie, verwundert, wie leicht ihr das fiel.

Er umfaßte erneut ihre Hüften und rollte sie über sich.

»Jetzt bin *ich* unter deinem Niveau.«

Röte stieg ihr ins Gesicht. Als er sie nach oben schob, damit sie rittlings auf ihm sitzen konnte, streiften ihre vollen Brüste sein Gesicht, die Massen ihres blonden Haars fielen über seine Lippen und seine Brust. Es spielte keine Rolle, daß sie nichts erwiderte, denn ihre geschmeidigen, sinnlichen Bewegungen waren Antwort genug. Er spielte erst mit ihren blonden Locken, dann senkte er die Hände, um ihre weichen Hüften zu kneten. Er stieß immer härter zu, um ihrem Verlangen nach Lust zu genügen, bis sie schließlich den Kopf zurückwarf, seine Schultern packte und in höchster Ekstase laut aufschrie. Als sie erschöpft nach vorne auf seine Brust sank, rollte er sie zur Seite und gab seinem eigenen Verlangen nach.

Lady Ann erwachte mit wollüstiger Langsamkeit und streckte Arme und Beine mit katzenhafter Anmut.

»Na, mein kleiner Faulpelz, es wird Zeit, daß du dich wieder zum Rest deiner Mitmenschen gesellst.«

Ann blickte in seine zwinkernden braunen Augen. Er saß neben ihr auf dem Bett, und flüchtig glaubte sie, krank zu sein – unter der Obhut ihres geliebten Paul.

»Ach du lieber Himmel«, sagte sie vage, während die Erinnerung an ihre eigene Leidenschaft sie überwältigte.

Sie spürte eine leichte Decke über ihrem nackten Körper. Vernunft mit all ihren bedrückenden Begleiterscheinungen veranlaßte sie, sich auf den Ellbogen aufzustützen.

»Du meine Güte – Paul, wie spät ist es? Wie lange habe ich geschlafen?«

Er lachte leise, küßte sie leicht auf die Lippen.

»Es ist erst Teezeit, mein Liebes. Du wirst dich nicht heimlich nach Evesham Abbey schleichen müssen, um deinen Ruf zu retten.«

Sie seufzte leise.

»Ich wollte, ich bräuchte überhaupt nicht dorthin zurückkehren.«

»Es muß nicht unbedingt auf sehr lange sein«, sagte er vorsichtig. »Ich habe nachgedacht, Liebste, während du geschlafen hast. Ich sehe keinen Grund, weshalb wir nicht noch am heutigen Abend bekanntgeben sollen, daß wir heiraten werden.«

Sie lächelte verschmitzt.

»Ich werde mich deiner Forderung beugen, Paul, denn ich wäre ohnehin unfähig, mein Glück nicht in alle Welt hinauszuschreien.«

»Du bist also auf den bösartigen Klatsch unserer Nachbarn gefaßt?«

»Der Teufel soll die Nachbarn holen. Ich bin mein ganzes Leben lang so wohlanständig gewesen. Der Gesellschaft Aurelia Talgarths oder Eliza Eldridges entsagen zu müssen, würde mich nicht übermäßig belasten.«

»Und Arabella?«

»O Paul, sie muß etwas ahnen. Justin *hat* jedenfalls etwas geahnt. Ich möchte behaupten, daß es kein großer Schock für sie sein wird. Und außerdem mag sie dich.«

»Wenn du da so sicher bist, Ann.«

Sie sah ihn mit gespieltem Mißtrauen an.

»Ich fange an zu glauben, daß du allzuviel protestierst! Ist es möglich, daß du, nachdem du nun die Ware begutachtet hast, nicht mehr den Wunsch hegst . . .«

»Wenn du so etwas noch einmal sagst, Ann, werde ich deinen hübschen Po versohlen.«

Er zauste ihre ohnehin verwirrten Locken.

»Komm, Kleines, du mußt dich anziehen.« Mit gespielter Strenge fügte er hinzu: »Ich hoffe bloß, daß du dieses selbstzufriedene Lächeln mit der Zeit unterdrücken kannst, denn sonst wird mit Sicherheit jedermann wissen, daß du an diesem Nachmittag aufs erfreulichste beschäftigt warst.«

»Paul«, sagte sie mit bewundernswerter Offenheit, »ich hatte einfach keine Ahnung, daß Liebe . . . körperliche Liebe so . . . nun ja, genußvoll sein kann.«

Das Zwinkern seiner braunen Augen erwärmte ihr Herz.

»Ich würde gerne deine Tage und Nächte mit diesem Genuß erfüllen, Ann. Wir können nur hoffen, daß den Leuten hier in der Umgebung zumindest innerhalb des nächsten Jahres nicht viel zustößt, denn der Doktor wird zu Hause sehr beschäftigt sein.«

»Nur innerhalb des nächsten Jahres?« murmelte sie herausfordernd.

Er stand auf und lachte entzückt.

»Vielleicht auch anderthalb Jahre.«

Lady Ann traf gerade noch rechtzeitig in Evesham Abbey ein, um sich zum Abendessen umziehen zu können.

»Bis gleich, Paul«, flüsterte sie ihm zu. Dann wandte sie sich an den Butler. »Crupper, sagen Sie bitte dem Koch, daß Dr. Branyon heute mit uns zu Abend ißt.«

»Ja, Mylady.«

Crupper nickte und nahm äußerlich ungerührt das ungewöhnlich strahlende Aussehen seiner Herrin zur Kenntnis.

»Wenn Sie mich bitte in den Samt-Salon begleiten wollen, Dr. Branyon. Ein Glas Sherry, Sir?«

»Ja, gern, Crupper.«

Dr. Branyon blinzelte Lady Ann zu und folgte pflichtschuldigst dem würdigen Butler den Korridor entlang.

Crupper beobachtete Dr. Branyon, während er ihm ein Glas Sherry servierte. Er hatte nicht zweiundsechzig Jahre lang auf dieser Welt gelebt, ohne zu lernen, eine Romanze zu wittern, wenn es da eine gab. Nun ja, Seine Lordschaft war zwar erst vor relativ kurzer Zeit gestorben, aber wenn schon . . . Miß Arabella war mit dem neuen Grafen verheiratet, und das Leben war ohnehin zu kurz, um allzulang mit Trauer belastet zu werden. Er strich sich über das spärliche graue Haar und wandte sich der Frage zu, ob Lady Ann aufhören würde, eine ›Ladyschaft‹ zu sein, wenn sie Dr. Branyon heiratete.

Wäre Lady Ann nicht so überaus glücklich gewesen, so hätte sie die unterschwellig vorhandene Spannung am Abendessenstisch wahrgenommen. Aber so sah sie die Umsitzenden nur wie durch einen angenehmen Schleier hindurch, ihre Worte drangen lediglich gedämpft an ihr Ohr. Immerhin stieg ihr eine leichte Röte ins Gesicht, als Dr. Branyon seine Serviette zusammenfaltete, sich räusperte und von seinem Platz erhob.

»Justin . . . Monsieur«, sagte er mit klarer Stimme, »bevor sich die Ladys in den Samt-Salon zurückziehen und uns unserem Portwein überlassen, würde ich gern etwas bekanntgeben.« Er sah den verständnisvollen Schimmer in den Augen des Grafen und sein zustimmendes Kopfnicken, und fuhr mit Nachdruck fort: »Lady Ann hat mir die Ehre erwiesen, meinen Heiratsantrag anzunehmen. Wir werden uns sobald wie möglich vermählen und natürlich sehr zurückgezogen leben, bis das offizielle Trauerjahr vorüber ist.«

Der Graf stand spontan auf und hob das Glas.

»Meine Gratulation, Paul, Ann. Das ist keine große Überraschung, aber ein willkommener Anlaß, einen Toast auszubringen – auf Dr. Branyon und Lady Ann!«

Arabellas Finger umfaßten starr den Stiel ihres Weinglases. *Keine große Überraschung! Meine Mutter und Dr. Branyon? O Vater – dein Körper verrottet irgendwo in einem zerstörten Dorf in Portugal, und deine Frau plant seelenruhig, einen anderen Mann zu heiraten!*

Bittere, zornige Worte stiegen wie Gallenflüssigkeit in ihr auf. Sie starrte über den Tisch weg auf ihre Mutter und sah mit kaum zu unterdrückender Wut die zarte Röte auf ihren Wangen, den neuen Glanz in ihren Augen. .

»Arabella – den Toast, meine Liebe.«

Sie wandte den Kopf und starrte verständnislos auf den Grafen. Der Unterton von Strenge in seiner Stimme war unüberhörbar. Er billigte diese Verbindung! Sie blickte zu Elsbeth und Gervaise hinüber. Dank ihrer neuerworbenen Kenntnis sah sie die beiden fast wie ein einziges Wesen: Elsbeths dunkle Augen und ihr schwarzes Haar schienen wie ein verschwimmendes Abbild von Gervaise zu sein. Es war, als ob nur ein mandelförmiges Augenpaar sie ihrerseits betrachtete, als ob die beiden die gleichen Gedanken hegten . . . nur *ein* Körper wären. Arabella glaubte mildes Erstaunen bei ihnen wahrzunehmen, mehr nicht. War sie denn die einzige, die nichts geahnt hatte?

»Arabella, Kind, fehlt dir etwas?«

Das war die weiche, besorgte Stimme ihrer Mutter. War da auch ein flehender Unterton vernehmbar? Suchte sie Zustimmung bei ihrer Tochter, Verzeihung für ihren Verrat?

Mein Gott, ist meine Mutter vielleicht all die Jahre über Branyons Geliebte gewesen?

»Arabella!«

Die Stimme meines Mannes, jetzt barsch und mißbilligend. Sieht und versteht er denn nichts?

Arabella stand unsicher auf, ihre Finger umklammerten mit weiß hervortretenden Knöcheln den Rand des Tisches.

»Nein, Mutter, mir fehlt nichts. Sie fordern mich zu einem Toast auf, Mylord? Schön, den können Sie haben.«

Sie ergriff erneut das filigrane Weinglas und schleuderte es mit einer aus Verzweiflung geborenen Exaktheit in den Marmorkamin, wo es in Myriaden winziger Splitter zerbarst. Arabella hörte, wie jemand nach Luft schnappte – wer, wußte sie nicht. Nur vage nahm sie wahr, daß der Graf eine zornerfüllte Bewegung machte. Sie fuhr herum und stürzte aus dem Speisezimmer.

Justin warf die Serviette auf den Tisch.

»Paul, Ann, achtet nicht auf sie. Bitte, nehmen Sie alle Ihren Kaffee im Samt-Salon zu sich. Und wenn Sie mich jetzt bitte entschuldigen wollen, ich möchte mit meiner Frau sprechen.«

Lady Anns Gesicht war bleich, ihr Mund bildete eine dünne Linie. Sie wollte um keinen Preis in Tränen ausbrechen. Sie sah den düsteren Zorn in den grauen Augen des Grafen und suchte verzweifelt nach einer Möglichkeit, Arabella vor seiner Wut zu schützen.

»Justin!« rief sie und erhob sich halb. Er achtete nicht auf sie, sondern verließ, ohne einen Blick zurückzuwerfen, das Speisezimmer.

Dr. Branyon trat neben Lady Ann und ergriff ihre Hand.

»Komm, Liebes«, sagte er sanft, »wir wollen in den Samt-Salon gehen, wie Justin es vorgeschlagen hat. Elsbeth . . . Monsieur?«

»Wie dumm von mir«, sagte Lady Ann niedergeschlagen, »Arabellas Reaktion nicht vorausgesehen zu haben. Sie hat ihren Vater angebetet, das wißt ihr ja.«

Der Comte war so verblüfft über Arabellas Ausbruch, daß er lediglich nickte. Er nahm galant Elsbeths Arm. Als sie beide Lady Ann und Dr. Branyon folgten, vorbei an dem mit steinernem Gesicht dastehenden Diener, zupfte Elsbeth Gervaise am Ärmel und hielt ihn zurück.

»O Gervaise, was sollen wir nun bloß tun?« Ihre Unterlippe zitterte.

Da er gerade an Arabella dachte, begriff er nicht gleich den Grund für ihre Verzweiflung.

»London«, flüsterte Elsbeth eindringlich. »Lady Ann wollte mich doch mit nach London nehmen! Und jetzt wird sie nicht reisen. Was sollen wir bloß tun?«

Er senkte die Stimme zu einem zärtlichen Flüstern.

»Mach dir keine Sorgen, kleine Cousine. Ich werde einfach einen anderen Plan entwerfen. Ich flehe dich an, erwecke bei deiner Stiefmutter nicht den Eindruck, daß du ihren Entschluß nicht billigst. Das Schauspiel, das uns Arabella geboten hat, war ziemlich widerwärtig.«

Er spürte, daß Lady Ann ihn unterstützte, und hegte nicht die Absicht, mit seinen Glückwünschen hinterherzuhinken.

»Ja, Gervaise.« Elsbeths Gesicht hellte sich auf. »Ich finde auch, daß Arabella sich schrecklich benommen hat. Es fällt dir sicher etwas ein, davon bin ich überzeugt.«

Justin strebte ohne zu zögern der Treppe zu und eilte hinauf, wobei er jeweils eine Stufe ausließ. Vor der Schlafzimmertür angelangt, zog er am Knauf. Es war abgeschlossen, wie zu erwarten gewesen war. Doch das vergebliche Herumfummeln an seiner eigenen Schlafzimmertür steigerte seinen Zorn noch. Er platzte in das danebenliegende Zimmer und erschreckte seinen Kammerdiener Grubbs.

»Mylord!«

Justin achtete nicht auf ihn, sondern stand gleich darauf im gräflichen Schlafgemach. Er wollte Arabellas Namen brüllen, aber dann sah er, daß der Raum leer war.

»Verdammt!« fluchte er, drehte sich auf dem Absatz um und ging wieder nach unten.

»Crupper, haben Sie Ihre Ladyschaft gesehen?« fragte er den Butler, der am Eingang stand.

»Nun ja, Mylord«, erwiderte Crupper mit deutlichem Mißfallen.

»Ja – und ?«

»Ihre Ladyschaft hat das Schloß verlassen, Mylord. Sehr eilig, möchte ich hinzufügen, wenn ich das sagen darf.«

»Verdammt, Mann!« platzte der Graf heraus. »Warum zum Teufel haben Sie mir das nicht schon vorhin gesagt?«

Crupper richtete sich zu seiner vollen Größe auf. »Wenn Sie verzeihen, Mylord, aber Ihre Lordschaft war schon fast oben an der Treppe angelangt, bevor ich Ihre Anwesenheit bemerkt habe.«

»Ich bin von hirnlosen Idioten umgeben«, murmelte der Graf und stürmte an dem beleidigten Butler vorbei in die warme Nacht hinaus.

Der Gedanke, Arabella einfach zurückkehren zu lassen, wann immer sie wollte, kam dem Grafen nicht. Im Geist ließ er ihre Lieblingsziele Revue passieren – die Ruinen der alten Abtei, der Fischteich, vielleicht sogar den Deverillschen Friedhof. Aus irgendeinem Grund, den er selbst nicht erklären konnte, wußte er jedoch, daß sie keinen der ihr so geläufigen Stellen aufsuchen wollte. Nein, dachte er entschieden, sie würde irgendwohin fliehen, weg von Evesham Abbey, weg von ihrer Mutter, weg von ihm, Justin.

Lucifer!

Ohne weiter zu überlegen, rannte er zu den Ställen hinüber. Er kam gerade rechtzeitig dort an, um Arabella mit geblähten Röcken auf Lucifers Rücken in die dunkle Nacht hineingaloppieren zu sehen.

»James!« brüllte er.

Der Reitknecht tauchte auf der erleuchteten Türschwelle auf, seine vorstehenden Augen weiteten sich beim Anblick seines Herrn. Bedrückt wartete er auf eine Schimpfkanonade, die jedoch ausblieb.

»Bringen Sie meinen Hengst, James, und zwar schnell!«

»Aye, Mylord.« James rannte davon.

Während die Sekunden verstrichen, rechnete sich Justin innerlich aus, wieviel Vorsprung Arabella haben würde. Lucifer verfügte über die Stärke von zehn Pferden und war schnell wie der Wind.

Die Mondsichel erhellte die Landstraße kaum. Der Graf ritt mit gesenktem Kopf, Pferd und Reiter schienen aus einem Guß zu sein. Wacklige Drehkreuze, ungestrichene Holzzäune, kleine, von Furchen durchzogene Wege – alles flog im Halbdunkel an ihm vorüber. Der Graf war überzeugt, daß sich Arabella an die Hauptstraße halten würde. Nichts sollte ihre Flucht gefährden.

Während er ritt, grübelte er über ihre Reaktion nach. Obwohl er zugeben mußte, daß er ihr Verhalten im Grunde verstand, ließ sein Ärger nicht nach. Er wollte sie einholen und vom Pferd zerren. Seine Augen glitzerten bei der Aussicht, daß sie mit den Fäusten gegen seine Brust hämmern und ihn beschimpfen würde.

Zuerst glaubte er seinen Augen nicht trauen zu dürfen. Wäre er nicht so zornig auf sie gewesen, so hätte er über die völlig undramatische Szene dort vor ihm laut aufgelacht. Arabella wanderte mitten auf der Straße – in Abendkleidung und den hinkenden Lucifer am Zügel.

Sie blieb stehen, als er neben ihr anhielt.

»Nun, Madam, ich sehe, Sie haben Ihre fröhliche Hetzjagd selbst beendet.«

Er schwang sich aus dem Sattel und blieb mit gespreizten Beinen vor ihr stehen, die Hände in die Hüften gestemmt.

Sie schien gegen seinen Zorn und seine Ironie unempfindlich zu sein.

»Ja – Lucifer hat einen Huf verloren. Ich werde mit James sprechen müssen. So etwas darf nicht passieren.«

Der Graf runzelte die Stirn. Das war keineswegs das, was er erwartet hatte.

»Natürlich – solch ein unspektakuläres Ende deines gedankenlosen Ritts muß ja eine Enttäuschung sein. Ist dir nicht in den Sinn gekommen, du kleines Spatzenhirn, daß du von Räubern hättest überfallen werden können? Oder daß du in den Graben hättest stürzen und dir das Genick brechen können?«

»Nein, aber jetzt, da du mich darauf hinweist, tut es mir leid, daß weder das eine noch das andere passiert ist.«

Ihre grauen Augen waren kalt, ihr Gesicht bleich, ihre Stimme ausdruckslos, so als stritte sie sich einer Bagatelle wegen mit ihm herum.

Er biß die Zähne zusammen und trat einen Schritt näher an sie heran. Sie blieb stehen, wo sie war, und betrachtete ihn mit beiläufigem Interesse.

»Haben Sie eine weitere Vergewaltigung vor, Mylord, oder wollen Sie mich vielleicht verprügeln? Falls Sie mir die Wahl lassen – ich würde die Prügel vorziehen.« Ihre Stimme klang distanziert und gleichgültig.

Er stellte fest, daß er ihren Zorn provozieren wollte. Verächtlich sagte er:

»Trotz allem, was du denken magst, dich zu vergewaltigen würde mir keinen Spaß machen. Und was die Prügel betrifft, so würde ich meine Energien noch eher auf eine lahme, alte Mähre verwenden.«

Sie wandte sich gleichgültig von ihm ab.

»Wenn Sie mit mir fertig sein sollten, Mylord – es ist ein weiter Rückweg nach Evesham Abbey.«

Sie zog an Lucifers Zügeln.

»Nein, Madam, ich bin in keiner Weise mit Ihnen fertig!« sagte er barsch. »Was ich Ihnen mitzuteilen habe, geschieht besser außerhalb der Hörweite Ihrer Familie.«

Sie ließ Lucifers Zügel los, ging zum Straßenrand und ließ sich dort auf dem Grasstreifen nieder.

»Nun gut, bringen wir es hinter uns.«

Er trat zu ihr und blieb vor ihr stehen. Sie wartete, den Blick abgewandt.

»Verdammt, Arabella, sieh mich an!« schrie er.

Sie traf keine Anstalten, ihm zu gehorchen. Er kniete vor ihr nieder, packte ihre Schultern und schüttelte sie so lange, bis sie ihn ansah.

»Willst du mir endlich zuhören, du unmanierlicher Zankteufel! Wie kannst du dich unterstehen, deiner Mutter so etwas anzutun? Selbst der stumpfsinnigste Dummkopf hätte leicht erkennen können, daß sie Dr. Branyon sehr gern mag. Ich gebe zu, ich hätte auch erwartet, daß seine Ankündigung etwas später erfolgen würde, aber das ist unwichtig. Deine Mutter verdient, glücklich zu sein. Der Himmel weiß, ein guter Teil der neunzehn Jahre, die sie mit deinem Vater zugebracht hat, war kein Vergnügen für sie. Warum, Arabella, warum warst du ihr gegenüber von so gedankenloser Grausamkeit?«

Zorn flammte in ihren grauen Augen auf.

»Warum, Arabella?« drängte er.

»Wie kannst du eine solche Verbindung bloß gutheißen!« zischte sie zwischen zusammengebissenen Zähnen hervor. »Und das auch noch in aller Öffentlichkeit! Du hast kein Recht dazu, genausowenig wie sie ein Recht hat, die Erinnerung an meinen Vater so zu beschmutzen! Nein, ich hatte keine Ahnung, daß sie ein *tendre* für Dr. Branyon hat. Ich finde ihr Verhalten, genauso wie seines, einfach verachtenswert und unehrenhaft.« Sie keuchte jetzt. »Soll ich vielleicht meiner lieben Mutter dazu gratulieren, daß sie wenigstens bis zum Tod meines Vaters gewartet hat? Seit wann, Mylord, sind die beiden wohl ein Liebespaar? Armer Vater – betrogen von einer treulosen Ehefrau und einem Mann, dem er vertraut hat.«

Er blickte in ihr verzerrtes Gesicht und stellte fest, daß an ihrer Qual nicht zu zweifeln war. Verzweifelt versuchte er zu verstehen, was in ihr vorging. Sie hatte ganz offen und bitter davon gesprochen, daß ihre Mutter ihren Vater betrogen hatte, und ihre Wut ließ keinen Zweifel darüber, daß sie ein solches Verhalten verdammte. Und doch – hatte sie nicht selbst auch einen Liebhaber gehabt, bevor sie beide geheiratet hatten? Hatte sie nicht auch ihn betrogen? Hegte sie irgendeine seltsame Art von Moralvorstellungen, die ihr erlaubten, sich einen Liebhaber zu halten, bevor sie heiratete? Und – was das betraf – hatte sie den Comte nach ihrer Eheschließung bereitwillig aufgegeben? Er hätte ihr das alles am liebsten an den Kopf geworfen, verlangt, daß sie es ihm erklärte. Aber er stellte auch fest, daß sein eigener Zorn angesichts ihrer Verzweiflung hinter der Fassade vernichtender Worte dahinschmolz.

Er versuchte ruhig und zugleich überzeugend zu sprechen.

»Du mußt jetzt aufhören zu toben, Bella, und mir einmal zuhören. Ich finde es ungewöhnlich, daß ich, der ich Lady Ann im Verlauf der letzten Jahre nur immer flüchtig getroffen habe, jeden Eid darauf schwören würde, daß sie deinem Vater niemals untreu gewesen ist. Aber du verdammst sie ohne jede Überlegung. Nein, wende dich nicht von mir ab. Glaubst du wirklich, daß sie zu so etwas fähig wäre?«

Sie starrte ihn schweigend an.

»Gut. Auch wenn du nicht antworten willst, nehme ich doch an, daß du über meine Worte nachdenkst. Und nun zu deinem Vater.«

Der Graf schwieg einen Augenblick, selbst jetzt noch unsicher, ob er mit der vollen Wahrheit herausrücken sollte oder nicht. Aber er kam zu dem Schluß, daß nur das sie dazu bringen konnte, sich mit Lady Ann zu versöhnen.

»Erinnerst du dich an den Tag der Testamentseröffnung, als wir uns am Fischteich kennenlernten? Du kannst nicht bestreiten, daß du mich damals für den Bastard deines Vaters hieltest – darüber hast du dich ganz offen geäußert.«

»Hör auf!« rief sie zornig. »Das ist etwas ganz anderes, wie du genau weißt!«

»Etwas anderes? Gibt es für Ehemänner andere Regeln? Ich will dir eines sagen, Arabella, die Ehe deines Vaters mit Lady Ann war eine Farce. Er heiratete sie lediglich der riesigen Mitgift wegen, die sie einbrachte. Er redete ganz offen von seinem ›Handel‹ und spottete über die Kaufmannsfamilie, der sie entstammte. Er hatte nicht die geringsten Hemmungen, öffentlich mit seinen Mätressen zu protzen.«

Sie versuchte, sich mit den Händen die Ohren zuzuhalten, die widerwärtigen Worte nicht zu hören.

»Jetzt nur keine Feigheit«, sagte er barsch und zog ihre Hände seitlich herab.

»Ich will nicht hören, was du da sagst! Du willst sie nur in Schutz nehmen!« Aber sie spürte, wie sie die Kälte des Zweifels überkam.

»Nein, Arabella, ich brauche keine Geschichten zu erfinden. Tatsächlich wurde ich mehrere Male, als ich mich mit deinem Vater in London und Lissabon traf, überaus charmant von seinen Geliebten unterhalten. Ich erinnere mich, wie er sich über seine unbedarfte kleine Ehefrau lustig machte, über ihre Kälte, über ihre kleinbürgerliche Furcht vor ihm. Einmal sagte er zu mir – zugegebenermaßen hatte er da getrunken –: »Weißt du, mein Junge, zumindest habe ich die kleine Gans endlich dazu gebracht, für mein Vergnügen zur Verfügung zu stehen. Sie ist nicht besonders gut darin, aber ich bin ja ein toleranter Mann. Das sollte man seiner Frau gegenüber schließlich sein!«

»Nein!« keuchte sie, totenblaß im Gesicht. »Er kann doch nicht . . . bitte, Justin, er kann doch solche Dinge nicht gesagt haben!«

»Doch, Bella. Er war ein Mann von herausfordernder und extremer Besessenheit. Daß Lady Ann unter seinem Naturell litt, ist bedauerlich. Aber verstehst du denn nicht, daß eben diese Natur ihn dazu befähigte, ein großer Anführer zu sein? Seine Leute vertrauten ihm vorbehaltlos, denn er empfand niemals Furcht oder Unsicherheit. Er führte Offensiven durch, die bei weniger starken Männern das große Zittern hervorgerufen hätten.« Die Stimme des Grafen wurde weicher. »Seinem Charakter verdankst du auch einen Vater, den du bewundern, respektieren und verehren konntest. Er hat dich mehr als alles andere auf der Welt geliebt, Arabella. Ich möchte nicht, daß du ihn entweder verdammst oder blindlings anbetest, denn beides hat er nicht verdient. Ich erinnere mich, wie er vor ungefähr einem Jahr einmal zu mir sagte: ›Verdammt, Justin – es ist nur gut, daß meine Bella keine Brüder hat. Nach ihr hätten sie für mich nur noch eine Enttäuschung sein können!‹«

Sie antwortete nicht, aber er wußte, daß sie ihm nun mit intensiver Aufmerksamkeit zuhörte.

»Ich wollte, du würdest jetzt an deine Mutter denken. Sie war deinem Vater gegenüber von unbeirrbarer Loyalität, und du kannst nicht bestreiten, daß sie dich sehr liebt. Sie verdient dein Verständnis, Bella . . . deine Anerkennung. Sonst beeinträchtigst du ihre Chance, glücklich zu werden.«

Arabella stand langsam auf und schüttelte Grashalme von ihrem Rock. Er blieb neben ihr stehen. Seine Augen suchten auf ihrem Gesicht nach irgendeinem Hinweis auf das, was sie dachte. Er spürte, daß eine Veränderung in ihr vorgegangen war, aber ganz sicher konnte er nicht sein. Er fragte sich, ob sie an die eigene ›Farce‹ ihrer Ehe dachte, eine Konventionsehe, die sie so verabscheute, daß sie Trost in den Armen eines anderen Mannes gesucht hatte. Er schwieg und wartete, daß sie sprechen würde.

»Es wird spät«, sagte sie schließlich. »Wenn du nichts dagegen hast, würde ich gern auf deinem Pferd mitreiten. Würdest du James sagen, daß er Lucifer holen soll?«

Er ging auf ihre Sachlichkeit ein.

»Natürlich.«

Er band Lucifer fest und half ihr anschließend auf sein eigenes Pferd. Er stieg hinter ihr auf, wartete, bis sie ihre Röcke geordnet hatte, legte einen Arm leicht um ihre Taille und trieb den Hengst an.

Ihm fiel ein, daß er sie nicht einmal gefragt hatte, wohin sie eigentlich hatte reiten wollen. Sehr wahrscheinlich, dachte er, hatte sie das selbst nicht gewußt. Arabella war so sehr in Gedanken über ihre Eltern vertieft, daß ihr erst kurz vor Evesham Abbey klar wurde, wie absurd Justin die bittere Verdammung ihrer Mutter gefunden haben mußte. Sie wandte den Blick nicht von der vor ihnen liegenden Straße. Was immer ihre Mutter getan oder nicht getan hatte, für sie gab es Vergebung. Aber nicht für sie, Arabella.

13

Der Graf sah seine Frau von dem Zeitpunkt an, als sie stillschweigend in der Nacht verschwunden war, bis einige Zeit nach dem Frühstück am darauffolgenden Morgen nicht mehr. Er stand am Fenster des Frühstücksalons und nippte soeben an seiner zweiten Tasse Kaffee, den Blick auf den bunten Blumengarten draußen gerichtet. Dort sah er Arabella neben Lady Ann einherschlendern, wobei sie ihre längeren Schritte denen ihrer Mutter anpaßte. Obwohl er natürlich nicht hören konnte, was die beiden sprachen, glaubte er Arabella lächeln zu sehen. Kurz bevor er sich vom Fenster abwandte, sah er, wie seine Frau die Hand ihrer Mutter ergriff. Er lächelte und sein Gesicht wurde weicher. Das Lächeln blieb auch erhalten, als er Crupper guten Morgen sagte.

»Guten Morgen, Mylord«, erwiderte der Butler, der spürte, daß die Ordnung wiederhergestellt war.

»Ich bin in der Bibliothek, Crupper«, teilte ihm der Graf im Vorübergehen mit.

»Sehr wohl, Mylord.«

Justin war noch nicht über die zweite Zahlenspalte der Marktpreise im Frühjahr hinausgekommen, als Crupper in die Bibliothek trat und ihn von seiner Arbeit erlöste.

»Lady Talgarth und Miß Suzanne sind gekommen, Mylord. Ein Gentleman begleitet sie – ein Lord Graybourn.«

»Der picklige Viscount«, murmelte der Graf halb zu sich selbst. »Sind sie im Samt-Salon, Crupper?«

Er stand auf und schüttelte die feinen Rüschen an seinen Ärmeln zurecht.

»Ja, Mylord. Die Familie ist natürlich auch dort.« Der

Butler rümpfte die Nase. »Ich möchte hinzufügen, Mylord, daß der junge französische Comte noch immer hier ist.«

Der Graf, der Cruppers Widerwillen für alles Französische und Gervaise im besonderen kannte, lächelte lediglich, als er hinter seinem schwarzgekleideten Butler hermarschierte.

Justin hörte, wie Lady Ann soeben arglos zu der mit einem Turban geschmückten Matrone sagte:

»Liebe Aurelia, wie überaus freundlich von Ihnen, uns heute vormittag zu besuchen!«

Lady Ann wandte mit einiger Mühe den Blick von Lady Talgarths Busen ab, der gegen ein für ihre Jahre und ihren Umfang zu jugendliches Kleid ankämpfte.

»Ah, hier sind Sie ja, Mylord.« Lady Talgarth drehte sich zu ihm um. »Wir zeigen unserem lieben Lord Graybourn die Umgebung. Da darf man einen Besuch in Evesham Abbey nicht auslassen.«

»Es ist mir ein Vergnügen, Ma'am«, murmelte der Graf, ergriff ihre beringte Hand und küßte die dicklichen Finger.

Ein vergnügtes Lächeln zuckte um Suzanne Talgarths rosige Lippen, während sie das galante Verhalten des Grafen beobachtete. Sie flüsterte Arabella, die neben ihr stand, zu:

»Wenn bloß der arme Lord Graybourn daran gedacht hätte, Mamas Hand zu küssen! Ich schwöre dir, dann hätte Mama mich gezwungen, die kleine Kröte zu heiraten!«

»Oh, ich vergesse völlig meine Manieren, Mylord.« Lady Talgarth entzog zögernd ihre Hand der des Grafen und wandte sich Lord Graybourn zu. »Mein lieber Edmund, darf ich Ihnen den Grafen von Strafford vorstellen.«

Der Graf nahm den Viscount in Augenschein. Er war nicht sonderlich von der Natur bedacht worden, was sein Aussehen betraf, seine Vorzüge beschränkten sich auf Vermögen und Herkunft. Er war mittelgroß, aber seine Korpulenz ließ ihn kleiner erscheinen. In fünf Jahren würde er fett wie ein Mastochse sein. Er war mit vorstehenden Augen von unbestimmbarer Farbe versehen und trat wie ein Dandy auf. Ein unseliger Umstand, denn die schwere, mit Diamanten besetzte Uhrkette, die vielen Ringe, die heftig gestärkten Kragenenden und die rehfarbene Reithose, die sich über seinem üppigen Bauch spannte, paßten einfach nicht zu seiner Person.

Überraschenderweise hatte Lord Graybourn jedoch eine recht angenehme Stimme.

»Ich freue mich, Mylord. Hoffentlich stören wir Sie mit unserem Besuch nicht.«

»Keineswegs. Es ist immer ein Vergnügen, unsere nächsten Nachbarn zu sehen.«

Der Graf nahm die angebotene Hand und drückte sie. Dann stellte er den Viscount Arabella, Lady Ann, Elsbeth und schließlich dem Comte vor. Er war erfreut, daß Arabella keines mahnenden Stirnrunzelns bedurfte. Im Gegenteil, sie begrüßte den Viscount voller Wärme, erkundigte sich höflich nach seiner Reise von London hierher.

Gervaise schien sich einer ausgeprägten Verwandlung in den typischen Ausländer zu unterziehen. Er lispelte seine Begrüßungsworte dem Viscount zu, der kein Wort verstand, und vollführte eine tiefe, elegante Verbeugung, die an den französischen Hof unter Ludwig XVI. gemahnte. Der Viscount, der der Meinung war, eine solch formelle Begrüßung entspränge der Ehrfurcht vor seiner eigenen noblen Herkunft, versuchte sich beherzt in einer Verbeugung ähnlichen Stils, was sein Korsett zu einem protestierenden Knarren veranlaßte.

Gervaise lächelte strahlend und sah sich voller Selbstzufriedenheit um.

Aber obwohl es ihm gelungen war, den armen Viscount zum Trottel zu stempeln, wurde ihm doch keine Belohnung zuteil. Er sah einen Schimmer von Ärger in Arabellas Augen. Zu seinem weiteren Kummer trat Elsbeth, die ruhig neben Lady Ann gestanden hatte, vor und sagte mit klarer, liebenswürdiger Stimme:

»Ich bin Elsbeth Deverill, Lord Graybourn. Es freut mich sehr, Sie kennenzulernen, Sir.«

Sie streckte die kleine Hand aus, und der Viscount führte in einer Aufwallung von Galanterie ihre Finger an seine Lippen. Sie errötete anmutig und machte einen kleinen Knicks.

»Das Vergnügen ist ganz meinerseits, Miß Deverill«, erwiderte er.

Aus irgendeinem ihm nicht recht klaren Grund zögerte er, ihre Hand aus seinem Griff zu entlassen.

»Schau mal, Bella«, flüsterte Suzanne, »dein französischer Cousin hat seine Nase zu weit vorgestreckt! Wenn ich bedenke, wie zuwider mir der Gedanke an diesen Besuch war . . .«

Lady Ann ergriff die Initiative.

»Kommen Sie, setzen wir uns. Ich werde nach Tee und Keksen klingeln.«

Nachdem sich alle niedergelassen hatten, wandte sich Arabella an Lord Graybourn.

»Was für Neuigkeiten können Sie uns von den Kämpfen auf der Halbinsel bringen, Sir?«

Lord Graybourn suchte verzweifelt die Bruchstücke an Nachrichten zusammen, die von Zeit zu Zeit an seine unwilligen Ohren drangen. Wenngleich stets bereit, Napoleon mit patriotischer Inbrunst zu verurteilen, fand er dessenungeachtet die Details von Schlachten und die zweifelhaften Schicksale der europäischen Länder äußerst ermüdend. Er räusperte sich, streifte Kekskrumen von den Fingern und erwiderte im – wie er hoffte – Ton der Wohlinformiertheit:

»Überaus angemessen, daß Ihre Ladyschaft sich danach erkundigt.« Ihm fiel ein, daß der frühere Graf von Strafford ein berühmter Offizier gewesen war. »Es hat den Anschein, als ob auf der Halbinsel noch alles unentschieden sei. Natürlich leidet ganz England nach wie vor unter der Kontinentalsperre. Soviel ich gehört habe«, fuhr er vorsichtig fort, um die Tochter des berühmten Lord Deverill nicht zu enttäuschen, »steht Percival unter konstantem Druck, sowohl von zu Hause als auch vom Ausland.«

»Schrecklich!« rief Lady Talgarth vage mißbilligend.

»Ja, aber was gibt es für exakte Nachrichten von der Halbinsel?« beharrte Arabella, der nicht klar war, daß der arme Viscount alles mitgeteilt hatte, woran er sich erinnerte. Er rang nach Worten.

Der Graf mischte sich geschickt ein.

»Habe ich es dir nicht erzählt, meine Liebe? Massena ist nun in Portugal mit sechzigtausend Mann. Meinen Informationen zufolge wird Wellington im Herbst eine Offensive gegen ihn beginnen. Angesichts der Erfahrung und dem Mut seiner Leute können wir, glaube ich, mit einem Sieg rechnen.«

Lady Ann fügte hinzu:

»Laßt uns hoffen, daß Wellington den Blick nicht anderswohin wenden muß. Vergeßt nicht, daß Österreich jetzt, vier Monate nach Napoleons Heirat mit Marie Louise, England keine Loyalität mehr schuldet. Der französische Kaiser gibt sich jede Mühe, Englands Freunde in alle vier Winde zu zerstreuen.«

»Französischer Kaiser! Ich habe gehört, daß der Korse

beklagenswert schlechte Manieren hat«, verkündete Lady Talgarth, ohne sich speziell an irgend jemand zu wenden.

Arabella blinzelte verschmitzt.

»Aber meine Liebe, dem umfangreichen Gefolge von Mätressen nach zu schließen – und das unmittelbar unter Josephines Augen –, scheint nicht alles an dem Mann verabscheuenswert zu sein.«

»Phhh . . .«, gab Lady Talgarth von sich.

»Bella, sicher hat er jetzt seine Gewohnheiten verändert«, warf Suzanne mit heuchlerischem Lächeln ein. »Schließlich muß er sich um eine junge Frau kümmern.«

»Wie mir die arme österreichische Prinzessin leid tut«, bemerkte Elsbeth mit großer Überzeugung. »Sie ist aus Gründen politischer Zweckmäßigkeit ihrer Familie entrissen worden.«

»Vergessen Sie nicht, Miß Deverill, daß sich Napoleon glühend einen Erben wünscht«, wandte Lord Graybourn ein, äußerst fasziniert von Elsbeths Sensibilität.

»Wir armen Frauen.« Suzanne seufzte seelenvoll. »Eingetauscht und verkauft, nur um der Karriere der Männer zu dienen.«

Der Graf lachte.

»Kommen Sie schon, Miß Talgarth, Sie zeichnen uns aber wirklich als rücksichtslose Burschen. Das ist ungerecht.«

»Du bist also nicht der Ansicht«, mischte sich Arabella gelassen ein, »daß die meisten Männer es schätzen, wenn ihre Frauen im Hintergrund bleiben, die Nachkommenschaft aufziehen und sich im übrigen unauffällig hinter ihrem Spinnrad aufhalten?«

»Du sprichst in Metaphern, meine Liebe, nicht wahr? Ich kann mir dich schwerlich hinter dem Spinnrad vorstellen, geschweige denn in stiller Konzentration auf eine Beschäftigung, die länger als fünf Minuten dauert.«

Suzanne hob in spöttischem Toast ihre Tasse in Richtung des Grafen.

»Ganz richtig. Gib zu, Bella, Seine Lordschaft hat den Nagel auf den Kopf getroffen. Gestern bei unserem Ausritt konnte ich kein Thema wesentlich länger als fünf Minuten mit dir erörtern.«

»Selbst als Kind«, mischte sich Lady Talgarth in tadelndem Ton ein, »bist du immer nur herumgehüpft. Sehr anstrengend für deine liebe Mama.«

»Ich habe Arabellas Energie immer bewundert, liebe Aurelia«, sagte Lady Ann lächelnd. »Obwohl das vielleicht gelegentlich unbequem war, habe ich mich jedenfalls nie gelangweilt. Das finde ich sehr wichtig.«

Lord Graybourn folgte der Diskussion mit einiger Mühe. Die Gräfin von Strafford schien ihm eine überaus angenehme junge Frau mit wachem Verstand zu sein, und im Augenblick hüpfte sie gewiß nicht herum. Er war sich nicht sicher, ob ihm der mürrische Unterton Lady Talgarths gefiel. Um das Thema zu wechseln, wandte er sich an Elsbeth.

»Waren Sie je in London, Miß Deverill?«

»Noch nicht, Sir. Ich wollte eigentlich . . .«

Elsbeth verstummte verlegen, ihr Blick schweifte zu Lady Ann hinüber.

»Unsere Pläne sind im Augenblick ziemlich unsicher«, erklärte diese.

»Aber ich zweifle nicht daran, daß Elsbeth uns bei einem längeren Aufenthalt während des Winters dorthin begleiten wird.«

»O Bella, du kommst nach London?« fragte Suzanne aufgeregt. »Das ist ja famos! Was wir für einen Spaß haben werden!«

In Lady Anns ruhiger Stimme lag ein Hauch von Herausforderung.

»Nein, Suzanne, ich habe nicht von Arabella gesprochen. Elsbeth wird mich und meinen Mann nach London begleiten.«

Lady Talgarth sank in ihren Sessel zurück.

»Meine liebe Ann! Was um Himmels willen wollen Sie damit sagen?«

Der Graf mischte sich gewandt ein.

»Erlauben Sie mir, Ann, die freudige Neuigkeit Lady Talgarth mitzuteilen. Wir werden in Kürze Dr. Branyon in unserer Familie aufnehmen, Ma'am.«

»Meinen Glückwunsch, Lady Ann«, sagte Lord Graybourn in herzlichem Ton, ohne zu merken, daß er in gefährliche Nähe eines Wespennests geraten war.

»Ich danke Ihnen, Lord Graybourn«, erwiderte Lady Ann mit ruhiger Würde. »Dr. Branyon ist seit unzähligen Jahren ein lieber und loyaler Freund der Familie Deverill.«

Lady Talgarth hob den eindrucksvollen Busen an.

»Meine *liebe* Ann! Das ist doch wohl nicht Ihr Ernst! Wirklich, sehr eigenartig!«

Mutter und Tochter rückten zusammen. Arabella wandte sich der ungläubigen Lady Talgarth zu und hob hochmütig die dunklen Brauen.

»Ich könnte mir denken, daß *gewisse* Leute das eigenartig finden, Ma'am. Ich selbst bin der Ansicht, daß meine Mutter viel zu jung und zu schön ist, um Witwe zu bleiben.«

Ihr Blick glitt schweigend und nachdrücklich über Lady Talgarths matronenhafte Gestalt, dann wurde ihre Stimme weicher, und sie sah ihre Mutter an.

»Dr. Branyon ist ein Mann von ausgezeichnetem Charakter und Ansehen. Mir ist er als Stiefvater sehr willkommen.«

Bravo, Arabella, dachte der Graf und nickte ihr lächelnd zu.

Lady Talgarth entsann sich plötzlich der Tatsache, daß Lady Ann ja gar nicht von altem Adel war und verzog mißbilligend den Mund. Man merkt eben die Herkunft, entschied sie und zuckte überlegen die Schultern. Am liebsten hätte sie ihrer Tochter ein paar hinter die Ohren gegeben, als diese strahlend sagte:

»Ich finde das einfach herrlich, Lady Ann! Dr. Branyon ist ein Goldstück! Mir war der Gedanke, daß Sie in dem kalten Witwenhaus leben sollen, sowieso zuwider.«

Sie merkte gar nicht, daß sich die Augen ihrer Mutter zu Schlitzen verengt hatten. Lady Ann warf einen besorgten Blick auf Lady Talgarth, und es gelang ihr, mit einiger Ruhe zu sagen:

»Nun haben wir aber genügend über meine Angelegenheiten gesprochen. Lord Graybourn, wie lange werden Sie hierbleiben? Soviel ich gehört habe, planen Sie, nach Brighton zu fahren?«

»Ich hatte eigentlich vor, nur ein, zwei Tage zu bleiben«, antwortete Lord Graybourn hastig. »Aber die Freundlichkeit meiner Gastgeberin –«, er warf einen ermutigenden Blick auf Lady Talgarth, »und auch Ihre Gastfreundschaft hier läßt mich hoffen, daß ich aufgefordert werde, noch ein paar Tage länger zu bleiben.«

Sein Blick verharrte flüchtig auf Elsbeth.

Dies war nicht dazu angetan, Gnade vor Lady Talgarths Augen zu finden. Unter heftigem Geraschel lavendelblauer Seide erhob sie sich aus ihrem Sessel und tippte so lange mit dem Fächer auf ihre Hand, bis auch die Gentlemen aufgestanden waren. Sie holte hörbar Luft, warf einen unheilvollen Blick auf Elsbeth und anschließend einen bedeutungsvollen auf Suzanne.

Ihre Tochter, durchaus an die Gefühle verletzter Würde bei ihrer Mutter gewöhnt, warf die blonden Locken zurück und umarmte schnell Lady Ann.

»Ich sehe, daß unser Besuch hier zu Ende ist, Lady Ann. Nochmals meine herzlichsten Glückwünsche.«

»Danke, meine Liebe.« Lady Ann erhob sich und lächelte Lady Talgarth anmutig zu. »Wir haben es sehr genossen, die Bekanntschaft von Lord Graybourn zu machen, Aurelia. Unnötig zu sagen, daß Sie jederzeit auf Evesham Abbey willkommen sind.«

»Wirklich, ein sehr aufschlußreicher Vormittag, meine liebe Ann.« Lady Talgarth warf einen scharfen Blick auf ihre Tochter. »Ich möchte allerdings annehmen, daß wir viel zu beschäftigt sein werden, um Sie mit Lord Graybourn hier noch einmal besuchen zu können. Das verstehen Sie sicher.«

Lady Ann nickte lediglich.

»Kommen Sie, lieber Edmund«, sagte Lady Talgarth mit überflüssigem Nachdruck.

Es gelang ihm, mit gemäßigter Geschwindigkeit an ihre Seite zu kommen. Er lächelte allen zu – ein recht hübsches Lächeln, dachte Elsbeth – und verabschiedete sich.

Kaum hatte Crupper die Gäste aus dem Samt-Salon geleitet, als Arabella sich auf das Sofa zurückwarf und in Gelächter ausbrach.

»Ich war überzeugt, daß Lady Talgarth aus allen Nähten platzen würde!«

Lady Ann seufzte.

»Vermutlich mußte man sie ja früher oder später informieren. Der arme Viscount, der wirklich ein untadeliger junger Mann ist – ein Jammer, daß er dabeisein mußte, als sie aufgeklärt wurde.«

Der Graf, der am Kamin stand, bemerkte:

»Ich fürchte, der Rest seines Aufenthaltes hier wird nicht sonderlich vergnüglich für ihn sein. In jedem Fall paßt der arme Kerl in keiner Weise zu der flotten Miß

Talgarth.« Sein Blick schweifte kurz zu Elsbeth hinüber, aber da er sie nicht zum Erröten bringen wollte, richtete er sich auf und wandte sich an seine Frau. »Wenn du deinen Heiterkeitsanfall überwunden hast, könnten wir vielleicht zum Lunch ins Speisezimmer gehen.«

Justins nachdenklicher Blick hatte bei Elsbeth ausgesprochene Gewissensbisse ausgelöst. Wie wankelmütig von ihr, Lord Graybourn für einen charmanten Mann zu halten. Sie stellte fest, daß sie dazu neigte, bei Tisch den Blicken ihres Cousins auszuweichen. Sie fand seine Unfreundlichkeit gegenüber dem Viscount sehr unhöflich und keineswegs als ein Benehmen, wie man das von einem Gentleman erwarten konnte. Ihr Mißvergnügen über sein Verhalten verursachte ihr Unbehagen.

Was Gervaise betraf, so war er der zynischen Meinung, daß die Engländer alle gleich seien. Er hatte sich lediglich an dem, wie er glaubte, sehr englischen Spiel beteiligt, den Viscount als das zu entlarven, was er war, nämlich ein Trottel. Und wie hatten die anderen reagiert? Sie hatten die Reihen dicht gegen ihn, den französischen Außenseiter, geschlossen! Selbst Elsbeth, halbe Französin, die sie war, hatte sich gegen ihn gestellt. Es gelang ihm, sein Mißvergnügen zu verbergen, denn er hatte am heutigen Tag noch viel zu erledigen. Nach dem Essen ließ er sich neben Arabella nieder.

»Meine liebe Gräfin«, äußerte er voller Charme, »ich finde, ich habe Sie in letzter Zeit aufs sträflichste vernachlässigt.«

»Aber warum – durchaus nicht, Gervaise«, erwiderte Arabella unbehaglich und warf unwillkürlich einen Blick auf das Gesicht ihres Mannes. Zu ihrer Verwirrung konnte sie dort nichts von Mißvergnügen oder Ärger entdecken.

Gervaise spreizte beredt die Finger.

»O doch, Arabella.« Er seufzte, und in seiner Stimme lag Zärtlichkeit. »Wie Sie wissen, muß ich in zwei Tagen von hier fort. Wenn Sie für den Nachmittag keine anderen Pläne haben, würde ich Sie bitten, mir noch ein bißchen mehr von Ihrer hübschen Umgebung hier zu zeigen.«

Arabella war sich unschlüssig. Unter anderen Umständen wäre das ein völlig harmloses Ansinnen gewesen. Ihr Blick glitt erneut zu ihrem Mann hinüber. Zu ihrer Überraschung und weiteren Verwirrung lächelte er leicht und nickte. Sie hätte gern mit ihm gesprochen, aber er stand auf und verließ zusammen mit Elsbeth und Lady Ann das Speisezimmer.

Arabella empfand fast etwas wie physischen Schmerz in ihrer Brust. Sie wandte sich Gervaise zu und lächelte ihm mit einigermaßen gewaltsamer Freundlichkeit zu.

»Es wird mir ein Vergnügen sein, Monsieur. Wohin möchten Sie gern gehen?«

Er zögerte, so als sei er sich unschlüssig.

»Ich glaube, ich würde gern noch einmal die Ruinen der alten Abtei ansehen. Die paar Minuten, die ich dort verbracht habe, waren nicht genug. Solch ein romantischer Ort, voll der Geister Ihrer Urahnen! Ich möchte noch einmal in die Vergangenheit zurückkehren, um die Unbillen der Gegenwart zu vergessen.«

Arabella fand seine Fantasievorstellungen eine Spur übertrieben, enthielt sich aber jeglichen Kommentars. Sie einigten sich auf einen Zeitpunkt, und Arabella entschuldigte sich, um sich umkleiden zu können.

Als sie bald darauf in der Eingangshalle unten in ihrem blauen Musselinkleid und mit festen Schuhen erschien, hoffte sie vergeblich, Justin auftauchen zu sehen. Sie ging sogar so weit, Crupper zu fragen:

»Haben Sie Seine Lordschaft gesehen?«

»Ja, Mylady. Er sagte mir, er wolle für den Rest des Nachmittags nicht gestört werden.«

»Ah so.« Sie fragte sich, was Justin wohl zu tun hatte. »Gut, Crupper. Ich werde den Nachmittag mit dem Comte in den Ruinen der alten Abtei verbringen.«

»Gewiß, Mylady.«

Sie sah ihn neugierig an. Warum zum Kuckuck klang Cruppers Stimme so mißbilligend? Hielt denn jedermann hier sie für eine gefallene Frau? Sie wandte ihm den Rükken zu und ging zur Eingangstreppe hinaus. Gervaise tauchte kurz danach ebenfalls auf, elegant gekleidet wie immer, ein erfreutes Lächeln auf dem hübschen Gesicht.

Er zögerte nicht, sie mit neuen Komplimenten zu bedenken.

»Wie schön Sie sind, Arabella. Ein Nachmittag in Ihrer Begleitung wird an vielen kommenden einsamen Tagen eine wunderbare Erinnerung sein.«

»Ach ja?« erwiderte sie abweisend, zumal ihr alles Gekünstelte zuwider war.

Wäre Gervaise doch nur niemals nach Evesham Abbey gekommen, dachte sie. Wie anders wäre ihr gemeinsames Dasein mit Justin verlaufen.

Sie schlenderten beide schweigend dahin. Arabella fragte sich mit einiger Bitterkeit, ob Justin, wenn er nicht geglaubt hätte, daß sie ihn mit dem Comte betrog, einfach jemand anderen verdächtigt hätte. Vielleicht den armen Lord Graybourn, dachte sie mit fatalistischem Humor.

»Ein schöner Tag, Arabella«, bemerkte der Comte schließlich. »Sehr geeignet für unseren Ausflug.«

Sie riß sich von ihren grimmigen Gedankengängen los und sagte leichthin:

»Stimmt, Gervaise.«

Die Ruinen der alten Abtei leuchteten im Licht der Nachmittagssonne, ihre Strahlen fielen auf die drei noch stehenden Torbögen und verursachten runde Schatten auf dem reichlich herumliegenden Geröll. Arabella tat ihr Bestes, um Abenteuerlust zu zeigen.

»Nun, Gervaise, hier sind wir also. Als wir das letztemal hier waren, habe ich Ihnen nichts von der Geschichte der Abtei erzählt. Wie Sie sehen, war sie ursprünglich ein riesiger Bau, der den größten Teil des Hügels einnahm. Auf dieser Höhe hier sind nur drei Torbogen erhalten. Die Geschichte der Abtei ist nicht besonders erfreulich. Mein Vater erzählte mir, es habe sich um ein Heiligtum der Gelehrsamkeit gehandelt, das fast zweihundert Jahre Bestand hatte, bevor es im zwölften Jahrhundert bei einer Schlacht zwischen König Johann und einem seiner Barone geplündert und abgebrannt wurde.«

Gervaise schien fasziniert von ihrem Bericht, und sie erwärmte sich für das Thema.

»Als ich ein Kind war, habe ich ein paar der alten Kammern erforscht, die unterhalb des Bodens hier noch existieren.« Sie wies zum Rand der Ruinen hinüber. »Sehen Sie dort – wo die herabfallenden Steintrümmer weggeräumt worden sind? Gleich darunter liegen die Kammern – ich glaube, es handelt sich um Mönchszellen. Ich bildete mir immer ein, daß ich, wenn ich mich sehr still verhielte, die Mönche noch ihre geistlichen Gesänge intonieren hören könnte.«

Der Comte blickte unschuldig interessiert auf.

»Elsbeth hat mir von einem unterirdischen Gang erzählt. Gibt es denn dort unten Kammern?«

»Zumindest vier oder fünf davon stehen noch so wie vor siebenhundert Jahren. Sie liegen der Reihe nach an dem einzigen Gang, der nicht zusammengebrochen ist.«

Seine Augen glänzten mit der Intensität des leidenschaftlichen Archäologen.

»Wir dürfen keinen Augenblick Zeit verlieren. Ich *muß* diese Zellen sehen!«

Arabella zögerte.

»Ich fürchte, sie sind nicht mehr sicher, Gervaise. Ich habe in den vergangenen zehn Jahren beobachtet, wie die Steine zerbröckeln.«

»Ich würde es nicht wagen, Sie zu bitten, sich in irgendeine Gefahr zu begeben, liebe Arabella. Ich beharre darauf, daß Sie hier bleiben, während ich die alten Räume allein erforsche.«

Seine Stimme war voller männlicher Autorität.

Ihr gesunder Menschenverstand ging in ihrem Stolz unter.

»Es ist lächerlich, daß Sie allein gehen sollen. Vermutlich wird uns dieses eine letzte Mal nichts zustoßen.«

»Wie Sie wollen, Arabella.«

Er verbeugte sich schwungvoll und trat zurück.

»Bleiben Sie dicht hinter mir«, sagte sie über die Schulter weg.

Arabella ging um die massiven Steine an der hinteren Seite der Ruinen herum. Hier waren alle größeren Brokken beiseite gerollt worden, um die Passage unten so lange wie möglich freizuhalten. An manchen Stellen war die Decke so dünn, daß winzige Lichtstrahlen in das Dunkel hinabdrangen. Arabella wandte sich einer Stelle zu, wo gekrümmte Steinplatten noch immer die Stufen umsäumten, die zu den Zellen hinunterführten. Sie spähte hinab.

»Meine Güte, Sie sehen, wie dunkel es da ist. Ich habe vergessen, Kerzen mitzubringen.«

Sie war überrascht, als der Comte zwei Kerzen und Zündhölzer aus seiner Westentasche zog.

»Voilà, liebe Arabella. Wie Sie sehen, bin ich in der Absicht gekommen, hier wirklich nachzuforschen.«

Sie nahm die Kerze, die er ihr hinhielt, und lächelte.

»Sie sind aber tatsächlich gut vorbereitet, Gervaise. Wir müssen sie gleich anzünden, denn da unten ist es dunkel wie die Nacht.«

Vorsichtig bahnten sie sich ihren Weg über die zerfallene Steintreppe hinab in die dunkle Passage. Abgesehen vom flackernden Licht ihrer Kerzen war es stockdunkel. Arabella trat behutsam über herabgestürzte Steine weg.

»Passen Sie auf, wohin Sie treten, Gervaise.« Ihre Stimme hallte gespenstisch von den Wänden wider.

»Wo sind die Mönchszellen, Arabella?« erkundigte sich Gervaise.

»Der Gang gabelt sich dort vorne links. Die Passage rechts ist vor vielen Jahren schon zusammengebrochen. Ein Jammer, daß die Zellen leer sind. Es ist wirklich nicht viel zu sehen.«

»Das spielt keine Rolle«, sagte er hinter ihr.

Der Gang endete abrupt, und Arabella hob ihre Kerze hoch.

»Wie Sie sehen, ist nur diese Passage übriggeblieben. Die Räume befinden sich auf der linken Seite in einer Reihe.«

Sie schlüpfte durch die enge Öffnung in die erste Zelle.

»Lehnen Sie sich ja nicht mit Ihrem ganzen Gewicht gegen den Türrahmen«, warnte sie. »Sie sehen, die Steine lösen sich bereits aus dem Eichenholz.«

Nebeneinander standen sie in dem kleinen Raum, das Licht ihrer Kerzen malte bizarre Bilder auf die feuchten Wände. Die Luft roch muffig.

»Ich möchte annehmen, daß es hier einmal angenehmer war ... Ich meine vor siebenhundert Jahren.«

Arabella bückte sich und ließ den weichen Sand auf dem Boden durch die Finger gleiten.

»Ich möchte gern die anderen Zellen sehen«, sagte

Gervaise und trat zurück. »Lassen Sie sich nicht stören, Arabella, ich komme gleich zurück.«

Sie nickte und war durchaus zufrieden, da zu bleiben, wo sie war. Es war so friedlich hier, und sie wollte gern allein sein. Gervaises Kerze verschwand flackernd draußen im Gang. Sie sah sich um und erinnerte sich voller Sehnsucht daran, wie groß ihr die Zelle in ihrer Kindheit vorgekommen war. Im Geist sah sie ein rohgezimmertes Holzbett entlang der einen Wand und einen kleinen Tisch an der anderen. Für mehr war bestimmt kein Platz gewesen.

Plötzlich wurde sie durch einen dumpfen Laut über ihr aus ihren Träumereien gerissen. Er mußte direkt oberhalb des Eichenholztürrahmens verursacht worden sein. Sie umfaßte die Kerze fester und trat auf ihn zu, nur um gleich darauf zurückzufahren, als die Steine oberhalb des Rahmens sich lösten und vor ihr auf den Boden stürzten.

»Gervaise!« schrie sie.

Die einzige Antwort darauf bestand aus weiteren herabstürzenden Steinen. Entsetzt sah sie zu, wie immer größer werdende Brocken sich von ihrem Platz lösten und auf den Boden polterten, wobei sie den Eingang blockierten. Arabella schrie erneut auf und wich weiter zurück. Sie hustete, und ihre Augen brannten vom Steinstaub, der um sie herum aufwirbelte. Ihre Kerze flackerte, und sie hielt schützend die gewölbte Hand um die Flamme. Ein Stein traf ihre Schulter, und sie schrie erneut auf, mehr vor Schreck als vor Schmerz. Sie eilte in die eine Ecke dieser Zelle und kauerte dort nieder, die Knie an die Brust gepreßt.

Die Wände begannen plötzlich zu zittern. Sie spannte ihren gesamten Körper in Abwehr gegen den unvermeidlichen Schmerz an. Im matten Kerzenlicht sah sie, wie sich die gegenüberliegende Mauer der Zelle nach vorn senkte und weitere Steinbrocken in ihrer Richtung fielen. Sie schloß fest die Augen und preßte das Gesicht seitlich gegen die Wand.

Die Eichenbalken gaben mit einem ächzenden Laut nach und stürzten herab. Arabella hob den Kopf und empfand flüchtig Staunen darüber, daß sie noch lebte. Sie hob die Kerze und sah sich um. Sie lebte, ja, aber sie war verschüttet in einem Grab aus Geröll. Schwankend stand sie auf und schrie:

»Gervaise – Gervaise – wo sind Sie?«

Die Sekunden schienen sich ins Endlose hinzuziehen, bis sie endlich seine Stimme jenseits des zusammengebrochenen Eingangs hörte.

»Arabella? Sind Sie das? Gott sei Dank, Sie leben! Sind Sie dort in Sicherheit?«

Sie empfand ungeheure Erleichterung beim Klang seiner Stimme.

»Ja«, rief sie zurück, und das Wort erstickte in einem Aufschluchzen. »Ich . . . ich glaube schon. Hier ist viel herabgestürztes Gestein und Staub, aber ich bin bisher unverletzt.«

Seine Stimme klang jetzt klarer und zuversichtlicher.

»Keine Angst, Arabella. Der Gang hier scheint noch sicher zu sein. Ich werde Hilfe holen. Ich schwöre Ihnen, es wird nicht lange dauern. Sie müssen tapfer sein, ich bin gleich wieder zurück.«

Sie holte zitternd Luft. Welches Glück, daß der Gang nicht auch eingestürzt war! Sie versuchte sich zu beruhigen. Wenigstens war Gervaise unverletzt, er würde Justin zu Hilfe holen. Sie mußte Geduld haben. Sie fuhr sich mit der Hand über die Stirn und sah im flackernden Kerzenlicht, daß sie blutig war. Merkwürdig – ich spüre gar nichts, dachte sie. Sie betastete ihren Kopf und stellte fest, daß wohl ein herabstürzender Stein sie verletzt hatte.

Die Stille um sie her bekam etwas Gespenstisches, die Minuten zogen sich endlos hin. Langsam kroch sie in die Mitte der kleinen Zelle vor. Der Sandboden war mit scharfen Steinen übersät, die sich in ihre Handflächen und Knie bohrten. Sie machte sich eine Stelle frei und ließ sich darauf nieder, dann hob sie die Kerze hoch und sah sich um. Der Eingang sah aus, als hätte er Geröll erbrochen, nur ganz oben war ein kleiner Spalt freigeblieben. Sie schwenkte die Kerze zur Seite, um sich umzusehen, und ein erstickter Laut drang aus ihrer Kehle. Zwischen den herabgefallenen Steinen der ebenfalls zusammengestürzten Mauer neben ihr reckte sich ihr die Hand eines Skeletts entgegen, die Knochenfinger berührten beinahe ihren Rock. Sie fuhr zurück und blieb auf den Fersen kauern, schloß die Augen und unterdrückte einen erneuten Schrei. Schließlich zwang sie sich dazu, die Augen wieder zu öffnen und erneut auf die grotesk eingekrallten Finger zu blicken. Langsam hob sie die Kerze und zwang sich, in die Höhlung hineinzusehen, die die zusammengebrochene Mauer gebildet hatte. Der ausgestreckte Arm des Skeletts stand nur mit einem Teil des Körpers in Verbindung. Der größte Teil lag auf der Seite, von Arabella abgewandt, aber der Kopf war nach hinten verdreht, so daß die leeren Augenhöhlen sie blicklos anstarrten. Zähne hingen lose in dem klaffenden Mund. Eine weiße Perücke thronte auf dem gespensterhaft fleischlosen Schädel.

Arabella überlief eine Gänsehaut. Die Reste eines seit langem toten Mönchs wären weniger entsetzenerregend gewesen.

Eine ganze Weile kämpfte sie schweigend um ihren gesamten Mut. Wie um sich zu beweisen, daß sie ihre unsinnige Furcht überwunden hatte, streckte sie die Finger aus und berührte versuchsweise den verfilzten, von

Würmern zerfressenen Ärmel, der den Arm des Skeletts bedeckte. Seltsam, dachte sie, er fühlt sich immer noch weich an. Sie blickte schärfer hin. Es war das Skelett eines Mannes, das mit einem dunkelgrünen Jackett und Samtkniehosen bekleidet war. Arabella erinnerte sich, daß ihr Vater früher derartige Hosen getragen hatte. Der Tote konnte sich nicht länger als zwanzig Jahre in seinem Grab befinden. Sie beugte sich weiter vor und entdeckte ein deutliches Loch über der Brust des Mannes. Das verriet, auf welche Weise er umgekommen war.

Es bedeutete Arabella eine große Willensanstrengung, die Finger in die Jackentasche des Toten gleiten zu lassen. Ganz sicher mußte der Mann irgendwelche Papiere gehabt haben, irgendein Dokument, das seine Identität preisgeben würde. Die Taschen waren leer. Sie holte tief Luft und steckte die Hand in seine Hosentasche. Ihre Finger umschlossen ein gefaltetes Papier. Langsam zog sie es heraus und kauerte sich auf die Fersen zurück.

Sie entfaltete das Papier und stellte fest, daß es sich um einen Brief handelte. Die Tinte war vor Alter so verblaßt, daß sie die Kerze gefährlich nahe an die vergilbten Kanten halten mußte.

Es gelang ihr, das Datum auszumachen – 1789. Der Monat war im Verlauf der Jahre unleserlich geworden. Sie blickte auf den unteren Teil des Briefes und hätte vor Enttäuschung fast losgeweint, denn er war auf französisch verfaßt. Mit entnervender Langsamkeit übersetzte sie ihn Wort für Wort.

›Mein geliebter Charles‹, las sie, ›obwohl er von den zunehmenden Unruhen weiß, von der nun gewalttätigen Revolte des Pöbels gegen uns, zwingt er mich nach Frankreich zu kommen. Er behält mein Baby bei sich, um meine Rückkehr sicherzustellen. Du weißt, er ist wütend über das, was er für den Betrug meiner Familie hält. Er möchte den Rest meiner versprochenen Mitgift haben. Höre, Liebster, sei nicht zornig, denn ich habe einen Plan, der uns für immer von seiner verhaßten Anwesenheit befreien wird. Einmal in Frankreich, werde ich zum *château* reisen . . .‹

Trotz aller Bemühungen vermochte Arabella die nächsten paar Zeilen nicht zu entziffern. Sie bestanden aus verschwommenen Tintenflecken. Wer war dieser Charles überhaupt? Und diese Frau? Sie schüttelte den Kopf und überflog die unleserlichen Zeilen.

›Obwohl unser kleiner Gervaise nicht mit uns wird fliehen können, habe ich inzwischen gelernt, den Schmerz der Trennung zu ertragen. Zumindest wird er bei meinem Bruder in Sicherheit sein. Josette wird dafür sorgen, daß Du diesen letzten Brief von mir erhältst. In Kürze, Liebster, werden wir wieder zusammen sein. Ich weiß, daß wir ihm entfliehen und Elsbeth aus seinen Klauen retten können. Wir werden reich sein, mein Liebling, reich dank seiner Habgier! Ein neues Leben. Freiheit. Ich vertraue auf Gott und auf Dich. Magdalaine.‹

Arabella saß regungslos da, den Brief lose in den Händen. Sie hatte das Gefühl, als wäre Magdalaine zu ihr gekommen und hätte die verworrenen, geheimnisvollen Fäden ihres kurzen Lebens entwirrt. Dieser Mann, Charles, war ihr Liebhaber gewesen! Gervaise war ihr gemeinsames Kind. Er war nicht der Comte de Trécassis, sondern ein Bastard. Sie zuckte zusammen. Lieber Himmel, Elsbeth war seine Halbschwester! Arabella empfand einen unaussprechlichen Widerwillen. Natürlich, die Ähnlichkeit in den Zügen der beiden war auffallend. Aber nun sah sie darin nicht mehr die Ähnlichkeit von Cousins, sondern die deutlichen Merkmale von Bruder und Schwester.

Arme Elsbeth! Was würde sie empfinden, wenn sie dahinterkam, daß ihr Liebhaber ihr Halbbruder war?

Arabella verspürte eine plötzliche Aufwallung von Zorn. Die erste Frau ihres Vaters war ihm untreu gewesen. Sie hatte sogar vor ihrer Heirat mit ihm ein Kind geboren! Hatte die Familie Trécassis ihren Vater mit irgendeiner fantastischen Summe bestochen, damit er Magdalaine heiratete, um einen Skandal zu vermeiden? Sie blickte wieder auf den Brief. Hätte sie doch nur diese verschwommenen Zeilen lesen können! Erneut las sie:

›Wir werden reich sein, mein Liebling, reich dank seiner Habgier!‹

Eine Zeitlang blieb sie sitzen und grübelte über das nach, was sie bereits wußte und das, was sie nur ahnen konnte. Erneut blickte sie auf das Skelett, starrte auf das Loch in seiner Brust. Ein Einschuß. Sie dachte an die Zeit zurück, als ihr Vater ihr ausdrücklich verboten hatte, in den Ruinen herumzustöbern. Hatte er einfach um ihre Sicherheit gefürchtet? Sie mußte vor sich selbst zugeben, daß ihr Vater höchstwahrscheinlich diesen Mann hier umgebracht hatte. Ein Ehrenduell – ja, das mußte es gewesen sein!

Ihr fiel plötzlich ein, daß Magdalaine unmittelbar nach ihrer Rückkehr aus Frankreich gestorben war. Sie spürte, wie ihr förmlich das Blut in den Adern gefror.

»Nein – nein, bitte nicht!« schrie sie laut. »Er hat nicht auch sie umgebracht. Nein, mein Vater *kann* sie nicht ermordet haben!«

Und doch, dieser verblaßte leidenschaftliche Brief in ihrer Hand war eine bittere Anklage. Haß, Schmerz und Kummer sprachen aus jedem Wort. Arabellas einziger Gedanke war, nun den Namen ihres Vaters zu schützen, diesen elenden Brief zu vernichten. Sie hielt ihn mit zitternden Finger an die Kerzenflamme. Aber dann – sie wußte nicht, was sie dazu bewog – zog sie ihn wieder zurück, faltete ihn zusammen und schob ihn in ihren Schuh.

Die Kerze brannte allmählich ab. Nun konnte es doch nicht mehr lange dauern. Gervaise hatte gesagt, er würde Hilfe holen. Gervaise! Ein Betrüger, ein Lügner. Sie entsann sich des seltsam dumpfen Lauts kurz bevor die Steine oberhalb des Türrahmens zusammenbrachen. Hatte er sie absichtlich hier in die Falle getrieben? Hatte er versucht, sie umzubringen?

Die Kerzenflamme zischte und erlosch. Arabellas Stimme verstummte mit einem Schluchzen, als sie im Dunkel zurückblieb.

Gervaise riß die große Eingangstür von Evesham Abbey auf, stürmte in die Halle und schrie angstvoll:

»Crupper! Schnell, holen Sie Seine Lordschaft! Ihre Ladyschaft ist durch herabstürzendes Geröll in einer Zelle in den Abteiruinen eingeschlossen! Schnell, Mann!«

Crupper war völlig verwirrt.

»Ihre Ladyschaft! Eingeschlossen?« wiederholte er hilflos und starrte den jungen Franzosen an.

»Verdammt, Mann – wir müssen uns beeilen!« drängte Gervaise, seine Stimme klang schrill vor Ungeduld.

Crupper wurde durch das Auftauchen des Grafen oben an der Treppe von seinem verwirrten Entsetzen erlöst.

»Was zum Teufel ist das für ein Lärm? Was ist passiert?« fragte er und eilte die Treppe hinab.

»Es ist Arabella, Mylord«, sagte Gervaise atemlos und keuchend. »Wir haben uns die Mönchszellen unten in der alten Abtei angesehen. In einer davon brach die Mauer ein, und sie ist innen eingeschlossen. Wir müssen uns beeilen, Mylord!«

»Lebt sie noch?«

Die Stimme des Grafen klang hart und kalt.

»Ja, ja, ich habe mit ihr gesprochen. Sie ist unverletzt, aber ich fürchte, es werden noch mehr Steine herunterstürzen.«

Gervaise gestikulierte heftig.

Der Graf schwieg eine Sekunde. Er warf einen Blick auf den nach wie vor verstörten Crupper, warf dann den Kopf zurück und brüllte:

»Giles!«

Der zweite Diener kam in die Halle gestürzt.

»Mylord?«

»Schnell, Giles, holen Sie James und alle Stallknechte. Sie sollen Schaufeln und Pickel mitnehmen. Ihre Ladyschaft ist in den Ruinen der alten Abtei in einer der Kammern durch herabstürzende Steine verschüttet worden. Beeilen Sie sich, Mann, ich warte dort auf Sie!«

Der Graf wandte sich an Crupper.

»Informieren Sie Lady Ann und Elsbeth. Ich bin bei den Ruinen drüben.«

Er drehte sich um, um Giles zu folgen, blieb dann abrupt stehen und blickte zu Gervaise zurück, der im Begriff war, die Treppe hinaufzueilen.

»Monsieur!«

Seine Stimme klang scharf.

Gervaise fuhr herum und sah ihn an.

»Wollen Sie uns nicht helfen?« erkundigte sich der Graf.

»Ich ... Aber natürlich, Mylord! Ich wollte nur für einen Augenblick in mein Zimmer.«

Er spürte, wie sich die grauen Augen des Grafen wie Eissplitter förmlich in sein Inneres bohrten. Er faßte sich schnell.

»Bitte, Mylord, Sie müssen sich beeilen! Ich werde sofort bei Ihnen sein.«

Auf Justins Gesicht tauchte ein Lächeln auf, das ohne jegliche Heiterkeit war.

»Nein, Monsieur. Sie werden jetzt *sofort* mit mir kommen.«

Gervaise schwankte.

»Wie Sie wollen, Mylord«, brachte er dann mit gespielter Gleichgültigkeit heraus, bemüht, Zorn und Enttäuschung aus seiner Stimme zu verbannen.

Der Graf wandte sich an den nun erstaunten Crupper und sagte mit lauter, klarer Stimme:

»Sie bleiben hier, Crupper, und bewachen Evesham Abbey. Niemand – ich wiederhole, niemand – darf über die Eingangshalle hinaus das Schloß betreten, bis ich zurückgekehrt bin. Haben Sie verstanden?«

»Ja, Mylord«, brachte der Butler mühsam heraus.

»Ausgezeichnet, Crupper. Monsieur – gehen wir jetzt.«

Der Graf trat zurück und wartete darauf, daß Gervaise vor ihm durch die Tür ging.

Arabella zog die Beine an die Brust hoch und umschlang sie mit den Armen, damit ihr wärmer wurde. Sie versuchte, nicht an das groteske Skelett in ihrer unmittelbaren Nähe zu denken und an die schreckliche Erkenntnis, die ihr gekommen war. Mit Sicherheit würde Justin in Bälde hier eintreffen, dachte sie grimmig. Gervaise wollte, daß sie gerettet würde. Aber was konnte er dadurch gewinnen, daß sie hier hatte zurückbleiben müssen? Und was war mit Justin? Natürlich würde er ihretwegen hierherkommen, daran war nicht zu zweifeln. Aber würde er nicht eigentlich vorziehen, sie loszuwerden, sich aus einer Ehe zu befreien, die ihr Vater erzwungen hatte?

Sie spürte, wie ihr Tränen in den Augen brannten. Sie

hob einen Zipfel ihres Rocks und preßte ihn gegen ihre Wangen.

Dann glaubte sie plötzlich, Geräusche auf der anderen Seite der Mauer zu hören. Sie hob den Kopf und spähte in die Dunkelheit.

»Bella – kannst du mich hören?«

»Justin!« Sie sprang auf. »Justin, du bist's! Ich bin hier in der Zelle verschüttet worden. Bitte, bitte, hole mich heraus!«

Wieder hörte sie seine Stimme, ruhig und klar.

»Hör mir zu, Bella. Ich möchte, daß du dich ganz nach hinten in den Raum zurückziehst und den Kopf mit den Armen schützt. Das hier wird eine schwierige Sache. Die Balken über der Tür sind nicht mehr stabil. Du mußt so weit wie möglich von ihnen entfernt sein für den Fall, daß noch weitere Steine herunterstürzen.«

»Ich werde tun, was du sagst!« rief sie zurück und verzog sich wieder in ihre Ecke, wo sie sich auf die Knie niederließ und den Kopf mit den Armen bedeckte.

Arabella hatte den Eindruck, daß bei jedem Stein, der draußen entfernt wurde, Wände und Decken ächzten. Sie zuckte jedesmal zusammen. Es schien ihr der freudvollste Augenblick ihres Lebens zu sein, als Justin schließlich soviel Geröll beiseite geschafft hatte, um sich mit dem Körper durch die Öffnung zu schieben.

Jemand reichte ihm eine Kerze herein. Die kleine Zelle war plötzlich durchflutet von Licht.

Der Graf rief über die Schulter zurück:

»James, bleiben Sie draußen. Ich werde Ihre Ladyschaft hinausbringen.«

Arabella stand langsam auf. Ohne zu überlegen, warf sie sich geradewegs in die Arme ihres Mannes und schmiegte das Gesicht gegen seine Schulter. »Ich bin so froh, daß du gekommen bist, Justin«, sagte sie.

Sie hob den Kopf und sah ihn an.

»Hast du je daran gezweifelt, daß ich kommen würde, Bella?«

Sie vergrub erneut das Gesicht in seine Schulter.

»Vielleicht – für einen Augenblick«, gab sie widerwillig zu. »Ich dachte, du wärst möglicherweise froh ... mich loszuwerden.«

»Du Dummes«, schalt er freundlich und rieb sein Kinn an ihrem Haar. Dann schob er sie weg. »Komm, Lady, machen wir, daß wir hinauskommen. Ich hege nicht den Wunsch, mich länger hier trotz deiner reizenden Gesellschaft aufzuhalten.«

»Einen Augenblick, Justin. *Ich* hatte hier Gesellschaft.«

Sie nahm ihm die Kerze aus der Hand und ließ ihren Schein auf das Skelett fallen.

»Guter Gott!«

Er sah Arabella an und bewunderte ihre Standfestigkeit. Dann kniete er nieder und betrachtete kurz und eingehend ihre grausige Entdeckung. Er stand wieder auf und wischte sich die Reithose ab.

»Jetzt werden wir erst einmal dich hinausschaffen, und dann werde ich dafür sorgen, daß der arme Kerl hier ein anständiges Begräbnis bekommt.«

Er hielt die Kerze hoch, während sie aus ihrem Gefängnis heraus in die Freiheit schlüpfte. Sie dachte an den Brief, den sie an ihrer Fußsohle spürte, und war zutiefst bedrückt. Es gab soviel in Betracht zu ziehen – der Name ihres Vaters, und dann natürlich Elsbeth. Sie beschloß, vorläufig einmal den Mund zu halten. Niemand sollte erfahren, was sie entdeckt hatte, auch Justin nicht. Sie brauchte Zeit, um nachzudenken, alles, was sie nun wußte, zu koordinieren.

Als sie im hellen Sonnenlicht auftauchte, sah sie sich um, und ihr wurde zum erstenmal in ihrem achtzehnjährigen Dasein bewußt, wie kostbar das Leben war. Genußvoll wandte sie das Gesicht den warmen Sonnenstrahlen zu.

Wie ein kleines Kind, das aus einem Alptraum erwacht ist, eilte sie auf ihre Mutter zu und schlang die Arme um ihren Hals.

»Mein armes Kind«, murmelte Lady Ann und streichelte das verfilzte Haar ihrer Tochter. »Jetzt ist ja alles wieder gut, Liebes, du bist in Sicherheit.«

»Oh, Mama«, schluchzte Arabella und brach an der Schulter ihrer Mutter in rauhes Weinen aus.

14

»Himmel, wie du aussiehst!« Der Graf lachte.

»Du bist auch nicht gerade ein Adonis!« gab Arabella schnippisch zurück.

»Touché, mein Schatz. Wir müssen alle beide gründlich geschrubbt werden. Grace holt eben deine Wanne. Ich werde Grubbs am besten das gleiche tun lassen.«

Er drehte sich um und wollte das gräfliche Schlafzimmer verlassen. »Justin . . .«

»Ja, Bella?«

»Ich . . . ich danke dir sehr.«

Sie wußte plötzlich nicht, was sie sagen sollte, ihr Blick haftete am Muster des Teppichs zu ihren Füßen.

»Du hättest dasselbe für mich getan, oder nicht?« sagte er fast barsch.

Der Gedanke, sie könnte Verlegenheit empfinden, weil sie ihm Dank schuldete, war ihm zuwider.

Arabella konnte ihn noch immer nicht ansehen. Sie nickte lediglich.

»Wir sehen uns dann beim Abendessen, meine Liebe«, sagte er gelassen und verließ das Zimmer.

Abgesehen von den wenigen kleinen Kratzwunden in ihrem Gesicht hätte beim Abendessen keiner der Anwesenden den Eindruck gehabt, daß die Gräfin von Strafford ein so schreckenerregendes Erlebnis hinter sich hatte. Sie sah heil und gesund aus. Die Unterhaltung wandte sich bald dem geheimnisvollen Skelett in der Wand der Mönchszelle zu.

»Weist denn gar nichts auf die Identität des Mannes hin?« fragte Lady Ann den Grafen.

»Unglücklicherweise nein. Seiner Kleidung nach würde ich schätzen, daß er vor rund zwanzig Jahren auf diese gewaltsame Weise umgekommen ist. Wie oder warum – und durch wen, da sind wir auf Annahmen angewiesen.«

Arabella kaute angestrengt auf dem wohlschmeckenden Stück Rinderlende herum – so heftig, daß sie sich auf die Innenseite ihrer Wange biß. Alle Antworten auf die Fragen hier barg der zusammengefaltete kleine Brief, den sie gefunden hatte. Sie konnte sich den Schreck und das Entsetzen auf den Gesichtern der Umsitzenden vorstellen, wenn sie ihnen erzählt hätte, daß es ihr Vater gewesen war, der den Mann getötet hatte. – Magdalaines Liebhaber. Und Gervaise – wie würde er reagieren, wenn er die Wahrheit erfuhr? Oder vielleicht kannte er sie schon? Arabella senkte den Kopf und stocherte in den paar grünen Bohnen in der Mitte ihres Tellers. Mehr als alles andere wünschte sie sich, allein zu sein, nachdenken zu können.

»Meine Güte, Arabella, wie schrecklich für dich, mit dem Skelett des Mannes zusammen eingesperrt zu sein.« Elsbeth schauderte. »Ich wäre vor Angst gestorben.«

»Bin ich auch fast«, gab Arabella kleinlaut zu. »Am schlimmsten war es, als meine Kerze ausging.«

Dr. Branyon betrachtete seine zukünftige Schwiegertochter mit einiger Besorgnis.

»Mir ist klar, Bella, daß Sie die Konstitution eines Pferdes haben, aber ich wollte, Sie würden mir erlauben, Sie gründlich zu untersuchen.«

»Was? Nur um dann das Opfer Ihrer schrecklichen Heiltränkchen zu werden? Nein, danke, Sir.«

Dr. Branyon wandte sich an den Grafen.

»Justin, können Sie bei Ihrer Frau kein Machtwort sprechen?«

Justin lächelte lediglich und schüttelte den Kopf.

»Lassen Sie sie in Frieden ihre Beulen und Kratzer ausheilen, Paul. Ich bin überzeugt, daß ihr nichts Ernsthaftes fehlt.«

»Ich bin derjenige, der Sie um Verzeihung bitten muß, liebe Arabella«, erklärte der Comte mit Inbrunst. »Sie, wenn auch unbeabsichtigt, in solche Gefahr zu bringen, war unentschuldbar.«

Arabella hob den Blick zu Gervaise. Sie hatte in seiner melodischen Stimme einen falschen Unterton herausgehört, der ihr zuvor noch nie aufgefallen war. Seinen dunklen Augen war keinerlei Besorgnis um sie anzusehen. Vielleicht eher Erleichterung – Erleichterung darüber, daß er nicht ertappt worden war. Sie zwang sich, ihm freundlich zuzulächeln.

»Ich kann Ihnen leicht verzeihen, Monsieur, denn ich wollte ja selbst die Zellen noch einmal auskundschaften. Wir haben beide einen Fehler gemacht.«

Dr. Branyon wandte sich seinerseits an Gervaise.

»Soviel ich gehört habe, wollen Sie Evesham Abbey bald verlassen, Monsieur?«

Gervaise warf unter halb gesenkten Lidern hervor einen Blick auf den Grafen, bevor er gewandt antwortete:

»Ja, Doktor, es gibt da ... dringende Angelegenheiten, um die ich mich kümmern muß. Ich muß zurück nach Brüssel.«

Arabella ertappte sich dabei, wie sie Gervaises Gesicht aufmerksam musterte. Wenn sie nur gewußt hätte, weshalb er überhaupt nach Evesham Abbey gekommen war. Ganz gewiß nicht aus dem Grund, seine eigene Halbschwester zu verführen!

Elsbeth deutete Arabellas nachdenklichen Blick falsch. »Schwesterchen!« rief sie. »Nach dem Essen werde ich dir ein paar aufheiternde Balladen vorspielen. Du bist müde!«

Arabella blickte in das arglose Gesicht ihrer Schwester. Meine liebe kleine Unschuld, dachte sie, ich muß einen Weg finden, um dich zu schützen.

»Ich freue mich darauf, Elsbeth«, sagte sie. »Das wird mir einen ungestörten Nachtschlaf garantieren.«

Trotzdem war Arabella froh, als nach Elsbeths letzter französischer Ballade Dr. Branyon aufstand, ihre Hand ergriff und energisch sagte: »Sie mögen wirklich stark wie ein Pferd sein, meine liebe Bella, aber ich muß jetzt darauf bestehen, daß Sie zu Bett gehen. Keine Widerrede!«

Sie lächelte ihn verschmitzt an.

»Es wäre sicher nicht ratsam, mich mit meinem neuen Papa anlegen zu wollen. Ich werde mich bereitwillig Ihren Anweisungen fügen, Sir.« Sie stellte sich auf die Zehenspitzen und küßte ihn auf die Wange.

Er tätschelte liebevoll ihre Hand und wandte sich dann an Lady Ann.

»Ich werde dich morgen früh zu unserem Ausflug abholen.«

»Natürlich«, erwiderte sie mit einem Lächeln, das ihm verriet, was sie von diesem ›Ausflug‹ hielt.

Sie begleitete ihn hinaus.

Arabella war eben im Begriff, sich ebenfalls zu verabschieden, als sie zufällig den Blick düsterer Verwirrung bemerkte, den Elsbeth auf Gervaise warf. Sie fand sich selbst merkwürdig unsensibel, weil ihr nie zuvor aufgefallen war, wie gut man jede Regung vom Gesicht ihrer Schwester ablesen konnte. Sie beschloß sofort, trotz ihrer Müdigkeit, Elsbeth nicht mit Gervaise allein zu lassen. Das mindeste, was sie tun konnte, war, die beiden voneinander getrennt zu halten, bis Gervaise abgereist war.

Also trieb sie sich noch eine Weile unruhig im Salon herum und zermarterte sich den Kopf nach einem passenden Gesprächsthema.

Der Graf beobachtete sie. Er sah, wie sie erst Elsbeth anblickte und dann den Comte und fragte sich, was sie im Sinn hatte. Schließlich sagte er in kühlem Ton zu ihr:

»Es ist jetzt bestimmt an der Zeit, daß du dich ins Bett zurückziehst. Ich muß Dr. Branyon beipflichten.«

Arabella hatte eine plötzliche Inspiration.

»Ja, ich sollte tatsächlich zu Bett gehen. O Elsbeth – würdest du mich vielleicht hinaufbegleiten? Ich würde mich so sehr freuen, wenn du mich ins Bett stecken und zudecken würdest.«

Elsbeth sah verblüfft auf. Sie hatte vorgehabt, mit Gervaise zu reden, zumal er binnen kurzem abreisen würde, ihn zu fragen, welcher Art seine Pläne wären, nun da ihre Stiefmutter Dr. Branyon heiraten würde. Aber es kam nicht in Frage, daß sie die Bitte ihrer Schwester ablehnte. Bereitwillig stand sie auf und ging zu Arabella hinüber.

»Gute Nacht, Gentlemen«, sagte Arabella, ergriff Elsbeths Hand und zog sie ohne weitere Umstände zur Tür.

Arabella ließ Elsbeths liebevolle Verrichtungen über sich ergehen, sie war so müde, daß sie kaum auf die wiederholten Anspielungen ihrer Schwester bezüglich ihres ›schrecklichen Erlebnisses‹ reagierte. Einmal im Nachthemd, lächelte sie Elsbeth zärtlich zu und küßte sie leicht auf die Wange.

»Danke, Schwesterchen, für deine Freundlichkeit. Du siehst ebenso mitgenommen aus wie ich. Sicher wirst du dich jetzt auch gleich in dein Zimmer zurückziehen.« Bei dem Gedanken, Elsbeth könnte noch einmal mit Gervaise zusammenkommen, lief es ihr kalt über den Rücken.

Elsbeth gähnte und streckte sich.

»Ja, ich gehe jetzt auch in mein Zimmer. Danke, Bella, daß du mir Grace ausgeliehen hast. Ich bin ohne Josette so schrecklich ungeschickt.«

Ihr hübsches Gesichtchen verzog sich schmerzlich bei der Erwähnung des Namens ihrer alten Dienerin.

Arabella tätschelte Elsbeths Hand.

»Ich weiß, Elsbeth. Danke, daß du mit mir heraufgekommen bist.«

Arabella schlüpfte ins Bett und blies die Kerze neben ihr auf dem Nachttisch aus. Endlich war sie allein, dachte sie, und konnte die vielen Tatsachen und Halbwahrheiten, die sie entdeckt hatte, in geordnete Bahnen lenken.

Den Inhalt von Magdalaines Brief kannte sie inzwischen fast auswendig. Sie hatte ihn mehrere Male durchgelesen, bevor sie zum Abendessen hinuntergegangen war. Was den Brief selbst betraf, so hatte sie ihn vorne in die Spitze ihrer Schuhe für den Abend gesteckt, ein Versteck, das, wie sie wußte, völlig sicher war – nicht einmal Grace stöberte zwischen ihren Schuhen herum.

Sie richtete sich schlagartig auf. Himmel, wie dumm sie doch war! Josette mußte alles gewußt haben! Hatte sie nicht dafür gesorgt, daß Magdalaines Briefe deren Liebhaber Charles überbracht wurden? Natürlich, Josette mußte gewußt haben, daß Gervaise Magdalaines Sohn war. Josette ... tot. Eine Gänsehaut überlief sie. Ein tragischer Sturz auf der Haupttreppe mitten in der Nacht ... und sie hatte keine Kerze bei sich gehabt!

Ihre Gedanken kehrten zum Nachmittag zurück. Sie war sich so gut wie sicher, daß der Zusammenbruch der Mauern in den Ruinen der alten Abtei kein Zufall gewesen war. Aber andererseits, falls Gervaise vorgehabt hatte, ihr etwas anzutun – oder sie auch umzubringen – warum war er dann so schnell mit Justin zurückgekehrt, um sie zu retten? Was für einen Grund konnte das wohl gehabt haben?

Sie schüttelte verwirrt den Kopf. Es war wie eine Wanderung in einem Labyrinth. Der Ausweg aus diesem Labyrinth war der Grund, weshalb Gervaise überhaupt nach Evesham Abbey gekommen war. Es schien naheliegend, daß ihr Vater von Gervaises Existenz als unehelichem Sohn seiner ersten Frau gewußt haben mußte. Das mußte auch der Grund sein, weshalb er erst nach dem Tod ihres Vaters aufgetaucht war. Aber gab es da vielleicht noch etwas, das ihr Vater von Gervaise gewußt hatte, etwas, das ihn bis dahin ferngehalten hatte?

Ihr wurde bewußt, daß sie sich mehr als alles andere wünschte, mit Justin zu reden, ihm den Brief zu zeigen, ihm von ihren Verdachtsmomenten zu erzählen. Sie seufzte und vergrub das Gesicht in den Kopfkissen. Justin empfand so viel Mißtrauen und Zorn gegenüber Gervaise. Wenn sie ihm erzählte, was sie wußte, konnte sie sich seiner Reaktion nicht sicher sein. Würde er Gervaise zur Rede stellen? Sich an die Gerichte wenden? Würde alles enthüllt werden? Würde Elsbeth erfahren, daß ihr Liebhaber in Wirklichkeit ihr Halbbruder war?

Sie hörte im Geist schon die endlosen Fragen bezüglich des Skeletts in der alten Abtei. Würde Justin allen erzählen, daß ihr Vater diesen Charles, Magdalaines Liebhaber, umgebracht hatte? Und würde sich dann nicht jeder fragen, ob ihr Vater nicht auch seine erste Frau umgebracht hatte?

Sie fühlte sich schrecklich unsicher. Konnte es nicht sein, daß sie sich bezüglich Gervaises irrte? Vielleicht – ganz vielleicht – war er gar nicht schuld am Zusammenbrechen der Mauern in den Abteiruinen? Und vielleicht war Josettes Tod wirklich nichts weiter als ein Unfall gewesen? Wenn es doch nur mehr sichere Fakten und weniger Zweifel gegeben hätte!

Sie erinnerte sich an etwas, das der ihr Vater vor vielen Jahren gesagt hatte:

»Sei dir deiner Feinde bewußt, Arabella. Sieh ihnen geradewegs ins Gesicht. Traue niemandem außer dir selbst. Du allein mußt beurteilen können, ob du angreifen oder einen Rückzug antreten mußt!«

Sie stellte fest, daß sie bereits einen Entschluß gefaßt hatte. Gervaise sollte Evesham Abbey übermorgen verlassen. Sie wollte ihn bei nächster Gelegenheit zur Rede stellen. Sie würde die Wahrheit herausfinden und dann entscheiden, wem sie ihr Wissen anvertrauen konnte. Erleichtert kuschelte sie sich unter die warme Bettdecke und war bald eingeschlafen.

Arabella erwachte, ihre Hände zerrten an dem Bettlaken, sie merkte, daß sie geschrien haben mußte. Sie war im Traum wieder unten in der Zelle gewesen ... das Skelett ...

Sie sprang aus dem Bett und blieb schaudernd mitten im Zimmer stehen. Ungeschickt zündete sie die Kerze an und hob sie hoch. Sie schnappte nach Luft, als der Lichtschein auf das höhnische Gesicht des Skeletts auf dem ›Totentanz‹ fiel. Traum und Wirklichkeit vermischten sich in ihrem Innern. War der Schrei vielleicht vom Skelett gekommen? Konnte es das Wimmern eines Kindes gewesen sein? Die hoffnungslosen Schreie einer Frau? Hatte sie die Gespenster von Evesham Abbey gehört?

»Arabella – ich habe dich schreien hören. Ist etwas nicht in Ordnung?«

Der Graf erschien auf der Türschwelle des Ankleidezimmers, den Morgenrock über die Schulter gelegt.

Diese elende Kerze in ihrer Hand hörte nicht auf zu zittern. Sie holte unsicher Luft.

»Ja. Ich hatte einen Alptraum – von diesem entsetzlichen Skelett in den Ruinen der alten Abtei. Dann bildete ich mir ein, ich hätte unsere Gespenster gehört, aber nun beginne ich daran zu zweifeln, ob ihr Geschrei nicht mein eigenes war.«

Er sah sie forschend an.

»Geht es dir jetzt wieder gut?«

Sie nickte und wollte sich abwenden, als ihr plötzlich klar wurde, wie sehr ihr daran lag, daß er bei ihr blieb. Sie dachte daran, wie nahe dem Tod sie heute nachmittag gewesen war. Ich wäre umgekommen, ohne wirklich etwas vom Leben erfahren zu haben, dachte sie. Sie weigerte sich innerlich, an all die unerwähnt gebliebenen Barrieren, an die Bitterkeit, an das Mißtrauen zu denken, das sie beide trennte. Irgendwie schien das jetzt keine Rolle mehr zu spielen. Sie wollte, daß er sie liebte, ihr Mann würde.

»Komm, Arabella, laß dich wieder von mir ins Bett stekken. Du zitterst.«

»Ja . . . ja, natürlich, du hast recht. Mir ist ziemlich kalt«, sagte sie langsam und trat neben das Bett.

Ihre Hand zitterte nicht mehr, als sie die Kerze auf den Tisch stellte. Sie schlug die Bettdecke zurück und war sich mit jeder Faser ihres Körpers bewußt, daß er hinter ihr stand. Sie kroch in die Mitte des großen Betts, wandte ihm das Gesicht zu und streckte die Hand aus.

»Ich wollte, du würdest nicht weggehen, Justin.«

Der Graf zögerte einen Augenblick. Zuerst glaubte er, sie ängstige sich möglicherweise noch ihres Alptraums wegen und suche nur Schutz bei ihm. Dann blickte er ihr in die Augen und sah, daß es das nicht war. Er entledigte sich mit einer Schulterbewegung seines Morgenrocks, ergriff ihre ausgestreckte Hand und glitt neben sie ins Bett.

Sie setzte sich neben ihm auf die Knie, das tiefschwarze Haar fiel ihr über die Schultern. Zaghaft legte sie die Hand auf seine nackte Brust und strich mit den Fingern durch das schwarze lockige Haar, ihre Blicke umfaßten seinen starken, mächtigen Körper. »Du bist so schön«, flüsterte sie und beugte sich vor, um die Wange an seine Brust zu schmiegen.

Sie wußte, daß sie sich ihm anbot, nahm das Risiko auf sich, daß er ablehnen würde, was er möglicherweise für perverse Geilheit hielt.

»Ich bin bloß ein Mann, Arabella« erwiderte er leise, noch immer unsicher ob ihrer Verwandlung, und doch angerührt durch die Weichheit ihrer Stimme und der Zärtlichkeit ihrer Berührung.

Er strich ihr sanft das Haar aus dem Gesicht und zog sie zu sich herab. Als sein Mund den ihren berührte, öffnete Arabella bereitwillig die Lippen.

Er spürte ihre Leidenschaft, wunderte sich jedoch über die tastende, fast jungfräuliche Art ihres Küssens. Justin setzte sich auf und begann die Knöpfchen ihres Nachtgewandes zu öffnen. Die Erinnerung an ihre Hochzeitsnacht, als er es ihr brutal vom Leib gerissen hatte, durchzuckte ihn, und seine Hände wurden ungeschickt. Er spürte, wie sich ihre Hände über die seinen legten, und gemeinsam lösten sie das Problem. Sie zog das Nachthemd bis zur Taille hoch, und gemeinsam zogen sie es über ihren Kopf.

Justin legte sich auf den Rücken und starrte sie an, wie sie da noch immer neben ihm kniete, während ihr das lange schwarze Haar in lockeren Wellen über die Schultern und die weißen Brüste fiel.

»*Du* bist die Schöne«, murmelte er, streckte die Hände aus und drückte sie sanft hinab auf den Rücken.

Während seine Hände behutsam ihren Körper erforschten, empfand sie keine Reue und keine Furcht. Zum erstenmal in ihrem Leben vertraute sie einem Mann außer ihrem Vater.

Als er schließlich in sie eindrang, stöhnte sie laut vor Verlangen, schob die Hüften nach oben, um ihn ganz in sich aufzunehmen. Er spürte, wie ihr schlanker Körper krampfhaft bebte, wie ihre Hände ihn an sich preßten, wie sie den Kopf an seiner Schulter vergrub.

»Justin . . .!« schrie sie, atemlos und zugleich überwältigt von lustvoller Freude.

Sein Mund preßte sich auf den ihren, und sie spürte seine plötzliche Anspannung. Mit einem Aufschrei packte er ihre Hüften und ergoß sich mit einem letzten, tiefen Stoß in sie.

Vorübergehend war sich Arabella einer tiefen Mattigkeit bewußt. Obwohl er auf ihr lag, spürte sie sein Gewicht nicht. Wörter formten sich in ihrer Kehle, Wörter der Liebe, der Zärtlichkeit, sie empfand eine wohlige Wärme. Aber noch während sie ihn enger an sich drückte, erstarben ihr diese Worte auf den Lippen. Warum hatte *er* kein Wort der Liebe gefunden? Verbittert dachte sie an ihre eigene intensive Leidenschaft, daran, wie sie ihren Körper zur Schau gestellt hatte. Hielt er sie nach wie vor für eine Schlampe? Hatte sie ihn durch ihr Verhalten nur in seiner Ansicht bestätigt, daß er nichts weiter war als eben ein Mann, bei dem sie ihr unersättliches Verlangen nach Wollust wieder einmal befriedigt hatte?

Sie wartete, und die Stille wurde beiden zu lang. Tränen brannten unter ihren Lidern und rannen dann langsam über ihre Wangen hinab.

Der Graf spürte, wie ihr Körper unter ihm schauderte und sich anspannte. Er rollte seitlich herab und fragte zärtlich:

»Ist dir kalt, Bella?«

Sie wagte nicht zu reden, die Worte blieben ihr buchstäblich im Hals stecken. Sie schüttelte lediglich den Kopf und versuchte das Gesicht abzuwenden.

Seine Finger berührten sachte ihre nassen Wangen.

»Du weinst«, sagte er überrascht.

Er war völlig verwirrt ob des abrupten Wechsels in ihrer Gemütsstimmung. Hatte er sie unwissentlich verletzt?

»Nein!« rief sie und richtete sich mühsam zum Sitzen auf. Sie fuhr sich mit der Hand übers Gesicht und haßte sich selbst ob ihres kindlichen Vertrauens. Wie konnte sie so dumm gewesen sein anzunehmen, daß sich irgend etwas zwischen ihnen dadurch ändern könnte, daß sie sich ihm anbot?

Er starrte sie an und runzelte die Stirn. Ihr Zorn und ihre Tränen bestürzten ihn. Hatte sie ihn mit Gervaise verglichen und bereute nun, mit ihm geschlafen zu haben?

»Arabella . . .«, begann er, und seine Stimme klang barsch vor Unsicherheit und Enttäuschung.

Sie ergriff ihr Nachtgewand und sprang vom Bett hoch.

»Nein, Justin«, keuchte sie, und ihre Stimme endete in einem kurzen Schluchzer. »Bitte, laß mich in Ruhe!«

Sie hielt das Nachthemd vor sich, um ihre Nacktheit zu verdecken. Sie wollte seine Verleumdungen, seine Beschuldigungen, seine Verachtung über ihre Leidenschaft nicht hören müssen. Er hob die Hand in vergeblichem Bemühen sie aufzuhalten, aber sie hatte sich bereits umgedreht und war durchs Schlafzimmer auf die Verbindungstür zugerannt.

15

Der Graf schob die schweren Vorhänge beiseite, die die lange Reihe schmaler Fenster in der Galerie mit den Familienporträts verhüllten. Er hätte auch gern diese Fenster geöffnet, um frische Luft hereinzulassen, aber aus dem feinen, grauen Nieselregen war ein kräftiger Dauerregen geworden.

Er wußte selbst nicht genau, weshalb er hierhergekommen war – abgesehen davon, daß er allein sein wollte.

Verdammt, in was für einen elenden Wirrwarr er hier hineingeraten war! Nachdem Arabella in der vergangenen Nacht geflohen war, war er im Bett liegen geblieben, hatte sich und sie verflucht, und die blinde Wut auf den Franzosen hatte ihn fast den Verstand gekostet. So sehr er sich auch den Kopf zerbrach, er konnte einfach nicht begreifen, wieso sie sich ihm erst willig angeboten hatte, um sich dann, nach ihrem gemeinsamen, zärtlichen und leidenschaftlichen Liebesspiel abrupt zurückzuziehen. Er dachte an ihr offensichtliches Verlangen, an den – wie ihm geschienen hatte – Ausdruck von Vertrauen und Zuneigung in ihren schönen Augen, an ihre Begierde nach seinem Körper.

Er hatte Arabella sagen wollen, daß er sie liebte, daß er ihr verzieh, daß er begriff, wenn sie auf Grund des Testaments ihres Vaters, das sie zu einer Konventionsehe gezwungen hatte, sich in die Arme eines anderen geflüchtet hatte. Er hatte sie gewinnen wollen. Und für einen flüchtigen Augenblick, als ihre physische Liebe sie verbunden hatte, hatte er auch geglaubt, sie gewonnen zu haben.

Gervaise sollte morgen abreisen, dazu hatte er, Justin,

ihn praktisch gezwungen. Aber selbst jetzt wußte er nicht, ob Arabellas Liebe nicht mit ihm gehen würde. Er mußte einfach vorher einen Weg finden, um ihr zu beweisen, daß der Franzose ihre Zuneigung nicht verdiente, daß er genaugenommen ein bösartiger, intriganter Feigling war.

Justin ließ sich auf einer Bank in einer der Fensternischen nieder und ließ noch einmal alles, was er über Gervaise in Erfahrung hatte bringen können, Revue passieren. Aber eigentlich könnte er ihm nur vorwerfen, daß er ein Bastard war, aufgezogen von Magdalaines Bruder Thomas. Doch für ihn, Justin, bestand kein Zweifel, daß Gervaise ein falsches Spiel trieb, das bereits der alten Dienerin Josette das Leben gekostet hatte. Und, so dachte er mit mehr Zorn als er sich im Augenblick leisten wollte, auch beinahe das Leben Arabellas. Und das war seine eigene Schuld gewesen. Als er am vergangenen Tag scheinbar wohlwollend ihren gemeinsamen Ausflug mit Gervaise zu den Ruinen der alten Abtei gebilligt hatte, war ihm einfach nicht der Gedanke gekommen, daß für sie von seiten ihres Liebhabers irgendeine Gefahr drohen könnte. Und hier, so dachte er, gab es eine weitere Frage, auf die er keine Antwort wußte. Wenn Arabella wirklich die Geliebte des Comte war, wenn sie tatsächlich so sehr an ihm hing – warum hatte der Franzose dann nicht *sie* als Werkzeug benutzt?

Justin stand auf und begann auf und ab zu gehen. Er wußte, daß der Schlüssel zum Ganzen irgendwo beim ›Totentanz‹ im gräflichen Schlafzimmer zu suchen war. Stundenlang hatte er die Holzschnitzerei untersucht – wonach er suchte, das wußte er selbst nicht. Justin hatte es für so einfach gehalten, Arabellas Ausflug mit dem Comte gutzuheißen, nur um den Franzosen von Evesham Abbey fernzuhalten, während er selbst ins Zimmer des jungen Mannes eingedrungen war, um dessen Habseligkeiten zu durchsuchen. Er hatte nichts gefunden, und seine Suche war zudem durch Gervaise gestört worden, der laut geschrien hatte, daß Arabella in den Abteiruinen verschüttet worden sei. Und es war ganz offensichtlich gewesen, daß der Comte vorgehabt hatte, während der allgemeinen Hilfsaktion in den Ruinen ungestört in das gräfliche Schlafzimmer einzudringen, um an den ›Totentanz‹ zu gelangen. Und nun würde er in der ihm verbleibenden Zeit mit Sicherheit versuchen, erneut sein Ziel zu erreichen.

Justin grübelte vor sich hin. Er mußte unbedingt Gervaises Zimmer noch einmal durchsuchen. Irgendwo mußte es einen Hinweis darauf geben, der ihm verriet, was der Comte so dringend haben wollte, daß er auch vor einem Mord nicht zurückschreckte. Justin hob den Kopf und stellte fest, daß der Regen aufgehört hatte, und daß die Sonne sich anschickte, sich einen Weg durch die grauen Wolken zu bahnen.

Von unten herauf drang das Geräusch eines auf der Zufahrt dahinrollenden Wagens an sein Ohr. Er spähte hinab und sah, wie die Talgarthsche Kutsche vor dem Schloß zum Stillstand kam. Mit einiger Überraschung beobachtete er, wie Suzanne Talgarth leichtfüßig ausstieg, gefolgt von Giles mit einem großen Schirm. Hatte sich Lady Talgarths Mißvergnügen über die geplante Heirat Lady Anns mit Dr. Branyon gelegt? Justin stand auf und schlenderte aus dem Ostflügel hinab in den Samt-Salon.

Als er dort eintrat, fiel sein Blick als erstes auf Arabella. Ihre Aufmerksamkeit wurde von der plaudernden Suzanne ab und auf ihn gelenkt, aber dann wandte sie den Blick schnell wieder zur Seite. Er sah, wie ihre Hände nervös mit den Falten ihres Kleides spielten. Ihm schien, als ob in ihren Augen ein gequälter Ausdruck läge – vielleicht auch Reue.

Seine Stimme klang ungewohnt rauh, als er vortrat und Suzannes Hand ergriff.

»Oh, Miß Talgarth, wie mutig von Ihnen, sich bei einem solch unbeständigen Wetter hinauszuwagen. Sie bringen doch hoffentlich keine schlechten Nachrichten?«

Suzanne lächelte, bekam Grübchen in die Wangen und warf einen amüsierten Blick auf Arabellas gesenkten Kopf. »Nein, nein. Ich wollte nur Sie beide um einen Gefallen bitten.«

Arabella blickte auf. »Und?«

»Mama und Papa geben heute abend eine Gesellschaft, bei der Karten gespielt wird, und bei der die jungen Leute tanzen. Ich bin Mamas Abgesandte und möchte Sie alle für diesen Abend nach Talgarth Hall einladen.«

Der Graf verbeugte sich kurz und ironisch.

»Ich fange an zu glauben, daß Sie in der schwarzen Kunst bewandert sind, Miß Talgarth. Ihre Mutter hat uns gestern in ziemlicher Aufregung verlassen. Ich befürchtete schon, daß wir in Zukunft auf ihre charmante Gesellschaft verzichten müßten.«

»Stimmt«, gab Suzanne zu. »Aber meine Mutter ist nicht gerade *dumm,* wissen Sie. Sowohl Papa als auch ich wiesen darauf hin, daß die Deverills unsere bei weitem wichtigsten Nachbarn seien, und daß es für Mama die gräßlichsten gesellschaftlichen Folgen haben würde, wenn sie Sie schnitte.«

Arabella lachte.

»Suz, du bist wirklich raffiniert.«

»Papa erinnerte sie zudem daran, daß er und Dr. Branyon seit zu vielen Jahren miteinander befreundet seien, um durch derartige Albernheiten ihre Beziehungen zu gefährden. Natürlich flocht ich hier ein, daß Dr. Branyon schließlich auch *ihr* Arzt sei und was wohl mit ihr geschähe, wenn sie wieder eine ihrer häßlichen Erkältungen bekäme? An diesem Punkt kam sie zu sich.«

»Ihre Logik jagt mir Schrecken ein, Miß Talgarth«, erklärte Justin.

Arabella warf ihm einen bittenden Blick zu.

»Ich würde sehr gern hingehen«, sagte sie zaghaft.

Sie wünschte sich nichts sehnlicher, als an Gervaises letztem Abend hier familiärer Intimität aus dem Weg gehen zu können. Und da war auch Elsbeth. Hätte es eine bessere Gelegenheit geben können, die beiden voneinander getrennt zu halten als ein mit Menschen gefüllter Raum?

Zu ihrer Erleichterung zögerte der Graf keinen Augenblick. Zu Suzanne gewandt sagte er:

»Richten Sie Ihrer Mama aus, Miß Talgarth, daß wir alle mit dem größten Vergnügen heute abend kommen werden.«

Arabella sah ihren Mann mit gedankenvoll gerunzelter Stirn an. Er schien so etwas wie Selbstzufriedenheit auszustrahlen, und das erweckte ihr Mißtrauen.

Suzanne stand auf und klatschte beglückt in die Hände.

»Also abgemacht. Wie freundlich von Ihnen, Mylord, Mamas anmaßender Art wegen nicht beleidigt zu sein. Jetzt muß ich noch Dr. Branyon aufsuchen. Ich habe Mama davon überzeugen können, daß Lady Ann sie keines Blickes mehr würdigen würde, wenn er nicht auch dabei wäre.«

Sie lachte hellauf und ging zur Tür, begleitet von Arabella. Mit deutlich hörbarer Stimme vertraute sie ihrer Freundin an:

»Weißt du, daß Mama sich strikt geweigert hat, dem armen Lord Graybourn zu erlauben, mich heute vormittag hierher zu begleiten? Ich wette, sie befürchtet, daß er allzu sehr von Elsbeth angetan ist.« Ihr Gesicht drückte ausgesprochene Befriedigung aus. »Ich kann nur sagen, es würde ihr recht geschehen. Zuerst angelst du dir einen Grafen, und jetzt schnappt mir Elsbeth einen so angemessenen Freier unter der Nase weg.«

Der Graf hörte nicht zu, er war allzusehr mit seinen eigenen Gedanken beschäftigt. Irgendwie fand er es belustigend, daß ausgerechnet Lady Talgarth diejenige war, die ihn in die Lage versetzte, endlich einen Beweis für die Habgier des Franzosen erbringen zu können.

Er verabschiedete sich einigermaßen geistesabwesend von Suzanne und sah zu, wie Arabella ihrer Freundin schweigend aus dem Zimmer folgte.

Beim Mittagessen informierte der Graf die anderen über die Einladung.

»Wie nett von Aurelia«, äußerte Lady Ann, überrascht darüber, wie schnell die Lady sich gefaßt hatte.

In ihrer Arglosigkeit kam sie zu dem Schluß, daß Aurelia vielleicht letzten Endes doch gar nicht so intolerant wäre. Ihre Stimmung hob sich. Erst vor einer Stunde hatte Dr. Branyon seinen Stalljungen zu ihr geschickt, um ihr mitzuteilen, daß ihre Verabredung für den Vormittag verschoben werden müsse. Anscheinend hatte sich Squire Dauntrys Sohn in den Finger geschnitten und bedurfte jetzt der Geschicklichkeit des Arztes im Umgang mit Nadel und Faden.

Arabella beobachtete, wie Elsbeths Gesicht die verschiedenartigsten Empfindungen ausdrückte, und sie fragte sich, was wohl in ihrer Schwester vorging. Die Augen des Grafen hingegen ruhten auf Gervaises gutgeschnittenen Zügen. Er war ganz sicher, wahrgenommen zu haben, wie sich der Blick des jungen Mannes vorübergehend verdunkelte, und wie dann ein kaum erkennbares befriedigtes Lächeln um seine Mundwinkel spielte. Aber beides verflog im Nu, und danach drückte Gervaises Gesicht nichts weiter aus als unschuldige Vorfreude auf einen unterhaltsamen Abend.

Nachdem sich die drei Damen ausgiebig über die angemessene Garderobe für die Gesellschaft unterhalten hatten, lehnte sich der Graf in seinen Sessel zurück und bemerkte:

»Da heute der letzte Tag des Comte hier ist, wie wäre es, wenn die Ladys angesichts des schönen Wetters mit ihm zusammen noch einmal einen Ausflug machen würden?«

Elsbeth war überrascht. Und Arabella verschlug es vor Verblüffung die Sprache.

Der Graf lächelte erst ihr, dann Lady Ann und zuletzt Elsbeth voller Wärme zu.

»Ich würde nur alle bitten, diesmal nicht der alten Abtei einen Besuch abzustatten.«

Nach kaum merklichem Zögern kam Gervaises Antwort.

»Es wird mir ein großes Vergnügen sein, in Begleitung dreier solch schöner Ladys einen Ausflug zu machen.«

Arabella tat ihr Bestes, um ihre Verwirrung zu verbergen. Sie spürte, daß der Blick ihres Mannes auf ihr ruhte und glaubte etwas wie eine Bitte in ihm zu erkennen. Sie schluckte eine Ablehnung hinunter und sagte in ruhigem Ton:

»Ich will Sie gern noch ein bißchen herumführen, Monsieur. Mutter, Elsbeth – wie steht es mit euch?«

Die beiden stimmten zu und verließen das Speisezimmer, um sich umzukleiden.

»Ausgezeichnet«, sagte der Graf und schob seinen Stuhl zurück. »Mich werden Sie sicher entschuldigen, ich muß dem Zimmermann Anweisungen für seine Arbeit geben.«

»Was für eine Arbeit?« erkundigte sich Arabella verdutzt.

Der Graf sah milde überrascht drein.

»Oh – habe ich dir nicht von den losen Dielen im Schlafzimmer erzählt, meine Liebe? Heute nachmittag werde ich mich darum kümmern, daß alle ordentlich festgenagelt werden, damit wir die Tür dann nicht mehr verschlossen halten müssen.«

»Ach so, ja«, murmelte Arabella vage.

»Sehr klug, solche Gefahrenquellen zu beseitigen«, äußerte Gervaise. »Ich bin untauglich bei allem, was mit Hammer und Nägeln repariert werden kann. Also bin ich derjenige, der einen genußreichen Nachmittag vor sich hat, Mylord.«

»Ganz sicher«, pflichtete Justin freundlich bei.

Der Schreiner, der auf dem Besitz angestellt war, fand es einigermaßen merkwürdig, seinen Nachmittag damit verbringen zu müssen, sinnlos Nägel in die Dielenbretter zu hämmern, aber er erhob keine Einwände. Als der Graf um die Teezeit herum ins Schlafzimmer trat, pries er vergnügt die nun übermäßige Sicherheit des Fußbodens und entließ den verdutzten Mann mit einer zusätzlichen Guinee für dessen zufriedenstellende Arbeit.

Als die Damen und Gervaise von ihrem Ausritt zurückkehrten, stellte Justin fest, daß nur Lady Ann heiterer Gemütsverfassung zu sein schien. Vor allem wirkte Arabella überaus einsilbig. Der Graf sorgte dafür, daß alle im Samt-Salon blieben, bis es Zeit war, sich für die Talgarthsche Abendgesellschaft umzuziehen.

Während Grace sich um das Bad kümmerte, wanderte Arabella rastlos im Zimmer auf und ab. Sie war überzeugt, daß Justin etwas im Schilde führte – etwas, das mit Gervaise zu tun hatte. Es war schlechterdings unmöglich, daß er über die gleichen Informationen verfügte wie sie –

und doch wußte er irgend etwas! Sie dachte an die losen Dielenbretter, die er beim Mittagessen erwähnt hatte – einfach lächerlich! Der Fußboden war völlig intakt gewesen. Und dann Justins seltsame Reaktion auf Suzannes Einladung nach Talgarth Hall. Aber die Erinnerung an den bittenden Ausdruck in seinem Gesicht bewog Arabella nun doch, sich der Verbindungstür zuzuwenden. Verdammt, sie wollte wissen, was Justin vorhatte und warum er sie heute nachmittag alle von Evesham Abbey hatte weghaben wollen!

Sie klopfte an die Tür. Keine Antwort. Stirnrunzelnd drehte sie am Knauf. Die Tür war verschlossen.

»Justin!« rief sie.

Keine Antwort.

Ärgerlich wandte sie sich ab. Nicht nur, daß er nicht mit ihr sprechen wollte, er ging ihr auch sehr geschickt aus dem Weg.

Als die drei Frauen in der vollen Pracht ihrer abendlichen Gewänder in der Eingangshalle standen, war das einzige männliche Wesen, das ihnen Komplimente zukommen ließ, Gervaise. Er war es auch, der ihnen sorgfältig die Umhänge über die Schultern legte. Der Graf erschien erst im letzten Augenblick und entschuldigte sich umständlich.

Die Damen wurden in den Wagen hinausbegleitet, und Arabellas Verwirrung steigerte sich. Sowohl der Graf als auch Gervaise ritten auf ihren Pferden. Verdammt, dachte sie wütend, er geht mir wirklich aus dem Weg, wo er kann.

Talgarth Hall war ein niedriges, langgestrecktes Gebäude in georgianischem Stil, erbaut vom Vater des derzeitigen Lord Talgarth. Helles Kerzenlicht fiel durch die unzähligen Fenster und beleuchtete die Kutschen des lokalen Landadels, der vollzählig eingetroffen war. Fackeln erhellten die Umgebung, gehalten von einer Menge Lakaien, die, wie Arabella annahm, zweifellos für den heutigen Abend angeheuert worden waren und nun entlang der Auffahrt bis zu den Stufen des Talgarthschen Heims standen.

Mit schwungvoller Verbeugung öffnete der Graf die Tür ihrer Kutsche und half den Damen sorgsam heraus. Arabella stieg als letzte aus, und als Justin ihre Hand ergriff, umklammerte sie sie unwillkürlich krampfhaft.

»Komm schon, Bella«, sagte er leise, »zaubere ein Lächeln auf dein reizendes Gesicht.«

»Justin . . .«

Sie geriet ob seines Tones und der Zärtlichkeit in seinen Augen erneut in Verwirrung.

Er schüttelte leicht den Kopf und half ihr aus dem Wagen. Bevor er sie der Obhut des Talgarthschen Butlers überließ, drückte er ihre Hand.

Lady Talgarth stürzte sich auf sie alle, bevor noch der Butler sie formell ankündigen konnte. Ihr übermäßig strahlendes Lächeln umarmte sie förmlich.

»Wie wunderbar, daß Sie kommen konnten! Meine *liebe* Ann, wie zauberhaft Sie heute abend aussehen. Das Grau ist soviel weniger erschreckend als das fürchterliche Schwarz! Natürlich, man sollte den angemessenen Respekt walten lassen, aber . . .«

Sie ließ den Satz bedeutungsschwer unvollendet.

»Wie freundlich von Ihnen, Aurelia«, erwiderte Lady Ann unverbindlich, während ihr Blick bereits umherschweifte. »Ist Dr. Branyon schon eingetroffen? Unglücklicherweise habe ich ihn heute während des Tages nicht zu Gesicht bekommen.«

Sie lächelte liebenswürdig in die glitzernden Augen ihrer Gastgeberin hinein, die sich gereizt abwandte, um weitere Gäste zu begrüßen.

Suzanne, eine bezaubernde Vision in einem rosa Satinkleid mit einem Überwurf aus etwas hellerem Tüll, stieß einen gar nicht damenhaften Quietschlaut des Entzükkens aus und stürzte vor, um Lady Anns Hände zu umklammern.

»Wie hinreißend Sie aussehen, Lady Ann! Und wie schön, daß Sie kommen konnten. Nun wollen wir uns amüsieren.«

»Halte dich zurück, Suzanne«, tadelte Lady Talgarth.

Suzanne blinzelte verschmitzt und vollführte einen ehrerbietigen Knicks vor dem Grafen.

»Ich kann beschwören, eine Unmenge junger Ladys brennt schon länger als eine Stunde darauf, Ihnen vorgestellt zu werden! Du hast doch nichts dagegen, Bella, oder? Dein Mann ist sehr gefragt!«

»Enthalte ihm sein Schicksal bloß nicht vor, Suz.«

Sogar Suzanne trug unwissentlich dazu bei, Justin von ihr fernzuhalten, dachte sie. Sie wandte sich an Gervaise.

»Monsieur, wollen Sie nicht mit uns kommen? Es gibt hier so viele Leute, die Sie kennenlernen müssen.«

Flüchtig lag in seinen dunklen Augen ein zögernder Ausdruck, bevor er beipflichtete.

»Natürlich, Arabella. Ich stehe ganz zu Ihren Diensten.«

»Mama«, flüsterte Arabella, »sieh einmal zum Kamin hinüber. Armer Dr. Branyon, er ist vom gichtgeplagten Lord Talgarth in eine Unterhaltung verstrickt worden. Aber er hat bereits erkannt, daß du zu seiner Rettung herbeieilst.«

»Pst, Kind, bringe mich nicht zum Erröten«, flüsterte Lady Ann zurück und lächelte strahlend.

Arabella stellte Gervaise der stillen Miß Dauntry vor, der vierten Tochter einer sehr liebevollen Mutter. Als er sich abwandte, um die junge Dame auf die Tanzfläche zu führen, sah Arabella Lord Graybourn vorübertanzen, Elsbeth am Arm.

Auch Suzanne wirbelte vorbei, Oliver Rollins im Schlepptau. Er war ein rundlicher, wohlmeinender junger Mann, den Arabella von Kindheit an erbarmungslos gepiesackt hatte.

Suzanne rief ihr vergnügt zu:

»Ärgere dich nicht, Bella! Ich werde dir einen *meiner* Verehrer schicken, damit er mit dir tanzt! Aber den Grafen mußt du aufgeben, wir haben eine Überfülle junger Ladys heute abend!«

Oliver Rollins brachte ein gestottertes »Hallo!« heraus, bevor er weggerissen wurde.

Jemand tippte Arabella mit einem Fächer auf den Arm, und sie drehte sich um. Lady Crewe, eine ehrfurchtgebietende Witwe unbestimmbaren Alters und mit hellrotem Haar versehen stand neben ihr. Zwei große Straußenfedern schwankten gefährlich über ihrem dünnen Gesicht.

»Du siehst gesund aus, Arabella. Ich sehe, daß dir die Ehe bekommt. Dein Vater hat eine gute Wahl getroffen.«

Ihr Blick schweifte zum Grafen hinüber, der seinen Pflichten beim Country-Dance mit der sehr drallen Eliza Eldridge mit Anstand nachkam.

»Ja«, sagte Lady Crewe mehr zu sich selbst als zu Arabella, »er macht eine gute Figur. Wie ähnlich er deinem Papa doch sieht.«

»Ja, das stimmt. Er gleicht Vater verblüffend«, pflichtete Arabella bei und unterdrückte ihr Unbehagen.

Lady Crewe legte eine Pause ein und drehte einen großen Rubinring an ihrem knochigen Finger.

»Vielleicht wird deine Mama überrascht sein, Arabella, aber ich verdenke ihr nicht, daß sie Dr. Branyon heiraten will. All dieser Unsinn Aurelias, daß er kein ›Lord‹ sei, ist einfach beleidigend.« Ihre scharfen Blicke bohrten sich förmlich in Arabellas Gesicht. »Ich habe bemerkt, meine liebe Bella, daß es auch deinen Beifall findet. Das ist sehr klug von dir, meine Liebe.«

»Ja«, murmelte Arabella.

»Gut. Ich will dir eines sagen, junge Lady – zum erstenmal in fast zwanzig Jahren finde ich etwas an deiner Mutter bewundernswert – abgesehen von ihrem guten Aussehen und ihrer unschuldigen Liebenswürdigkeit. Endlich hat sie Charakter und Temperament bewiesen.«

Arabella blickte auf und blinzelte.

»Entschuldigen Sie, Ma'am, aber was meinen Sie damit?«

»Nun, Arabella, du bist eine verheiratete Frau. Ich bewundere die Tatsache, daß deine Mutter diese neunzehn Jahre überstanden und trotzdem ihr jugendliches Aussehen bewahrt hat. Vielleicht belohnt Gott in seiner unermeßlichen Weisheit die Unschuldigen doch.«

In Arabellas Augen tauchte plötzlich etwas wie Verständnis auf. Ihr war klar, daß sie dies nicht aufgebracht hätte, hätte Justin nicht so offen über ihren Vater gesprochen.

Forschend sah sie Lady Crewe an und bemerkte auf dem dünnen Gesicht plötzlich Spuren früherer Schönheit. Sie hielt es für durchaus möglich, daß vor langer Zeit sie und ihr Vater ein Liebespaar gewesen waren. Sie empfand darüber keinerlei Irritation, es war nur eine vorübergehende, distanzierte Erkenntnis.

Lady Crewe erkannte eine neue Reife im Gesichtausdruck der jungen Gräfin und sagte freundlich:

»Besuche mich doch einmal, Arabella. Ich glaube, wir hätten einige sehr interessante Gesprächsthemen.«

»Das werde ich tun, Ma'am«, versprach Arabella, und stellte fest, daß sie tatsächlich die Bekanntschaft mit Lady Crewe auffrischen wollte.

Sie verließ die Ältere dann, um sich von Sir Darien Snow, einem langjährigen Freund ihres Vaters, zur Tanzfläche führen zu lassen. Er war ebenso freundlich und bescheiden, wie ihr Vater laut und anmaßend gewesen war. Sie sprachen wenig miteinander, was nur gut war, denn Arabellas Gedanken schweiften ohnehin von ihrem Tanzpartner ab. Sie erspähte Gervaise, der mit Elsbeth tanzte. Wenn es nur eine Möglichkeit gegeben hätte, die beiden zu trennen! Sie zupfte an Sir Dariens Ärmel und übernahm die Führung, so daß sie näher an Elsbeth und Gervaise herankam. Wenigstens wollte sie hören, was die beiden sprachen. Als sie schließlich nahe genug war, hörte sie Gervaise mit seiner melodischen, einschmeichelnden Stimme sagen:

»Wie zauberhaft du heute abend aussiehst, *ma petite.* Diese englischen Gesellschaften scheinen dir gut zu bekommen.«

Arabella und Sir Darien wurden von anderen Tanzpaaren weggedrängt, und sie konnte nichts mehr verstehen.

»Danke, Gervaise«, murmelte Elsbeth. »Ich genieße das Tanzen und Feste überhaupt. Meine Tante hat sehr zurückgezogen gelebt und war wenig gesellig.« Elsbeth machte eine Pause und fuhr dann mit einem Unterton schlechten Gewissens fort: »Ich sollte Tante Caroline wirklich schreiben. Sie war sehr freundlich zu mir, weißt du.«

»Ja, natürlich«, erwiderte Gervaise zerstreut.

Er blickte auf seine Halbschwester hinab, deren Augen ebenso lebhaft funkelten und mandelförmig geschnitten waren wie die seinen. Er kannte ihre schlichte Unschuld und das unbedingte Vertrauen, das sie in ihre Umgebung setzte. Wenn ihm doch nur diese elende alte Dienerin Josette früher erzählt hätte, daß er nicht der uneheliche Sohn von Thomas de Trécassis war – sondern daß er und

Elsbeth dieselbe Mutter hatten! Dafür, daß er Elsbeth dazu gebracht hatte, ihn dieses eine Mal zu lieben, obwohl er schon gewußt hatte, daß sie seine Halbschwester war, haßte er sich jetzt um so mehr. Bald würde er von hier verschwunden sein, zusammen mit dem, was ihm rechtmäßig gehörte. Und doch wollte er irgendwie den Schmerz lindern, den Elsbeth ob seines Weggehens empfinden würde. Er machte einen falschen Schritt und trat ihr auf den Fuß. Zerknirscht sagte er:

»Wie ungeschickt von mir, Elsbeth, bitte verzeih. Du siehst, es gibt viele Dinge, die ich falsch mache.«

Sie lächelte zu ihm empor, spürte etwas wie Traurigkeit bei ihm und sagte schnell:

»Das ist doch unwichtig, Gervaise. Sprich nicht so, ich bitte dich. Du tust dir selbst unrecht.«

»Nein, Elsbeth«, erwiderte er leise, »es ist so. Ich ... bin deiner absolut unwürdig. Ich habe viel nachgedacht, kleine Cousine. Unser Plan, gemeinsam wegzugehen, ist unmöglich. Du mußt das einsehen, Elsbeth. Es wäre unehrenhaft von mir, dich deiner Familie wegzunehmen, dich einem Dasein voller Unsicherheiten auszusetzen.«

Er sah die Verwirrung in ihren Augen.

»Gervaise – das kann doch nicht dein Ernst sein! Es wird keine Unsicherheiten geben. Hast du meine zehntausend Pfund vergessen? Als mein Ehemann würde das Geld dir gehören!«

»Ehemann!« sagte er barsch. »*Dein* Ehemann? Komm schon, Elsbeth, es ist Zeit, daß du dich mit den Realitäten des Lebens befaßt. Es wird Zeit, daß du eine Frau wirst. Du kannst dich nicht länger wie ein Kind benehmen.«

»Ich ... ich weiß nicht, was du meinst, Gervaise«, stammelte sie völlig verwirrt. »Hast du mich nicht selbst gelehrt, eine erwachsene Frau zu sein?«

Sie erstarrte in seinen Armen, nahm kaum noch wahr,

daß ihre Füße sich noch immer im Takt der Musik bewegten.

»Du bist nichts als ein romantisches Kind.« Er verzog die Lippen und zwang sich zu einem spöttischen Ton. »Alles, was ich getan habe, Elsbeth, war, dir deine Jungfräulichkeit zu nehmen und dir eine romantische Sommeridylle zu bescheren – mehr nicht.«

»Aber du sagtest doch, du liebtest mich«, flüsterte sie.

Er erwiderte mit einer Leichtfertigkeit, die sie erschauern ließ:

»Natürlich habe ich dir gesagt, daß ich dich liebe. Wärst du eine Frau und kein Kind, so hättest du gewußt, daß leidenschaftliche Liebesworte eine Affäre um so vieles aufregender und erfreulicher gestalten.« Und mit einiger Kühle fügte er hinzu: »Und natürlich liebe ich dich ... als meine Cousine. Es wäre doch unnatürlich, wenn das nicht so wäre.«

»Warum hast du dann gesagt, wir würden zusammen fliehen?«

Er lachte unangenehm.

»Ich habe dir nur gesagt, was du hören *wolltest*, Elsbeth. Eine Ehefrau ist nicht Bestandteil meiner Pläne. Daß du etwas anderes geglaubt hast, beweist nur, daß du nichts weiter als ein romantisches Kind bist. Komm schon, meine Liebe, es ist Zeit, daß du aus deinen Unschuldsträumen aufwachst. Sei mir dankbar, daß ich dir jetzt die Wahrheit gesagt habe. Ich schwöre dir, das ist freundlicher, als wenn ich dich der Ungewißheit überlassen hätte. Du hättest nie wieder etwas von mir gehört.«

»War ich wirklich solch ein Kind, als ich mich dir so ohne Bedingungen hingegeben habe?«

Nun schwammen Tränen in ihren Augen.

»Ja, das warst du«, erwiderte er nach kurzem Zögern.

»Du wolltest Substanz und Realität haben, wo es nichts weiter als Träume und Hirngespinste gab. Du mußt lernen, dem Leben ins Gesicht zu sehen, Elsbeth – nicht dich ducken und weinen wie ein hilfloses Kind. Ich glaube, du wirst mir eines Tages dankbar sein. Herzen brechen nicht – das ist Unsinn. Du wirst mich vergessen, Elsbeth. Mich vergessen und stark – eine Frau werden. Beginnst du zu verstehen?«

Sein Blick wurde weicher, das sah sie jedoch nicht, weil ihr Kopf gesenkt war. Gervaise bemerkte, wie ihnen Lord Graybourn entschlossenen Schrittes zustrebte. Als der Tanz zu Ende war, sagte der Comte leise:

»Du bist Engländerin, Elsbeth. Deine Zukunft liegt in England, verheiratet mit einem englischen Gentleman. Du hast eine kurze *affaire du cœur* hinter dich gebracht, das ist alles.«

»Ja, das ist wohl alles«, wiederholte sie vage, unterdrückte die Tränen und blickte zu ihm auf. »Ich möchte, daß du mich zu Lady Ann zurückbringst, Gervaise.«

Nachdem der Comte Elsbeth verlassen hatte, schweifte sein Blick durch den gedrängt vollen Raum und blieb schließlich auf dem Grafen haften. Bald würde er, Gervaise, nun seinen Verstand gegen den Justins ausspielen können. Er betrachtete ihn einen Augenblick lang nachdenklich, dann drehte er sich um und ergriff Miß Rutherfords Hand. Er sah, wie Elsbeth von Lord Graybourn auf die Tanzfläche geführt wurde, und sein Blick verdunkelte sich kurz. Dann zog er Miß Rutherford plötzlich in die Arme. Sie schnappte nach Luft und lachte dann entzückt.

Am Ende des Tanzes ließ sich Arabella von Lord Darien zu ihrer Mutter zurückbringen.

»Elsbeth ist heute abend offensichtlich sehr gefragt«, bemerkte Lady Ann zufrieden.

Arabellas Blick schweifte über die Menge, und Dr. Branyon sagte lächelnd:

»Ich glaube, Justin holt gerade Miß Eldridge ein Glas Punsch, Bella. Wenn Miß Talgarth ihren Kopf durchsetzt, werden Sie, fürchte ich, heute keine Chance haben, mit Ihrem Mann zu tanzen.«

»Das spielt keine Rolle, Sir«, erwiderte sie und wandte sich ab.

Sie hörte Suzannes helles Gelächter aus der Menge der jungen Leute heraus und fühlte sich plötzlich niedergeschlagen. Alle, einschließlich ihres Ehemannes, schienen sich blendend zu amüsieren, während sie selbst . . . Was du brauchst, ist ein bißchen frische Abendluft, mein Mädchen, dachte sie.

»Entschuldigt mich, Mama, Dr. Branyon«, sagte sie. »Hier ist es so stickig, ich glaube, ich werde für einen Augenblick auf den Balkon hinausgehen.«

Es dauerte ein paar Minuten, bis sie die hohe, schmale Glastür erreicht, sie geöffnet hatte und in die vom Mondschein erhellte Nacht hinausgeschlüpft war. Sie holte tief Atem und genoß die frische, kühle Luft auf ihrem Gesicht. Ihr Blick schweifte über die hübschen Gartenanlagen vor ihr und blieb dann an einer mit Umhang bekleideten Gestalt haften, die den Stallungen zustrebte. Die Art, wie er sich bewegte, hatte etwas Vertrautes für sie, und sie beobachtete ihn interessiert.

Der Mann hielt plötzlich inne und blickte zurück. Das Mondlicht fiel auf sein Gesicht, und Arabella spürte, wie ihr Herzschlag stockte. Es war Gervaise. Und er war auf dem Weg zum Stall – seine Bewegungen hatten etwas Verstohlenes an sich. Sie empfand eine mit Furcht gemischte Erregung, drehte sich um und eilte durch die geöffnete Glastür zurück in den Saal. Ihr Blick glitt über die Tanzfläche, aber sie konnte den Grafen nirgendwo finden. Minuten vergingen, kostbare Zeit, aber er tauchte nicht auf. Mit plötzlicher Entschlossenheit wandte sie sich ab. Ein Blick in den Ballsaal machte ihr klar, daß sie sich niemals durch die Gäste drängen konnte, ohne aufgehalten zu werden. Sie schlüpfte wieder auf den Balkon hinaus, beugte sich über die Brüstung und schätzte die Distanz bis zur Erde unten ab. Das Risiko hinabzuspringen, war zu groß. Ihr Blick fiel auf eine alte Ulme, deren Äste den gegenüberliegenden Teil der Brüstung berührten. Ohne zu überlegen, rannte sie dorthin, raffte die Röcke über den Knien zusammen und griff nach dem stärksten Ast. Sie umklammerte ihn mit den behandschuhten Fingern und schwang sich vom Balkon herab in Richtung des Stammes. Einen Augenblick lang hing sie in der Luft, bevor ihre Füße gegen einen knotigen Auswuchs des Baumstammes prallten. Sie hörte, wie der Ast, an dem sie hing, unter ihrem Gewicht ächzte, achtete jedoch nicht darauf, sondern hangelte sich an ihm entlang weiter, bis sie sich auf einen der niedereren Äste herablassen konnte. Ihre Röcke wickelten sich um die Beine.

»Verdammt«, murrte sie laut, »wenn der Himmel wirklich Gerechtigkeit kennen würde, so hätte ich jetzt ein Paar stabile Reithosen an!«

Sie warf einen Blick auf das weiche Gras unter ihr, holte tief Luft und ließ sich hinabfallen. Sie kam heil unten an und rannte sofort auf die Stallungen zu, die lästigen Röcke über die Knöchel hochgezogen.

Plötzlich drang lautes Hufgeklapper an ihr Ohr, sie hielt inne, kauerte hinter einem der Eibenbüsche nieder und wartete. Gleich darauf galoppierten Pferd und Reiter an ihr vorüber, sie sah im Mondschein Gervaises Gesicht.

Sie zwang sich dazu, abzuwarten, bis er außer Sichtweite war, richtete sich dann hastig auf und eilte zum

Stall hinüber. Als sie an der erleuchteten Tür auftauchte, sah sie sich einem verwunderten Reitknecht gegenüber, der sie offenen Mundes anstarrte.

»Mylady?« fragte er unsicher, als er sie als Miß Deverill, nunmehrige Gräfin von Strafford erkannte.

Arabella holte keuchend Atem, sah die Unsicherheit auf dem Gesicht des jungen Mannes und verwandelte sich umgehend in die arrogante, hochmütige Miß Deverill, die absoluten Gehorsam heischte.

»Wie heißen Sie?« fragte sie gebieterisch.

»Allen, Mylady«, erwiderte der Reitknecht.

»Schön, Allen, ich möchte, daß Sie sofort Miß Talgarths Stute Bluebell für mich satteln.«

»Aber, Mylady . . .«, stammelte der Reitknecht.

Er wünschte, es wäre jemand dagewesen, der ihm mitgeteilt hätte, ob er nun Miß Talgarths Stute der Gräfin geben sollte oder nicht.

Arabellas graue Augen schweiften hochnäsig über das Gesicht des unglücklichen Stallknechts.

»Los, Allen, Sie werden doch wohl nicht Ihren Posten verlieren wollen.«

Mehr sagte sie nicht, ihr Blick blieb nur so lange auf den Mann gerichtet, bis dieser sich umdrehte, um das zu tun, was sie verlangte.

Sie verzog hinter seinem Rücken lachend den Mund.

Arabella betrachtete geringschätzig die sanfte Bluebell. Hätte sie nur Lucifer hier bei sich gehabt!

»Na, komm schon, du gemütliche, alte Mähre«, sagte sie, als ihr der Reitknecht in den Sattel half. Dann wandte sie sich an den jungen Mann.

»Vielen Dank, Allen. Und richten Sie Miß Talgarth aus, daß sie ihr Pferd heil und gesund zurückbekommen wird.«

Sie spornte Bluebell an und galoppierte die Zufahrt hinab.

Noch bevor sie an der Hauptstraße angelangt war, hatte sich ihre kunstvolle Frisur in eine wilde Mähne verwandelt. Sie zwang die Stute zu einem steten Galopp und versprach ihr einen großen Eimer Hafer, sobald sie Evesham Abbey erreicht hätten. Ja, dachte sie, es konnte kein Zweifel darüber bestehen, daß Gervaise dorthin zurückritt. Das war das einzige, dessen sie sich sicher war. Im übrigen hatte sie keine Ahnung, was sie eigentlich tun wollte. Ihm folgen? Ihm gegenübertreten? Erneut empfand sie etwas wie Furcht. Es war dumm und tollkühn von ihr gewesen, Justin nicht zu suchen, ganz gleich, wie lange es gedauert hätte. Aber jetzt war es zu spät.

Als sie Bluebell auf die kiesbestreute Zufahrt von Evesham Abbey lenkte, war Arabella keineswegs überrascht, Gervaises Pferd an einem Busch neben der Vordertreppe angebunden zu sehen. Sie hielt die keuchende Bluebell an und glitt aus dem Sattel. Ringsum war alles gespenstisch still. Nur wenige Kerzen schimmerten in den Fenstern des Erdgeschosses. Im oberen Stock brannte nur ein Licht – es drang aus dem Fenster des gräflichen Schlafzimmers.

Sie rannte die Stufen empor und stieß die große Tür auf. Die Eingangshalle war leer. Sie runzelte die Stirn und fragte sich, wo wohl die Bediensteten steckten.

Unentschlossen biß sie sich auf die Unterlippe. Sie dachte an ihre kleine Pistole in der Schublade des Nachttisches neben ihrem Bett. Es war unmöglich, sie herauszuholen, während sich Gervaise entweder im Schlafzimmer oder in dessen Nähe befand. Die Waffensammlung ihres Vaters in der Bibliothek! Lautlos eilte sie dorthin. Die Lieblingspistolen ihres Vaters lagen in der mit Samt ausgeschlagenen Kassette auf dem Kaminsims. Vorsichtig holte sie eine davon heraus und lud sie.

Langsam stieg sie die Treppe empor, die Waffe in den Falten ihrer Röcke verborgen. Die Tür zum gräflichen Schlafzimmer stand einen Spaltbreit offen. Sie sah, wie die einzige brennende Kerze innen bizarre, flackernde Muster auf die gegenüberliegende Wand warf. Langsam öffnete sie die Tür vollends.

Die Augen des Grafen schweiften durch den Saal, wie schon mehrmals zuvor. Sein Blick fiel auf Lucinda Rutherford, die allein herumstand und wie ein verlassener kleiner Mops aussah.

»Verdammt«, sagte er halblaut.

Noch vor kurzem hatte er gesehen, wie Gervaise sie zur Quadrille geführt hatte. Daraufhin hatte er befriedigt Lord Talgarth aus dem Saal geführt, der wegen seiner Gicht genug vom Trubel hatte.

Zerstreut sah er auf Miß Talgarths ihm zugewandtes Gesicht hinab.

»Bitte verzeihen Sie mir, Suzanne, aber ich muß Sie zu Ihrer Mama bringen.«

Suzannes schöne Augen weiteten sich.

»Aber – « begann sie.

»Tut mir leid, aber für Erklärungen ist jetzt keine Zeit.«

Nach einer flüchtigen Verbeugung vor Lady Talgarth und ihrer Tochter strebte er dem Ausgang des Ballsaales zu. Erneut schweifte sein Blick durch den Raum auf der Suche nach Gervaise. Der Comte war nicht mehr da. Er hatte den Köder angenommen, und Justin wußte, daß er das Spiel verlieren würde, wenn er sich nicht beeilte.

»Justin!«

Er fuhr herum. Dr. Branyon winkte ihm zu.

»Arabella hat Sie gesucht«, rief Lady Ann. »Ich dachte, sie wollte auf den Balkon hinausgehen, aber nun kann ich sie nicht finden. Haben Sie sie gesehen, Justin?«

»Nein«, erwiderte der Graf. »Sie müssen mich entschuldigen ...«

Er wandte sich abrupt ab und schlängelte sich durch die Menge der Gäste hindurch aus dem Ballsaal. Erst als er hinaus in den Mondschein trat, wurde ihm bewußt, was Lady Anns Worte zu bedeuten hatten, und für einen Augenblick empfand er mörderische Wut. Arabella war fort, geflohen mit Gervaise!

Er hatte sich selbst für so klug gehalten, weil er seine gesamte Energie darauf verwandt hatte, den Franzosen in die Falle zu locken. Heute nachmittag hatte er Arabella sogar buchstäblich in die Arme des Comte getrieben, während er selbst in Gervaises Zimmer sorgfältig nach den Beweisen gesucht hatte, die er brauchte.

Als er beim Stall ankam, stand der Reitknecht Allen auf der Schwelle, noch immer einigermaßen nervös, weil er nicht wußte, ob er Lord Talgarth nicht hätte berichten sollen, daß die Gräfin von Strafford das Pferd seiner Tochter genommen hatte.

Der Graf ließ ihm keine Zeit zu weiterem Nachdenken.

»Mein Pferd ist der kastanienbraune Hengst, der gesattelt in der hintersten Box steht. Bringen Sie ihn mir sofort.«

Der schroffe Befehl des Gentlemans vertrieb vorübergehend die anderen Sorgen des Reitknechts. Irgendwie kam ihm der Mann bekannt vor.

Aber erst Minuten später, als sich der Fremde auf das Pferd schwang, fiel ihm ein, wer das war.

»Mylord, Ihre Ladyschaft, Ihre Frau ...« Die Worte erstarben ihm auf den Lippen. Der Graf von Strafford stürmte auf seinem Pferd bereits die Zufahrt entlang.

Arabella blieb regungslos auf der Schwelle stehen, die

schwere Pistole in der Hand, zwischen den Falten ihrer Röcke versteckt.

Sie beobachtete Gervaise, der vor dem ›Totentanz‹ stand, die Kerze erhoben in der rechten Hand. Seine Linke betastete sorgsam die flache Mulde unmittelbar unter dem erhobenen Schild des Skeletts. Sie glaubte zu sehen, wie sich seine Finger um etwas schlossen – vielleicht einen kleinen Knopf. Wie durch Zauber schob sich die untere Kante des hölzernen Schildes plötzlich beiseite und enthüllte ein dahinterliegendes Fach, nicht breiter als eine Hand.

»Ein sehr raffiniertes Versteck, Monsieur. Vielleicht hätte Josette es gefunden, wenn sie dabei von mir nicht gestört worden wäre.«

Arabella war höchst zufrieden über die Kälte und Klarheit ihrer Stimme.

Gervaise fuhr zurück, sein hübsches Gesicht drückte zuerst Überraschung, dann Zorn aus. Sein Blick glitt an ihr vorbei, er hatte den Grafen erwartet. Als ihm klar wurde, daß sie allein war, spürte er, wie sein Zorn verschwand, er lächelte sie beinahe freundlich an. Seine Hand, die zu seiner Pistole gefahren war, entspannte sich und sank seitlich herab.

»Ah, meine schöne Gräfin. Ist es dumm von mir zu fragen, wieso Sie hier sind?«

»Keineswegs, Gervaise. Ich war auf dem Balkon und sah Sie zu den Ställen hinübergehen. Ich bin Ihnen gefolgt.«

»Ein wilder Ritt im Mondschein«, bemerkte er nachdenklich. »Und das in Ihrem Ballkleid. Sehr kühn, *chère madame*.«

»Aber nicht so kühn wie Sie. Bitte, lassen Sie sich in Ihren Nachforschungen von mir nicht stören.«

Er zuckte gleichgültig die Schultern.

»Nun gut. Sie können Zeugin sein, wie ich mir mein Erbe hole.«

Seine Finger glitten in das kleine Fach. Dann erfolgte ein Wutschrei.

»Sie sind verschwunden! Das ist nicht möglich! Niemand wußte etwas davon – außer Magdalaine.«

Arabella fuhr ob seiner plötzlichen Wut zurück.

»Was ist verschwunden, Monsieur? Was hat Magdalaine in dem Fach versteckt?«

Er schien sie kaum wahrzunehmen.

»Die Smaragde der Trécassis. Eine Riesensumme wert. Verschwunden!«

Flüchtig tauchte in Arabellas Innerem das Bild des Briefes mit den verschmierten und nicht zu entziffernden Zeilen auf, den Magdalaine an ihren Liebhaber geschrieben hatte. Ihr Magen krampfte sich zusammen. Ihr Vater hatte Magdalaine mitten in der gefährlichen Revolution nach Frankreich geschickt, damit sie ihm die Smaragde brachte. Das mußte sie gemeint haben, als sie an ihren Freund geschrieben hatte, sie beide würden dank der Habgier ihres Ehemannes reich werden. Magdalaine und ihr Liebster hatten versucht, sich von Arabellas Vater zu befreien. War Magdalaine – vielleicht Elsbeth in den Armen – aus Evesham Abbey geflohen, um sich mit ihrem Liebhaber in den Ruinen der Abtei zu treffen? Hatte ihr Mann die beiden erwischt? Hatte er Magdalaines Freund ermordet? Und hatte er in seiner Wut vielleicht auch Magdalaine selbst umgebracht?

Gervaise hatte sich inzwischen wieder gefaßt. Nachdenklich sagte er:

»Meine liebe Arabella, ich finde es äußerst merkwürdig, daß Sie so gut über meine Affären informiert sind. Vielleicht sind Sie diejenige, die die Smaragde gefunden hat?« Er trat einen Schritt weiter auf sie zu.

»Nein, Monsieur, ich habe Ihre Smaragde nicht gefunden«, erwiderte sie ruhig, mit ihren Gedanken noch immer bei ihrem Vater und den gewaltsamen Todesfällen vor so vielen Jahren.

»Irgendwie kann ich Ihnen nicht ganz glauben, *chère madame.*«

Er streckte die Hand aus, um sie am Arm zu packen.

Sie fuhr noch weiter zurück und zog die Pistole aus den Falten ihres Rocks.

»Ich bin nicht so dumm, Monsieur, einem Mörder gegenüberzustehen, ohne mich selbst zu schützen.«

In ihrem Blick lag Verachtung.

»Mörder, Madame?« Seine Stimme klang ausgesprochen unangenehm. »Kommen Sie schon, das sind ja wilde Spekulationen.«

»Nein, Gervaise, ich weiß, daß Sie an Josettes Tod nicht unschuldig sind. Mir schien es gleich mehr als seltsam, daß sie mitten in der Nacht ohne jedes Licht in Evesham Abbey herumgewandert sein soll. Es war leichtsinnig von Ihnen, nicht wenigstens eine Kerze neben ihr liegen zu lassen. Warum haben Sie sie umgebracht, Gervaise? Geschah das, weil ich sie im Schlafzimmer des Grafen ertappt hatte, während ihre Hände den ›Totentanz‹ abtasteten?«

Er antwortete nicht.

»Oder vielleicht«, fuhr sie fort, »weil sie drohte, Sie bloßzustellen, Monsieur, jedermann zu erzählen, daß Sie ein Bastard seien – Magdalaines Sohn? Hat sie Ihnen gesagt, daß Ihre Verführung Elsbeths gegen die Gesetze der Natur verstießen? Ich kann nur inbrünstig hoffen, daß Elsbeth nie erfahren wird, daß Sie ihr Halbbruder sind.«

Sein Gesicht war kalkweiß geworden, seine Stimme klang rauh.

»Nein, Elsbeth weiß es nicht! Ich wußte es ja selbst

nicht, bevor diese elende alte Frau es mir erzählte! Hätten Sie und Ihr Mann sich hier nicht eingemischt, Madame, so wäre ich jetzt schon verschwunden – zusammen mit dem, was rechtmäßig mir gehört!«

»Ihnen, Monsieur?« zischte sie verächtlich. »Sie sind kein Trécassis, Gervaise. Falls die Smaragde tatsächlich existieren, gehören sie Elsbeth.«

Er stand da und starrte sie zornig an, sein Gesicht war nun gerötet.

Sie bohrte weiter.

»Ist Ihnen nicht der Gedanke gekommen, daß das Skelett in den Ruinen der alten Abtei das Ihres Vaters war? Ich weiß das, denn nachdem Sie mich so wirkungsvoll in dieser Zelle verschüttet hatten, fand ich einen Brief in seiner Hosentasche. Es gibt gar keinen Zweifel,Gervaise.«

»Verdammt, Ihr Vater hat ihn umgebracht!«

Er warf sich wie ein Wahnsinniger auf sie, bevor sie darauf gefaßt war. Seine Finger umklammerten schmerzhaft ihr Handgelenk, die Pistole fiel klappernd zu Boden.

Er stieß sie zurück, und sie hielt sich an einer Stuhllehne fest, um nicht hinzufallen. Sie sah zu, wie er die Pistole aufhob und neben sich auf einen Tisch legte. Nach wie vor empfand sie keine Angst vor ihm, nur Wut auf sich selbst, weil sie so dumm gewesen war, sich von ihm überraschen zu lassen.

»Und nun, meine liebe Arabella«, sagte er mit spöttisch verzogenen Lippen, »werde ich die Wahrheit von Ihnen erfahren.«

»Ich kann Ihnen nicht helfen, Gervaise«, erwiderte sie gleichmütig.

Er lächelte sie auf unangenehme Weise an.

»Wissen Sie, meine liebe Gräfin, Sie sind eigentlich eine sehr schöne Frau. Vielleicht wäre es gar nicht so schlecht, Sie zu meiner Gesellschaft mitzunehmen, zumindest so lange zu behalten, bis Ihr wohlhabender Gatte mich dann für Ihren Verlust reichlich entschädigt. Natürlich würde ich die Smaragde vorziehen, aber wenn Sie mir nicht verraten wollen, wo Sie sie versteckt haben, will ich nicht murren. Brüssel wird Ihnen gefallen, Arabella.«

Sie richtete sich hoch auf und starrte ihn voller Kälte an.

»Ich weiß nichts von Ihren Smaragden, Gervaise. Bilden Sie sich bloß nicht ein, daß es eine leichte Aufgabe für Sie sein wird, mich zu zwingen, mit Ihnen zu gehen. Ah, ich sehe, der Gedanke, mich schreiend und strampelnd von hier wegzuschleppen, bewegt Sie zu einer Denkpause.«

»Ihre Suche ist zu Ende, Monsieur! Ist es das hier, was Sie so erbarmungslos gesucht haben?«

Arabella fuhr herum und sah den Grafen auf der Schwelle stehen. In seiner ausgestreckten Hand lagen unzählige leuchtend grüne Steine. Eine Halskette.

»Justin!« ächzte sie. »Oh – woher hast du Bescheid gewußt? Wieso bist du hier?«

Aber noch während sie sprach, wurde ihr klar, daß sie sich verraten hatte.

Der Graf hörte ihre Fragen kaum. Er hatte ohnehin mitangehört, was Arabella zu Gervaise gesagt hatte. Sie hatte also nie vorgehabt, mit dem Franzosen zu fliehen. Zumindest jetzt wollte sie nichts mehr mit ihm zu tun haben.

Er lächelte ihr freundlich zu und wandte sich dann wieder an Gervaise.

»Sie haben den Köder angenommen, ganz wie ich es erwartet habe, Monsieur. Ich muß Arabella dankbar sein, daß sie Sie hier aufgehalten hat, sonst wären Sie vielleicht entflohen. Halten Sie mich für einen Dummkopf, Gervaise? Ich weiß schon seit Wochen, daß Sie nicht der

Comte de Trécassis sind. Obwohl mein Informant nicht ganz sicher war, was Ihre Abkunft betrifft. Aber das ist ja jetzt wohl nicht so wichtig. Nein, Monsieur, ich wollte mehr über Sie wissen. Ich habe Ihr Zimmer durchsucht. Ohne die genauen Instruktionen, die Magdalaine Thomas de Trécassis bezüglich des Verstecks der Smaragde schriftlich gegeben hatte, hätte ich nie erfahren, wonach Sie eigentlich suchen, soviel war mir klar. Anhand der Anweisungen war alles ganz einfach. Wie enervierend die ganzen Wochen hier für Sie gewesen sein müssen!«

»Die Smaragde gehören mir!« schrie Gervaise, ohne den Blick von den grünen Edelsteinen in der Hand Justins zu wenden.

Der Graf schüttelte den Kopf. Er wandte sich an Arabella.

»Nun siehst du, wie er in Wirklichkeit ist, Bella. Ein skrupelloser, intriganter Dieb.«

Gervaise zog blitzschnell seine Pistole heraus.

»Die Smaragde, Mylord!« schrie er triumphierend.

Der Graf löste zögernd den Blick von Arabella und betrachtete den Franzosen mit fast distanziertem Interesse.

»Wie Sie wollen, Monsieur. Die Steine sind nicht mehr wichtig. Ich habe erreicht, was ich wollte – Arabella sieht Sie jetzt im richtigen Licht.«

»Justin . . .«

Sie begriff nun seine Motive. Er brachte sie mit einer Handbewegung zum Verstummen und warf die Halskette gleichmütig Gervaise zu, der sie hastig in seine Tasche stopfte.

»Wissen Sie, Mylord«, sagte Gervaise dann im Ton der Unterhaltung, »es hätte für mich eigentlich ganz einfach sein können, an den Schmuck heranzukommen. Aber nein, Sie mußten sich einmischen. Sie zwangen mich zu verzweiflungsvollen Umwegen, um an das zu gelangen, was mir rechtmäßig gehört. Die alte Josette war ein Hindernis mit ihrem entrüsteten Geschrei über Gewissen und Pflicht. Ein Jammer, ihr Tod! Es spielt ja eigentlich keine Rolle mehr, ob Sie mir glauben oder nicht, aber ich wollte in jener Nacht nur mit der Alten sprechen. Sie floh vor mir – sie hatte solche Angst, daß sie den dunklen Korridor entlang wegrannte, stolperte und die Treppe hinabstürzte. Was nun die zusammenstürzenden Mauern in der alten Abtei betrifft, Arabella, so wollte ich Ihnen nichts zuleide tun – lediglich Evesham Abbey von der störenden Anwesenheit Seiner Lordschaft befreien. Nun ja, das Spiel ist nun ziemlich kompliziert geworden, Mylord, aber ich werde schließlich Erfolg haben.« Er machte eine Pause. »Solange der alte Graf lebte, konnte ich natürlich nicht kommen, um mein Erbe zu holen. Thomas de Trécassis warnte mich – ich sollte warten, Geduld haben.« Seine Stimme wurde schärfer. »Obwohl ich nicht von Natur aus ein Mörder bin wie Ihr Vater, Madame –«, er sah Arabella an und danach wieder den Grafen, »glaube ich nicht, Mylord, daß ich über Ihr unglückliches Hinscheiden übermäßig betrübt wäre. Auge um Auge – wie es schon in der Bibel steht.«

Der Graf schätzte schnell die Distanz zwischen sich und dem Franzosen, bemerkte, daß dessen Pistole noch gespannt werden mußte, und fuhr mit der Hand in die Tasche seines Umhangs nach Arabellas kleiner Waffe.

»Hoffentlich werden Sie zusammen mit ihrem Vater in der Hölle braten!« schrie Gervaise, spannte die Waffe und trat einen Schritt weiter vor.

»Verdammt, nein!« schrie Arabella zurück und warf sich vor Justin.

Ein ohrenbetäubender Knall erschütterte das Zimmer. Arabella spürte, wie etwas mit großer Wucht ihren Körper traf, so daß sie nach hinten geschleudert wurde. Vage nahm sie wahr, daß Justins Arm ihre Taille umfaßte, um sie zu stützen. Sie spürte, wie sein anderer Arm hochfuhr, sah ihre eigene kleine Pistole in seiner Hand und hörte den kurzen Knall. Gervaise griff mit der Hand an seinen Arm und sank vornüber auf die Knie.

»Justin . . .«, murmelte sie.

Sie hatte das merkwürdige Empfinden, als sei sie plötzlich gewichtslos, vage nahm sie wahr, daß Justin sie in seinen Armen hochhob. Sie glaubte zu hören, daß er etwas zu ihr sagte, war sich dessen jedoch nicht sicher. Sie versuchte, ihn anzusehen, aber aus den Augenwinkeln heraus nahm sie eine Bewegung wahr. Kalte Angst brachte sie vorübergehend wieder zu sich. Gervaise kam taumelnd auf die Beine und strebte der offenen Tür zu.

»Er entflieht!« rief sie, und die Bemühung, diese Worte hervorzubringen, löste einen scharfen Schmerz bei ihr aus. Sie spürte die Matratze des Betts unter sich und sah Justins Gesicht über dem ihren.

»Schon gut, Bella. Laß ihn. Es ist nicht mehr wichtig«, sagte er.

»Justin, bitte . . . hör mir zu«, flüsterte sie und versuchte, ihre Hand auf seinen Arm zu legen. »Du darfst Elsbeth nicht verraten, daß Gervaise ihr Halbbruder ist. Es würde sie um den Verstand bringen.«

Sie hörte nicht mehr, wie er scharf den Atem einsog. Sie ließ zu, daß die Dunkelheit sie einhüllte und sie dem Schmerz entzog.

Der Graf riß das Oberteil ihres Kleides und das Seidenhemd darunter weg, um die Wunde in ihrer Schulter freizulegen. Wenn sie sich nicht vor ihn geworfen hätte, dachte er grimmig, so hätte ihn die Kugel mitten ins Herz getroffen. Mit der Geschicklichkeit, die er in den Jahren seines Armeedienstes erworben hatte, machte er sich daran, das Blut zu stillen. Er ballte sein Taschentuch zusammen und preßte es auf die Wunde. Das Blut lief ihm über die Finger. Selbst als er die eiligen Schritte der Bediensteten auf der Treppe hörte, blickte er weder auf, noch ließ er im Druck nach.

Er hatte die gesamte Dienerschaft für den Abend ins Untergeschoß befohlen. Das Geräusch der Schüsse hatte sie zum Glück bewogen, ungehorsam zu sein. Giles stand keuchend auf der Schwelle.

»Mylord!«

Der Graf blickte flüchtig auf.

»Schnell, Giles, reiten Sie nach Talgarth Hall und holen Sie Dr. Branyon. Crupper, Mrs. Tucker soll sauberes Leinen und heißes Wasser bringen.«

»Ja, Mylord«, krächzte Crupper.

Justin löste langsam das zusammengeballte Taschentuch von der Wunde und seufzte erleichtert auf, als er sah, daß die Blutung deutlich zurückgegangen war. Es war eine tiefe Wunde, das wußte er, und Dr. Branyon würde die Kugel entfernen müssen. Justin hoffte inbrünstig, daß Arabella das Bewußtsein nicht wiedererlangen würde, bevor alles vorüber war.

Während er wartete, dachte er an ihre letzten Worte, bevor sie ohnmächtig geworden war. Ihm wurde klar, daß sie viele Dinge über Gervaise gewußt hatte, hinter die er selbst nicht gekommen war. Also war Magdalaine Gervaises Mutter. Arabella hatte das gewußt, und doch hatte sie ihm, Justin, nichts davon gesagt. Er schüttelte bedrückt den Kopf. Sie beide hatten noch viel miteinander zu bereden, wenn Bella wieder gesund war.

Er runzelte plötzlich die Stirn. Warum durfte Elsbeth nicht wissen, daß Gervaise ihr Halbbruder war? Sicher würde das ein Schock für sie sein, aber trotzdem . . . Arabella hatte gesagt, es würde ›sie um den Verstand bringen‹. Das ergab keinen Sinn . . .

Er blickte auf, als Dr. Branyon hereingeeilt kam.

»Lieber Himmel, Justin – was ist passiert?«

Der Graf nahm schweigend und sachte das zusammengeballte Taschentuch von Arabellas Schulter. Sein Blick begegnete dem des Arztes.

Dr. Branyon drehte sich schnell um und verwehrte mit einer Handbewegung Lady Ann und Elsbeth den Eintritt ins Zimmer.

»Nein, Ann, ich will dich nicht hier haben. Geh mit Elsbeth nach unten. Ich komme zu euch, sobald ich kann.«

»Nein!« rief Lady Ann und trat vor.

»Tu, was ich dir sage, Ann«, befahl der Arzt mit Festigkeit. »Schicke Giles herauf, sobald er mit meinen Instrumenten eintrifft.«

»Bitte, Ann«, sagte Justin in weicherem Ton. »Verlassen Sie sich auf mich. Ich schwöre Ihnen, daß mit Arabella wieder alles in Ordnung kommt.«

Elsbeth blickte wie betäubt auf die Szene vor ihr. Auf Arabella war geschossen worden. Gervaise war verschwunden. Noch bevor sie ihre Frage stellte, wußte sie die Antwort.

»Mylord – hat Gervaise diese schreckliche Tat hier begangen?«

»Ja, Elsbeth«, antwortete der Graf einfach. »Er ist jetzt weg, und ich bin sicher, daß er nie zurückkehren wird.«

Elsbeth senkte den Kopf und ließ sich von Lady Ann wegführen.

»Erzählen Sie mir, was vorgefallen ist, Justin«, sagte Dr. Branyon.

Während er die Wunde reinigte und den Arm abtastete, um festzustellen, wie tief die Kugel saß, berichtete der Graf alles, was er wußte – mit Ausnahme der von ihm vermuteten Beziehung Arabellas zu Gervaise und der Tatsache, daß letzterer Magdalaines Sohn war – warum, wußte er im Augenblick selbst nicht genau.

»Ist das alles?« fragte Dr. Branyon, als Justin fertig war.

»Nein – aber alles, was ich Ihnen erzählen kann.«

Dr. Branyon richtete sich auf.

»Sie wissen, daß ich die Kugel entfernen muß, sobald Giles mit meinen Instrumenten eintrifft. Sie haben Erfahrung mit Verwundeten, Justin, wollen Sie mir dabei assistieren?«

»Natürlich«, antwortete Justin in gepreßtem Ton.

Er hielt Arabellas Hand umklammert und ließ sie nicht los. Arabella stöhnte. Sie begann, zu sich zu kommen.

»Bella«, fragte Justin, »kannst du mich verstehen?«

Sie zwang sich, die Augen zu öffnen.

»Justin?« murmelte sie.

»Ja, Liebste. Du wirst tapfer sein müssen, Bella. Die Kugel muß aus deiner Schulter entfernt werden.«

Seine leise, tiefe Stimme zitterte vor Besorgnis. Vage wurde ihr bewußt, daß er ›Liebste‹ zu ihr gesagt hatte.

»Hast ... hast du das ... ernst gemeint? Ich ... ich muß das wissen ...«, brachte sie mühsam hervor.

Er spürte die Eindringlichkeit ihrer Frage.

»Natürlich meine ich ernst, was ich gesagt habe, Bella,« antwortete er leise.

»Ich ... ich bin so froh. Ich dachte, du haßt ... mich noch immer.«

Die wenigen Worte kamen ihr teuer zu stehen. Sie wandte leicht das Gesicht ab und schloß die Lider, unter denen Schmerzenstränen hervorquollen.

Justin begriff plötzlich. Er küßte sie sachte auf die Wange. Sie nahm es nicht mehr wahr, der Schmerz hüllte sie ein wie ein dichtes, undurchdringliches Tuch.

Gleich darauf trat Giles mit der Instumententasche des Arztes ins Zimmer.

16

Der Graf trank einen ausgiebigen Schluck des starken schwarzen Kaffees und hob dann den erschöpften Blick zu Lady Ann.

»Sie sehen mitgenommen aus, Ann. Wollen Sie sich nicht zurückziehen? Ich bleibe bei Bella, Sie brauchen in dieser Hinsicht nichts zu befürchten.«

»Nein, Justin«, erwiderte sie energisch, und ihr Blick glitt zu der regungslosen Gestalt auf dem großen Bett hinüber.

Dann stand sie auf und schob die langen Samtvorhänge beiseite. Sonnenlicht flutete ins Schlafzimmer.

»Merkwürdig, daß es schon Morgen ist.« Sie drehte sich wieder um. »Wissen Sie, Justin, Elsbeth hat mich überrascht. Ich hatte gedacht, sie würde sehr aufgeregt sein – aber sie war seltsam ruhig. Bis Paul herunterkam, saß sie nur da und starrte in die Flammen des Kamins. Als er uns erzählt hatte, was geschehen war – daß Gervaise nach Evesham Abbey gekommen war, um die Smaragde zu stehlen, sah sie auf und sagte so etwas wie ›Es sei alles ihre Schuld, sie sei verantwortlich für das, was vorgefallen sei‹. Mehr bekam ich nicht aus ihr heraus. Ich überredete sie schließlich, sich von Paul ein Schlafmittel geben zu lassen.«

Der Graf brummte nur etwas vor sich hin, er war zu müde und konnte an nichts anderes denken als an Arabella.

Lady Ann ging einmal durchs Zimmer, um ihre steifen Muskeln zu lockern, und blieb dann vor dem Bett stehen, um die Hand leicht auf Arabellas Stirn zu legen.

»Gott sei Dank«, flüsterte sie, »keine Anzeichen für Wundfieber.« Sie wandte sich dem Grafen zu. »Wissen Sie, Justin, bevor Paul einschlief, hat er mich mindestens dreimal daran erinnert, daß Arabella die Konstitution eines Pferdes habe.«

»Sie war, als Paul die Kugel herausholte, tapferer als die meisten Verwundeten, die ich erlebt habe«, sagte der Graf mehr zu sich selbst als zu Lady Ann. »Sie hat nur ein einziges Mal aufgeschrien.«

»Sie war immer tapfer«, sagte Lady Ann langsam. »Ich werde nicht vergessen, wie es war, als sie sich das letztemal ernsthaft verletzte. Ihr Vater war außer sich vor Wut und beschimpfte sie, weil sie wie ein ungeschickter Trampel von ihrem Hochsitz in der Scheune gefallen war.«

Der Graf blickte plötzlich auf.

»Die Scheune, Ann? Was meinen Sie damit?«

»Hat Ihnen Arabella das nie erzählt, Justin? Ich dachte, Sie würden alle ihre Lieblingsschlupfwinkel kennen.« Sie lächelte. »Arabella hat ein spezielles Versteck oben in der Scheune. Als Kind kletterte sie immer die schmale Leiter hinauf, wenn sie allein sein wollte. Ich werde den Tag damals nicht vergessen – sie kann nicht mehr als zehn Jahre alt gewesen sein –, als eines der Bretter nachgab und sie gut sechs Meter tief hinabstürzte und sich das Bein brach.«

Der Graf sah sie eindringlich an.

»Wo ist denn dieses spezielle Versteck, Ann?«

Lady Ann war eine Spur überrascht.

»Nun ja, Justin, so genau weiß ich das gar nicht. Ich weiß lediglich, daß eine schmale Leiter gleich hinter dem Scheunentor zu ihm hinaufführt. Sie sagte immer, es sei der ideale Ort, um ungestört zu sein, niemand könne sie dort sehen oder hören. Und die Knechte und Mägde könnten im Stall unten melken und sich unterhalten, ohne daß das geringste bis zu ihr hinaufdränge.«

»Ich fange an, zu begreifen«, sagte der Graf langsam. Er stand mit einem Ruck auf und ging zur Tür. »Ich bin gleich wieder zurück, Ann. Ich ... ich muß mich um etwas Wichtiges kümmern.«

Er verließ den Raum.

Im Hof herrschte frühmorgendliche Geschäftigkeit, als der Graf von Strafford der Scheune zustrebte. Die Knechte und Mägde verstummten in ihrer Unterhaltung, als er auftauchte.

Ohne auf jemand zu achten, betrat er die Scheune und erblickte sofort die schmale Leiter links vom Tor. Er setzte den Fuß auf die erste Sprosse und kletterte, ohne auf das Knacken der dünnen Holzleisten zu achten, schnell nach oben. Vorsichtig trat er auf das schmale Sims, das sich bis zur hinteren Ecke des Dachstuhls ersteckte. Gleich darauf stand er vor einem winzigen, abgeschlossenen Verschlag, der fast wie eine kleine Kammer war, deren Fenster den Blick auf die Hügel hinter den Viehweiden im Norden freigab. Es war ein sehr abgeschiedener Ort, gut, um dort Gedanken nachzuhängen, ein Ort, an dem man träumen konnte. Lady Ann hatte gesagt, Arabella sei nur hierher gekommen, wenn sie ungestört hatte sein wollen. Stumm blieb er ein paar Minuten lang stehen. Die Geräusche, die die Kühe machten, und der Lärm des Stallgesindes war nur schwach zu hören.

Langsam kehrte er über den Sims und die Leiter nach unten zurück und verließ die Scheune. Er warf einen düsteren Blick auf die riesige, knorrige Eiche, unter der er damals gestanden hatte, um das zu beobachten, was er für Arabellas Treuebruch gehalten hatte. Er erinnerte sich an seinen Zorn, seine Bitterkeit und an das überwältigende Gefühl der Leere. Er sah Arabella in ihrer Hochzeitsnacht vor sich, ihr freudestrahlendes Gesicht ... und dann hatte er sie auf rohe Art vergewaltigt.

Tief in Gedanken versunken wanderte er bis zur Eiche und ließ sich dort auf den Boden sinken. Wer, wenn nicht Arabella, war dann an jenem Nachmittag bei Gervaise gewesen? Wieder erinnerte er sich an ihre Worte, bevor sie nach ihrer Verwundung das Bewußtsein verloren hatte: »Du darfst Elsbeth nicht verraten, daß er ihr Halbbruder ist. Es würde sie um den Verstand bringen.« Konnte es Elsbeth gewesen sein, die mit Gervaise zusammen gewesen war? Elsbeth und Gervaise. Arabella hatte das herausgefunden, aber niemandem davon erzählt. Sie hatte nur daran gedacht, Elsbeth zu beschützen.

Langsam stand er auf und kehrte ins Schloß zurück. Aus dem Samt-Salon drangen Fetzen einer Unterhaltung, und er blieb einen Augenblick lang stehen. Sein Blick fiel auf Elsbeth und Lord Graybourn.

Der junge Mann sah den mitgenommenen Zustand des Grafen und den bedrückten Ausdruck in seinen Augen, als er sich schnell von seinem Platz neben Elsbeth erhob.

»Verzeihen Sie, daß ich hier eingedrungen bin, Mylord«, sagte er hastig. »Ich wollte Miß Deverill beistehen ... ihre Besorgnisse zerstreuen ...«

Der Graf zwang sich zu einem Lächeln.

»Sie sind sehr willkommen, Sir. Ich finde es sehr freundlich von Ihnen, Elsbeth beizustehen.«

Er sah Elsbeth jetzt in neuem Licht, empfand keinerlei Zorn, nur Mitleid. Sie war ein solches Unschuldslamm, wollte so verzweifelt gern ihrer Umgebung gefallen, von ihr geliebt werden. Und nun mußte sie mit der Erkenntnis leben, daß sie von dem Mann, dem sie ihre Liebe und ihren Körper geschenkt hatte, verlassen worden – und daß er zudem ein Lügner und ein Dieb gewesen war.

»Arabella wird alles überstehen, Elsbeth«, sagte er freundlich zu ihr. »Sie ist aus hartem Holz geschnitzt.«

Sie antwortete nicht, wandte das Gesicht ab und drückte ein Taschentuch gegen ihre Lippen.

»Na, na, Miß Deverill«, schmeichelte ihr Lord Graybourn, »Sie sollten wirklich nicht . . .«

Justin wartete das Ende von Lord Graybourns Ansprache nicht ab, sondern kehrte eilig ins gräfliche Schlafzimmer zurück.

»Justin?« sagte Lady Ann in fragendem Ton.

»Lady Talgarths Viscount ist unten bei Elsbeth zu Besuch. Das kann nur gut für sie sein«, erwiderte er in bedeutungsvollem Ton.

Er trat neben seine Frau.

»Immer noch das gleiche?« fragte er leise.

Bevor Lady Ann antworten konnte, stöhnte Arabella leise, fast wie ein kleines Kind.

17

»Justin, wirklich! Es ist einfach lächerlich, ich bin stark genug, um allein durchs Zimmer zu gehen!«

Arabellas vehementer Protest wurde mit einem toleranten Grinsen von seiten ihres Mannes hingenommen. Im übrigen fand sie es durchaus erfreulich, von seinen starken Armen auf das bequeme Sofa neben dem Fenster hinübergetragen zu werden.

»Hier, Madam«, sagte er, während er sie sachte niederließ. »Sie können nicht behaupten, daß ich kein hervorragender, vertrauenerweckender Lastesel bin.«

»Wenn du damit deinen Eigensinn meinst, kann ich dem nicht widersprechen, Mylord«, erwiderte sie. »Vermutlich muß ich deine überwältigende Starrköpfigkeit einfach hinnehmen, du Tyrann.«

»Ein Tyrann und eine Xanthippe passen gut zusammen«, bemerkte er. »Obwohl ich sagen muß«, fuhr er gedankenvoll fort, während er ihr ein Kissen unter den Kopf schob, »daß du für mich wahrscheinlich jede Anziehungskraft verlierst, wenn ich, wie in diesen letzten drei Tagen, auf deine farbigen Kommentare verzichten muß.«

»Ich werde mein Bestes tun, um deinen tyrannischen Einfluß einzudämmen, sobald du mich aus diesem Zimmer hier herausläßt.«

Sie zog die Decke enger um sich, und die geringe Bewegung ließ sie zusammenzucken.

»Sachte, Bella«, sagte er sanft und nahm die Decke aus ihren Fingern.

»Zumindest hast du mir ja endlich ein Nachthemd zugestanden«, sagte sie herausfordernd.

»Wenn du lieber darauf verzichten möchtest, stehe ich gern zu Diensten«, erwiderte er und lachte.

»Vielen Dank, nein, Sir.«

Schweigen entstand, und Arabella beobachtete ihren Mann. Während der vergangenen Tage und Nächte war ihre Vertrautheit gewachsen, und doch hatte er nicht zugelassen, daß sie von all dem redete, was sich zwischen ihnen abgespielt hatte.

»Später, Bella – jetzt darfst du nur daran denken, wieder gesund zu werden!« hatte er gesagt.

Aber nun war sie kräftiger geworden, der Schmerz in ihrer Schulter hatte sich zu einem leichten Pochen herabgemindert, ihr Kopf war nicht mehr von Laudanum vernebelt.

Justin stand abrupt auf, lief einmal quer durchs Zimmer und setzte sich dann wieder neben sie.

»Justin«, sagte sie hastig, »bitte sei nicht mehr zornig auf mich. Ich weiß, daß ich dich beim Ball der Talgarths unbedingt hätte auffinden müssen, um dir von Gervaise zu erzählen. Aber irgendwie ...« Ihre Stimme schwankte für einen Augenblick. »Irgendwie wollte ich dir etwas beweisen. Ich weiß, es war dumm von mir – aber ich dachte, daß du, wenn ich ihn in der Falle fangen würde, merken würdest, daß sich zwischen uns nie etwas abgespielt hat.«

Er sah sie verdutzt an.

»Ja, es war dumm, daß du ihm allein gefolgt bist, aber das ist jetzt nicht mehr wichtig. Ich weiß, Bella ... ich weiß jetzt, daß du und Gervaise niemals eine Liebesbeziehung gehabt habt.«

»Das ... das weißt du?« stammelte sie. »Du glaubst mir jetzt also?«

Er nickte, umklammerte ihre schmale Hand und führte sie an die Lippen.

»Ich bin nicht zornig auf dich, Liebes, sondern auf mich. Ich weiß, daß es Elsbeth war.«

Ihre Augen weiteten sich fragend, und er machte eine kurze Pause.

»Es war von Anfang an mein Fehler. Am Tag vor unserer Hochzeit sah ich dich mit eigenen Augen die Scheune betreten und dann wieder verlassen, wobei Gervaise kurz nach dir herauskam. Danach hegte ich keinen Zweifel mehr über das, was sich dort drinnen abgespielt hatte, und ich wollte nicht auf dich hören. Ich glaubte, du wolltest damit gegen die Anordnungen deines Vaters aufbegehren und hättest unsere Heirat als aufgezwungen empfunden. Ich wollte mich für das rächen, was ich für einen Verrat deinerseits hielt. Ich wollte dich dafür, daß ich so teuer für mein Erbe bezahlen mußte, leiden lassen. Aber als ich dich dann vergewaltigt hatte, empfand ich nur Verachtung für mich selbst.

Ich stellte Nachforschungen über Gervaise an, erfuhr aber lediglich, daß er nicht der Sohn von Thomas de Trécassis sein konnte, da dessen Frau schon vor Gervaises Geburt gestorben war. Als Josette umkam, glaubte ich, daß er mit ihrem Tod zu tun hatte, aber ich hatte keinerlei Beweise. Dummkopf, der ich war, kam mir der Gedanke gar nicht, daß dir von dem Mann, den ich für deinen Liebhaber hielt, Gefahr drohen könnte. An dem Tag damals, als du in den Ruinen der alten Abtei verschüttet wurdest, war ich damit beschäftigt, sein Zimmer zu durchsuchen, um irgend etwas zu finden, das darauf hinwies, was er vorhatte. Genau an diesem Tag hätte ich ihn zwingen müssen, abzureisen, aber ich war mir noch nicht sicher, ob du dir nicht vielleicht doch noch etwas aus ihm machtest. Ich fürchtete, ich könnte dich, wenn er wegginge, auch verlieren. Das war auch der Grund, weshalb ich beim Talgarthschen Ball nicht mit dir sprechen wollte. Ich wollte ihm eine Falle stellen, ihn als das entlarven, was er in Wirklichkeit war, dir beweisen, daß er deine Liebe nicht wert war. Als ich dann vor der Tür hörte, wie du ihm sagtest, du würdest niemals freiwillig mit ihm gehen, waren die läppischen Smaragde und mein ganzer kunstvoller Plan von keinerlei Bedeutung mehr. Wieder machte ich einen Fehler, ich wußte nichts von seinem entsetzlichen Haß gegen die Familie Deverill, vor allem gegen deinen Vater. Aber du, Bella, hast mir das Leben gerettet.«

Er sprach schnell weiter, sein Blick haftete unentwegt auf ihrem Gesicht.

»Deine Mutter hat mir von einer anderen Verletzung erzählt, die du dir vor vielen Jahren zugezogen hattest. Es sei ein Sturz in der Scheune gewesen, sagte sie. Ich war in deinem Versteck dort oben unter dem Dachstuhl, Bella.«

»Welche Ironie des Schicksals«, sagte Arabella ruhig. »An dem Tag, als du mich aus der Scheune kommen sahst, kurz vor unserer Hochzeit, wollte ich allein sein, um über alles nachzudenken. Ich glaubte nicht, daß es sich bei uns um eine reine Konventionsehe handeln würde. Im Gegenteil, an dem Nachmittag damals war ich Vater dankbar dafür, daß er so weise gewesen war.«

Sie umfaßte seine Hand fest mit den Fingern.

Sie schwiegen, und Arabella fuhr dann schließlich fort:

»Es ist so viel vorgefallen, Justin. Was gedenkst du jetzt zu tun?«

Er sah sie forschend an, konnte aber nicht erkennen, was in ihr vorging. Bedrückt sagte er:

»Ich würde verstehen, wenn du mir nicht verzeihen könntest, Arabella. Ich werde jetzt das tun, was du wünschst. Wenn du es möchtest, würde ich, sobald du wieder gesund bist, aus deinem Leben verschwinden. Vielleicht kann ich zu meinem Regiment zurückkehren.«

Sie sah ihn an.

»Ich habe dir an dem Abend damals verziehen, als ich dich bat, bei mir zu bleiben, Justin. Ich wollte dich zu meinem Ehemann haben, und mich verlangt mehr nach dir, als nach irgendeinem anderen Mann.« Sie verbarg das Gesicht an seiner Schulter. »Wenn du mich verläßt, Justin, möchte ich nicht mehr weiterleben.«

Dr. Branyon trat leise ein, ohne anzuklopfen, aus Furcht, er könnte Arabella aufwecken. Er blieb an der Tür stehen und starrte auf die Szene vor ihm, dann wollte er leise das Zimmer wieder verlassen.

Der Graf hob den Kopf.

»Gehen Sie nicht, Paul. Wie Sie sehen, habe ich meine Patientin völlig unter Kontrolle.«

Dr. Branyon griente und schüttelte den Kopf.

»Ich dachte, Sie würden noch schlafen, Bella. Eigentlich habe ich Justin gesucht.«

Justin küßte Arabella leicht auf die Nasenspitze.

»Liebes, es gibt noch etwas Weiteres zu besprechen. Paul, bitte setzen Sie sich.«

Justin löste seine Hand aus der Arabellas und zog ein zusammengefaltetes Stück Papier aus der Westentasche.

Arabella schnappte nach Luft. Es handelte sich um den Brief, den sie bei dem Skelett in den Ruinen der alten Abtei gefunden hatte.

»Was ist das, Justin?« erkundigte sich Dr. Branyon.

»Ein Brief, Paul – geschrieben vor rund zwanzig Jahren. Von Magdalaine an ihren Liebhaber.«

Er reichte das Papier Dr. Branyon hinüber. Während dieser den Brief las, wandte sich Justin an Arabella.

»Ich habe dich damals an jenem Abend ausgezogen, und der Brief fiel aus einem deiner Schuhe. Du hast nichts zu befürchten, Bella, das verspreche ich. Du mußt mir vertrauen.« Er wandte sich wieder an den Arzt. »Arabella hatte bei dem Puzzle bereits mehr passende Stücke zusammengesetzt als ich, Paul. Es hat den Anschein, als hätte der Graf Magdalaine Anno 1789 nach Frankreich geschickt, damit sie dort die ihm versprochenen Smaragde der Trécassis holen sollte – vermutlich Bestandteil von Magdalaines Aussteuer.«

»Es hatte sich offensichtlich um eine Bestechungsaffäre gehandelt«, sagte Arabella trübe. »Magdalaine hatte einen Sohn – Gervaise – geboren, bevor sie meinen Vater kennenlernte. Um einen Skandal zu vermeiden, muß der Comte de Trécassis meinem Vater eine riesige Summe versprochen haben, damit er sie heiratete und aus Frankreich entfernte.«

»Bella«, sagte Justin gelassen, »eine solche Konventionsehe war überhaupt nichts Ungewöhnliches. Das verstieß nicht gegen die Ehre deines Vaters.«

Dr. Branyon blickte von dem Brief auf.

»Die Smaragde werden hierin gar nicht erwähnt, Justin. Wie haben Sie von ihnen erfahren?«

Der Graf blickte etwas beschämt drein.

»Genaugenommen, Paul, habe ich zwei Nachmittage damit verbracht, in Gervaises Zimmer herumzustöbern. Ich fand schließlich die Anweisungen für ihr Versteck in der Auskleidung seiner einen Reisetasche. Es handelte sich um einen Brief von Magdalaine an ihren Bruder Thomas de Trécassis.«

Dr. Branyon sah gedankenvoll drein.

»Darüber habe ich oft gerätselt. Es hatte den Anschein, als ob Magdalaine damals mit ihrem Liebhaber nur nach England zurückgekehrt war, um Elsbeth zu holen.«

»Ja. Der Graf muß ihren Plan, zu fliehen, entdeckt und Magdalaines Liebhaber Charles erschossen haben. Das Skelett, das Arabella in den Ruinen der alten Abtei entdeckt hat, war natürlich das dieses Charles. Sie fand den Brief in seiner Kleidung. Stimmt das, Bella?«

Sie nickte.

»Bitte, Justin – es reicht!«

Ihre Stimme schwankte.

Justin wandte sich an den Arzt.

»Paul, Sie haben diese ganzen Jahre über geschwiegen. Arabella hat uns den Brief vorwiegend deshalb vorenthalten, weil sie den Namen ihres Vaters schützen wollte. Es ist an der Zeit, daß Sie ihr die Wahrheit sagen. Was geschah wirklich mit Magdalaine?«

»Bella«, sagte Dr. Branyon freundlich, »Ihr Vater hat Magdalaine nicht umgebracht, obwohl ich mir ohne weiteres vorstellen kann, daß Sie das aus dem Inhalt des Briefes geschlossen haben. Nein, sie hat sich selbst umgebracht. Ich war bei ihr, als sie starb. Sie muß die Smaragde versteckt und ihrem Bruder geschrieben haben, wo sie waren, bevor Ihr Vater etwas von ihren Absichten erfuhr.« Er machte eine Pause und holte tief Luft. »Ich kann Sie nicht belügen, Kind. Ihr Vater liebte Magdalaine nicht, aber umgebracht hat er sie trotzdem nicht.«

Eine einzelne Träne sickerte aus einem ihrer Augenwinkel und rann über die Wange hinab. Es war, als sei eine ungeheure Last von ihr genommen worden. Mit zitternder Hand wischte sie die Träne weg. Fragend sah sie ihren Mann an.

»Aber woher wußtest du das, Justin?«

»Dein Vater hat mir vor mehreren Jahren alles erzählt – natürlich nicht die Details, aber immerhin, daß seine erste Frau Selbstmord verübt hatte. Ich war mir nicht sicher, ob du mir glauben würdest, deshalb habe ich Dr. Branyon gebeten, es dir zu sagen.«

Er wandte sich an den Arzt. »Es gibt noch eine Sache, die ich Sie bitte, geheimzuhalten, Paul – selbst vor Ann.

Niemand darf erfahren, daß Magdalaine Gervaises Mutter war.«

Dr. Branyon sah verblüfft drein.

»Spielt das eine solche Rolle, Justin?«

»Ja, Paul. Eine sehr große.«

»Also dann – wie Sie wollen.«

Arabella warf ihrem Mann einen Blick tiefster Dankbarkeit zu, der Dr. Branyon nicht entging. Er stand auf und gab Justin den Brief zurück.

»Ich glaube, es wäre an der Zeit, ihn zu vernichten, Justin. Ich finde, Ann, Elsbeth und im übrigen alle unsere Nachbarn sollten lediglich wissen, daß Gervaise ein verzweifelter junger Mann war, der irgendwie von der Existenz der Smaragde erfahren hatte. Im übrigen, um alle Neugier zu dämpfen, haben Ann und ich bereits an den richtigen Stellen verbreitet, daß die Pistole durch reinen Zufall losging.«

»Gut gemacht, Paul«, sagte Justin.

Dr. Branyon lächelte auf Arabella hinab.

»Und nun, junge Dame, brauchen Sie Ruhe. Nein, widersprechen Sie mir nicht, denn hier habe ich in Ihrem Ehemann einen mächtigen Verbündeten.« Er strich ihr mit der Hand über die kühle Stirn. »Ja, Sie haben wirklich die Konstitution eines Pferdes.«

Er wandte sich zum Gehen, als ihm noch etwas einfiel.

»Justin, ich habe eine letzte Frage an Sie – warum haben Sie Gervaise die Smaragde so bereitwillig überlassen? Ganz gewiß hatte er kein Anrecht auf sie.«

»Das war für mich ein leichter Entschluß, Paul«, antwortete Justin ungerührt. »Die Smaragde waren falsch.«

»Falsch?« keuchte Arabella.

»Ja, Liebes. All diese Jahre über lag eine wertlose Halskette aus grünen Steinen sorgfältig versteckt im ›Totentanz‹. Es ist wahrscheinlich, daß der Comte de Trécassis nie die Absicht hegte, deinem Vater die echten Smaragde zu überlassen. Aber er hat bereitwillig seiner Tochter dieses angebliche Erbstück überlassen, um deinen Vater zumindest zeitweilig zufriedenzustellen.«

»Aber wo sind dann die echten Smaragde, frage ich mich?« erkundigte sich Dr. Branyon.

Der Graf zuckte gleichmütig die Schultern.

»Das werden wir wahrscheinlich nie erfahren. Die Familie de Trécassis ist während der Revolution umgekommen. Der Comte muß sein Geheimnis mit ins Grab genommen haben.«

Arabella schauderte plötzlich.

»Ich frage mich, was Gervaise tun wird, wenn er entdeckt, daß die Steine nicht echt sind?«

»Ich glaube nicht, daß du befürchten mußt, er könnte wieder nach Evesham Abbey zurückkehren«, erwiderte Justin trocken. »Wahrscheinlich ist er inzwischen in Dover und bucht eine Überfahrt nach Brüssel.«

»Lieber Himmel, das ist alles einfach zu fantastisch!« rief Dr. Branyon, ging zur Tür und verließ kopfschüttelnd das Zimmer.

Justin nahm Arabella erneut in die Arme.

»Ein sehr taktvoller Mann, unser zukünftiger Schwiegervater.«

»Ja«, pflichtete Arabella leise bei. »Sehr taktvoll.«

Sie blickte zu ihm auf, und er beugte sich herab, um sie zu küssen. Er war im Begriff, sich für den glücklichsten aller Männer zu halten, als sie sich ihm plötzlich entzog und seufzte.

»Guter Gott!« sagte er bedrückt. »Ich habe schon auf ein zärtliches Tête-a-tête gehofft, Liebste. Und jetzt läßt du mich nach einem einzigen Kuß im Stich!«

Sie zwang sich zu einem Lächeln.

»Es tut mir leid, Justin, aber ich dachte an Elsbeth.

Ich . . . ich mache mir Sorgen um sie. Es gibt da so viel, was sie ertragen muß.«

»Ich habe in den vergangenen drei Tagen nicht viel von ihr zu sehen bekommen. Aber weißt du, irgendwie habe ich das Gefühl, daß sie sehr viel stabiler ist, als wir immer gedacht haben. Zudem läßt Lord Graybourn ihr Tröstungen zukommen, zu denen wir gar nicht in der Lage wären. Zeit – es ist alles eine Frage der Zeit, Bella.«

»Wahrscheinlich hast du recht, Justin.«

»Wir werden sehen. Und nun, Ma'am, könnten wir vielleicht zu dringenderen Angelegenheiten zurückkehren.«

Er zog sie sachte an sich und küßte sie lange und ausgiebig.

»O Justin . . .« Sie seufzte in sein Ohr, während seine Lippen ihren Hals berührten. »Du hättest mir eigentlich doch kein Nachthemd zugestehen sollen. Ich schwöre dir, der Ärmel beginnt mich zu drücken.«

»Eine Ungeschicklichkeit meinerseits, die ich sofort ungeschehen machen werde«, sagte er prompt.

Liebe ohne Schuld

Prolog

Rendel Hall, Sussex, England
November 1812

Er wußte, daß er sie von nun an in der Hand hatte. Sie hatte begriffen, daß sie von ihrem habgierigen Bruder nichts erwarten konnte. Und was ihre runzelige Kammerzofe Dorcas anging, so genügte offenbar eine kleine Drohung gegen deren Wohlergehen, um die Kleine gefügig zu machen. Er wunderte sich, daß er nicht schon früher auf diesen Gedanken gekommen war.

Er blickte auf seine zarte, siebzehnjährige Frau hinunter, die nackt vor ihm kniete. Sie hielt den Kopf gesenkt und hatte die Arme eng um ihren Körper geschlungen. Er mochte es, wenn ihr dichtes Haar zu beiden Seiten des Kopfes herabhing und den Boden berührte. Sie atmete heftig, und ihre schmächtigen Schultern zitterten bei der Erinnerung an seinen Ledergürtel.

»Du warst sehr ungehorsam«, sagte er sanft, während er das Ende des Gürtels ganz leicht auf ihren Rücken klatschen ließ. Obwohl der Gürtel einen der neuen Striemen berührte, bewegte sie sich keinen Zentimeter und schwieg beharrlich, was ihm gefiel. Schon häufig hatte sie versucht, ihm Widerstand zu leisten, ihm davonzulaufen, doch jetzt war er sicher, es geschafft zu haben.

»Du wirst mich niemals mehr verlassen«, fuhr er fort. »Ich bin sehr enttäuscht von dir, Arielle. Einfach zu deinem Bruder zu laufen und ihn mit diesen wilden Geschichten zu belästigen!«

Sie verharrte weiterhin regungslos und schwieg.

»Nein, das hättest du wirklich nicht tun sollen«, fügte er nach einer kleinen Pause hinzu. Diesmal traf sie der Gürtel weiter unten, in der Nähe ihrer Taille. Sie war schon immer schlank gewesen, doch jetzt war sie richtiggehend mager. Er verabscheute den Anblick ihrer hervorstehenden Rippen. Seine Frauen mußten fleischiger sein. »Wie, um alles in der Welt, kann ich meiner Pflicht genügen, wenn du nur aus Knochen bestehst?«

Sie schwieg.

Er runzelte die Brauen. »Sieh mich an! Ich möchte dein Gesicht sehen.«

Er beobachtete, wie sie zusammenzuckte und dann langsam den Kopf hob, wobei sie sich das Haar aus dem Gesicht strich. Trotz ihres ganz offensichtlichen Versagens als Frau gefiel sie ihm immer noch. Ihr wunderschönes Haar – ja, seine Mutter hätte es einfach nur als rot bezeichnet, doch er war ein gebildeter Mann und wußte es besser, weil er Italien bereist und Bilder von Tizian gesehen hatte.

Ja, ihr Haar hatte ihn von Anfang an begeistert, und auch ihre klaren, blauen Augen, die ihn normalerweise ängstlich ansahen. Er mochte es, wenn sie vor Furcht erbleichte und ihre Haut noch farbloser wurde. »Ich finde es so schön, daß du keine Sommersprossen hast, mein Schatz«, bemerkte er eigentlich mehr zu sich selbst. »Wirklich, sehr ungewöhnlich. Sieh mich an, Arielle!« Manchmal gelang es ihr, ihre Furcht vor ihm zu verbergen und direkt durch ihn hindurch zu sehen, was ihn außerordentlich beunruhigte.

Diesmal sah sie ihm gerade ins Gesicht, doch er konnte weder Haß noch Furcht in ihren Augen entdecken, sondern eher eine Art Wachsamkeit.

Normalerweise sah er es gern, wenn sie sich vor ihm fürchtete, doch im Augenblick wollte er es nicht übertreiben. Er war sich sicher, daß sie begriffen hatte, daß sie sein Eigentum war und so lange bei ihm bleiben mußte, wie er das wollte.

»Gut«, meinte er schließlich und lächelte ihr zu, »ich glaube, damit ist deine kleine Sünde ausreichend bestraft. Du darfst jetzt mit mir sprechen, Arielle. Ich möchte, daß du mir haarklein berichtest, was du deinem Bruder alles erzählt hast, oder ich werde auch noch deine schönen Hüften bearbeiten. Bisher habe ich dich noch kaum berührt, weil ich augenblicklich gnädig gestimmt bin. Sage mir die Wahrheit, und zwar die ganze, oder ich werde der alten Frau ebenfalls eine kleine Kostprobe meines Gürtels verabreichen.«

Arielle glaubte ihm aufs Wort. Sie fühlte sich grenzenlos erschöpft, doch die pochenden Schmerzen, die seine Schläge auf ihrem Rücken und ihren Schenkeln zurückgelassen hatten, waren wenigstens ein Beweis dafür, daß sie noch am Leben war. Um ihn nicht noch weiter durch Widerspenstigkeit zu reizen, begann sie, langsam und deutlich zu sprechen. »Du hattest mir sehr weh getan, und ich konnte es nicht mehr ertragen.« Überrascht stellte sie fest, daß ihre Stimme sanft klang, und das gab ihr Kraft.

Doch bevor sie noch weitersprechen konnte, unterbrach er sie scharf. »Was hast du denn erwartet? Ich habe dir beigebracht, wie man einen Mann erregt, doch du hast die Anweisungen nur stümperhaft befolgt. Sollte ich dich etwa dafür loben, daß du mich nicht befriedigt hast?«

Klugerweise sagte Arielle kein Wort.

»Sprich weiter!« befahl er gereizt.

Als er einen Schritt zurücktrat, entspannte sie sich ein wenig. Vom Knien waren ihre Muskeln völlig verkrampft. Sie beobachtete, wie er sich in einem Sessel niederließ und den Ledergürtel wie ein Knäuel um seine Hand wickelte. Weshalb er wohl alle Einzelheiten ihrer Unterhaltung mit Evan erfahren wollte? Als ihr seine Motive klar wurden, hätte sie am liebsten über ihre unglaubliche Naivität gelacht. Natürlich wollte er sich vor ihr aufspielen, um ihr seine Macht zu beweisen. Mit ruhiger, fast gleichmütiger Stimme fuhr sie fort, sah sich in Gedanken wieder in ihrem Schlafzimmer und spürte erneut die schon fast vergessenen Qualen...

»Ich kann es nicht länger ertragen!« hatte sie Dorcas zugerufen, während ihre langjährige Kammerzofe ihr vorsichtig die geschwollenen Striemen mit einem warmen, feuchten Tuch behandelt hatte.

»Diese Schwellungen wird man nicht sehr lange sehen«, hatte Dorcas bemerkt. »Liegen Sie still, damit ich Sie jetzt mit der Creme einreiben kann!«

»Ich hasse ihn! Ich kann es nicht länger aushalten!«

»Dann werden wir eben gehen, sobald Sie kräftig genug sind.«

Ohne auf ihren schmerzenden Rücken zu achten, hatte Arielle sich umgedreht. »Aber Sie haben doch gesagt, daß es wenig Zweck hätte, sich an Evan zu wenden. Mein Bruder würde mich nur auslachen. Lieber sollte ich auf die Rückkehr von Nesta und ihrem Mann warten.«

»Ja, das stimmt, das habe ich gesagt, doch unter diesen Umständen – nun, seine Grausamkeit steht deutlich genug auf Ihrem Rücken geschrieben! Ich halte zwar nicht allzu viel von Mr. Goddis, doch wenn er diese Striemen sieht, muß er Ihnen einfach helfen! Schließlich befinden sich Ihre Halbschwester und ihr Mann augenblicklich irgendwo in Amerika. Mehr wissen wir nicht. Bisher haben wir höchstens alle drei Monate einen Brief von Miß Nesta und ihrem Baron Sherard erhalten, und es ist auch noch völlig ungewiß, wann sie wieder nach England heimkehren werden. Mit meiner Hilfe werden Sie die knapp zehn Meilen nach Leslie Farm schon schaffen!«

Arielle hatte sich aufgerichtet, wobei sie heftig die Zähne hatte zusammenbeißen müssen. »Ich möchte am liebsten auf der Stelle verschwinden, Dorcas!«

»Nein, nein, nicht ganz so hastig! Wir müssen wenigstens warten, bis er zu Bett gegangen und es im Haus ruhig geworden ist. Legen Sie sich wieder hin, damit ich Ihren Rücken einreiben kann. Es sollen doch keine Narben zurückbleiben!«

»Narben? Pah, davon habe ich doch schon mehr als genug! Ich glaube, sie gefallen ihm so gut, weil er sie mir eigenhändig beigebracht hat.« Langsam hatte sie sich wieder hingelegt und dabei daran gedacht, welch anständiges, unschuldiges Mädchen sie noch bis vor kurzem gewesen war. Seit Evan sie zur Ehe mit Paisley Cochrane, dem Viscount Rendel, gezwungen hatte, war sie praktisch dauernd geschlagen worden. Nackt hatte sie alles über sich ergehen lassen müssen. Bei der Erinnerung hatte es sie gewürgt, doch ihr Magen war leer gewesen. Voller Panik hatte sie plötzlich befürchtet, sich möglicherweise an seine sexuellen Praktiken zu gewöhnen, wenn sie länger bei ihm blieb.

Nachdem Dorcas ihr geholfen hatte, einen kleinen Koffer zu packen, hatten sie Rendel Hall zur Geisterstunde, wie Dorcas abergläubisch gemurmelt hatte, verlassen. Da Arielle mit Pferden aufgewachsen war, war es ihr leichtgefallen, die Tiere zu beruhigen und zwei von ihnen zu satteln. Ohne auf ihren schmerzenden Rücken zu achten, hatte sie der nicht gerade leichtgewichtigen Dorcas in den Sattel geholfen. Die Novembernacht war klar und kalt gewesen, und die Sterne hatten ihren Weg erleuchtet.

Mitten in der Nacht waren die Straßen einsam und verlassen gewesen, so daß sie gegen ein Uhr morgens das Haus erreicht hatten, das früher ihr Elternhaus gewesen war. Das rechteckige Gebäude aus der Zeit Queen Annes wurde nach dem Namen ihres Vaters und wegen der wenigen Ländereien einfach Leslie Farm genannt. Vor acht Monaten war Arielle zum letzten Mal hier gewesen. Bevor der alte Butler, Turp, der ein recht unfreundliches Wesen hatte, ihnen, mit der Nachtmütze auf dem Kopf, völlig verblüfft die Tür geöffnet hatte, hatte Arielle noch rasch ein Stoßgebet zum Himmel geschickt, daß Evan ihr beistehen und ihr Schutz bieten möge.

»Hallo, Turp!« hatte sie den Butler begrüßt. »Bitte, holen Sie Mr. Goddis!«

»Das geht nicht, er schläft«, hatte Turp brummend entgegnet.

»Das kann ich mir denken, aber ich möchte, daß Sie ihn trotzdem wecken. Er wird Ihnen schon keinen Vorwurf machen.«

Fünfzehn Minuten später hatte Evan Goddis die Bibliothek von Leslie Farm betreten, die einst der ganze Stolz von Arielles Vater gewesen war. Mittlerweile war der Raum reichlich staubig und die Luft sehr muffig, da Evan für die Bücher nur Verachtung übrig hatte, weil sie Gedanken enthielten, die ihm fremd waren. In seinem grauen Brokatmantel war er unter der Tür stehengeblieben und hatte seine Halbschwester mit kritisch hochgezogener Augenbraue gemustert.

»Nun?« hatte er auf die ihm eigene Art geschnarrt, die Arielle augenblicklich hatte erschauern lassen. »Was, zum Teufel, führt dich hierher, Arielle? Ein etwas dramatischer Auftritt, nach meinem Geschmack. Mitten in der Nacht einfach hier aufzukreuzen! Und noch dazu ohne den lieben Paisley.«

»Ich habe meinen Mann verlassen«, hatte sie hastig erklärt. »Er ist grausam, sadistisch und – und nicht normal, Evan! Ich bitte dich um deinen Schutz.«

»Das ist ja interessant.« Langsam hatte er den Raum betreten. Er war größer als die meisten und hatte dünne Storchenbeine. Sein sandbraunes Haar umgab seinen Schädel wie ein Kranz, und seine Augen hatten die Farbe von dünnem Haferschleim. Zum ersten Mal hatte Arielle bemerkt, daß eigentlich alles an ihm dünn und spärlich war, und nur inständig gehofft, daß sich sein Mitgefühl nicht als ebenso mager erweisen würde.

»Diesen Raum habe ich schon immer gehaßt«, hatte er bemerkt, während er die Regale im flackernden Kerzenlicht gemustert hatte. »Hier drinnen ist der Geist deines Vaters lebendig. Manchmal kann ich ihn regelrecht fühlen. Ihn konnte ich übrigens ebensowenig leiden!«

»Evan, du mußt mir helfen!«

Er war vor ihr stehengeblieben. »Bist du immer noch nicht schwanger?«

Zuerst war sie nur blaß geworden, doch dann hatte sie ein lautes, wildes Lachen überkommen. »Schwanger? Oh, wie komisch, Evan!«

Er hatte ihr eine Weile zugesehen, doch als das schrecklich krächzende Lachen nicht hatte enden wollen, hatte er sie angeherrscht: »Sei still, Arielle! Nimm dich zusammen! Demnach hat der alte Narr nicht einmal das geschafft?«

Sie hatte nur stumm den Kopf geschüttelt und verzweifelt um Fassung gerungen.

»Aber genau deswegen hat er dich doch geheiratet«, hatte Evan verwundert bemerkt, während er mit seinem langen Zeigefinger nachdenklich über sein Kinn gefahren war.

»Was soll das heißen?«

»Der alte Narr hat damals seine Karten offen auf den Tisch gelegt. Nachdem er dich, deine Jugend und deine Schönheit gesehen hatte, glaubte er felsenfest daran, daß du seine Manneskraft wiedererwecken könntest. Hast du ihn etwa enttäuscht?«

»Ja.«

»Dann ist meine Halbschwester immer noch Jungfrau?«

Sie hatte ihn angesehen, und in ihren Augen hatten sich Erfahrungen und Wissen gespiegelt, die nicht zu ihrem Alter paßten. Wieder entrang sich ein hartes Lachen ihrer Kehle. »Jungfrau? Ach, Evan, das ist wirklich komisch! Wahrscheinlich hätte ich diese einfache Sache wesentlich lieber gemacht als alles, wozu er mich gezwungen hat.« Sie hatte eine Pause eingelegt, um sich zu fassen. »Er schlägt mich, Evan. Er mißbraucht mich, und ich kann unmöglich länger bei ihm bleiben! Ich möchte nach Hause kommen, und du sollst mich beschützen. Er darf mir nicht mehr zu nahe kommen!«

»Bist du jetzt völlig verrückt geworden, Arielle?«

Wortlos hatte sie ihren grünen Umhang abgelegt und war aufgestanden. Nachdem sie ihr Kleid geöffnet und sich umgedreht hatte, ließ sie das Oberteil und das einfache, weiße Hemd bis zur Taille heruntergleiten und raffte ihr langes Haar über einer Schulter zusammen. »Das hat er mir angetan«, war alles gewesen, was sie gesagt hatte.

Sie hatte einen tiefen Atemzug gehört und dann gespürt, wie sein langer, dünner Finger vorsichtig einige der Striemen nachgezeichnet hatte. Nachdem er seine Untersuchung beendet hatte, hatte sie sich wieder angekleidet und sich ihm zugewandt. Seltsam, hatte sie dabei gedacht, wie wenig Ähnlichkeit doch zwischen uns besteht, obwohl wir dieselbe Mutter hatten.

Wahrscheinlich sah er seinem Vater, John Goddis, ähnlich, den ihre Mutter aber niemals erwähnt hatte.

»Nun? Wirst du diesen perversen alten Mann von mir fernhalten und mich beschützen?«

Evan hatte sie nur angelächelt und dann auf seinen Finger geblickt, mit dem er sie berührt hatte. »Geh nach oben, in dein ehemaliges Zimmer, Arielle! Morgen früh werden wir uns unterhalten.«

Hoffnung hatte in ihren Augen geschimmert. »Du wirst mir helfen!« hatte sie gerufen und war ihm um den Hals gefallen. »Oh, Evan, ich danke dir! Ich wußte, daß Dorcas unrecht hatte!«

Als er sie hatte umarmen wollen, war ihm ihr verletzter Rücken eingefallen, und er hatte die Hand sinken lassen. »Geh jetzt zu Bett, Arielle…«

Arielle starrte ihren Mann unverwandt an. Den Rest kannte er ja. Sie wartete und beobachtete, wie er das Ende des Gürtels leicht auf seine Handfläche klatschen ließ. »Am nächsten Morgen«, sagte sie schließlich, »hast du im Eßzimmer mit Evan auf mich gewartet.«

»Ja«, erinnerte sich Paisley. »Du hast mir sehr viele Schwierigkeiten verursacht, und ich mußte dich bestrafen. Du hast deine Pflichten verletzt, doch jetzt hast du hoffentlich begriffen, wie die Dinge in Wirklichkeit sind.«

Sein Lächeln ließ sie vor Angst und Verachtung erschauern.

»Ist Evan eigentlich dein Bruder oder dein Halbbruder?«

Sie starrte ihn nur wortlos an.

»Bestimmt nur dein Halbbruder, denn du bist ihm gleichgültig. Tatsächlich verachtet er dich sogar, weil du von einem anderen Mann gezeugt wurdest. Wie dein Vater nur so dumm sein und ausgerechnet ihn mit der Fürsorge für dich betrauen konnte, hat mich schon immer gewundert. Weißt du eigentlich, daß er dich mir verkauft hat? Fünfzehntausend habe ich für dich bezahlt, und als ich heute morgen hier ankam, hat mir dein verehrter Halbbruder eröffnet, daß ich dich für weitere fünftausend Pfund zurückkaufen könnte. Er hat dich einfach ein zweites Mal verkauft! Was sagst du denn dazu?«

Anfangs fühlte Arielle sich wie betäubt, doch dann spürte sie, wie die Wut in ihr wuchs und wie sie die Kontrolle über sich verlor. Ohne zu wissen, was sie tat, sprang sie auf und stürzte sich mit wilden Schreien auf ihn. Sie fühlte, wie sich ihre Fingernägel in seine Muskeln gruben, spürte sein Blut hervorquellen und hörte seine Flüche. Auch als er nach ihr schlug, konnte sie nicht von ihm ablassen. Der heftige Schlag ließ sie zu Boden stürzen, wobei sie mit dem Kopf gegen ein Stuhlbein stieß, so daß weiße Blitze vor ihren Augen tanzten. Dann verlor sie das Bewußtsein.

Rendel Hall, Sussex, England
Ein Jahr später

Arielle fürchtete sich, doch sie wußte nicht genau, weshalb. Sie betrachtete Etienne DuPons, den unehelichen Sohn ihres Mannes mit einer französischen Näherin, die inzwischen verstorben war. Der junge Mann sah seinem Vater verblüffend ähnlich. Seine Hakennase war ebenso gekrümmt, und auch seine Unterlippe war voller als die obere. Dasselbe vorspringende Kinn und ebenso durchdringend blickende, blaugraue Augen. Unwillkürlich fürchtete sich Arielle vor ihm und legte ganz langsam ihre Gabel auf den Teller, weil sie nicht unnötigerweise die Aufmerksamkeit ihres Mannes auf sich ziehen wollte. Etienne war schon seit fast zwei Wochen ihr Gast, doch Arielle ging ihm geflissentlich aus dem Weg. Obwohl er sie weder pausenlos bewunderte noch ihr eifrig den Hof machte, spürte sie doch immer wieder, wie Paisleys Blick abschätzend zwischen ihr und seinem Sohn hin und her ging.

»Schmeckt dir der Fasan nicht, Arielle?«

Ihm entging einfach nichts, was umso verwunderlicher war,

als seine Sehkraft zunehmend nachließ. »Er schmeckt ausgezeichnet, Paisley, doch ich bin nicht sehr hungrig.«

»Trotzdem wirst du ihn essen. Du willst mich doch nicht ärgerlich machen, oder?«

Gehorsam nahm Arielle ihre Gabel wieder auf und aß weiter. Seit der Ankunft seines Sohnes hatte Paisley sie nicht mehr geschlagen, und sie hatte auch nicht endlose Stunden nackt, an den Haken in der Decke angebunden, stehen müssen oder vor ihrem Mann knien und ihm mit dem Mund... sie erschauerte, und der Fasan drohte, ihr im Hals steckenzubleiben.

Während sie ihren Gedanken nachhing, hörte sie, wie Paisley sich an Etienne wandte. »Sie sieht wirklich nicht wie achtzehn aus, oder? Aber sie ist es. Sie ist bereits seit zwei Jahren mit mir verheiratet.«

Was interessierte Etienne ihr Alter? Vorsichtig blickte Arielle zu ihm hinüber, doch als sie bemerkte, daß er sie ansah, schlug ihr Herz heftiger, und ihre Hände wurden feucht. »Möchten Sie noch Wein, Etienne?«

»Non, madame«, antwortete Etienne ganz locker. Dann wandte er sich wieder seinem Vater zu, wobei er sich zu einem freundlichen Gesichtsausdruck zwingen mußte. Weshalb hatte ihn dieser scheußliche, alte Mann so überschwenglich willkommen geheißen und ihn zum Bleiben aufgefordert? Etienne konnte sich das nicht erklären, denn eigentlich war er nur nach England gekommen, weil seine Mutter ihn auf dem Totenbett darum gebeten hatte. Vielleicht wollte ihn der alte Lord Rendel für eine seiner Machenschaften benutzen? Das klang zwar ein wenig melodramatisch, doch diesem verkommenen Menschen war alles zuzutrauen. Oder wollte er ihn etwa legitimieren und zum Erben einsetzen? Das wäre wenigstens etwas, besonders, da er offenbar mit seiner Frau keine Kinder bekommen konnte.

»Findest du sie annehmbar?«

Etienne betrachtete die von hervorstehenden Adern überzogene Hand des alten Mannes und stellte sich vor, wie sie über Arielles Fleisch glitt. »*Oui*, mehr als nur annehmbar«, erwiderte er. »Wenn sie nicht so zauberhaft wäre, hättest du sie vermutlich nicht geheiratet.«

Arielle verfolgte die Unterhaltung und überlegte insgeheim, was der alte Mann wohl damit bezweckte.

»Wie wahr«, meinte Paisley, während er sich wieder seinem Teller zuwandte.

Nach dem Essen befahl Paisley Arielle, ihnen etwas auf dem Flügel vorzuspielen. »Ihr Spiel ist jammervoll, denn sie ist faul und mag nicht üben. Doch da sie nicht ganz untalentiert ist, überwinde ich mich von Zeit zu Zeit und höre ihr zu.«

Der Flügel war völlig verstimmt, und die Tasten waren vergilbt und teilweise sogar beschädigt. Arielle spielte, obwohl es schauerlich klang. Als Paisley ihr schließlich befahl, damit aufzuhören, gehorchte sie unverzüglich und faltete ihre Hände im Schoß. In dieser Haltung verharrte sie. Als sie nämlich einmal nach eigenem Gutdünken ihr Spiel beendet hatte, hatte Paisley sie geschlagen, ohne Rücksicht darauf zu nehmen, daß der Butler Philfer im selben Augenblick den Wohnraum betreten hatte.

»Wir wollen jetzt lieber Tee trinken, mein liebes Mädchen«, meinte Paisley. »Läute nach Philfer!«

Nachdem der Tee serviert worden war, wandte sich Paisley an Arielle. »Du kannst jetzt nach oben gehen, Arielle. Du bekommst keinen Tee.«

Sie gehorchte aufs Wort. »Gute Nacht, Etienne, gute Nacht, Mylord.«

Erlöst verließ Arielle den Raum und rannte beinahe nach oben. Sie freute sich auf die Atmosphäre der Sicherheit in ihrem Schlafzimmer und schenkte der Verbindungstür, die in die Räume ihres Mannes führte, keinen einzigen Blick. »Dorcas!« rief sie vernehmlich, denn ihre alte Kammerzofe wurde allmählich taub.

Fünfzehn Minuten später war Arielle ausgezogen, hatte ihr Haar gekämmt und kletterte ins Bett. Eigentlich wollte sie sich nur entspannt hinlegen und die unverhoffte Atempause so richtig genießen, doch sie schlief fast augenblicklich ein.

Etwa eine Stunde später wurde sie von hellem Licht geblendet, man rüttelte sie, und schließlich hörte sie Paisleys Stimme.

»Du sollst endlich folgen, Arielle! Steh auf!«

Sie versuchte, sich ihm zu entziehen. »Nein«, flüsterte sie, »oh, nein!«

»Du wirst mir auf der Stelle gehorchen, du kleine Schlampe, oder ich ziehe dir die Haut ab! Dann wirst du sehr schnell sehen, was du von deiner Frechheit hast. Ich kann mir denken, daß dieser Anblick deiner Kammerzofe nicht gerade gefallen wird!«

Arielle erhob sich augenblicklich und griff nach ihrem Morgenmantel.

»Den brauchst du nicht.« Er riß ihn ihr aus der Hand und warf ihn quer durch den Raum. »Los, komm jetzt!«

Willenlos folgte sie ihrem Mann durch die Verbindungstür, in sein Zimmer hinüber. Er war noch völlig bekleidet, was nur bedeuten konnte, daß sie ihn ausziehen mußte. Er hatte ihr beigebracht, es ganz langsam zu tun und ihn dabei immer wieder zu liebkosen. Rasch schloß sie die Augen und versuchte, sich auf das Unvermeidliche vorzubereiten, denn sie wußte, daß ihr keine andere Wahl blieb, als ihm zu gehorchen.

»Ist sie nicht wunderschön?«

Arielle erstarrte. Vor dem hell lodernden Kaminfeuer stand Etienne. Er trug einen Morgenmantel und seine Füße waren nackt.

»Sie ist einfach wundervoll«, pflichtete Etienne in seinem seltsamen Englisch mit starkem Akzent bei.

Paisley lachte. »Nun, meine Süße, kannst du dir denken, was ich von dir möchte?«

Sie wandte sich zu ihm um, und in ihren Augen waren Begreifen und zugleich tiefer Haß zu lesen. »Nein!« flüsterte sie voll panikartigem Schrecken. »Das kannst du doch nicht...«

»Ich kann tun, was mir beliebt, Arielle. Du hast mich tief enttäuscht, weil du mir noch keinen Erben geboren hast. Da Etienne mein Sohn ist, soll er dir jetzt ein Kind machen. Ich glaube, er würde es auch für mich tun, wenn er dich abstoßend fände. Ich möchte, daß du ihm jetzt zeigst, was du bei mir gelernt hast. Er soll alle deine Fähigkeiten kennenlernen, die sich ja weitgehend auf das Schlafzimmer beschränken. Also, gib dir Mühe! Du wirst ihm bestimmt viel Vergnügen bereiten!«

»Nein!«

Bevor sie noch weglaufen konnte, hatte er sie bereits wieder eingefangen, und während sie sich gegen seinen Griff wehrte, riß er ihr das Nachthemd herunter und drückte sie mit dem Rücken gegen sich. »Nun, Etienne, gefällt dir ihr Körper, oder findest du sie zu dünn?«

»Nein!«

»Sie ist wirklich wunderschön«, antwortete Etienne. »Ich habe allerdings bisher noch keine Frau vergewaltigt und möchte es auch jetzt nicht tun.«

Paisley lachte, während seine Arme ihren Brustkorb zusammenschnürten, bis sie nicht mehr atmen konnte. »Keine Sorge, heute nacht wird sie dich befriedigen. Und morgen, mein Junge, wird sie sanft und entgegenkommend sein. Ich werde sie halten, während du sie nimmst. Sie ist nämlich immer noch Jungfrau.« Dann lachte er wieder.

»Aber es ist doch keineswegs sicher, daß sie gleich ein Kind bekommt«, meinte Etienne.

»Das ist richtig. Deshalb wirst du es immer wieder tun, bis sie ein Kind erwartet. Und du wirst dafür großzügig entschädigt werden, mein Junge. Das verspreche ich dir!«

Arielle schluckte. Dicke Tränen rollten über ihre Wangen, die Nase lief und ihr Haar hing völlig zerzaust herunter. Paisley drehte sie zu sich herum und schlug ihr einmal kräftig ins Gesicht.

»Jetzt ist es aber genug, Arielle! Hör auf zu schluchzen, sonst lasse ich dich die Peitsche schmecken! Zeige ihm, daß alle Frauen im Grunde ihres Herzens Huren sind! Bis dein kleiner Bauch gefüllt wird, mußt du dich noch eine Nacht lang gedulden. Etienne, lege jetzt deinen Morgenmantel ab, damit sie deinen

Körper bewundern kann. Hebe die Augen, mein Liebes, und sieh dir an, was ich dir zum Geschenk machen möchte!«

Arielle gehorchte und sah zu, wie Etienne seinen Morgenmantel zu Boden gleiten ließ. Sein Körper war, im Vergleich zu dem seines Vaters, wesentlich schöner, doch als Arielle sein erregtes Glied hervorstehen sah, wimmerte sie. Sie fühlte, wie die Hände ihres Mannes über ihre Brüste strichen, und wußte, daß eine Weigerung nur weitere Erniedrigung und endlose Schmerzen für sie und weiteren Kummer für Dorcas bedeuten würde. Mit größter Mühe zwang sie sich zur Ruhe.

»Was denkst du, Arielle? Gefällt dir dieser junge Hengst?«

Sie schwieg.

»Nun gut. Ich werde dich jetzt loslassen, Arielle, und dann wirst du Etiennes ganz offensichtlich drängende Bedürfnisse befriedigen. Danach darfst du zu Bett gehen und dich auf den morgigen Abend freuen.«

Arielle gehorchte automatisch. Alles war anders als gewöhnlich, denn das Glied war geschwollen, hart und dick. Als es vorüber war, sank sie zu Boden und preßte ihr Gesicht in den grünen Aubussonteppich vor dem Kamin.

»Gut gemacht, mein Mädchen! Geh jetzt zu Bett!«

Blitzartig sprang Arielle auf und wischte sich über die Lippen. Während sie durch die Verbindungstür stürzte, hörte sie Paisleys Lachen hinter sich. Hastig spülte sie ihren Mund am Waschtisch, doch trotzdem mußte sie sich übergeben. Es war einfach zuviel, sie konnte es nicht ertragen.

Sie starrte auf die Gitter vor ihrem Fenster, die Paisley vor einem Jahr, nach ihrer Flucht zu ihrem Halbbruder, hatte anbringen lassen, und dachte daran, daß auch ihre Zimmertür regelmäßig abgeschlossen wurde. Paisley ging keinerlei Risiko mehr ein, und die einzige Möglichkeit, ihm zu entkommen, war der Selbstmord. Lange starrte sie auf die Glasfigur auf ihrem Nachttisch. Die Scherben wären bestimmt scharf genug, dachte sie, während sie wie in Trance bewegungslos dastand und auf ihre Handgelenke hinuntersah.

Am nächsten Morgen rief Paisley Dorcas herbei und bewachte persönlich das Bad und die anschließende Ankleidezeremonie. Dann führte er seine Frau nach unten. Den ganzen Tag über ließ er sie keine Sekunde aus den Augen und begleitete sie sogar zur Toilette.

Am Abend dieses Tages verschluckte sich Paisley Cochrane in Gegenwart seiner Frau und seines unehelichen Sohnes beim Essen an einer Gräte und erstickte jämmerlich.

Erstes Kapitel

Schlachtfeld, Toulouse, Frankreich
April 1814

Der üble Gestank brachte ihn zur Besinnung. Als er die Augen öffnete und zum Sternenhimmel emporsah, begriff er noch nicht ganz, daß der üble Geruch, der seine Nase peinigte, von menschlichem Blut und vom Tod stammte. Er hörte leises Stöhnen, aber sein Bewußtsein reagierte noch nicht. Erst eine ganze Weile später stellte er fest, daß er sich nicht bewegen konnte, doch er hatte keine Erklärung dafür. Was war los mit ihm? Was war geschehen?

Ob er tot war? Nein, nicht tot, dachte er, aber vielleicht starb er gerade. Plötzlich stand die grausame Schlacht mit allen schrecklichen Einzelheiten wieder vor ihm, doch hastig verschloß er sein Gehirn vor diesen entsetzlichen Bildern.

Später, dachte er. Falls er ein Später erleben sollte, war noch genug Zeit, sich an alles zu erinnern.

Er überlegte kurz, ob Wellington die Schlacht wohl gewonnen hatte. Das war zumindest zweifelhaft, denn falls es ihm nicht gelungen war, die schweren Kanonen pünktlich herbeizuschaffen, hatten die Franzosen sich ergeben müssen und konnten in Ruhe nach Paris marschieren. Was war geschehen? Als er wieder einen verzweifelten Versuch machte, seine Beine zu bewegen, begriff er, daß sein totes Pferd auf ihm lag und ihn an den Erdboden fesselte. Er versuchte festzustellen, ob er verletzt war, doch er fühlte keinerlei Schmerzen. Sein Körper schien ihm nicht zu gehören. Hatte man ihn für tot gehalten und einfach liegen lassen? Nicht sehr wahrscheinlich. Wo waren seine Männer? O Gott, hoffentlich waren sie nicht umgekommen!

Sekundenlang überkam ihn panische Furcht, doch nach einigen tiefen Atemzügen hatte er sie überwunden. Im selben Augenblick fühlte er einen leichten Schmerz an seiner Seite, und sofort konzentrierten sich alle seine Gedanken darauf. Kurze Zeit später hatte er sich wieder beruhigt und beschloß, in Ruhe abzuwarten, bis Joshua kam. Joshua würde mit Sicherheit kommen. Er hatte ihn noch nie im Stich gelassen.

Dann wanderten seine Gedanken zurück, zu einem wunderschönen Frühlingstag in Sussex. Seine Erinnerung war noch sehr lebendig, so daß er das lächelnde Gesicht des Mädchens deutlich vor sich sah. Helles Sonnenlicht schimmerte auf ihren dichten Haaren. Mit ihren fünfzehn Jahren war Arielle Leslie 1811 zwar noch ein Kind gewesen, doch er hatte sie trotzdem heftiger begehrt als irgend etwas anderes in seinem Leben. Das helle, klare Lachen des jungen Mädchens klang noch immer unverändert fröhlich in seinen Ohren...

Sussex, England
1811

Im Mai des Jahres 1811 erholte er sich zu Hause von den Folgen einer Schußverletzung, die mit großem Blutverlust und heftigen Schmerzen verbunden gewesen war. Er hatte die Verwundung überlebt und war zufällig gerade rechtzeitig nach Ravensworth Abbey zurückgekehrt, um an der Beerdigung seines Bruders teilzunehmen. Montrose Drummond, der Siebte Earl of Ravensworth, wurde in der Familiengruft neben seinem Vater Charles Edward Drummond und ihrer Mutter Alicia Mary Drummond beigesetzt, was keineswegs bedeutete, daß der Dummkopf es auch verdient hatte, neben den alten Drummonds in die Ewigkeit einzugehen. Montrose hatte sich wegen einer verheirateten Frau duelliert und war von deren Ehemann geradewegs ins Herz getroffen worden. Der verrückte Narr! Es hatte eine ganze Weile gedauert, bis er begriffen hatte, daß jetzt er, Burke Carlyle Beresford Drummond, der achte Earl von Ravensworth war.

Nach dem Begräbnis saß die Familie in der Bibliothek. Man hatte die dichten, schweren Vorhänge ganz zurückgeschlagen, um den warmen Sonnenschein ins Zimmer zu lassen.

»Was soll jetzt nur aus mir werden?« jammerte Lannie mit lauter, verzweifelt klingender Stimme. »Und wie wird es den armen, vaterlosen Engelchen ergehen? Oh, es ist einfach schrecklich! Wenn wir nicht verhungern wollen, werde ich mich vielleicht sogar verkaufen müssen!«

Burke mußte lächeln, als er beobachtete, wie Lloyd Kinnard, Lord Boyle, sein einziger Schwager und Ehemann seiner älteren Schwester Corinne, gerade noch sein Lachen unterdrückte und statt dessen lieber hustete.

»Verzeih mir«, japste er und erntete einen vorwurfsvollen Blick von Lannie.

Burke betrachtete seine Schwägerin und wünschte inständig, sie würde endlich ihren hübsch geformten Mund halten. Ihre Klagen wiederholten sich. Offenbar war ihre Kreativität aufgebraucht. Sie konnte doch nicht im Ernst glauben, daß er sie samt ihren Kindern aus dem Haus weisen würde! Schweigen breitete sich aus, doch Lady Boyle bedachte Lannie mit einem Blick, der diese glatt umgeworfen hätte, wenn sie ihrer Schwägerin auch nur die geringste Aufmerksamkeit geschenkt hätte.

»Ich reite ein wenig aus«, verkündete Burke und verließ rasch die Bibliothek. Er trug seinen Arm zwar noch in der Schlinge, die Schmerzen plagten ihn nur noch ganz gelegentlich.

»Sei aber um vier Uhr zurück, Burke!« rief Corinne ihm nach. »Dann wird Mr. Hodges Montroses Testament verlesen.«

»In Ordnung«, rief er zurück und mußte schmunzeln, als er gerade noch hörte, wie Lord Boyle nach einem Brandy verlangte, was ihm jedoch von seiner Frau mit dem Hinweis auf seine bereits ziemlich gerötete Nase abgeschlagen wurde.

Darlie sattelte Burkes schwarzen Hengst namens Ashes und

half seinem Herrn in den Sattel. »Geben Sie acht auf sich, Mylord!«, sagte der Mann.

»Oh, ja, das werde ich«, erwiderte Burke und lächelte dem alten Mann zu, der ihn schon als kleinen Jungen auf sein erstes Pony gesetzt hatte.

Seinen letzten Besuch vor vier Jahren hatte er nicht in allzu guter Erinnerung. Damals war sein Vater gestorben, und Burke war nur so lange geblieben, wie es die Höflichkeit erfordert hatte. Diesmal war er gerade rechtzeitig eingetroffen, um seinen Bruder zu beerdigen und der achte Earl of Ravensworth zu werden. Dieser verdammte Titel! Er wollte ihn nicht, hatte ihn niemals gewollt, denn von jetzt ab würde er kein freier Mensch mehr sein.

Burke ritt die lange, gewundene Lindenallee entlang, die zu beiden Seiten von untadelig beschnittenen Eibenbüschen gesäumt wurde. Wenigstens hatte Montrose den Besitz gut instand gehalten. Ohne nachzudenken, wandte Burke sich nach Osten, wo ein kleiner, verschwiegener See die Grenze zwischen seinem Besitz und dem der Leslies bildete. Und tatsächlich entpuppte sich der Bunbury Lake als ebenso idyllisch, wie Burke ihn seit über fünfzehn Jahren im Gedächtnis hatte.

Vorsichtig stieg er ab und band sein Pferd an einen Ahornbaum. Dann atmete er erst einmal tief durch. Weidenzweige hingen tief über der stillen Wasseroberfläche, und auf der sonnenüberfluteten Frühlingswiese blühten die Gänseblümchen. Burke ließ sich unter einer Eiche nieder und lehnte sich gegen den Stamm. Mücken summten um seinen Kopf, während er langsam auf einem Grashalm kaute und dem Konzert der Frösche lauschte, das immer wieder die tiefe Stille unterbrach.

Als Ashes plötzlich seinen Kopf hob, schnupperte und dann leise schnaubte, reagierte Burke nicht. Offensichtlich kam jemand, doch er hatte nicht die Absicht, seinen wunderschönen Platz zu räumen. Schließlich hatte er ihn als erster entdeckt.

Und dann sah er sie. Sie ritt eine braune Stute und lachte, weil ihr Pferd immer wieder mit eigenartigen Schritten seitwärts tänzelte. Von ihrem Gesicht war nichts zu sehen, weil es größtenteils von einem scharlachroten Hut mit Feder verdeckt wurde. Sie trug ein leuchtend grünes Reitkleid, und als ihr Pferd wieder einmal tänzelte, konnte er einen ihrer Stiefel bewundern. Er überlegte, wer sie wohl war, und wartete darauf, daß sie ihn bemerkte.

Als es geschah, hielt sie einen Augenblick inne, bevor sie ihm zuwinkte.

»Guten Tag!« rief sie mit heller, klarer Stimme. »Sie müssen der neue Earl sein, wenn ich mich nicht irre. Ich habe nämlich gehört, daß der neue Earl verwundet ist. Irgendwie sehen Sie aus wie ein Held, obwohl ich bisher noch keinem begegnet bin. Oh, Entschuldigung! Ich heiße Arielle und ich hoffe, daß ich nicht unwissentlich das Gebiet der Drummonds betreten habe. Soviel ich weiß, gehört dieses schöne Fleckchen noch den Leslies, oder sollte es wenigstens, falls dem nicht so ist!«

Während sie gesprochen hatte, war Burke aufgestanden und säuberte seine Hose. »Kommen Sie doch herüber!« rief er ihr zu, während er seine schwärzlichbraune Jacke zurechtzupfte.

Sie nickte und ritt vorsichtig am Ende des kleinen Sees durch das flache Wasser. Als ihr Tier genau vor ihm zum Stehen kam, streckte sie ihm unbefangen lächelnd ihre Hand entgegen. »Ich bin Arielle Leslie, Mylord.«

»Und ich bin Burke Drummond.«

»Major Lord Ravensworth«, korrigierte sie ihn übermütig.

»Ja, das ist richtig. Möchten Sie mir nicht einen Augenblick Gesellschaft leisten? Wir können dieses Gebiet ja solange für neutral erklären!«

»Sehr gern«, stimmte sie zu und rutschte rasch vom Pferd, damit er sich mit seinem verwundeten Arm nicht bemühen mußte.

Erst als sie vor ihm stand und zu ihm aufsah, stellte er plötzlich fest, wie schön sie war. Doch es lag nicht an ihrer Schönheit, daß er sich auf einmal so seltsam fühlte. In seinem Leben hatte er schon viele schöne Frauen getroffen. Nein, es war etwas anderes, das seinen gleichmäßigen Herzschlag durcheinanderbrachte. Sie war sehr jung, ganz entsetzlich jung. Er konnte es einfach nicht fassen. Er wußte, daß er sie anstarrte, doch er konnte es nicht ändern. Er begehrte sie.

Guter Gott, was war nur los? Er schüttelte den Kopf und kam sich vor wie der Held einer lächerlichen Geschichte, der sich Hals über Kopf in das erste weibliche Wesen verliebte. Es war doch einfach lächerlich, einfach absurd!

»Setzen Sie sich doch!« forderte er sie schließlich auf. »Leider habe ich keine Erfrischungen dabei.«

»Das macht doch nichts. Ich habe auch nur eine halbe Karotte für Mindle. Ashes ist wirklich ein wunderbarer Hengst.«

»Sie kennen ihn?«

»Aber ja. Montrose hat mir niemals erlaubt, ihn zu reiten. Er hat behauptet, daß ich zu klein sei, um mit ihm umzugehen. Aber das ist natürlich Unsinn. Ich bin weder zu jung noch zu schwach!«

»Aber natürlich nicht!«

»Sie machen sich über mich lustig, oder?«

»Nein, ganz im Gegenteil. Sie gefallen mir. Wie alt sind Sie?«

Sie schwieg einige Augenblicke und sah ihn nur mit schiefgelegtem Kopf fragend an. Als er ihr tief in die Augen blickte, spürte er, wie es ihm die Füße wegzog. Er schluckte mühsam und dankte dem Himmel, daß sie viel zu jung war, um seine offensichtliche Betörtheit zu bemerken.

»Ich bin fünfzehn Jahre alt. Und Sie, Mylord?«

»Ich bin vierundzwanzig.«

»Im Oktober werde ich allerdings schon sechzehn. Der Altersunterschied ist also gar nicht so gewaltig.«

»Nein, später nicht, doch im Augenblick...« Er unterbrach sich entsetzt. Das mußte aufhören!

»Nur neun Jahre, genauer acht und ein halbes. Vor neun Jahren war ich noch ein kleines Mädchen, während Sie bereits ein junger Mann waren.«

»So wie Sie jetzt eine junge Dame sind?«

»Ja, genau.« Sie sprach ganz ernst, doch er bemerkte das zitternde Grübchen auf ihrer linken Wange sehr wohl. »Für Ihr jugendliches Alter haben Sie schon hübsch viel erreicht, Mylord!«

»Ich bin ein ganz normaler Mann, Arielle, und ich möchte, daß Sie mich Burke nennen. An diesem bezaubernden Ort wirkt soviel Förmlichkeit störend.«

»Also gut. Für eine Grafenwürde kann man ja nichts, doch um Major zu werden, muß man schon etwas leisten. – Ich nehme an, Sie haben unzählige französische Soldaten zum Teufel geschickt, und bestimmt auf sehr furchteinflößende Weise! Wie geht es Ihrer Verwundung?«

»Ich bin in Kürze wieder einsatzfähig und werde dann auf den Kriegsschauplatz zurückkehren. Ich hoffe, Sie nehmen es mir nicht übel, wenn ich Ihnen sage, daß Sie wunderschönes Haar haben. Wirklich, eine sehr ungewöhnliche, ausgefallene Farbe.«

»Mein Vater sagt, daß ihn die Farbe an Tizian erinnert.«

»Ja, damit hat er völlig recht!«

»Ganz gleich, was ich damit anstelle, es bleibt rot! Ich habe gelernt, die Dinge so hinzunehmen, wie sie sind.«

Er wollte schon zustimmen, doch dann zögerte er. Er wollte es keineswegs hinnehmen, daß er sich in ein fünfzehnjähriges Mädchen verliebte. War es ihr wunderschönes Haar? Oder hatten ihn die klaren, blauen Augen bezaubert? Guter Gott, er war ja bereits ganz fasziniert. Aber er wollte sich nicht verlieben. Sie war außerdem nur ein Mädchen, nicht einmal eine Frau! Er war noch nie wirklich verliebt gewesen und wollte auch nicht ausgerechnet jetzt damit anfangen! Aber offensichtlich hatte er keine Wahl mehr.

»Nein, damit bin ich nicht einverstanden.«

»Verzeihung, Mylord – Burke –, aber ich weiß nicht mehr, wovon wir gesprochen haben. Sie haben so lange geschwiegen.«

»Ich habe es ebenfalls vergessen. Sie haben doch eine Schwester, nicht wahr? Ich kann mich leider nicht mehr an ihren Namen erinnern.«

»Ja, eine Halbschwester. Sie heißt Nesta und ist mit Alec Carrick, Baron Sherard, verheiratet.«

»Aber den kenne ich! Ich habe ihn vor einigen Jahren in London getroffen. Wenn ich mich recht erinnere, wollte er damals Junggeselle bleiben. Völlig verrückt! Sieht Ihre Schwester Ihnen ähnlich?«

»Nein, überhaupt nicht. Ihr Baron hat sich Hals über Kopf in sie verliebt, und vor drei Monaten sind sie nach Amerika gefahren, wo sie wohl noch eine ganze Weile bleiben werden. Ich habe außerdem noch einen Halbbruder namens Evan Goddis, den ich allerdings auch nur selten sehe. Meine Mutter war früher mit John Goddis verheiratet, und aus dieser Ehe stammen Nesta und Evan. Ihr Mann muß irgendwann unter mysteriösen Umständen ums Leben gekommen sein, doch Mutter hat mit mir nie darüber gesprochen. Später hat sie dann meinen Vater geheiratet und mich geboren. Vor zwei Jahren ist sie gestorben.«

»Oh, das tut mir aber leid. Das wußte ich nicht. Ich bin ihr jedenfalls dankbar, daß sie eine so schöne Tochter hatte.«

»Ich glaube, dafür kann man nicht allzu viel, Mylord.«

»Sie haben wieder vergessen, mich Burke zu nennen. Ich möchte, daß wir Freunde werden.«

»Also gut. Aber dann müssen Sie mich auch Arielle nennen. Mein Vater hat eine gewisse Vorliebe für etwas romantische, flatterhafte Namen…«

»Ihr Name paßt ganz ausgezeichnet zu Ihnen!«

»Soll das heißen, daß ich flatterhaft bin? Wenn ich nichts daran ändern kann, muß ich es eben hinnehmen.«

»Ist das nicht ein wenig übertrieben?«

»Für Übertreibungen ist die liebe Lannie zuständig. Sie ist darin Meister! Oh, ich vergaß, daß sie Ihre Schwägerin ist!«

»Aber es stimmt doch! Sie ist tatsächlich ein wenig töricht, und eigentlich bin ich nur ausgeritten, um ihren melodramatischen Tiraden zu entgehen.«

»Sie macht das aber sehr gut!«

»Aber wenn es sich immer um dasselbe Thema dreht, wird es langweilig!«

»Oh, natürlich, um Montrose. Hat sie etwa jedem, der es hören wollte, weisgemacht, daß sie bei dem neuen Earl Kohlen schleppen müßte, um ihre armen, kleinen Kinder durchzubringen?«

Burke brach in herzhaftes Gelächter aus. »Wie ich sehe, kennen Sie meine Schwägerin sehr gut!«

»Ja, nur in Wirklichkeit ist sie gar nicht so schrecklich, eher ein wenig wunderlich! Es tut mir leid, daß Montrose tot ist. Meinem Vater übrigens ebenso, doch er lehnt Beerdigungen als heidnische Zeremonien ab und nimmt grundsätzlich nicht an ihnen teil. Ich hoffe, Sie verzeihen uns, daß wir nicht gekommen sind.«

»Das tue ich«, erwiderte Burke. Er betrachtete ihr Profil, während sie ihre Blicke über den See schweifen ließ. Ihm war im Augenblick völlig gleichgültig, was Sir Arthur von Beerdigungen hielt.

»Weshalb starren Sie mich so an?« Sie wandte sich zu ihm um, und Spottlust und Lachen schimmerten in ihren Augen. »Bestimmt wegen meiner Nase, nicht wahr? Als ich sechs war, hat meine Mutter mir schon gesagt, daß ich besser nicht auf Schönheit hoffen soll. Ich habe die Nase der Leslies geerbt.«

»Es ist eine wunderschöne Nase. In dieser Beziehung hatte Ihre Mutter unrecht.«

»Ha! Sie sind nur höflich! Doch jetzt muß ich gehen, sonst regt mein Vater sich zu sehr auf. Eigentlich ist er ja sehr nett, doch da ich sein einziges Kind bin, macht er sich umso mehr Sorgen.«

»Darf ich Sie nach Hause begleiten?«

»Kennen Sie meinen Vater?«

»Ich habe ihn einmal getroffen, als ich noch ein kleiner Junge war, doch das liegt mindestens schon vierzehn Jahre zurück.«

»Dann lieber nicht. Augenblicklich steckt er mitten in einer Übersetzungsarbeit – ich glaube, Aristophanes – und kann schon gelegentlich recht ruppig werden, wenn er mit einem Satz nicht zurechtkommt. Ich bin offenbar die einzige, die mit ihm umgehen kann. Wenn ich nicht da bin, brüllt er jeden an. Auf Wiedersehen, Burke, und auch weiterhin gute Besserung!«

»Vielen Dank.« Er half ihr in den Sattel. Die Bewegung schmerzte ihn zwar, doch er mußte sie einfach berühren. Ihre Taille war schmal wie alles an ihr, und seine Hände stellten fest, daß sie eigentlich nur aus knochigen, geraden Linien bestand. Trotzdem zitterten seine Finger, und er stand wie angewurzelt und starrte ihr etwas töricht nach.

Als sie sich im Sattel umwandte und ihn immer noch auf derselben Stelle stehen sah, winkte sie ihm fröhlich zum Abschied zu.

Das nächste Mal traf er sie, als sie zum Tee bei Lannie, in Ravensworth Abbey, eingeladen war.

»Oh, Arielle, dieses schreckliche Testament! Ich muß gestehen, daß ich niemals in meinem Leben so geschockt war!«

»Aber, Lannie«, meinte Arielle beschwichtigend, während sie es vermied, Burke anzusehen. »Poppet oder Virgie konnten doch nicht gut Earl of Ravensworth werden! Leider traut man Mädchen die Verantwortung nicht zu.«

»Da bin ich etwas anderer Meinung«, bemerkte Burke, während er daran dachte, daß Arielle mehr Einfluß auf diesen verdammten Earl of Ravensworth hatte als irgend jemand sonst.

»Du würdest es glatt tun!« meinte Lannie spöttisch. »Und ausgerechnet ihm hat Montrose die Vormundschaft über meine armen kleinen Kinder übertragen!«

Arielle spitzte die Lippen, um nicht in Lachen auszubrechen. »Burke wird bestimmt ein wunderbarer Vormund sein, Lannie! Oder hätten Sie lieber Mr. Hodges gehabt?«

»O nein! Doch nicht diesen elenden, alten Geizkragen!«

»Na also! Burke wird mit Sicherheit immer großzügig sein.«

»Das stimmt, Lannie«, versicherte Burke, während er Arielle beobachtete. Sie trug ein weichfließendes, hochgeschlossenes

Schulmädchenkleid aus lavendelfarbenem Musselin, mit einer breiten Schärpe um die Taille. Ihr Haar... Er schluckte. Ihr Haar fiel in dichten Locken über ihre Schultern. Eigentlich hatte er sich vorgenommen, sie heute als das wahrzunehmen, was sie in Wirklichkeit war: Eine bezaubernde junge Dame, die eigentlich noch auf die Schulbank gehörte. Doch als sie den Salon betreten hatte, hatte ihn dasselbe Gefühl wie am Beerdigungstag überfallen. Verdammt, sie war noch nicht einmal erwachsen! Er fluchte leise in seine Teetasse.

»Haben Sie etwas gesagt, Burke?« fragte Arielle.

»Sicher wird der liebe Burke einige Gegenleistungen erwarten«, vermutete Lannie. »Schließlich ist er der Earl!«

»Dagegen ist nichts zu sagen«, meinte Arielle, deren unschuldige, blaue Augen frech und listig glitzerten, während sie ungeniert mit ihm flirtete. »Sie werden ihm ein wenig schmeicheln müssen.«

»Und wie soll ich das anfangen?« fragte Lannie.

»Das wird nicht ganz einfach sein, denn Joshua hat mir gesagt, daß...«

»Sie kennen Joshua? Joshua hat sich mit Ihnen unterhalten?« Völlig überrascht starrte Burke sie an. Joshua Tucker war zwar nicht gerade ein ausgesprochener Weiberfeind, doch er hatte beträchtliche Vorurteile dem weiblichen Geschlecht gegenüber und äußerte seine Meinung für gewöhnlich sehr freimütig. Er war anhänglich wie eine Zecke, und sein Einfallsreichtum und seine Findigkeit hatten sie beide während der vergangenen fünf Jahre aus mancher schwierigen Situation gerettet.

»Aber natürlich«, erwiderte Arielle, »er hat sich mit Darlie unterhalten, und ich habe mich vorgestellt. Er hat versichert, daß er nach Kräften für Sie sorgt und erwähnt, daß Sie überhaupt nicht eitel sind.«

Lannie lachte laut auf. »Wirklich, Arielle, Sie haben keine Ahnung, wovon Sie sprechen! Montrose hat mir einmal von einem Mädchen erzählt, das Burke damals in Oxford...«

»Es reicht, Lannie!« unterbrach er sie ganz sanft.

»Unterbrechen Sie Lannie doch nicht«, beschwerte sich Arielle, »wenn sie Ihre Heldentaten bei Frauen rühmen will!«

»Ich glaube nicht, daß sie meine Heldentaten rühmen will!«

»Lannie ist doch so liebevoll, so freundlich«, entgegnete Arielle und sah Lady Ravensworth dabei mit ihren sanften, blauen Augen vielsagend an, worauf diese ihr zuzwinkerte.

Burke lehnte sich zurück. Seltsam, wie Arielle die Zügel dieser Unterhaltung in die Hand genommen hatte, obwohl Lannie doch sieben Jahre älter war als sie. »Ich möchte gern noch eine Tasse Tee, Lannie!« bat er und überlegte, was Joshua wohl zu dieser Frau sagen würde.

»Wirst du jetzt deine Armeelaufbahn aufgeben, Burke?«

Er schüttelte energisch den Kopf. »Nein, Lannie, das kann ich nicht. Jedenfalls nicht, bevor die Dinge beendet sind.«

»Das könnte ich auch nicht«, bemerkte Arielle, wobei ihre Augen vor Begeisterung leuchteten. »Ich wünschte, ich wäre ein Mann!«

»Für die Armee wären Sie ein bißchen zu jung, meine Liebe.«

»Falls du nicht überlebst, wird Vetter Radnor Earl of Ravensworth«, bemerkte Lannie spitz.

»Das ist ja allerhand«, lachte Burke. »Ich habe Radnor seit mindestens sechs oder sieben Jahren nicht mehr gesehen. Was macht er eigentlich?«

»Er ist Vikar«, berichtete Lannie. »Aber ein Kinn hat er noch immer nicht. Statt dessen läßt er sich zur Tarnung einen kleinen Bart wachsen.«

Burke brach in schallendes Gelächter aus. »Rad ist Vikar?« Das war zuviel für ihn. Er verschluckte sich und fühlte Sekunden später, wie Arielles Hand ihm auf den Rücken klopfte. Nachdem der Hustenanfall vorüber war, atmete er den Duft ihres Körpers ein und hätte ihr am liebsten sofort das alberne Kinderkleidchen vom Leib gerissen und sie auf den Teppich geworfen...

»Geht es wieder, Burke?«

»Ja, danke, Arielle! Ich denke darüber nach, weshalb unser Vetter nicht zur Beerdigung erschienen ist.«

»Er ist augenblicklich in Schottland«, erzählte Lannie, »und kümmert sich um eine Großtante, die er zu beerben hofft.«

»Das hört sich ja an, als sei dieser Mensch unausstehlich«, bemerkte Arielle.

»Das ist er auch, mit Sicherheit! Möchten Sie jetzt vielleicht Ashes reiten, Arielle?«

Diesen Nachmittag würde er niemals vergessen, denn an diesem Nachmittag hatte sich Burke Carlyle Beresford Drummond zum ersten und einzigen Mal in seinem Leben verliebt, und zwar mit Haut und Haaren. Gleichzeitig hatten seine Pläne zur Rückkehr auf den Kriegsschauplatz erste Gestalt angenommen.

Drei Tage später sah er Arielle Leslie zum letzten Mal. Er machte ihr einen Abschiedsbesuch und traf dabei Sir Arthur wieder, der ihn mit ebenso klarblauen Augen anblickte wie seine Tochter.

»Vergessen Sie mich nicht ganz!« ermahnte er sie in leichtem, fast scherzendem Ton.

»Wie könnte ich das?« Er sah leise Traurigkeit in ihren Augen.

»Aber ganz bestimmt werden Sie mich vergessen, Mylord. Ich bin nur ein dummes Mädchen, doch Sie sind ein Held und...

»Dumm mit Sicherheit nicht, meine Liebe. Wahrscheinlich werde ich längere Zeit fort sein, vielleicht mehrere Jahre. Nach meiner Rückkehr würde ich mich gern wieder melden, wenn Ihnen das recht ist.«

Lächelnd legte sie ihm die Hand auf den Arm. »Ich freue mich schon jetzt darauf, doch ich glaube nicht, daß Sie dann Zeit für mich haben werden. Zahlreiche Damen werden Sie umschwärmen und sich um Ihre Aufmerksamkeit bewerben. Wenn es Ihnen Freude macht, werde ich dabei sein.«

»Ja, es wird mir mehr Freude machen, als ich in Worte fassen kann.«

Gar zu gern hätte er sie gebeten, ihm zu schreiben, doch das hätte bedeutet, die Grenze des Erlaubten zu überschreiten.

Er bemerkte sehr wohl, daß Sir Arthur leicht die Stirn runzelte, doch er wußte nicht, ob die griechischen Übersetzungen oder die offensichtliche Verliebtheit des Earl of Ravensworth in seine junge, unschuldige Tochter der Grund dafür waren. Deshalb verabschiedete er sich daraufhin rasch.

Toulouse, Frankreich
1814

Wieder hörte er das Stöhnen, doch diesmal stellte Burke fest, daß es aus seiner eigenen Kehle kam. Er war nicht bei Arielle, sondern lag mitten auf dem Schlachtfeld in der Nähe von Toulouse unter seinem Pferd begraben und war offenbar verwundet.

Der Schmerz in seiner Seite überfiel ihn nun in Wellen und hatte ihn rasch in die Gegenwart zurückgebracht. Heftig biß er die Zähne aufeinander, um nicht zu schreien.

»Major Lord! Endlich habe ich Sie gefunden!«

»Joshua«, hörte Burke seine schwache Stimme sagen. »Ich wußte, Sie würden kommen! Offenbar ist das Pferd über mir zusammengebrochen.«

»Ja, bleiben Sie liegen. Ich werde rasch Hilfe holen.«

Eine gute Stunde später lag Burke so bequem wie möglich auf einem Feldbett, in seinem Zelt. Joshua hatte sich mit gekreuzten Beinen neben ihm auf dem Boden niedergelassen und berichtete ihm vom Verlauf des Geschehens. Burke war unter dem Leintuch, das man über ihn gebreitet hatte, nackt bis auf die Bandage, die den Säbelhieb an seiner Seite bedeckte. Er hörte nur mit halbem Ohr zu, weil ihn Erinnerungen und Schmerzen gefangen hielten.

»Es ist Zeit, Major Lord«, sagte Joshua, während er sich erhob und sich über seinen Herrn beugte. »Der Arzt hat Ihnen dieses Schlafmittel verordnet. Sie haben zuviel Blut verloren und müssen sich ausruhen. Protestieren ist nicht gestattet.«

»Das will ich doch gar nicht«, entgegnete Burke und trank gehorsam seine Medizin, während Joshua eine Decke über ihn breitete.

Dann lächelte er Joshua zu, der sich ganz offensichtlich Sorgen um ihn machte. »Ich werde bald wieder gesund sein.«

Das nächste, was er hörte, war Joshuas aufgeregte Stimme: »Major Lord! Major Lord!«

Burke fühlte, wie jemand sein Gesicht tätschelte, und versuchte, sich umzudrehen und wieder zu Arielle zurückzukehren, doch es gelang ihm nicht.

»Major Lord! Sie müssen aufwachen. Der Duke of Wellington ist hier!«

»Ich will aber nicht!« erklärte Burke ganz klar und energisch.

»Nun, darauf kann Ihr Kommandeur keine Rücksicht nehmen, Ravensworth.«

Mühevoll öffnete Burke die Augen und erkannte Wellington, der müde auf ihn hinuntersah. Seine Uniform war untadelig wie immer, und in seinen blanken Stiefeln konnte man sich spiegeln.

»Sir«, brachte Burke heraus und versuchte, die Hand zu heben.

»Liegen Sie still, Burke! Ich habe nur wenig Zeit, mein Junge, denn ich muß nach Paris. Ich wollte Ihnen nur noch persönlich sagen, daß alle Opfer, alle Toten umsonst waren. Napoleon hatte bereits abgedankt!«

Burke starrte ihn an.

»Sie scherzen!«

»Ich wünschte, es wäre so. Doch Gott hat meine Gebete erst erhört, als noch einmal beinahe fünftausend Männer gefallen waren. Der Arzt hat mir bestätigt, daß Ihre Verwundung bald heilen wird, mein Junge. Kehren Sie nach England zurück, Burke! Es ist vorbei, jedenfalls für Sie!«

Ja, dachte Burke später, endlich war alles vorbei. Arielle war inzwischen achtzehn Jahre alt und wurde im Oktober neunzehn, wie er sich erinnerte. Alt genug, um zu heiraten. Alt genug für ihn.

Doch was sollte er tun, falls sie sich bereits an einen anderen Mann gebunden hätte?

Daran wollte er nicht denken. Während der vergangenen drei Jahre hatte er hin und wieder Briefe von Lannie erhalten. Ob sie wohl den Grund für seine Bitte erraten hatte, ihm das Leben in Ravensworth und seiner unmittelbaren Umgebung zu schildern? Sechs Monate, nachdem er England verlassen hatte, war Sir Arthur gestorben, und Burke hatte Arielle einen Kondolenzbrief geschrieben, auf den er natürlich keine Antwort erhalten hatte.

Was hatte sie wohl seit dem Frühjahr 1811 gemacht? Lannie hatte ihm über alle Hochzeiten im Umkreis von etwa fünfzig Meilen um Ravensworth berichtet, doch Arielle hatte sie nie erwähnt. Vielleicht wartete sie ja tatsächlich auf ihn.

Dieser Gedanke beflügelte Burke und führte dazu, daß die Verwundung schneller heilte, als der Arzt vorhergesehen hatte.

Zweites Kapitel

Ravensworth Abbey
Juni 1814

Burke fühlte sich in seinem eigenen Haus immer noch nicht recht heimisch. Als achter Earl of Ravensworth war er für jede Seele, die auf seinem Grund und Boden lebte, verantwortlich wie ein absoluter Herrscher, und außerdem war es seine Pflicht, einen Erben zu zeugen, der sein Lebenswerk später fortführen würde. Nachdenklich blickte er sich im sogenannten goldenen Salon mit den zarten, vergoldeten Möbeln und den kostbaren Einlegearbeiten um und hoffte inständig, daß der zierliche Stuhl, auf dem er sich niedergelassen hatte, sein Gewicht auch aushalten würde.

Als Junge hatte er diesen Lieblingsraum seiner Mutter nur äußerst selten betreten dürfen, und irgendwie konnte er sich seine zarte Mutter in diesem prachtvollen, fast etwas überladen wirkenden Raum nur sehr schwer vorstellen.

Seine Schwägerin saß ihm genau gegenüber und strich Poppets Kleid glatt. »Sie sehen wirklich reizend aus, Lannie. Ganz ehrlich, sie sind dir gelungen!«

Lannie lächelte ein wenig und klatschte dann energisch in die Hände.

Augenblicke später erschien Mrs. Mack, die als Virgies und Poppets Kindermädchen fungierte, und nahm die Mädchen bei der Hand, um sie aus dem Salon zu führen.

Unter der Tür drehte Poppet sich um. »Onkel Burke, spielst du nachher noch mit uns?«

»Aber natürlich, Poppet. Ich freue mich sogar darauf. Was werden wir denn spielen?«

»Am liebsten Soldaten«, erwiderte Virgie. »Ich möchte bei

dir gern Sergeant sein und mit Kanonen auf die Franzosen ballern!«

»O je«, entfuhr es Burke voller Erstaunen, »werden wir nicht mit den Puppen Tee trinken?«

Ein verächtlicher Blick war die Antwort, und Lannie seufzte. »Frage mich bitte nicht, Burke! Ich habe keine Ahnung, woher die kleinen Ungeheuer diese blutrünstigen Ideen haben!« Bis die Mädchen endgültig verschwunden waren, stärkte sie sich mit einem kleinen Kuchen und sagte schließlich: »Ich nehme an, daß du jetzt endgültig zu Hause bleiben wirst, Burke?«

»Ja, für mich ist der Krieg vorbei. Und ich hoffe, daß Napoleon uns auch nicht länger Schwierigkeiten machen wird!«

»Ich verstehe immer noch nicht ganz, weshalb Wellington ihn nicht einfach an die Wand gestellt und erschossen hat, statt so viel Geld auszugeben, um ihn auf einer Insel gefangenzuhalten! Das ist doch völlig verrückt!«

Burke lächelte und überlegte im stillen, ob die Kleinen nicht einiges von der Redeweise ihrer Mutter übernommen hatten. Die gute Lannie hatte sich während seiner Abwesenheit überhaupt nicht verändert. Und wie stand es mit Arielle? Mit Sicherheit war sie inzwischen erwachsen und eine Frau geworden, und bald würde sie seine Frau sein. Nachdenklich sah Burke Lannie über seine gefalteten Hände hinweg an und überlegte, wie er unauffällig das Gespräch auf Arielle bringen konnte.

»Ich hoffe, daß du irgendwann einen neuen Verwalter einstellen wirst, denn Cerlew ist ein Flegel. Der Mann rechnet mir in einem fort meine Ausgaben nach, als ob ich irgend jemand wäre! Das ist wirklich ärgerlich!«

Demnach machte Cerlew seine Sache gut, dachte Burke. Insgesamt machte der Besitz einen wesentlich besseren Eindruck als vor seiner Abreise. Alles war gut in Schuß, sauber und gepflegt. Sogar Joshua war das aufgefallen.

Burke räusperte sich, doch Lannie kam ihm zuvor. »Corinne wird bestimmt auch bald herkommen und sich einmischen. Hast du ihr geschrieben?«

»Das war nicht nötig, denn ich habe auf der Rückreise aus Frankreich bei ihnen in London Station gemacht. Ihr Sohn Jocelyn studiert inzwischen in Oxford.«

Während sich Lannie ausführlich über die Eigenarten des Knaben ausließ, erinnerte sich Burke an die verrückte Atmosphäre, die in London geherrscht hatte. Seit Zar Alexander am sechsten Juni nach England gekommen war, war über Nacht alles Russische in Mode gekommen. Burke hatte an zahlreichen Bällen teilgenommen, die Damen hofiert, mit den Herren die Schlacht von Toulouse besprochen und dabei immer nur an Arielle gedacht. Einige Male hatte er während dieser Woche erwogen, sich eine Geliebte zu nehmen, doch in Wirklichkeit wollte er keine andere Frau. Er begehrte einzig und allein Arielle.

»Burke! Ich glaube, du hast mir überhaupt nicht zugehört! Hier kommt Montague mit dem Tee.«

Mit seinem dichten, weißen Haar sah Montague eigentlich eher wie ein alter Bischof aus, dachte Burke. »Vielen Dank, Montague«, sagte er und lächelte dem alten Diener zu.

»Ich möchte noch bemerken, Mylord, daß es Zeit für eine Ruhepause ist. Joshua wartet bestimmt schon oben in Ihrem Zimmer auf Sie.«

»Obwohl ich nun schon eine ganze Zeit lang Zivilist bin, gibt man mir immer noch Befehle!«

»Lord Ravensworth hat völlig recht«, meinte Lannie zu Montague. »Sie sollten ihn wirklich nicht...«

»Ich habe doch nur gescherzt, Lannie! Ja, Montague, Sie haben völlig recht. Ich fühle mich tatsächlich ein wenig müde. Ich danke Ihnen.«

Doch er wollte Lannie nicht verlassen, bevor er etwas über Arielle in Erfahrung gebracht hatte. Nachdem sie ihm Tee eingeschenkt hatte, lehnte er sich in seinen Sessel zurück und versuchte, möglichst unbeteiligt auszusehen. Vorsichtig nippte er an seiner Tasse. »Erzähle mir ein wenig von unseren Nachbarn!«

Lannie gehorchte bis zur Erschöpfung, und als sie schließlich eine Pause einlegte, fragte Burke ganz direkt. »Und wie geht es den Leslies? Du hast mir geschrieben, daß Arthur Leslie gestorben ist.«

»Du lieber Himmel, das war ja doch schon vor einigen Jahren!«

»Nun, so lange ist das nun auch wieder nicht her! Wie ist es der Familie seither ergangen?«

»Du meinst Arielle?«

»Ja«, sagte Burke hastig, während er sich unbewußt nach vorn beugte und Lannie unverwandt anblickte.

»Ich habe dir doch alles geschrieben!« erwiderte sie. »Ich kann mich genau daran erinnern!«

»Was hast du mir geschrieben? Und wann?«

»Ach, du lieber Himmel. Vor Jahren schon habe ich dir geschrieben, daß Arielle geheiratet hat.«

Die Tasse fiel zu Boden, und Burke sah zu, wie sie von dem Aubussonteppich auf den harten Holzboden rollte und zerbrach. Die braune Flüssigkeit bildete kleine Pfützen, doch Burke saß wie erstarrt.

»Burke! Was ist los? Schmerzt dich deine Wunde?«

»Nein, nein, es geht mir gut. Ich bin nur ein wenig müde.«

In Wirklichkeit erstickte er beinahe. In seinem Innern wühlte ein heftiger Schmerz, den er kaum ertragen konnte. Mühsam befeuchtete er seine Lippen. »Wann? Und wen?«

»Nun, inzwischen ist sie bereits seit einigen Monaten Witwe. Wenn ich mich nicht irre, ist es schon fast ein Jahr her, doch man bekommt sie nie zu Gesicht. Mit sechzehn hat sie Paisley Cochrane geheiratet.«

Wortlos starrte Burke seine Schwägerin an. Paisley Cochrane! Dieser alte Satyr war doch schon für seine Verschlagenheit berühmt gewesen, als Burke noch ein kleiner Junge gewesen war! Dieser Mann sollte Arielle geheiratet haben? Ungläubig schüttelte er den Kopf. »Und ihr Vater hat zugestimmt?«

»Aber nein! Ihr Halbbruder, Evan Goddis, wurde nach Sir

Arthurs Tod ihr Vormund. Wenn du mich fragst, hat er alles eingefädelt! Nicht einmal sechs Monate nach Sir Arthurs Tod! Später ist Paisley dann unter etwas merkwürdigen Umständen gestorben – natürlich hat es ziemliches Gerede gegeben.«

Doch Burke hörte ihr schon längst nicht mehr zu. »Wohnt sie jetzt in Rendel Hall?« Cochranes Besitz lag ungefähr zehn Meilen östlich von Ravensworth.

»Aber natürlich. Sie hat ja alles geerbt. Ganz im Gegenteil zu mir, die...«

»Laß es gut sein, Lannie«, ermahnte Burke sie freundlich, während er sich erhob.

»Wohin gehst du?«

»Nach oben. Ich möchte mich ein wenig ausruhen. Wir sehen uns dann beim Abendessen.«

Nachdem Joshua ihn versorgt hatte, lag er bewegungslos im Bett und starrte zu den nackten Stuckengeln hinauf, die die Zimmerdecke schmückten. Mit sechzehn Jahren hatte sie Viscount Rendel geheiratet! Der Mann war doch mindestens fünfzig Jahre alt! Und er hatte sie berührt, sie gestreichelt und – Burke gab sich einen Ruck. Er wollte nicht daran denken, denn er konnte die Vergangenheit nicht ändern. Er mußte die Tatsache akzeptieren oder sich alles aus dem Kopf schlagen. So einfach war das!

Die ganzen Jahre über hatte er nichts davon geahnt – ein einziger verlorener Brief! Ironie des Schicksals! Doch da sie inzwischen Witwe geworden war, war das eigentlich unwichtig. Er wollte sie endlich wiedersehen, ihr den Hof machen, sie heiraten und die Vergangenheit vergessen.

Er hatte nicht daran gedacht, Lannie zu fragen, ob Arielle Kinder hatte. Falls es so war, wollte er sie wie seine eigenen aufziehen. Beim Abendessen erkundigte er sich danach.

»Nein«, antwortete Lannie. »Der alte Paisley hat sie ja nur geheiratet, weil er sich einen Erben erhofft hat, doch das ist ihm nicht geglückt. Weshalb fragst du danach, Burke?«

»Ich habe sie als reizendes, junges Mädchen in Erinnerung«, sagte er, während seine Augen über das Tafelsilber glitten. »Hast du sie seit der Hochzeit einmal gesehen?«

»Nein, nie. Nach ihrer Hochzeit war sie praktisch wie vom Erdboden verschwunden. Sehr seltsam. Niemand hat sie zu Gesicht bekommen. Den Gerüchten habe ich allerdings keine Beachtung geschenkt, denn schließlich leben wir in einer modernen Zeit und nicht im Mittelalter!«

»Welchem Gerede?«

Lannie zuckte die Achseln. »Ach, kaum zu glauben! Man hat behauptet, daß Viscount Rendel seine Frau praktisch wie eine Gefangene behandelte und ihr den Umgang mit anderen Menschen regelrecht verbot...«

»Aber du hast doch gerade selbst gesagt, daß man sie seit ihrer Hochzeit nicht mehr gesehen hat!«

»Ja, aber der Viscount hat sie doch bestimmt nicht wie eine Gefangene eingesperrt! Das ist einfach zu verrückt! Hast du eigentlich jemals etwas von ihrem Halbbruder gehört? Er genießt ja wirklich nicht den besten Ruf, und man erzählt sich, daß er Arielle für eine größere Summe gezwungen haben soll, den armen Paisley zu heiraten. Ich habe keine Ahnung, ob etwas Wahres daran ist.«

»Weshalb nennst du Paisley arm?«

»Nun, er hatte keinen Erben. Kurz vor seinem ungewöhnlichen Tod ist sein unehelicher Sohn aus Frankreich zu Besuch gekommen.«

»Wie ist Paisley denn gestorben?«

»Er hat sich beim Essen an einer Gräte verschluckt und ist erstickt. Sehr ungewöhnlich, nicht wahr? Die Diener haben behauptet, daß sein unehelicher Sohn und Arielle regungslos dagesessen und zugesehen haben, bis er tot war.«

»Das hört sich sehr unglaubhaft an.«

»Meine Meinung!«

»Hast du Arielle seit – seit Rendels Tod gesehen?«

»Ja, als ich eine Freundin in East Grinstead besucht habe. Wir sind in einem zauberhaften, kleinen Hutgeschäft gewesen, wo es wunderschöne Bänder...«

»Wann war das? Und welchen Eindruck machte sie?«

Lannie löffelte den letzten Rest ihrer Suppe und überlegte kurz, ob ihre Figur wohl eine weitere Portion vertragen könnte, doch seufzend entschied sie sich dagegen.

»Lannie!«

»Wie bitte? O ja, natürlich! Wir sprachen von Arielle. Wie ich schon gesagt habe, habe ich sie in East Grinsteadt getroffen. Sie sah gut aus. Na ja, vielleicht doch nicht ganz so gut. Sie war viel zu dünn, aber das war sie eigentlich schon immer. Mir ist nur aufgefallen, daß sie keine Trauerkleidung trug.« Sie machte eine kleine Pause und wiegte dabei nachdenklich ihren Kopf. »Weshalb interessierst du dich eigentlich so sehr für Lady Rendel, Burke?«

Bevor Burke sich noch eine passende Antwort einfallen lassen konnte, fuhr sie bereits fort: »Es kommt mir direkt komisch vor, sie Lady Rendel zu nennen! Schließlich ist sie gerade erst achtzehn Jahre alt! Falls du sie siehst, dann grüße sie herzlich von mir. Ich habe früher ihre Gesellschaft immer sehr gern gehabt.«

Rendel Hall

Langsam ließ Arielle ihren Stickrahmen sinken. »Wo haben Sie das erfahren?«

»Im Dorf. Mrs. Cranage hat ihn gesehen und mir gesagt, daß er nicht allein war.«

»Evan«, sagte Arielle tonlos, wobei ein gequälter Ausdruck in ihren Augen stand.

»Ja, Etienne DuPons hat ihn begleitet. Aber weshalb? Was kann Evan Goddis von diesem Mann wollen? Geld scheint er doch wirklich nicht zu haben.«

»Keine Ahnung«, bemerkte Arielle. »Ich habe gedacht, daß

Etienne gleich nach der Beerdigung seines Vaters nach Frankreich zurückgekehrt ist.«

»Das hat er ja vielleicht auch getan, doch jetzt ist er jedenfalls wieder da.« Gedankenvoll betrachtete Dorcas ihre Herrin. Das arme Kind hatte in den Händen dieses Monsters viel gelitten. Wann würde sie endlich wieder einmal lachen oder unter Leute gehen? Was hielt sie nur immer noch wie eine Gefangene in Rendel Hall? »Lord Rendel ist nun schon eine ganze Zeit tot, und ich hoffe nicht, daß Sie ihn ein volles Jahr betrauern wollen.«

Arielle betrachtete ihr blaßgelbes Musselinkleid. Trauerkleidung konnte man das doch wirklich nicht nennen. Für sie war es die Farbe der Freude. Dorcas war der einzige vertraute Mensch, der ihr geblieben war. Von Nesta hatte sie immer wieder nur kurze Mitteilungen erhalten, in denen jedoch von Heimreise nicht die Rede gewesen war.

Schließlich erhob sich Arielle und ging zu den hohen Bogenfenstern hinüber, von wo aus sie die abfallende Wiese vor dem Haus überblicken konnte. Alles, was sie sah, gehörte jetzt ihr. Sie war zwar nicht übermäßig reich, doch vermögend genug, um zu tun, was ihr gefiel. Jedenfalls behauptete das der Verwalter, Harold Jewells, bei ihren regelmäßigen Monatsbesprechungen. Vor zwei Wochen erst hatte er sie aufgefordert, doch einmal nach London zu fahren und sich ein wenig zu amüsieren, doch sie hatte ihn nur angestarrt. Nein, sie konnte nicht wegfahren. Noch nicht. Sie hatte noch zuviel Angst und schämte sich zu sehr. Die Leute würden sie durchschauen und die Wahrheit in ihren Augen lesen. Nein, das konnte sie noch nicht ertragen. Sie konnte noch keinem Mann gegenübertreten, und der Gedanke daran, wie sie sie behandeln, sie ansehen würden, war ihr zuwider. Selbst die Gegenwart des dürren, glatzköpfigen und durchaus harmlosen Mr. Jewells konnte sie nur mit Mühe verkraften.

Mit etwas gezwungenem Lächeln wandte sie sich an Dorcas. »Ich werde ein wenig ausreiten. Die arme Mindle hatte seit zwei Tagen keine Bewegung mehr, und ich möchte den Sonnenschein ausnützen.«

»Nehmen Sie aber einen Begleiter mit!« rief Dorcas ihr nach.

»Ja, ich werde Geordie mitnehmen.« Sogar auf ihrem eigenen Besitz fürchtete sich Arielle. Die Angst vor ihrem Halbbruder kam ihr manchmal geradezu lächerlich vor, doch sie konnte sie nicht abstellen. Und jetzt war auch noch Etienne aufgetaucht. Weshalb hatten sich denn nicht alle ihre Ängste mit Paisleys Tod in Luft aufgelöst? Was konnte Evan ihr eigentlich anhaben? Oder gar Etienne? Eigentlich gar nichts, doch die Furcht blieb bestehen und lähmte sie.

Nachdem Geordie Mindle gesattelt hatte, half er Arielle hinauf. »Ich bin gleich fertig.«

»Lassen Sie sich Zeit«, antwortete Arielle, während sie ihrem Stallmeister nachsah. Er war Schotte und stammte aus Glasgow. Obwohl er ziemlich klein war, war er so drahtig und stark, daß er mit Leichtigkeit das Genick eines Mannes brechen konnte. Und er war ihr treu ergeben. Sie hatte fast alle ehemaligen Angestellten ihres Mannes nach dessen Tod entlassen, weil sie ihm ergeben gedient hatten und nicht ihr. Nur den Butler Philfer hatte sie behalten, allerdings nicht aus Sympathie, sondern weil er zu alt war, um noch eine Stellung zu finden, und außerdem keine Familie besaß.

Wenn Arielle ausritt, mied sie unwillkürlich die nähere Umgebung von Leslie Farm. Ob Etienne wohl bei Evan wohnte? Und aus welchem Grund? Schaudernd erinnerte sich Arielle an die Stunden, nachdem die Beerdigung vorüber und das Testament verlesen worden war. Etienne hatte im düsteren Wohnraum auf sie gewartet und sofort hatten wieder die Bilder jener Nacht vor ihr gestanden.

»Sie werden uns morgen verlassen, Etienne«, hatte sie gesagt, doch er hatte sie nur lange angesehen.

»Ich möchte, daß Sie mich heute nacht noch einmal verwöhnen, Arielle. Mein Vater hat mir eine Nacht mit Ihnen versprochen, und die will ich haben! Wir können es auch jetzt gleich tun. Kommen Sie mit nach oben, in mein Zimmer!« Schweigend hatte sie ihn angestarrt. Niemand konnte ihr jetzt noch befehlen. Paisley war tot, und sie war frei. »Niemals, Etienne!«

Er hatte sie ehrlich verwirrt angesehen. »Aber weshalb denn nicht? Ich bin doch nicht mein Vater! Ich habe Sehnsucht nach Ihnen und möchte Ihren Körper genießen. Es wird Ihnen bestimmt gefallen! Mein Vater hat mir verraten, daß Sie Zärtlichkeiten lieben. Es wird Ihnen gefallen, Arielle! Ich möchte Sie gern für immer behalten und Sie nach einer angemessenen Frist heiraten.«

Arielle war zur Klingel hinübergegangen und hatte daran gezogen.

»Was haben Sie vor?«

Sie hatte nur den Kopf geschüttelt, und als Philfer drei Minuten später den Raum betreten hatte, hatte sie ihm befohlen, Monsieurs DuPons' Sachen zusammenpacken zu lassen und dafür zu sorgen, daß er binnen einer Stunde das Haus verließe.

»Wie Sie wünschen, Mylady.«

Etienne hatte gewartet, bis Philfer hinausgegangen war, doch dann hatte er sich nicht länger zurückhalten können. »*Non!* Das können Sie mir nicht antun! Schließlich ist dieses Haus auch mein Haus – mein Vater wollte, daß ich bleibe. Ich begehre Sie wirklich, Arielle!«

Das war zuviel gewesen. Hatte er wirklich geglaubt, daß sie in dieser entsetzlichen Nacht Vergnügen empfunden hatte? Sie hatte nur den Kopf geschüttelt. »Hören Sie, Etienne! Ich mag Sie nicht und möchte ein für allemal nichts mehr mit Ihnen zu tun haben! Ihr Vater hat mich zu Dingen gezwungen, die ich nicht tun wollte. Verstehen Sie mich? Ich möchte Sie niemals wiedersehen! Verlassen Sie augenblicklich mein Haus!«

Seine blassen Augen hatten so gefährlich geglitzert, daß sie unwillkürlich einen Schritt zurückgetreten war.

»Ich werde Sie bekommen, Arielle! Mein Vater hat es mir versprochen!«

»Ihr Vater ist tot. Tot und begraben!«

Nach einem langen, durchdringenden Blick hatte Etienne sich schließlich knapp verbeugt und den Raum verlassen.

Wenn sie jetzt darüber nachdachte, begriff sie, daß sie auch aus diesem Grund seitdem die Gesellschaft anderer Menschen mied. Ihr war unerklärlich, wie Etienne auf den Gedanken hatte kommen können, daß sie die entsetzliche Prozedur genossen hätte. Hatte er es aus ihrem Benehmen geschlossen? Hatte er vielleicht sogar mit anderen darüber gesprochen? Seufzend drängte sie die Gedanken zurück, denn die Begebenheit lag nun schon mehrere Monate zurück.

»Wohin reiten wir, Mylady!« fragte Geordie, als er auf Rigby zurückkam.

Arielle mußte sich richtiggehend zusammenreißen. »Mir ist alles recht. Haben Sie einen Vorschlag?«

Er sah sie geradewegs an. »Ja, ich würde mich gern in die Höhle eines gräßlichen Löwen wagen.«

Sie erstarrte. »Eines bestimmten gräßlichen Löwen?«

»In die Höhle eines Löwen, der in Wirklichkeit ein gottverdammter Schurke ist, falls Sie mir meine Ausdrucksweise verzeihen!«

Arielle hatte niemals mit Geordie über ihren Halbbruder gesprochen. Woher wußte er von ihm? Wenn sie genau darüber nachdachte, war sie Evan während der vergangenen sieben Monate wie ein Feigling ausgewichen. Vielleicht sollte sie wirklich endlich beginnen, den Tatsachen ins Auge zu sehen. »Also gut«, stimmte sie zu, während sie Mindle in die andere Richtung dirigierte. »Sehen wir uns ein bißchen um. Vielleicht können wir herausfinden, ob sich Monsieur DuPons bei Evan Goddis eingenistet hat.«

Geordie rieb sich die Hände. »Diese kleine Ratte!«

Arielle mußte herzlich lachen, doch Augenblicke später fühlte sie, wie die Furcht rasch zurückkehrte. Als sie mehr als eine Stunde später das Herrenhaus vor sich liegen sah, empfand sie keinerlei Heimweh. Alles machte einen lieblosen, wenig gepflegten Eindruck.

»Miß Arielle!«

»Hallo, Jud! Wie geht es Ihnen? Ist Mr. Goddis zu Hause?«

»Ja, Madam. Mir geht es gut und meiner Frau auch. Möchten Sie Mr. Goddis besuchen?«

»Aber ja«, erwiderte sie und ließ sich vom Pferd helfen. Dann wandte sie sich an Geordie. »Ich kann Sie nicht gut mit hineinnehmen, aber ich möchte Sie bitten, sich in der Nähe der Fenster dort drüben aufzuhalten. Fühlen Sie sich jetzt wie der heilige Georg, Geordie?«

»Ein wenig schon, Mylady.«

Geordie sah ihr nach, wie sie mit erhobenem Kinn und aufrechtem Gang auf die breite Haustür zuging. Armes, kleines Ding, dachte er, doch er wußte, daß sie diesen Gang hinter sich bringen mußte, wenn sie die Angst vor ihrem teuflischen Halbbruder endlich loswerden wollte. Sie hatte sich viel zu lange von allem zurückgezogen und nur mit ihren Ängsten gelebt, statt sich um ihren Besitz zu kümmern, wie es ihre Pflicht war. Vielleicht konnte sie nach dieser Begegnung endlich in ein normales Leben zurückfinden.

Er erinnerte sich noch gut daran, wie er vor etwa sechs Monaten einen Mann getroffen hatte, der gerade von Lady Rendel aus dem Haus gewiesen worden war. Er hatte sich alle Vorwürfe und Beleidigungen angehört, Informationen gesammelt und sich am folgenden Tag bei Lady Rendel vorgestellt, die ihn vom Fleck weg eingestellt hatte. Behalten Sie einen kühlen Kopf, Mädchen, mahnte er sie im stillen, und zeigen Sie ein wenig Rückgrat! Nachdem sie außer Sichtweite war, ging er rasch hinüber zur Ostseite, wo einige Fenster im Erdgeschoß geöffnet waren.

Der untersetzte Butler Turp überbrachte Evan die Nachricht, daß seine Schwester im kleinen Salon auf ihn wartete. Verblüfft runzelte Evan die Stirn. Weshalb besuchte sie ihn nach so vielen Monaten so plötzlich, wo sie ihm doch einige Male das Betreten von Rendel Hall untersagt hatte? Er wollte sie jetzt dafür ein wenig warten lassen, bis er seine Gedanken geordnet hatte.

Was Etienne betraf, so hatte er seine Zweifel und wollte ihn lieber vorläufig aus dem Spiel lassen.

»Meine liebe Arielle!« begrüßte er sie, als er nach einiger Zeit den Raum betrat. »Wie hübsch du aussiehst. Gar nicht wie eine trauernde Witwe!«

Arielle erbleichte, und ihre Hände wurden feucht. »Hallo, Evan!« Erleichtert hörte sie, daß ihre Stimme völlig natürlich klang. »Du siehst ebenfalls gut aus. Aber weshalb schließlich auch nicht?«

Er verbeugte sich. Sein gutsitzendes Jackett verbarg sehr geschickt seine schmächtige Brust und die schmalen Schultern, doch seine Beine sahen immer noch wie Strohhalme aus.

»Diesen Raum hat mein Vater ganz besonders geliebt«, bemerkte Arielle, während sie sich umsah. »Abends haben wir immer hier am Kamin Schach gespielt.«

»Diese reizende Szene gehört ja wohl mittlerweile der Vergangenheit an, oder nicht? Ich habe dich einige Male aufgesucht, weil ich mir Sorgen um dich gemacht habe.«

»Ich nehme an, ich darf mich setzen«, sagte sie, während sie sich auf einem Stuhl niederließ und ihr Reitkleid zurechtzupfte. Ein heimlicher Blick aus dem Fenster hatte ihr bestätigt, daß Geordie hinter dem Eibengebüsch auf seinem Posten stand.

»Wie ich schon gesagt habe, habe ich mir Sorgen gemacht«, bemerkte Evan noch einmal kühl. Das kleine Biest hatte sich ganz offensichtlich verändert und wollte es ihm zeigen. »Doch offenbar glaubst du mir nicht, dabei bist du doch meine Schwester.«

»Halbschwester, Evan.«

»Außer mir hast du niemanden, Arielle. Wo Nesta steckt, wissen wir nicht, und wann wir sie und ihren Baron wiedersehen werden, ist äußerst ungewiß.«

Entschlossen fixierte ihn Arielle. Sie mußte dieses Gespenst endlich loswerden! »Paisley hat mir gesagt, was du getan hast, Evan. Du mußt jetzt nicht den liebenden Bruder spielen. Ich weiß, daß du mich verkauft hast. Paisley hat fünfzehntausend

Pfund für mich bezahlt und, nachdem ich dich um Hilfe gebeten hatte, noch einmal fünftausend als Lösegeld!«

Evan erblaßte und ballte die Fäuste. »Das ist eine schamlose Lüge! Du hast dem alten Bastard doch hoffentlich nicht geglaubt! Ich schwöre, daß kein Wort davon wahr ist!«

Ganz ruhig sah sie ihn an. »Vielleicht ist es ja verrückt, doch ich glaube, daß er die Wahrheit gesagt hat, die volle Wahrheit.«

»Höre mich an, Arielle! Ich mußte dich an diesem Morgen mit ihm gehen lassen. Ich hatte keine andere Wahl, denn er ist – war dein Mann und alle Rechte waren auf seiner Seite. Er hat mich bedroht! Er wollte mich vernichten.«

Sie glaubte ihm kein Wort und erhob sich ganz langsam. »Ich bedauere zutiefst, daß wir dieselbe Mutter haben!« sagte sie verächtlich, während sie zur Tür ging.

»Arielle, warte! Hör zu, er hat mir an diesem Morgen versprochen, daß er dich nicht wieder schlagen würde. Er hat es geschworen! Das habe ich von ihm verlangt.«

Arielle ließ sich nicht beeindrucken und ging weiter.

»Bleib stehen! So kannst du nicht gehen!«

Sie fühlte, wie seine langen, dünnen Finger ihren Oberarm umklammerten. Sekundenlang stieg entsetzliche, lähmende Furcht in ihr hoch, doch dann blieb sie ganz ruhig stehen. Sie hatte keine Angst mehr, jetzt nicht mehr. Doch noch während sie das dachte, überfielen sie Zweifel und sie fragte sich, ob das wohl ihr Leben lang so weitergehen würde.

»Hör mir zu, Arielle! Es ging nicht um Lösegeld! Paisley besaß Informationen, vernichtende Informationen über meinen Vater und hat mir gedroht, sie auszuplaudern, wenn ich dich nicht mit ihm verheirate. Es ist die reine Wahrheit! Ich bin zwar nicht besonders stolz auf ihn, doch ich liebe meinen Vater und konnte das nicht zulassen. Bei deiner Hochzeit sollte ich die Informationen erhalten, doch er hat mich belogen. Nachdem du weggelaufen warst, hat er mir wieder gedroht. Ich hatte wirklich keine andere Wahl!«

»Laß mich los, Evan!« Nachdem er gehorcht hatte, sagte sie

ganz ruhig. »Dein Vater ist tot. Er war es schon damals, aber ich nicht. Du hast dir um einen Toten mehr Sorgen gemacht als um das Leben deiner eigenen Schwester! Ich verachte dich, Evan!«

Sie hatte die Worte so zischend hervorgestoßen, daß er unwillkürlich zurücktrat. »Arielle, bitte! Versuch doch, mich zu verstehen!«

»Ich bin hergekommen, um dir endlich meine Meinung zu sagen. Ich halte dich für einen ziemlich schäbigen Menschen, Evan.«

»Mein Vater ist nicht tot! Er wäre am Galgen gestorben, wenn ich ihn nicht gerettet hätte!«

»Du lügst. Ich kann mich noch sehr gut erinnern, wie die Bediensteten vor langer Zeit über das schandbare Leben und das traurige Ende des John Goddis getratscht haben, doch lassen wir das! Wenn du dir so viele Gedanken um mich machst, verstehe ich nicht, daß Etienne hier ist.« Sie wartete, doch als er schwieg, fuhr sie fort: »Offenbar kannst du mir die Frage nicht beantworten. Adieu, Evan! Ich möchte dich niemals wiedersehen!«

Ihre Finger hatten den Türknauf bereits gedreht, als er flüsternd die Antwort hervorstieß. »Etienne DuPons liebt dich. Er hat mich um Vermittlung gebeten. Er haßt seinen Vater, den er ja nicht einmal gut kannte, wie du sehr wohl weißt, Arielle! Er hat überhaupt keine Ähnlichkeit mit Paisley Cochrane.«

Sekundenlang war Arielle unsicher, doch dann schüttelte sie den Kopf. Sie konnte die Nacht nicht vergessen, in der Paisley sie gezwungen hatte, seinen Sohn zu befriedigen. Wieder hörte sie Etiennes Stöhnen, fühlte, wie seine Finger in ihrem Haar wühlten, während er ihren Kopf gegen seinen Körper preßte. Zitternd riß sie die Tür auf. »Nein, nein, verdammt!«

»Du bist eine hartherzige Frau geworden, Arielle«, stellte Evan fest. »Der arme Etienne hat jetzt überhaupt nichts mehr!«

Arielle fuhr herum. »Er verdient auch nichts! Adieu, Evan!«

Er erwiderte nichts, sondern sah ihr nur schweigend nach,

wie sie die Halle durchquerte und sich noch kurz mit Turp unterhielt, bevor sie das Haus verließ. Er war keineswegs völlig am Boden zerstört, denn er hatte Arielles kurzes Zögern sehr wohl bemerkt und überlegte bereits, wie er diese Unsicherheit noch verstärken könnte. Pfeifend stieg er die Treppe zu Etiennes Schlafzimmer hinauf.

»Nun, wie ist es gelaufen?«

»Mein Halbbruder ist ein schäbiger, gemeiner Mensch«, stellte Arielle erleichtert fest.

Doch auch für Geordies Ohren klang ihre Antwort nicht restlos überzeugend. Er musterte seine Herrin unauffällig von der Seite, sagte jedoch nichts.

»Wissen Sie, wozu ich jetzt Lust habe, Geordie?«

»Nicht im mindesten.«

»Ich möchte zum Bunberry Lake reiten, aber allein. Dort ist es schön einsam, und ich kann in Ruhe nachdenken.«

»Meinen Sie den winzigen See zwischen dem Land der Leslies und dem der Drummonds?«

»Genau den«, erwiderte sie lachend, »doch wie Sie das sagen, könnte man meinen, er sei nur eine schlammige Pfütze!«

Er erwiderte nichts, sondern freute sich, daß sie endlich einmal mit ihm gescherzt und ihn angelächelt hatte. Vielleicht ging es ihr ja jetzt wirklich besser, nachdem sie Evan Goddis ins Gesicht gesehen hatte! Er verabschiedete sich und sah ihr nach, bis sie außer Sichtweite war.

Als Arielle ganz langsam auf den blaugrün schimmernden See zuritt, hob Mindle plötzlich den Kopf und schnaubte leise. Arielle erstarrte.

Dann sah sie den Mann. Auf die Entfernung konnte sie ihn nicht erkennen, doch sie erkannte sein Pferd. Es war Ashes. Burke Drummond war nach Hause zurückgekehrt.

Drittes Kapitel

Sofort wurde Arielle von längst vergessenen Gefühlen überschwemmt und die Erinnerungen an den Frühlingsnachmittag vor drei Jahren überfielen sie mit aller Macht. Aus der Entfernung sah Burke genauso aus wie damals. Er stand unter einer Eiche und wirkte groß, etwas gebeugt und sehr kraftvoll.

Erst mit einiger Verspätung begriff Arielle, daß Burke nach Hause gekommen war, weil der Krieg inzwischen vorüber war. Sie hatte sich selbst so von der Welt abgeschlossen, daß sie den Ereignissen in Frankreich nur wenig Beachtung geschenkt hatte. Sie hatte nur gehört, daß Napoleon inzwischen auf einer Insel gefangengesetzt worden war.

»Kommen Sie herüber!« rief Burke und winkte ihr zu.

Seine tiefe, volle Stimme versetzte Arielle augenblicklich um drei Jahre zurück. Sie hatte sie auf der Stelle wiedererkannt.

Lächelnd strich sich Arielle über die Wange und erinnerte sich plötzlich wieder an die scharlachrote Feder ihres Hutes, den sie damals getragen hatte. Dann winkte sie zurück und ritt durch das flache Ende des Sees zu ihm hinüber.

Burke hatte geahnt, nein, gewußt, daß er sie eines Tages hier treffen würde. Er hatte unbedingt vermeiden wollen, sie in Rendel Hall zu besuchen, denn er hätte es nicht ertragen, sie im Haus eines anderen Mannes zu sehen und begreifen zu müssen, daß sie zu Paisley Cochrane gehörte. Wenn er doch damals nur nicht so anständig gewesen wäre, dann wäre heute er mit ihr verheiratet! Er hätte nicht warten sollen!

Äußerlich hatte sie sich überhaupt nicht verändert, nur daß ihr Reitkleid diesmal hellgrau war. Oft hatte er sich vorgestellt, was er im Augenblick des Wiedersehens fühlen würde, wie er sie ansehen würde. Ob er noch dieselbe Sehnsucht empfinden und sie am liebsten auf der Stelle lieben würde?

Doch als er in ihr blasses Gesicht mit den großen, weit aufgerissenen Augen blickte, wollte er sie nur noch in die Arme nehmen, ihr Gesicht an seine Schulter pressen, ihr sanft über das dichte Haar streicheln und alles sagen, was sich im Lauf der Zeit in ihm aufgestaut hatte.

»Burke.«

Ihre Stimme klang weich und ein wenig zaghaft. Als er merkte, daß er den Atem angehalten hatte, entspannte er sich und lächelte ihr zu. Er fühlte sich wunderbar. Alle Fragen und alle Zweifel waren verschwunden. Arielle stand vor ihm, und sie gehörte ihm. Ihre Heirat mit Paisley Cochrane war bedeutungslos. Bald würde sie ihm gehören, und zwar für immer. Doch er wußte, daß er achtsam vorgehen mußte, denn sie hatte ja noch keine Ahnung von seinen Gefühlen, die ihm ja selbst vor wenigen Minuten klargeworden waren.

»Hallo, Arielle!« Er streckte hilfreich die Hände aus, doch zu seiner Überraschung wich sie ihm aus und rutschte allein herunter. Dann band sie Mindle neben Ashes an den Baum.

»Beim letzten Mal durfte ich Ihnen nicht helfen, weil mein Arm verletzt war, aber heute?«

»Ich bin doch nicht hilflos«, erwiderte sie und wußte nicht genau, weshalb sie es gesagt hatte und weshalb sie überhaupt hier war.

»Ihr Haar ist immer noch genauso schön.«

»Wie bitte? Oh, ja.« Nervös strich sie über ihr Haar.

»Sie sind gewachsen.«

»Das stimmt. Ich bin endlich erwachsen geworden.«

Irgend etwas in ihrer Stimme klang seltsam traurig. »Und wunderschön«, ergänzte er und lächelte, doch sie starrte nur zurück, als ob er ein Geist wäre.

Sie wünschte, sie wäre nicht hergekommen. Seltsam, welch unterschiedliche Gefühle er in ihr weckte! Er hatte sich verändert. Natürlich war er noch genauso charmant, doch sein Gesicht war ernster, härter geworden, so als ob er mehr gesehen hätte, als man aushalten konnte. Die netten Grübchen waren allerdings immer noch da und auch die dichten Brauen, die seinem Gesicht einen etwas übermütigen und zugleich fragenden Ausdruck verliehen.

»Ich freue mich, daß Sie wieder zu Hause sind«, brachte sie schließlich heraus. »Sie waren lange weg. Seit wann sind Sie zurück?«

Burke konnte die Augen nicht von ihr abwenden. Sie war nervös und unsicher. Einerseits war sie ein Rätsel für ihn, doch andererseits auch faszinierend. Sie war immer noch zu dünn, dachte er, doch gleichzeitig bemerkte er ihre Brüste und die schmale Taille. Aus dem schlaksigen, jungen Mädchen war eine schlanke Frau geworden. Aber ihre Gesichtszüge waren immer noch so rein, so unschuldig... Er besann sich und erinnerte sich daran, daß sie ihm eine Frage gestellt hatte. Doch statt zu antworten, starrte er sie genauso verliebt an wie vor drei Jahren.

»In Ravensworth Abbey? Seit zwei Tagen. Setzen Sie sich doch, Arielle!«

Sie zupfte an ihrem Rock und war sichtlich nervös. »Ich – ich weiß nicht recht, Mylord...«

»Damals hat mich das junge Mädchen Burke genannt. Erinnern Sie sich? Will die junge Frau das nicht beibehalten?«

Natürlich erinnerte sie sich! Doch seine Redeweise beunruhigte sie so sehr, daß sie am liebsten davongelaufen wäre. »Also gut, Burke. Doch jetzt muß ich nach Hause.«

»So ein Unsinn! Sie sind doch die Herrin, oder werden Sie von Ihrem Butler ohne Abendessen ins Bett geschickt, wenn Sie zu spät kommen?«

Sie mußte lächeln. »Wahrscheinlich nicht, doch seine Blicke werden mich tadeln.« *Und sie fürchtete sich vor Philfers durchdringenden, wissenden Blicken!*

Er sah zu, wie sie sich im Gras niederließ, ihren Rock glattstrich und schließlich die Hände im Schoß faltete.

»Ich hoffe, daß Sie diesmal nicht verwundet wurden.«

Als er sich neben sie setzte, rutschte sie ein wenig zur Seite. »Doch, aber nicht sehr schwer. Nur ein Säbelhieb in die Seite.«

Sie zog eine Grimasse. »Oh, das tut mir aber leid. Schmerzt es sehr?«

»Jetzt nicht mehr.«

»Werden Sie jetzt in England bleiben?«

»Ja, nachdem Napoleon aufgegeben hat, werde ich mich endlich um meinen Besitz kümmern.« Eigentlich möchte ich das alles gar nicht sagen, dachte er, sondern sie viel lieber um ihre Hand bitten. Doch statt dessen fuhr er fort: »Erinnern Sie sich noch an das, was Sie vor drei Jahren gesagt haben, Arielle?«

Fragend legte sie den Kopf auf die Seite und sah ihn an. Ja, sie hatte gesagt, daß sie zusammen mit allen anderen Frauen auf ihn warten würde. Oh, nein, dachte sie und schüttelte leicht den Kopf. »Weshalb?«

Er lachte, um seine Verlegenheit zu überspielen. »Sind Sie so vergeßlich geworden?«

Sie mußte etwas gegen diese Entwicklung unternehmen. »Haben Sie inzwischen geheiratet? Haben Sie Kinder?«

Völlig entgeistert zog er eine Braue in die Höhe. »Weshalb glauben Sie, daß ich verheiratet sein könnte?«

»Das ist doch nur natürlich! Schließlich sind Sie ja erwachsen, und außerdem brauchen Sie einen Erben...« Sie schwieg verlegen.

»Wenn ich mich nicht irre, habe ich Sie nach dem Nachmittag vor drei Jahren gefragt, oder?«

»Ach, damals war ich noch ein richtiges Kind, vertrauensvoll und dumm. Ich hatte noch keine Ahnung vom Leben.«

Ihre Stimme war voller Bitterkeit, und er fragte sich, was inzwischen geschehen war. War es Paisley Cochranes Schuld? »Natürlich brauche ich einen Erben«, sagte er ganz sanft, »doch dazu brauche ich erst einmal eine Frau.« Er lächelte sie an, und ganz von selbst stand die Zärtlichkeit, die er für sie empfand, in seinen Augen. »Können Sie mir vielleicht einen Vorschlag machen?«

Nein, dachte sie voller Panik. Er konnte unmöglich meinen, was sie annahm. Oh, nein! Das konnte er unmöglich wollen – sie fühlte sich so benutzt und schmutzig. Seine Frau zu werden, bedeutete nur, daß alles wieder von vorn beginnen würde, die Ängste, die Schmerzen, die Hilflosigkeit. Sie sprang auf und schüttelte heftig den Kopf. »Nein, ich habe keine Vorschläge. In der Nachbarschaft wohnen zahlreiche reizende Frauen, die Sie sicher bald alle kennenlernen werden. Jetzt muß ich aber wirklich gehen!«

Er sah nur Furcht und Verachtung in ihren Augen und versuchte, sie etwas zu beruhigen. »Nicht so schnell, Arielle!«

»Ich sollte wirklich nicht allein mit Ihnen hier sitzen.«

»Vor drei Jahren hat Sie das nicht gestört. Kommen Sie, wir wollen uns besser kennenlernen. Ich war sehr betroffen, als ich vom Tod Ihres Vaters erfuhr. Das habe ich Ihnen aber geschrieben.«

Arielle beobachtete ihn voller Unsicherheit. Er war jetzt sehr beherrscht und ruhig. Vielleicht hatte sie ihn nur mißverstanden, denn eigentlich hatte sie nur die besten Erinnerungen an ihn. Doch da er ein Mann war, sollte sie ihm besser nicht zu sehr vertrauen. »Ja, ich habe Ihren Brief erhalten, aber ich konnte natürlich nicht antworten.«

»Das weiß ich. Schließlich waren Sie noch zu jung.«

»Jung und unerfahren und dumm. Wie geht es Lannie, und was machen Poppet und Virgie?«

Wenigstens ist sie nicht davongelaufen, dachte er. »Lannie ist so unverändert, wie sie immer war. Sie hat Sie übrigens vermißt. Meine zwei kleinen Nichten sind wirklich reizende Mädchen geworden.«

»Das freut mich.«

War das jetzt alles, fragte er sich, während sein Blick über den lieblichen See glitt. »Ich dachte, wir beide wären Freunde gewesen. Ist das nicht mehr so?«

Freunde! Mit einem Mann befreundet zu sein, schien ihr undenkbar, denn ein solches Verhältnis verlangte Vertrauen, und genau das konnte es nach ihrer Erfahrung zwischen Männern und Frauen niemals geben. »Ich glaube nicht, daß das möglich ist«, antwortete sie ehrlich.

»Und weshalb nicht? Mir sind doch inzwischen keine zwei Köpfe gewachsen, und ich bin eigentlich auch immer noch ein Ehrenmann!« Seine Worte hatten leicht klingen und sie aufheitern sollen, doch ihr Gesichtsausdruck blieb ernst.

Er wäre niemals darauf gekommen, daß sie ihn im Augenblick als echte Bedrohung empfand. Sie sah nur einen großen Mann, der stark und kräftig genug war, um sie ganz leicht überwältigen und schlagen zu können. Sein gutes Aussehen machte sie nur noch mißtrauischer. Von dem Helden ihrer Jungmädchenträume war nichts mehr übriggeblieben.

Nach dem Tod ihres Vaters hatte Evan ihr weiteres Leben bestimmt, und sie hatte den Earl of Ravensworth aus ihrer Erinnerung gestrichen.

Sie sah, wie er sich über die Haare strich, in denen der Wind spielte, und betrachtete seine dunklen, dichten Augenwimpern. Sein Gesicht war streng und wies ihn unmißverständlich als Führungspersönlichkeit aus, die keinen Widerspruch duldete. Arielle fühlte plötzlich nur noch kalte, nackte Furcht. Er war ein Mann, und sie durfte ihm nicht vertrauen. Nein, sie wollte seine Freundschaft nicht, denn sie war weder leichtgläubig noch dumm.

»Arielle?«

»Ja.«

»Was ist los? Wollen Sie mir nicht sagen, was Sie quält?«

Ein gutaussehender, charmanter Mann, der einen einwickelte, bevor er zuschlug. Er streckte seine Hand nach ihr aus, eine starke, braune Hand, die doch so leicht verwunden und quälen konnte. Mit der Zunge befeuchtete Arielle ihre ausgetrockneten Lippen. Im Gegensatz zu Evan war der Earl of Ravensworth von Kopf bis Fuß eine eindrucksvolle Erscheinung. Doch dann sah sie ihn plötzlich nackt vor sich, wie Etienne damals vor dem Kamin. Sie schnappte förmlich nach Luft und sprang auf.

»Weshalb wollen Sie mir nicht sagen, was los ist?« fragte er mit sanfter, beruhigender Stimme.

»Ich muß weg! Adieu!« Rasch lief sie zu Mindle hinüber und

stieg auf, doch als sie feststellte, daß sie vergessen hatte, das Pferd loszubinden, erstarrte sie sekundenlang vor Angst.

Zitternd beobachtete sie, wie er langsam aufstand, sich sorgfältig die Hose abklopfte und zu ihr herüberkam. Nachdem er Mindles Zügel gelöst hatte und sie Arielle reichte, stellte er fest, daß ihre Pupillen vergrößert und starr waren.

Er vergaß seinen Ärger und seine Enttäuschung und fragte sich, was mit ihr los war.

»Ich möchte Sie gern besuchen«, sagte er sehr förmlich. »Werden Sie morgen zu Hause sein?«

»Weshalb?«

Er lächelte. »Um unsere Freundschaft zu erneuern. Ich fürchte, ich habe mir da etwas vorgenommen, aber vielleicht werden Sie ja dann mit mir reden.«

Was sollte sie ihm sagen? »Nun gut«, entgegnete sie, und er ärgerte sich über ihren schnippischen Ton. Was wollte sie eigentlich? Weder sah er scheußlich aus, noch war er alt. Er hatte noch alle Zähne und war schlank, außerdem besaß er einen Titel und reich war er auch. Also, was gefiel ihr denn nicht, zum Teufel?

»Ich werde nach dem Mittagessen kommen. Auf Wiedersehen, Arielle.«

Unsicher sah sie ihn an. Wenn Dorcas in der Nähe war, konnte ihr in Rendel Hall nicht allzu viel passieren. Also nickte sie nur kurz und ritt schnurstracks davon.

Burke rührte sich nicht von der Stelle, sondern starrte ihr nur wortlos nach. Das war nicht mehr die Arielle, an die er sich erinnerte, doch er begehrte sie unverändert. Achselzuckend tätschelte er Ashes' Nase. »Nun, alter Junge! Ich fürchte, da wartet eine Aufgabe für uns!«

Ashes wieherte zustimmend.

»Was hat sie nur? Weshalb behandelt sie mich, als ob ich die Pest hätte?«

Doch diesmal wußte selbst Ashes keine Antwort.

Arielle fror, ihre Zähne klapperten gegeneinander. Sie lag nackt mit gespreizten Armen und Beinen auf dem Bett, und ihre Hände und Füße waren mit Satinbändern an die Bettpfosten gefesselt. Natürlich war auch er da. Völlig angezogen stand er vor dem Kamin und ließ eine Reitpeitsche leicht gegen seine Handfläche wippen. Sie jammerte nicht, denn es würde ohnehin nichts nützen, sondern die Qual nur verschlimmern. Sie starrte angstvoll auf die Peitsche, deren Schläge sie schon zu spüren glaubte. Diesmal lag sie allerdings auf dem Rücken, während sie normalerweise auf dem Boden kniete.

Und plötzlich waren noch andere Männer im Raum, die Brandy tranken, lachten und sich lautstark unterhielten, doch Arielle konnte kein Wort verstehen. Einer sah zu ihr herüber und machte eine obszöne Geste, und kurz darauf war sie von den Männern umringt, die sie anstarrten und Reitpeitschen schwangen. Irgendwann packte einer mit seinen dicken Fingern ihr Kinn und küßte sie brutal. Sie wandte sich ab, wollte schreien und fühlte plötzlich, wie zahllose Hände ihren Körper betasteten. Sie versuchte noch einmal zu schreien, doch es kam kein Laut über ihre Lippen. Und dann war nur noch Paisley da. Er beschimpfte sie voller Verachtung, weil niemand Interesse an ihr hätte. Er hatte die Männer sogar betrunken gemacht, aber sie hätten trotzdem nicht gewollt. Sie sei nichts weiter als eine wertlose Schlampe.

Am liebsten hätte sie zurückgebrüllt, daß sie froh darüber sei, doch sie schmeckte nur das Salz ihrer Tränen. In diesem Augenblick schleuderte Paisley die Reitpeitsche zu Boden und öffnete seine Hose. Angstvoll starrte sie wie gebannt auf sein erregtes Glied. Als er sich dann über sie beugte und sie seine Hände auf ihrem Körper spürte, entrang sich ihr ein durchdringender Schrei.

Doch es war nicht Paisley, der in ihren Körper eindrang. Es war Burke Drummond.

Entsetzt fuhr Arielle hoch und rieb sich unwillkürlich ihre Gelenke.

Glücklicherweise war alles nur ein Traum gewesen, beruhigte sie sich, doch offenbar erstreckte sich ihre Furcht vor allem Männlichen auch auf Burke Drummond. Er hatte sich in ihrem Traum genauso ekelhaft und abstoßend brutal verhalten wie Paisley Cochrane.

Sie kroch unter die Decken, um sich zu wärmen, doch ihre Zähne klapperten unvermindert, und sie fragte sich, ob sie jemals in ihrem Leben wieder warm werden würde.

»Sie kann Sie leider nicht empfangen, Mylord.«

Burke betrachtete die verschlagenen Gesichtszüge des alten Butlers und wußte, daß er ihn nur bestechen müßte, um die gewünschten Auskünfte zu erhalten. Weshalb wollte Arielle ihn nicht sehen? »Sagen Sie ihr, daß der Earl of Ravensworth sie sprechen möchte!«

»Das weiß sie, Mylord. Trotzdem soll ich sie entschuldigen.« Geflissentlich entfernte Philfer ein Stäubchen von seiner schwarzen Jacke. »Möglich wäre es schon, daß sie gar nicht so unpäßlich ist, wie es den Anschein hat.«

Dieser elende Kerl ist doch tatsächlich bestechlich! dachte Burke empört. »Richten Sie ihr meine besten Wünsche aus! Ich werde morgen wiederkommen«, sagte er unbeeindruckt.

»Selbstverständlich, Mylord.«

Burke wußte sehr genau, daß sie nicht krank war und ihn nur einfach nicht sehen wollte. Doch weshalb? Wirkte er etwa abstoßend auf sie, oder hatte sie Angst vor ihm? Konnte es sein, daß sie tatsächlich noch um ihren verstorbenen Mann trauerte? Nachdenklich ging er zum Stall hinüber, wo er Joshua mit Ashes zurückgelassen hatte. Joshua war vom Offiziersburschen zum Diener avanciert und hatte ihm heute seine Begleitung angeboten. Als Burke um die Ecke bog, sah er, daß Joshua sich mit einem drahtigen, kleinen Mann unterhielt, der einen sehr robusten, kräftigen Eindruck machte.

»Mylord, ich möchte Ihnen Geordie vorstellen. Er ist Lady Rendels Stallmeister.«

Burke war ein wenig irritiert, doch er nickte höflich. »Hallo, Geordie!«

»Mylord!« grüßte dieser und musterte Burke von Kopf bis Fuß, was dieser fast amüsiert über sich ergehen ließ.

»Wir werden morgen noch einmal wiederkommen, Joshua«, bemerkte Burke an Joshua gewandt, ohne Geordie zu beachten.

»In Ordnung«, meinte Geordie. »Dann bis morgen, Mylord! Joshua!«

»Was hatte das alles zu bedeuten?« fragte Burke, während sie die schmale Zufahrt entlangritten.

Joshua beugte sich nach vorn und kraulte sein Pferd hinter den Ohren. »Nun, Major Lord, ich bin mitgekommen, weil ich wissen wollte, was aus dem hübschen, kleinen Mädchen geworden ist. Geordie hat mich genauestens nach Ihnen und Ihren Absichten gegenüber seiner Herrin ausgefragt.«

Burke wandte sich Joshua zu, während seine Faust die Zügel umklammerte. »Joshua! Wissen Sie eigentlich, wie…« Er brach ab und suchte nach Möglichkeiten, seinen Zorn in Worte zu fassen, ohne seinen langjährigen Kameraden und Freund zu beleidigen.

»Nur zu, Major Lord! Genau das würde ich auch sagen!«

»Aber du magst doch keine Frauen!«

»Das stimmt, aber diese Kleine, dieses Wesen ohne Falsch, war schon immer etwas Besonderes.«

»Sie meinen das ernst, nehme ich an?«

»Ja. Sie hat mir schon immer gefallen, obwohl ich sonst das weibliche Geschlecht nicht besonders schätze. Geordie würde für das Mädchen, wie er sie nennt, durchs Feuer gehen. Nachdem ihr Mann gestorben war, hat sie alle Bediensteten entlassen, die ihm treu ergeben waren. Als Geordie gehört hat, wie einer von ihnen über Lady Rendel geschimpft und sie in den Schmutz gezogen hat, war er so wütend, daß er auf der Stelle zu ihr hingegangen ist. Sie hat ihn eingestellt, und seitdem beschützt er sie, wenn Sie so wollen.«

»Und das haben Sie alles in so kurzer Zeit erfahren? Der seltsame Butler hat mich nämlich nicht vorgelassen.«

»Der Butler heißt Philfer. Geordie sagt, daß Lady Rendel den alten Trottel nicht loswerden kann, weil sie ein viel zu gutes Herz hat.«

»Gut, dann muß sie ihn aber in Pension schicken. Er ist ein unehrlicher Mann und hat nicht einen einzigen Funken Ehrgefühl oder Loyalität im Leib!«

Joshua nickte nur und schwieg, da sein Bericht beendet war, und Burke grübelte darüber nach, weshalb Arielle Geordie als Schutz benötigte.

Arielle ließ die Spitzengardine wieder zurückfallen und wandte sich seufzend vom Fenster ab. Er war fortgegangen, ohne eine Szene zu machen, und sie wollte jetzt endlich versuchen, die bedrückenden Traumbilder, die sie noch immer verfolgten, loszuwerden. Als Philfer ihr etwa eine Stunde später mitteilte, daß Lord Ravensworth die Absicht geäußert hatte, morgen wiederzukommen, nickte sie nur schweigend.

Am selben Abend besuchte sie ihr Halbbruder Evan, den Philfer ganz offensichtlich eingelassen haben mußte. Ohne Vorwarnung stand er plötzlich vor ihr und erschreckte sie zutiefst. Sie erhob sich zögernd, während sie fieberhaft überlegte, wo sich Dorcas wohl augenblicklich aufhalten konnte. Sie fühlte sich verlassen und hatte plötzlich entsetzliche Angst.

Viertes Kapitel

»Guten Abend, Arielle! Ich hoffe, ich komme nicht allzu ungelegen!«

Arielle starrte ihren Bruder nur ungläubig an. »Ich war nicht darauf gefaßt, dich noch einmal zu sehen«, sagte sie schließlich kühl. »Wie bist du eigentlich hereingekommen?«

»Das nenne ich eine liebenswerte Begrüßung! Ich wollte nur noch einmal nach dir sehen. Dein Butler war nicht auf seinem Posten, und die Tür stand offen. Du bist mir doch nicht böse, daß ich hereingekommen bin, oder?«

Sie zog eine Augenbraue in die Höhe, denn sie wußte genau, daß er gelogen hatte. Philfer mußte ihn eingelassen haben. Womöglich gegen eine Bestechungssumme? Ein entsetzlicher Gedanke!

»Kann ich dir Tee anbieten?«

»Brandy wäre mir lieber.«

Bei dem Wort Brandy dachte sie sofort wieder an den Traum der vergangenen Nacht. Sie ging zu einem kleinen Tisch hinüber und goß ihm ein Glas ein.

»Leistest du mir nicht Gesellschaft?« fragte er, als sie es ihm reichte.

Sie schüttelte den Kopf. »Was willst du, Evan? Rasch! Ich möchte, daß du wieder gehst.«

Er schlürfte seinen Brandy, während er sie eingehend betrachtete. »Ich wollte dir noch einmal sagen, wie leid es mir tut. Ich hatte wirklich keine Ahnung, daß Paisley Cochrane so…«

»Es reicht!« schimpfte sie.

»Also gut, mein Vater ist wirklich nicht tot, Arielle, und das kann ich auch beweisen. Hättest du nicht auch deinen Vater um jeden Preis geschützt und mich dafür geopfert?«

»An deiner Stelle sicher!«

Er ging nicht darauf ein, sondern sprach langsam weiter. »Er lebt in Paris und ist krank. Ich muß zu ihm. Hier ist ein Brief von ihm. Lies ihn, damit du glaubst, daß ich dich nicht angelogen habe. Ich würde dich niemals wissentlich verletzen, Arielle! Das schwöre ich!«

Ganz automatisch nahm Arielle das Blatt Papier und entfaltete es. In krakeliger Handschrift war in wenigen Sätzen zu lesen, was Evan ihr gerade erzählt hatte, und unterschrieben war das Ganze mit »Dein dich liebender Vater«.

Sie reichte ihm den Brief zurück. »Demnach lebt er noch, doch was habe ich damit zu tun?« Dann leuchtete plötzlich Erkenntnis in ihren Augen auf. »Ah, jetzt verstehe ich! Wie konnte ich nur so dumm sein! Falls dein Vater tatsächlich noch lebt, ist meine Mutter niemals rechtmäßig mit Arthur Leslie verheiratet gewesen. In diesem Fall wäre ich dann ein uneheliches Kind. Ist das so richtig, Evan?«

Gequält sah er sie an. »Du kannst sicher sein, daß ich es nicht an die große Glocke hängen werde.«

Ha! dachte sie. »Und was willst du dann?«

»Ich brauche Geld«, antwortete er.

»Für Geld willst du also über meine zweifelhafte Herkunft schweigen? Das nenne ich Erpressung, Evan!« Sie lächelte ihn an und sagte ganz langsam und betont deutlich: »Falls du Wert darauf legst, kannst du jedem erzählen, daß deine Halbschwester ein uneheliches Kind ist! Glaube mir, Evan, mir ist es wirklich herzlich egal. Du und deine Drohungen bringen mich eher zum Lachen. Und jetzt verschwinde!«

»Nun gut, dann gehe ich jetzt. Ich danke dir, daß du mich angehört hast, Arielle.«

»Das hätte ich bestimmt nicht getan, wenn Philfer auf seinem Posten gewesen wäre!«

»Wahrscheinlich stimmt das sogar. Nun, was habe ich eigentlich erwartet? Daß du mir verzeihst, wofür ich nichts konnte?« Er seufzte tief, und wieder fühlte sich Arielle eine Sekunde lang unsicher, doch dann schüttelte sie den Kopf über sich selbst. Die zwanzigtausend Pfund konnte er nicht ableugnen, denn Paisley hatte genau Buch geführt.

»Adieu, Evan!«

Sie drehte sich auf dem Absatz um und verließ das Zimmer, ohne darauf zu achten, ob er ihr folgte.

Aus dem Augenwinkel sah sie Philfer mit schuldbewußtem Gesicht aus der Küche kommen. Doch sie schenkte ihm keinerlei Beachtung, als er mit seinen Entschuldigungen begann, sondern ließ ihn stehen und betrat das kleine Speisezimmer, wo Dorcas bereits Platz genommen hatte.

»Ist er fort?« fragte Dorcas gespannt.

»Ich glaube schon. Ich war überrascht, daß Sie nicht hereingeplatzt sind, um mich zu retten.«

»Was hat er gewollt?«

»Er wollte mich erpressen. Er hat behauptet, daß sein Vater noch lebt, woraus automatisch folgt, daß ich dann ein uneheliches Kind wäre. Mein Geld sollte ihm den Mund verschließen, doch ich habe das Ansinnen abgelehnt.«

»John Goddis soll noch leben? Das ist absurd! Ich war doch selbst bei Ihrer Mutter, als man ihn mit zerschossener Brust nach Hause gebracht hat! Der Schurke war tot, sehr tot sogar!«

Stirnrunzelnd widmete sich Arielle ihrem Teller und fragte schließlich: »Weshalb hat er es dann trotzdem versucht? Weiß er denn nicht, daß Sie dabei gewesen sind?«

Dorcas zuckte die Achseln. »Das nehme ich an. Woher hätte er es auch wissen sollen, wo er doch selbst gar nicht dort war?«

Lauter interessante Informationen, dachte Arielle, während sie sich einen Bissen geschmorten Schinken in den Mund schob.

Etwa zur selben Zeit wurde auch in Ravensworth Abbey zu Abend gegessen. Während man Lammfleisch mit jungen Karotten verzehrte, verkündete Lannie, daß sie die Absicht hätte, in genau drei Tagen nach London zu reisen.

Als Burke an die erholsame Stille dachte, die er nach ihrer

Abreise genießen durfte, hätte er ihr fast applaudiert, doch er unterdrückte seinen Freudenschrei und bemerkte nur höflich: »Aha! Wirst du in Ravensworth House wohnen?«

»Nein. Corinne und Lloyd haben mich eingeladen, wie du weißt, und selbstverständlich auch die Mädchen.«

Ehrlich gesagt, hatte er keine Ahnung gehabt und war etwas überrascht. Seine ältere Schwester nahm für gewöhnlich kein Blatt vor den Mund und hielt Lannie, geradeheraus gesagt, für eine Närrin. Weshalb hatte sie sie wohl eingeladen?

»Wie lange wirst du in London bleiben?«

Lannie vergaß ihr Essen und beugte sich aufgeregt nach vorn. »Weißt du, London ist zur Zeit schrecklich aufregend. Der Zar ist immer noch dort und außerdem viele andere Hoheiten. Corinne hat mir geschrieben, daß jeden Abend Bälle stattfinden, obwohl doch die Saison längst vorüber ist!«

»Ja, ich weiß. Ich habe den Betrieb kaum ertragen können.«

»Du bist ja auch ein Mann! So langweilig! Ich werde meine Modistin aufsuchen... Jetzt mach nicht so einen sparsamen Mund, Burke! Du mußt keine Angst um dein Geld haben! Wie du weißt, bin ich seit Montroses Tod mit meinem Witwengeld sehr sorgsam umgegangen, und dank deiner Großzügigkeit...«

Burke betrachtete angelegentlich seinen Teller und tat so, als ob er ihr zuhörte, doch statt dessen stellte er sich vor, wie er Arielle nach Ravensworth Abbey einlud. Ob ihr sein Haus gefiel? Ob sie... Entschlossen beendete er diese Gedanken, denn er wußte ja nicht einmal, ob er sie wiedersehen würde.

»...Corinne hat mir von einem Gentleman geschrieben, falls du neugierig geworden bist und es genau wissen willst. Nun, er heißt Percy Kingstone und ist Baronet. Corinne hat geschrieben, daß Lord Carver ein sehr charmanter Mann ist und ich ihn unbedingt...«

Unverwandt starrte Burke auf seinen Teller. Nein, das durfte ihm Arielle nicht antun. Er war nicht einverstanden, denn er liebte sie und wollte sie heiraten.

»...natürlich werde ich Virgie und Poppet mitnehmen, obwohl sich die beiden immer anstellen, wenn sie Kutsche fahren müssen. Ich werde...«

Ich werde das Ganze als militärische Aufgabe betrachten, entschied Burke und griff nach seinem Glas. Während der rote Wein im Glas kreiste, erinnerte er sich an ihr Haar, dieses glänzende Tizianrot... Er fluchte leise und beschloß, alles zu wagen.

»...ich wußte, daß du darauf bestehen würdest, lieber Burke, und deshalb habe ich James bereits davon in Kenntnis gesetzt, daß ich den Wagen nehmen werde. Ich denke, daß mir ein Vorreiter als Schutz genügt.«

Verwundert sah Burke seine Schwägerin an. Offenbar hatte sie ununterbrochen gesprochen, doch worüber, wußte er nicht. Jedenfalls nickte er und sagte warmherzig: »Du kannst alles bekommen, Lannie.« Und gleichzeitig betete er, daß sie nicht wie Salome sein Haupt auf einem Tablett gefordert hatte.

Später saß Burke vor einem prasselnden Kaminfeuer in der Bibliothek und genoß seinen Brandy. Es war reichlich kühl für Juni, doch vielleicht saßen ihm auch nur noch die Strapazen des spanisch-portugiesischen Feldzugs in den Knochen. Unwillkürlich dachte er an Knight, den er auf seinem Rückweg nach England kurz in Paris getroffen hatte. Bestimmt würde er Arielle gefallen, wie er auch allen anderen Frauen gefiel. Bei diesem Gedanken runzelte er die Stirn. Nein, Knight war ein Ehrenmann und würde niemals die Rechte anderer verletzen. Und plötzlich dachte er wieder an drei heiße Tage, die er mit Knight und zwei temperamentvollen Damen in Portugal erlebt hatte. Die Erinnerung an die anstrengenden Tage war so lebendig und lebhaft, daß ihn die Erregung übermannte. Leise fluchend erhob er sich.

Er begehrte Arielle und mußte immerfort an ihre Augen denken.

Da er ahnte, daß sie ihm bestimmt wieder ausweichen wollte, griff er zu einer List. Am nächsten Tag postierte er Joshua an der Frontseite von Rendel Hall, während er sich im Garten versteckte. Er kam sich zwar reichlich dumm vor, doch er tat es trotzdem. Ungefähr nach einer Stunde schlich Joshua wie ein Soldat hinter den feindlichen Linien durch die Büsche zu ihm in den Garten.

»Sie geht zum Stall, Major Lord.«

»Bitte, Joshua, lassen Sie doch endlich diese Anrede!«

»Zu Befehl!« entgegnete Joshua und fragte dann nachdenklich: »Was haben Sie eigentlich mit dem Mädchen vor?«

»Mädchen?«

»So nennt Geordie sie, und ich finde auch, daß das paßt. Sie ist noch so jung!«

»Ich möchte ihr nur Gesellschaft leisten«, antwortete Burke. »Oder haben Sie gedacht, daß ich sie entführen und gefangenhalten will?« Er lachte, und bevor Joshua noch antworten konnte, fuhr er ernster fort: »Reiten Sie jetzt nach Hause, Joshua. Sie haben Ihre Sache gut gemacht.«

Joshua nickte zwar, doch er hatte beschlossen, noch ein wenig mit Geordie zu plaudern, sobald Lady Rendel und sein Herr davongeritten waren. Ganz offensichtlich war der Earl bis über beide Ohren verliebt, was Joshua bisher noch nicht erlebt hatte, und er wollte gern noch nähere Einzelheiten über das Mädchen erfahren.

Arielle tätschelte Mindles Hals. »Ein bißchen Bewegung wird dir nicht schaden. Vielen Dank, Geordie. Nein, Sie müssen mich nicht begleiten. Ich reite nicht allzu weit.« Jedenfalls nicht in die Richtung von Bunberry Lake oder Leslie Farm, dachte sie.

»Sind Sie sicher?«

»Ja, ganz sicher.«

Geordie half Arielle in den Sattel und trat dann zurück. Er grüßte kurz und lächelte.

»Ich werde in ungefähr einer Stunde zurück sein. Mr. Jewells hat seinen Besuch angekündigt.« Während sie das sagte, trieb sie Mindle an, und kurz darauf fühlte sie, wie der Wind an ihren Hutnadeln zerrte.

Sie sah ihn erst, als er schon beinahe neben ihr war, und da war es zu spät. Sie zügelte Mindle und bemühte sich, nicht allzu überrascht auszusehen. »Hallo!« sagte sie schließlich.

»Hallo, Arielle! Ich freue mich, daß Sie ausgeritten sind.«

»Was wünschen Sie?«

»Sie zu sehen, natürlich. Genau wie gestern, als Sie mich weggeschickt haben. Den Grund wüßte ich immer noch gern.«

»Ich habe mich nicht wohl gefühlt.«

Ein Blick auf ihr blasses Gesicht verriet ihm, daß sie kein Meister im Lügen war. Der Wind hatte heftig an ihrem Haar gezerrt, so daß sich zwei lange Strähnen über ihrer rechten Brust kringelten. Er wollte sie schon mit der Hand zurückstreichen, als er sich besann und zurückzuckte. »Was hat Ihnen denn gefehlt?«

»Ich hatte Kopfschmerzen«, log sie.

»Aha«, erwiderte er und ärgerte sich, daß sie heimlich versuchte, die Entfernung zwischen ihren Pferden zu vergrößern.

Arielle ertappte sich dabei, daß sie ihn anstarrte. Er sah noch viel besser aus als sie ihn in Erinnerung hatte, und trug sein dickes braunes Haar länger, seit er den Militärdienst quittiert hatte. Nur seine braunen Augen hatten sich nicht verändert. Sie wirkten sowohl intelligent als auch äußerst gefühlvoll. Obwohl an seiner äußerlichen perfekten Erscheinung und seinem Benehmen nichts auszusetzen war, fürchtete sie sich doch vor ihm, denn ihr stand immer noch der entsetzliche Traum vor Augen.

Schließlich raffte Burke sich auf und unterbrach das Schweigen. »Ich möchte Sie für Freitag zum Tee nach Ravensworth Abbey einladen.«

Sie wollte schon den Kopf schütteln, doch dann besann sie sich. Wenn sie es rasch hinter sich brachte, ließ er sie vielleicht danach in Ruhe. Außerdem war ein Besuch in seinem Haus dank der geschwätzigen, amüsanten Lannie ungefährlich. »Also gut«, stimmte sie schließlich zu.

»Genauso haben Sie sich schon einmal mit mir verabredet. Kann ich mich diesmal darauf verlassen?«

Der Ton seiner Worte ließ sie zurückzucken. Was wollte er eigentlich von ihr? Trotzig reckte sie ihr Kinn in die Höhe, und ihre Stimme war so kühl, wie ein Januartag in Yorkshire. »Ich verspreche, daß ich Ihnen Bescheid geben werde, falls ich mich wieder nicht gut fühle.«

»Ich dachte eigentlich, daß Ladies nur einmal im Monat Kopfschmerzen haben!«

Arielle zuckte zusammen, als ob er sie geschlagen hätte. Er war gefährlich, und er benahm sich keineswegs wie ein Gentleman! Ohne ein weiteres Wort gab sie Mindle die Peitsche und galoppierte davon.

Angesichts seiner Dummheit und seiner Zudringlichkeit, fluchte Burke innerlich. »Arielle! Warten Sie!«

Er sah, wie sie sich sekundenlang nach ihm umwandte, wodurch Mindle beim Überspringen eines Zauns ein wenig nach links getragen wurde. Burke fühlte, wie ihm das Blut in den Adern erstarrte. »Arielle! Passen Sie auf!«

Doch es war zu spät. Der Schrei blieb ihr in der Kehle stekken. Mindle war mit den Beinen am obersten Stück des Zauns hängengeblieben und ruderte verzweifelt durch die Luft. Im selben Augenblick sah Arielle den Graben auf der anderen Seite und bot ihr ganzes reiterisches Können auf. Die Stute erreichte auch tatsächlich die andere Seite, doch beim Aufsprung knickten ihre Vorderbeine ein, so daß Arielle im hohen Bogen über den Kopf des Tieres flog. Weil alles so rasch ging, hatte sie keine Sekunde Zeit gehabt, sich zu fürchten.

Als sie mit der Schulter auf den felsigen Untergrund aufschlug, durchfuhr sie ein heißer Schmerz, doch nur für einige Sekunden. Kurz darauf schlug ihr Kopf gegen den Stein, und sie wurde ohnmächtig.

Noch nie hatte Burke soviel Angst empfunden. Sein großer Hengst flog förmlich über den Zaun, und Sekunden später stieg er neben Mindle ab, die sich inzwischen aufgerappelt hatte und heftig schnaubte. Doch seine Aufmerksamkeit galt einzig Arielle. Er ertappte sich dabei, daß er leise betete, während er neben ihr niederkniete und nach dem Pulsschlag an ihrer Kehle fühlte. Glücklicherweise war er stark und kräftig. Daraufhin machte sich Burke zartfühlend und sorgfältig an die Untersuchung von Armen und Beinen. Offensichtlich war nichts gebrochen. Falls sie allerdings innere Blutungen haben sollte, war er machtlos.

Nachdem er die Hutnadel entfernt hatte, tastete er ihren Kopf ab und entdeckte kurze Zeit später eine dicke Schwellung hinter ihrem linken Ohr. Er seufzte erleichtert und hoffte inständig, daß sie nur eine Gehirnerschütterung davongetragen hatte. Sie mußte einfach wieder gesund werden! Er ließ sich neben ihr nieder und bettete ihren Kopf auf seinen Schenkel. Vorsichtig streichelte er über ihre Nase, ihr Kinn und ihre Wangenknochen und murmelte fasziniert: »Ich begehre dich, Arielle. Heirate mich!«

Sie stöhnte. Zart bettete er ihren Kopf auf seine Handfläche, und unabsichtlich streichelte die andere ihre Kehle. Er hatte solche Sehnsucht nach diesen Berührungen, daß er sich nicht beherrschen konnte. Schließlich hob er seine Hand und legte sie auf ihre Brust. Er spürte den starken Herzschlag und überließ sich mit geschlossenen Augen einem unglaublichen Wohlgefühl. Erst einige Sekunden später merkte er, was er tat, und nahm seine Hand von ihrer Brust. Offenbar war er völlig verrückt geworden! Sie war besinnungslos, und ihm fiel nichts Besseres ein, als sie zu betasten!

»Arielle! Wachen Sie auf! Öffnen Sie die Augen!« Er rüttelte sie leicht.

Wieder stöhnte sie, doch dann schlug sie die Augen auf und starrte ihn verwirrt und verständnislos an.

»Es ist nicht viel passiert«, beruhigte er sie. »Sie sind gestürzt. Schmerzt Ihr Kopf?«

Arielle stellte fest, daß sie auf dem Rücken lag und er ihren Kopf hielt. Durch seine Schuld hatte Mindle den Zaun berührt.

Alles war seine Schuld! »Ja, ich habe Kopfschmerzen«, sagte sie kalt.

Burke grinste und hielt sie fest, als sie sich von ihm abwenden wollte. »Pst! Liegen Sie still! Am besten bewegen Sie sich überhaupt nicht!«

Als ein heftiger Schmerz ihren Kopf durchzuckte, wußte sie, daß er recht hatte. Übelkeit überfiel sie, sie mußte würgen und schloß die Augen.

»Pst!« mahnte er sie noch einmal ganz sanft. »Müssen Sie sich übergeben?«

Dieser Gedanke war ihr unerträglich. Sie gab keine Antwort, sondern hielt ihre Lippen fest geschlossen und betete.

»Atmen Sie tief durch und bewegen Sie sich nicht!« Leicht massierten seine Finger ihre Stirn. »Sie hätten nicht weglaufen sollen! Ich weiß, daß meine Bemerkung sehr dumm war, doch Sie haben mich dazu gereizt. Vielleicht können Sie mir das verzeihen, denn normalerweise benehme ich mich wie ein Gentleman.«

Im Augenblick hätte es sie nicht einmal gestört, wenn er der Teufel persönlich gewesen wäre. »Ich möchte nach Hause!« jammerte sie. »Ich möchte in meinem eigenen Bett sterben.«

Leider waren sie nicht weit von Rendel Hall entfernt, so daß es für Burke keinen Grund gab, Arielle nach Ravensworth Abbey zu bringen. »Einverstanden, aber bleiben Sie noch einige Minuten liegen, bis Sie sich noch ein wenig mehr erholt haben.«

Arielle schwieg. Sie fühlte die Wärme seines Schenkels unter ihrer Schulter und spürte den Druck seiner Hand auf ihrem Arm. Sie haßte dieses Ausgeliefertsein und die Furcht, die in ihrem Innern wie ein Fremdkörper lebte. Vor Qual liefen ihr stumm die Tränen über das Gesicht.

Als Burke merkte, daß sie weinte, war er entsetzt. Rasch wischte er die Tränen weg und flüsterte ihr tröstende Worte zu. »Es wird alles wieder gut werden«, sagte er wieder und wieder.

»Bald werden Sie sich wieder so fühlen, als ob nichts geschehen wäre!«

Während er sprach, kroch sie mühsam auf ihre Knie und mußte sich prompt übergeben. Als es längst vorüber war, würgte sie immer noch weiter, und er hielt ihre Schultern und stützte sie. Er wußte, wie schwach man sich in solchen Augenblicken fühlte. Schließlich reichte er ihr sein Taschentuch, und sie wischte sich den Mund ab. Am liebsten hätte er sie in diesem Augenblick auf die Arme genommen, nach Hause getragen und niemals mehr fortgelassen. Er wollte…

»Ich möchte jetzt nach Hause«, bat Arielle, ohne ihn anzusehen. Sie fühlte sich so grenzenlos elend. »Bitte, ich möchte jetzt nach Hause.«

»Also gut. Haben Sie genug Vertrauen zu mir, um sich von mir tragen zu lassen?«

Für Widerspruch war sie zu schwach. Nein, sie vertraute ihm nicht, aber sie erkannte sehr wohl, daß ihr keine andere Wahl blieb.

Sie fühlte, wie er ihre Beine umfaßte, sie auf seine Arme hob und aufstand.

O, Herr im Himmel, ist sie leicht! dachte er. Viel zu dünn, viel zu mager! »Halten Sie sich fest!« befahl er, als sie bei Ashes angekommen waren. Dann packte er sie mit einem Arm und stieg gleichzeitig auf. »Geordie wird Mindle holen und versorgen. Machen Sie sich darüber keine Gedanken.«

Während des kurzen Ritts nach Rendel Hall, hielt Burke Arielle eng an sich gedrückt und lauschte auf jeden ihrer Laute. Zu seiner Erleichterung wußte Geordie von allein, was zu tun war. Burke trug Arielle inzwischen nach oben, in ihr Schlafzimmer. Überrascht stellte er fest, daß sie nicht im Zimmer des Hausherrn schlief. Dorcas heftete sich an seine Fersen, war in einem fort im Weg und rang verzweifelt die Hände, bis er sie mit seiner Bitte nach Wasser beschäftigte.

Der seltsame Philfer benahm sich, als ob Burke in *sein* Haus eingedrungen wäre, und Burke war dankbar, als Geordie ihn schließlich zurechtwies: »Halten Sie den Mund! Bringen Sie zuerst einmal ein Glas Brandy und führen Sie dann den Arzt herauf!«

Doktor Mortimer Arkwright, ein dürrer, ein wenig gebeugter Mann von beinahe sechzig Jahren, begrüßte Burke mit der barschen Stimme, die ihm nun schon seit fast fünfzig Jahren eigen war. Der alte Mann hatte Burke auf die Welt gebracht, wofür dieser ihm unverändert dankbar war. Er hatte eigentlich angenommen, daß Doktor Arkwright längst gestorben sei, und machte eine entsprechende Bemerkung.

»Noch nicht!« bemerkte Doktor Arkwright mit fast zahnlosem Grinsen. »Ich praktiziere zwar nicht mehr, doch der Stallbursche kam zuerst zu mir, weil ich so nahe wohne. Es erschien mir unsinnig, den Jungen erst noch zu Mark Brody zu schicken. Kennen Sie Brody?«

»Ja, vor drei Jahren habe ich ihn kennengelernt. Er hat damals gerade hier angefangen«, antwortete Burke und berichtete anschließend dem Arzt, was geschehen war.

»Arielle Leslie, armes, kleines Mädchen! Nun, dann wollen wir sie uns einmal ansehen. Was haben Sie überhaupt mit ihr gemacht?«

Eine gute Frage, dachte Burke, doch er antwortete nicht, sondern ging nur rasch in Arielles Zimmer voraus.

»Sie ist inzwischen erwachsen geworden«, bemerkte der Arzt, während er auf sie hinuntersah. »Öffnen Sie die Augen, Mädchen, und sagen Sie, wo es wehtut!«

Arielle stöhnte nur. »Mein Kopf. Schreckliche Schmerzen!«

Doktor Arkwright brummte. »Ich schätze Frauen, die wenig Worte machen. So, Mädchen, jetzt öffnen Sie die Augen und sagen Sie mir, wieviel Finger ich hochhalte!«

Schweigend trat Burke zurück und beobachtete, mit welcher Umsicht der alte Mann Arielle untersuchte. Einige Minuten später drehte sich Doktor Arkwright zu ihm um. »Ich kann ihr im Augenblick wegen der Gehirnerschütterung kein Schmerzmittel geben. Wecken Sie sie alle paar Stunden auf und fragen

Sie sie, wie sie heißt und wo sie sich befindet. In acht Stunden etwa kann sie dann ein Schmerzmittel bekommen. Ich werde es verschreiben.«

Erst in diesem Augenblick fand Dorcas ihre Sprache wieder. »Er wohnt doch gar nicht hier! Er hat sie nur nach Hause gebracht.«

Doktor Arkwright sah Burke an und brummte wieder. »So ist das also.«

Als die beiden kurze Zeit später das Haus verließen, erkundigte sich Burke nach Arielles Aussichten. »Wie lange wird es wohl dauern? Wird sie es überstehen?«

»Wenn ich irgendwelche Befürchtungen hätte, würde ich jetzt nicht gehen. Regen Sie sich nicht auf. Morgen früh wird sie schon wieder in der Badewanne singen!«

»Ich habe mich sehr erschreckt, als sie über den Hals des Pferdes geflogen ist.«

»Das ist nur verständlich«, meinte Doktor Arkwright. »Sie ist wirklich eine Schönheit! Manchmal habe ich mir überlegt, wie sie jetzt wohl aussieht. Seit Sir Arthurs Tod habe ich sie nicht mehr zu Gesicht bekommen. Werden Sie morgen wiederkommen, um sich nach ihrem Befinden zu erkundigen?«

Burke nickte und wartete, bis Doktor Arkwright seinen kleinen Wagen bestiegen hatte und davongefahren war.

»Geht es ihr gut?«

»Ja, Geordie. Doktor Arkwright hat es geschworen. Sie passen ein wenig auf, nicht wahr?«

»Ja, das mache ich. Der alte Philfer ist ja nicht sehr zuverlässig.«

Burke wäre am liebsten noch länger geblieben, doch es gab keinen Grund mehr, und so kehrte er widerstrebend nach Ravensworth Abbey zurück, wo er einen langen Abend und eine unruhige Nacht verbrachte.

»Singt sie schon wieder?« war seine erste Frage, als er Dorcas am darauffolgenden Morgen begrüßte.

Die alte Frau lächelte. »Beinahe. Möchten Sie sie sehen?«

Burke konnte es kaum fassen, daß ihn offenbar jeder in Arielles Umgebung mochte. Nur Arielle war widerspenstig und bekämpfte ihn. »Aber natürlich«, antwortete er und folgte Dorcas nach oben. »Sie betreuen sie schon immer, nicht wahr?«

»Ja, früher war sie ganz reizend, offen, herzlich und fröhlich.«

»Schade, daß sie sich so verändert hat.«

»Was haben Sie denn erwartet? Das mußte doch so kommen! Arielle, ich bringe einen Besucher mit.«

Sie wandte sich unter der Tür um und deutete hinter sich in den Flur, doch Arielle rief bereits mit gequälter Stimme: »Bitte, nicht, Dorcas! Bitte, ich möchte niemanden…«

»Hallo, Arielle! Ich bin es nur. Nun, Sie sehen ja bereits recht gut aus. Was macht der Kopf?«

In Wirklichkeit sah sie miserabel aus. Ihr Haar war zerzaust, das Gesicht bleich wie die Wand, und an der linken Schläfe prangte eine Beule, die in allen Regenbogenfarben schillerte. Arielle zog sich die Decke bis zum Kinn und drückte sich eng an das Kopfteil ihres Betts. Als er einen Schritt auf sie zutrat, hörte er, wie sie nach Luft schnappte.

Irgendwie ist ihr Verhalten seltsam, dachte er irritiert. Fast wie ein junges Mädchen, das niemals verheiratet war.

Solange ihre Kammerzofe anwesend war, mußte sie sich doch keine Sorgen machen. Also, weshalb benahm sie sich so eigenartig?

Er versuchte ein Lächeln. »Ich war ein wenig besorgt und möchte gern wissen, ob es bei unserer Verabredung am Freitag bleibt?«

Sie nickte, doch bevor sie die Augen senken konnte, sah er, daß sie gelogen hatte. Sie hatte ganz offensichtlich ihre Meinung geändert. Ob sie kränker war, als Doktor Arkwright meinte?

Was sollte er jetzt tun? Gehen wollte er noch nicht, jedenfalls nicht sofort. »Haben Sie eigentlich schon gefrühstückt?«

Sie schüttelte den Kopf, worauf sie augenblicklich stöhnte.

»Haben Sie denn Appetit?«

»Das ist eine ausgezeichnete Idee«, bemerkte Dorcas. »Bessie wird Ihnen sofort ein wenig Toast und Tee bringen.«

Arielle wollte die alte Frau aufhalten, doch die kümmerte sich nicht um ihr Rufen.

»Sie können sich völlig sicher fühlen«, sagte Burke mit hochgezogener Braue. »Ich verführe nämlich keine Frauen, die so scheußliche Beulen haben.«

Als sie nicht antwortete, sah er sich ein wenig in ihrem Schlafzimmer um. Was er erwartet hatte, wußte er nicht, jedenfalls nicht das. Der Raum wirkte wie eine Mönchszelle und enthielt nur wenige, strenge Möbelstücke. Keine Spur von Weiblichkeit, kein Schmuck. Schließlich blieb sein Blick an der Tür zum benachbarten Zimmer hängen.

»War dort das Schlafzimmer Ihres Mannes?« fragte er mit finsterer Miene. Eine schreckliche Vorstellung, daß der alte Mann durch diese Tür hereingekommen war und Arielle berührt hatte!

Arielle spürte Burkes Ärger, doch sie begriff nicht, weshalb, und wollte es auch nicht begreifen. Sie wollte, daß er endlich ihr Zimmer verließ. Sein Geruch, seine Vitalität füllten den Raum, und seine Männlichkeit erdrückte sie.

»Gehen Sie jetzt endlich, Mylord!«

Finster sah er sie an. »Nur wenn Sie mir versprechen, am Freitag nach Ravensworth Abbey zu kommen!«

Sie nagte an ihrer Unterlippe, während seine Ungeduld zusehends wuchs.

»Nein«, antwortete sie schließlich sehr leise.

Fünftes Kapitel

Burke starrte sie nur fassungslos an. Er konnte sich nicht erinnern, wann er zum letzten Mal von einer Frau abgewiesen worden war, doch er wußte sehr genau, daß es noch niemals so geschmerzt hatte wie diesmal. Und gleichzeitig machte ihre Ablehnung ihn so wütend, daß er beinahe keinen klaren Gedanken mehr fassen konnte. »Weshalb?«

»Bitte«, bat sie, »bitte, lassen Sie mich allein! Ich möchte niemanden sehen – ich bin Witwe und möchte es bleiben.«

»Wie lange ist Ihr Mann schon tot?« fragte Burke schroff. »Sieben oder acht Monate? Um Himmels willen, Arielle, er war doch ein alter Mann! Wollen Sie denn nicht endlich einen jungen Mann, der Ihnen soviel mehr geben kann?«

Arielle wollte schon lachen, doch dann besann sie sich. Ganz offensichtlich wußte er nicht mehr, was er sagte. Wenn sie schwieg, würde er wahrscheinlich gehen. Doch Burke war hartnäckiger als sie angenommen hatte.

»Sie können doch diesen alten Satyr unmöglich geliebt haben! Er war ein abscheulicher, alter Greis! Sehen Sie mich an! – Erinnern Sie sich an Ihre Gefühle, die Sie vor drei Jahren empfunden haben?«

Sie erinnerte sich sehr wohl, doch das gehörte nicht mehr zu ihrem jetzigen Leben. Stumm blickte sie auf ihre Hände.

»Verdammt!« Unvermittelt beugte er sich über sie, packte ihre Arme und zog sie an seine Brust. Hart und aggressiv preßte er seinen Mund auf ihren, und seine Zunge liebkoste ihre fest geschlossenen Lippen. »Öffnen Sie den Mund!«

Sie tat es, weil sie ihn beschimpfen wollte, und dann fühlte sie seine Zunge...

»Hier kommt das Frühstück – oh, mein Gott!«

Burke erstarrte, als er Dorcas' Stimme hörte. Ganz langsam

ließ er Arielle los und richtete sich wieder auf. »Ich werde wiederkommen, Arielle!«

»Nein!«

»O doch! Wir sind noch nicht fertig!« Mit gequältem Gesichtsausdruck schüttelte er den Kopf. »Und das werden wir wahrscheinlich auch niemals sein.« Damit wandte er sich ab und verließ das Zimmer.

Arielle starrte ihm nach. »Er ist viel stärker als Paisley«, sagte sie leise. Dann stand sie auf und ging zu den Fenstern hinüber. Als sie Burke zum Stall hinübergehen sah, lehnte sie seufzend die Stirn gegen das Glas. Und am selben Abend wußte sie genau, was sie tun mußte.

Mr. Gregory Lapwing, der ehemalige Anwalt von Sir Arthur, nahm gegenüber der Tochter seines alten Freundes Platz. Er kannte sie schon seit ihrer Kindheit und mochte sie sehr. Er selbst war mit einer hübschen, neunzehnjährigen Frau verheiratet und sehr verliebt.

»Ich freue mich, daß Sie gekommen sind, Mr. Lapwing!« begrüßte ihn Arielle.

»Die Freude ist ganz auf meiner Seite, Arielle! Kann ich Ihnen irgendwie helfen?«

Sie sah ein wenig krank aus und war sehr blaß und dünn. Ob sie immer noch um ihren toten Ehemann trauerte? Drei Jahre hatte er sie jetzt nicht mehr gesehen. Er wußte nicht, weshalb Sir Arthur ihre Fürsorge ausgerechnet ihrem Halbbruder übertragen hatte, doch er nahm an, daß Sir Arthur wahrscheinlich gute Gründe dafür gehabt hatte. Arielles überstürzte Heirat mit Lord Rendel hatte ihn entsetzt, doch im Lauf der Zeit hatte er es vergessen. Bis heute.

»Ich möchte Rendel Hall und das dazugehörige Land mit allem Inventar verkaufen, und zwar sofort!«

Langjährige Erfahrung hatte Mr. Lapwing gelehrt, völlig unbeeindruckt zu erscheinen. »Darf ich fragen, weshalb?« fragte er höflich.

»Ich möchte das Land verlassen und nach Paris ziehen. Seit Ludwig XVIII. den Thron bestiegen hat, besteht ja keine Gefahr mehr.« Und sie fügte hinzu, wobei ein Grübchen auf ihrer linken Wange erschien: »Außerdem spreche ich Französisch. Mein Vater hat damals darauf bestanden, daß ich es lerne.«

»Aha«, meinte Mr. Lapwing stirnrunzelnd. »Darf ich fragen, weshalb Sie sich an mich wenden und nicht an Lord Rendels Anwalt?«

»Ich kenne ihn nicht«, erwiderte Arielle, doch das stimmte nicht ganz. In Wahrheit traute sie ihm nicht, weil er Paisley zu ergeben gewesen war. »Wissen Sie, hier hält mich nichts mehr! Ich möchte verreisen!«

Mr. Lapwing erhob sich. »Für eine Lady ist dieser Wunsch höchst ungewöhnlich. Sie brauchen doch einen gewissen Schutz und die entsprechende Begleitung...«

Wie lächerlich, dachte Arielle. Hier, im schönen England, hat mich auch niemand beschützt! Männer! Doch da sie gelernt hatte, sich klug zu verhalten, gab sie sanft und respektvoll Bescheid: »Aber natürlich, Mr. Lapwing! Sie müssen sich wirklich keine Sorgen machen. Ich werde mich um standesgemäße Begleitung bemühen.«

»Aber...«

»Ich habe mich unwiderruflich entschieden, Sir.«

»Nun gut. Wer ist Lord Rendels Anwalt?«

»Jeffrey Chaucer. Wie ich gehört habe, war seine verstorbene Mutter eine Dichterin. Kennen Sie ihn, Sir?«

»Ja«, erwiderte Mr. Lapwing knapp. »Wer einen so lächerlichen Namen hat, den kann man nicht vergessen. Eine Dichterin, so? Nun, das ist jetzt nebensächlich. Ich werde auf der Stelle meine Fühler ausstrecken und außerdem einen Mann herschicken, der mit Ihrem Verwalter...«

»Mr. Harold Jewells ist sein Name.«

»Ah, ja. Er wird ein genaues Verzeichnis aller Möbel, Gebäude, Pächterhäuser und ähnlicher Dinge anlegen.«

»Wann kann ich Ihrer Meinung nach das Land verlassen?«

»Ich habe keine Ahnung – vielleicht in einem Monat? Ohne einen Käufer können wir nicht allzu viel unternehmen.«

Also muß sie sich einen Monat lang verstecken. Sofort dachte sie an Brighton, wo sie sich mit Dorcas verborgen halten konnte, bis alles vorbei war. »Wunderbar!« sagte sie dann laut. »O, ich habe noch etwas vergessen. Ich möchte eine Bedingung stellen: Und zwar darf der Käufer weder Pächter noch Diener entlassen.«

»Das ist zwar sehr ungewöhnlich, doch ich werde Ihren Wunsch berücksichtigen. Grenzt Ihr Land im Osten nicht an den Besitz von Ravensworth?«

»Ja«, antwortete Arielle plötzlich sehr kühl. »Weshalb fragen Sie, Sir?«

»Aus keinem besonderen Grund, nur zu meiner Information.« Doch in Wirklichkeit hatte Mr. Lapwing eine Idee, die er Arielle jedoch noch nicht mitteilen wollte, um ihr keine Enttäuschung zu bereiten. Nach seiner Rückkehr nach East Grinstead traf er unverzüglich eine Verabredung mit dem Earl of Ravensworth.

Als Mr. Lapwing am darauffolgenden Montag von George Cerlew, dem Verwalter von Ravensworth, in die Bibliothek geführt wurde, überlegte Burke, was dieser Mann wohl von ihm wollte. Er sollte es gleich erfahren.

Er konnte nicht begreifen, was er soeben gehört hatte, und fragte deshalb noch einmal: »Wie bitte, Sir?«

»Ja, Sir, Lady Rendel möchte so rasch wie möglich verkaufen. Da Ihre Ländereien aneinandergrenzen, wollte ich Ihnen zuerst ein Angebot machen. Ich kann Ihnen leider noch nicht mit Zahlen dienen, da bisher noch keine Inventarliste aufgestellt wurde. Falls Sie interessiert sind, könnte Ihr Verwalter gleich mit einem meiner Männer zusammenarbeiten.«

Burke schien nicht ganz bei der Sache zu sein und winkte ungeduldig mit der Hand. »Einen Augenblick, Sir! Weshalb will Lady Rendel denn überhaupt verkaufen?«

Mr. Lapwing hatte volles Verständnis dafür, daß niemand die Katze im Sack kaufen wollte. »Mit dem Besitz selbst hat das nichts zu tun, Mylord. Lady Rendel ist bereits seit einiger Zeit verwitwet und möchte England gern verlassen. Sie plant, sich in Paris niederzulassen. Wahrscheinlich sind die Erinnerungen an ihren Mann noch so schmerzvoll, denn schließlich war es sein Haus, wie Sie ja wissen. Damen sind in dieser Beziehung oft sehr eigen.«

»Aha«, war alles, was Burke dazu sagte. Dann versank er für einige Minuten in Schweigen. Für ihn war ganz offensichtlich, daß Arielle das einzig und allein seinetwegen tat. Doch weshalb wollte sie davonlaufen? Weshalb war sie so argwöhnisch? Schließlich faßte er einen Entschluß: »Ich werde alles kaufen. Mein Verwalter, Mr. Cerlew, wird mit Ihrem Mann zusammenarbeiten, wie Sie vorgeschlagen haben. Ich werde einen anständigen Preis bieten.«

»Ich dachte, daß Sie interessiert sein würden, Mylord. Lady Rendel stellt allerdings eine Bedingung, und zwar möchte sie nicht, daß irgendeiner ihrer Pächter und Diener entlassen wird.«

»Nein, natürlich nicht«, meinte Burke abwesend.

»Lady Rendel wird entzückt sein, so rasch ein Angebot zu erhalten, denn sie hat es eilig, wie ich Ihnen ja bereits gesagt habe.«

»Ich stelle allerdings ebenfalls eine Bedingung, Mr. Lapwing.«

Mr. Lapwing zog fragend eine Augenbraue hoch.

»Ich möchte keinesfalls, daß Lady Rendel erfährt, wer der Käufer ist. Unter keinen Umständen dürfen Sie ihr das mitteilen!«

»Das wird schwierig werden, Mylord. Wie können wir das geheimhalten, wenn Ihr Verwalter mit Mr. Jewells zusammenarbeitet?«

»Das ist allerdings wahr«, meinte Burke stirnrunzelnd. »Ich werde noch darüber nachdenken. Trotzdem können Sie schon mit Ihrer Arbeit beginnen.«

Mr. Lapwing war mit allem einverstanden, obwohl er die Bedingung des Earl of Ravensworth zumindest unverständlich fand. Von seinem Verdienst plante er, seiner kleinen Frau, Lottie, ein hübsches Smaragdhalsband zu kaufen. Zufrieden vor sich hinpfeifend, machte er sich auf den Weg nach Rendel Hall.

Auf dem Weg nach London, wo er seinen Rechtsanwalt mit der Abwicklung der Angelegenheit beauftragen wollte, dachte Burke daran, daß Arielle vom Tag des Verkaufs an für ihn nicht mehr erreichbar sein würde. Im Gegenteil, sein Geld würde ihr sogar noch die Flucht vor ihm ermöglichen. Doch wollte er sie wirklich wie eine Sklavin an sich fesseln? Als er sich an ihr letztes Treffen erinnerte, biß er heftig die Zähne aufeinander. Ja, er wollte sie, er wollte sie besitzen.

Nach seiner Ankunft suchte er zuerst seine Schwester Corinne, deren Ehemann, Lord Boyle, und die vor kurzem angekommene Lannie auf. Er berichtete kurz von seinem Kauf, weil er verhindern wollte, daß sie es durch Zufall erfuhren.

»Äußerst ungewöhnlich«, bemerkte Corinne, nachdem er geendet hatte. »Ungewöhnlich, daß ein junges Mädchen England verläßt, nicht wahr?«

»Bestimmt geht es um einen Mann«, meinte Lord Kinnard. »Mit Sicherheit sogar!«

Nach Lannies Meinung, die Arielle allerdings nur wenig, also so gut wie gar nicht kannte, steckte niemals ein Mann dahinter. Wahrscheinlich war das Mädchen nur ein wenig überspannt.

»Trotzdem wüßte ich gern, weshalb sie das tut«, sagte Corinne.

»Ich habe keine Ahnung«, antwortete Burke abschließend.

»Wie teuer ist der Besitz?« wollte Lord Boyle wissen.

»Den Preis kenne ich noch nicht«, meinte Burke. »Doch ich nehme an, daß er vernünftig sein wird.«

Höflich lehnte Burke die Einladung seiner Schwester zum Mittagessen ab und ging statt dessen zu White's. Zu seiner großen Freude saß Knight Winthrop, Viscount Castlerosse, vor einem Stapel Geldscheinen am Spieltisch und winkte ihm zu, neben ihm Platz zu nehmen, während er seinem Gegenüber, Lord Lucy, die letzte Karte hinwarf.

Als dieser zähneknirschend seine Niederlage einräumen mußte, meinte Knight nur: »Es tut mir leid, alter Freund!« und sammelte die Scheine ein. »Ich fürchte, wir müssen aufhören, denn ganz offensichtlich braucht mich mein Freund.«

Während Lord Lucy sich einen neuen Partner suchte und Knight sich das Geld in die Tasche stopfte, bemerkte Burke: »Sie sind ein Hai, Knight!«

»Kann ich etwas dafür, daß dieser Mann sich so dumm anstellt? Er hatte doch alle Trümpfe in der Hand!« Knight Winthrop winkte einem der Kellner und bestellte eine Flasche vom besten französischen Brandy. »Was macht Ihre Verwundung?«

»Ich bin zufrieden. Keine ziehenden Schmerzen und auch kein Taubheitsgefühl mehr.«

»Na wunderbar. Im Augenblick sind ja weitere Blessuren nicht zu befürchten. Was führt Sie denn nach London, Burke? Wollen Sie ein wenig spielen, oder suchen Sie ein Abenteuer? Ich hoffe, Sie haben nicht nur Geschäftliches im Sinn, oder?«

Burke betrachtete seinen besten Freund einige Zeit schweigend. »Eine Frau wäre mir im Augenblick schon sehr willkommen. Ich glaube, ich würde vor morgen früh nicht mehr aufhören, so ausgehungert bin ich!«

Knight lachte. »Wenigstens sind Sie noch jung genug, um derartige Wünsche in die Tat umzusetzen.«

»Ach, gehen Sie zum Teufel, Knight!« seufzte Burke und fuhr sich mit den Fingern durch sein dichtes Haar.

»Nein, nein. Sie möchten eine Frau, und Sie werden sie bekommen. Sie heißt Laura und ist eine sehr warmherzige, liebevolle Person. Bestimmt wird sie Vergnügen an Ihnen haben – natürlich nicht so viel wie mit mir, aber immerhin genug. Ich werde Sie hinbringen, und morgen früh werden wir bei mir frühstücken. Dann können wir unsere Unterhaltung fortsetzen.«

Burke lachte ungläubig und verlegen. »Sie wollen mir Ihre Geliebte überlassen?« Doch Knight schüttelte den Kopf.

»Wer ist sie dann?«

»Die Freundin meiner Geliebten.«

»Ich weiß nicht recht. – Es stimmt zwar, daß ich im Augenblick frustriert bin. Das Mädchen, das ich nun schon seit beinahe drei Jahren begehre, will nichts mit mir zu tun haben!« *Sie will sogar England verlassen, um mir aus dem Weg zu gehen!*

Knight war völlig überrascht und sah Burke gequält an. »Sie kennen doch meine Einstellung zur Ehe, alter Freund! Spielen Sie etwa mit diesem Gedanken?«

»Ja.«

»Und kann ich es Ihnen nicht ausreden? Wollen Sie nicht lieber die Kleine zu Ihrer Geliebten machen?«

»Kommt nicht in Frage.«

»Möchten Sie mir vielleicht den Namen dieses tugendhaften Wesens verraten?«

»Ich glaube nicht. Noch nicht, Knight.«

»Nun gut, dann verbringen Sie erst einmal die Nacht mit Laura, und morgen werden wir dann weitersehen. Noch sind Sie ja ein freier Mensch, und die Zukunft muß Sie nicht belasten. Lassen Sie sich heute nacht von Laura verwöhnen.«

Nachdem Burke zugestimmt hatte, begleitete ihn Knight zu einem kleinen, hübschen Haus in der Curzon Street. Laura entsprach tatsächlich seiner Beschreibung: Weich, warm, mit großen Brüsten und sehr anschmiegsam. Eigentlich glaubte Burke nicht, daß sie ihr Vergnügen vortäuschte, doch im Grunde war es ihm gleichgültig. Als er den Höhepunkt erreichte, reckte er sich plötzlich empor und schrie mit zurückgelegtem Kopf ganz laut: »Arielle!«

Einige Augenblicke lang lag er völlig erschöpft und ausgepumpt bewegungslos auf dem Mädchen und wunderte sich, daß er noch atmete.

»Haben Sie die letzte Zeit in einem Kloster verbracht, Mylord?«

Burke hatte Schwierigkeiten, sich auf die Ellenbogen hochzustützen. »So kann man es auch nennen«, antwortete er lächelnd. »Es tut mir leid, daß ich so hemmungslos war, aber...«

»Das macht doch nichts.« Sie bewegte sich ein wenig unter ihm, und Sekunden später war er wieder bereit und zitterte vor Begierde.

Ein wenig wehmütig lächelte er ihr zu und küßte sie dann ausgiebig. Diesmal tat er alles ganz langsam und gründlich, so daß auch Laura zu ihrem Vergnügen kam.

Laura beobachtete ihn, während er schlief. Er war nicht nur ein schöner Mann, sondern auch so wunderbar normal, was seine sexuellen Bedürfnisse anging. Wer war wohl diese Arielle? Etwa seine Frau? Nein, er benahm sich nicht, als ob er verheiratet wäre. Als er ungefähr eine halbe Stunde später wieder voller Begehren erwachte, gab sie sich ihm ohne Zurückhaltung hin.

»Ach, mir geht es einfach wunderbar!« seufzte Burke schließlich.

Laura kicherte und strich mit ihren Zehen an seinem Bein entlang. Dabei sah sie ihm geradewegs in die Augen und sagte ohne Umschweife: »Im Augenblick habe ich keinen Liebhaber, und Sie könnten mir schon gefallen, Mylord.«

Burke fühlte sich herrlich entspannt und zufrieden. Seit Jahren hatte er keine Geliebte mehr gehabt, da er als Offizier nie gewußt hatte, was ihn im nächsten Augenblick erwartete. Und jetzt hatte er eigentlich die Absicht, Arielle so bald wie nur möglich zu heiraten.

Er fühlte, wie Laura sich unter ihm bewegte und ihre Muskeln spannte, doch diesmal war er für eine Reaktion viel zu träge. Sie war eine wunderschöne Frau, da gab es keinen Zweifel, und er hatte sich selten so entspannt gefühlt. Leise fluchend zog er sich schließlich von ihr zurück, ließ sich auf die Seite rollen und legte einen Arm unter den Kopf.

»Ich bin unentschlossen«, sagte er schließlich.

»Ist diese Arielle der Grund?«

Er erstarrte, als er sich daran erinnerte, laut ihren Namen gerufen zu haben. Und dann fluchte er wieder.

»Verzeihen Sie, Mylord, ist sie etwa Ihre Frau?«

»Nein«, antwortete er schroff. Und nach einem Seufzer fügte er hinzu: »Sie wird es werden – aber das braucht Zeit und eine gewisse Portion Kaltschnäuzigkeit, wenn Sie so wollen.«

Laura begriff überhaupt nichts, und auch er hätte nicht sagen können, weshalb er sich so ausgedrückt hatte. Er wußte nur, daß er alles tun würde, um Arielle zu bekommen.

In diesem Augenblick fühlte er Lauras weiche Hand über seinen Körper streichen, spürte, wie ihre Finger über seinen Bauch wanderten, bis sie sein Glied umfaßten und liebkosten. Eigentlich hätte er tot und erledigt sein müssen, doch genau das Gegenteil war der Fall. »Also gut«, sagte er und wandte sich ihr wieder zu. »Bis zu meiner Hochzeit bin ich einverstanden.«

Laura war zufrieden. Zwar war sie auch ein wenig traurig, doch das zählte nicht weiter.

Rendel Hall

»Nein, Dorcas, ich werde mit niemandem sprechen, bevor der Vertrag nicht endgültig unterzeichnet ist. In letzter Minute kann sich immer noch allerhand ändern.«

Dorcas nickte zustimmend und sah zu, wie ihre junge Herrin aufstand, ihre Strickarbeit zu Boden fallen ließ und zu den Fenstern hinüberging. Sie war dabeigewesen, als Arielle vor zwei Tagen mit Mr. Jewells gesprochen und ihn von ihrer Absicht unterrichtet hatte. Sie hatte ihn angewiesen, Mr. Lapwing bei seiner Arbeit zu unterstützen, worauf er sie seltsam angesehen und auch entsetzlich geschwitzt hatte.

»Was ist denn los, Mr. Jewells?« hatte Arielle ihn gefragt.

»Eigentlich überhaupt nichts, Mylady, aber wollen Sie sich die Sache nicht noch einmal überlegen?«

»Nein, das möchte ich nicht. Um Ihre Stellung müssen Sie sich nicht ängstigen. Ich habe mir ausbedungen, daß der Käufer alles unverändert übernehmen muß.«

Sie mochte den rundlichen Mr. Jewells mit seiner großen Brille und den schmierigen Manieren nicht besonders, doch er tat seine Arbeit, wie er ihr jede Woche immer wieder versicherte. Da sie ganz offensichtlich entschlossen war, hatte er sich rasch verabschiedet.

Der Besuch von Paisleys Anwalt, Mr. Jeffrey Chaucer, hatte Arielle dann doch überrascht. Im Gegensatz zu Mr. Jewells etwas verwirrtem Verhalten hatte sich der Anwalt geradezu wild gebärdet.

Doch nun hatte sie einen Käufer, was sie den beiden jedoch noch nicht mitgeteilt hatte, weil sie nicht noch mehr Einwände hören wollte. Sie preßte ihre Nase näher an die Scheibe und sah, wie Mr. Lapwings Wagen die Auffahrt heraufkam.

Er sah etwas mitgenommen, wenn nicht sogar verzweifelt aus, dachte sie, als er hinter Philfer in den Wohnraum trat. Als wenn die Welt über ihm zusammengebrochen wäre. »Sir?« begrüßte sie ihn.

Mr. Lapwing streifte Dorcas mit einem kurzen Blick und sagte: »Ich würde gern vertraulich mit Ihnen sprechen, Lady Rendel!«

»Aber selbstverständlich!« entgegnete sie. Und als sie allein waren, fragte sie: »Was ist los, Sir?«

Lapwing holte tief Luft. »Jewells und Chaucer haben den Besitz ruiniert. Sie haben England inzwischen verlassen.«

Fassungslos starrte Arielle ihn an. »Aber – aber wie denn?«

»Sie haben Chaucer Anwaltsvollmacht gegeben. Daraufhin hat er Rendel Hall und das gesamte Pachtland bis zur Höchstgrenze verschuldet. Jewells hat seit dem Tod Ihres Mannes die Pacht eingezogen. Es ist nichts übrig, absolut nichts! Mein Gott! Es ist einfach lächerlich! Haben Sie denn niemals nachgeprüft? Haben Sie denn nicht…«

»Nein, ich habe geglaubt, was mir Mr. Chaucer und Mr. Jewells gesagt haben. Doch woher kam das Geld, das ich seit dem Tod meines Mannes…«

»Jewells hat es ganz einfach über Chaucer geborgt. Die beiden hätten vermutlich so weitergemacht, bis die Bank nichts mehr herausgerückt hätte.«

Sprachlos sank Arielle auf einen Stuhl. »Soll das heißen, daß ich keinen einzigen Penny mehr besitze?«

Lapwing nickte betreten. »Ich fürchte, das ist die Wahrheit. Ich werde die Gläubiger hinhalten, solange ich kann. Doch Neuigkeiten wie diese verbreiten sich leider immer blitzartig.« Er schluckte, als er ihr entsetztes Gesicht sah. »Es tut mir wirklich leid!«

»Das muß es auch, denn ich nehme an, daß nun mein Käufer kein allzu großes Interesse mehr hat. Aber das ist mir inzwischen auch gleichgültig!«

»Ich weiß es nicht. Ich habe bisher noch nicht wieder mit ihm gesprochen.«

»Wer ist es denn? Da ja ohnehin alles in Frage gestellt ist, können Sie es mir genauso gut sagen.«

»Es ist Burke Drummond, der Earl of Ravensworth.«

Arielle rang nach Luft und wurde leichenblaß.

»Mylady!« Lapwing streckte die Hand aus, doch Arielle zuckte automatisch zurück.

»Ich besitze also absolut nichts mehr, Sir?«

Er schüttelte den Kopf. »Nur noch ein bißchen Zeit. Ich hoffe, daß man Sie noch einen Monat schonen wird, doch das weiß ich noch nicht.«

Er überlegte, wohin sie sich wenden könnte. Ihren Halbbruder, Evan Goddis, konnte er absolut nicht leiden, doch wen hatte sie sonst? »Wissen Sie, wo sich Ihre Halbschwester im Augenblick aufhält?«

»Nein.« Dann hob sie den Kopf. »Ganz offenbar habe ich in einer Traumwelt gelebt. Ich habe zwar weder Mr. Jewells noch Mr. Chaucer völlig vertraut, aber da ich sie habe gewähren lassen, ist wohl alles meine eigene Schuld.«

Das ist die Wahrheit, dachte er und es schmerzte ihn. »Ich habe mir einige Gedanken über Ihre Lage gemacht, Arielle. Weshalb heiraten Sie denn nicht wieder?«

Sie zuckte zurück und wurde noch blasser, falls das überhaupt möglich war, doch sie sagte nichts, sondern schüttelte nur den Kopf.

»Seit dem Tod Ihres Mannes ist zwar noch kein ganzes Jahr vergangen, doch Sie haben keinen Spielraum mehr. Sie sind doch eine wunderschöne, junge Frau, und es gibt bestimmt viele Gentlemen, die...«

»Nein! Bitte, erwähnen Sie das nie wieder, Mr. Lapwing. Wenn Sie mit Lord Ravensworth sprechen, dann richten Sie ihm bitte aus, daß mein Besitz jetzt sehr billig zu haben ist.«

»Ja, das werde ich tun.«

»Gut«, sagte Arielle. Wenn Burke erfuhr, daß sie arm war, würde er sie vielleicht endlich in Ruhe lassen. »Bitte, entschuldigen Sie mich jetzt, Sir, aber ich muß noch über Verschiedenes nachdenken.«

Als Mr. Lapwing Burke von der veränderten Situation berichtete, lächelte dieser und rieb sich die Hände. »Jetzt habe ich sie!« stieß er hervor.

Und er schmiedete bereits Pläne, bevor Mr. Lapwing noch recht aus dem Haus war.

Sechstes Kapitel

Arielle traute ihren Augen nicht. Sie las Nestas Brief wieder und wieder und hätte am liebsten vor Erleichterung getanzt.

Nesta und Baron Sherard befanden sich augenblicklich in Boston und forderten Arielle auf, zu ihnen zu kommen und bei ihnen zu bleiben. Erst jetzt hatte sie nämlich Arielles Brief erreicht, in dem diese ihnen Paisleys Tod mitgeteilt hatte und der ihnen von Station zu Station ihrer Reise nachgeschickt worden war.

Arielle schickte ein Dankgebet zum Himmel und konnte es kaum erwarten, Dorcas die Neuigkeit mitzuteilen. Als sie in die Halle trat, sah sie gerade noch, wie Evan Philfer etwas zusteckte, was dieser rasch verschwinden ließ. Sie hatte schon immer vermutet, daß ihr Butler bestechlich war, doch nun hatte sie endlich den Beweis. Jetzt war ihr das allerdings völlig gleichgültig, denn in Kürze würde der alte Mann ohnehin seine Quittung bekommen.

Fröhlich begrüßte sie Evan. »Wie schön, daß du kommst, Evan. Da kann ich dir ja gleich meine Neuigkeit mitteilen.«

Philfer fuhr herum und erbleichte, doch Evan kam lächelnd zu ihr herüber. »Guten Morgen, meine liebe Schwester! Was gibt es denn Neues?«

»Du bist der erste, der es erfährt, Evan. Ich werde in Kürze nach Boston reisen.« Als er sie verständnislos anstarrte, fuhr sie fort: »Nesta ist dort! Sie hat mich eingeladen, und ich kann so lange bleiben, wie ich möchte!«

»Und was wird in der Zwischenzeit aus Rendel Hall und deinen Verpflichtungen?«

»Sprichst du von Paisley Cochranes Haus? Das wird schon alles seinen rechten Gang gehen.« Arielle hatte nicht die Absicht, ihm ihre schwierige Lage zu schildern. Er würde es noch früh genug erfahren, wenn die Gläubiger kamen und alles auflösten. Geordie war der einzige, um den sie sich sorgte, und sie wollte ihn gern mit nach Amerika nehmen, falls er damit einverstanden war.

»Dann wünsche ich dir alles Gute, Arielle! Soll ich in deiner Abwesenheit nach dem Rechten sehen?«

Am liebsten hätte sie ihm ins Gesicht gelacht, denn seine Habgier war so offensichtlich. »Aber natürlich, Evan. Du wirst dich bestimmt um alles kümmern.«

»Oh, aber selbstverständlich! Du kannst mir völlig vertrauen.«

Da es jedoch bestimmt nicht möglich war, ihm Vollmachten zu übertragen, ohne daß er von der Sache mit Jewells und Chaucer Wind bekam, machte sie einen Rückzieher. »Nun, vielleicht sollte ich es doch lieber nicht tun. Ich möchte es mir noch überlegen.« Weitere Erklärungen gab sie ihm nicht, sondern lächelte ihn nur strahlend an. »Bist du eigentlich aus einem bestimmten Grund gekommen, Evan?«

Am liebsten hätte er sie erwürgt! »Nein«, brachte er mühsam heraus. »Eigentlich nicht. Wann wirst du aufbrechen, und wer wird dich begleiten?«

»Ich fahre am Donnerstag nach Southampton.«

»Das ist ja schon in zwei Tagen!«

»Genau!« Sie hatte sich blitzartig entschieden, weil sie wußte, daß sie in einem so großen Hafen mit Sicherheit in der nächsten Zeit ein Schiff erreichen würde. »Ich werde Dorcas und Geordie mitnehmen, wenn sie einverstanden sind. Doch jetzt habe ich allerhand zu tun, lieber Bruder. Ich bin sicher, daß Philfer dich ebenso gern hinausbegleitet wie er dich hereingebeten hat.« Sie machte auf dem Absatz kehrt und ging summend davon, ohne sich weiter um ihn zu kümmern.

Etienne DuPons war aufgeregt und nervös, und außerdem schwitzte er beträchtlich, in seinem langen, schwarzen Mantel. Er hätte gern auf diese alberne Verkleidung verzichtet, doch Evan hatte darauf bestanden.

»Sie darf uns keinesfalls erkennen!« hatte er gesagt. »Später spielt es dann keine Rolle mehr.«

Etienne hielt sein Pferd sorgfältig im dichten Schatten einer gewaltigen Eiche. Als Vorreiter erwarteten sie Geordie, den er aus dem Verkehr ziehen sollte, wie man das nannte.

Und wo blieb Arielle?

Als er an sie dachte, mußte er sekundenlang die Augen schließen. Er sah wieder, wie sie vor ihm kniete, fühlte, wie ihre weiche Hand ihn streichelte und ihr Mund ihn berührte... Sein Stöhnen brachte ihn rasch wieder in die Gegenwart zurück.

Wo blieb sie nur?

Als sich plötzlich Hufschlag näherte, zog er eine Pistole aus seinem Gürtel, entsicherte sie und spähte vorsichtig durch das Laub. Erst als er erkannte, daß der Reiter ein Fremder war, zog er sich leise fluchend tiefer in den Schatten zurück.

Wo, zum Teufel, blieb sie nur?

Während Burke im Schatten eines Ahornbaums wartete, dachte er daran, daß er Arielle eigentlich noch nie gesagt hatte, daß er sie liebte. Daß er sie bereits seit drei Jahren liebte und sie heiraten wollte. Seit dem Freitag, an dem er sie geküßt und wütend zurückgelassen hatte, hatte er sie nicht mehr gesehen. Und als er von Mr. Lapwing erfahren hatte, daß sie alles verkaufen und davonlaufen wollte, war er beinahe verrückt geworden.

Er schüttelte den Kopf, während er weiterhin die Straße beobachtete. Es stimmte, daß er verrückt war, denn kein normaler Mensch würde tun, was er vorhatte. Ach, zum Teufel! Als er von Mr. Lapwing gehört hatte, daß Arielles Anwalt und ihr Verwalter sie um ihr gesamtes Vermögen gebracht hatten, war er auf der Stelle nach Rendel Hall geritten, wo man ihn erwartungsgemäß wieder nicht eingelassen hatte.

Nachträglich war er fast froh darüber, denn unter Umständen hätte er voreilige Dinge getan. Wieder ging ihm das Gespräch mit Mr. Lapwing durch den Kopf. Wenn er ihn an diesem Tag nicht aufgesucht hätte, hätte er niemals erfahren, was Arielle plante. Doch er war hingegangen.

»Falls Sie noch an dem Besitz interessiert sind«, hatte Mr. Lapwing gesagt und nervös einen Federhalter zwischen den Fingern gedreht, »dann können Sie ihn jetzt bestimmt günstig von den Gläubigern erwerben.«

Burke hatte den Kopf geschüttelt. Er hatte den Besitz ja nur kaufen wollen, um Arielle die Möglichkeit und die Mittel zu geben, sich frei für ihn zu entscheiden. Jetzt mußte er sich etwas anderes einfallen lassen.

»Für Lady Rendel ist Ihre Entscheidung ohnehin unerheblich.«

»Wie bitte?« hatte er gefragt. »Es tut mir leid, aber ich habe an etwas anderes gedacht. Was ist unerheblich?«

»Ihre Entscheidung, Mylord. Lady Rendel hat eine Einladung von ihrer Schwester aus Boston erhalten und wird morgen bereits abreisen. Im Augenblick befinden wir uns zwar noch im Kriegszustand mit den Amerikanern, doch es ist mir gelungen, eine Passage auf einem holländischen Handelsschiff zu bekommen.«

Burke hatte ihn nur angestarrt und begriffen, daß er unverzüglich handeln mußte.

»Ich bin tatsächlich verrückt«, brummte er vor sich hin, und sein riesiger, etwas grobknochiger Hengst Dandy, den Arielle nicht kannte, schnaubte, als wenn er ihm zustimmen wollte.

Als sich Hufschläge näherten, verhielt Burke sich absolut ruhig. Aller Wahrscheinlichkeit nach war das Geordie – und damit Joshuas Aufgabe. Er winkte kurz und sah, wie Joshua sein Zeichen erwiderte.

An dieser Stelle führte die Straße fast geradeaus, so daß sie Geordie bereits sehen konnten, als er noch ungefähr zehn Meter von ihnen entfernt war. Rasch zog sich Joshua die Maske vor das Gesicht und galoppierte aus seinem Versteck.

»Halt, oder ich schieße!«

Geordie zügelte seinen Wallach und wandte sich der Stimme zu. Verrückter Kerl! Bei ihm war doch nichts zu holen!

Ein Mann in einem langen schwarzen Mantel bedrohte ihn mit einer Pistole. »Keine falsche Bewegung! Absteigen!«

O Gott! dachte Geordie. Ein Amateur! Er stieg ab, ohne die Pistole in der behandschuhten Hand aus den Augen zu lassen.

»Legen Sie sich aufs Gesicht!«

Die Stimme klang irgendwie vertraut, doch Geordie konnte sich beim besten Willen nicht erinnern.

Rasch fesselte Joshua Geordies Hände auf dem Rücken und zog ihm dann eine Maske über das Gesicht. »Los! Gehen wir!« befahl er und riß ihn hoch. »Wenn Sie mir Schwierigkeiten machen, erschieße ich Sie!«

»Sie sind verrückt«, entgegnete Geordie. »Was wollen Sie denn ausgerechnet von mir?«

»Nichts«, erwiderte Joshua wahrheitsgemäß und verschwand mit seinem Gefangenen im Gebüsch. Dort wandte er sich kurz um, winkte Burke zu und war wenige Augenblicke später verschwunden.

Burkes Spannung steigerte sich. Sein Herz schlug schneller, und seine Hände wurden feucht. Und dann erblickte er den Wagen. Jetzt wurde es ernst! Er ritt in die Mitte der Straße, zog seine Pistole und wartete.

Als der Fahrer, Samuel, begriff, daß der schwarze Reiter vor ihm auf der Straße eine Pistole auf ihn gerichtet hielt, stand er auf und brachte die Pferde mit aller Macht zum Stehen. Arielle wollte sich abstützen, doch sie wurde trotzdem auf die gegenüberliegende Sitzbank neben Dorcas geschleudert.

Dann rappelte sie sich hoch und steckte ihren Kopf aus dem Fenster. »Sam, was, in aller Welt…« Ihre Stimme erstarb, als sie den Straßenräuber erblickte. »Was wollen Sie?« herrschte sie ihn an, während sie an den Inhalt ihres Beutels dachte. Die hundert Pfund waren ihr einziger Besitz. Es war wirklich nicht gerecht! Wo steckte nur Geordie?

»Aussteigen!« kommandierte der Mann.

»Nein!« rief Dorcas und umklammerte Arielles Arm.

»Lassen Sie mich los, Dorcas! Wahrscheinlich hat er es nur

auf mein Geld abgesehen und läßt uns dann fahren.« Mutig öffnete sie die Tür und sprang auf die staubige Straße. Wo war Geordie, wo steckte er nur?

Burke starrte sie an. Sie war wirklich zauberhaft schön, aber blaß und ängstlich. Sein Atem beschleunigte sich. »Kommen Sie zu mir!« verlangte er und versuchte, seine Stimme zu verstellen, so daß sie ihn nicht erkannte.

»Nehmen Sie lieber mein Geld!« rief sie und warf ihm ihren Beutel zu.

Burke fing ihn und wog ihn in der Hand. »Wieviel?«

»Bestimmt genug«, erwiderte Arielle zähneknirschend.

»Ich werde es später zählen. Dann werden wir entscheiden. Wohin geht denn die Reise?«

Während sein Pferd ganz langsam auf das Mädchen zuging, sah er, wie sie noch blasser wurde.

»Nach Southampton«, stieß sie hervor. »Verschwinden Sie doch endlich! Was wollen Sie denn noch? Was haben Sie mit meinem Vorreiter gemacht?«

»Ihm ist nichts geschehen, das verspreche ich!«

»Gehen Sie weg! Ich muß mein Schiff erreichen! Es fährt morgen früh, und es ist meine letzte Chance.«

»Und wohin fährt es?« Er war ihr bereits ganz nah.

»Nach Boston, zu meiner Schwester. Können Sie denn niemand anderen ausrauben? Ich habe wirklich nicht viel Geld, und ich brauche es dringend! Ich kann...«

Blitzartig griff Burke nach ihr, so daß sie vor lauter Schreck ihren Satz nicht beenden konnte. Er umfaßte ihre Taille und galoppierte dabei bereits mit ihr davon, während sie sich wie eine Wilde gegen ihn wehrte. Doch wenige Augenblicke später hatte er sie überwältigt und bäuchlings vor sich auf den Sattel gedrückt. Er hörte noch, wie Dorcas schrie und sah das verblüffte Gesicht des Kutschers, der die Szene mit offenstehendem Mund beobachtet hatte.

»Ihr wird nichts geschehen!« rief er zurück.

Als Arielle sich wieder zu wehren versuchte, drückte er

sie energisch zurück. »Sei vernünftig, Arielle, sonst passiert dir noch etwas!« Während er Dandy die Sporen gab und sie die Straße entlang davongaloppierten, fiel ihm plötzlich auf, daß er sie beim Namen genannt hatte, und er fluchte im stillen.

Keuchend fragte Arielle: »Woher kennen Sie mich? Wer sind Sie?«

Er schwieg, denn er wollte sich nicht zu erkennen geben, solange sie so hilflos vor ihm auf dem Sattel hing.

»Wohin bringen Sie mich?« preßte sie hervor, während ihr Gesicht gegen seinen Schenkel gedrückt wurde. Sogar durch den dicken Mantelstoff hindurch konnte sie das Spiel seiner Muskeln fühlen. Durch die schaukelnde Bewegung des Pferdes wurde ihr zunehmend schwindlig. »Ich fürchte, ich muß mich übergeben, wenn ich mich nicht aufsetzen darf!«

»Also gut«, gestand er stirnrunzelnd zu und brachte sein Pferd zum Stehen. Dann zog er sie hoch und setzte sie rittlings vor sich auf den Sattel. Dabei schob sich ihr Rock ein wenig hoch, so daß er ihre hübschen Beine bewundern konnte. Er schluckte heftig.

Dann faßte er um sie herum die Zügel und warnte sie: »Keine falsche Bewegung!«

»Wer sind Sie? Was wollen Sie von mir?«

Er schwieg.

»Wohin bringen Sie mich?«

Seine Arme umfaßten sie nur fester. »Sei still!« zischte er leise direkt in ihr linkes Ohr.

Arielle war verzweifelt. Diese Situation war zuviel für sie. Soeben erst hatte sie begonnen, ihre Freiheit zu genießen, und schon war alles wieder vorbei! Er schien stark und kräftig zu sein, und sie fürchtete sich vor ihm. Im Augenblick hätte sie alles darum gegeben, eine Pistole zu besitzen. »Was haben Sie mit Geordie gemacht?«

Burke hörte die Angst in ihren Worten. »Ihm wird nichts geschehen. Das verspreche ich.«

»Dann sagen Sie mir doch, was Sie wollen!«

»Bald. Ruhe dich jetzt lieber ein bißchen aus, denn wir haben noch einen weiten Weg.«

Dieser Mensch mußte tatsächlich verrückt sein! Wie konnte sie in dieser Situation überhaupt nur an Ruhe denken! Doch die gleichmäßige Bewegung und der überstandene Schrecken zeigten irgendwann Wirkung, und kurze Zeit darauf war sie tatsächlich eingeschlafen. Burke war sehr erleichtert, denn das ersparte es ihm, ihr die Augen verbinden zu müssen.

Er bettete Arielle in seine Armbeuge und hatte endlich Zeit, das Mädchen zu betrachten. Er war wirklich verrückt, dachte er wieder, während er vorsichtig die Hutnadeln entfernte, bevor er ihr die verrutschte Kappe abnahm. Dann fuhr er mit den Fingern durch ihr wunderschönes, leuchtendes Haar. Er stellte sich vor, daß es ihr Gesicht wie ein Strahlenkranz umgab, während sie auf seinem Bett lag und er sich über sie beugte und spürte, wie sie ihre Schenkel für ihn öffnete.

Sein leises Stöhnen riß ihn ziemlich unvermittelt aus seinem schönen Traum, und er konzentrierte sich wieder auf den Weg. Dandy legte ein hübsches Tempo vor, so daß es bis zum Jagdhaus von Knight Winthrop, das etwa zwei Meilen nördlich von Shepherd Smeath lag, nicht mehr allzu weit war. Kurze Zeit später erreichten sie eine Gabelung, an deren Wegweiser sich Burke erinnerte. Links ging es nach Rowhams und rechts nach Shepherd Smeath. Kurz nach der Gabelung verengte sich die Straße, und mächtige Eichen bildeten ein dichtes Dach, unter dem sie entlangritten. Dann passierten sie Hookham Farm, wie Knight es beschrieben hatte, und bogen kurz darauf in einen Seitenweg ab, der direkt zu einem kleinen, zweistöckigen Haus führte. Es war von oben bis unten mit Efeu bewachsen, und rundherum duftete es nach Sommerrosen und Hibiskus.

Burke war erleichtert, daß Arielle immer noch schlief. Vorsichtig stieg er vom Pferd und hielt sie dabei fest im Arm. Dann schloß er die Tür auf und trug seine Last nach oben, wo er sie im hübsch möblierten Schlafzimmer des Hausherrn aufs Bett legte. Sorgfältig deckte er sie zu, bevor er das Zimmer wieder verließ und die Tür hinter sich abschloß. Als nächstes führte er Dandy in den kleinen Stall hinter dem Haus, versorgte ihn und kehrte kurze Zeit später ins Haus zurück.

Als Arielle erwachte, blieb sie erst einmal ganz still liegen. Sie saß nicht mehr auf dem Pferd und wurde auch nicht mehr festgehalten. Vorsichtig blickte sie sich um und stellte fest, daß sie unter einer dünnen Wolldecke auf einem breiten, mit Brokat bezogenen Himmelbett lag. Sie war völlig angezogen und trug sogar noch ihre Schuhe.

Ihr Entführer war nirgendwo zu sehen. Ganz langsam setzte sie sich auf und blickte sich im Raum um. Sie hatte keine Ahnung, wo sie war, und auch der schwere, geschnitzte Eichenschrank und die kleine Kommode mit der Waschschüssel und dem Krug aus feinem Porzellan halfen ihr nicht weiter. Die Tür war natürlich verschlossen, worauf Arielle rasch zu den Fenstern hinüberging und die Gardinen zur Seite schob. Das Schlafzimmer befand sich im ersten Stock, doch das schreckte sie nicht. Rasch entriegelte sie das Fenster und schob es nach oben. Von der Brüstung bis zum Boden waren es schätzungsweise vier Meter. Höchstwahrscheinlich würde sie sich ein bißchen verletzen, aber trotzdem…

In diesem Augenblick öffnete sich die Tür. Arielle, die gerade einen Fuß auf die Fensterbank gesetzt hatte, fuhr herum und umklammerte vor Schrecken den Fensterrahmen. »Burke!« entfuhr es ihr, während sie überhaupt nichts mehr begriff.

»Komm her, Arielle! Sonst fällst du noch aus dem Fenster.«

»Auf keinen Fall!« entgegnete sie trotzig und stellte einen Fuß auf das schmale Sims außerhalb des Fensters. »Bleiben Sie, wo Sie sind, oder ich werde hinunterspringen!«

»Weshalb denn?«

»Weshalb was?«

»Weshalb willst du denn aus dem Fenster springen?«

»Also gut, ich war voreilig. Sagen Sie mir, was Sie von

mir wollen, und dann werde ich mir überlegen, ob ich springe.«

Mit Schreien, Weinen, Tränen hatte er gerechnet, aber nicht mit einer Diskussion zwischen Himmel und Erde. Sie schien völlig ruhig zu sein. »Du hast mich ja nicht in dein Haus gelassen«, sagte er und wußte im selben Augenblick, daß er es falsch angefangen hatte, doch er war verwirrt.

»So? Evan durfte es doch auch nicht, denn schließlich ist es – war es mein Haus. Doch er hat den Butler bestochen.«

»Das hätte ich wissen müssen!«

»Mylord, ich frage noch einmal: Was wollen Sie von mir?«

»Nun, es ist schon spät. Ich werde mich erst einmal ums Essen kümmern.« Damit drehte er sich um und ging zur Tür.

»Warten Sie!« rief sie hinter ihm her, doch er drehte sich nicht um. »Das ist ja lächerlich! Ich habe keinen Hunger. Ich will viel lieber erfahren, weshalb ich hier bin!«

»Später«, hörte sie noch.

Als sich der Schlüssel im Schloß drehte, stand sie immer noch mit einem Bein auf dem Sims außerhalb des Fensters und wußte absolut nicht, was sie tun sollte. Seltsamerweise war ihre Angst ein wenig geringer geworden. Burke war ein Gentleman, mit dem man bestimmt reden konnte. Jedenfalls hoffte sie das. Weshalb hatte er sie wohl entführt? Sie erinnerte sich wieder an den Augenblick, als er sie geküßt hatte, und meinte, seine Zunge auf ihren Lippen zu spüren und die Hitze seines Körpers. Und plötzlich wußte sie, was er von ihr wollte.

Er wollte sie zu seiner Geliebten machen und sie ebenso grausam behandeln, wie Männer das mit ihren Frauen taten. Doch dann überlegte sie, daß sie ihre Geliebten wahrscheinlich besser behandeln mußten, da sie ja nicht durch ein Versprechen an sie gebunden waren und sie jederzeit verlassen konnten. Ja, möglicherweise war es vielleicht sogar erstrebenswerter, nur eine Geliebte zu sein.

»Aber ich werde es trotzdem nicht tun!« schwor sie laut. Sie wollte lieber den schweren Eichenschrank vor die Tür rücken, denn er sah stabil genug aus, um einer Belagerung standzuhalten. Sie begann zurück ins Zimmer zu klettern, doch als ihr Rock an einem Vorsprung hängenblieb, wurde sie durch den Ruck zurückgerissen. Sie verlor die Balance, schrie einmal laut auf und stürzte hinunter.

Siebtes Kapitel

Hobhouse

Arielle drehte sich in der Luft einmal um sich selbst und starrte dann in Burke Drummonds entsetztes Gesicht. Ich werde ihn zermalmen! war der einzige Gedanke, der sie beherrschte.

Und genau das tat sie. Burke ließ die Leiter fallen und streckte instinktiv die Arme aus, doch das half nichts. Arielle landete mit voller Wucht auf seiner Brust und brachte ihn aus dem Gleichgewicht, so daß sie beide zu Boden krachten.

Da es am Tag zuvor geregnet hatte und das Gras dicht und feucht war, war der Aufprall nicht ganz so stark. Obwohl Burke der Atem aus dem Brustkorb gepreßt wurde, umklammerte er Arielle, die der Länge nach auf ihm lag.

Arielle empfand plötzlich panische Angst, doch nicht um sich selbst, sondern um ihn. Sie versuchte, sich zu befreien, doch das gelang ihr nicht. »Burke! Ist alles in Ordnung? Geht es dir gut? Burke!«

Er öffnete ganz langsam ein Auge und sah ihr mitten ins Gesicht. Es machte ihn glücklich, daß sie offenbar schreckliche Angst hatte, ihn umgebracht zu haben. Wie gern hätte er länger das Gefühl genossen, daß sich ihr Körper so eng an seinen schmiegte, doch der Gedanke, daß sie ihn so sehr hassen oder fürchten könnte, daß sie deshalb aus dem Fenster gesprungen war, ließ ihn innehalten.

Ohne Vorwarnung rollte er sich mit ihr zusammen auf die Seite, so daß er sie besser ansehen konnte. »Weshalb bist du heruntergesprungen?«

»Bin ich nicht! Ich wollte den Schrank vor die Tür rücken, doch als ich wieder ins Zimmer klettern wollte, ist mein Rock hängengeblieben und ich habe das Gleichgewicht verloren und bin heruntergefallen. O Gott, es ist einfach entsetzlich! Was wollen Sie von mir, Burke?«

Er fühlte sich grenzenlos erleichtert, daß sie nicht absichtlich gesprungen war. »Zuerst einmal möchte ich, daß du wieder ›du‹ zu mir sagst, wie gerade eben, und dann möchte ich schnellstens ins Haus gehen, weil es gleich regnen wird.«

Als er aufstand, zog er sie mit sich. »Komm jetzt!« Er packte ihre Hand, doch als Arielle ihre Beine gegen den Boden stemmte, zerrte er sie einfach mit sich.

»Ich muß nach Southampton!« protestierte sie, doch er reagierte nicht, sondern schob sie energisch ins Haus und knallte die Tür hinter ihnen zu. »Wo sind Dorcas und Sam, und was ist aus Geordie geworden? Falls sie verletzt wurden, werde ich…«

»Den Schrank hätte ich mit Leichtigkeit beiseite gerückt«, unterbrach er sie. Dann ließ er sie los und betrachtete sie. Ihr Haar hing in Strähnen herunter, ihr gelbes Kleid war unter dem rechten Arm eingerissen und eines ihrer Schuhbänder hatte sich gelöst. Sie sah einfach wundervoll aus!

»Der Schrank ist aus Eichenholz und sehr schwer.«

»Trotzdem! Schließlich bin ich ein Held, wie du mir einmal gesagt hast, und Helden können schwere Schränke mit Leichtigkeit rutschen.« Er lachte sie an. »Ist es nicht schön hier? Dieses Jagdhaus gehört einem Freund von mir. Es heißt Hobhouse.«

Arielle schenkte der Balkendecke, der wunderschönen Täfelung und den bleiverglasten Fenstern kaum Beachtung. »Das ist mir alles gleichgültig! Ich möchte nur weg!«

Er trat einen Schritt auf sie zu, doch als sie zurückschreckte, hielt er inne. Er erkannte die Angst in ihren Augen und fühlte sich unwohl. Es war nur natürlich, daß sich eine Frau fürchtete, die mit einem Mann, mit dem sie nicht verheiratet war, allein in einer Jagdhütte, mitten in der Wildnis, saß.

»Hab keine Angst!« beruhigte er sie. »Komm, wir gehen jetzt ins Wohnzimmer, trinken einen Sherry und besiegeln unsere Freundschaft.«

»Ich möchte lieber fort«, wiederholte Arielle.

»Noch nicht.« Er streckte die Hand aus und fuhr in energischerem Ton fort, wie er das als Kommandant gelernt hatte: »Und falls du nicht gehorchst, werde ich dich eben tragen!«

Sie wußte, daß sie keine andere Wahl hatte, als ihm zu gehorchen, denn ohne Zweifel war er in der Lage, sie zu allem zu zwingen.

Sie nahm sich vor, auf seine Wünsche einzugehen. Außerdem war ein Glas Sherry noch nicht das Schlimmste. Sie zuckte die Achseln und ging zwei Schritte, bis sie über eines ihrer Schuhbänder stolperte.

»Bleib stehen!« sagte Burke. Dann bückte er sich und befestigte das Band um ihren Knöchel. Arielle sah indessen auf sein dunkles Haar hinunter und dachte unwillkürlich an Paisley, der an dieser Stelle kahl gewesen war. Sie schüttelte sich, doch sofort zwang sie sich zur Ruhe.

»Fertig«, verkündete Burke und lächelte sie an. »Aber ich hätte dich auch gern getragen.«

Wortlos ging sie an ihm vorbei, in den Wohnraum, der mit einem blaßblauen Sofa, zwei passenden Sesseln und verschiedenen Tischchen ebenso stilvoll möbliert war wie der Schlafraum im oberen Stockwerk. Ein dicker, rosafarbener Teppich bedeckte den Boden.

Burke ging zu einem Tischchen hinüber und schenkte zwei Gläser ein. Als er Arielle eines reichte, berührte er ihre eiskalten Finger und runzelte die Stirn. »Ist dir kalt?«

»Nein«, antwortete sie. Sie hatte nur Angst.

»Komm, setz dich, Arielle!«

Sie gehorchte und nahm auf dem Sofa Platz. Nach längerem Schweigen brach es dann ganz plötzlich aus ihr heraus. »Ich werde keinesfalls deine Geliebte. Du kannst mich also genauso gut gleich nach Southampton bringen.«

Er war so verblüfft, daß ihm die Worte fehlten. Langsam ging er zum Kamin hinüber, lehnte sich gegen den Sims und betrachtete gedankenvoll sein Glas. »Vielleicht irre ich mich ja«, sagte er schließlich, »doch ich kann mich nicht erinnern, daß ich dich jemals um eine derartige Gunst gebeten hätte.«

»Ich hoffe sehr, daß du bereits eine hast!«

»Nun – eigentlich ja, aber nur bis…«

»Na, wunderbar! Dann laß doch mich in Ruhe!« Sie stürzte ihren Sherry in einem Zug hinunter und sprang auf.

»Setz dich wieder hin, Arielle!«

Sie kannte diesen herrischen Ton nur zu gut und erschauerte. Wie gebannt blickte sie auf ihre Hände und wagte nicht, den Blick zu heben.

»Du glaubst also tatsächlich, daß ich eine Frau entführen muß, wenn ich meine Lust befriedigen will? Das ist ja wirklich kein sehr großes Kompliment!«

»Nun ja, – ach, ich weiß nicht!«

»Oder glaubst du vielleicht, daß ich dich jetzt nur noch als Geliebte begehre, weil du nichts mehr besitzt?«

»Demnach hat Mr. Lapwing das auch schon ausgeplaudert.«

»Ja, er war sehr hilfsbereit. Einen Earl unter seinen Mandanten zu haben, bedeutet ihm in bezug auf seine junge Frau sicher sehr viel. Er hat mir auch von deiner geplanten Reise nach Amerika berichtet.«

Arielle hatte ihre eigene Meinung, was das Verhältnis zwischen alten Männern und jungen Frauen betraf. Wenn Burke darüber sprach, hätte man meinen können, daß die junge Frau Mr. Lapwing dirigierte.

»Ich bin jetzt tatsächlich arm«, sagte Arielle. Solange er dort am Kamin stehenblieb, war die Entfernung zwischen ihnen groß genug, so daß sie sich mit ihm unterhalten konnte. »Die hundert Pfund in meinem Beutel sind alles, was ich habe. In Zukunft werde ich bei meiner Halbschwester in Boston leben.«

»Außerdem«, fuhr Burke fort, ohne auf ihre Worte einzugehen, »hat Mr. Lapwing mir von deinem Halbbruder, Evan Goddis, erzählt, der ja ein ziemlicher Halunke sein muß. Wolltest du eigentlich den unehelichen Sohn deines Mannes, diesen Etienne DuPons, heiraten?«

Empört sah sie ihn an. »Ich bin doch nicht verrückt!«

Zu ihrer Überraschung lachte er. »Aber ich, mein Liebes! Als ich heute deinen Wagen anhielt, war mir klar, daß es keine Rettung für mich gibt. Ich habe mich damit abgefunden, verrückt zu sein. Und das ist allein deine Schuld!«

Diesen Vorwurf kannte Arielle nur zu gut, und sie wollte nicht näher darauf eingehen. »Ich möchte jetzt aber wirklich weg!«

»Es tut mir leid, aber das kann ich nicht zulassen.«

»Und weshalb nicht? Du hast doch selbst gesagt, daß du mich als Geliebte gar nicht willst...«

»Wenn du das sagst...«

»Mach dich nicht über mich lustig!«

»Also gut«, sagte er und wurde plötzlich sehr ernst. »Als Geliebte will ich dich tatsächlich nicht...«

»Wozu dann das alles?« Ihre großen, klaren Augen blickten mitten in seine Seele.

»Ich möchte dich heiraten.«

Arielle zog sich ganz in sich zurück und preßte sich gegen die Sofalehne. *Heiraten!* »Du bist ja verrückt!« flüsterte sie.

»Darüber sind wir uns doch längst einig. Ich meine es ganz ernst, Arielle. Ich habe dich vom ersten Augenblick unserer Begegnung am Bunberry Lake begehrt und anfangs gegen mein Gefühl angekämpft, weil du noch so verdammt jung warst. Doch die Gedanken an dich haben mich nach Spanien und Frankreich begleitet. Nach der Schlacht von Toulouse hast du mir Kraft gegeben, die Bilder zu ertragen, die normalerweise die Seele eines Mannes zerstören. Ich wußte damals nicht, daß du verheiratet warst, weil einer von Lannies Briefen verlorengegangen ist. Inzwischen ist dein Mann jedoch tot, und ich bin am Leben. Und du bist frei! Heirate mich, Arielle! Werde meine Geliebte und die Mutter meiner Kinder!«

Arielle starrte ihn an und sah in Gedanken vor sich, was er ihr in Zukunft antun würde. Er war so groß, stark und mächtig. Der Schmerz, den er ihr zufügen würde, war die Realität, und nicht die Worte, die er ihr zuflüsterte. Ihm würde sie niemals entkommen können! O Gott, diese schrecklichen Schmerzen! Ein erstickter Seufzer entrang sich ihr, als sie langsam den Kopf abwandte. Dann stand sie auf und ging zur Tür.

»Arielle?«

Ihre Hand lag bereits auf der Klinke.

»Geh nicht! Komm wieder her!«

Sie schüttelte nur den Kopf, wandte sich aber nicht um.

»Komm her!«

Wieder diese energische Stimme.

Sie drückte die Klinke nieder, doch die Tür ließ sich nicht öffnen, denn über ihrem Kopf drückte seine Hand dagegen. Sie hatte ihn nicht kommen hören. Ergeben schloß sie die Augen. Daß er sie heiraten wollte, war absoluter Wahnsinn.

»Und wenn ich dich nicht heiraten will?« flüsterte sie und empfand gleichzeitig tiefe Angst. Wie würde er reagieren? Würde er sie schlagen?

Doch Burke schwieg. Er sah auf sie hinunter und hätte so gern gewußt, was in ihrem kleinen Kopf vorging. »Hast du denn deinen Mann so sehr geliebt?«

Sie verzog das Gesicht. »Wie kommst du denn darauf?«

»Du scheinst immer noch um ihn zu trauern.«

»Nein, ganz und gar nicht.«

»Du wirst meine Frau, Arielle! Ich bin fest entschlossen. Wenn du behauptest, daß ich dich unter Druck setze, dann hast du recht, aber ich lasse dich erst von hier fort, wenn du mich geheiratet hast.«

»Nein!« Schreiend fuhr sie herum und schlug hemmungslos auf ihn ein, bis er sie so eng in die Arme schloß, daß sie sich nicht mehr bewegen konnte. Weshalb hatte sie nur so heftig reagiert, dachte sie entsetzt. Jetzt würde er sie bestimmt bestrafen. Sie fühlte, wie die Angst vor dem Kommenden in ihr hochkroch, und während ihr die Tränen über das Gesicht liefen, wartete sie auf das Unvermeidliche.

Doch Burke hob nur seine Hand, um ihren Kopf gegen seine

Schulter zu drücken. »Pst!« flüsterte er und küßte sie aufs Haar. »Es ist alles gut, Arielle! Nein, nein, Liebes, weine nicht! Bitte, nicht!«

Sie begriff überhaupt nichts mehr. Wahrscheinlich wollte er sie nur in Sicherheit wiegen, um sie dann umso tiefer zu verletzen. Er war doch so stark, und sie hatte nicht die geringste Chance gegen ihn. Sie kämpfte nicht mehr, sondern lehnte sich nur an ihn und wartete. Doch nichts geschah.

Sie wartete noch einige Zeit weiter, doch es geschah immer noch nichts.

»Möchtest du vielleicht eine Tasse Tee?«

»Ja«, antwortete sie und hoffte nur, daß er sie endlich loslassen würde, damit sie wieder ein wenig Abstand gewinnen konnte. Während ihrer qualvollen Zeit mit Paisley hatte sie gelernt, von Augenblick zu Augenblick zu reagieren.

»Ich verstehe dich nicht. Du bist mir ein Rätsel.«

»Du bist schließlich ein Mann«, sprudelte es aus ihr heraus, »und nichts, was ich sage oder tue, interessiert dich wirklich.«

»Glaubst du tatsächlich, daß mir deine Gefühle gleichgültig sind?« Er war ehrlich verblüfft.

»Nun gut, falls dir meine Gefühle tatsächlich etwas bedeuten, dann höre mir gut zu: Ich möchte fort von hier. Ich möchte weder dich noch irgendeinen anderen Mann jemals heiraten. Niemals, hörst du?«

»Ja, ich höre dich ausgezeichnet. Du schreist ja laut genug. Ich bin nur froh, daß keine Dienerschaft anwesend ist. Die müßten ja meinen, daß hier jemand umgebracht wird!«

Diese Scherze brachten Arielle wieder völlig außer Fassung.

»Arielle«, sagte er und trat einen Schritt näher, doch als sie zurückwich und erbleichte, blieb er stehen. »Was ist los mit dir? Ich will dir doch nichts tun!«

Er spielte dieses männliche Spiel nach Regeln, die sie nicht kannte. Paisleys Schliche und Verhaltensweisen hatte sie zum Schluß so gut durchschaut, daß sie nicht mehr darauf hereinfiel. Doch Burke sah so zuverlässig aus, schien es so gut zu meinen. Trotzdem traute sie ihm nicht. Sie schüttelte den Kopf und spürte, wie sie sich voller Abwehr verkrampfte.

Als er sich neben sie setzte und ihre Hand nahm, spürte er ihren inneren Widerstand, obwohl ihre Hand schlaff in der seinen lag. »Wirst du mich heiraten, Arielle?«

Er fühlte, wie sie erschauerte. Arielle betrachtete die Hand, die auf ihrer lag, eine große, kraftvolle und leicht gebräunte Hand, die ihr die Kleider herunterreißen und ihr Qualen zufügen konnte. Genauso gut konnte sie sich um ihre Kehle legen und ihr die Luft abschnüren, bis sie ohnmächtig war.

»Und wenn ich es nicht tue, was machst du dann?«

Er lächelte sie an, doch sie ließ sich nicht täuschen, sondern blieb steif und aufrecht sitzen.

Er zuckte die Achseln. »Wir werden eben hierbleiben, bis du einverstanden bist. Wir können genauso gut nach Frankreich oder Italien fahren, nur zu deiner Halbschwester möchte ich erst, wenn du mit mir verheiratet bist.«

Plötzlich strahlte sie voller Hoffnung. »Wirst du wirklich mit mir zu Nesta fahren?«

»Wenn wir verheiratet sind, können wir überallhin fahren.«

Sie schüttelte ihren Kopf. »Nein, nein, lieber nicht. Du tust es ja doch nicht. Du lügst mich an.«

»Nein, bestimmt nicht. Du solltest mir das nicht einfach so unterstellen. Ich werde mit dir zu deiner Schwester fahren. Das verspreche ich dir.«

»Wirklich? Ganz bestimmt?«

Er lächelte über die widerstreitenden Gefühle, die sich auf ihrem Gesicht spiegelten. Im Augenblick war sie sogar imstande, seine Werbung zu akzeptieren, nur um ihn verlassen zu können.

Irgendwie war sie ihm ein Rätsel. Er wollte ihr schon sagen, daß sie fahren würden, sobald sie ein Kind von ihm erwartete, doch er schwieg. Sollte sie ruhig Pläne machen! In der Zwischenzeit würde er das Zaubernetz um sie weben, wie sie es vor drei Jahren mit ihm gemacht hatte! Es mußte ihm einfach gelingen!

Er ließ ihre Hand los, lehnte sich zurück und kreuzte die Arme vor der Brust. »Heirate mich, und wir machen augenblicklich Pläne für unseren Besuch in Amerika!« Er lachte sie an.

»Weshalb suchst du dir nicht jemanden, der dich mag? Was du getan hast, ist doch völlig verrückt!«

»Ich hätte dir ja auch nach Amerika folgen können, doch ich war um deine Sicherheit besorgt, da sich die beiden Länder ja noch immer im Krieg befinden.«

Verblüfft starrte sie ihn an. »Du hast mich also nur entführt, um mich zu retten?«

»So kann man es ausdrücken.«

Völlig unvermittelt erinnerte sich Arielle plötzlich an den Nachmittag vor drei Jahren, als sie diesen eindrucksvollen Helden bewundert hatte. Sie hörte auch wieder, wie er sie sanft und spöttisch geneckt hatte – eigentlich genau wie heute. Nein – Arielle schüttelte den Kopf – diese kleine, verrückte Närrin existierte nicht mehr. Sie hatte damals nicht gewagt, an die Zuneigung eines so eindrucksvollen Mannes zu glauben, aber insgeheim hatte sie ihre romantischen Gefühle gehegt, bis ihr Vater plötzlich gestorben war.

Danach hatte sie den Kummer kennengelernt. Sie war mit Paisley Cochrane verheiratet worden und hatte begriffen, daß Männer ihre Frauen genauso benutzten, wie sie es mit Pferden, Hunden und Dienern taten. Und ohne nachzudenken, fragte sie ihn: »Hast du wirklich eine Geliebte?«

»Ja, doch mit Sicherheit nur bis zu unserer Hochzeit, denn danach werde ich dich keine einzige Sekunde von meiner Seite lassen. Für eine Geliebte ist dann kein Raum mehr.«

Weil du dann alles tun mußt, was sie jetzt tut! hätte Arielle am liebsten ergänzt. Wenn er jedoch seine Geliebte behielt, ließ er sie vermutlich in Frieden. »Wie heißt sie?« fragte sie ganz ruhig.

»Laura.« Er schüttelte den Kopf. »Weshalb möchtest du das wissen?«

Sie zuckte die Achseln. »Es ist ein schöner Name. Vielleicht möchtest du das Mädchen ja lieber behalten?«

Burke konnte kaum glauben, daß Arielle ihre Worte ernst meinte. »Nein, das möchte ich bestimmt nicht, denn ich finde es entsetzlich, wenn ein verheirateter Mann seine Frau betrügt und belügt.«

Mit diesen Sätzen hätte er das kleine Mädchen von vor drei Jahren sicherlich überzeugen und beeindrucken können, doch nicht Arielle Leslie Cochrane, Lady Rendel! »Ich halte das nicht für so wichtig.«

»Soll das heißen, daß du dir als meine Frau ohne Gewissensbisse einen Liebhaber nehmen würdest?«

Diese Vorstellung war so lächerlich, daß sie kicherte. »Einen Liebhaber?«

»Ja oder nein?«

Sie schüttelte den Kopf und gab kleine, glucksende Laute von sich.

»Das ist die verrückteste Unterhaltung, die ich je geführt habe, Arielle! Willst du mich heiraten?«

Mit einem Schlag erstickte das Lachen. Sie sah ihn an, doch sie ließ sich nicht täuschen. Sie hatte viel zuviel Angst, noch einmal abzulehnen. »Ich – ich weiß nicht. Ich möchte dich um Zeit bitten, damit ich es mir überlegen kann.«

»Das ist doch immerhin ein Anfang«, entgegnete er und lächelte.

Sie seufzte erleichtert. Offenbar hatte sie genau die richtigen Worte gefunden. Ganz langsam stand sie auf und erwartete in jedem Augenblick, zurückgezogen zu werden, doch er berührte sie nicht. »Ich möchte mich ein wenig hinlegen.«

»Aber du wirst nicht wieder aus dem Fenster springen, oder?«

»Nein.« Doch sie dachte an zusammengeknotete Betttücher.

»Oh, bevor ich es vergesse: Ich habe deine hundert Pfund an mich genommen. Falls es dir also gelingen sollte, unverletzt den Erdboden zu erreichen, ohne mich ein weiteres Mal zu zerschmettern, wirst du trotzdem nicht allzu weit kommen.«

Sie wirbelte herum. »Dazu hattest du kein Recht! Du hast mich bestohlen! Ich hasse dich!« Dann warf sie die Tür hinter sich zu und lief nach oben.

Burke blieb still sitzen. Wenn sie unbedingt wegrennen wollte, sollte er sie eigentlich gehen lassen. Doch er wußte genau, daß er das nicht konnte. Er glaubte fest daran, daß sie ihn eines Tages lieben würde. Er mußte ihr nur Zeit lassen – aber nicht genug, um irgendwelche Bettücher zusammenzuknoten. Vielleicht sollte er sie doch besser in dem kleinen Schlafraum einsperren, dessen Fenster so schmal waren, daß man sich nicht hindurchzwängen konnte.

Während er die Treppe hinaufstieg, dachte er an ihre Unterhaltung, falls man das überhaupt so nennen konnte. Arielles zwischen Unterwürfigkeit und Trotz schwankendes Benehmen war ihm unerklärlich, aber sie würden es schon noch lernen, einander zu verstehen. Jedenfalls wollte er nicht von seiner eingeschlagenen Linie abweichen.

Er konnte es einfach nicht. Hatte sie ihn vielleicht belogen und trauerte sie doch immer noch um ihren verstorbenen Mann? Nein, das glaubte er eigentlich nicht. Irgend etwas stimmte nicht mit diesem Mädchen, doch mit der Zeit würde er es schon herausfinden.

Achtes Kapitel

Ein hereinbrechender Sturm hatte es zeitig dunkel werden lassen. Arielle saß bewegungslos auf dem Rand ihres Bettes und starrte die Fenster an, gegen die der Regen trommelte. Selbst wenn sie Bettücher gehabt hätte, wäre sie bei diesem Wetter nicht weit gekommen. Sie seufzte und überlegte, was sie tun konnte. Auf der blanken Matratze wollte sie nicht schlafen. Burke war kurz nach ihr ins Zimmer gekommen, hatte stillschweigend die Bettwäsche abgezogen und ihr nur freundlich zugelächelt.

Als sie wieder seine Schritte auf dem Korridor hörte, erhob sie sich ängstlich. Die Kerze neben ihrem Bett war fast heruntergebrannt.

»Arielle? Komm, es gibt Essen. Du mußt meine Kochkünste bewundern.«

Sie wußte nicht, womit sie gerechnet hatte, jedenfalls nicht mit einer so fröhlichen Stimme. Schließlich hatte er sie doch entführt! »Ich komme!« rief sie, da sie ohnehin keine andere Wahl hatte.

Sie machte sich gar nicht erst die Mühe, in den Spiegel zu schauen, sondern strich nur kurz über ihr Kleid, zupfte den Riß unter dem rechten Arm zurecht und trat dann mit der Kerze auf den Flur hinaus, wo Burke sie bereits erwartete.

In seinen Augen sah sie so bezaubernd aus, daß er sie am liebsten in die Arme genommen und geküßt hätte, bis ihr schwindlig geworden wäre. Lächelnd bot er ihr den Arm. »Mylady?«

Er hatte sich umgezogen. Sein schwarzer Anzug saß tadellos, und sein Hemd war blütenweiß und gestärkt. Arielle schwieg, denn sie wußte, daß es jetzt schwierig wurde. Sie mußte ihn davon überzeugen, daß sie ihn nicht wollte und er sie freilassen sollte. Sie hatte insgeheim gehofft, daß ihr etwas zerrupftes Äußeres ihr dabei helfen würde, doch offenbar schien sie ihm so erst richtig zu gefallen.

»Ich habe Schinkensandwiches zubereitet«, verkündete er, während er sie in das kleine, getäfelte Speisezimmer führte. Im Gegensatz zur überwiegend leichten Möblierung des Hauses stand hier ein dunkler, mächtiger Tisch, an dem acht Personen Platz fanden.

»Vielmehr habe ich den Schinken und das Brot aufgeschnitten und alles auf einem Teller arrangiert. Die Schildkrötensuppe ist eine Spende der Haushälterin, die ganz in der Nähe wohnt. Und den Wein mußte ich nur entkorken.« Er schob ihr den Stuhl zurecht.

Er hatte den Platz zu seiner Rechten für sie gedeckt, was ihr viel zu nahe war, doch sie zwang sich zur Ruhe.

»Möchtest du Suppe? Es tut mir leid, aber sie sieht etwas grünlich aus.«

»So ist sie aber genau richtig«, entgegnete sie und nickte, da ihr Magen vor Hunger knurrte.

Die einzige Lichtquelle war ein großer Kerzenleuchter, in dessen Schein Arielles Haare herrlich schimmerten. Sie hatte sich nicht die Mühe gemacht, ihre Locken auszukämmen und zu frisieren, doch Burke war das gleichgültig. Er liebte es, wenn ihr das Haar wild und ungebändigt über den Rücken herunterhing.

»Ich habe ein Problem«, sagte er, nachdem sie den ersten Gang beendet hatten. »Kannst du mir sagen, worüber ich mich mit einer Dame unterhalten kann, die ich leider entführen mußte? Ich möchte ihr weder Kummer bereiten noch Angst machen.«

»Laß die Dame doch einfach gehen! Wie du weißt, ist sie sehr verschwiegen und wird mit niemandem darüber reden. Allerdings mußt du ihr sagen, wo sie ihre Diener und ihre Kutsche findet.«

»Aber ich fürchte um ihren guten Ruf! Schließlich war sie die ganze Zeit über allein, mit einem Mann, mit dem sie nicht verheiratet ist…«

»Dieser gute Ruf ist deiner Dame herzlich gleichgültig. Sie könnte ein ganzes Jahr mit dir zusammen sein, und trotzdem würde sich nichts ändern!«

Nachdem sie beide vom Schinken genommen hatten, trat wieder eine kurze Pause ein. Nach einiger Zeit erhob Burke sein Glas und ließ die rote Flüssigkeit darin kreisen.

»Die Dame ist wirklich zauberhaft, und der Herr sähe es gern, wenn sie ihm glaubte.«

»Das kann die Dame aber nicht«, erwiderte Arielle ganz ruhig und streifte ihn sekundenlang mit ihren Blicken.

»Und weshalb nicht, zum Teufel?«

»Bitte, Mylord!«

»Burke.«

»Also gut, Burke. Die Dame ist schließlich nicht dumm! Doch jetzt Schluß mit diesem Unsinn! Laß mich gehen! Du kannst dich darauf verlassen, daß ich es wirklich niemandem…«

»Sei still, Arielle! Ich werde dich nicht weglassen. Ich werde dir statt dessen beweisen, daß ich es ernst meine, und du wirst merken, daß du nicht ohne mich leben kannst. Du wirst schon noch lernen, mich zu lieben. Da du mir keine Chance dazu gegeben hast, habe ich sie mir eben genommen!«

»Dich lieben«, wiederholte sie langsam und starrte ihn dabei an.

»Genau das.«

»Das ist unmöglich!«

»Weshalb?«

Fast hätte sie herausgeschrien, daß Liebe nur eine Erfindung von Männern war, um Frauen in ihre Gewalt zu bekommen, doch sie beherrschte sich. Sie wollte ihn lieber überzeugen.

»Du erinnerst dich an eine ganz andere Arielle, Burke. Dieses Mädchen hat dir natürlich gefallen, weil sie dich verehrt hat, doch sie ist mittlerweile tot und gestorben! Suche dir lieber eine andere! Es tut mir leid, aber ich möchte dich nicht anlügen.«

»Dieses Mädchen, mein Schatz, sitzt augenblicklich genau neben mir. Sie ist nicht gestorben, sondern nur erwachsen geworden. Wenn du allerdings deine Jungfräulichkeit meinst, dann kann ich dir nur erwidern, daß mir das gleichgültig ist. Ich wünschte, ich hätte dich damals geheiratet, doch ich habe es nicht getan. Es lohnt sich nicht, über die Vergangenheit zu klagen und zu jammern, sondern ich möchte in Zukunft mit dir leben. Und genau das werde ich auch erreichen. Ich bin fest entschlossen.«

»Aber ich will dich doch nicht!«

»Das glaube ich nie und nimmer. Du hast mich damals geliebt, und dieses Gefühl wird wiederkommen.«

Am liebsten hätte sie aufgeschrien, doch statt dessen zog sie die Brauen zusammen und sagte finster: »Ich hatte nicht nur einen Mann, sondern viele. Wahrscheinlich zu viele. Vielleicht sogar mehr als manche dieser käuflichen Damen. Such dir lieber ein nettes, unschuldiges Mädchen, Burke!«

»Du hattest tatsächlich mehrere Liebhaber? Nun ja, dein Mann war alt, und sicher warst du oft einsam und wurdest verführt, nicht wahr?«

Das war der richtige Weg. Sie wollte ihn so lange abschrekken, bis er sie gern gehen ließ. »Nein, nicht verführt. Eher war es umgekehrt. Und in bezug auf seinen unehelichen Sohn, Etienne, hattest du recht. Er hat sehr viel Freude an mir gehabt.« Das war tatsächlich die Wahrheit, dachte sie, während Übelkeit in ihr aufstieg. »Und ich an ihm übrigens auch.« Die letzten Worte hatte sie kaum herausbringen können. Nie hätte sie gedacht, daß es ihr so schwerfallen würde, in diesem Ton zu reden.

»Hat dein Mann davon gewußt?« fragte er sanft, als ob es ihn nicht interessierte. Doch Arielle war so mit Lügen beschäftigt, daß sie sein Entsetzen gar nicht bemerkte.

»Natürlich wußte er es. Es – hat ihm gefallen.«

»Weshalb hast du ihn eigentlich geheiratet?«

Weil man mich dazu gezwungen hat, und ich nicht gewagt habe, mich zu widersetzen. Ich war erst sechzehn und noch sehr unschuldig. Und außerdem war ich nach dem Tod meines Vaters sehr verzweifelt und durcheinander... Sie starrte auf die Schinkenreste auf ihrem Teller und wunderte sich, daß es ihr so leicht über die Lippen ging: »Er war reich.«

»So reich nun auch wieder nicht. Da hättest du lieber auf mich warten sollen! Ich habe doch gesagt, daß ich zurückkomme.«

»Nur eine Närrin hätte das geglaubt!«

Burke spürte sehr genau, daß sie Lüge mit Wahrheit mischte, doch er hätte das eine nicht vom anderen unterscheiden können. »Die Spatz-in-der-Hand-Methode?«

Ganz bestimmt hatte Evan so gedacht. Arielle nickte. Natürlich hatte sie mit ihrem Halbbruder niemals über den Earl of Ravensworth gesprochen, denn sie sprach fast nie mit ihm. Nachdem man sie mit Paisley Cochrane verheiratet und dieser ihr in der ersten Nacht das Nachthemd vom Leib gerissen hatte, hatte sie angefangen zu begreifen. – Sie seufzte gequält.

Burke tätschelte ihre Hand. »Was ist los? Woran denkst du?«

»Nichts ist los«, sagte sie, doch es hörte sich an wie ein Aufschrei.

»Also gut.« Er lehnte sich zurück. »Ich möchte, daß du ganz klar weißt, daß du heute nacht mit mir schlafen wirst.«

Sie hatte noch nie mit einem Mann geschlafen. »Weshalb möchtest du mit mir schlafen? Das hört sich seltsam an.«

Er war ein wenig verwirrt. »Soll das heißen... Ach, vergiß es! Du wirst bei mir schlafen, nachdem ich dich geliebt habe.«

Er wußte, daß sie reagieren würde, doch mit dem, was sie dann tat, hatte er nicht gerechnet. Sie warf ihm ihren Teller mit dem restlichen Schinkenstückchen mitten ins Gesicht und war bereits in der Halle, bevor er es richtig begriffen hatte.

»Arielle!« In der Eile warf er seinen Stuhl um und sah gerade noch, wie sie durch die Haustür verschwand. Draußen goß es in Strömen, und bereits nach drei Schritten hatte ihn der eiskalte Regen völlig durchnäßt. Einerseits war er wütend, doch andererseits hatte er Angst um sie. Bevor sie im Stall verschwand, sah er noch, daß ihr das Haar in Strähnen am Kopf klebte und ihr Kleid völlig durchweicht an ihr herunterhing.

Im Stall war es dunkel, und es roch nach Pferden, Leder und Heu. Rasch verkroch sich Arielle in der hintersten Ecke, als auch schon die Stalltür ins Schloß fiel.

Burke wußte, wo die Laterne hing, und so dauerte es nicht lange, bis er sie angezündet hatte. Als er sie hochhob, sah er, daß sich Arielle eng an die entfernteste Wand drückte und eine Reitpeitsche in der Hand hielt. Ihre Brüste hoben und senkten sich, und unter dem nassen Kleid zeichneten sich ihre Brustwarzen deutlich ab.

»Komm mir nicht zu nahe!« Ihr Gesicht war leichenblaß.

Er hatte nicht die Absicht, denn sie sah wildentschlossen aus. »Durchaus nicht«, meinte er ganz sanft, während er die Lampe auf einer Futterkiste abstellte. Dann richtete er sich auf und lehnte sich gegen einen Pfosten. »Kannst du mir vielleicht erklären, was dieser Unsinn soll?«

Sie hob die Peitsche und erklärte mit vor Angst und Kälte zitternder Stimme: »Geh weg! Ich verschwinde. Ich werde dich schlagen, wenn du mich daran hindern willst.«

»Tatsächlich? Das würde mich wundern.« Er hatte jetzt genug und trat entschlossen einen Schritt auf sie zu.

Die lähmende Angst, die Arielle nur zu genau kannte, ergriff wieder von ihr Besitz. Sie schloß die Augen, und Sekunden später schlug sie zu.

Offenbar hatte sie ihn getroffen, denn sie hörte, wie er nach Luft schnappte. Doch gleichzeitig packte er ihr Handgelenk und entwand ihr die Peitsche. »Das tut weh!«

Als er seinen schmerzenden Arm rieb, sah sie, daß der Schlag seinen Jackenärmel aufgerissen hatte. Wie gebannt blickte sie auf die Peitsche in seiner Hand. Sie wußte, daß sie zu weit gegangen war. Sie hatte den Kopf verloren und mußte jetzt dafür bezahlen. »Bitte, tu mir nicht weh!« flüsterte sie, ohne die Peitsche aus den Augen zu lassen. »Bitte!«

»Umgekehrt! Du hast mir wehgetan«, entgegnete er, während er überlegte, was er jetzt tun sollte.

»Ich – ich werde ja alles tun«, würgte sie hervor.

»Du weißt, was ich möchte, Arielle!«

»Ja, also gut, aber bitte...«

Voller Verwirrung sah er zu, wie sie anfing, die Knöpfe ihres Kleides zu öffnen. Ihre Hände zitterten so heftig, daß sie manche Knöpfe abriß, weil sie nicht gleich aufgingen. Wollte sie etwa, daß er sie gleich hier, im Heu, liebte? So ganz naß?

Als er einen Schritt auf sie zutrat, blickte sie rasch hoch und hob dann abwehrend die Hände. »Ich beeile mich ja schon!« keuchte sie. »Bitte, noch einen Augenblick!«

Er sah, wie das zerrissene, klatschnasse Kleid auf den strohbedeckten Boden fiel. Ihr Hemd war aus einfachem, weißem Stoff und durch die Nässe so durchsichtig, daß er ihre Brüste deutlich sehen konnte. Wie eine Verrückte zerrte sie an den schmalen Hemdträgern und dann an ihren Unterröcken. In Windeseile wickelte sie ihre Schuhbänder ab und schlüpfte aus den Strümpfen. Fassungslos starrte Burke sie an, als sie, völlig bewegungslos, nackt vor ihm stand.

Und dann sah er, wie sie auf ihn zuging, wie sie vor ihm niederkniete, und dann fühlte er ihre Finger an seinen Hosenknöpfen. Mit verblüffender Schnelligkeit hatte sie sie geöffnet und sein steifes Glied hervorgeholt, das vor Begehren schmerzte.

Als sich ihre Lippen um sein Glied schlossen, erstarrte er. Er japste nach Luft, weil er es einfach nicht glauben konnte. »Was, zum Teufel, machst du da?«

Mit verzweifelndem Blick flehte sie ihn an: »Bitte, ich will ja tun, was du möchtest, aber laß mir einen Augenblick Zeit...«

Burke stöhnte, als sie sein Glied diesmal ganz tief in den Mund nahm. Er fühlte ihre geübten Finger, spürte ihre Zunge und ihre Lippen... Dann packte er ihre Schultern und schob sie weg. »Hör sofort auf damit!«

Sie wich zurück und versuchte, sich mit Armen und Händen

zu bedecken, doch dann ließ sie ihre Hände auf ihre Schenkel sinken und saß ganz still.

Burke starrte sie nur an, während er versuchte, einen klaren Gedanken zu fassen. Sein Glied war noch immer erregt und voller Sehnsucht, doch wütend richtete er sich auf und zog sie wieder an. »Weshalb hast du das gemacht?« brachte er schließlich heraus. Als er sah, wie sie zitterte, fluchte er leise.

Er wollte sich gerade nach ihrem Kleid bücken, als sie ihn plötzlich unterbrach: »Bitte, nicht! Sag mir lieber, was du willst. Du wirst sehen, ich kann es, es wird dir gefallen. Ich schwöre es!«

Mit weit aufgerissenen, starren Augen fixierte sie ihr Kleid, das als nasses Häufchen auf dem Stroh lag, und ihr Gesicht war leichenblaß. Kopfschüttelnd bückte er sich nach dem Kleid.

»Nein!« schrie sie.

»Arielle, ich verstehe dich einfach nicht. Was...« Fassungslos sah er zu, wie sie zur Wand hinüberkroch und sich wie ein in die Enge getriebenes Tier dort zusammenkrümmte.

»Arielle?« Doch beim Klang seiner Stimme schrumpfte sie noch mehr in sich zusammen. Ihr nasses Haar hing über Schultern und Rücken herunter. »Ich wollte doch nur dein Kleid aufheben.« Er sprach absichtlich sehr ruhig und langsam. Doch sie bewegte sich nicht. Erst, als er ganz genau hinsah, fiel ihm auf, daß sie überhaupt nicht ihr Kleid fixierte, sondern die Reitpeitsche, die dicht daneben auf dem Boden lag. »Hast du Angst, daß ich dich schlage?«

Blitzschnell sprang sie auf. »Bitte, nicht!« schrie sie und lief zur Stalltür hinüber.

Diesmal war er schneller, doch sie war trotzdem klatschnaß, als er sie endlich zu fassen bekam. »Hör auf damit!« rief er. Er benötigte seine ganzen Kräfte, um sie zu bändigen und wieder in den Stall zurückzutragen. »Verdammt! Hör auf, nach mir zu schlagen. Ich möchte doch nur noch dein Kleid holen!«

Doch sie hörte nur den ärgerlichen Ton. »Du willst bestimmt die Peitsche holen!«

O Gott! dachte er, während er ihr Kleid aufhob und es, so gut es ging, um sie herumwickelte. Rasch löschte er die Laterne und trug Arielle dann im Eilschritt hinüber ins Haus, wobei er sie so gut wie möglich vor dem eiskalten Regen zu schützen versuchte.

Erst oben, in seinem Schlafzimmer, setzte er sie ab und zog ihr das nasse Kleid herunter. Sie stand bewegungslos und starrte auf den Boden, während er ihr in seinen blauen, samtenen Hausmantel half und den Gürtel in der Taille verknotete.

»Setz dich an den Kamin!« sagte er und reichte ihr ein Handtuch.

»Aber es brennt doch gar kein Feuer«, entgegnete sie.

»Das mache ich schon. Trockne deine Haare ab!«

Während er Papier und Holz in den Kamin schichtete, stellte er erleichtert fest, daß seine Hände ganz ruhig waren. Die Ereignisse der vergangenen halben Stunde kamen ihm vor wie ein böser Traum. Wenige Augenblicke später loderten die ersten Flammen hoch. »Komm näher ans Feuer, Arielle!«

Als er sich umdrehte, sah er, wie sie mit langsamen Bewegungen ihr Haar frottierte. Ihr Gesicht war völlig ausdruckslos.

Ohne ihn zu beachten, trat sie näher zum Feuer und ließ sich in einen kleinen Sessel sinken. Burke holte einen Kamm von seinem Frisiertisch, zog sich einen Stuhl hinter ihren Sessel und begann, langsam und sorgfältig ihr Haar zu entwirren.

Sie drehte sich um und nahm ihn zum ersten Mal wahr. Ganz langsam entzog sie sich ihm und bat: »Laß mich das machen.«

Nachdem er ihr den Kamm überlassen hatte, sagte er, eigentlich mehr zu sich selbst: »Dann werde ich rasch meine nassen Sachen ausziehen.« Sich vor ihr zu entkleiden, fiel ihm nicht leicht, obwohl es nach dem Vorfall im Stall ein wenig kindisch war. Trotzdem war er froh, daß sie ihn überhaupt nicht beachtete. Nachdem er sich entkleidet hatte, schlüpfte er rasch in seinen alten Morgenmantel aus burgunderfarbenem Samt, der an den Ellenbogen schon ganz abgewetzt war.

Inzwischen war Arielle fertig, und ihr Haar war nur noch ein wenig feucht.

Burke betrachtete sie nachdenklich und fühlte sich schrecklich hilflos und ratlos.

»Arielle«, begann er schließlich, »wir müssen miteinander reden, aber vorher hole ich dir noch einen Brandy.«

Als er wieder ins Zimmer trat, hatte sie sich überhaupt nicht bewegt. Er ging zu ihr hinüber und hockte sich vor ihr auf seine Fersen. Sie zog sich zwar zurück, doch das hatte er erwartet. Auch mit der unverhohlenen Furcht in ihren Augen hatte er gerechnet, doch trotzdem traf ihn ihr Mißtrauen tief.

»Hier, trink den Brandy! Er wird dich aufwärmen.« Und das Schlafmittel, das er hineingemischt hatte, würde ihr hoffentlich die nötige Ruhe schenken. Jedenfalls hoffte er das.

Sie starrte das Glas an, als ob er ihr einen Giftbecher anböte, doch als sie merkte, daß sich seine Brauen unwillig zusammenzogen, ergriff sie das Glas.

Sie schüttete den Brandy in einem Zug hinunter und mußte husten, als sich seine wilde Hitze in ihrem Körper ausbreitete.

»Und jetzt – jetzt erkläre mir bitte, weshalb du das gemacht hast.«

Sie starrte ihn an, als ob er irre wäre. »Ich dachte, daß du sicher nicht wolltest, daß ich dich ausziehe, denn es war doch so schrecklich kalt im Stall. Ich wollte nur tun, was dir gefällt, und da du es mir nicht gesagt hast, habe ich eben versucht – hätte ich dich ausziehen sollen?«

Gepeinigt schloß er die Augen und wollte nichts mehr hören. »Genug, Arielle!«

Sie schauderte bei seinem scharfen Ton, doch Burke bemerkte es nicht, weil er in die Flammen starrte. »Ich habe dich nicht um diesen Dienst gebeten.«

Sie sah ihn merkwürdig an.

»Weshalb hast du es getan?«

»Du hattest doch die Peitsche in der Hand«, sagte sie, so als ob sie einem absoluten Idioten die größte Selbstverständlichkeit der Welt mitteilte. Dabei knoteten sich ihre Finger in den Samt des Morgenmantels.

»Nein, das stimmt nicht. Du hattest die Peitsche und du hast mich sogar damit geschlagen. Ich habe nichts dergleichen getan.« Unbewußt rieb er seinen linken Oberarm, wo ihn der Peitschenhieb getroffen hatte. Die Haut war zwar unverletzt, doch sie brannte wie Feuer.

Plötzlich sah sie sehr jung und sehr verloren aus. »Ich glaube dir nicht. Du hättest mich bestimmt geschlagen. Du willst mich nur hereinlegen, aber ich gehe nicht in die Falle. Hast du mich verstanden?« Sie sprang auf, machte zwei Schritte und stolperte dann über den viel zu langen Morgenmantel. Burke fing sie auf und drückte sie an sich.

»Du kannst endlich aufhören, vor mir davonzulaufen. Ich werde dich immer wieder einholen! Und jetzt bringe ich dich ins Bett.«

Sie wurde steif wie ein Brett.

»Nein, keine Angst. Heute nacht werde ich dich nicht lieben. Du brauchst Schlaf, Arielle. Morgen werden wir uns weiter unterhalten.«

Sie glaubte ihm kein Wort. »Ich möchte in mein Zimmer.«

»Die Bettwäsche ist doch abgezogen.«

»Das macht mir nichts aus.«

»Kommt überhaupt nicht in Frage.« Er führte sie zum Bett hinüber und schlug die Decken zurück. »Los, jetzt! Hinein mit dir!« Dann deckte er sie wie ein Kind zu, während sie jeden seiner Handgriffe mißtrauisch beobachtete und sich die Decke bis unter das Kinn hochzog. »Wir werden über alles reden, wenn du dich ausgeruht hast. Gute Nacht!« Dann löschte er die Kerze und kehrte zum Kamin zurück. Und wenn ich ausgeruht bin, fügte er im stillen hinzu. Er stand noch einmal auf, um die Tür abzuschließen, bevor er es sich in einem Sessel vor dem Kamin bequem machte. Wie eine erfahrene Dirne hatte sie ihn befriedigen wollen, dachte er, und die Erinnerung ließ ihn zornig werden. Diese verdammte Peitsche.

Bis auf den Regen, der vernehmlich gegen die Fenster trommelte, war alles still. In einiger Entfernung donnerte es, und wenige Augenblicke später erhellte ein weißer Blitz den Raum.

Was, zum Teufel, sollte er nur tun? Er war schon beinahe eingeschlafen, als er plötzlich unterdrücktes Schluchzen hörte. Er bewegte keinen Muskel. Wieder ein Schluchzer, und dann noch einer. Und schließlich vernahm er leises Stöhnen und einen kleinen, erstickten Aufschrei.

Blitzartig sprang er auf und lief zum Bett hinüber.

Neuntes Kapitel

Hastig zündete Burke die Kerze neben dem Bett an. Er hatte angenommen, daß Arielle einen Alptraum durchlitt, doch sie schien ruhig zu schlafen. Plötzlich stöhnte sie jedoch leise und bewegte ihren Kopf unruhig auf dem Kissen hin und her. Ihr Gesicht war leicht gerötet, und ihr Atem ging hart und stoßweise. Als Burke ihre Stirn befühlte, fluchte er leise. Zweifellos hatte sie Fieber.

»Arielle!« Er schüttelte sie vorsichtig. »Wach auf, du träumst!«

Sie erkannte die Stimme des Mannes, der im Schatten des Stalls stand. Ihren Namen hatte sie verstanden, aber nicht das, was er sonst noch gemurmelt hatte. Er lächelte sie an und streckte ihr die Hand entgegen, doch seine andere Hand war hinter seinem Rücken verborgen.

»Arielle.«

Wieder hatte er gerufen. Nur zu gern hätte sie ihm geglaubt und wäre zu ihm gelaufen. Doch plötzlich erschien die zweite Hand, und die hielt die Reitpeitsche. Lachend erklärte er ihr, daß er sie für ihre Ungeschicklichkeit bestrafen müsse. *Weshalb lachst du?* rief sie, doch es kam kein Laut aus ihrer Kehle. Sie sah die Peitsche niedersausen, sah ihren nackten Körper wie aus weiter Ferne, doch sie fühlte nichts. Die schneidende Qual blieb aus, aber dennoch krümmte sie sich zusammen.

»Verdammt! Wach auf!« Er schüttelte sie, und sie wehrte sich wie eine Irre.

Schließlich legte sich Burke neben sie ins Bett und zog sie ganz fest an sich. Obwohl sie weiterzappelte, hielt er sie fest und legte ein Bein über ihre, so daß sie ruhighalten mußte.

»Pst!« flüsterte er, während er ihren Kopf mit beiden Händen umfaßte. »Mein Liebes.«

Sie spürte seine Hände und fühlte seinen warmen Atem. Nein, es war kein Traum. Er hielt sie fest, und gleich würde er sie quälen. Sie hatte entsetzliche Angst. »Bitte!« flüsterte sie. »Tu mir nicht weh!«

Burke mußte die Augen schließen, so sehr schmerzten ihn ihre Worte. Er wünschte, daß Paisley Cochrane noch am Leben wäre, so daß er ihn eigenhändig umbringen könnte. »Nein, Arielle, ich werde dir niemals wehtun. Ich schwöre es!«

Sie konnte ihm nicht glauben, obwohl seine Stimme sanft und zuverlässig klang. Bestimmt log er sie an. Im selben Augenblick stellte sie fest, daß etwas mit ihr nicht in Ordnung war. Ihr Kopf platzte beinahe vor Schmerzen, ihr Hals war rauh und ihre Brust eng. »Laß mich allein.«

»Deine Stirn ist heiß. Du hast Fieber.« Burke seufzte. »Wenn du mir vertrauen würdest, wäre alles leichter.«

»Geh weg!«

Er tat es, doch nur um ein Handtuch zu holen. Er befeuchtete es in der Waschschüssel und kühlte Arielles Gesicht. Offenbar empfand sie es als Wohltat, denn sie überließ sich ihm willig. Natürlich hätte er eigentlich ihren ganzen Körper abreiben müssen, doch er wagte es nicht. Irgendwann schlief Arielle ein, und als Burke ihre Stirn berührte, war sie kühl. Wahrscheinlich hatte sie nur eine leichte Erkältung, dachte er, doch vorsichtshalber holte er noch eine weitere Decke. Schließlich kroch er neben Arielle ins Bett, doch er berührte sie nicht.

Als er erwachte, war es bereits hell. Der Regen hatte aufgehört, und helles Sonnenlicht strömte durch die langen, schmalen Fenster in den Raum. Neben ihm schlief Arielle noch tief und fest. Er lächelte kurz, als er daran dachte, daß er von nun an jeden Morgen neben ihr aufwachen würde. Doch dann kam die Erinnerung zurück.

Nachdem er aufgestanden war und sich angezogen hatte, befühlte er Arielles Stirn, die förmlich glühte. »Du lieber Himmel!« entfuhr es ihm, worauf er einige Augenblicke lang intensiv nachdachte. Dann verließ er das Zimmer.

Etwa eine Stunde später führte er einen breitschultrigen, schottischen Arzt namens Doktor Armbruster an Arielles Bett.

»Wenn ich Sie richtig verstanden habe, Sir, dann ist Ihre Frau ganz plötzlich erkrankt?«

»Ja«, antwortete Burke. »Ich habe ihr Gesicht mit einem nassen Tuch gekühlt, bis das Fieber unten war. Doch als ich heute morgen erwachte, fand ich sie in diesem Zustand vor.«

Gerade, als sich der Arzt über sie beugte, erwachte Arielle und schrie erschrocken auf. Sie war zwar schwach, aber dennoch gelang es ihr, nach ihm zu schlagen.

Doktor Armbruster packte ihre Handgelenke. »Ich nehme an, daß es noch nicht ganz so schlimm war, denn sonst hätten Sie sie wohl kaum allein gelassen. Sie befindet sich im Delirium. Halten Sie bitte ihre Hände fest, Mylord! Ich muß ihre Lunge abhören.«

Burke versuchte, Arielle zu beruhigen, doch es war sinnlos. In ihren Augen war er ein Monster und manchmal glaubte er schon beinahe selbst daran. Trotzdem murmelte er in einem fort beruhigende Worte.

Schließlich richtete sich Doktor Armbruster auf. Einer seiner Lieblingsaussprüche war, daß ein schottischer Arzt vielleicht nicht immer weiß, was seinem Patienten fehlt, diesen aber dafür keinesfalls mit Medikamenten umbringt. »Sie müssen folgendes tun, Mylord.« Dann gab er Burke eine Reihe von Anweisungen und kündigte abschließend an: »Ich werde der Haushälterin von Hobhouse sagen, daß sie herkommen soll. Dem Mädchen ebenfalls. Wenn es Ihnen recht ist, besorge ich Ihnen auch gern eine Frau aus der Nachbarschaft, die die Pflege übernehmen kann.«

»Nein, vielen Dank, aber das werde ich selbst übernehmen«, entgegnete Burke. »Sie wird es doch schaffen, oder?«

Doktor Armbruster redete normalerweise nicht um den Brei herum, doch als er die Angst des jungen Earl erkannte, beruhigte er ihn. »Sie ist jung, und obwohl sie sehr zerbrechlich aussieht, ist sie in Wirklichkeit ziemlich zäh. Wir können nur abwarten, Mylord. Ich werde am späteren Nachmittag wiederkommen.«

Als Doktor Armbruster Hobhouse verließ, beschloß er, vorsichtshalber doch bei dem Pfarrer vorbeizuschauen. Das konnte nie schaden.

Zwei Stunden später hielten die Köchin, Mrs. Ringlestone, und das Hausmädchen Ruby Einzug in Hobhouse.

»Sie hat Schüttelfrost«, empfing Mrs. Ringlestone Burke, als dieser nach kurzer Abwesenheit wieder ins Schlafzimmer zurückkehrte. »Die arme Kleine! Versuchen Sie doch einmal, ob Sie ihr ein bißchen von meiner Rinderbrühe einflößen können. Von mir will sie nichts nehmen.«

Burke nickte nur und setzte sich auf den Bettrand. »Komm, Arielle!« mahnte er energisch, weil er wußte, daß sie auf zaghaftes Reden nicht reagieren würde. »Mach den Mund auf!«

Sie schien ihn nicht gehört zu haben.

»Mach augenblicklich den Mund auf!«

Diesmal gehorchte sie, und es gelang ihm, ihr eine halbe Tasse Suppe einzuflößen. Mrs. Ringlestone fand das Verfahren zwar etwas brutal, doch sie sagte nichts. Es war schließlich die Hauptsache, daß er Erfolg gehabt hatte.

»Das wird eine lange Nacht werden«, meinte sie.

Es wurde die längste Nacht in Burkes Leben. Gegen Morgen war er überzeugt, daß Arielle sterben würde. Er konnte nichts weiter tun, als zu warten. Manchmal warf sie sich unruhig im Bett hin und her und dann war sie wieder still und leichenblaß, daß er es kaum mitansehen konnte und fast an seinen Tränen erstickte. Als er endlich in eine Art Erschöpfungsschlaf verfiel, lagen seine Finger immer noch auf ihrem Puls, um sich zu vergewissern, daß sie noch lebte.

»Ich möchte gern wissen, weshalb sie sich so aufgibt? Ich verstehe es nicht! Sie ist jung, schön und offensichtlich noch nicht lange verheiratet. Also, was ist der Grund für dieses Verhalten?«

Doktor Armbruster hatte eigentlich mehr zu sich selbst gesprochen, doch plötzlich wußte Burke, was er zu tun hatte. Er sprach einige Zeit mit dem Arzt, worauf dieser seinen längst überfälligen Besuch bei dem Pfarrer machte.

Während Burke wartete, kühlte er Arielles Stirn pausenlos mit dem feuchten Tuch. Er hatte herausgefunden, daß leises Reden Arielle beruhigte. Irgendwie hatte er das Gefühl, daß sie ihn trotz allem hörte und auch verstand. »Wie du weißt, war mein Bruder ein sehr liebenswerter und lustiger Mensch. Allerdings konnte er auch sehr eigensinnig sein, und meistens war ich sein Opfer. Wenn er sich etwas in den Kopf gesetzt hatte, konnte keine Macht der Welt ihn davon abbringen, und ich erst recht nicht. Ich erinnere mich, daß ich eines Tages ein Pony namens Victor geschenkt bekam. Vom ersten Augenblick an war Montrose neidisch und wollte es haben, doch es gehörte nun einmal mir, und ich hätte es auch um nichts in der Welt hergegeben. Weißt du, was mein Bruder getan hat?«

»Mylord, der Pfarrer ist hier«, meldete Mrs. Ringlestone.

»Nun, den Pfarrer hat mein Bruder natürlich nicht gerufen«, sagte Burke und wandte sich rasch dem schmächtigen, alten Mann mit dem schütteren Haar zu, der ein sanftes, leicht ermüdetes Lächeln zur Schau trug. »Es ist sehr gut, daß Sie gekommen sind, Sir«, begrüßte ihn Burke. »Bitte, nehmen Sie Platz. Ich muß etwas Wichtiges mit Ihnen besprechen.« Und dann unterbreitete er dem Pfarrer seine Bitte.

Der alte Mann konnte Burkes Schilderung der Situation nur zustimmen. »Ich muß allerdings den Bischof um Erlaubnis fragen, Mylord, aber...«

»Sie sehen ja selbst, daß die Zeit drängt. Möglicherweise stirbt sie schon bald.«

»Oh, ja, natürlich! Sie haben recht. Was schlagen Sie vor?«

»Halten Sie einfach die Zeremonie ab. Ich werde persönlich mit dem Bischof sprechen, sobald es ihr besser geht oder sie...« Er konnte das Wort nicht aussprechen, doch schließlich zwang er sich, fortzufahren. »Mit Sicherheit ist der Bischof einverstanden, denn schließlich handelt es sich um einen absoluten Notfall.«

»Es ist höchst ungewöhnlich, Mylord, aber – nun, ich kann eigentlich auch nichts Böses daran entdecken. Bestimmt bekommen wir nachträglich die Genehmigung.«

»Ich werde die Zeugen holen.«

»Aber wird sie denn antworten können, Mylord?«

»Ganz bestimmt!« versicherte Burke. »Während Sie sich vorbereiten, Sir, werde ich die Frauen holen.«

Etwa dreißig Minuten später saß Burke neben Arielle auf dem Bett und hielt ihre Hand. Sie lag im Delirium, doch im Augenblick war das vielleicht sogar gut. Doktor Armbruster stand auf der anderen Seite des Betts, und Mrs. Ringlestone und Ruby hatten sich hinter dem Pfarrer aufgestellt.

»Liebe Anwesende«, begann der Pfarrer, »wir haben uns hier versammelt, um diese beiden Menschen...«

»So war das nicht!« schrie Arielle plötzlich laut.

»Nein, das weiß ich ja«, beruhigte sie Burke. »Pst, mein Liebes, du wirst gerade getraut!«

Der Pfarrer räusperte sich. »Nun – um diesen Mann und diese Frau in Gottes Namen zu vereinigen...«

»Vater, bitte, verlaß mich nicht!«

»Nein, Arielle, ich werde dich nicht verlassen. Niemals!«

»... und was Gott zusammengefügt hat, das soll der Mensch nicht scheiden.«

»Amen«, ergänzte Burke.

»Jetzt müssen Sie mir nachsprechen, Lady Rendel: Ich, Arielle Leslie Cochrane, nehme dich, Burke Carlyle, ah, Beresford Drummond zu meinem Ehemann...«

»Das ist zu lang für sie, das schafft sie nicht«, sagte Burke. »Wenn sie mit »ja« antworten soll, dann sagen Sie es mir.«

»... bis daß der Tod uns scheidet. Jetzt muß die Antwort kommen, Mylord.«

»Arielle, hör zu!« Er packte ihr Kinn und befahl ihr mit energischer Stimme: »Sage: Ja, ich will!«

»Ja, ich will.«

»Wunderbar! Das hast du sehr gut gemacht, mein Schatz!«

»Sehr seltsam«, meinte Doktor Armbruster. »Offensichtlich reagiert sie auf energische Töne!«

Der Pfarrer wunderte sich und überlegte, welches Verhältnis die beiden wohl miteinander hatten. »Nun zu Ihnen, Mylord. Oh, ich fürchte, das ist alles schrecklich unvorschriftsmäßig.«

Mrs. Ringlestone schnaubte, und Ruby hatte feuchte Augen.

Burke wiederholte seinen Schwur und lächelte auf Arielle hinunter, als er »Ja, ich will« sagte.

»Und hiermit erkläre ich Sie für Mann und Frau. Oh, ist sie überhaupt bei Bewußtsein?«

»Ja, so ziemlich«, erklärte Doktor Armbruster. »Das haben Sie großartig gemacht, Mylord!«

Mrs. Ringlestone und Ruby verließen den Raum, um eine kleine Erfrischung zu holen. »Kuchen und Wein ist zwar nicht gerade ein vorschriftsmäßiges Hochzeitsfrühstück, Mylord, aber irgend etwas mußten wir schließlich servieren!«

»Falls die junge Dame es nicht schaffen sollte, wird sie jetzt wenigstens als tugendhafte Frau vor unseren Herrn treten. Sie haben sehr großherzig gehandelt, Mylord!« Plötzlich fiel dem Pfarrer etwas ein. »Sie müssen noch die Heiratspapiere unterschreiben. Wie…«

»Geben Sie sie nur her«, sagte Burke. »Das werden wir auch noch schaffen.«

Doktor Armbruster zweifelte keine Sekunde, daß dem jungen Mann auch das gelingen würde. Er beobachtete, wie Burke seine Frau auf den Schoß nahm, ihr die Feder in die Hand drückte und ihr mit energischer Stimme befahl, ihren Namen zu schreiben. Der Pfarrer war überrascht, daß die junge Frau sofort tat, um was ihr Mann sie gebeten hatte. Nach der Unterschrift nahm er das Papier und stellte fest, daß der Name leidlich lesbar war. Wieder schüttelte er den Kopf. »Höchst ungewöhnlich…«

Burke hätte am liebsten gelacht, doch er tat es nicht. Arielle war gegen seine Brust gesunken, und er legte sie ganz sanft zurück auf ihr Kissen.

»Sie schläft«, bemerkte Doktor Armbruster sehr erleichtert. »Wahrscheinlich hatten Sie recht, daß ihr mangelnder Lebenswille tatsächlich darauf zurückzuführen war, daß sie nicht mit Ihnen verheiratet war. Als Ihre Geliebte fühlte sie sich schuldig, und als sie dann auch noch schwanger wurde, haben sich diese Schuldgefühle und die Hoffnungslosigkeit einander verstärkt. Durch die Eheschließung haben Sie diese Schuld von ihr genommen, und sie kann sich jetzt sicher und geborgen fühlen. Bestimmt wird sie ihren Lebenswillen wiederfinden. Eine sehr interessante Theorie, die ich unbedingt mit meinen Kollegen in London besprechen muß.«

Arielles angebliche Schwangerschaft war nach Burkes Ansicht genau das richtige gewesen, um den Pfarrer von der Notwendigkeit einer sofortigen Trauung zu überzeugen.

»Indem Sie diese junge Frau von der Sünde befreit haben, haben Sie sich bestimmt einen Platz im Himmel erobert. Wirklich, eine großherzige Tat«, betonte der Pfarrer.

»Dabei war ich es doch, der sie verführt hat«, wandte Burke ein, der diese Reden kaum ertragen konnte. »Muß ich denn dann nicht härter bestraft werden?«

»Sie sind ein Mann, Mylord«, entgegnete der Pfarrer ohne das geringste Zögern. »Bereits in der Bibel steht, daß die Frau als Versucherin die Quelle allen Übels ist. Ein Mann kann schwach sein, Mylord, aber nur wenige verhalten sich so nobel, wie Sie das heute getan haben. Ich werde für Sie beten.«

Als Ruby und Mrs. Ringlestone mit dem Tablett ins Zimmer traten und diese Unterhaltung unterbrachen, war Burke sehr erleichtert. Arielle war jetzt endlich seine Frau! Sie wußte es zwar noch nicht, doch das machte keinen Unterschied. Jetzt mußte sie nur noch gesund werden!

»Beten Sie lieber für meine Frau, Sir!« sagte er, als er den alten Mann verabschiedete. »Ich liebe sie und möchte sie nicht verlieren. Das könnte ich nicht ertragen!«

»Da Ihre Frau Gott und Armbruster auf ihrer Seite hat, wird

sie es schon schaffen, Mylord. Ich werde morgen noch einmal vorbeikommen.«

Voller Angst, Unruhe und nagender Ungewißheit nahm Burke die Wache am Bett seiner Frau wieder auf.

Als Arielle die Augen öffnete, fühlte sie sich träge und seltsam ruhig. Im ersten Augenblick wußte sie nicht, wo sie sich befand, und erinnerte sich nur dunkel an die schmalen, hohen Fenster, durch die helles Sonnenlicht in den Raum strömte. Im Kamin loderte ein helles Feuer, und es war beinahe unerträglich heiß im Zimmer.

»Hallo! Bist du endlich aufgewacht!«

Verwirrt drehte sie ihren Kopf in die Richtung, aus der die Stimme gekommen war. Die Stimme eines Mannes, dunkel und ruhig, Burkes Stimme. Alle Muskeln in ihrem Körper spannten sich.

»Nein, nein, mein Liebes, hab keine Angst! Ich denke, du hast das Schlimmste überstanden. Deine Augen strahlen jedenfalls wieder.« Er lächelte sanft, doch am liebsten wäre er vor lauter Freude tanzend und schreiend durchs Zimmer gesprungen.

Sie öffnete den Mund und brachte schließlich mit ziemlicher Anstrengung eine Frage heraus: »Was – was ist geschehen?«

»Ich werde dir alle Fragen beantworten, doch vorher möchte ich wissen, ob du Hunger oder Durst hast.«

Augenblicklich lief ihr das Wasser im Mund zusammen. Er lächelte nur und verließ das Zimmer. Sie hörte, wie er draußen im Flur nach einer Mrs. Ringlestone rief, und als er zurückkam, reichte er ihr ein Glas Wasser. »Bitte sehr! Komm, laß mich dir helfen.«

Er stützte sie, während sie trank. »Wunderbar«, lobte er sie und legte sie wieder auf das Kissen zurück. »Mrs. Ringlestone ist unsere Köchin. Sie wird dir gleich etwas bringen. Wie fühlst du dich jetzt?«

»Eigentlich gut«, antwortete sie ein wenig abwesend, »nur ziemlich schwach.«

»Das ist kein Wunder, denn du warst sehr krank. Ich habe mir die allergrößten Sorgen gemacht.«

»Wie lange war ich krank?«

»Acht Tage. Du hast eine Lungenentzündung bekommen, nachdem du so leichtsinnig in den eiskalten Regen hinausgelaufen bist. Kannst du dich erinnern?«

Sie runzelte die Brauen und dachte angestrengt nach, bis sie Kopfschmerzen bekam. »Dunkel«, sagte sie nur.

Als er sah, daß sie vor Schmerz zusammenzuckte, beschwichtigte er rasch: »Es tut mir leid. Denk nicht mehr daran, entspanne dich lieber und werde schnell gesund. Du siehst schon viel besser aus«, bemerkte er, obwohl sie schrecklich abgemagert war und ihr Haar stumpf und leblos herunterhing.

In diesem Augenblick klopfte es an der Tür. »Herein! Ah, Mrs. Ringlestone mit dem Essen! Arielle, mein Liebes, dies ist unsere Köchin, Mrs. Ringlestone.«

»Mylady!«

»Hallo!« grüßte Arielle zurück.

Burke setzte seine Frau auf und stopfte ihr einige Kissen in den Rücken. Mrs. Ringlestone hatte eine Graupensuppe und warmen Toast mit Butter zubereitet. »Vielen Dank, Mrs. Ringlestone! Ich werde schon darauf achten, daß sie die Suppe nicht verschüttet.«

Arielle hätte gar nicht gegen den Satz protestieren können, denn sie war viel zu beschäftigt, einen Löffel voll Suppe in ihren Mund zu bugsieren. Leise lächelnd beobachtete Burke ihre Bemühungen und setzte sich rasch neben sie, als er sah, daß sie erschöpft war.

»Noch mehr?« fragte er, während er ihr den Löffel aus der Hand nahm.

»Ja, bitte.«

Wenige Augenblicke später schloß sie die Augen, und Burke räumte das Tablett beiseite. Vor Schrecken hätte er es beinahe fallen lassen, denn plötzlich fragte sie mit völlig klarer, deutlicher Stimme: »Wer war der dünne, alte Mann mit dem schütteren, weißen Haar?« Danach schlief sie ein.

Demnach erinnerte sie sich also doch an etwas!

Als Arielle das nächste Mal erwachte, war es bereits dunkel. Burke hatte Mrs. Ringlestone und Ruby bereits vor einer Stunde nach Hause geschickt und es sich mit einem Buch neben Arielles Bett bequem gemacht. Knights Bibliothek bot zwar keine allzu große Auswahl, doch das interessierte Burke im Augenblick nicht im geringsten.

»Hallo!« sagte er, noch bevor sie die Augen ganz geöffnet hatte.

»Ich habe Durst.«

»Sofort.«

Während Arielle das ganze Glas austrank, überlegte Burke, wie er am besten bewerkstelligen konnte, sie auf den Topf zu setzen, denn mit Sicherheit war sie noch viel zu schwach, um das allein erledigen zu können.

»Hast du Hunger? Mrs. Ringlestone hat Essen für dich gerichtet.«

Schweigend nickte sie, doch sobald er das Zimmer verlassen hatte, sah sie sich nach dem Nachttopf um. Ich muß es einfach schaffen, dachte sie. Doch es gelang ihr nur unter allergrößten Schwierigkeiten und sie konnte sich nicht erinnern, jemals so schwach und zittrig gewesen zu sein. Als Burke mit dem Tablett ins Zimmer trat, saß sie bereits wieder auf der Bettkante und umklammerte einen der Pfosten. Ihr Nachthemd war bis zu den Knien hochgeschoben, und ihr Atem ging stoßweise.

Sie war blaß und in Schweiß gebadet, doch Burke sagte nichts, sondern stellte nur das Tablett direkt neben dem Bett ab. »Laß mich dir wieder ins Bett helfen!«

Sie reckte ihr Kinn empor. »Ich brauche deine Hilfe nicht. Ich schaffe es...«

Sie fühlte, wie sie mit Leichtigkeit hochgehoben und gleich darauf ins Bett gesetzt wurde. Diesmal konnte sie schon wesentlich besser essen, doch als sie schließlich müde wurde, gestattete sie Burke widerstandslos, ihr das restliche Hühnerfleisch zu füttern.

Zufrieden lehnte sie sich anschließend in die Kissen zurück und seufzte. »Bin ich tatsächlich fast gestorben?«

Er stellte seinen Becher mit Kaffee auf das Tablett zurück. »Ja«, antwortete er, »ja, du bist fast gestorben. Du hast mich zu Tode erschreckt. Doch jetzt hast du es ja überstanden.«

»Kann ich dann jetzt weg?«

Er schüttelte den Kopf. »Das ist völlig unmöglich.«

»Was soll denn das heißen?«

»Daß ich mit deinen hundert Pfund den Arzt bezahlt habe.«

»Du hast *was*?«

Er grinste verlegen. »Ich hatte fast kein Geld dabei und mußte also zwangsläufig den Arzt mit deinem Geld bezahlen.«

»Das wirst du mir aber zurückgeben, oder?«

»Ich hatte ohnehin vor, dir eine größere Summe pro Vierteljahr zur Verfügung zu stellen. Du mußt dir keine Sorgen machen.«

»Burke! Höre endlich auf mit diesem Unsinn! Ich habe nicht die Absicht…«

»Möchtest du vielleicht ein Bad nehmen? Deinem Haar kann es mit Sicherheit nicht schaden.«

Der Gedanke war so verlockend, daß Arielle ihren übrigen Kummer fürs erste vergaß. »Ja, aber nur ohne dich.«

»Du brauchst aber meine Hilfe, Arielle.«

Sie äußerte sich nicht, und als die Wanne gefüllt war, ließ sie sich widerspruchslos von Burke aus dem Bett helfen. Wie entsetzlich dünn sie war, dachte er, wie zerbrechlich. Aber glücklicherweise war ihr Wille ungebrochen und stark.

Neben der Badewanne drehte er Arielle zu sich um und sagte ganz ernst: »Hör mir jetzt zu! Ich habe dich die ganzen Tage über gepflegt und alles für dich getan. Du brauchst dich also vor mir nicht zu schämen. Du kannst unmöglich allein baden. Ich werde dir also helfen und auch dein Haar waschen. Einverstanden?«

Mit leiser, fast ein wenig gequälter Stimme fragte sie: »Hast du wirklich alles gemacht? Alles?«

»Ja, alles.«

»Und weshalb?«

»Darüber sprechen wir später, wenn du wieder im Bett bist.« Er half ihr, das Nachthemd über den Kopf zu ziehen, und als sie in der Wanne saß, löste er ihren Zopf und bürstete die Lokken aus. »Ich glaube, das Haar waschen wir am besten zuerst«, beschloß er.

Es war keine leichte Aufgabe, und er stellte sich auch nicht gerade geschickt an. Doch schließlich hatte er auch die letzte Seife herausgewaschen. »Den Rest kannst du jetzt selbst waschen, oder? Ich werde in der Zwischenzeit dein Bett neu beziehen.«

Arielle hatte gar keine Zeit, sich zu schämen, denn sie zitterte und mußte alle Kräfte zusammennehmen. Als Burke aufstand, sah er sie sekundenlang an. Ihre Brüste wurden zwar vom Wasser bedeckt, doch er kannte ihre Form auswendig. Sie hatte wunderschöne Brüste, die fast ein wenig zu groß für ihren schmalen Körper waren. Während der vergangenen Tage hatte ihn jede Berührung erregt, und er hatte auch jetzt alle Mühe, seine lustvollen Gedanken und Bilder zu verdrängen und sich wieder seiner eigentlichen Aufgabe zuzuwenden.

Als er gerade das Bett gerichtet hatte, hörte er einen kleinen Aufschrei hinter seinem Rücken. Rasch fuhr er herum und sah gerade noch, wie Arielle mit einem Handtuch in der Hand aus der Wanne stieg. Sie verlor die Balance und stürzte zu Boden, bevor er noch reagieren konnte.

Zehntes Kapitel

Arielle lag mit abgespreizten Armen und Beinen auf dem Boden und kam sich sehr sehr dumm vor.

»Arielle!«

Sie sah die Angst und die Sorge in seinen dunklen Augen und beruhigte ihn sofort. »Es ist nichts passiert. Ich fühle mich nur ein wenig schwindlig.« Sie hätte sich gern bedeckt, doch ihr fehlte die Kraft. Es war zuviel für sie. Also wandte sie nur den Kopf ab, während sie ein Schluchzen unterdrückte.

Burke hob sie auf, packte das Handtuch und trug sie zum Kamin hinüber. Dort setzte er sich in einen Sessel und begann, Arielle abzutrocknen. Offenbar hatte sie das Kämpfen aufgegeben, denn sie lehnte ganz friedlich den Kopf gegen seine Schulter. Mit größter Mühe versuchte er, sie so wenig wie möglich zu berühren, doch es gelang ihm nicht. Ganz leicht strichen seine Finger über ihre linke Brust. Nein, ich werde nicht hinsehen! dachte er. Ich will nicht darauf reagieren und mich wie ein Tier benehmen! Doch er konnte nicht widerstehen. Als er sah, daß sich ihre Brustwarze aufgerichtet hatte, brachte ihn dieser Anblick beinahe um den Verstand.

Mit aller Macht verdrängte er diese Gedanken und besann sich auf die kühle Nüchternheit, die ihm im Krieg so manches Mal das Leben gerettet hatte. Fast ein wenig grob rubbelte er sie ab, bis er zu den weniger gefährlichen Füßen kam. Er bewunderte ihre Schönheit, machte einige verlegene Bemerkungen, über die er sich insgeheim ärgerte und frottierte schließlich ihr Haar.

Trotz aller Bemühungen wuchs ihm die Situation über den Kopf. Das Handtuch, das er um sie geschlungen hatte, war nicht groß genug, so daß er wahre Folterqualen litt. Schließlich trug er sie zum Bett hinüber, wo er den Bademantel praktisch zweimal um sie herumwickelte und sorgfältig mit dem Gürtel verschnürte. Wenn sie genügend Kraft gehabt hätte, hätte sie mit Sicherheit protestiert, doch so sagte sie gar nichts und ließ sich auch wortlos wieder zum Kamin zurücktragen.

Dort machte es Burke beiden bequem und kämmte Arielles Haar, bis es schließlich fast trocken war. Das Kaminfeuer strahlte wohlige Wärme aus, und durch die gleichförmige Bewegung waren beide in kürzester Zeit tief und fest eingeschlafen.

Als Burke erwachte, war es bereits dunkel. Vom lodernden Feuer war nur noch ein wenig Glut übriggeblieben, und sein linker Arm war eingeschlafen. Arielle hat sich an ihn gekuschelt und schlief so entspannt, daß seine erotischen Phantasien augenblicklich erwachten. Er drückte sie näher an sich und atmete ihren lieblichen Duft ein. Endlich ist sie meine Frau, dachte er, während er auf das Rauschen der Blätter und auf die Geräusche des Hauses lauschte. Einige Zeit später nahm er Arielle auf die Arme und trug sie ins Bett.

Diesmal schlug Arielle als erste die Augen auf. Sie fühlte sich wunderbar warm, und es dauerte einige Zeit, bis sie merkte, daß diese Wärme von Burke ausstrahlte. Einer seiner Arme hielt sie gegen ihn gepreßt, ihr Kopf lag auf seiner Brust und eines ihrer Beine über seinen Schenkeln. Er atmete tief und regelmäßig, und als sie ihre Hand auf seiner Brust ausstreckte, fühlte sie störrische Haare und erstarrte. Er war nackt.

»Burke?«

Er murmelte im Schlaf und packte sie fester. Ganz langsam und vorsichtig entzog sie sich ihm und schloß erschrocken den Bademantel, der sich während der Nacht geöffnet hatte.

»Guten Morgen! Hast du gut geschlafen?« fragte er plötzlich, als sie es beinahe geschafft hatte.

Wortlos sahen sie einander an.

»Du hast Stoppeln im Gesicht«, stellte sie fest.

»Das pflegt bei Männern so zu sein.«

»Außerdem hast du Haare auf der Brust.«

»Ich fürchte, die wachsen überall. Nur auf dem Rücken habe ich keine.«

Eine lächerliche Unterhaltung! dachte Arielle. »Ich möchte jetzt gehen.«

»Sofort? So? In meinem Bademantel?«

Sie senkte den Kopf. Seine Scherze hörten sich wirklich harmlos an, doch ihre Furcht blieb. Die Realität war anders. Er lag hier nackt neben ihr und konnte jederzeit tun, was ihm gefiel. »Es geht mir viel besser«, sagte sie und rutschte ein wenig zur Seite.

»Na, wunderbar. Ich werde mich jetzt anziehen, und vielleicht kann ich auch ein Nachthemd für dich finden.«

»Ein Nachthemd? Wo willst du denn das finden?«

»Ich habe eines für dich gekauft.« Der erste Schritt auf dem Weg zur Wahrheit, dachte er. »Und zwar in London, als ich deine Entführung geplant habe. Ich konnte ja schlecht auch noch dein Gepäck entführen. Wenn du in den Schrank im anderen Zimmer gesehen hättest, hättest du einige Kleider, Schuhe und Unterwäsche gefunden. Allerdings habe ich nur ein Nachthemd gekauft, und das hast du während deiner Krankheit getragen. Ich weiß nicht, ob Mrs. Ringlestone es inzwischen gewaschen hat.«

Er wußte nicht, was in ihrem Kopf vorging, denn sie schwieg.

Als er aus dem Bett stieg, wandte sie den Kopf ab und drehte sich auch nicht um, als er bereits längst angezogen war. Von der Tür her warf er ihr einen langen, liebevollen Blick zu. Er wußte, daß er die Wahrheit nicht mehr lange geheimhalten konnte. Mrs. Ringlestone und Ruby konnten sich nur allzu leicht versprechen. Er mußte es ihr jetzt endlich sagen und ihr dann auch den schmalen Goldreif an den Finger stecken.

Als er wieder ins Zimmer trat, hatte sie sich an den Kamin gesetzt und eine Decke über ihre Beine gebreitet. Sie hatte ihre Haare gekämmt und sie mit einer dicken Strähne zusammengefaßt. In ihrem schmalen Gesicht wirkten die Augen noch größer als sonst. Für ihn war sie die schönste Frau, die er jemals geliebt hatte, dachte er und lächelte über seine Gedanken. »Mrs. Ringlestone wird dir bald das Frühstück bringen. Hast du Hunger?«

»Ja.«

»Na, wunderbar. Außerdem müssen wir etwas miteinander besprechen.«

»Ich möchte nur weg.«

»Über etwas anderes.«

»Ich will aber über nichts anderes sprechen.«

»Das tut mir leid, aber es muß sein. Erinnerst du dich, daß ich versprochen habe, mit dir nach Boston zu deiner Schwester zu fahren, wenn du mich heiratest?«

Sie runzelte mißtrauisch die Stirn, doch die Frage hatte ihre Neugier geweckt. »Ja, weshalb?«

Er atmete tief ein und holte den Ehering aus seiner Tasche. Dann nahm er ihre Hand, und bevor sie noch begriff, was geschah, hatte er ihn ihr über den Knöchel des Mittelfingers geschoben. Der Ring saß ein wenig eng, doch das konnte ihm nur recht sein. »Wir sind verheiratet«, erklärte er.

Fassungslos starrte Arielle auf den Ring. Dann zerrte sie an ihm, doch sie konnte ihn nicht abziehen. »Das ist ja lächerlich! Natürlich sind wir nicht verheiratet! Ich...« Plötzlich wirkte sie unsicher und irgendwie betroffen. »Dieser kleine, schmächtige Mann – und der andere, mit dem seltsamen Akzent...«

»Der schmächtige Mann ist der Pfarrer. Er hat uns getraut. Der andere ist Doktor Armbruster. Er ist Schotte, daher der Akzent.«

»Aber trotzdem ist es unmöglich. Eine Frau muß einverstanden sein! Das weiß ich doch genau!«

Burke beugte sich hinunter und legte seine Hände auf die Armlehnen ihres Sessels, so daß sein Gesicht dem ihren ganz nahe war. »Ich werde dir alles erklären, Liebes.« Dann richtete er sich auf und lehnte sich an den Kamin. »Im Grund ist alles ganz einfach gewesen. Du lagst im Delirium, und ich hatte große Angst, daß du es nicht überleben würdest. Du hast im Delirium geredet, und immer und immer wieder hast du gesagt, daß du mich willst. Du könntest dein Leben nicht mehr ertragen, und als ich dich gefragt habe, ob du mich heiraten willst, hast du ja gesagt.«

»Das ist eine Lüge! Niemals...«

»Doch, im Delirium, Arielle. Jedenfalls habe ich gespürt, daß tief in dir dieser Wunsch existierte. Ich habe mit dem Pfarrer darüber geredet, und er hat zugestimmt. Er hat uns getraut, und ich habe später vom Bischof die Erlaubnis eingeholt und die Papiere bekommen. Wir sind also ganz legal verheiratet.«

»Ich kann mich an nichts erinnern.«

Die Angst in ihrer Stimme schmerzte ihn zutiefst, und er haßte es, daß er sie belog. »Arielle, ich konnte dich doch nicht zwingen, mich zu heiraten! Du hast klar und deutlich ›Ja, ich will‹ gesagt, als der Pfarrer dich gefragt hat, ob du mich heiraten willst. Außerdem gab es drei Zeugen und du hast die Heiratsurkunde unterschrieben. Es ist wirklich wahr.«

»Es kann einfach nicht wahr sein!«

»Du wirst sehen, es wird wunderbar werden!«

Bitterböse sah sie ihn an. »Hast du denn keine Angst, daß ich dich umbringe, wie ich es mit meinem Mann gemacht habe?«

»Nein. Hast du – hast du ihn tatsächlich umgebracht?«

»Ja«, erwiderte sie giftig. »Und mit dir werde ich es genauso machen.«

Gar zu gern hätte er ihr etwas Tröstliches gesagt. »Ich werde versuchen, dich glücklich zu machen, Arielle!«

»Tatsächlich?«

»Aber natürlich! Ich liebe dich doch.«

In diesem Augenblick klopfte es, und eine glücklich strahlende Mrs. Ringlestone betrat das Zimmer. »O, ich wußte, daß es Ihnen heute viel besser gehen würde, Mylady! Ich kann gar nicht sagen, wie sehr ich mich freue! Hier kommt das Frühstück...«

Arielle achtete überhaupt nicht auf Mrs. Ringlestones Gerede, sondern blickte Burke unverwandt an.

Ihr Ehemann! Jetzt gehörte sie ihm, wie sie einst Paisley gehört hatte. Er hatte jedes Recht, sie so zu behandeln, wie es ihm gerade gefiel. Und plötzlich erinnerte sie sich wieder an ihren Traum, als Burke sich nackt über sie gebeugt hatte. Und er war nicht impotent wie Paisley! Der Alptraum war wahr geworden, und sie bemerkte gar nicht, daß ihr unablässig die Tränen über das Gesicht liefen.

Mrs. Ringlestone verstummte abrupt, als ihr Blick auf die junge Ehefrau fiel.

»Bitte, lassen Sie uns allein, Mrs. Ringlestone«, sagte Burke.

Nachdem sie die Tür hinter sich geschlossen hatte, nahm er Arielle in die Arme und zog sie auf seinen Schoß. Sie protestierte nicht und schien weit weg zu sein. Er konnte es kaum ertragen. »Sag mir, weshalb du weinst!«

Sie schüttelte nur den Kopf.

»Du wirst es auf der Stelle sagen!« befahl er im schärfsten Ton, der ihm möglich war, und es wirkte.

»Ich werde es nicht tun! Ich werde es mir nicht gefallen lassen!« Sie zitterte vor Angst und Entsetzen.

»Was wirst du nicht tun? Antworte endlich!«

»Dieser schreckliche Traum ist wahr geworden, aber ich werde dir nicht erlauben, mir weh zu tun! Ich werde es nicht tun!«

»Erzähle mir deinen Traum!«

Es wäre ihr nicht eingefallen, das zu verweigern. Wenn er in diesem Ton mit ihr sprach, mußte sie gehorchen. »In der Nacht, nachdem wir uns am Bunbery Lake wiedergetroffen haben, habe ich einen Alptraum gehabt. Paisley war da und noch viele andere Männer – und dann warst du an Paisleys Stelle. Du warst in meinem Bett und wolltest mich zwingen. Ich konnte dich nicht hindern, denn du bist stärker als ich. Verstehst du mich jetzt?«

»Ja«, antwortete er, obwohl er nicht viel begriff. »Weshalb wollte ich dich denn zwingen? Das verstehe ich nicht.«

»Du bist doch ein Mann!«

»Ja, aber ein Mann, der dich liebt.«

»Ach, das gibt es doch gar nicht! Das ist dummes Zeug. Du erzählst mir Lügen.«

Burke legte den Kopf in den Nacken und schloß die Augen. Am liebsten hätte er ihr in diesem Augenblick anvertraut, daß er die Wahrheit kannte, doch er war nicht sicher, wie sie es aufnehmen würde. Die Wahrheit über ihre Eheschließung zu verdauen, war wahrscheinlich im Augenblick mehr als genug für sie! Niemals im Leben würde er den hilflosen Zorn vergessen, der ihn überkommen hatte, als er alles durchschaut hatte. Sein wunderschönes, unschuldiges Mädchen war von einem Monster mißbraucht worden.

Niemals würde er es vergessen. Alles stand ihm so deutlich vor Augen, als wenn es gerade erst geschehen wäre. In ihrer Hochzeitsnacht, die er sich wahrlich anders vorgestellt hatte, hatte er ihren fieberheißen Körper mit nassen Tüchern abgerieben. Dabei hatte er sie auch auf den Bauch gedreht und ihren dikken Zopf über die Schulter geschoben. Während er mit langen, gleichmäßigen Bewegungen ihren Rücken, die Schenkel und die Hüften abgerieben hatte, hatte er im hellen Licht einer neuen Kerze feine, weiße Linien entdeckt und ungläubig den Kopf geschüttelt. Doch es war keine Täuschung gewesen. Ganz vorsichtig hatte er eine Narbe berührt, dann eine andere – es waren so entsetzlich viele gewesen. Am liebsten hätte er laut geschrieen. Ganz offensichtlich hatte man sie häufig und brutal geschlagen. Doch wer konnte das getan haben? Ihr Vater? Oder ihr Halbbruder? Er hatte den Kopf geschüttelt. Nein, natürlich ihr Ehemann! Deshalb auch diese panische Angst vor Männern! Deshalb hatte sie ihn also nicht heiraten wollen.

Als das Fieber schließlich gesunken war, hatte er sie vorsichtig auf den Rücken gedreht und auch auf ihren Brüsten und ihrem Bauch die feinen, weißen Narben entdeckt. Es hatte ihn regelrecht gewürgt, und er war rasch zu ihr ins Bett gekrochen und hatte sie ganz fest an sich gedrückt. Ein sechzehn Jahre altes Mädchen so entsetzlich zu mißhandeln! Er hätte es mit Sicherheit nicht geglaubt, wenn er es nicht mit eigenen Augen gesehen hätte. Während er sich in der Vergangenheit die wunderschönsten Geschichten ausgedacht und sie in seinen Träumen immer wieder zärtlich berührt hatte, war sie geschlagen worden, hatte vor ihrem Mann niederknien und ihn wie eine geübte Hure mit dem Mund befriedigen müssen!

Du lieber Himmel, er konnte es kaum aushalten, daran zu denken! Aber natürlich tat er es immer wieder. Die Reitpeitsche in seiner Hand hatte sie augenblicklich gefügig gemacht. Voller Hast hatte sie sich die Kleider heruntergerissen, damit es nur ja nicht zu lange dauerte! Ob Paisley Cochrane sie wohl auch anderen Männern überlassen hatte? Wahrscheinlich schon. Wenn er sie doch nur vor drei Jahren geheiratet hätte! dachte er wieder und wieder. Zum Teufel mit allen Skrupeln!

Doch was sollte er jetzt tun? Als er sah, daß sie frühstückte, lächelte er, doch es gelang ihm nicht recht. Wie sollte er nur mit seinem Wissen umgehen? Nachdem sie fertig war, brachte er sie wieder ins Bett und trug das Tablett vor die Tür. Inzwischen war er zu dem Entschluß gekommen, nicht darüber zu sprechen, um sie nicht zu unüberlegten Reaktionen zu treiben. Er wollte lieber versuchen, ihr Vertrauen zu gewinnen und sie erst einmal an sich, an seinen Körper und an seine Berührungen gewöhnen.

»Du bist sehr stark«, sagte sie plötzlich völlig überraschend.

Alles, was sie sagt, bekommt nun eine andere Bedeutung, dachte er. »Ja, damit ich dich besser beschützen kann. Du sollst meine Stärke nicht fürchten, sondern dich darüber freuen.«

»Du bist außerdem sehr redegewandt, Burke.«

»Sind in deinen Augen alle Männer nur Lügner und grausame, heißhungrige Unholde?«

»Ja.« Sie reckte zwar ihr Kinn empor, doch er erkannte deutlich die gleichzeitige Furcht in ihren Augen wegen dieser kleinen Aufsässigkeit. Als er aufstand, zuckte sie zurück.

Doch er übersah ihre Reaktion geflissentlich. »Wenn es dir besser geht, werden wir nach Ravensworth Abbey fahren. Dort wirst du auch deine Diener wiedertreffen.«

»Ich möchte lieber nach Boston. Du hast es versprochen!«

»Ja, das werden wir auch tun.« *Sobald du schwanger bist*, dachte er im stillen und sagte statt dessen: »Sobald der Krieg zwischen beiden Ländern vorbei ist, was vermutlich im Herbst der Fall sein wird. Möchtest du jetzt ein Weilchen schlafen?«

Sie nickte, und er wußte sofort, daß sie mit allem einverstanden war, wenn sie ihn nur für einige Zeit loswurde.

»Was machst du da?« rief sie mit schriller Stimme.

Er lächelte nur und fuhr fort, seine Hose aufzuknöpfen. Dann zog er sie samt Unterwäsche aus und stand nackt vor ihr. Er war nicht besonders erregt, doch wenn sie ihn weiter so betrachtete, würde es bestimmt nicht mehr lange dauern. »Ich nehme ein Bad«, verkündete er ganz selbstverständlich. »Möchtest du mir Gesellschaft leisten?«

»Nein! Kannst du das nicht woanders tun, oder mich wenigstens gehen lassen?«

Während er auf sie zuging, wußte er, daß sie seinen Körper betrachtete, und sofort reagierten seine Gefühle, und sein Glied schwoll an und wuchs. Doch er machte sich nichts daraus. Schließlich war sie ja kein unschuldiges Kind mehr und sollte ruhig wissen, daß er sie als Frau begehrte.

Doch als er die Angst in ihren Augen sah, hielt er inne und schlüpfte in seinen Morgenmantel. Beim nächsten Mal würde sie schon harmloser reagieren und irgendwann hätte sie sich an ihn gewöhnt. Er kannte ihren Körper so gut und wollte kein Fremder für Arielle bleiben.

»Möchtest du dich nicht ein bißchen mit mir unterhalten?« fragte er mit hochgezogenen Brauen.

»Ich möchte mich lieber anziehen und weggehen.«

»Dr. Armbruster wird bald kommen. Wenn er meint, daß es dir gut tut, werde ich dich hinuntertragen.«

Dann legte er ganz selbstverständlich seinen Bademantel ab und stieg in die Wanne. Singend wusch er sich und beobachtete aus den Augenwinkeln ihren etwas gequälten Gesichtsausdruck. War sein Gesang daran schuld oder etwa der Anblick seines männlichen Körpers?

Dr. Armbruster fand es keineswegs ungewöhnlich, daß Burke sich kurz mit ihm besprach, und war durchaus einverstanden, Arielles Schwangerschaft nicht zur Sprache zu bringen, um seine Patientin nicht unnötig aufzuregen.

Guter Gott, dachte er fünf Minuten später, sie hat ja tatsächlich Angst vor mir. Arielle saß mit verschränkten Armen vor ihm und verfolgte mißtrauisch jede seiner Bewegungen, so daß er alle seine Überzeugungskraft aufbieten mußte, wie er das bei einem kranken Kind getan hätte. Er trat einen Schritt zurück, lächelte und beschloß, ganz langsam vorzugehen.

»Sie haben ja prächtige Fortschritte gemacht, Mylady! Wie geht es Ihnen?«

»Recht gut, Sir.«

»Ihr Ehemann hat sich ja wirklich rührend um Sie gekümmert. Er ist eine ausgezeichnete Krankenschwester. Da Sie beide ein wenig mitgenommen aussehen, empfehle ich für die nächste Zeit sehr viel Ruhe.«

»Wann kann meine Frau reisen?« wollte Burke wissen.

»Morgen, denke ich.« Dann trat er langsam einen Schritt näher und registrierte Arielles leichtes Zucken. »Ich muß unbedingt noch einmal ihre Lunge abhören, Mylady.«

Doktor Armbruster sah, wie sie krampfhaft schluckte, doch er bewegte sich erst, als sie genickt hatte. Weder hob er ihr Nachthemd hoch, noch berührte er sie.

Es war zwar ein wenig schwierig, doch schließlich schaffte er es. Glücklicherweise waren ihre Lungen frei. »Ja«, meinte er abschließend, »ich glaube schon, daß Sie fahren können. Sie sollten nur nicht übertreiben. Wohin soll denn die Reise gehen?«

»Nicht allzu weit. Nach Sussex, in die Nähe von East Grinstead.«

»Aber Sie werden einen Wagen benutzen, Mylord?«

»Selbstverständlich. Sobald meine Frau müde wird, können wir anhalten. Ich werde mich schon um sie kümmern.«

Doktor Armbruster nickte und wandte sich dann an Arielle.

»Befolgen Sie nur die Ratschläge Ihres Mannes, Mylady. Er ist nämlich fast so vernünftig und klug wie ein Schotte!«

Das interessierte Arielle jedoch nicht im geringsten. Sie wollte ihn lieber fragen, ob sie tatsächlich mit dem Earl of Ravensworth verheiratet war, doch sie fürchtete Burkes Unwillen.

»Haben Sie noch eine Frage, Mylady?« wollte Doktor Armbruster wissen, dem Arielles Zögern nicht entgangen war.

Sie blickte zu Burke hinüber, und er begriff augenblicklich, daß sie die Frage nicht stellen wollte, weil sie seinen Zorn fürchtete. Er mußte ihr zu Hilfe kommen.

»Arielle, möchtest du Doktor Armbruster vielleicht noch einige Fragen zu unserer Heirat stellen?«

Sie war sehr überrascht und gleichzeitig ein wenig beunruhigt. »Ja, wenn es möglich ist. Es war vor einer Woche, nicht wahr?«

»Ja, es war eine schöne Feier. Der Pfarrer hat seine Aufgabe gut gemacht, genau wie Sie und Ihr Mann. Jetzt muß ich aber los. Falls es noch Fragen gibt, stehe ich gern zu Ihrer Verfügung. Auf Wiedersehen, Mylady.« Damit ging er zur Tür und drehte sich noch einmal um. »Sie haben einen wundervollen Ehemann, Mylady. Ich hoffe, Sie beide werden glücklich.«

Der restliche Tag verlief ruhig. Am Nachmittag zeigte Burke Arielle ein Kartenspiel, an dem sie nach kürzester Zeit sehr viel Spaß hatte.

»Mit knapper Not habe ich heute gewonnen«, bemerkte er, während er sich aufseufzend zurücklehnte. »In Zukunft werde ich wohl mein gesamtes Vermögen an dich verlieren!«

Während des Spiels hatte sie ihre Ängste vergessen können und sogar einige Male herzlich gelacht.

»Möchtest du noch einmal spielen?«

Sie stimmte zwar zu, doch er bemerkte, daß sie müde geworden war. »Nun, vielleicht doch lieber morgen. Du siehst aus wie eine bezaubernde Rose, kurz bevor sie den Kopf hängen läßt. Wenn wir morgen fahren wollen, schläfst du jetzt besser.«

Schweigend beobachtete sie, wie er die Karten und das Spielbrett wegräumte. Dann zog er sich aus, und als er sich nackt zu ihr umwandte, schnappte sie nach Luft: »Nein! Bitte, ich möchte nicht, daß du hierbleibst!«

Doch er schüttelte nur den Kopf. »Ich bin nur ein ganz gewöhnlicher Mann, Arielle. In den nächsten fünfzig Jahren wirst du mich noch so oft nackt sehen, daß du dich genauso gut auch gleich daran gewöhnen kannst.« Mit diesen Worten kletterte er ins Bett, worauf sie ganz zur anderen Seite hinüberrutschte. Fast körperlich konnte er ihre Abwehr spüren und wußte nicht genau, wie er sich verhalten sollte.

»Du hast mir bisher noch nicht erzählt, was dein Bruder gemacht hat, um Victor zu bekommen.«

Sekundenlang wußte er überhaupt nicht, wovon sie sprach. »Guter Gott, du erinnerst dich an die Geschichte von dem Pony?«

»Ja, natürlich. Also, was hat Montrose gemacht?«

»Wenn du mir einen Gutenachtkuß gibst, werde ich es dir verraten.«

Als sie die Luft anhielt, stützte er sich auf die Ellenbogen hoch. »Nun?«

»Nein«, hauchte sie ganz leise. »Bitte, bleib, wo du bist.«

»Ganz wie du möchtest.«

Als in der Nacht ein Sturm aufkam und die Temperatur merklich fiel, wachte er auf. Arielle lag an ihn geschmiegt und hatte beide Arme um seinen Nacken gelegt. Ihr Nachthemd war bis zur Taille hochgeschoben, und seine linke Hand lag auf ihrer nackten Hüfte. Im Halbschlaf streichelte er ihre unglaublich weiche Haut und stellte sich vor, wie er sie liebte. Ihre Schenkel waren ein wenig gespreizt, und er ließ seine Finger wandern, bis sie ganz leicht ihre Scham berührten. Die wunderbare Wärme und Weichheit brachten ihn beinahe um den Verstand.

Während er weiterträumte, schob sich ein Finger in ihr heißes, weiches Fleisch, und er stöhnte, als er spürte, wie eng sie war. Er sehnte sich danach, sie stöhnen zu hören, wollte hören, daß sie nach ihm verlangte, nach ihm schrie. – Wieder stöhnte er, und diesmal erwachte er endgültig.

»Arielle«, flüsterte er, ohne ganz zu begreifen, was geschah. Er fühlte nur, wie sie sich bewegte, doch in der Dunkelheit konnte er ihre Gesichtszüge kaum erkennen, als sie sich hochstützte. Aber er hörte einen sehnsuchtsvollen Seufzer und spürte, wie sich ihre Hüften bewegten.

»Arielle«, flüsterte er noch einmal. Dann rollte er mit ihr herum, bis er auf ihr lag.

Elftes Kapitel

In der Dunkelheit übermannten ihn seine lustvollen Gefühle, und er ließ ihnen freien Lauf. Arielles Nachthemd war noch immer bis zur Taille hochgeschoben, und seine Hände fühlten die unglaubliche Weichheit ihrer Schenkel. Als er einen kleinen, lustvollen Aufschrei hörte, wurde er von seiner Sehnsucht überwältigt und drückte sich heftig gegen sie. Doch plötzlich erstarrte sie.

»Arielle«, flüsterte er heiser. »Ich möchte dich gern ganz besitzen. Du sollst ganz mir gehören.« Doch der Klang seiner Stimme setzte seinen Verstand in Gang. Er erinnerte sich wieder daran, daß er Arielle nicht beunruhigen, sondern sehr behutsam erobern wollte. Ganz langsam zog er sich von ihr zurück und ließ sich auf den Rücken fallen.

»Schlafe weiter, Liebes«, murmelte er, »aber träume von mir. Ich habe deutlich deine Sehnsucht gespürt und würde dich so gern glücklich machen.« In der Dunkelheit fiel es ihm leicht, diese Sätze auszusprechen. »Ich möchte es wirklich und hoffe, daß du mir eine Chance gibst.«

Ganz unten in ihrem Bauch spürte Arielle Gefühle, die sie nicht kannte, die sie nicht kennen wollte. Sie hörte Burkes dunkle Stimme und die wundervollen Worte. Es schien ihm ernst zu sein, doch sie blieb mißtrauisch. Weshalb hatte er sie nicht geliebt, obwohl er es doch gekonnt hätte? Er hatte auf ihr gelegen wie in ihrem Traum. Doch laut sagte sie nur: »Ich verstehe dich nicht.«

»Vertraue mir, Arielle, und alles andere wird sich einstellen.«

Wieder diese Phrasen. »O, nein, ich habe nicht die Absicht, Mylord.«

Burke überhörte diesen Satz geflissentlich. »Aber wenigstens sind wir verheiratet, liegen miteinander im Bett und können uns mitten in der Nacht unterhalten. Das ist schon ein großer Fortschritt, Arielle.«

Er fühlte, wie die Matratze nachgab, als sie ihr Nachthemd herunterzog.

»Frierst du?«

»Weshalb?«

»Komm, ich wärme dich.«

»Nein.«

Nun gut, dachte Burke und beließ es dabei.

Ihr kleines Gesicht war weiß vor lauter Müdigkeit, und sie lehnte erschöpft den Kopf gegen seine Schulter. Zart küßte er ihre Stirn und hielt sie dabei fest im Arm.

»Gleich sind wir zu Hause, mein Liebes. Gleich hast du es überstanden«, sagte er, während die Kutsche, die von Tom Acre aus Shepherd Smeath gelenkt wurde, unter den vertrauten Bäumen die Auffahrt zu Ravensworth Abbey hinauffuhr. »Meine Dienerschaft wird sich freuen, dich als ihre Herrin begrüßen zu können, Arielle. Joshua hast du schon erobert, obwohl er Frauen normalerweise nicht besonders leiden kann. Mach dir nur keine Gedanken! Du kannst dich gleich wieder hinlegen, und wenn du es möchtest, kann sich Dorcas um dich kümmern.«

Arielle blickte aus dem Fenster und bemerkte dann ganz ruhig: »Ich wollte das alles nicht. Ich habe Angst.«

»Wovor hast du Angst?«

Sie zuckte die Achseln. »Ich bin nicht mehr das Mädchen, das ich damals war. Du wirst mich bald nicht mehr mögen. Und was soll dann werden?«

In diesem Augenblick hielt der Wagen vor dem Haus, und Burke war einer Antwort enthoben. Der Butler Montague stand unter der Haustür, und Burke wußte, daß auch alle seine anderen Anweisungen bis ins Detail befolgt sein würden.

»Fühlst du dich stark genug, um zu laufen?«

»Aber sicher«, versicherte sie tapfer, obwohl ihr die Knie zitterten.

Einer der Diener in der farbenprächtigen Livree von Ravensworth eilte herbei und riß den Schlag auf, worauf Burke hinaussprang und sich dann umdrehte, um Arielle die Hand zu reichen. Doch als er ihr leichenblasses Gesicht und ihre furchtsamen Augen sah, umfaßte er einfach ihre Taille und hob sie herunter.

»Du bist von jetzt an die Countess of Ravensworth«, flüsterte er ihr zu. »Vergiß das nie!«

Dorcas lief ihr aufgeregt entgegen. »Sind Sie endlich da, mein liebes Kind!« Doch dann hielt sie erschrocken inne und knickste tief. »Mylady.«

»Das Wetter hat ihr sehr zugesetzt, Dorcas«, erklärte Burke. »Ich werde sie sofort nach oben tragen. Montague, bitte schikken Sie nach Doktor Brody.«

»Bitte nicht, Burke!« bat Arielle zaghaft und zog ihn dabei am Ärmel.

»Ich möchte mich vergewissern, daß es dir gut geht.«

»Mir geht es gut, ich bin nur müde. Bestimmt.«

Ich werde ihr niemals widerstehen können, dachte er. »Also gut«, meinte er, während er sie auf die Arme nahm, »aber nur unter der Bedingung, daß du mir folgst.«

»Das verspreche ich.«

Nachdem sie die Eingangshalle betreten hatten, sprach Burke kurz mit Mrs. Pepperall, der Haushälterin, und mit Montague, die beide Arielle sehr herzlich begrüßten. Den anderen nickte er nur zu, während er seine Frau nach oben trug.

Das große Schlafzimmer des Hausherrn befand sich am Ende des östlichen Korridors, und direkt daneben lag das der Hausherrin, das Burkes Mutter in hellem Lavendelblau und zartem Pfirsichrosa hatte ausstatten lassen. Burke hatte sich immer noch nicht entschlossen, ob er Arielle bei sich behalten sollte, doch schließlich führte Dorcas unwissentlich die Entscheidung herbei.

»Hier hinein, Mylord«, sagte sie, während sie die Tür zum Schlafzimmer der Hausherrin aufstieß.

»Nein, Dorcas, das überlassen Sie bitte mir!« Damit ging er zur nächsten Tür. »Du bist noch nie hier oben gewesen, oder?« fragte er, während er Arielle über die Schwelle trug.

Arielle schüttelte den Kopf, und er gab der Tür einen kräftigen Stoß, so daß sie hinter ihm ins Schloß fiel und Dorcas ausgesperrt war.

»Noch eine Sekunde, und dann bist du im Bett.« Sanft setzte er sie neben dem gewaltigen Bett ab, in dem er zur Welt gekommen war, und begann, sie auszuziehen. Erschöpft lehnte sie sich gegen ihn, was ihm sehr gefiel. In Hemd und Unterrock setzte er sie schließlich auf die Bettkante und kniete nieder, um ihr Schuhe und Strümpfe abzustreifen. »Das war doch nicht allzu schlimm, nicht wahr?« fragte er, als er abschließend die Decke glattstrich.

»Nein«, antwortete sie schlaftrunken und war fünf Minuten später tief und fest eingeschlafen.

Kurz darauf klopfte es energisch an der Tür. »Sie schläft«, sagte er kurz angebunden, als er sah, daß Dorcas vor der Tür stand. »Und ich möchte, daß sie nicht gestört wird.«

»Aber...«

»Sie können sich gern zu ihr setzen, aber wecken Sie sie bitte nicht auf!«

Die alte Frau warf ihm einen giftigen Blick zu. »Ich kenne sie gut und weiß, daß sie Sie niemals geheiratet hätte!«

»Dann haben Sie sich eben getäuscht!«

»Sie haben irgend etwas mit ihr gemacht!«

»Das habe ich nicht! Und ich habe noch weniger Lust, mich vor Ihnen zu rechtfertigen!« Mit diesen Worten machte er kehrt und ließ Dorcas stehen.

Er mußte unbedingt mit Geordie sprechen, den er auch kurz darauf im Stall bei Joshua antraf. Geordie warf Burke einen fragenden Blick zu und tippte sich dann grüßend an die Stirn.

Ohne weitere Umschweife kam Burke zum Thema. »Ich habe sie in keiner Weise verletzt, Geordie. Da ich weiß, daß Sie sich

Sorgen um sie gemacht haben, wollte ich es Ihnen selbst sagen. Sie hat mich geheiratet. Danach wurde sie leider krank, doch sie erholt sich zusehends. Ich werde alles in meiner Macht Stehende tun, um sie glücklich zu machen.«

Geordie nickte zufrieden und sagte dann zu Joshua: »Los, erzählen Sie es ihm!«

»Was denn?«

»Dieser französische Dandy – dieser Etienne DuPons hat hier herumgeschnüffelt.«

»Der uneheliche Sohn von Cochrane?«

»Genau der«, bestätigte Geordie. »Er hat hier nichts erfahren, doch ich war beunruhigt und bin ihm gefolgt.«

»Und wohin?«

»Zu Evan Goddis. Ich habe ein wenig am Bibliotheksfenster von Leslie Farm gelauscht und erfahren, daß DuPons tatsächlich geplant hatte, Ihre Frau zu entführen und sie zur Ehe zu zwingen. Er war vor Zorn ganz außer sich, doch Goddis hat ihm den Tip gegeben, daß Sie vielleicht etwas damit zu tun haben könnten, da Dorcas und ich uns in Ravensworth aufhielten. Außerdem hat er ihm klargemacht, daß er seinen Teil der Abmachung erfüllt hätte und nichts für das ungeschickte Verhalten des Franzosen könne. Außerdem hat er jede weitere Hilfestellung abgelehnt.«

Burke rief sich ins Gedächtnis zurück, wie er auf Arielle Wagen gewartet hatte. Demnach hatte Etienne DuPons ebenfalls auf der Lauer gelegen, und Burke war ihm nur durch Zufall zuvorgekommen. »Guter Gott!« sagte er und fuhr sich mit den Fingern durch die Haare. »Eine verzwickte Geschichte!«

Grinsend meinte Joshua: »Ich habe alle Männer angewiesen, die Augen offenzuhalten. Wir wollen doch schließlich kein Risiko eingehen!«

»Glauben Sie wirklich, daß er noch einmal wiederkommt, wenn er weiß, daß wir verheiratet sind? Das halte ich für unwahrscheinlich.«

Geordie blickte unsicher von einem zum andern. Ach, verdammt, das Mädchen war wichtiger! »Er hat böse Absichten«, sagte er schließlich.

Fragend sah Burke ihn an.

»Ganz bestimmt, Mylord. Einige Wochen vor dem Tod seines Vaters ist er nach Rendel Hall gekommen. Ich weiß nicht genau, was vorgefallen ist und wozu der alte Mann sie gezwungen hat, aber... Nun, nachdem der alte Cochrane tot war, hat sie den Franzosen unverzüglich vor die Tür gesetzt. Daraufhin hat er sein Maul aufgerissen und widerliche Dinge über sie verbreitet.«

Burke konnte seinen Zorn kaum beherrschen. »Ich bedanke mich für Ihre Offenheit, Geordie. Keine Angst, ich werde sie beschützen!«

»Hm – da ist noch etwas. Ihr Halbbruder, Goddis, hat sie damals an Cochrane verkauft. Für fünfzehntausend Pfund. Als sie später einmal davongelaufen war und bei Goddis Schutz gesucht hatte, hat er sie ein zweites Mal verkauft, diesmal für fünftausend. Ich nehme an, daß auch DuPons bezahlen sollte.«

»Aber ihr Verwalter und ihr Anwalt haben doch den gesamten Besitz an sich gebracht!«

»Ich glaube nicht, daß sie das damals wußten.«

»Aber mittlerweile dürfte es ihnen bekannt sein. Damit ist die Sache für sie uninteressant geworden. Ich glaube, ich frage lieber nicht, woher Sie alle diese Informationen haben, Geordie«, meinte Burke und ging dann, tief in Gedanken, zum Haus zurück.

»Sie hatten schon recht, Joshua. Er ist wirklich ein anständiger Mann und wird bestimmt gut auf das Mädchen achtgeben und sich um sie kümmern.«

»Das ist auch meine Meinung.«

»Er wird ihr bestimmt nichts tun, nicht wahr?«

»Das paßt nicht zu diesem Mann, Geordie, aber das habe ich Ihnen nun schon fast zwanzigmal gesagt!«

Burke kochte vor Wut, während er zum Haus zurückging. Am liebsten hätte er DuPons und Goddis auf der Stelle erschlagen. In seinem Arbeitszimmer begrüßte er den Verwalter nur kurz, übersah geflissentlich die Papiere, die dieser mitgebracht hatte, und schickte ihn wieder weg. Dann entwarf er eine Anzeige für die *Gazette*, um seine Eheschließung bekanntzugeben, und schließlich schrieb er noch Briefe an Knight und an seine Schwester Corinne. Danach ging er nach oben, um nach seiner Frau zu sehen. Ganz leise öffnete er die Tür, weil er sie nicht stören wollte, doch zu seiner großen Überraschung hörte er Stimmen und hielt inne.

»Geordie hat sich wahnsinnig aufgeregt«, berichtete Dorcas gerade, »doch Joshua hat ihn beruhigen können, was wirklich nicht leicht war. Ich kann noch immer nicht glauben, daß Sie ihn tatsächlich geheiratet haben! Wenigstens ist er reich!«

Arielles Stimme klang zwar schwach, aber klar. »Ich wußte nicht, daß ich ihn geheiratet habe, und von mir aus kann ihm ganz England gehören. Ich möchte jetzt nichts mehr davon hören! Es ist erledigt. Er hat versprochen, mit mir nach Boston zu fahren, und er sieht aus, als ob er sein Wort hielte. In Amerika kann ich ihm vielleicht entwischen.«

»Und wenn er Sie schlägt, Sie zwingt…«

»Bitte, Dorcas! Falls das so ist, werde ich es wohl oder übel ertragen müssen. Als Frau hat man ja keine Wahl!« Sie sagte das völlig kühl. »Ich mißtraue ihm und glaube nicht, daß er schon sein wahres Gesicht gezeigt hat.« Sie seufzte tief. »Ich weiß nicht genau, weshalb er immer noch so freundlich zu mir ist. Schließlich bin ich doch jetzt seine Frau, und er muß die Fassade nicht länger aufrecht erhalten. Ich verstehe ihn nicht.«

Was Dorcas antwortete, konnte Burke nicht mehr hören. Lautlos schloß er die Tür und ging wieder nach unten, in sein Arbeitszimmer. Dort ließ er sich in einen alten Lehnstuhl sinken und starrte lange Zeit in den leeren Kamin.

Das Abendessen ließ Burke nach oben bringen und leistete seiner Frau Gesellschaft. Nachdem sie eine Weile schweigend gegessen hatte, erklärte Arielle plötzlich aus heiterem Himmel:

»Ich möchte gern in das andere Zimmer umziehen. Es gehört sich nicht, daß Ehemann und Ehefrau im selben Zimmer schlafen.«

»Du willst wohl neue Sitten einführen, mein Schatz? Männer und Frauen, die einander nahe sein wollen, schlafen sehr wohl...«

»Nein!« entgegnete sie heftig und starrte verbissen auf die restlichen Erbsen auf ihrem Teller.

»Sprich nicht mehr davon, Arielle!« entgegnete er sanft. »Dies ist unser Schlafzimmer, und wir werden jede Nacht hier gemeinsam schlafen.«

Nachdem Arielle eine Weile geschwiegen hatte, fragte sie plötzlich: »Gibt es hier einen Gemüsegarten?«

»Ja. Wenn es dich interessiert, wird dir Mrs. Pepperall bestimmt gern alles zeigen. Du bist schließlich die Herrin dieses Hauses und kannst tun, was du möchtest.«

Arielle konnte nicht ganz glauben, was sie soeben gehört hatte. Dazu war sie zu lange Lady Rendel gewesen! Alle Bediensteten waren immer nur dem Hausherrn ergeben, aber doch nicht seiner Frau!

Wie zufällig, fragte Burke einige Zeit später: »Sollen wir irgendwann einmal deinen Halbbruder zum Essen einladen? Ich habe ihn bisher noch gar nicht kennengelernt.«

Klappernd fiel ihre Gabel auf den Teller. »Nein! Das heißt, er und ich stehen einander nicht sehr nahe. Tatsächlich habe ich ihn erst kennengelernt, nachdem mein Vater gestorben war. Er war damals mein Vormund.« Doch sie wollte nicht so schroff ablehnen. »Vielleicht kann er uns ja später einmal besuchen.«

Burke nickte nur. Ihre Abneigung gegen Goddis war mehr als deutlich, und das sollte auch so bleiben. Wenn sie allerdings zusammengezuckt wäre, hätte er den Beweis gehabt, daß dieser Mann ihr wehgetan hatte, und er wäre wie ein Wilder nach Leslie Farm geritten. Doch so strich er sich nur Butter auf ein Brot und erkundigte sich ganz beiläufig: »Hattest du nicht auch einen Stiefsohn? Etienne irgendwie?«

Unter halbgeschlossenen Lidern beobachtete er ihre Reaktionen, die Blässe, die unruhigen Augen und das Zittern, das ihre Hände befiel. Dieser Mann hatte ihr etwas angetan!

Sie legte ihre Gabel nieder und antwortete mit ruhiger, beherrschter Stimme. »Ja, er heißt Etienne DuPons und ist Paisleys unehelicher Sohn. Seine Mutter war Französin. Ich nehme an, daß er inzwischen wieder nach Frankreich zurückgekehrt ist.«

»Soviel ich weiß, hat er das nicht getan. Ich dachte, du wüßtest, daß er in Leslie Farm lebt.«

»Woher weißt du das?«

»Was dich betrifft, betrifft jetzt auch mich. Vergiß das nie, Arielle! Hast du es gewußt?«

»Ja. Ich habe allerdings gehofft, daß er inzwischen fort ist, denn ich kann ihn nicht ausstehen.«

»Und weshalb? Hat er deine Position in Rendel Hall irgendwie gefährdet?«

Sie lachte schrill auf und konnte sich gar nicht mehr beruhigen. Doch schließlich lehnte sie sich zurück und schloß die Augen.

Für Burke war klar, daß dieser Mann ihr etwas angetan hatte. Hatte ihr Ehemann sie etwa seinem Sohn überlassen? »Kinder hattest du nicht, oder?«

»Nein.«

»Warst du eigentlich einmal schwanger?«

»Nein.«

Burke scheute vor seinen Gedanken zurück, doch vielleicht war es ja tatsächlich so gewesen. Vielleicht war der alte Cochrane ja tatsächlich unfähig gewesen, ein Kind zu zeugen, und hatte seine Frau gezwungen, mit seinem Sohn zu schlafen, um endlich schwanger zu werden. Nein, das war ja absurd! »Möchtest du noch eine Tasse Tee, Arielle?«

Seufzend nickte sie. »Willst du mir noch mehr Fragen stellen?«

»Im Augenblick nicht. Ich möchte lieber noch ein bißchen

Karten spielen, und danach schläfst du dich einmal richtig lange aus.«

Und ich werde wieder eine höllische Nacht verbringen, dachte er, während er die Karten holte. Doch es war nicht so schlimm, wie er angenommen hatte. Er hatte nämlich vergessen, wie breit das riesige Bett war. Wenn er auf seiner Seite lag, mußte er den Arm schon weit ausstrecken, um sie überhaupt zu erreichen. Bewegungslos lag er auf seiner Seite und versuchte, seine Erregung nicht zur Kenntnis zu nehmen.

Arielle starrte indessen an die Decke und überlegte, weshalb er ihr alle diese Fragen gestellt hatte. Es war unmöglich, daß er etwas wußte! Als sie schließlich die Augen schloß, sah sie ihn vor sich, sah, wie er sich auszog, während er sich mit ihr unterhielt. Sie musterte seinen Körper von oben bis unten, bis schließlich die Vernunft überwog und sie den Blick abwandte. Er hatte einen wunderschönen, schlanken und zugleich starken Körper, doch er war ein Mann, und seine Stärke konnte schmerzlich sein.

Sie lauschte auf seine ruhigen, gleichmäßigen Atemzüge und erschrak entsetzlich, als er plötzlich sprach. »Ich werde dich jetzt küssen. Nur ein ganz kleiner Kuß! Du mußte keine Angst haben. In Ordnung?«

»Tu, was du möchtest.«

»Das werde ich, und im Augenblick ist es mir völlig gleichgültig, was du möchtest!« Er drehte sich zu ihr um, und obwohl er sie nicht berührte, konnte sie die Hitze seines Körpers spüren. Zart strichen seine Fingerspitzen über ihre Kehle. »Als ich dich zum ersten Mal geküßt habe, war ich nur wütend und unbeherrscht. Ich war grob, doch jetzt wird das ganz anders sein! Halte still!«

Sie fühlte seinen warmen Atem auf ihrer Wange und spürte, wie er ihr Kinn mit seiner Hand umschloß, so daß sie sich nicht abwenden konnte. Dann berührte sein Mund ganz leicht ihre Lippen. »Sehr gut!« sagte er ganz dicht vor ihrem Mund. »Und jetzt öffne deine Lippen ein wenig!«

Sie gehorchte, denn sie fürchtete sich entsetzlich. Im Augenblick sprach er so sanft und schmeichelnd, daß ihr bange wurde. Sie traute ihm nicht und wollte sich nicht einlullen lassen. Dann fühlte sie, wie seine Zunge über ihre Lippen glitt und sich zwischen sie drängte.

»So ist es noch viel schöner«, sagte er in ihren Mund. »Nein, bleib da! Ich tue dir nicht weh!« Dann verstummte er und küßte sie.

»Du bist so verkrampft, so verletzt!« bemerkte er einige Zeit später. Sie konnte sein Gesicht in der Dunkelheit nicht erkennen, sondern hörte nur seine Stimme und hatte entsetzliche Angst. »Doch weshalb eigentlich? Ich habe deinen wunderschönen Körper jetzt so oft nackt gesehen und kenne ihn in- und auswendig. Ich habe dich nicht vergewaltigt, nicht wahr? Obwohl ich es hätte tun können. Ich könnte es auch jetzt tun.«

»Dann willst du es also gar nicht. Denn wenn du es wolltest, würdest du es doch tun. Männer nehmen doch keine Rücksicht...«

»Pst! Küß mich noch einmal, und dann wollen wir schlafen.« Diesmal küßte er sie tief und innig. Es war ein wunderbares Gefühl, obwohl es ihn ein wenig kränkte, daß sie solche Angst vor ihm hatte. »Das war wieder ein großer Schritt«, meinte er und drückte ihr einen zarten Kuß auf die Nase. »Schlaf gut, mein Schatz!«

Arielle sah ihm noch eine Weile zu und wunderte sich, wie er so schnell einschlafen konnte.

Als er leise zu schnarchen begann, lächelte sie, doch am nächsten Morgen war ihr das Lächeln gründlich vergangen.

Zwölftes Kapitel

»Es kommt schon alles wieder in Ordnung, Arielle«, versicherte Burke tröstend, während er seine Frau zu einem Stuhl führte. »Ich verspreche es.« Er rieb ihre eiskalten Hände. »Du bleibst hier sitzen, ja? So ist es gut!«

Wie gelähmt starrte Arielle ihn an. »Aber, Burke, sie ist…«

»Ich weiß, mein Liebes«, entgegnete er rasch. »Ich werde mich um alles kümmern.«

Arielle beobachtete, wie Mrs. Pepperall die weinende Kammerzofe Mellie aus dem Zimmer führte. Man hatte dem Mädchen eine Decke umgehängt, die das zerrissene Kleid jedoch kaum verdeckte. Die Waschfrau, die sie gefunden hatte, berichtete Burke mit besorgten Worten: »Ich bin nicht rechtzeitig genug gekommen. Er war einfach zu schnell!«

Nachdem Burke sie ein wenig beruhigt hatte, fuhr sie fort: »Ich habe gehört, wie sie geschrien hat und bin sofort losgerannt. Als ich ihn gesehen habe, war er gerade fertig mit Mellie und hat über ihr gestanden und sich seine Hose zugeknöpft. Als er mich gesehen hat, ist er in Richtung auf den Wald davongelaufen.«

»Sie haben ihn nicht erkannt?«

Mrs. Tibbens schüttelte den Kopf. »Er war weder groß noch klein, ein Mann eben. Vielleicht nicht gerade der Dünnste. Er trug eine Kapuze über dem Gesicht, weshalb auch die arme Mellie nichts gesehen hat.«

Burke dankte ihr und schickte sie weg. Dann informierte er den Verwalter und bat ihn, sich mit mehreren Männern auf die Suche zu machen. Schließlich hockte er sich vor Arielle nieder und nahm ihre Hände. Zu dumm, daß so etwas ausgerechnet hier, in Ravensworth, passieren mußte!

»Ich muß fort, Arielle. Wir wollen den Mann suchen, der Mellie verletzt hat.«

»Er hat sie vergewaltigt, korrigierte sie ihn mit harter Stimme. »Das ist weit schlimmer.«

»Ja, das stimmt, doch er wird bestraft werden.«

»Von wem?«

Er schwieg einige Augenblicke. »Mit Sicherheit gibt es Gesetze und schwere Strafen für Vergewaltigung.«

Fast mitleidig sah sie ihn an. »Ein Mann kann mit seiner Frau machen, was er will. Ich glaube, das bezieht sich auch auf alle anderen. Männer haben schließlich die Gesetze gemacht. Weshalb sollten sie einander für etwas bestrafen, das sie als ihr Recht erachten?«

Er schwieg, weil er den entsetzlichen Verdacht hatte, daß sie im Recht sein könnte. Dann erhob er sich, strich ihr leicht über die Wange und verließ den Raum.

Ein kleiner Fetzen eines dunkelbraunen Wollstoffs, den man in der Nähe der fraglichen Stelle an einem tiefhängenden Ahornast gefunden hatte, war die einzige Spur. Sein erster Weg führte Burke hinüber zum Haus von Sir Edward Pottenham, das etwa drei Meilen von Ravensworth Abbey entfernt lag.

Sir Edward war ein etwas wunderlicher, alter Mann, der sich mit Hingabe seiner Schmetterlingssammlung widmete, und es kostete Burke einige Überredung, eine Besichtigung abzulehnen. Den angebotenen Brandy nahm er jedoch gern an.

»Nun, mein Junge, was führt Sie her?«

Burke berichtete ihm, was sich ereignet hatte.

»O, das ist ja entsetzlich! Und von dem Mann gibt es keine Spur?«

»Nein, nur dieses kleine Stück Wollstoff. Er muß bei der Flucht mit seinem Mantel hängengeblieben sein. Glücklicherweise hat unsere Wäscherin so rasch auf die Hilferufe reagiert, daß er nicht ganz spurlos davongekommen ist.«

»Hoffentlich bekommt das arme Mädchen kein Kind, sonst findet sie womöglich keinen Mann.«

Burke hatte noch deutlich Arielles Worte im Ohr. »Was wird mit ihm geschehen, wenn wir ihn erwischen?«

Sir Edward brach in schallendes Gelächter aus. »Nun, wenn er nicht verheiratet ist, wird er das Mädchen heiraten müssen.«

»Aber er hat sie doch vergewaltigt! Da wird sie ihn doch nicht wollen.«

»Ach, wissen Sie, meistens schreien diese Dinger so laut, wenn man sie erwischt! Bestimmt ist der Mann ihr Liebhaber, oder vielleicht hat sie ihn ja auch verführt. Sie wissen doch, wie diese Mädchen sind. Ich wette, sie hat ihn vorher schon gekannt!« Er lachte und schlug Burke kräftig auf den Rücken. »Jetzt kennt sie ihn noch ein bißchen besser, nicht wahr? Noch ein Brandy?«

Das ist nicht gerecht, dachte Burke, während er nach Ravensworth Abbey zurückritt, wo Mrs. Pepperall bereits auf ihn wartete.

»Wie geht es Mellie?« fragte er.

»Den Umständen entsprechend gut. Allerdings halte ich es« – sie druckste ein wenig herum – »für besser, daß wir sie aus dem Haus entfernen, um den anderen Mädchen eine Lektion zu erteilen.«

Fassungslos starrte Burke sie an, doch es schien ihr wirklich ernst zu sein.

»Kann ich sie entlassen, Mylord?«

»Aber es war doch überhaupt nicht ihre Schuld. Der Mann hat sie doch vergewaltigt!«

»Das behauptet Mrs. Tibbens«, bemerkte Mrs. Pepperall verächtlich.

»Ich habe keinen Grund, das anzuzweifeln. Sie haben das Mädchen doch selbst gesehen! Ihr Kleid war völlig zerrissen. Sie können sie doch nicht einfach für etwas verantwortlich machen, was man ihr angetan hat! War Doktor Brody schon hier?«

Mrs. Pepperall war entrüstet. »Aber natürlich *nicht*, Mylord! Weshalb denn auch?«

Burke fixierte sie. »Sie kann doch innere Verletzungen haben. Lassen Sie auf der Stelle Doktor Brody holen!«

Mrs. Pepperall begriff die Welt nicht mehr. »Wenn wir das tun, dann weiß es heute abend ganz East Grinstead.«

»Na wunderbar! Dann finden wir den Schuldigen vielleicht leichter. Richten Sie Doktor Brody aus, daß ich ihn sprechen möchte, wenn er Mellie untersucht hat.«

»Ja, Mylord.«

»Und noch etwas: Mellie wird selbstverständlich hierbleiben. Ich will nicht, daß Sie ihr die Verantwortung an dieser Vergewaltigung zuschieben, Mrs. Pepperall! Sie sind mir auch dafür verantwortlich, daß keines der anderen Mädchen sie auslacht. Montague wird dasselbe mit den Männern besprechen.«

»Ich habe gedacht, ich höre nicht richtig!« empörte sich Mrs. Pepperall einige Zeit später bei Montague. »Es ist doch absurd, daß dieses kleine Weib weiterhin hierbleibt!«

Montague schwieg klugerweise, denn er hatte deutlich gespürt, daß der Earl of Ravensworth außer sich vor Zorn war, und befürchtete sehr, daß möglicherweise einer seiner Untergebenen der Schuldige sein könnte. Als er mit den Männern sprach, gab es einige freche Kommentare, doch Montague ermahnte die Männer eindringlich und gab die Anweisungen des Earl of Ravensworth weiter.

Burke wollte gerade nach oben gehen, um nach Arielle zu sehen, als Doktor Brody von Montague in die Halle geführt wurde. Mark Brody war ein schlanker, jüngerer Mann, mit blasser Gesichtsfarbe und durchdringend blickenden, blauen Augen. Er war nur wenige Jahre älter als Burke und lebte mit seiner Mutter seit ungefähr drei Jahren in West Healthy. Burke mochte ihn und schüttelte ihm herzlich die Hand.

»Wir haben uns ja lange nicht gesehen, Mark.«

»Ja, das stimmt. Willkommen zu Hause, Burke, und meinen herzlichen Glückwunsch zur Hochzeit mit Lady Rendel! Eine wunderschöne, junge Dame.«

Nach einigen weiteren Höflichkeiten kam er zum Wesentlichen. »Ich habe Mellie untersucht. Der Mann hat sie tatsächlich verletzt. Ich kann nicht sagen, ob sie noch Jungfrau war, doch er hat sie schrecklich brutal behandelt.«

»Ich nehme an, daß Mellie noch Jungfrau war. Sie ist ja noch nicht einmal fünfzehn.«

»So jung ist das nun auch wieder nicht, Burke. Es ist mir jedenfalls gelungen, die Blutung zum Stillstand zu bringen. Im Augenblick ist Mellie natürlich ein wenig schwach, aber da sie gesund ist, wird sie sich rasch erholen. Haben Sie den Schuldigen schon gefunden?«

Burke schüttelte den Kopf. »Was meinen Sie, sollte man den Mann bestrafen?«

»Da ich das Mädchen gesehen habe, kann ich nur mit ja antworten. Sie hat ihn mit Sicherheit nicht ermuntert, sondern ist so brutal behandelt worden, wie man das keinem menschlichen Wesen wünschen kann!«

»Für diese Aussage bin ich sehr dankbar«, sagte Burke. »Werden Sie noch einmal nach Mellie sehen?«

»Aber selbstverständlich«, erwiderte Doktor Brody und verabschiedete sich.

Arielle war nicht im Bett, sondern saß in einem blaßblauen Seidenkleid am Fenster. Ihr Haar war zu einer Krone geflochten, und sie sah sehr schmal, hübsch und gleichzeitig ein wenig traurig aus.

»Hallo!« begrüßte Burke sie und küßte sie auf die Wange.

Sie zuckte nur ganz leicht zusammen, was ihn fast glücklich machte. »Mellie wird wieder gesund werden. Ich habe mich soeben mit Doktor Brody unterhalten.«

»Da bin ich aber erleichtert«, erwiderte Arielle. Dann sah sie zu ihm auf. »Es ist scheußlich, nicht wahr?«

»Ja.«

»So hilflos und schwächer als der andere zu sein – es ist zum Fürchten!«

»Ich verstehe dich«, erwiderte er, während er sie hochzog und zärtlich umarmte. »Ich werde den Mann finden, mein Schatz, und ich werde ihn bestrafen.« Es war ihm völlig ernst.

Da es für dieses Verbrechen keine gesetzliche Strafe gab, hatte er als Herr von Ravensworth die Pflicht, auf seinem Besitz nach dem Rechten zu sehen. Schließlich war er für alles verantwortlich.

Sanft streichelte er ihren Rücken. Mrs. Pepperall und auch Sir Edward Pottenham hatten beide das Mädchen verantwortlich gemacht, das Opfer und nicht den Verbrecher! Wie hätte er wohl reagiert, wenn er nicht durch Arielle so empfindlich für dieses Thema geworden wäre? Hätte sie sich so viele Gedanken gemacht, wenn sie nicht selbst mißbraucht worden wäre? Er konnte nur hoffen, daß er in jedem Fall so reagiert hätte.

Am späteren Nachmittag spazierte Burke mit Arielle durch den Park zu einem kleinen Pavillon, den bereits Burkes Großvater errichtet hatte. Die Sonne stand schon tief, und die warme Luft duftete wunderbar nach frischem Heu. Burke fühlte sich großartig und beobachtete voller Freude, wie Arielle ihr Gesicht in die Sonne hielt.

Rasch holte er eine Decke aus dem Pavillon und breitete sie unter den tiefhängenden Ästen einer Eiche aus. Er bettete Arielles Kopf auf seinen Schoß, so daß sie sich ausruhen konnte. Dabei wanderten ihre Blicke zum sonnendurchfluteten Blättergewirr über ihren Köpfen hinauf.

»Hier ist es schön. Hier kann nichts Böses passieren.«

»Das würde ich auch nicht zulassen«, meinte Burke und lehnte sich gegen den Stamm. »Liegst du bequem?«

»Hm.«

Als er schon glaubte, daß sie eingeschlafen sei, sagte sie ganz plötzlich: »Dieses Warten ist unerträglich, Burke. Es scheint irgendwie kein Ende zu nehmen.«

»Wir werden den Mann bestimmt ausfindig machen, Arielle. Cerlew wird noch einige Fachleute engagieren.«

»Das meine ich nicht.«

»Was meinst du denn dann? Worauf wartest du?«

»Daß du endlich verlangst, daß ich dich befriedige. Oder wartest du nur, bis es mir wieder gut geht?«

»Weshalb sprichst du ausgerechnet jetzt davon? Möchtest du, daß ich etwas gegen deinen Willen tue?«

»Ich bin ziemlich realistisch. Ich würde es nur gern vorher wissen, damit ich mich darauf einstellen kann. Darauf zu warten, daß du irgendwann…« Ihre Stimme erstarb.

Vielleicht wollte sie ihn dazu bringen, gegen ihren Willen zu handeln, um ihm leichter davonlaufen zu können. Nun, das sollte ihr nicht gelingen! Er wickelte sich eine Haarlocke um den Finger. »Dein Haar ist weich wie Seide.« Dann strichen seine Finger ganz sanft über ihre weiße, weiche Kehle. »Die Situation ist völlig verrückt, findest du nicht auch? Wir liegen hier friedlich auf der Decke und genießen die Ruhe, und plötzlich fragst du mich, wann ich dich endlich mißbrauchen werde!«

»Wann können wir nach Boston fahren?« erkundigte sie sich, ohne auf seinen letzten Satz einzugehen.

»Das weißt du doch. Sobald der Krieg vorüber ist. Außerdem muß ich noch einige wichtige Entscheidungen mit Cerlew treffen. Ich nehme an, daß wir im Herbst fahren können. Vorher ist es mit Sicherheit zu gefährlich.«

»Aber Baron Sherard und Nesta sind doch auch Engländer und leben augenblicklich sogar dort!«

»Ja, aber wir nicht. Ich will dich keiner Gefahr aussetzen.«

Arielle wußte nichts darauf zu sagen. Irgendwie wußte sie nie, woran sie bei ihm war. Einerseits machte er sich über ihre Sicherheit Gedanken, doch andererseits hatte er sie einfach entführt! Sie fand das ausgesprochen verwirrend, doch im Augenblick war sie viel zu müde, um sich weiter den Kopf darüber zu zerbrechen.

Als Burke sie einige Augenblicke später ansah, war sie eingeschlafen. Sanft berührte er ihre leicht geöffneten, weichen Lippen und lächelte. Sobald sie kräftig genug war, wollte er mit ihr nach London fahren, sie überall herumführen und sie allen seinen Freunden vorstellen. Seine Schwester erinnerte sich mit Sicherheit noch an Arielle und Lannie erst recht.

Außerdem mußte er herausfinden, wann Lannie nach Ravensworth zurückkehren wollte. Er hätte Arielle zwar am liebsten für sich allein gehabt, doch es wäre ihm nie in den Sinn gekommen, Lannie deshalb endgültig nach London zu seiner Schwester zu verbannen. Dann dachte Burke wieder an den letzten Abend in London, bevor er zur Entführung aufgebrochen war. An diesem Abend hatte er mit Knight in dessen Stadthaus zu Abend gegessen.

Als sie beim Brandy angekommen waren, hatte Knight bemerkt: »Ich denke, daß es doch noch einen einfacheren Weg geben muß, um eine Frau zu erobern, alter Junge.«

»Das ist schon möglich, doch in diesem Fall nicht.« Burke hatte sein Glas erhoben. »Ich möchte auf meine zukünftige Frau trinken und auf das hübsche Haus, das Sie uns für die Flitterwochen zur Verfügung stellen.«

»Vorgezogene Flitterwochen ist wohl richtiger. Haben Sie tatsächlich die Absicht, sie so lange dort festzuhalten, bis sie zustimmt?«

»Wenn es nötig ist, bestimmt«, hatte Burke geseufzt. »Ich bin fest entschlossen, sie zu bekommen.«

Knight hatte verständnisvoll gelächelt. »Ich freue mich schon darauf, dieses traumhafte Wesen kennenzulernen, und hoffe und wünsche, daß alles gut wird. Wissen Sie, Burke, Frauen können manchmal richtige Teufel sein!«

Burke lächelte, als er sich an Knights Ausspruch erinnerte, und betrachtete das traumhafte Wesen. Sie hatte ihn damals geliebt, und er war überzeugt, daß sie diese Gefühle wieder entdekken würde.

Als Arielle sich für das Abendessen umzog, wählte sie ein blaßgrünes, einfaches Musselinkleid. Nachdem Dorcas den letzten Knopf geschlossen hatte, trat sie zurück. »Dieses Kleid ist so hochgeschlossen und zugeknöpft«, bemerkte sie, während sie eine Falte ausstrich, »daß man meinen könnte, Sie wollten ihn von sich fernhalten.«

»Stimmt genau«, gab Arielle zu, doch als sie etwa eine halbe Stunde später den Speisesaal betrat, konnte sie an Burkes Gesichtsausdruck ablesen, daß er sie vermutlich auch noch in Lumpen begehrt hätte.

Er empfing sie mit dem liebevollen Lächeln, das sie immer wieder verunsicherte und zugleich wärmte. Mit Mühe riß sie sich zusammen. Wie würde er sie wohl in einem Monat ansehen? In einem Jahr? In fünf Jahren?

»Du siehst zauberhaft aus«, sagte er bewundernd und küßte ihr Handgelenk und ihren Mund, bevor sie ihm ausweichen konnte. »Hast du Hunger?«

Sie nickte und trat rasch einen Schritt zurück. »Auch du siehst sehr gut aus, Burke. Ich habe das schon damals gedacht, aber…«

»Ich danke dir für das Kompliment. Doch jetzt wollen wir essen.«

Während sie als Vorspeise Pilzsuppe löffelten, fragte Arielle unvermittelt: »Weißt du eigentlich, was aus Rendel Hall geworden ist?«

»Nein, aber jetzt ist mir das auch gleichgültig.«

»Aber du wolltest doch einmal alles kaufen?«

»Nur, weil ich dich dadurch gewinnen wollte.« Dabei lächelte er ihr zu, um ihr jede Unsicherheit zu nehmen. »Wenn ich jetzt darüber nachdenke, weiß ich nicht mehr, ob dieser Gedanke überhaupt sehr vernünftig war. Wie hätte ich dich denn in meine Gewalt bringen sollen, wenn du soviel Geld gehabt hättest?«

»Was du getan hast, war überhaupt nicht spaßig, Burke!«

»Nein, doch ich wiederhole noch einmal, daß es mir äußerst ernst war!«

Kurze Zeit später erschien Montague, gefolgt von zwei Dienern, die große Silbertabletts hereintrugen. Nachdem alles serviert worden war, entließ Burke die Männer mit einem Nicken. Eigentlich war das ja Arielles Aufgabe als Hausfrau. Er mußte unbedingt mit ihr darüber sprechen, denn er wollte nicht, daß sie sich in ihrem eigenen Haus wie auf Besuch vorkam. Sie sollte spüren, daß sie wirklich die Herrin des Hauses war.

Nachdem sie allen Gerichten kräftig zugesprochen hatten und schließlich beim Zitronendessert angekommen waren, zog Arielle eine Grimasse. »Ich kann keinen einzigen Bissen mehr essen! Es war wundervoll!«

»Das mußt du Montague sagen, damit er es der Köchin ausrichtet.«

Sie nickte, während ihr Blick abwesend über die massive, dunkle Eichentäfelung streifte. Der Kronleuchter über ihrem Kopf war so gewaltig, daß er gut und gern zwanzig Menschen hätte erschlagen können. Als sie feststellte, daß er völlig verstaubt war, wollte sie schon etwas sagen, doch dann zuckte sie gleichmütig die Achseln. Was ging es sie eigentlich an? Dann wanderte ihr Blick zu den drei hohen Fenstern, deren Gardinen aus schweren, dunkelblauem und bereits etwas verschossenem Samt bestanden. Gleichzeitig stellte sie sich vor, wie luftig das Zimmer wirken würde, wenn man sie durch blaßgelbe, leichte Stoffe ersetzte. Doch wieder schüttelte sie den Kopf. Es war ihr völlig gleichgültig, ob dieser Raum traurig wie ein Grab wirkte.

Als sie irgendwann zu Burke hinübersah, stellte sie fest, daß er sie die ganze Zeit über gespannt beobachtet hatte. »Was willst du heute abend machen?« fragte sie und war froh, daß ihre Stimme sanft und gleichmütig klang.

»Das wirst du schon sehen«, antwortete er, worauf sie erbleichte. Doch irgendwie hatte er es nicht eilig, den Schauplatz ins Schlafzimmer zu verlegen.

Statt dessen bat er Arielle, ein wenig Klavier zu spielen, und sie sang einige traurige italienische Balladen. Als Montague mit dem Teetablett eintrat, war Burke völlig überrascht. Er hatte überhaupt nicht bemerkt, wie rasch die Zeit vergangen war. Dankend nickte er dem Butler zu und wandte sich dann an Arielle: »Wunderschön hast du gespielt. Ich danke dir. Komm, es gibt noch eine Tasse Tee, bevor wir uns zurückziehen.«

Arielle wollte den Zeitpunkt gern hinausschieben und hantierte umständlich mit ihrer Teetasse. »Kannst du auch Klavier spielen?«

»Nein, nicht besonders. Als feststand, daß ich Offizier werden würde, hielt mein Vater es nicht mehr für richtig, mich mit derartigem Unsinn zu belästigen. Irgendwie schade, denn ich habe gern gespielt.«

»Du kannst doch noch einmal von vorn anfangen.«

»Ja, das ist wahr«, stimmte er abwesend zu. »Jetzt haben wir wieder dieselbe Situation: Für einen Betrachter sind wir ein glückliches Paar, doch insgeheim hast du schreckliche Angst, daß ich dir die Kleider vom Leib reiße und unsägliche Dinge mit dir anstelle! Schrecklich, nicht wahr?«

Sie überging diese Sätze. »Ich möchte jetzt gern zu Bett gehen, Burke. Darf ich in meinem Zimmer schlafen?«

»Nein, und frage mich bitte nicht noch einmal, Arielle! Auch in fünfzig Jahren wirst du keine andere Antwort von mir bekommen!«

»Gute Nacht!« sagte sie nur und erhob sich.

»Warte auf mich, Liebes, ich begleite dich.«

Über die Tatsache, daß Arielle einen chinesischen Wandschirm im Schlafzimmer hatte aufstellen lassen, ging er kommentarlos hinweg, denn er war sicher, daß er ihn in spätestens einem Monat wieder verschwinden lassen konnte, ohne daß sie Einspruch erhob. Jedenfalls hoffte er das. Als Arielle einige Zeit später in einem weißen Nachthemd hinter dem Schirm hervortrat, lag er bereits im Bett und schien fasziniert in einem Buch über die Borgias zu lesen.

Er war nackt und fest entschlossen, den eingeschlagenen Weg weiterzugehen. »Komm, setz dich zu mir!« Er hatte das Buch weggelegt und klopfte einladend neben sich auf die Matratze.

Zögernd und mit niedergeschlagenen Augen näherte sich Arielle dem Bett, bis Burke schließlich ihre Hand fassen konnte.

»Sehr gut. Jetzt möchte ich, daß du das Nachthemd ausziehst!«

Ihr Kopf sauste hoch, und sie sah ihn entsetzt an, doch sein Gesicht blieb ausdruckslos. »Soll ich dir helfen?«

Sie schüttelte stumm den Kopf und zerrte dann hastig an allen Bändern und den entsetzlich vielen Knöpfen. Seelenruhig beobachtete er, wie sie das Hemd über den Kopf zog und zu Boden gleiten ließ. Stocksteif und völlig ergeben stand sie vor ihm.

»Du siehst wunderschön aus.« Sie zuckte nicht einmal zurück, als er die Hand ausstreckte und sanft ihre linke Brust umschloß. »Setz dich zu mir!«

Mucksmäuschenstill saß sie mit leicht geöffneten Beinen da. Wie oft hatte Paisley Cochrane sie wohl zu dieser Haltung gezwungen? Sie hatte immer die Hände auf die Schenkel legen müssen, weil er sie ungestört hatte ansehen wollen. Im dämmrigen Licht konnte Burke die feinen, weißen Linien fast nicht mehr erkennen. »Sieh mich an, Arielle!«

Sie zuckte zusammen. Offenbar hatte Burke etwas gesagt, was sie nicht gewöhnt war. Ganz langsam hob sie den Kopf. Er erhaschte gerade noch den angsterfüllten Ausdruck ihrer Augen, bevor ihr Gesicht maskenhaft glatt und ausdruckslos wurde. Sanft tätschelte er ihre Hand und fühlte dabei die warme, weiche Haut ihres Schenkels.

»Wie fühlst du dich?« fragte er.

»Gut.«

»Komm jetzt ins Bett, sonst erkältest du dich noch!« Er schlug die Decke zurück, doch erst nach einigem Zögern krabbelte Arielle über ihn und schlüpfte unter die Decke. Er drehte sich zu ihr um, um sie anzusehen. »Du hast gesagt, daß du das Warten nicht mehr aushältst.«

Sie nickte mit geschlossenen Augen.

»Es tut mir leid, wenn ich dich enttäuschen muß, mein Liebes, aber mir ist so gar nicht danach zumute, mich heute abend wie ein Ungeheuer zu benehmen!«

Sie riß die Augen auf und schnappte nach Luft. »Weshalb spielst du so mit mir?«

»Sei still!« sagte er und beugte sich über sie, wobei er ihr Entsetzen und ihre Angst beinahe körperlich spürte. Sie atmete in kleinen, keuchenden Stößen. »Ich werde so lange mit dir spielen, bis du nicht mehr willst, daß ich damit aufhöre«, flüsterte er schließlich ganz leise.

»Kann ich es – nicht einfach machen? Ich möchte es wenigstens versuchen.«

Er schien sie gar nicht gehört zu haben. »Und heute nacht«, sagte er, während er mit den Fingern durch ihr Haar strich, »werde ich jeden Zentimeter deines Körpers berühren. Ich werde dich auswendig lernen und dich mir einprägen.«

Sie sah ihn an, als ob er verrückt geworden wäre, und er konnte es ihr nicht einmal verdenken.

»Du hast die hübschesten Ohren«, hauchte er, während er ihre Ohrmuschel küßte und dann ganz leicht am Ohrläppchen knabberte. »So zart und klein und sehr weiblich!« Als er das kleine Loch entdeckte, fuhr er fort: »Ich muß dir unbedingt den Familienschmuck der Drummonds zeigen, damit du dir etwas aussuchen kannst. Falls dir nichts gefällt, kaufen wir dir, was du möchtest.«

Ungläubig sah sie ihn an. Wenn Paisley Gäste gehabt hatte, hatte sie gelegentlich den Schmuck seiner ersten Frau anlegen dürfen. Bei einer dieser Gelegenheiten war ihr einmal ein Smaragdarmband vom Handgelenk gerutscht, und er hatte sie wegen dieser Unachtsamkeit heftig geschlagen. Sie haßte das Spiel, das Burke mit ihr spielte. Es brachte sie aus dem Gleichgewicht und ängstigte sie.

Wieder glitt seine Zunge über ihr Ohr und machte schließlich einen kleinen Vorstoß nach innen. Es kitzelte, und Arielle erschauerte. Wenn er ihr tatsächlich den Schmuck gab, dann bestimmt nur, um ihr später Vorwürfe machen zu können, wenn sie ihn verloren hatte.

»Ich möchte aber keinen Schmuck!«

»Und weshalb nicht? Steht er dir nicht?«

»Ich – ich könnte ihn verlieren, und dann wirst du ärgerlich.«

»Ich verstehe«, murmelte er und verstand nur allzu gut. »Wo war ich stehengeblieben? Ach ja, an deinem rechten Ohr. Komm, rutsche näher! Ich möchte gern deine Brüste an meinem Körper spüren. So! Ist das nicht schön?«

Dreizehntes Kapitel

Anfangs glaubte Burke nicht, daß er in dieser Haltung einschlafen könnte, doch schließlich übermannte ihn die Müdigkeit. Er hielt Arielle mit einem Arm umschlungen und fest an sich gedrückt. Daß sein erregtes Glied dabei ihren Bauch berührte, störte ihn nicht im geringsten, denn er wollte ja, daß sie sein Verlangen spürte. Sie sollte begreifen, daß er sie nicht bedrängte, auch wenn er sie noch so heftig begehrte.

Bisher hatte sie nur begriffen, daß er sich anders verhielt, als sie es von einem Mann erwartete. Mit der Zeit würde sie auch noch begreifen, daß er sie weder prügeln, noch sie auf die Knie zwingen wollte. Während er langsam in Schlaf sank, hoffte er inständig, daß Zeit, Geduld und Beharrlichkeit ihn schließlich zum Ziel führen würden.

Als Burke einen lauten Schrei hörte, träumte er gerade von einer Schlacht, doch als er den zweiten hörte, erwachte er und saß sofort senkrecht im Bett.

»Was war das?« flüsterte Arielle.

»Bleibe hier!« Rasch sprang er aus dem Bett und schlüpfte in seinen Morgenmantel. Draußen dämmerte es gerade, so daß er seinen Weg erkennen konnte. Am Ende des Korridors traf er auf Mrs. Pepperall, die entsetzt über das Geländer nach unten starrte und sich dabei die Hand vor den Mund hielt. Rasch war Burke an ihrer Seite.

Unten, in der Halle, lag Mellie am Fuß der Treppe. Sie trug ein weißes Nachthemd und war von einer großen Blutlache umgeben. Selbst von oben war unschwer zu erkennen, daß sie sich das Genick gebrochen hatte.

Obwohl Burke würgen mußte, war seine Stimme ganz ruhig und sehr beherrscht. »Holen Sie Montague und schicken Sie einen der Männer zu Doktor Brody!«

Etwa eine Stunde später saßen Burke und Arielle mit Doktor Brody im Wohnzimmer.

»Ich würde schätzen, daß sie etwa seit fünf oder sechs Stunden tot ist«, erklärte der Arzt, während er an seinem Tee nippte.

»Weshalb haben wir eigentlich nirgendwo eine Kerze gefunden?« fragte Arielle. »Burke ist das sofort aufgefallen!«

»Das ist mit Sicherheit ein wichtiger Punkt«, ergänzte Burke. »Auf jeden Fall müssen wir Sir Edward Pottenham Bescheid geben, denn er vertritt den Magistrat – eine Hilfe wird er uns wahrscheinlich nicht sein!«

Nach einem Seitenblick auf Arielle, meinte Mark Brody: »Mellie hat stark geblutet. Meiner Ansicht nach wäre es möglich, daß sie aufgewacht ist, das Blut gesehen hat und versucht hat, Hilfe zu holen. Vielleicht war sie so entsetzt, daß sie die Kerze einfach vergessen hat.«

Natürlich kam man zu keinem Schluß. Nachdem Sir Edward etwa eine Stunde später den Bericht angehört hatte, saß er eine ganze Weile in Schweigen versunken da, bis er sich plötzlich auf die Schenkel schlug. «Nun«, begann er, »vielleicht ist es ja so für alle Teile das Beste: Das Mädchen hatte ohnehin keine Zukunft mehr. Ihr Tod war entweder ein Unfall oder Selbstmord.«

Arielle konnte sich nicht länger zurückhalten. Sie sprang auf, doch obwohl ihr schwindelte, blieb sie stehen und suchte an der Rückenlehne eines Sessels Halt. »Das Beste?!« schrie sie. »Ein unschuldiges, junges Mädchen hat sich das Genick gebrochen, und Sie gehen einfach so darüber hinweg? Gott schütze uns vor solchen Männern! Ich wünschte, Sie würden stürzen und sich das Genick brechen! Mit Wonne würde ich dann ebenso reden!«

Sie raffte ihre Röcke und rannte aus dem Zimmer, während Burke unter halbgeschlossenen Lidern Sir Edwards Reaktion studierte.

»Ich fürchte, Ihre Frau ist ein wenig hysterisch, aber dagegen läßt sich wohl nichts machen. Ich wette, daß sie schwanger ist! Frauen sind wirklich seltsame Wesen…«

»In diesem Fall, Sir Edward«, sagte Burke, während er sich erhob, »stimme ich voll und ganz mit meiner Frau überein! Weder glaube ich, daß Mellie sich das Leben genommen hat, noch, daß es einfach nur ein Unglück war! Ich nehme an, daß man sie ins Treppenhaus gelockt und sie hinuntergestoßen hat. Halten Sie Ihre Meinung auch aufrecht, falls das Mädchen ermordet wurde?«

Sir Edward schnaubte. »Und wer soll so etwas getan haben? Etwa Sie, Mylord?«

Burke lächelte nur. »Nein, doch es besteht immerhin die Möglichkeit, daß der Mann, der sie vergewaltigt hat, hier in diesem Haus als Diener beschäftigt ist. Ein Gedanke, der mir Gänsehaut verursacht! Vielleicht befürchtete er seine Entdekkung und hat sie deshalb lieber umgebracht.«

»Reine Theorie! Wie wollen Sie den geheimnisvollen Mann ermitteln?«

»Noch habe ich nicht die leiseste Ahnung, doch ich werde einen Detektiv hinzuziehen. Allerdings hat der Täter einen Denkfehler begangen«, fügte er nachdenklich hinzu. »Wenn man ihn erwischt hätte, wäre ihm wegen der Vergewaltigung nicht das Geringste passiert, doch bei Mord ist das natürlich etwas ganz anderes!«

»Es stimmt nicht, daß ihm nichts geschehen wäre, denn immerhin mußte der Mann befürchten, daß Sie ihm die Kehle durchgeschnitten hätten! Nun gut, ich habe jetzt Wichtigeres zu tun.«

»Ich werde Sie hinausbegleiten, Sir Edward«, sagte Burke. Dann ist es also im Grunde mein Fehler, daß Mellie ermordet worden ist, dachte er. Verdammt!

Am Tag nach Mellies Beerdigung wurde Burke von einem verwirrt dreinblickenden Montague aus seinem Arbeitszimmer gerufen. »Mylord, Sie haben Besuch. Nicht nur Besuch, sondern auch noch andere Leute.«

»Sehr klare Ausdrucksweise, Montague. Ich komme sofort.«

Als er die Halle betrat, sah er, was Montague gemeint hatte. Lannie war mit ihren beiden Kindern zurückgekehrt, gleichzeitig war Knight eingetroffen und außerdem noch ein Mann, den Burke noch nie im Leben gesehen hatte.

»Nun«, sagte er, »ich möchte alle herzlich willkommenheißen!«

»Onkel Burke! Onkel Burke! Wir sind wieder da und haben dir etwas mitgebracht!«

Burke fing die beiden heranstürmenden Mädchen auf und küßte sie ausgiebig.

»Und ich habe für jede von euch beiden ein Geschenk!«

»Die neue Tante?« fragte Virgie, die als Ältere gewissermaßen als Sprecherin der zwei fungierte. »Unsere Mutter hat uns erzählt, daß du ein Mädchen geheiratet hast, die ihren Mann ermordet hat...«

»Ach, du lieber Himmel!« fuhr Lannie errötend dazwischen. »So habe ich mich aber wirklich nicht ausgedrückt! Mrs. Mack wird euch jetzt ins Kinderzimmer bringen, und euer Onkel wird euch später dort besuchen. Nicht wahr, Burke?«

»Aber selbstverständlich.« Er küßte die kichernden Mädchen und übergab sie dann Mrs. Macks geduldiger Fürsorge.

»Burke«, begann Lannie, »darf ich dir Percy Kingstone, Lord Carver, vorstellen? Percy, dies ist mein Schwager Burke Drummond, der Earl of Ravensworth.«

Die beiden Männer schüttelten einander die Hand. Aha, aus dieser Richtung weht der Wind, dachte Burke. Der etwas untersetzte Mann wirkte ein wenig extravagant, doch er hatte einen liebevollen Gesichtsausdruck und kluge Augen. Danach wandte Burke sich an Knight. »Nun, alter Junge, was führt Sie denn hierher?«

»Ich möchte natürlich die Braut sehen«, entgegnete dieser. »Außerdem habe ich Lannie den Gefallen getan und Anstandsdame gespielt. Vier Stunden lang saß ich zwischen den beiden!«

Lord Carver faßte lächelnd nach Lannies Hand. »Das hat er tatsächlich getan, Mylord, nur hat er drei Stunden lang tief geschlafen und geschnarcht.«

»Eine fürchterliche Lüge!« bemerkte Knight.

»Wir haben deinen Brief bekommen«, erzählte Lannie, »und dann auch die Anzeige in der *Gazette* gelesen. Corinne war wütend, daß du ohne die Familie geheiratet hast. Du kennst sie ja!«

»In der Tat«, bemerkte Burke und schenkte Lannie ein liebevolles Lächeln. »Montague wird sich um das Gepäck kümmern. Ich nehme doch an, daß ihr bleiben wollt, oder?«

Knight bestätigte diese Annahme, und etwa eine halbe Stunde später saß er mit Burke in dessen Arbeitszimmer, wo sie ungestört waren.

»Wo ist die Braut?«

»Sie schläft, jedenfalls hoffe ich das. Sie ist immer noch nicht ganz gesund und ermüdet rasch.«

»Ich wußte gar nicht, daß sie krank gewesen ist.«

»Doch. Sie ist in Hobhouse krank geworden, doch jetzt fühlt sie sich schon viel besser.«

Knight schlenderte zum Kamin hinüber und lehnte sich gegen den Sims. »Sie wollen mir wohl nicht verraten, was sich dort abgespielt hat, oder?«

»Um die Wahrheit zu sagen: Die Krankheit hat alles erleichtert. Ich habe Arielle geheiratet, ohne daß sie es recht begriffen hat. Wenn sie nicht krank gewesen wäre, hätte sie vermutlich niemals eingewilligt. Sie ist zutiefst verletzt, Knight, doch das hört sich alles reichlich seltsam an, nicht wahr?«

Schweigend betrachtete Knight den Freund.

Schließlich gab sich Burke einen Ruck. Er hatte mit Knight schon so viel erlebt, daß er sich ihm ruhig anvertrauen konnte. »Ihr erster Mann hat sie entsetzlich mißbraucht. Ihr Körper ist über und über mit weißen Narben bedeckt...« Er legte eine kleine Pause ein, und Knight war zutiefst betroffen, wieviel Schmerz und Wut sich auf dem Gesicht seines Freundes spiegelten. »Er muß sie entsetzlich brutal geschlagen haben! Jetzt verstehen Sie sicher die ganze Geschichte, nicht wahr? Ich möchte Sie von Herzen bitten, liebevoll mit ihr umzugehen. Ich freue mich, daß Sie gekommen sind. Wir hatten in der letzten Zeit noch einige scheußliche Vorkommnisse, doch Ihre Gegenwart wird Arielle bestimmt ablenken.«

Arielle war über die nette Gesellschaft geradezu entzückt. Während des Essens lachte sie sogar herzlich über Lord Carvers witzige Bemerkungen. Auf den ersten Blick hatte sie ihn eher für eine gut gekleidete Wurst gehalten, bis sie seinen Humor kennengelernt hatte. Er schien wirklich ein sehr freundlicher, liebevoller Mensch zu sein. Wenn sie lachte, verspürte Burke immer wieder den heftigen Wunsch, sie in die Arme zu nehmen und ihre Wärme und Weichheit zu spüren. Doch dann sah er regelmäßig ihr angsterfülltes Gesicht vor sich und tat es lieber nicht.

Im Dunkeln war es einfacher. Dann konnte er die Angst und die Ablehnung nicht von ihrem Gesicht ablesen. Er wußte zwar, daß sie nach jedem Kuß Schläge und Vorwürfe erwartete, doch es folgten immer nur weitere Küsse und Zärtlichkeiten. Manchmal hätte er gern gewußt, ob sein Benehmen schon etwas geändert hatte oder ob sie nach wie vor in Panik geriet.

Als zwischen zwei Gängen eine kleine Pause eintrat, meinte Lannie: »Du bist vielleicht ein Romantiker, mein lieber Schwager! Corinne hat erzählt, daß du während deines Besuchs in London gleich mehrere Damen unglücklich gemacht hast. Und dann fährst du nach Hause, wirfst einen einzigen Blick auf Arielle und heiratest sie auf der Stelle – wenn das nicht romantisch ist! Meinst du nicht auch, Percy?«

»Es macht den Eindruck, als hätte es ihm die Füße weggezogen.«

»Das war eine reife Leistung, Arielle!« meinte Lannie.

»So kann man es nennen«, bekräftigte Burke und lächelte Arielle zu. Doch sie reagierte nicht und fühlte sich in diesem Augenblick sehr verlassen.

»Du wirst jetzt ein braver Ehemann werden. Jedenfalls behaupten die Londoner Damen das. Ich habe gehört, wie Lord Donovan von deiner Geliebten, Laura Irgendwer, geredet – O, entschuldige bitte! Ich wollte nicht – wirklich…«

»Du mißt Klatsch und Tratsch ein wenig zuviel Bedeutung bei, Lannie«, bemerkte Burke gleichmütig.

Als geborener Diplomat fragte Knight: »Stellt das Gemälde über Ihrer linken Schulter eigentlich einen Vorfahren dar?«

»Ja, es ist mein Ur-ur-Urgroßvater, Hugo Everett Drakemore Drummond.« Während Burke das sagte, wanderten seine Augen zu Arielle, die den Kopf gesenkt hielt. Er war wütend auf Lannie und deren loses Mundwerk.

»Sie werden uns jetzt sicher entschuldigen«, sagte Arielle ganz ruhig, während sie sich von ihrem Platz erhob. Es kostete Burke schreckliche Überwindung, sie nicht beiseitezuziehen und sich mit ihr auszusprechen. Statt dessen stand er nur auf und sah zu, wie sie mit Lannie hinausging.

»O!« rief Lannie strahlend, während sie sich im Wohnraum umsah, »Sie haben ja überhaupt nichts verändert!«

»Nein.«

»Es ist ein seltsames Gefühl, daß das Haus jetzt eine neue Herrin hat. Es macht mir ganz bestimmt nichts aus, Arielle, aber es ist noch so ungewohnt für mich.«

»Lord Carver scheint ein reizender Mann zu sein.«

»Ja, ich glaube, ich werde ihn heiraten. Er ist sehr klug, müssen Sie wissen«, und dann fügte sie etwas unsicher hinzu: »Und außerdem sehr witzig und schlagfertig.«

Arielle lächelte in sich hinein. »Ja, das finde ich auch. Mögen Virgie und Poppet ihn?«

»Sie sind ziemlich kritiklos und umschwärmen jeden Mann, der sich in ihre Nähe wagt. Percys erste Frau ist im Wochenbett gestorben, und eigentlich hat er nicht gedacht, daß er sich noch einmal würde verlieben können. Ich glaube, wir beide werden gut miteinander auskommen«, erklärte Lannie und wurde sogar ein wenig rot.

»Das denke ich auch.«

»Jetzt erzählen Sie mir aber von der armen Mellie. Ich konnte ja kaum glauben, was Mrs. Pepperall mir berichtet hat. Sich auf diese Weise umzubringen...«

Arielle wurde ernst. »Mellie wurde vergewaltigt. Bestimmt hat sie sich nicht umgebracht, Lannie! Ich hoffe, ich ängstige Sie jetzt nicht, doch ich muß Ihnen sagen, daß sie umgebracht worden ist. Wahrscheinlich von dem Mann, der sie auch vergewaltigt hat. Es ist doch äußerst unwahrscheinlich, daß sie mitten in der Nacht ohne Kerze die Treppe hinuntergehen wollte, oder?«

»Aber Mrs. Pepperall hat es doch so dargestellt, als ob Mellie voller Schuldgefühle...«

»Schuldgefühle? Weshalb denn? Sie wurde vergewaltigt! Sie hat nichts getan und war gerade erst fünfzehn!«

Lannie sah sie lange nachdenklich an. »Ich glaube, wir sollten jetzt lieber das Thema wechseln. Ich werde Sie mit einer französischen Ballade unterhalten.«

Kurze Zeit später erschienen die Herren, und danach erforderte es die Höflichkeit, daß Burke seine ganze Aufmerksamkeit seinen Gästen widmete, bis diese sich zurückzogen. Es war schon beinahe Mitternacht, als er endlich die Schlafzimmertür hinter sich schloß und sich auszuziehen begann. Arielle, die sich schon einige Zeit vorher zurückgezogen hatte, lag bereits im Bett und hatte sich die Decke fast ganz über den Kopf gezogen. Im schwachen Kerzenlicht konnte er gerade ihre Umrisse erkennen, doch er spürte, daß sie noch nicht schlief.

Er biß die Zähne zusammen und verlangte in barschem Ton: »Arielle, steh auf! Ich möchte dich ansehen.« Als keine Antwort kam, wartete er mit angehaltenem Atem. »Arielle! Ich habe gesagt, du sollst aufstehen! Ich will es nicht noch einmal wiederholen müssen.«

Als er nach seinem Bademantel griff, sah er, daß sie sich aufgesetzt hatte und ihn ansah. In der Hoffnung, daß sie um Gnade flehen würde, wartete er, doch Arielle stieg nur schweigend aus dem Bett.

»Zieh das Nachthemd aus, und zwar sofort! Ich habe dir doch gesagt, daß du keines tragen sollst.«

Zitternd fummelten ihre Hände an den Knöpfen.

»Beeile dich!«

Es schmerzte ihn sehr, sie so verzweifelt an den Knöpfen zerren zu sehen, doch schließlich hatte sie es geschafft und stand wie erstarrt vor ihm. Als er die Hand nach ihr ausstreckte, bewegte sie sich nicht und hielt die Augen geschlossen.

»Mach die Augen auf!«

Ohne das geringste Zögern folgte sie. Während seine Finger ganz leicht über ihre Brüste strichen, beobachtete er Arielles Gesicht. Mittlerweile kannte er sie gut genug und sah, welche Mühe es sie kostete, gleichgültig zu wirken.

Langsam glitt seine Hand über ihre weiche Haut zum Magen und dann zu den kleinen Löckchen, die ein wenig dunkler waren als ihr wunderschönes Haar. Er hörte, wie sie gebannt den Atem anhielt, und wußte, daß sie am liebsten davongelaufen wäre, doch sie beherrschte sich. Ohne auf seine erregten Gefühle Rücksicht zu nehmen, hob er sie ganz sanft auf und legte sie aufs Bett, wobei sie sich augenblicklich versteifte.

Burke setzte sich neben sie. »Arielle.«

Obwohl sie eigentlich nicht wollte, sah sie ihn trotzdem an.

»Was fühlst du?«

Sie starrte ihn an, als ob er verrückt geworden wäre. Verlegen fuhr sie sich mit der Zunge über die Unterlippe, weil sie nicht wußte, was sie darauf antworten sollte.

»Hast du Sehnsucht nach mir?«

Heftig schüttelte sie den Kopf und stieß gleichzeitig einen kleinen Schreckensruf aus.

»Bist du wütend auf mich?«

»Nein. Ich bin – müde! Sag mir einfach, was ich tun soll und...«

»Ich möchte dich in den Arm nehmen und mit dir einschlafen.« Als er unter die Decke schlüpfte, spürte er ihr Zittern. Verdammt! Rasch zog er sie an sich und hielt sie ganz fest. Geduld, dachte er. »Ich bin sogar zu müde, um deine schönen Ohren zu küssen. Verzeih mir!«

Als er schon glaubte, daß sie eingeschlafen wäre, fragte sie plötzlich: »Laura und weiter?«

Heiße Freude durchflutete ihn, doch er antwortete völlig unbeteiligt. »Laura Hogburn. Kein sehr reizvoller Nachname, doch dafür kann sie schließlich nichts.«

»Was hast du mit ihr gemacht?«

Im stillen überlegte Burke, was sie wohl mit dieser Frage meinte, doch laut fragte er: »Möchtest du wissen, ob ich ihr Geld gegeben habe?«

»Ja.«

»Aber natürlich. Möchtest du auch noch wissen, ob ich sie besucht habe?«

»Ja.«

»Nicht mehr, seit ich dich ins Jagdhaus entführt habe. Aber das habe ich dir schon gesagt. Erinnerst du dich? Möchtest du auch wissen, ob ich sie geschlagen habe?«

»Ja, verdammt!«

»Nein.«

»Aber wieso…«

»Ich habe sie geliebt, wie man das ja normalerweise mit einer Geliebten macht.«

»Und es hat ihr gefallen? Hat sie gemacht, was du wolltest?«

»Ja. Sie lebt doch davon, daß sie Männern gefällig ist.«

Arielle schwieg. Sie hatte also recht. Geliebte wurden nicht geschlagen, weil sie jederzeit davonlaufen konnten. Seufzend schloß sie die Augen und versuchte, ganz still zu liegen. Bevor Burke ins Bett gestiegen war, hatte sie sein erregtes Glied gesehen und fürchtete, daß er bei einer falschen Berührung die Kontrolle über seine Lust verlieren könnte. Sie seufzte.

»Willst du mir nicht endlich sagen, was los ist?« wollte er wissen.

»Ich habe Angst. Dein Glied...« Plötzlich brach ihre Stimme ab.

»Was ist damit?«

»Es ist so riesig und hart.«

Bei ihren Worten krampfte sich sein Inneres zusammen. »Dafür kann ich nichts. Ich möchte dich so gern besitzen, in dich eindringen.«

»Und warum hast du es nicht getan?« fragte sie.

»Weil du mich nicht darum gebeten hast«, antwortete er einfach. Als sie den Atem anhielt, lächelte er vor sich hin.

Ohne jede Vorwarnung fuhr sie jedoch plötzlich hoch und drängte von ihm fort. »Du bist grausam! Du machst dich über mich lustig und quälst mich...« Sie verstummte, weil sie plötzlich Angst vor ihrem eigenen Mut bekommen hatte. »Weshalb kannst du es denn nicht einfach machen? Ich kann es nicht länger ertragen! Bitte, Burke!«

Das hatte er nicht erwartet! Ganz offensichtlich hatte sie überhaupt kein Verlangen nach ihm und wollte es lediglich hinter sich bringen! Selbst wenn er ganz sanft vorginge, würde sie sich verletzt und mißbraucht vorkommen. »Leg dich hin, Arielle!«

Seine Stimme klang kalt und befehlend, so daß sie ihre Angst kaum beherrschen konnte und ein wenig keuchte. Ganz langsam streckte sie sich mit geschlossenen Augen neben ihm aus. Sie war froh, es endlich hinter sich bringen zu können, doch was sollte werden, wenn sie ihm nicht gefiel? Was soll schon werden? Natürlich wird er dich schlagen. Trotzdem war alles besser als diese entsetzliche Ungewißheit.

Sie fühlte, wie seine große, warme Hand über ihre Brüste, ihre Rippen strich und schließlich auf ihrem Bauch zur Ruhe kam. »Öffne deine Schenkel!«

Sie fühlte seine suchenden Finger, die Wärme seines Körpers, und als er sie dann auch noch auf den Mund küßte, wäre sie am liebsten schreiend davongelaufen, doch sie rührte sich nicht.

»Weißt du, was ich jetzt mit dir tun werde, Arielle?«

Sie schwieg.

»Mein Finger wird jetzt in dich eindringen. Spürst du ihn?«

Sie schwieg beharrlich und wurde stocksteif.

»Du bist so eng, daß nicht einmal mein Finger richtig Platz hat«, hörte sie ihn sagen, doch sie war wie gelähmt.

»Ich kann nichts dafür«, brachte sie schließlich heraus.

Er befürchtete, ihr wehzutun, und ahnte, daß sie es bestimmt nicht sagen würde. »Wofür kannst du nichts?«

»Paisley…«, stieß sie hervor, während sie ihr Gesicht an seiner Schulter vergrub.

»Was ist mit Paisley?«

»Er konnte nicht – eindringen – nicht weit…«

Burke starrte gegen die Decke, während die Gedanken in seinem Kopf herumwirbelten. Nein, es war einfach unmöglich. Oder vielleicht doch? »Bist du noch Jungfrau, Arielle?«

»Jungfrau? Weshalb? Nun, eigentlich weiß ich das nicht so recht.«

»Ist – ist Paisley in dich eingedrungen?«

»Er hat es versucht, aber: ja, ein bißchen… Er mochte meinen Körper nicht und hat immer gesagt, ich sei zu dünn und gar keine richtige Frau. Weil ich ihn nicht genug erregen konnte, hat er mich hinknien lassen. So mußte er mein Gesicht nicht anschauen, und dann hat er es versucht und versucht – O Gott!«

Burke zog seinen Finger zurück und nahm Arielle in die Arme. »Es ist ja schon gut!« beruhigte er sie wieder und wieder, bis ihr Zittern schließlich nachließ. »Hat er dich Etienne überlassen?«

»Er wollte, aber glücklicherweise ist er vorher gestorben. Allerdings mußte ich mich einmal vor seinem Sohn ausziehen und ihn mit dem Mund befriedigen, um ihm meinen Gehorsam zu demonstrieren…«

»Ich verstehe, Arielle. Doch das ist jetzt endgültig vorbei.«

»Er wollte, daß ich schwanger werde, und er hat Etienne versprochen, daß…«

Das alles war so entsetzlich und beinahe unglaublich! Doch Burke schluckte seinen Zorn hinunter und sagte ganz ruhig: »Ein Glück, daß dieser widerliche, alte Kerl vorher gestorben ist. Er war doch wirklich nicht normal, findest du nicht auch?«

»Ja, das stimmt«, pflichtete sie ihm bei. »Du hast wirklich recht.« Dann verstummte sie für einige Augenblicke. »Wenn ich nicht so schrecklich feige gewesen wäre, hätte ich ihn umgebracht. Ich habe manchmal mit dem Gedanken gespielt, doch es hat mir immer wieder der Mut gefehlt.«

Nein, dachte Burke. Du hattest viel zuviel Angst, um ihm nicht zu gehorchen. Ein Besitz wendet sich nicht gegen seinen Herrn.

»Auch ich hätte ihn gern erschlagen! Komm, küß mich, und dann schlafen wir.«

Zu seinem größten Entzücken drückte sie ihre Lippen scheu auf seinen Mund. Sie waren zwar geschlossen, aber es war dennoch ein Kuß.

Vierzehntes Kapitel

»Oh, Lord Castlerosse, verzeihen Sie! Ich wollte Sie nicht stören…«

»Sie stören mich überhaupt nicht«, erwiderte Knight freundlich, während er sich vom Fenster abwandte. Wahrscheinlich zögerte sie, weil er allein im Raum war.

Doch schließlich besann sich Arielle. Sie befand sich in ihrem eigenen Haus, und Knight war ihr Gast und ein guter Freund von Burke, den sie gut behandeln wollte. Sie lächelte ihn an.

Gestern abend hatte sie festgestellt, daß er beinahe so gut aussah wie Burke, aber trotzdem… Er trug sein schwarzes Haar ein wenig länger, als die Mode vorschrieb, und besaß goldbraune Augen wie ein Fuchs. Wie Burke, strahlte er Macht und Stärke aus, was sie insgeheim erschreckte.

Knight spürte das erneute Zögern und fragte deshalb ganz beiläufig: »Wollen Sie mir nicht Gesellschaft leisten, Madam?«

Arielle kam sich fast ein wenig dumm vor. »Nun gut«, sagte sie und betrat den Raum.

Knight hätte ihr gern begreiflich gemacht, daß sie sich keineswegs auf dem Weg zum Schafott befand. »Ihr Kleid ist wunderschön, falls ich das sagen darf.«

»Herzlichen Dank für das Kompliment, Mylord.«

»Wollen Sie mich denn nicht einfach Knight nennen?«

»Ein sehr ungewöhnlicher Name.«

»Das ist wahr! Meine Mutter liebte die Artussage über alles, doch sie konnte sich wohl für keinen der Ritter entscheiden. Ich bin nur froh, daß sie mich nicht Artus genannt hat!«

Arielle lächelte. Knight war amüsant und charmant und wirkte ganz und gar nicht bedrohlich. »Mein Vater hat sich für Arielle entschieden, weil es so poetisch und ein wenig altmodisch klingt. Möchten Sie vielleicht eine Tasse Tee?«

Knight lachte leise vor sich hin. »Nein, eigentlich nicht. Ich habe gerade nur die wunderschöne Aussicht von hier bewundert.«

»Das kann ich verstehen. Ich habe diesen Raum besonders gern, weil er so hell und luftig ist und diesen wunderschönen Ausblick auf den westlichen Garten bietet.« Sie runzelte die Brauen. »Praktisch habe ich ihn schon annektiert, doch ich sollte wahrscheinlich erst einmal Burke um Erlaubnis bitten.«

»Weshalb sollte er denn etwas dagegen haben?«

»Schließlich ist es sein Haus, und seine Wünsche und Anordnungen haben Vorrang.«

»Aber Burke hat doch sein Arbeitszimmer und die Bibliothek zur eigenen Verfügung. Wenn er auch noch diesen Raum beanspruchen will, sollten Sie ihm aber energisch widersprechen!«

Einem Mann, der ihr Ehemann und somit ihr legaler Besitzer war, zu widersprechen, war für Arielle so undenkbar, daß sie laut lachen mußte. Knight stimmte zwar in ihr Lachen ein, aber im Grunde hatte er nichts begriffen. Er sah nur, daß der Stuhl, der zwischen ihnen stand, eine Art Barriere bildete, die ihr Sicherheit zu geben schien.

»Burke hat mir erzählt, daß er Sie zum ersten Mal getroffen hat, als Sie fünfzehn Jahre alt waren.«

»Ja«, erwiderte sie knapp. Sie mochte nicht an das unschuldige, dumme Ding erinnert werden, das von der Zukunft nur Wunderdinge erwartet hatte.

Doch Knight ließ sich nicht so leicht entmutigen. Er wollte gern alles über das Mädchen erfahren, das Burke offenbar über alle Maßen liebte. Ihre Vorsicht und Wachsamkeit appellierten an seine Beschützerinstinkte, was er gar nicht gewohnt war und sehr überrascht zur Kenntnis nahm. Gleichzeitig überlegte er, ob es Burke wohl ähnlich erging.

»Ihr Mann ist ein wunderbarer Mensch, Arielle. Wir kennen uns nun schon seit einer ganzen Ewigkeit. Da wir beide lange Zeit in der Armee verbracht haben, fühlen wir uns noch ein wenig fehl am Platz.«

»Ja, das weiß ich.«

»Sie dürfen mich nicht falsch verstehen. Natürlich wollen wir alle den Frieden, doch es ist nicht ganz leicht, plötzlich ohne das vertraute Offiziersleben auszukommen. Burke ist in der Schlacht von Toulouse verwundet worden.«

»Ja, das weiß ich«, erwiderte sie einsilbig. Sie hatte die Narben gesehen, jedoch kein Wort darüber verloren.

Verdammt, dachte Knight. Er kam ihr einfach nicht näher!

Arielle spürte, daß sie vor diesem Mann keine Angst haben mußte, doch sie war nicht dumm. Ganz offensichtlich wollte er herausfinden, ob sie für seinen Freund überhaupt gut genug war, und Burke nötigenfalls beschützen. Das war eine so neue Erkenntnis, daß Arielle in hemmungsloses Lachen ausbrach.

Knight begriff gar nichts mehr und hob nur fragend die linke Braue. »Wie bitte?«

»Ich habe mir gerade überlegt, welch seltsame Unterhaltung wir hier führen. Wenn Sie weiter das Lob Ihres Freundes singen wollen, so will ich Sie nicht daran hindern.« Dabei lächelte sie ihm zu.

Ein hübsches Lächeln, aber gleichzeitig voller Sarkasmus. Geflissentlich schnippte Knight eine Fussel von seinem Ärmel. »Für Burke gibt es jetzt keine anderen Frauen mehr. Er ist ehrenhaft und treu.«

»Arme Laura Wie-auch-immer!« bemerkte Arielle so schnippisch, daß sie schon selbst Gefallen daran fand.

»Burke hatte nur Sie im Sinn, als er vor Ihrer Hochzeit in London war. Er war – nun, wie soll ich das sagen? – nun, *ich* war es, der ihm Laura angeboten hat.«

»Sie haben sie *angeboten*? Du lieber Himmel! Verfügen Sie über Frauen, wie andere ihren Freunden ein Pferd *anbieten*?«

»So habe ich das doch nicht gemeint«, widersprach Knight und kam sich ein wenig dumm vor, was er überhaupt nicht leiden konnte. »Ich wollte doch nur sagen, daß ich diese Frau kannte und Burke damals vorgeschlagen habe…«

Arielle fuhr ungeduldig mit der Hand durch die Luft. »Ich möchte wirklich nichts mehr davon hören! Es ist ja absurd!«

»Was genau ist so absurd?«

»Alles.«

»Was alles?«

»Die Männer. Auch Ihr lieber Freund, der ach so anständige Burke Drummond, ist nur ein Mann, und er wird sich nicht ändern. Niemals. Doch jetzt müssen Sie mich entschuldigen, denn ich muß etwas mit Mrs. Pepperall besprechen.«

Knight beherrschte sich mit Mühe. »Es gibt wirklich keinen Grund, sich vor mir zu fürchten, Arielle!«

Sofort wurde sie hellhörig. Was hatte Burke seinem Freund alles erzählt? »Ich fürchte mich nicht vor Ihnen, Sir. Ich mag nur keine Heuchler.«

»Ich habe niemals behauptet, daß alle Frauen raffinierte, hinterlistige Biester sind«, erklärte er sanft, »und ich halte es auch nicht für gut, alle Männer über einen Kamm zu scheren und als Ungeheuer abzustempeln.«

»Dem kann ich nicht zustimmen. Sie haben doch hier auf mich gewartet, oder nicht? Nun, ich kann Sie beruhigen: Ich werde Ihren teuren Freund gewiß nicht umbringen. Ich habe auch meinen ersten Mann nicht umgebracht. Gibt es sonst noch irgendwelche Fragen, die Sie mir stellen möchten?«

»Nein, allerdings möchte ich betonen, daß ich Ihnen nicht zu nahe treten wollte. Ich wollte mich eigentlich nur mit Ihnen anfreunden.«

Sie starrte ihn an. Wieder eine neue Variante. »Nein, das ist ganz unmöglich.«

»Nur weil ich ein Mann bin?«

»Ich nehme an, Sie verstehen, wenn ich diese seltsame Unterhaltung nicht fortsetzen möchte. Sie sind Gast in diesem Haus und werden mit allem Respekt auch als ein solcher behandelt. Doch jetzt müssen Sie mich wirklich entschuldigen.«

Nachdenklich sah Knight Arielle nach, als sie den Raum verließ.

Sie war scharfsinnig und sehr intelligent, was er sich eigentlich hätte denken können, denn für Burke gab es nichts Unerträglicheres als dumme Menschen. Außerdem war sie bezaubernd schön. Aber leider schien sie alle Männer zu hassen. Der arme Burke! Er liebte eine Frau, die sich nicht nur vor ihm fürchtete, sondern ihn auch noch haßte. Nach den traurigen Erfahrungen in ihrer ersten Ehe konnte Knight sie zwar verstehen, doch es widerstrebte ihm zutiefst, daß sie alle Männer in einen Topf warf.

Minutenlang lehnte sich Arielle von außen gegen die geschlossene Tür und sammelte ihre Gedanken. Konnte man ihr ihre Gefühle wirklich so genau vom Gesicht ablesen? Knight hatte sie sehr schnell durchschaut. Ob Burke sich wohl über ihr unfreundliches Verhalten ärgerte, wenn Knight ihm von ihrer Unterhaltung erzählte? Als Arielle schließlich aufsah, bemerkte sie einen spindeldürren Mann mit scharf geschnittenem Gesicht, der sie mit seinen dunklen Mausaugen musterte. Er war ihr gänzlich unbekannt, und seine Uniform war ihm viel zu groß.

»Wer sind Sie?«

Der Mann lächelte, wobei eine Zahnlücke zwischen seinen Schneidezähnen sichtbar wurde, und verbeugte sich ungelenk. »Ich heiße Trunk, Mylady. Ollie Trunk. Der Earl of Ravensworth hat mich als Diener eingestellt.«

»Willkommen in Ravensworth Abbey, Trunk!« Arielle nickte dem Mann kurz zu und entfernte sich dann. Er sah überhaupt nicht wie ein Diener aus, dachte sie und überlegte, was Montague wohl zu dieser Neuerwerbung sagen würde.

Den restlichen Vormittag verbrachte Arielle bei Virgie und Poppet im Kinderzimmer. Das Mittagessen verlief ohne besondere Vorkommnisse. Kurz danach entschuldigte sich Lannie und zog sich zurück, während sich die Männer in Burkes Bibliothek versammelten. Arielle war eigentlich müde, doch sie wollte es sich nicht eingestehen, sondern ließ sich von Dorcas in ihr Reitkostüm helfen.

»Sie sehen ein wenig erschöpft aus«, bemerkte Dorcas. »Bei diesen vielen Leuten ist das ja auch kein Wunder.«

»So schlimm ist es nicht. Lannie und die Mädchen leben ja hier, und Lord Castlerosse und Lord Carver sind wirklich keine Belastung!«

»Trotzdem...«, begann Dorcas, doch dann konzentrierte sie sich auf das Flechten von Arielles Haaren.

»Ich habe vorhin einen neuen Diener getroffen«, erzählte Arielle. »Ich glaube, daß es der Detektiv ist, den Burke einstellen wollte, um Mellies Mörder zu finden.«

»Halten Sie immer noch an diesem Unsinn fest?« fragte Dorcas ungeduldig. »Das Mädchen war doch nur eine kleine Hure, die wenigstens noch so viel Anstand besessen hat, so nicht leben zu wollen!«

Arielle traute ihren Ohren nicht. Nicht auch noch Dorcas! »Ich muß zugeben, daß ich die Kleine nicht gekannt habe, doch sie war schließlich erst fünfzehn Jahre alt!«

»Aber ich habe sie gekannt. Es stimmt schon, was ich sage. Es ist mir unverständlich, daß man nur wegen Mellies Tod einen Fremden hier herumschnüffeln läßt.«

»Der Gedanke, mit einem Mörder unter einem Dach zu leben, ist doch noch viel schrecklicher!«

»Das ist doch alles Unsinn«, bemerkte Dorcas abschließend, während sie die letzte Haarnadel an Arielles Frisur feststeckte.

Fassungslos sah Arielle Dorcas im Spiegel an. »Dann bin ich in Ihren Augen also auch eine Hure, oder? Paisley hat mich nicht vergewaltigt, aber nur, weil er nicht konnte. Doch er hat mich geschlagen und mich zu unaussprechlichen Dingen gezwungen. Glauben Sie etwa, daß ich das gewollt habe, daß ich selbst daran schuld bin? Hätte ich mich auch umbringen sollen?«

»Sie waren immer eine Dame, Miß Arielle, und hätten sich niemals so zur Schau gestellt. Nicht vor Rendel, nicht vor DuPons und erst recht nicht vor dem Earl of Ravensworth. Mellie dagegen hat diesen Mann – wer es auch immer sei – dazu aufgefordert. So, jetzt sind Sie fertig.«

Während Geordie Mindle sattelte, ertappte sich Arielle dabei, daß sie die Stallburschen musterte. Hatte vielleicht Jamie Mellie vergewaltigt und ermordet? Er war ein großer kräftiger Mann. Oder war es vielleicht der schüchterne Lambert, der meistens den Mund hielt? Keinem von ihnen war es allerdings gestattet, das Herrenhaus zu betreten.

»Soll ich Sie begleiten, Mylady?«

»Nein danke, Geordie. Ich reite nur bis zum See. Der Tag ist einfach wunderbar.«

Geordie half ihr in den Sattel und sah ihr nach, während sie die gewundene Auffahrt entlangritt.

Während des kurzen Wegs dachte Arielle unentwegt an die Geständnisse, die sie in der letzten Nacht gemacht hatte, und erschauerte. Burke hatte bisher nichts dazu gesagt, doch schließlich hatte er ja auch Gäste, um die er sich kümmern mußte. Als sie am See angekommen war, band sie Mindle an einen Baum und ließ sich daneben ins Gras sinken. Das Wasser war still und klar, und die Luft duftete intensiv nach Wiesenblumen.

»Wach auf, Schwesterchen!«

Erschrocken fuhr sie hoch und erkannte Evan Goddis, der sie mit der Reitpeitsche an der Schulter berührt hatte. Ihr erster Gedanke war, daß sie Geordie hätte mitnehmen sollen, doch dann nahm sie sich zusammen, denn eigentlich hatte Evan keinen Grund, ihr etwas zu tun.

»Was möchtest du, Evan?« Sie setzte sich zwar aufrecht hin, doch weder stand sie auf noch wandte sie ihre Augen vom Wasserspiegel ab.

Er ließ sich neben ihr auf die Fersen nieder. »Ich wollte dich nur endlich einmal wiedersehen. Etienne war völlig außer sich. Der arme Kerl! Ich habe ihm ja gesagt, daß du ein ganz raffiniertes, kleines Biest bist! So zu tun, als ob du aus England verschwinden wolltest, und dich gleichzeitig mit dem Earl of Ravensworth zu verabreden! Wie hast du ihn denn dazu gebracht, dich zu heiraten? Ich habe schon immer gewußt, daß du klug bist, Arielle. Wie hast du ihn hereingelegt?«

»Wahrscheinlich bin ich eben sehr begabt, nehme ich an, und außerdem berechnend und skrupellos. Also, was führt dich her?«

»Es stimmt, was ich gesagt habe! Etienne hat dir an der Straße nach Southampton aufgelauert. Er ist nämlich ein hoffnungsloser Romantiker und wollte dich entführen. Er wollte deinen kleinen Bauch füllen, damit du ihn heiraten mußt!«

Arielle starrte ihn wortlos an. Demnach hatte es an diesem Tag gar keinen Ausweg gegeben. Wenn Burke sie nicht entführt hätte, hätte es Etienne getan! »Wieviel wollte er dir dafür bezahlen, Evan?«

»Fünftausend – nun gut, ich sollte eine gewisse Summe erhalten. Du hättest mich wirklich über die Gaunereien deines Anwalts und deines Verwalters informieren müssen! Etienne ist verzweifelt, daß Rendel Hall verkauft werden muß. Du hättest wirklich sagen können, daß du überhaupt kein Geld mehr hast!«

»Ich wünschte, ich hätte es getan, denn dann hätte sich Etienne keine falschen Hoffnungen gemacht und mir nicht aufgelauert. Da bei mir also nichts zu holen ist, möchte ich wirklich wissen, was du von mir willst!«

»In dieser Beziehung kann ich dir nicht ganz folgen. Da du mit dem Earl of Ravensworth verheiratet bist, gibt es bestimmt einige Möglichkeiten. Schließlich bin ich dein Halbbruder und war dein Vormund. Ich werde also deinen Mann aufsuchen und mich überzeugen, daß er dich auch korrekt behandelt. Bekommst du eigentlich eigenes Geld? Das solltest du fordern.«

»Von Paisley habe ich auch kein eigenes Geld bekommen!«

Mißtrauisch sah Evan sie an. Zweifellos hatte sie sich verändert. Nach dem ersten Schrecken hatte sie sich sichtlich gefangen, doch das paßte überhaupt nicht in seine Pläne. »Paisley war gar nicht so schlecht für dich«, bemerkte er, während er absichtlich mit der Peitsche auf den Boden klopfte. »Er hätte zum Beispiel eine so vorlaute Antwort nicht geduldet und auch nicht zugelassen, daß du in einem solchen Ton mit deinem Bruder sprichst.«

»Halbbruder«, korrigierte sie ihn kühl, doch er hatte ihr Zucken beim Anblick der Peitsche sehr wohl bemerkt.

»Schlägt dich dein Mann eigentlich?»

Sie schwieg.

»Oder machst du es ihm gut genug mit dem Mund?«

Arielle erhob sich und schüttelte ihre Röcke aus. »Ich gehe jetzt, Evan, und ich möchte dir ausdrücklich sagen, daß du in Ravensworth nicht willkommen bist.«

Er packte ihren Arm und riß sie zurück. Dabei strich sein heißer Atem über ihr Gesicht. »Du kleine Hure! Du wirst tun, was ich dir sage!« Er schleuderte sie so heftig von sich, daß sie auf Knie und Hände fiel. Bevor sie es überhaupt begriffen hatte, hörte sie die Peitsche durch die Luft sausen und fühlte den beißenden Schmerz auf ihrem Rücken.

Rasch richtete sie sich auf. »Du bist ja verrückt!« stieß sie hervor, während ihre Augen gebannt auf die Peitsche starrten.

»Ich habe nie gedacht, daß mir das gefallen könnte«, begeisterte sich Evan und hob wieder seinen Arm.

»Lassen Sie augenblicklich die Peitsche fallen, oder Sie sind ein toter Mann!«

»Burke!« rief Arielle.

Evan wirbelte herum und sah, daß der Earl of Ravensworth eine Pistole auf ihn gerichtet hielt. »Sie ist meine Schwester!« stieß er zwischen zusammengebissenen Zähnen hervor. »Ihr Vater hat sie nicht gut erzogen. Sie ist widerspenstig und verdorben!« Wieder hob er die Peitsche. »Ein schreckliches...«

Dann schrie er auf, die Reitpeitsche fiel zu Boden und Evan umklammerte seine Hand, während Burke seelenruhig die Pistole in seiner Jackentasche verschwinden ließ.

»Wie hat sie es nur angestellt, daß Sie sie geheiratet haben? Hat sie Sie verführt, oder ist sie etwa schwanger? Paisley hat ihr ja eine Menge beigebracht, aber deswegen mußten Sie sie doch wirklich nicht heiraten...«

Weiter kam er nicht, denn Burkes Faust landete mit voller Wucht an seinem Kinn, so daß er bewußtlos zusammensackte.

»Es tut mir so leid, daß ich nicht eher gekommen bin. Geht es dir gut?« fragte Burke ganz sanft, ohne sich Arielle zu nähern.

Sie nickte, doch sie konnte den Blick nicht von der Peitsche abwenden. Am liebsten hätte Burke laut geflucht, doch statt dessen forderte er sie nur freundlich zum Umdrehen auf. »Laß mich deinen Rücken sehen!«

Gehorsam drehte sie ihm den Rücken zu, worauf sie ihn ausgiebig fluchen hörte. Der Stoff ihrer Jacke war glatt durchgetrennt und ebenso die Bluse. Zu seiner Erleichterung stellte Burke allerdings fest, daß der Peitschenhieb nur eine äußerliche Schwellung auf der Haut hinterlassen hatte und kein Blut zu sehen war.

»Willst du, daß ich ihn umbringe?« stieß Burke hervor. »Ich werde ihn lieber zum Duell fordern, obwohl er soviel Ehre gar nicht verdient hat!«

»Tu es nicht!« bat Arielle ihn inständig und sah ihn flehend an. »Er ist hinterhältig, und ich möchte nicht, daß er dich verletzt!«

Er bebte innerlich vor lauter Freude. Sie sorgte sich um ihn!

Rasch umfaßte er ihr Kinn und hob ihr Gesicht empor. »Aber du hast doch nichts dagegen, wenn ich ihn aufwecke und dann noch einmal niederschlage?«

»Nein. Ich würde es sogar gern selbst tun.«

Na wunderbar, dachte er, das war doch immerhin etwas! Er nahm ihre Hand und ließ Arielle eine Faust machen. Dann befühlte er ihre Muskeln. »Also los!«

Burke zerrte Evan zum Ufer und mußte ihn dreimal untertauchen, bis dieser schließlich prustend um sich schlug. Dann zog er ihn hoch und schüttelte ihn. »Los, aufwachen!« kommandierte Burke und schüttelte ihn noch einmal. »Los, Arielle!«

Arielle holte weit aus und schlug ihrem Bruder die Faust so fest auf die Nase, wie sie nur irgend konnte.

Evan heulte auf, worauf Burke ihn losließ. Taumelnd wankte Evan daraufhin zu einem Baum hinüber, während Burke Arielle lobte: »Gut gemacht!« Dann wandte er sich an Goddis. »Wenn Sie es wagen, sich ihr noch ein einziges Mal zu nähern, werde ich Sie umbringen! Haben Sie mich verstanden?«

Evan war anfangs völlig mit seinem Schmerz beschäftigt, doch schließlich nickte er.

Dann nahm Burke Arielle bei der Hand. »Komm, wir gehen jetzt nach Hause, mein Schatz.«

»Ich hoffe, ich habe ihm die Nase gebrochen!«

»Durchaus möglich. Du warst großartig!« Er war wirklich stolz auf sie.

»Er wollte eine Vereinbarung mit dir treffen und meinte, Anspruch darauf zu haben, weil er doch früher mein Vormund war.«

Burke grinste sie an. »Ich nehme an, daß ihm dazu die Lust vergangen ist!«

»Außerdem hat er erzählt, daß Etienne mir auf dem Weg nach Southampton aufgelauert hat und mich entführen wollte. Für seine Hilfe sollte Evan fünftausend Pfund bekommen.«

Burke tat entsprechend erstaunt, obwohl er die Geschichte bereits erfahren hatte. Zum wiederholten Mal dankte er seinem Schicksal, daß er sie zuerst erwischt hatte.

Als sie das Haus betraten, hielt er sich dicht hinter Arielle, damit niemand den diagonal verlaufenden Riß auf ihrem Rükken sehen konnte. Unterwegs nickte er Montague kurz zu und sprach einige Worte mit Ollie Trunk. Nachdem sie das Schlafzimmer betreten hatten, schloß er die Tür ab.

»Zieh bitte Jacke und Bluse aus, damit ich mich um deinen Rücken kümmern kann.«

»Nein, Burke, das geht schon.«

»Du tust es auf der Stelle!«

Gegen diesen Ton wagte sie keinen Widerspruch und ließ sich aus Jacke und Bluse helfen. Schließlich streifte sie auch noch die Träger ihres Hemdchens von den Schultern. Als sie ihre Brüste bedecken wollte, hielt sie mitten in der Bewegung inne und ließ die Arme sinken.

Burke stand hinter ihr und besah sich den langen, roten Striemen, der sich diagonal über ihren Rücken zog. »Schmerzt es?«

Arielle schüttelte den Kopf. »Nein, nicht sehr.«

»Die Haut ist nicht verletzt, aber Kühlung kann bestimmt nicht schaden.« Während er ein nasses Tuch auf ihren Rücken preßte, schloß er die Augen. Er war für sie verantwortlich und mußte sie beschützen – und dann geschah etwas so Entsetzliches! Sanft tupfte er schließlich die Haut trocken. »Besitzt du auch ein einfaches Hemdchen ohne Spitzen, das nicht so drückt?«

Sie nickte.

»Warte, ich hole es.« Rasch ging er zur Verbindungstür hinüber und betrat Arielles Schlafzimmer, wo Dorcas wartete. »Ich brauche ein weiches, ganz einfaches Hemd, Dorcas. Und zwar auf der Stelle!«

Die alte Frau platzte zwar beinahe vor Neugier, doch Burke erklärte nichts. Seiner Meinung nach war es allein Arielles Sache, mit Dorcas zu sprechen. Wortlos nahm er das Hemd in Empfang und kehrte in sein Schlafzimmer zurück.

»Nun, wie fühlt sich das an?« wollte er wissen, nachdem er die Hemdchen ausgetauscht hatte.

»Wunderbar! Ich danke dir, Burke.«

»Es tut mir wirklich entsetzlich leid, daß ich zu spät gekommen bin! Weil ich dich sehen wollte, bin ich zum Stall gegangen. Geordie hat mir dann gesagt, wohin du geritten bist.«

»Weshalb wolltest du mich denn sehen?« fragte sie, während sie sich umdrehte.

»Ich habe dich vermißt und wollte dein Gesicht anschauen.«

Arielle nahm Jacke und Bluse und war schon auf dem Weg in ihr Zimmer, als sie sich noch einmal umdrehte. »Mister Ollie Trunk hat sich mir heute morgen vorgestellt. Ist er der Detektiv?«

»Ja. Montague mußte ich einweihen, aber sonst weiß niemand etwas davon. Könntest du dich darum kümmern, daß er eine passende Livree erhält?«

»Ja. Kann mir Mrs. Pepperall dabei helfen?«

»Ich denke schon. Stört dich seine Anwesenheit?«

»Nein. Mich stört höchstens der Gedanke, möglicherweise mit einem Mörder unter einem Dach zu leben.«

»Dafür ist Ollie Trunk ja da. Er wird ihn sicher bald entdekken, und ich werde dafür sorgen, daß Goddis dir nicht noch einmal zu nahe kommen kann!«

Arielle lächelte ihn ein wenig unsicher an. »Vielen Dank, daß ich ihn schlagen durfte.«

»Das war mir ein Vergnügen!«

»Ich habe es ihm gegeben, nicht wahr?«

»Das kann man wohl sagen. Einen geknickteren Menschen habe ich nie gesehen.«

Fünfzehntes Kapitel

Als Burke die geschminkte Puppe betrachtete, die Virgie ihm als Geschenk präsentiert hatte, staunte er ein wenig, doch er sagte nichts. »Ich kann beschwören«, flüsterte er Arielle zu, »daß sie vor kurzem noch mit Kanonen auf mich geschossen haben!«

»Nun«, meinte Arielle, »jetzt sind sie eben einen Schritt weiter.«

»Wahrscheinlich verstehst du davon mehr als ich. Sieh nur, wie man diese Puppe geschminkt hat! Falls du dich einmal so anmalen solltest, werde ich dir auf der Stelle davonlaufen!«

»Wie wirst du sie nennen, Onkel Burke?«

Er legte seine Stirn in Falten und sagte schließlich: »Was hältst du denn von ›Wellington‹?«

»Aber Onkel Burke!«

»Und wie ist es mit ›Josephine‹?«

Strahlend nickte Virgie. »Das gefällt mir.« Dann druckste sie einen Augenblick herum und fragte schließlich: »Onkel Burke, darf Josephine hier bei mir bleiben? Du kannst ja immer zum Spielen zu uns kommen, ja?«

»Was meinst du dazu, Arielle?«

Nachdenklich meinte Arielle: »Nun, ich kann mir Josephine auch sehr hübsch auf deinen Kissen vorstellen.«

Burke strich Virgie durch die Haare. »Ich glaube, daß es ihr bei dir viel besser gefallen wird.« Mit diesen Worten legte er ihr die Puppe in die Arme. »Und jetzt«, fuhr er fort, wobei er sich auch an Poppet wandte, »müßt ihr aber endlich mein Geschenk aufmachen!«

»Was ist drin?« schallte es im Chor.

»Ich weiß es nicht, aber wenn ich mir diese Puppenversammlung ansehe, bin ich mir gar nicht mehr sicher, ob es euch überhaupt noch interessiert.«

»Aber Onkel Burke!«

Er kniete sich hin und half den Mädchen beim Öffnen der großen Schachtel, die bis zum Rand mit Soldaten in verschiedenen Uniformen, Kanonen und Pferden angefüllt war.

Sprachlos starrte Virgie auf das Geschenk. »Wir sind doch keine Jungen, Onkel Burke! Oh! Laß mich die Kanone anschauen, Poppet! Sei vorsichtig, du dummes Mädchen! Du machst noch etwas kaputt.«

Voller Eifer kramten die Mädchen alles heraus und betrachteten es ausführlich. Es dauerte ungefähr eine Stunde, bis die englische Armee – kommandiert von Virgie, Poppet und Arielle – die Franzosen vernichtend geschlagen hatte. Burke stieß seine Kanonen um und sank stöhnend zu Boden, wobei er Arme und Beine von sich streckte.

»Ich habe nicht die geringste Ahnung, was Lannie dazu sagen wird«, meinte Burke, während sie später zusammen nach unten gingen.

»Vielleicht bekommen die Mädchen auf diese Weise einen Eindruck davon, was Krieg bedeutet.«

»Das bezweifle ich«, entgegnete Burke. »Aber wenigstens können sie alle ihre kleinen Freunde beeindrucken.«

Arielle kicherte, und Burke spürte, wie ihn ein warmes Gefühl der Freude durchströmte. »Habe ich dir heute eigentlich schon gesagt, daß du mir gefällst?«

»Ich weiß nicht…«

»Dann tue ich es eben jetzt. Nun wird es aber Zeit, daß wir uns wieder unseren Gästen widmen. Gleich gibt es Tee.«

Mitten auf der Treppe blieb Arielle stehen. »Ich habe mich heute morgen einige Minuten mit Knight unterhalten. Hat er dir das erzählt?«

»Ja und er hat gesagt, daß du die schönste und hübscheste…«

Aus Spaß schlug sie nach seinem Arm, doch sofort zuckte sie zurück und erbleichte.

»Mein Arm ist noch ganz«, scherzte Burke. »Aber es stimmt, Knight hat es wirklich gesagt!«

Sie versuchte ein Lächeln. »Ach, das sagst du doch nur so!«

»Aber nein.« Die Unterhaltung mit Knight hatte ihn allerdings bewogen, nach Arielle zu suchen, doch durch den Zwischenfall mit Evan Goddis war alles in den Hintergrund getreten.

Als Arielle und Burke den Wohnraum betraten, fanden sie Lord Carver und Lannie in trauter Zweisamkeit vor, während Knight sich gänzlich selbst überlassen war und die beiden mit einer Mischung aus Spott und Sarkasmus betrachtete.

»Gut, daß Sie endlich kommen!« begrüßte er die Eintretenden. »Jetzt kann ich mich doch endlich wieder mit normalen Menschen unterhalten.«

»Sie sind ja nur eifersüchtig, Knight!« rief Percy.

»Ein Körnchen Wahrheit ist dabei«, gestand Knight ein, »doch jetzt ist Schluß! Unsere Gastgeberin wird jetzt den Tee einschenken.«

Burke beobachtete Arielle und bemerkte, daß ihr diese Pflicht offenbar nicht sehr geläufig war. Hatte Cochrane sie etwa von aller Welt ferngehalten? Das sähe diesem Monster ähnlich! Er dachte an den frischen Streifen auf dem Rücken und fühlte wieder die alte Wut in sich aufsteigen.

»Burke! Sie träumen ja mit offenen Augen!«

»Ich habe nur nachgedacht.«

»Und worüber, wenn ich fragen darf?« erkundigte sich Arielle lächelnd. Als er jedoch nicht antwortete, wandte sie sich an Lannie. »Ich glaube, er hat überlegt, wie er Ihnen am liebsten beibringen soll, daß Virgie und Poppet seit heute stolze Besitzer von Bataillonen und Kanonen sind.«

Percy strahlte. »Wunderbar, Burke! Ich habe schon befürchtet, daß ich nur mit Puppen Tee trinken muß. Soldaten sind natürlich etwas ganz anderes!« Dabei rieb er seine etwas plumpen Hände aneinander.

Der Anblick seiner Hände machte Arielle neugierig. Wie er Lannie wohl behandeln würde, wenn sie erst verheiratet wären? Lannie war offenbar ganz begeistert von Percy. Ob ihr gleichgültig war, was er nach der Hochzeit mit ihr machen würde? In diesem Augenblick bemerkte Arielle, daß Burke sie ansah, und fragte rasch: »Noch ein wenig Tee, Lannie?«

»Ja, gern. Ich bin richtig froh, daß Burke Sie geheiratet hat! Haben Sie denn schon Gäste eingeladen?«

Arielle schüttelte den Kopf.

»Wir werden vielleicht in einer Woche damit anfangen«, antwortete Burke an ihrer Stelle.

»Nun, für Arielle ist das ja nichts Neues« fuhr Lannie fort. »Sie war ja schließlich schon einmal verheiratet. Irgendwie kann ich mich nicht erinnern, ob ich damals nach Rendel Hall eingeladen worden bin.«

»Versuchen Sie die Kekse, meine Liebe«, forderte Knight Lannie auf, während er ihr das goldgefaßte Tablett unter die Nase hielt.

»Herzlichen Dank, Knight«, quittierte Lannie seine freundliche Geste und wandte sich dann an Burke. »Ich habe heute einen etwas merkwürdig aussehenden Diener getroffen. Als ich ihn um einen Gefallen bat, hat er mich zurechtgewiesen und angedeutet, ich könne es mir selbst holen!«

»Das kann nur Trunk gewesen sein!« Arielle lachte. »Er ist wirklich ein seltsamer Vogel. Ich glaube, das ist auch der Grund, weshalb Burke ihn eingestellt hat. Ich hoffe, Sie waren nicht allzu entsetzt, Lannie, oder?«

»Nein, sie hat es vorgezogen, sich darüber zu amüsieren«, erläuterte Percy.

»Corinne hätte das mit Sicherheit nicht getan!«

Burke lachte. »Ich hoffe wirklich, daß sie vorläufig in London bleibt.«

In diesem Augenblick erschien Montague unter der Tür und fixierte Burke so lange, bis dieser zu ihm hinüberging. »Was ist los?« erkundigte er sich leise.

»Gäste, Mylord. Ich kenne sie nicht. Ein Baron Sherard und seine Frau.«

»Ach, du Himmel, welche Überraschung! Ich möchte nur rasch meiner Frau Bescheid sagen.«

»Aber wie ist das möglich?« rief Arielle erfreut, nachdem Burke ihr die Neuigkeit mitgeteilt hatte. »Sie sind doch in Boston.«

»Gleich werden wir es wissen.«

Arielle stieß einen kleinen Schrei aus, als sie ihre Halbschwester erblickte, und umarmte sie stürmisch. »Nesta! O, wie freue ich mich!« Sie drückte sie innig und trat dann einen Schritt zurück, um sie genau in Augenschein zu nehmen.

Burke beobachtete die Szene schweigend. Nesta Carrick war eine kleine Frau, mit aschblondem Haar und blaßblauen Augen. Er erinnerte sich nur sehr schwach an sie, doch an ihren Mann konnte er sich wesentlich besser erinnern. Er streckte ihm die Hand entgegen. »Wir sind uns einmal begegnet, und zwar im Jahr 1809, wenn ich mich nicht irre.«

»Sie haben recht. Es war bei White's!« Baron Sherard trat einen Schritt nach vorn und schüttelte Burkes Hand.

»Habe ich damals nicht Geld verloren?«

Alec Carrick lachte auf. »Ich glaube nicht. Wir haben damals um den Ausgang eines Schweinerennens gewettet, aber ich weiß nicht mehr, wer gewonnen hat.«

Burke schüttelte den Kopf. »Daran kann ich mich ebenfalls nicht mehr erinnern.«

In diesem Augenblick lösten sich die beiden Schwestern voneinander. »Alec! Wie schön, dich wiederzusehen!«

Der Baron umfaßte Arielles Hände. »Mir geht es ganz genauso, kleine Schwester! Wie ich sehe, hast du deinen Nachbarn geheiratet. Ich muß sagen, eine kluge Wahl. Er mag Kinder und auch Tiere, besonders Schweine.«

Fragend legte Arielle den Kopf auf die Seite. »Schweine?«

»Ach, nur ein Scherz. Du bist richtig groß geworden! Nicht wahr, Nesta? Eine richtige Frau ist sie geworden.«

»Eine sehr schöne Frau! Du siehst Mama sehr ähnlich, nur waren ihre Haare nicht annähernd so strahlend rot wie deine.«

Arielle machte eine wegwerfende Handbewegung. »Ach, laß das. Wie ich sehe, bist du schwanger. Welche Überraschung!«

»Aus diesem Grund sind wir nach England zurückgekehrt«, erklärte Alec. »Ich möchte, daß mein Kind in England geboren wird.«

»Aber ihr habt doch geschrieben, daß ich euch in Boston besuchen soll! Beinahe wäre ich hingefahren.«

»Diesen Brief habe ich vor Monaten geschrieben!« wunderte sich Nesta. »Hast du ihn etwa jetzt erst bekommen?«

»Ja.«

»Als wir längere Zeit keine Antwort bekamen und ich dann auch noch entdeckte, daß ich schwanger bin, haben wir uns zur Rückkehr entschlossen.«

»Woher wußten Sie, wo sich Arielle aufhielt?« wollte Burke wissen.

»Wir haben in Leslie Farm nachgefragt«, erklärte Alec. »Goddis war allerdings in keinem guten Zustand. Er hatte eine gebrochene Nase und eine bandagierte Hand.« Nachdenklich fuhr er schließlich fort: »Gar zu gern hätte ich gewußt, woher seine Verletzungen stammten, doch er hat mich nicht aufgeklärt. Irgendwie war er noch rüpelhafter, als ich ihn in Erinnerung gehabt hatte.«

Arielle kicherte, was Alec und Nesta ein wenig irritierte, doch bevor sie noch fragen konnten, lud Burke die beiden ein, so lange in seinem Haus zu bleiben, wie sie nur wollten.

Freudig stimmte der Baron zu. »Herzlichen Dank! Nesta ist ziemlich erschöpft und sollte sich wirklich ausruhen, bevor wir zu meinem Besitz in Northumberland weiterreisen.«

»Dann werde ich jetzt meine Schwester nach oben in ihr Zimmer bringen«, sagte Arielle. »Du, mein lieber Schwager, kannst dich inzwischen mit unseren anderen Gästen unterhalten.«

»Knight Winthrop kennen Sie doch sicher? Und Percy Kingstone?«

»O ja. Das wird ja ein ganz besonderes Wiedersehen. Ruhe dich nur aus, mein Schatz!« Dabei tätschelte er Nesta die Wange.

Arielle führte Nesta in das große, luftige Schlafzimmer, das ihrem gegenüber lag.

»Es ist zauberhaft, Arielle! Irgendwie kann ich immer noch nicht ganz glauben, daß du mit dem Earl of Ravensworth verheiratet bist! Ich war damals, bevor Alec auftauchte, unsterblich in ihn verliebt und viele Mädchen aus der Nachbarschaft ebenfalls.«

Arielle umarmte sie. »Ich freue mich so, daß du da bist. Doch bevor wir lange erzählen und du keine Ruhe bekommst, will ich lieber ein Mädchen rufen, die dir beim Auskleiden helfen kann.«

Etwa eine Stunde später verließ Arielle ihre schlafende Schwester. Ihr Gesicht wirkte irgendwie bedrückt, dachte Burke, als er sie auf der Treppe traf. »Stimmt etwas nicht?« fragte er.

Überrascht sah Arielle auf. »Oh, Burke! Ja, ich mache mir Sorgen um Nesta. Sie sah so blaß aus. Meinst du nicht, daß wir vorsichtshalber Doktor Brody rufen sollten?«

»Wir werden die Entscheidung Alec überlassen.«

»Aber *er* ist doch nicht schwanger!«

»Aber er ist ihr Ehemann.«

»Irgendwie kommt es doch immer wieder auf dasselbe heraus.«

Burke überhörte die Bemerkung. »Hat Nesta noch etwas von Evan Goddis erzählt?«

»Man hat ihnen in East Grinstead erzählt, daß Rendel Hall zum Verkauf steht, und deshalb haben sie sich an ihn gewandt. Evan muß sich sehr abfällig über uns beide geäußert haben. Außerdem hat Nesta noch einen weiteren Mann erwähnt, der offenbar dort wohnt. Wahrscheinlich Etienne DuPons.«

»Das ist ja interessant«, bemerkte Burke. »Alec feiert mit Knight Wiedersehen, und Lannie und Percy haben sich verdrückt.«

Arielle lachte.

Welch wunderschöner Laut, dachte Burke. Dann beugte er

sich hinunter, umfaßte Arielles Schultern und küßte sie sanft auf den Mund.

Nachdem er sie losgelassen hatte und sanft über ihre Wange streichelte, sagte Arielle ganz unvermittelt: »Weißt du eigentlich, daß ich Alec Carrick für den bestaussehendsten Mann gehalten habe, bis ich dann dich getroffen habe?«

»Ist das wahr? Dann hattest du ja schon damals einen ausgezeichneten Geschmack!« Dann legte er ihr den Arm um die Schultern. »Komm, laß uns nach unten gehen! Oder möchtest du dich lieber hinlegen?«

»Nein, ich fühle mich ganz ausgezeichnet.«

Arielle dirigierte Burke zu dem kleinen Raum, in dem sie Knight am Vormittag getroffen hatte und fragte wie zufällig: »Ich mag dieses Zimmer zu gern, Burke, und würde es gern für mich beanspruchen. Darf ich?«

Doch sie konnte Burke nicht täuschen. »Ich weiß nicht recht«, meinte er gedehnt, während er um sich blickte. «Ich sollte es eigentlich mit Beschlag belegen, denn es ist luftig und hat eine herrliche Aussicht. Eigentlich habe ich ja nur die Bibliothek und mein Arbeitszimmer.«

Als Arielle schon nickten wollte, erinnerte sie sich an Knights Worte, doch sie brachte nur ein vorsichtiges »Meinst du, daß du deine Meinung noch ändern kannst?« heraus.

»Weshalb sollte ich das tun? Es ist mein Haus, und du kannst mir nicht dreinreden. Ich möchte diesen Raum ganz für mich allein.«

»...aber das ist nicht fair!«

»Ist es etwa nicht mein Haus?«

»Aber es ist auch meines, oder nicht?«

»Und du bist wohl die Hausherrin?«

Arielle nagte an ihrer Unterlippe. »Nun ja – doch, eigentlich bin ich das schon.«

»Na los, Arielle, deutlicher!«

Sie reckte ihr Kinn empor. »Ich bin hier die Herrin, und Haushalt und Dienerschaft unterstehen meiner Verantwortung.

Ich liebe diesen Raum über alles und möchte ihn benutzen! Du hast schließlich schon die anderen beiden.« Als sie sah, wie er die Stirn runzelte, fügte sie noch rasch hinzu: »Falls es dir nicht allzu viel ausmacht.«

Er beugte sich hinunter und drückte ihr rasch einen Kuß auf die Lippen. »Natürlich macht es mir nichts aus, du Dummerchen! Und selbst wenn es so wäre, würde es nichts ändern. Du kannst mich aus jedem Raum verdrängen.«

Sie konnte ihn nur sprachlos anstarren. Hatte er das etwa in der Absicht getan, sie zu einer Forderung zu bewegen?

»Keine Angst, ich werde bestimmt nicht verzweifeln«, beruhigte Burke sie lächelnd. »Aber jetzt möchte ich mit dir spazierengehen, und vielleicht kann ich dich sogar zu einem Kuß unter dem Magnolienbaum überreden!«

Sie warf ihm einen flüchtigen Blick zu und senkte dann rasch die Augen. »Ich muß darüber nachdenken«, verkündete sie mit leisem Spott.

Burke hätte am liebsten gejubelt oder gesungen, doch statt dessen nahm er nur still lächelnd einen schüchternen Kuß unter dem Magnolienbaum entgegen.

»Miß Nesta ist völlig unverändert«, bemerkte Dorcas, während sie Arielle in ihr Abendkleid half. »Wenn nicht sogar schlimmer.«

»Was meinen Sie damit?«

»Ich glaube nicht, daß sie mit diesem Mann glücklich ist.«

»Mit Baron Sherard? Weshalb denn nicht?«

Dorcas zuckte nur die Achseln und wollte sich nicht äußern.

»Setzen Sie sich!« sagte sie dann und bemerkte ganz beiläufig, während sie Arielles Haar zu einer Krone flocht: »Ich habe Ihre Jacke und die Bluse gesehen – also hat er es doch getan!«

Arielle sah ihre Kammerzofe im Spiegel an.

»Ich wußte doch, daß es nur eine Frage der Zeit sein würde! Er hat versucht, sie zu zwingen, doch Sie haben ihm widerstanden. Sie haben einmal gesagt, daß wir das Haus verlassen werden, sobald er es tut, doch wohin sollen wir gehen? Ihre Schwester ist nicht mehr in Boston, und Geld haben wir auch nicht, oder?«

»Burke hat mich nicht berührt, Dorcas. Es war Evan. Er hat mich am Bunberry Lake überrascht, und Burke hat mich gerettet.«

Doch Dorcas lachte nur verächtlich. »Er wird es schon noch tun. Warten Sie nur ab!«

Doch plötzlich wußte Arielle bestimmt, daß er es nicht tun würde. Sie hätte nicht sagen können, woher diese plötzliche Sicherheit kam, doch sie spürte sie ganz eindeutig.

Als Dorcas zum Abschluß Arielles Gesicht mit Puder bestäubte, trat Burke mit einer flachen Schachtel ins Zimmer. »Das haben Sie sehr schön gemacht«, lobte er Dorcas. »Doch jetzt lassen Sie uns bitte allein!«

»Ich werde mich inzwischen um Miß Nesta kümmern.« Mit diesen Worten verließ sie den Raum.

Arielle hatte die Samtschatulle sehr wohl bemerkt, doch sie versuchte, ihre Erregung nicht zu zeigen.

»Das gehört dir. Es hat zuletzt meiner Mutter gehört, die es von ihrer Mutter geerbt hat. Falls es dir nicht gefällt, können wir es gern umändern lassen.« Dann sah er zu, wie sie langsam die Schachtel öffnete und ungläubig auf die Diamanten und Saphire starrte.

»O, wie wunderschön! Noch nie habe ich etwas so Herrliches gesehen! Oh, Burke, nein – ich kann es nicht annehmen. Stell dir nur vor, ich verlöre...« Rasch klappte sie die Schachtel zu und reichte sie ihm zurück.

»Dann werden wir es einfach ersetzen.« Mit diesen Worten legte er ihr die Kette um den Hals, daß sie ihn nur noch wortlos im Spiegel ansehen konnte. »Die Saphire leuchten zwar zauberhaft, doch deine Augen strahlen noch heller!«

Zärtlich umfaßte er ihre Schultern, doch sie konnte die Augen nicht mehr von dem Halsband wenden. Wieder dachte sie an Paisley und sein Armband. Mit Sicherheit hatte er von dem defekten Verschluß gewußt und nur darauf gewartet, daß etwas geschehen würde, weswegen er ihr Vorhaltungen machen konnte. Doch so war Burke nicht. »Ich dankte dir, Burke!« Dabei legte sie ihm die Hand auf den Arm und überlegte im stillen, was wohl sein Preis war.

Arielle genoß das Abendessen in vollen Zügen. Die Köchin hatte ihr Bestes gegeben und ein opulentes Mahl auf den Tisch gezaubert. Arielle brauchte gar nicht viel zu sagen, denn ihre Gäste waren in beschwingter Stimmung und unterhielten einander so ausgezeichnet, daß sie sich beruhigt zurücklehnen und einfach nur zuhören konnte. Irgendwann bemerkte sie, daß Burkes Blicke auf ihr ruhten, und unwillkürlich tasteten ihre Finger nach dem Halsband. Ob er bereute, es ihr gegeben zu haben? Nun, dann konnte er es genauso gut zurückfordern.

Doch plötzlich spürte sie einen Kloß im Hals und mußte heftig schlucken. Nein, das wollte sie nicht! Sie mochte das Halsband und wollte es gern behalten. Und dann dachte sie plötzlich, daß es eigentlich gar nicht um das Halsband ging, und war ziemlich verwirrt.

Als die drei Damen kurze Zeit später im Wohnraum saßen, lauschte Arielle der Unterhaltung zwischen Nesta und Lannie nur mit halbem Ohr.

»Doch, es geht mir wieder gut«, sagte Nesta. »Die Überfahrt war ein wenig unangenehm, weil ich seekrank wurde. Doch Alec war außerordentlich hilfsbereit.«

»Das will ich auch hoffen«, mischte sich Arielle ein. »Er ist doch schließlich an allem schuld.«

Lannie war zuerst ein wenig erschrocken, doch dann mußte sie lachen. »Ja, irgendwo stimmt das! Wünschen Sie sich einen Jungen?«

»Aber natürlich. Es ist Alecs größter Wunsch.«

»Aber bestimmen kann er es nicht«, bemerkte Arielle. »Ich stelle mir dich eher mit einem kleinen Mädchen vor.«

Nesta lächelte kopfschüttelnd. »Ich möchte auch gern ein Mädchen, aber das erste Kind muß ein Junge werden.«

Arielle runzelte die Stirn. »Weshalb? Lannie will doch auch weder auf Virgie noch auf Poppet verzichten.«

»Montrose war nicht so ganz glücklich, Arielle«, erklärte Lannie. »Durch den Wunsch nach einem Sohn wollen die Männer ihren Anteil an der Sache irgendwie aufwerten.«

»Und das Gesetz ist auch noch auf ihrer Seite«, ergänzte Arielle. »Ich würde gern einmal erleben, daß ein Mädchen einen Titel erben kann!«

»Nun, du kannst dich nicht beklagen«, hielt ihr Nesta vor. »Du hast sehr jung einen vermögenden Mann geheiratet, ihn beerbt und dich dann noch einmal gut verheiratet.«

»Lord Rendels Erbe ist längst nicht mehr vorhanden«, stellte Arielle richtig. »Soweit ich weiß, wird alles demnächst verkauft.«

»Oh, mein Liebes, wie schrecklich, es tut mir leid«, sagte Nesta. »Davon hatte ich ja keine Ahnung!«

»Ich auch nicht.« Lannie beugte sich aufmerksam nach vorn.

Arielle entschied sich für Offenheit. »Ich ebenfalls nicht! Der Anwalt meines ersten Mannes und der Verwalter haben alles veruntreut, Haus und Land belastet und England verlassen, als ich alles zu Geld machen wollte, um zu euch zu fahren.«

»Aber dann hast du Burke getroffen«, sagte Nesta strahlend, als die Herren den Wohnraum betraten.

Als die anderen ihre jeweiligen Damen überaus herzlich begrüßten, schüttelte Knight nur den Kopf. »Irgendwie komme ich mir im Augenblick sehr überflüssig vor!«

»Dagegen hilft nur der Weg zum Altar, mein Junge«, riet ihm Burke grinsend.

Gegen elf Uhr entschuldigte sich Alec. »Es ist schon spät, und es wird Zeit, daß Nesta ins Bett kommt.«

Kurz darauf verabschiedeten sich auch die übrigen Gäste, und Arielle folgte Burke ins Schlafzimmer. Als sie sah, daß man den chinesischen Wandschirm wegen verschiedener Reparaturarbeiten entfernt hatte, blieb sie wie angewurzelt stehen und blickte sich ratlos um.

Nachdem Burke einige Holzscheite in den Kamin gelegt hatte, richtete er sich auf und lehnte sich gegen den Sims. »Hat es dir gefallen?« wollte er wissen, während er sie intensiv ansah.

»Oh, ja, sehr sogar.«

»Das freut mich. Und jetzt zieh dich aus, Arielle! Und zwar ganz!«

Sechzehntes Kapitel

Arielle starrte ihn an und traute ihren Ohren nicht. Gerade war sie noch so glücklich und entspannt gewesen, doch jetzt...

Seine Stimme wurde schärfer. »Hörst du schlecht, Arielle? Ich habe gesagt, du sollst dich ausziehen! Ich möchte dich ansehen, wenn du nackt bist.«

Paisleys Worte! Ihre Hände tasteten nach den Knöpfen, doch dann ließ sie die Hände sinken. »Ich verstehe nicht, weshalb du das tust. Du warst so nett zu mir...«

»Glaubst du etwa, daß ich deswegen auf mein Vergnügen verzichte?« Er richtete sich zu voller Größe auf und trat einen Schritt auf sie zu.

Ein kleiner Angstlaut entrang sich ihrer zugeschnürten Kehle, und hastig öffneten ihre Finger die lange Reihe der Knöpfe.

»Wenn du nackt bist, kniest du dich hin! Und dann befriedigst du mich mit dem Mund, wie du es damals im Stall getan hast! Ich erinnere mich, daß du deine Sache sehr gut gemacht hast.«

Arielle verschränkte ihre Arme über ihren Brüsten und starrte in seine ausdruckslosen, kalten Augen. Fassungslos schüttelte sie den Kopf. »Weshalb tust du das?« flüsterte sie.

»Dein Gejammer beeindruckt mich in keiner Weise, Arielle! Tust du jetzt, was ich verlange, oder muß ich erst die Peitsche holen?« Er durchquerte den Raum, zog eine Schublade des Schranks auf und holte eine Reitpeitsche heraus.

Dumpf starrte Arielle auf die Peitsche. »Nein!« stieß sie hervor. »Nein!«

»Nein was?« Dabei ließ er die Peitsche sachte auf die Handfläche klatschen.

»Du wirst mich nicht schlagen.«

»Wirklich nicht? Ich denke, alle Männer sind gleich. Es gefällt uns doch, wehrlose Mädchen zu schlagen und unsere Frauen zu erniedrigen und zu quälen, oder etwa nicht?«

»Nein, nein, du bist doch nicht so!«

Er starrte sie an, während er einige Schritte auf sie zuging und sich dabei rhythmisch mit der Peitsche auf die Handfläche klopfte.

Arielle wich keinen Zentimeter zurück und fixierte unverwandt Burkes Gesicht. »Nein, so bist du wirklich nicht«, wiederholte sie mit kräftiger Stimme.

»Glaubst du das wirklich?«

»Ja, du bist kein solcher Mann, Burke.«

»Ziehe deine Kleider aus, Arielle!«

»Nein. Ich lasse mich nicht so erniedrigen.«

»Soll das heißen, daß du mir widersprichst? Daß du mir nicht gehorchst?«

»Genau das tue ich!«

Er umfaßte ihr Kinn und hob ihr Gesicht in die Höhe. »Ich kann dich blutig schlagen und machen, was immer ich möchte.«

»Ja, das kannst du.« Dann atmete sie tief ein. »Aber das wirst du nicht tun, denn du liebst mich.«

»Glaubst du das wirklich? Ich bin doch ein Mann, einer dieser verabscheuungswürdigen, grausamen und sadistischen Unholde.«

Sie sah ihm gerade ins Gesicht. »Nein, das bist du nicht.«

»Also glaubst du mir endlich und vertraust mir?«

Ihre Augen verdunkelten sich, und ihre Stimme zitterte ein wenig, als sie feststellte: »Du hast das mit Absicht gemacht.«

»Wovon sprichst du?«

»Seit unserer Hochzeit hast du alles mit Absicht gemacht.«

»Wie bitte? Kannst du dich nicht ein bißchen deutlicher ausdrücken?«

»Du hast mich immer wieder unter Druck gesetzt, bis ich...«

»...bis du dich gewehrt hast?«

»Ja.«

»Und was ist geschehen, als du es endlich getan hast?«

»Nichts, weil du mir nicht wehtun willst. Du hattest niemals die Absicht, ganz gleich was du mir angedroht hast.«

»Das kannst du in aller Ruhe glauben«, meinte er lächelnd.

Hastig packte sie die Peitsche und warf sie quer durch das Zimmer. »Dieses verdammte Ding!«

Burke lachte aus vollem Hals. Dann packte er Arielle und hob sie hoch, bis sie sich ängstlich an seine Oberarme klammerte und erschreckt auf ihn hinunterstarrte. »Jetzt muß ich dich also nur ein wenig herausfüttern, dann...«

»Dann was?«

»Dann habe ich die perfekte Ehefrau.« Er ließ sie wieder herunter und drückte sie fest an sich.

Arielle umschlang ihn und legte das Kinn gegen seine Schulter. »Du hast mir soviel Angst eingejagt.«

Seine Arme umschlossen sie nur fester. »Wirst du mir vergeben?«

»Ich weiß nicht. Ich glaube...«

»Befürchtest du, daß ich dir in der fernen Zukunft vielleicht doch etwas antun könnte? Nein, mein Schatz, diese Ängste sind grundlos. Ich möchte dich glücklich machen.«

Als sie seufzte, hätte er gern gewußt, was sie dachte.

»Laß uns zu Bett gehen, ja? Du mußt dich nicht vor mir ausziehen, wenn du nicht willst, und du mußt mich auch nicht küssen, wenn du nicht möchtest. Wenn dieser dumme Wandschirm repariert ist, kannst du dich jeden Tag dahinter verkriechen.«

Sanft küßte er sie auf die geschlossenen Lippen und löste sich dann von ihr. Während er sich auszog und sorgfältig seine Kleider faltete, pfiff er ein Liedchen vor sich hin und beachtete Arielle überhaupt nicht.

Sie beobachtete ihn lächelnd und zog sich schließlich ebenfalls aus. Als sie die letzten Bänder an ihrem Nachthemd verknotete, bemerkte sie, daß Burke ihr zusah. Er stand völlig nackt vor ihr, und sie hatte große Mühe, ihre Augen von seinem herrlichen, schlanken Körper abzuwenden.

»Ich gehe jetzt ins Bett«, verkündete er, und als sie neben ihm unter der Decke lag, fügte er noch hinzu: »Wenn du möchtest, darfst du mir einen Gutenachtkuß geben.«

Er bekam seinen Kuß, und er war ein wenig intensiver als der, den er unter dem Magnolienbaum bekommen hatte.

Der bedächtige, ruhige George Cerlew war sehr aufgeregt, als er das Arbeitszimmer seines Herrn betrat. »Mylord?«

»Ja, George?«

»Dieser Mann, dieser Ollie Trunk möchte Sie ganz dringend sprechen.«

Burke erhob sich. »Er soll hereinkommen.«

»Ich habe ihn«, erklärte Ollie Trunk selbstgefällig, ohne jede Vorrede. »Ich habe den Kerl gefunden, der der Kleinen das angetan hat.«

»Wer war es denn?«

»Einer der Stallburschen. Arnold heißt er.«

»Guter Gott, endlich!« entfuhr es Burke. »Sind Sie Ihrer Sache sicher? Arnold ist schon seit sechs Jahren bei uns und sehr gewissenhaft, ruhig und…«

»Er hat sich damit gebrüstet, der dumme Kerl!« erklärte Ollie voller Verachtung. »Geradezu geprahlt! Ich habe das Stück Stoff mit Arnolds Mantel verglichen, Mylord, und es paßte haargenau. Danach habe ich ihn in der Kneipe in Nutley betrunken gemacht und ein wenig ausgehorcht. Er hat geprahlt, daß die Mädchen nicht die Hände von ihm lassen können.«

»Allerdings sehe ich ein Problem, Gentlemen«, meinte Burke.

»Das verstehe ich nicht«, begann Cerlew, doch Ollie Trunk fiel ihm ins Wort: »Es liegt doch klar auf der Hand! Wie konnte Arnold ins Haus gelangen, um das Mädchen die Treppe hinunterzustürzen?«

»Er hat sie vergewaltigt, doch ich glaube nicht, daß er sie umgebracht hat«, sagte Burke eigentlich mehr zu sich selbst. Daraufhin fluchte er ausgiebig, was ihm Ollie Trunks Respekt eintrug.

»Es ist natürlich möglich, daß es auch ein Unfall gewesen ist, Mylord.«

»Nein, das glaube ich auch nicht. Ausgezeichnete Arbeit, Ollie Trunk. Ich werde über alles nachdenken, und Sie schauen sich inzwischen weiter um! Joshua und Geordie sollen Ihnen dabei zur Hand gehen. Und bringen Sie mir Arnold. Mit dem werde ich jetzt ein Wörtchen reden!«

Burke war innerlich wütend, doch äußerlich sehr gefaßt, denn sein Entschluß stand bereits fest. Als Alec Carrick das Arbeitszimmer betrat, empfing Burke ihn freundlich und klärte ihn über die Vorgänge auf.

Alec war einigermaßen erstaunt. »Du lieber Himmel! Ich hatte das englische Landleben immer für langweilig gehalten. Das ist ja einfach unglaublich! Natürlich werde ich Ihnen helfen, wenn ich das kann. Ein Mann, der so etwas tut, verdient eine harte Bestrafung!«

Als Arnold schließlich von Ollie und Joshua hereingebracht wurde, hatte sich auch Knight zu den beiden Männern gesellt.

»Es ist alles nicht wahr!« schrie Arnold, nachdem man ihn auf einen Stuhl bugsiert hatte. »Dieser Kerl hier hat sich das alles ausgedacht! Kein einziges Wort ist wahr!«

»Stimmt das?«

»Dies ist sein Mantel, Mylord«, sagte Ollie. »Und hier ist das Stück Stoff, das man bei dem Mädchen gefunden hat.«

»Ich fürchte, es paßt einwandfrei, Arnold«, bemerkte Burke.

»Aber es war keine Vergewaltigung!« schrie Arnold. »Bestimmt nicht! Die kleine Mellie und ich haben uns schon öfter miteinander amüsiert. Meistens im Gartenpavillon. Sie war verrückt nach mir!«

»Weshalb haben Sie dann eine Maske getragen, Arnold?«

»Weil sie verrückt nach mir war, das habe ich doch gerade gesagt. Ich wollte nicht, daß sie überall herumerzählt, daß ich es war.«

»Arnold, Mellie war gerade erst fünfzehn Jahre alt!«

»Tatsächlich? Wir haben das aber schon länger als ein Jahr gemacht. Eine heiße kleine Hexe, die Mellie.«

»Sie haben sie vergewaltigt, gegen ihren Willen gezwungen! Das Mädchen stand unter meinem Schutz. Ich bin für alles verantwortlich und kann derartige Dinge nicht dulden! Soll ich Ihnen sagen, was Ihnen blüht?«

»Ich habe doch nichts getan! Sie war doch eine kleine Nutte, nichts weiter.«

Als Arnold begriff, daß der Earl of Ravensworth es ernst meinte, riß er sich plötzlich von Joshua los, boxte Ollie in den Magen und stolperte in die Halle, wo er genau vor Arielles Füßen landete.

»Arnold! Was ist denn los? Was machen Sie hier im Haus?«

Im selben Augenblick stürmten die Männer aus dem Arbeitszimmer, und kurze Zeit später war Arnold überwältigt. »Bringen Sie ihn zurück und bewachen Sie ihn!« befahl Burke und wartete, bis alle verschwunden waren. Dann wandte er sich an Arielle: »Arnold hat Mellie vergewaltigt. Ollie Trunk hat es herausgefunden.«

»O nein! Hat er sie auch umgebracht?«

»Ich bin mir nicht sicher. Das wird sich zeigen.«

»Was wirst du tun?«

Burke lächelte. »Mein liebes Mädchen, Arnold wird für die nächsten fünf Jahre ein stolzer Seemann in der Marine werden.«

»Das hört sich aber nicht sehr schrecklich an.«

»Aber es ist die Hölle, wenn nicht sogar schlimmer! Glaube mir, diese Strafe ist härter als ein Aufenthalt im Gefängnis!«

Als Arielle Augenblicke später Arnolds Aufschrei hörte, wußte sie, daß Burke es ihm gesagt hatte. Nun, mit Sicherheit geschah ihm recht, doch sie war nur teilweise erleichtert, denn Mellies Mörder war noch nicht gefunden.

Diese Frage klärte sich am späten Nachmittag, als Ollie Trunk sich bei Burke melden ließ, der gerade mit Arielle in deren Lieblingszimmer Umbaupläne wälzte.

»Es ist eindeutig ausgestanden, Mylord«, verkündete Ollie.

»Was genau meinen Sie damit?«

Ollie Trunk blicke ein wenig unsicher zu Arielle hinüber, doch Burke versicherte: »Vor meiner Frau können Sie frei und offen sprechen.«

»Ich habe den Schlüssel zur Seitentür gefunden, Mylord. Ein wenig rostig und alt, aber er paßt.«

Burke fühlte grenzenlose Erleichterung. »Und wo haben Sie ihn gefunden?«

»Im Stall, im Sattelraum. Arnold behauptet natürlich, daß er nichts von dem Schlüssel gewußt hätte, aber etwas anderes kann man ja auch kaum erwarten!«

»Ich verstehe.«

»Dann ist ja alles erledigt«, bemerkte Arielle und streckte Ollie die Hand entgegen. »Ich danke Ihnen sehr. Sie sind ein ausgezeichneter Detektiv, Sir.«

Zu Burkes Entzücken errötete Ollie wegen des Kompliments. »Nun, ja – es gibt allerdings noch ein Problem. Soll ich Arnold trotzdem zu Kapitän Mortimer bringen, oder wollen Sie ihn auch für das zweite Verbrechen zur Verantwortung ziehen?«

Burke dachte einige Augenblicke lang nach. »Ich meine, daß wir keinen schlüssigen Beweis dafür besitzen, daß Arnold tatsächlich Mellies Mörder ist. Der Schlüssel wurde ja nicht bei seinen Sachen gefunden, sondern lag im Stall, wo ihn jeder benutzen konnte. Solange wir keinen eindeutigen Beweis haben, ist Arnold bei der Navy gut aufgehoben!«

Mit diesen Worten reichte er Ollie Trunk einen Brief für Kapitän Mortimer, der zu den rauhesten Gesellen unter den englischen Kapitänen gehörte. Dann schüttelte er Ollies Hand. »Ich bedanke mich ebenfalls.«

Als sie wieder allein waren, lächelte Arielle ihren Mann schüchtern an. »Habe ich dir eigentlich schon gesagt, wie sehr ich dich bewundere?«

»Nein«, antwortete er, »heute noch nicht.«

»Dann hole ich das hiermit nach.« Sie lachte. »Es ist Zeit für den Tee. Unsere Gäste werden bestimmt neugierig sein.«

Beim Tee und während des Abendessens war Arnolds Schicksal allgemeines Gesprächsthema.

»Ich finde, daß ihm recht geschieht«, bemerkte Alec Carrick.

»Das arme Mädchen«, sagte Nesta bedauernd.

»Ich weiß nicht recht«, entgegnete Lannie. »Sie soll keinen einwandfreien Charakter gehabt haben, wie ich gehört habe. Auch ihre Mutter soll schon so gewesen sein und hat keinen Mann halten können.«

»Das ist doch nicht das Entscheidende«, warf Arielle ein. »Ich kenne auch Männer mit zweifelhaftem Charakter, aber deswegen werden sie trotzdem nicht vergewaltigt und ermordet!«

Einige Sekunden lang schwiegen alle, bis Burke schließlich Arielles Partei ergriff. »Meiner Meinung nach hat sie vollkommen recht. Wir Männer sind stärker, und ich habe tatsächlich noch nie gehört, daß man einen Mann vergewaltigt hätte! Dieses Thema betrifft uns einfach nicht.«

»Meiner Meinung nach gibt es noch eine weitere Ungerechtigkeit«, bemerkte Knight. »Seit dem Mittelalter gilt eigentlich der Grundsatz, daß nur reine Frauen auch gute Frauen sind. Hat eine Frau Liebhaber, so ist sie automatisch schlecht. Hat ein Mann dagegen viele Geliebte, so wirkt er dadurch auf Männer und auch auf Frauen gleichermaßen attraktiv.«

»Ein Weiberheld zu sein, würde mir keinen Spaß machen«, bemerkte Percy. »Ich gehöre zu denen, die gern treu sind. Ach, ich glaube, ich bin ein ziemlich zahmes Individuum.«

»In der Beziehung geht es mir ähnlich«, stimmte Burke zu. »Wie Percy schätze ich Heim und Herd und eine liebende Frau über alles.«

»Ich fürchte, Alec ist genau das Gegenteil«, sagte Nesta. »Er liebt aufregende Reisen und den ständigen Wechsel.«

»Das hört sich ja an, als ob ich mich nicht zum Ehemann eignen würde, meine Liebe«, widersprach Alec. »Hoffentlich ist es nicht ganz so schlimm, oder habe ich dir während der vergangenen fünf Jahre Grund zur Klage gegeben?«

»Aber all diese Reisen! Wo sind wir nicht überall gewesen!«

»Na, Alec«, lachte Arielle, »das hört sich ja an, als seist du ein Herumtreiber. Zwar ein sehr interessanter Herumtreiber, aber immerhin ein...«

»Ich bitte um Ihren Beistand, meine Herren!« flehte Alec spöttisch.

»Von mir bekommen Sie ihn aber nicht!« verkündete Knight. »Ich bin nicht verheiratet, und ich habe nicht die Absicht...«

Arielle unterbrach ihn. »Ich hatte ebenfalls nicht die Absicht...«

»...bis sie mich getroffen hat«, bemerkte Burke in scherzendem Ton. »Sie hat mich geradezu angefleht, sie zu heiraten. Ohne mich wäre sie gestorben. Ich hatte einfach keine andere Wahl!«

Statt einer Erwiderung widmete sich Arielle ihrem Teller.

»Wie dem auch sei«, fuhr Knight fort, »ich werde jedenfalls sofort unleidlich werden, sollte es einer Frau gelingen, mich in diese bedauernswerte Lage zu bringen.«

»Da haben wir also eines dieser selbstsüchtigen, höchst eingebildeten Exemplare männlicher Überheblichkeit«, lästerte Lannie. »Arielle hat völlig recht. Die Männer glauben doch alle, daß sich die ganze Welt – uns eingeschlossen – ausschließlich um sie dreht.«

Knight bedachte sie mit einem gequälten Lächeln. »Vielleicht war dieser Satz tatsächlich ein wenig voreilig, denn ich bin ja erst sechsundzwanzig Jahre alt. Mit vierzig werde ich vielleicht heiraten, denn dann brauche ich einen Erben. Mein Vater hat mir dieses Vorgehen wärmstens empfohlen.«

»Na, hoffentlich erfahren die Londoner Damen das nicht vorzeitig«, lachte Burke.

»Vielleicht werden sie ihm dann eine Absage erteilen«, freute sich Lannie.

»Das tun die Damen mir nicht an«, meinte Knight seelenruhig und prostete ihr mit seinem Glas zu.

Als sich die Damen einige Zeit später in den Wohnraum zurückgezogen hatten, fragte Arielle ihre Halbschwester Nesta: »Wann ist es eigentlich soweit?«

»Erst in dreieinhalb Monaten. Das ist noch schrecklich lang!«

»Möchtest du auch einen Jungen, oder ist das nur Alecs Wunsch?«

»Mir ist es eigentlich gleich, aber Alec möchte natürlich einen Erben. Das tun doch alle Männer. Als ob man das Geschlecht seines Kindes bestimmen könnte!« fügte sie seufzend hinzu.

»Ich glaube, Burke würde so etwas niemals tun«, bemerkte Arielle.

Lannie lächelte allwissend. »Da spricht die verliebte Braut, aber nicht die Ehefrau.«

»Hast du mit Burke schon über dieses Thema gesprochen?« erkundigte sich Nesta.

»Nein«, erwiderte Arielle. »Aber ich kenne Burke. Er ist sehr verständnisvoll und liebevoll...«

»Guter Gott!« rief Lannie und lachte ungeniert. »Du sprichst von meinem Schwager, meine Liebe, und nicht von irgendeinem überirdischen Wesen! Ich glaube, ich sollte jetzt ein wenig Klavier spielen. Daß Burke nur ja nicht erfährt, was Arielle gesagt hat, Nesta! Sonst wird er womöglich noch eingebildeter als Knight!«

Daraufhin stürzte sich Lannie voller Begeisterung auf eine Mozart-Sonate, so daß die beiden Schwestern sich leise weiter unterhalten konnten.

»Du bist jetzt schon fast fünf Jahre lang verheiratet, Nesta! Ich kann mich noch erinnern, wie verliebt du damals warst.«

»Ja, ich hätte sogar Drachen für ihn umgebracht, wenn er das verlangt hätte. Kannst du dich noch erinnern, wie hübsch er damals war? Irgendwie sieht er von Jahr zu Jahr besser aus.« Dann sank ihre Stimme fast bis zum Flüsterton herab. »Ich habe ein wenig Angst, Arielle.«

Fragend sah Arielle ihre Schwester an. »Und weshalb?«

»Ich werde allmählich unförmig. In wenigen Wochen wird

Alec mich nicht mehr – du verstehst schon, was ich meine. Er wird sich langweilen.«

»Aber das ist doch Unsinn! Alec liebt dich doch.«

»Aber er ist auch ein Mann mit physischen Bedürfnissen. Er braucht diese Nähe. Ich weiß wirklich nicht, wie er es ohne…«

»Diese Nähe?«

»Ja«, sagte Nesta, »er wird nicht darauf verzichten wollen. Vielleicht sollte ich nicht mit dir darüber sprechen, doch schließlich bist du eine verheiratete Frau! Burke ist sogar schon dein zweiter Mann. Die Damen verlieben sich reihenweise in Alec, doch er scheint ihren erhöhten Pulsschlag überhaupt nicht wahrzunehmen.«

»Ihr kehrt doch jetzt auf euer Landgut zurück, nicht wahr? Da Alec seit einiger Zeit nicht mehr zu Hause war, wird er soviel Arbeit haben, daß er an nichts anderes mehr denken kann. Aber ich mache mir eher Sorgen um dich!«

»Mir geht es ausgezeichnet. Ich wünschte mir nur, daß es schon vorbei und das Kind gesund auf der Welt wäre!«

»Nesta, bitte, darf ich dich etwas fragen?«

»Ja, schließlich sind wir Schwestern und sollten keine Geheimnisse voreinander haben.«

»Hat Alec dich jemals – verletzt?«

»Mich verletzt? Was meinst du denn damit?«

Schlägt er dich? Zwingt er dich auf die Knie und erniedrigt dich?

»Ich – ach, denke nicht mehr daran! Lannie spielt wunderschön, nicht wahr?«

»Ja«, meinte Nesta gedehnt und runzelte die Stirn. »Aber du doch auch, wenn ich mich richtig erinnere.«

Nachdenklich sah Arielle ihre Schwester an. »Du siehst traurig aus, Nesta. Irgend etwas bekümmert dich, nicht wahr? Alec ist doch ein Ehemann und wird dich bestimmt niemals verlassen.«

Nesta lächelte gequält. »Das stimmt schon. Ja, aber drei Monate nach unserer Hochzeit hat er sich plötzlich sehr gelangweilt, und ich mußte ihn mit… O, ich fürchte, ich werde immer indiskreter! Vergiß es, mein Schatz!«

Wie könnte ich das, dachte Arielle, doch sie schwieg. Sie war schließlich nicht dumm und wußte sehr genau, wie Nesta das sexuelle Interesse ihres Mannes gefesselt hatte. Und das war genau das, war Arielle sich nur schlecht vorstellen konnte.

Als die Herren kurze Zeit später den Damen wieder Gesellschaft leisteten, blickte Arielle zu ihrem Mann hinüber, der noch in ein Gespräch mit Percy vertieft war. Wunderschön sieht er aus, dachte sie und hatte plötzlich wieder das ganz sichere Gefühl, daß dieser Mann sie niemals verletzen würde. Sie erhob sich und ging zu ihm hinüber.

Burke begrüßte Arielle lächelnd und faßte sie bei der Hand.

»Ich nehme an, daß Sie jetzt meine Gesellschaft entbehren können«, bemerkte Percy. »Ich werde für Lannie die Seiten umblättern.«

»Der Mann hat sehr viel Taktgefühl...« Burke verstärkte den Druck seiner Finger. »Hallo, mein Liebes!«

»Nesta hat mir gesagt, daß die Frauen ohnmächtig werden, wenn sie Alec begegnen. Glaubst du, daß das stimmt?«

»Ich nehme an, daß es dir vor Ablauf dieser Woche auch noch passieren wird, wenigstens einmal.«

Ihr süßes Lachen füllte sein Herz mit Hoffnung, und als er sich ungefähr eine Stunde später neben sie ins Bett legte, empfand er so viel Sehnsucht, daß es schmerzte. Und Sekunden später war er völlig verblüfft. »Was hast du da eben gesagt?« fragte er.

Siebzehntes Kapitel

Sie war froh, daß es dunkel war und er ihr Gesicht nicht sehen konnte. »Ich wollte wissen, ob du eigentlich Kinder willst.«

»Ich glaube, das habe ich schon gesagt.«

»Möchtest du auch zuerst einen Jungen?«

»Wenn ich verlangen würde, daß Kühe über den Atlantik schwimmen, hätte ich wahrscheinlich ebenso großen Erfolg!«

»Wärst du enttäuscht, wenn es kein Junge wäre?«

Seine Erregung wuchs von Sekunde zu Sekunde. Wußte sie eigentlich, was sie ihm mit dieser Fragerei antat? Höchstwahrscheinlich nicht. Er seufzte. »Nein, ich wäre mit Sicherheit nicht enttäuscht. Ganz nebenbei wünsche ich mir ein kleines Mädchen, das dir ähnlich sieht! Eines unserer Kinder sollte allerdings ein Junge sein, denn bekanntlich können Mädchen keinen Titel erben und außerdem gäbe es ohne männliche Nachfolger keine Drummonds mehr.«

»Das stimmt allerdings. Lannie hat gesagt, daß Montrose nach der Geburt von Poppet zwei Wochen lang nicht mit ihr gesprochen hat.«

»Montrose war ein Narr.«

»Ich denke manchmal, daß Lannie ihn vielleicht gar nicht so sehr geliebt hat.«

»Viele Frauen lieben ihre Ehemänner nicht, und natürlich umgekehrt.«

Arielle hörte, wie Burke sich zu ihr umdrehte und lag ganz still. »Burke?«

»Hm?«

»Du hat mich noch nicht um einen Gutenachtkuß gebeten.«

Er hielt den Atem an, und seine Augen glitzerten. »Machst du dich über mich lustig?«

»Ich weiß nicht, wovon du sprichst.«

»Aber natürlich. Ich höre es an deiner Stimme.«

»Also gut. Burke, werde ich ein Baby bekommen?«

Sie versetzte ihm an diesem Abend einen überraschenden Schlag nach dem anderen, so daß ihm schon schwindelte und er sich wunderte, wie ruhig er immer noch antwortete. »Reden wir darüber, weil Nesta ein Baby erwartet?«

»Nein. Nun, das stimmt nicht ganz. Wahrscheinlich hätte ich nicht daran gedacht, wenn wir uns nicht vorhin über Kinder unterhalten hätten. Ich liebe Virgie und Poppet sehr. Glaubst du, daß ich eine gute Mutter werde?«

»Weißt du denn überhaupt ganz genau, wie man eine Mutter wird?«

»Ja, aber natürlich. Ich bin doch nicht dumm!«

»Dann ist der Gedanke, daß ich dich berühre, in dich eindringe, dir nicht widerwärtig? Hast du keine Angst mehr?« Er hörte, wie sie heftig einatmete. »Ich hoffe, du nimmst mir meine Offenheit nicht übel, aber ich möchte, daß du alles verstehst.«

»Ich bin doch nicht dumm«, wiederholte sie, doch ihre Stimme klang ein wenig dünn.

»Also gut, weißt du auch, daß ich – nein, schon gut. Das kann ich dir nur zeigen, aber bestimmt nicht erklären.«

»Was denn?«

»Das wirst du schon sehen.« Der Gedanke, sie zentimeterweise zu liebkosen, ließ ihn beinahe überschnappen.

»Dann wirst du es also tun?«

Er lächelte entschlossen in die Dunkelheit. »Ich wüßte nicht, was mich daran hindern könnte.« Dann ließ er sich auf den Rücken fallen und lachte herzlich.

»Was ist daran so komisch? Mir ist es ganz ernst! Die Männer…«

Er rollte zu ihr herum, und sie fühlte seinen Finger auf ihren Lippen. »Pst! Nichts mehr über »die Männer«, einverstanden? Von Männern hast du nur sehr wenig Ahnung, jedenfalls von den guten.«

Da er in diesem Punkt ohne Zweifel recht hatte, schwieg sie.

»Was ist los, Arielle? Verlierst du den Mut?«

»Ein bißchen. Ich möchte nicht, daß man mir noch ein einziges Mal wehtut, das wirst du nicht tun, oder?«

Wird das denn niemals aufhören? Sie konnte ja nicht ahnen, daß er bei solchen Sätzen am liebsten vor Wut geheult und einen Toten noch einmal erschlagen hätte! »Ich werde dir niemals wehtun, außer...« Er schwieg. Nein, er mußte es ihr sagen, denn schließlich war sie noch Jungfrau. »Hör genau zu, Arielle. Ist Cochrane jemals – oh, Himmel, ist das schwierig!«

»Das macht mir nichts aus.«

»Also gut. Ist er jemals so weit in dich eingedrungen, daß du geblutet hast?«

»Nein«, antwortete sie zögernd.

»Das bedeutet, daß du noch Jungfrau bist. Wenn ich zum ersten Mal in dich eindringe, wird es ein wenig wehtun, aber dann niemals wieder. Das verspreche ich.«

»Also gut, Burke.«

»Bringen wir es hinter uns? Einfach so?«

»Du mußt nicht sarkastisch werden, weil *du* jetzt die Nerven verlierst. Du sollst dich nicht gedrängt fühlen! Es tut mir leid. Bitte, sei nicht böse mit mir. Können wir jetzt schlafen?«

»Ich bin überhaupt nicht böse. Weißt du, mein Schatz, ich liebe dich, und deine Gefühle sind mir sehr wichtig. Ich begehre dich sehr und möchte zärtlich mit dir sein. Doch du weißt vermutlich noch nicht einmal, was wirkliches Verlangen bedeutet. Du möchtest ein Baby, und dazu muß man sich lieben. Doch bei dir hört es sich so nüchtern an, als wolltest du ein neues Kleid bestellen. So geht das nicht, Arielle. Verstehst du das?«

»Das ist ein wenig schwierig. Ich werde darüber nachdenken.«

»Das ist in Ordnung«, stimmte er zu, obwohl er am liebsten genau das Gegenteil getan hätte. Doch Burke wollte nicht mit so ernsten Worten einschlafen. »Gib mir bitte einen Gutenachtkuß!« bat er sie.

Fast augenblicklich rollte sie sich herum, stützte eine Handfläche auf seine nackte Brust und küßte ihn. Im ersten Anlauf verfehlte sie seinen Mund, doch nach ausgiebigem Kichern und einigem Tasten preßten sich schließlich ihre fest geschlossenen Lippen auf die seinen.

»Gute Nacht, Arielle!«

»Es macht mir nichts aus, dich zu küssen.«

»Das ist gut. Weshalb versuchst du es dann nicht noch einmal und öffnest diesmal deine Lippen ein ganz klein wenig?«

Als ihre Zungen einander berührten, zuckte Arielle kurz zurück, doch gleich darauf breitete sich ein warmes, sehr süßes Gefühl tief unten in ihrem Bauch aus. Burke war diese wunderbare Reaktion keineswegs entgangen.

Am folgenden Morgen stand Arielle vor Nestas Zimmertür und wollte gerade klopfen, als sie plötzlich seltsame Geräusche vernahm. Sie legte ihr Ohr an die Türfüllung und hörte Nesta stöhnen und schreien. Verlor sie etwa ihr Baby? Ohne zu zögern stieß Arielle die Tür auf und stürzte ins Zimmer. »Nesta! Fehlt dir etwas? Bist du...« Ihre Stimme erstarb urplötzlich, und sie stand wie angewurzelt und starrte auf das Bild, das sich ihr bot.

Nesta lag auf dem Rücken, und ihr gutaussehender, kräftiger Mann lag aufgestützt zwischen ihren gespreizten Beinen und hatte den Kopf in den Nacken geworfen. Es dauerte einige Sekunden, bis Alec begriffen hatte, was vorging.

Während Nesta »Arielle!« rief und versuchte, sich von ihrem Mann zu lösen, blieb Alec ganz ruhig liegen und sagte nur: »Verschwinde, Arielle! Nesta geht es gut. Raus hier!«

»Komm, mein Liebes«, sagte Burke, der gerade hinzugekommen war, und zog Arielle sanft aus dem Zimmer. Dann schloß er die Tür.

Überrascht hörte Arielle, wie Alec laut und schallend lachte. Entsetzt preßte sie ihre Handflächen gegen die Wangen und stöhnte nur: »Ach, du lieber Himmel, wie peinlich!«

»Dem kann ich nur zustimmen.« Lachend schloß Burke

Arielle in die Arme und konnte sich überhaupt nicht mehr beruhigen. »Ich nehme nicht an, daß du damit gerechnet hast, als du einfach so in ihr Schlafzimmer gestürzt bist.«

»Oh, wie peinlich!« stöhnte Arielle wieder und verbarg ihr Gesicht an seiner Schulter. »Ich dachte, Nesta hätte Schmerzen, weil sie so schrecklich gestöhnt hat...«

»Ich verstehe«, brachte Burke mühsam heraus, bevor er wieder in Gelächter ausbrach.

Arielle holte aus und schlug Burke kräftig in den Magen, worauf dieser leise stöhnend ihre Faust packte. Doch er lächelte immer noch und stupste sie sanft auf die Nase. »Ich glaube, daß wir beide genauso hinreißend aussehen werden. Möchtest du es versuchen?«

Arielle kniff die Augen zusammen. »Noch nie in meinem Leben habe ich mich so sehr geschämt.«

»Ich nehme an, daß es deiner Schwester und deinem Schwager ähnlich geht.«

»Nesta hat gesagt, daß Alec ein Mann ist, der – nun – der das braucht...«

»In dieser Beziehung sind wir Männer uns alle sehr ähnlich.«

»Du auch, Burke?«

»Aber natürlich.«

Ein wenig ratlos sah sie ihn an. »Aber du hast doch nicht – ich habe nicht gewußt, daß du...«

Er umfaßte ihr Gesicht mit beiden Händen und drückte ihr einen Kuß auf die Lippen. Seine Stimme klang rauh und dunkel. »Ich begehrte dich in jeder Sekunde. Schon wenn ich dich ansehe, begehre ich dich. Wenn ich dein Lavendelparfüm rieche, bekomme ich Sehnsucht, und ich begehrte dich sogar, wenn ich dich nur reden höre oder mit dir bei Tisch sitze...«

»Hör auf! Das sagst du doch nur so!«

»Ich habe jede Nacht neben dir geschlafen, dich nackt in meinen Armen gehalten und an mich gedrückt! Kannst du dir eigentlich vorstellen, welche Qualen ich gelitten habe? Ich habe kaum ein Auge zugetan!«

»Oh«, war alles, was sie dazu sagte, während sie fasziniert die polierten Messingknöpfe seiner Jacke betrachtete.

»Ich wüßte gern, was du jetzt denkst, aber zuerst möchte ich hier aus diesem Korridor verschwinden. Was hältst du von einem Spaziergang?«

Es war ein warmer Morgen, und die Luft duftete nach Rosen und Hibiskus. Nach einer Weile faßte Burke Arielle bei der Hand. »Ich muß etwas mit dir besprechen, aber vorher wüßte ich gern, was du vorhin im Flur gedacht hast, während du so fasziniert auf meine Knöpfe geschaut hast.«

»Ich habe mir überlegt, daß du eigentlich sehr gut aussiehst, und daß mir dein Körper gefällt. Das ist alles.«

»Das ist *alles*?« Das war mehr, als er in seinen kühnsten Träumen erwartet hatte. »Ich danke dir für das Kompliment«, sagte er lächelnd, während er sie zu einem verschwiegenen Plätzchen zwischen dichten Bäumen führte. »Jetzt möchte ich dir endlich sagen, was ich auf dem Herzen habe. Du hast gesagt, daß du ein Baby möchtest, doch bevor wir uns in weitere Abenteuer stürzen, muß ich unbedingt etwas klarstellen.«

Nach einer kleinen Pause sprach er weiter, ohne Arielle anzusehen: »Bei deiner Hochzeit hattest du keine freie Wahl. Du warst sehr krank, und ich hatte beschlossen, dich unter allen Umständen zu heiraten, selbst wenn du sterben solltest.« Mit Mühe hielt er seine Rührung im Zaum. »Als der Pfarrer auf deine Antwort wartete, habe ich dir befohlen, ›ja‹ zu sagen. Ich habe es *befohlen,* Arielle! Und du hast augenblicklich gehorcht. Wenn ich dich liebevoll gebeten hätte, hättest du mit Sicherheit widersprochen. Ich habe also deine Angst ausgenutzt, und zwar auf dieselbe Art, wie Cochrane das getan hat. Mißverstehe mich bitte nicht! Es tut mir leid, daß ich es getan habe, aber ich bereue es keineswegs. Weil ich dir damals keine Wahl gelassen habe, möchte ich jetzt wenigstens den nächsten Schritt allein dir überlassen. Ich werde mich dir nicht nähern, solange du das nicht willst. Auch wenn ich dich ein wenig bedrängt habe, so hatte ich doch nie die Absicht, dir zu nahe zu treten. Diese letzte Entscheidung möchte ich ganz allein dir überlassen.«

»Und wenn ich nicht will, daß du mich berührst, wirst du dann für immer als Einsiedler leben?«

Nachdenklich zog Burke eine Augenbraue in die Höhe. »Für immer? Du lieber Himmel, du hast eine Art, die Dinge auf den Punkt zu bringen.«

»Nun, es gab schließlich Laura in London...«

»Das war vor unserer Hochzeit.«

»Nun?«

»Wahrscheinlich nicht. Wahrscheinlich würde ich alle Mittel, die mir zur Verfügung stehen, anwenden, um dich zu verführen.« Dabei betrachtete er sie so hungrig, daß sie schlucken mußte und rasch den Blick abwandte.

»Heute ist es sehr warm«, sagte Arielle, während sie verlegen auf ihre Zehen blickte. »Ach, ich bin richtig häßlich.«

»Wie bitte?« rief er entsetzt.

»Ich bin häßlich.« Sie sah ihm geradewegs ins Gesicht. »Du hast mich doch oft genug nackt gesehen, um zu wissen, wie ich aussehe.«

Am liebsten hätte er ihr gesagt, daß er sie für die schönste und herrlichste Frau hielt, doch er wollte sie nicht überrumpeln. »Meinst du die dünnen, weißen Narben, die von Cochranes Schlägen übriggeblieben sind?«

»Ja, man kann sie doch deutlich sehen.«

»Ich möchte den alten Bastard am liebsten aus der Hölle holen und ihn noch einmal töten! Wenn ich den schmerzvollen Ausdruck deiner Augen sehe, weiß ich, wie tief er dich verletzt und gedemütigt hat. Ich möchte dich immerzu halten und dich beschützen. Ich möchte dir sagen, daß du jetzt zu mir gehörst und die Vergangenheit endgültig vorbei ist. Du und ich leben allein in der Gegenwart, und wir haben eine schöne, aufregende Zukunft vor uns. Soviel zu deiner ›Häßlichkeit‹!«

»Weshalb hast du mich nicht damals schon mitgenommen, als wir uns zum ersten Mal getroffen haben?« fragte sie ruhig.

Er nahm sie in die Arme und drückte sie ganz fest an sich. »Schon oft habe ich gewünscht, ich hätte es getan! Ich habe zutiefst bedauert, so zurückhaltend und anständig gewesen zu sein!« Er schüttelte den Kopf. »Wir können die Vergangenheit nicht ändern, doch wir können sie endlich begraben und uns nicht länger von ihr beeindrucken lassen.«

Er gab ihr einen ganz sanften Kuß und fühlte dabei, wie sich ihre Brüste an seinem Körper rieben und ihre Arme ihn umschlangen. Als sich ihre Lippen leicht öffneten, reagierte er nicht, sondern ließ nur ganz zart seine Zunge über ihre Unterlippe gleiten. Sie schmeckte so süß und verführerisch, daß sich sein Verlangen ins Unerträgliche steigerte, doch als erfahrener Mann behielt er trotzdem die Kontrolle.

Und dann kam der Augenblick, in dem sie sein Werben plötzlich akzeptierte. Er spürte die Veränderung ihres Körpers so genau, als ob sich irgendwo eine Tür geöffnet hätte, und er wußte, daß sie keine Angst mehr vor ihm hatte. Ihre Lippen öffneten sich, und er stöhnte vor Lust, als ihre Zunge die seine liebkoste.

»Arielle!« Seine Stimme war tief und dunkel.

Ihre Arme umschlangen ihn fester, und sie reckte sich auf die Zehenspitzen, um sich enger an ihn schmiegen zu können. Er fühlte ihren weichen Bauch an seinem Glied, das sich hart gegen seine Hose drückte. Endlich vertraut sie mir, dachte er und küßte sie tief und besitzergreifend, bis sie sich seinem leidenschaftlichen Begehren überließ.

Erstaunt registrierte Arielle, wie zartfühlend, neckend und zugleich mitreißend ein Kuß sein konnte, und hätte am liebsten laut geschrien. Ihr Herz zog sich zusammen, und tief in ihrem Magen spürte sie die Sehnsucht, seinen Geschmack, seinen Körper, seine Haut und die harten Muskeln kennenzulernen. Ein fast schmerzhaftes Verlangen überkam sie, sich eng an ihn zu drücken und seine ganze Männlichkeit in sich zu spüren. Wie durch einen Zauber war alle Furcht verschwunden.

Als sie leise aufstöhnte, schraken beide zusammen. Burke

hob seinen Kopf ein wenig und lächelte auf Arielle hinunter. »Dies war der schönste Laut, den ich jemals gehört habe.«

Dann küßte er sie wieder. Seine Hände streichelten ihre Hüften, umfaßten ihre Brüste und hoben Arielle schließlich hoch, so daß sie gegen sein Glied gepreßt wurde. Stöhnend bäumte sie sich auf und krallte ihre Finger in Burkes Rücken.

»Burke«, murmelte sie, erstickt von Leidenschaft.

Burkes Lippen liebkosten ihr Kinn, ihre Augen, ihre Lippen, und dann nahm er sie auf die Arme. Lachend umschlang sie seine Schultern und legte vertrauensvoll den Kopf an seinen Hals. Dann trug er sie tiefer in das Gebüsch, wo das dichte Blätterdach nur noch an wenigen Stellen von den Sonnenstrahlen durchdrungen wurde. Dort sank Arielle gegen Burke und spürte seinen Körper und seine Erregung.

»Es ist allein deine Entscheidung. Möchtest du mich haben, Arielle?«

Schweigend öffnete sie Burkes Hemdknöpfe und betastete dann seine nackte Brust, als ob sie seinen Körper auswendig lernen wollte. Lächelnd sah sie zu ihm auf, während er eilig seine Jacke abstreifte und sie auf dem moosigen Boden ausbreitete. Dann entkleideten sie einander, doch ihre Bewegungen waren so hektisch und ungeschickt, daß sie immer wieder lachen mußten. Während Burke seine Stiefel abstreifte, sank Arielles letzter Unterrock zu Boden. Burke hielt inne und sah Arielle lange an. Dann streckte er schließlich seine Hand aus und umfaßte ihre Brust. Mit geschlossenen Augen wog er sie in der Hand. »Wie wunderschön!« flüsterte er beinahe andächtig. Dann umfaßte er beide Brüste und lächelte Arielle an, während seine Daumen sanft ihre Brustwarzen massierten. Schließlich zog er sie mit einer Hand an sich, während die andere über ihren weichen Bauch strich. Als sie sich endlich in Arielles heißer, weicher Scham vergrub, stöhnte Burke aus tiefster Seele auf.

»Ich fühle mich irgendwie seltsam«, sagte Arielle, während sie sich an Burkes Schultern klammerte. Während er sie küßte, fühlten seine Finger ihre wachsende Erregung. Sie bewegte sich ganz instinktiv und als sie leise keuchte, zog er sich von ihr zurück, denn sie sollte begreifen, daß er nichts ohne ihre Zustimmung tun wollte. Ihre Augen glänzten, ihre Lippen waren leicht geöffnet und in raschen Atemzügen hob und senkte sich ihre Brust. Als sie die Zärtlichkeit und das unverhüllte Verlangen in seinen Augen las, öffnete sie nur ganz einfach die Arme für ihn. »Burke.« Umarmt sanken sie zu Boden.

»Du wirst niemals mehr Angst haben müssen«, murmelte er, bevor er sie küßte. Als seine Zunge sich sanft und zärtlich zwischen ihre Lippen drängte und seine Finger wieder ihr Spiel begannen, schrie Arielle leise auf und zuckte ihm mit den Hüften entgegen. Dann küßte er ihre Brüste und fühlte ihre Reaktion. »Ah, das gefällt dir offenbar!« murmelte er, während sein heißer Atem über ihre Haut strich.

»Ja, ein wenig«, japste sie und meinte zu vergehen, als er ihre Warze in den Mund nahm und daran saugte. Mächtige, unwiderstehliche Gefühle schüttelten sie, bis ihr Schrei in seinem Mund explodierte. Jetzt streichelten seine Finger sie rhythmisch und versetzten ihren Körper in gierige Bewegungen, die ihm ihre Sehnsucht verrieten. Die Gefühle steigerten sich bis zur Unerträglichkeit, ihr Körper bäumte sich in wilder Verzweiflung auf und schließlich schrie sie laut seinen Namen, bevor sie sich den lustvollen Wellen ihres Höhepunkts überließ. Voller Zufriedenheit hatte Burke jede ihrer Reaktionen beobachtet und wußte, daß Arielle von nun an unwiderruflich ihm gehörte, und zwar für immer.

Nachdem das wilde Zittern ihres Körpers ein wenig abgeklungen war, legte er sich über sie und drang wortlos und ohne Vorwarnung mit einem mächtigen Stoß in sie ein. Als er ihr Jungfernhäutchen durchstieß, preßte er Arielle fest an sich und erstickte ihren kleinen, überraschten Aufschrei. Als er tief in ihr war und ihr enges, heißes Fleisch ihn umgab, stützte er sich auf die Ellenbogen hoch und sah sie an. Ihre Haut war schweißüberströmt und glänzte, und der Geruch nach Moos, Schweiß und Ahornblättern stieg ihm in die Nase.

»Sieh mich an!«

Sie öffnete die Augen.

»Tut es weh?«

Arielle hob die Hand und strich zärtlich über sein Gesicht. »Nein, überhaupt nicht. Du bist wunderschön, Burke.«

Er zitterte und mußte die Augen schließen, weil sie die unglaublichsten Gefühle in ihm weckte. Sie war so eng und klein – er biß die Zähne zusammen. »Beweg dich nicht! Bitte!«

»So? Ich fühlte dich ganz tief in mir!«

»O Gott!« stieß er hervor, doch es war längst zu spät, viel zu spät. Er hätte sie gern noch einmal erregt, um ihr noch mehr von sich selbst zu geben. Doch es überkam ihn, es riß ihn zurück und er ergoß sich ganz tief in ihr, bevor er über ihr zusammenbrach.

Achtzehntes Kapitel

»Burke?« Ihre Stimme klang süß, sanft und sehr verletzlich. »Was ist mit mir geschehen?«

Als er wieder zu Atem gekommen war, stützte er sich auf die Ellenbogen. Verwirrtes Haar umgab ihr Gesicht, ihre Augen strahlten und ihr Mund war so weich, daß er sie einfach küssen mußte. Mühsam hielt er sein Gleichgewicht und versuchte zu ignorieren, daß er immer noch tief in ihr steckte und bereits wieder Sehnsucht nach ihr hatte.

»Was mit dir geschehen ist? Du hast mich verführt!«

Sie mußte lächeln und bewegte sich ein wenig, um es ihm bequemer zu machen.

»Mach das nicht!« Er schnappte nach Luft.

»Was ist nur geschehen? Diese Gefühle – ich konnte nicht aufhören, und es hat sich angefühlt, als ob alles in mir explodiert wäre. Ich war nicht mehr ich selbst, und du warst ganz nahe bei mir, ein Teil von mir! Es war einfach wunderschön!«

Sekundenlang konnte er nichts sagen, doch dann strich er ihr sanft das Haar aus der Stirn. »Es ist ganz einfach, mein Liebes. So sollte die Liebe zwischen Mann und Frau sein.« Und dabei dachte er an die vielen Frauen, in deren Betten er gelegen hatte, und schüttelte den Kopf. »Normalerweise ist es nicht ganz so intensiv. Zwischen uns ist es etwas Besonderes, Arielle, denn wir lieben uns.« Langsam zog er sich aus ihr zurück und fühlte, wie sie ein wenig zusammenzuckte.

Sie preßte die Handfläche auf seine Brust. »So schweißnaß gefällst du mir!« Dann atmete sie tief ein. »Du riechst gut, nach Mann – nach Burke...«

»Und du nach Arielle: ein wenig Lavendel, süßer Schweiß und der Geruch der Liebe.«

Sie vermißte ihn, das Ausgefülltsein, den Druck seines Körpers, und als sie etwas Feuchtes zwischen den Beinen spürte, preßte sie ihre Schenkel aneinander.

»Halte still, mein Schatz!« Er fummelte ein Taschentuch aus seiner Jackentasche und wischte sie ab, wobei er sich mit aller Macht zurückhalten mußte. Er wollte noch ein bißchen warten, ihr Zeit geben, sich daran zu gewöhnen. Sie hatte so natürlich reagiert, wie er sich das in all seinen Träumen immer vorgestellt hatte.

»Wirst du jetzt bei mir bleiben?« fragte er mit so tiefer, sanfter Stimme, daß es Arielle durchzuckte.

Sie blickte an ihm vorbei in das Blättergewirr über ihrem Kopf, in dem die Sonnenstrahlen tanzten, und erst nach einer ganzen Weile sah sie ihm in die Augen. »Ich glaube, ich möchte bei dir bleiben.«

Sanft berührte er mit den Fingerspitzen ihre weiche, seidige Brust und dann beugte er sich hinunter und umschloß sie mit dem Mund. Er saugte und liebkoste sie, bis er ihre Reaktion spürte. Lächelnd blies er auf ihre erhitzte Haut und die Brustwarze, die Arielles Gefühle deutlich offenbarte.

»Weißt du, was ich mir überlegt habe, Arielle? Wenn ich dich damals, mit fünfzehn Jahren, geheiratet hätte – ohne Zweifel gegen den Willen deines Vaters, was dir bestimmt Schuldgefühle verursacht hätte – und dich als Offiziersfrau mit auf den Kontinent genommen hätte, hätten wir wahrscheinlich ein völlig anderes Verhältnis zueinander gehabt. Ich hätte mich noch für deine Erziehung verantwortlich gefühlt und dich wahrscheinlich mehr als Kind statt als erwachsene Frau behandelt. Ich kann mir sogar vorstellen, daß dir das nach einer Weile nicht mehr gepaßt und du mich im Zelt bei Joshua sitzengelassen hättest!«

Sie lachte, denn sie mochte es, wie er ganz ernste Gedanken immer in humorvolle Reden verpackte.

»Nein, ich wäre dir bestimmt nicht davongelaufen«, versicherte sie mit leuchtenden Augen. »Ich hätte bestimmt treu für dich gesorgt und sicher große Mühe gehabt, die anderen Offiziere, die sich natürlich Hals über Kopf in mich verliebt hätten, auf Distanz zu halten.«

»Und ich wäre eifersüchtig gewesen, bis du mir zuletzt das Geschirr auf dem Schädel zertrümmert hättest.«

»Ich wünschte manchmal, du hättest nicht so oft recht. Bestimmt hätte ich meinem Vater gegenüber große Schuldgefühle gehabt. Ach, ich denke oft an dieses verrückte, dumme Kind, das ich damals war.«

»Hör auf damit, Arielle! Sie lebt immer noch in dir. Wenn du lachst, so ist es ihr Lachen. Doch dieses junge Mädchen hat sich zu einer erwachsenen, ganz besonders wunderbaren Frau entwickelt, die ich mit all meiner Seele liebe.« Mit diesen Worten beugte er sich über sie und küßte sie, bis alle Geister der Vergangenheit gebannt waren. »Du bist jetzt meine Frau. Du gehörst zu mir.«

»Ja«, sagte sie ganz einfach und umfaßte sein Gesicht mit beiden Händen.

Als er sich wieder in ihrem Mund vertiefte, spürte er die Sonnenwärme auf seinem Rücken und Arielles Hitze an seinem Herzen.

Mit genüßlichem Lächeln beobachtete Burke Arielle, als sie an diesem Abend den Wohnraum betraten. Wie das Pech es wollte, waren nur Nesta und Alec anwesend. Obwohl Arielle sich zutiefst schämte, schaffte sie es, Nesta anzulächeln und auch Alec zu begrüßen. Ihn mochte sie allerdings nicht ansehen.

Alec dagegen schien nicht im mindesten verlegen, sondern sagte in völlig gleichmäßigem Ton: »Das war ein besonders schöner Tag, nicht wahr, Arielle?«

»Ja«, gab diese zurück, während sie den Blick unverwandt auf den Boden gerichtet hielt.

»Und auch ein schöner, höchst bemerkenswerter Morgen, nicht wahr, kleine Schwester?«

Arielle hob den Kopf und öffnete den Mund, doch als sie Alecs liebevoll spöttisches Grinsen sah, klappte sie ihn wieder zu.

»Was gibt es?« fragte Percy, der gerade mit Lannie hereingekommen war. »Gibt es Schwierigkeiten mit den Jungvermählten?«

»Nein, nein«, beschwichtigte Nesta. »Alec hat sich nur schlecht benommen, wie immer.«

In diesem Augenblick betrat auch Knight den Raum. »Ich habe eine Neuigkeit. Am Freitag findet vormittags in Chiddingstone ein Boxkampf statt. Ich habe uns Zimmer im Gooseneck Inn bestellt. Zufällig habe ich Rafael Carstairs und Lyon Ashton getroffen, die ebenfalls mitkommen werden.« Strahlend blickte er die anderen an.

»Heißt das, daß zwei Männer wirklich mit Fäusten aufeinander losgehen?« fragte Arielle.

»Ja«, antwortete Percy. »Es war eine ausgezeichnete Idee, Knight!«

»Na ja,«, war alles, was Lannie dazu sagte.

»Gefällt dir so etwas?« erkundigte sich Arielle und sah Burke fragend an.

»Nun, ja, eigentlich schon, aber ich möchte dich nur ungern allein lassen.«

Sie lächelte ihn an. »Aber ich bin nicht deine Mutter, die dich am Rockzipfel festbindet und ich bin auch kein Invalide, Burke!«

»Nein, du bist nur eine jung verheiratete Frau und...«

Als Arielle hörte, wie die anderen lachten, legte sie Burke rasch den Finger auf die Lippen. »Bestimmt wirst du die Trennung überleben. Ich habe außerdem zwei Damen, die mir Gesellschaft leisten. Wir werden uns schon amüsieren. Das verspreche ich dir!«

Rasch faßte er ihre Hand. »Bist du sicher?«

»Er ist so verliebt«, bemerkte Alec, »daß er die Welt außerhalb seines Schlafzimmers...«

»Jetzt ist es aber genug!« meinte Nesta.

»Wer kämpft eigentlich?« fragte Burke.

»Der Champion Cribb gegen Molyneux. Molyneux ist der gewichtigere, wie ich gehört habe, und außerdem hat er wesentlich längere Arme als Cribb. Ich bin natürlich für Cribb, auch wenn er es mit Molyneux nicht leichthaben wird.«

»Weshalb sind Sie dann für Cribb?« fragte Arielle erstaunt.

»Das ist eine Wissenschaft für sich«, erklärte Knight. »Da hilft nur viel Erfahrung.«

In diesem Augenblick räusperte sich Montague. »Das Essen ist serviert, Mylady.«

»Für einen richtigen Kämpfer ist auch gutes und regelmäßiges Essen wichtig«, bemerkte Percy und bot Lannie seinen Arm.

»Mit Sicherheit gehört auch ein süßer Kuß vor jeder Mahlzeit zur guten Vorbereitung«, ergänzte Burke und küßte Arielle. Dann tippte er ihr leicht ans Kinn. »Das ist gut für die Verdauung.«

»Am allerwichtigsten und zugleich am schwierigsten ist es jedoch, unter all diesen verrückten Ehepaaren normal zu bleiben!« stöhnte Knight.

»Ihr Stündchen wird auch noch schlagen, alter Junge«, bemerkte Alec spöttisch.

»Niemals!« stieß Knight ziemlich heftig hervor. »Niemals! Kommt nicht in Frage. Doch jetzt habe ich Hunger!«

»Endlich sind wir im Bett, wo wir hingehören! Ist dir eigentlich aufgefallen, daß wir uns noch nie im Bett geliebt haben?

Arielle dachte an den süßlichen Geruch der Blätter und die kleinen Sonnenstrahlen, die ab und zu ihre Haut getroffen hatten. Sie erinnerte sich an Burkes Körper und wußte sehr genau, daß sie niemals vergessen würde, welches Feuer er an diesem Tag in ihr entzündet hatte.

»Mir hat es dort im Gebüsch gefallen«, sagte sie, während er langsam die Decke zurückzog und ihre Brüste entblößte. »Ich hatte nicht erwartet, daß es so schön sein würde.«

Seine Augen wanderten von ihren Brüsten zu ihrem Gesicht. »Du meinst mit mir, mit einem Mann?«

»Ja, ich habe mich so wohl gefühlt und überhaupt keine Angst gehabt.«

Ganz langsam strich er mit der flachen Hand über ihre Brüste. »Aber es ist immer noch ein sehr empfindliches Gefühl, nicht wahr?«

»Ich weiß nicht recht.« Ihr Atem ging ein wenig stockend, und er lächelte, weil er wußte, was sie empfand.

»Du bist so samtweich«, murmelte er und beugte sich hinunter, um ihre Brust mit dem Mund zu umfassen. Dabei spürte er, wie ihre Finger in seinen Haaren wühlten und seinen Kopf näherzogen. »Und so wunderschön«, keuchte er, während er an ihrer steifen Warze spielte.

»Du bist noch viel schöner.« Sie zog ihn am Ohr.

Daraufhin küßte er sie voller Hingabe, und sie schrie unter seinen Lippen auf, als gleichzeitig sein Finger in sie eindrang und Erinnerungen in ihr wachrief. Unruhig packten ihre Hände seinen Rücken und zogen ihn immer näher. Als beide irgendwann vor Lust keuchten, öffnete Arielle ganz unbewußt ihre Schenkel, und diese Geste ließ Burke erzittern. Er konnte sich nicht länger beherrschen und bohrte sich mit einem einzigen, tiefen Stoß in ihren Schoß.

Sein Begehren kannte keine Grenzen, und er wußte nicht, was er tat, bis er schließlich in ihr explodierte und laut ihren Namen rief. Erst als er erlöst auf Arielles Körper niedersank, wurde ihm klar, daß sie sich von seinem Sturm hatte mitreißen lassen, ihn angetrieben und gleichzeitig mit ihm den Höhepunkt ihrer Empfindungen erreicht hatte.

Als Arielle nach einer ganzen Weile die Augen öffnete, lag Burke immer noch auf ihr und sein Gesicht neben ihr auf dem Kissen. Zärtlich strich sie ihm über die Wange, doch dann zuckte sie entsetzt zusammen.

Nein, dachte sie nur. O, Gott, nein!

Als Burke ihre Anspannung fühlte, rollte er sich sofort von ihr herunter. »Was ist los? Bin ich dir zu schwer?«

Sie schüttelte nur den Kopf und richtete sich auf. »Dorcas!«

»Dorcas!« Burke begriff gar nichts und versuchte krampfhaft, seine Sinne zusammenzusuchen.

»Sie hat dort drüben im Schatten neben der Tür gestanden und uns beobachtet! Stell dir nur vor, sie hat uns beobachtet!»

Blitzartig war Burke aus dem Bett. »Bitte, bleib hier!« bat er sie, während er in seinen Bademantel schlüpfte und schon zur Verbindungstür und ins kleine Schlafzimmer eilte.

Arielle überlegte fieberhaft. Hatte Dorcas sie womöglich gehört und geglaubt, daß Burke sie quälte? Ja, das war eigentlich die einzige Erklärung, weshalb die alte Frau so etwas getan haben konnte. Himmel, wie lange hatte sie wohl zugesehen?

»Ich konnte sie nirgends finden«, berichtete Burke, als er kurze Zeit später zurückkehrte.

»Ich glaube, ich habe eine Erklärung für alles. Sie muß befürchtet haben, daß du mich quälst. Glaubst du nicht auch?«

Burke fluchte wütend vor sich hin, doch einige Aussprüche waren so phantasievoll, daß Arielle lachen mußte.

Er grinste sie an. »Es tut mir leid, aber das war ein wenig zuviel! So, komm, jetzt möchte ich dich endlich säubern. Bleib liegen, bis ich ein Tuch geholt habe.«

Während er ein warmes, feuchtes Tuch gegen ihre Scham drückte, fragte er: »Tut das weh?«

»Nein, alles fühlt sich nur ein wenig wund an. Aber das ist nicht schlimm.«

»Ich war völlig außer mir! Ist es so besser?«

Als er das Tuch fest gegen ihren Körper preßte, genierte sich Arielle ganz plötzlich. »Ja«, brachte sie mühsam heraus.

Ganz plötzlich beugte sich Burke hinunter, spreizte ihre Scham mit den Fingern und küßte sie.

»Burke!«

»Pst!« Seine Zunge streichelte und liebkoste sie, bis sie hochschoß und sich ihm entzog.

Lächelnd betrachtete er ihr zart gerötetes Gesicht. »Wunderschön siehst du aus!«

»Mein Gesicht?«

»Das auch.«

»Oh!«

»Eine etwas einsilbige Unterhaltung, nicht wahr, mein Schatz?« Er lachte und dann küßte er sie wieder, während seine Finger in den dichten, roten Locken spielten. Irgendwann rutschte er hoch und legte sich neben sie.

Verwirrt kuschelte sie sich an seine Schulter. Nie hätte sie gedacht, daß ein Mann so etwas überhaupt tat! Es war verwirrend und... Wenn sie daran dachte, wie sie auf Knien gelegen hatte und Paisley hatte befriedigen müssen, würgte es sie plötzlich und sie unterdrückte ein Schluchzen.

»Was ist los?« Burke war beruhigt. »Sag, mein Schatz, was quält dich?«

»Ich habe an die schlimme Zeit...« Sie brach ab.

Sofort drückte er sie ganz fest an sich. »Ich weiß, mein Schatz, doch die ist endgültig vorbei!« Seufzend küßte er sie auf die Haare. »Möchtest du morgen mit Dorcas sprechen, oder soll ich das tun?«

»Ich werde mit ihr sprechen.«

»Vielleicht konnte sie ja auch nur nicht glauben, daß du aus Lust geschrien hast.«

»Möglich«, erwiderte Arielle steif.

Burke löschte die Kerzen. »Und jetzt müssen wir ganz schnell schlafen, sonst bekomme ich wieder Lust...« Dann hörte er noch, wie sie in der Dunkelheit leise lachte.

Es dämmerte bereits, als er einmal von Arielle abrückte und die frische Luft auf seiner Haut ihn aufweckte. Als er die Augen öffnete, blickte er genau in Dorcas' Gesicht.

Neunzehntes Kapitel

Im fahlen Licht schimmerten die winzigen, stecknadelgroßen Pupillen so bedrohlich, daß Burke auf der Stelle hellwach war. Er sah den erhobenen Arm und er sah das Messer, das auf Arielle gerichtet war. Laut schreiend schlug er nach dem Arm und wälzte sich gleichzeitig über Arielle, um Dorcas zu packen. Im selben Augenblick fühlte er einen kalten Schauer und wußte, daß das Messer ihn getroffen hatte. Nachdem es wieder herausgezogen worden war, breitete sich die seltsame Gefühllosigkeit in seiner Schulter aus, die er von früheren Verwundungen bereits kannte.

Durch Burkes Gewicht und sein Geschrei war Arielle aufgewacht. »Nein, Dorcas! Nicht!« Sie sah nur das bluttriefende Messer über sich, sah, wie die alte Frau den Arm hob und zustach.

Während Burke sich verzweifelt mühte, seine Frau mit seinem Körper zu schützen, sah diese nur das Blut und wußte, daß er verletzt war. Mit aller Kraft befreite sie sich von seiner Last und hob das Kopfkissen hoch, so daß das Messer bis zum Heft hineinfuhr und Arielles Kehle nur knapp verfehlte.

In panischer Angst um Burkes Leben, schrie sie aus Leibeskräften und trat gleichzeitig nach der alten Frau, so daß diese gegen den Nachttisch taumelte. Klirrend entfiel ihr das Messer und rutschte quer über das Parkett davon. Mit wütend gezischten Flüchen und Fäusten ging die alte Frau auf Arielle los, doch diese wehrte sich mit der Wut der Verzweiflung und schlug ihre Angreiferin irgendwann zu Boden. Keuchend blickte Arielle schließlich auf Dorcas nieder.

»Arielle!«

Sie wirbelte herum und sah, wie Burke sich an den Bettpfosten klammerte und eine Hand gegen die verwundete Schulter preßte, von wo das Blut über seine Brust strömte. Blitzartig schlüpfte Arielle in ihr Nachthemd, rannte in den Flur hinaus und schrie so lange nach Alec, Percy und Knight, bis endlich Alec die gegenüberliegende Tür öffnete.

»Was, zum Teufel, ist denn los, Arielle?«

»Rasch! Es geht um Burke!« Sie machte kehrt und rannte zurück ins Schlafzimmer, wo Burke immer noch am Bettpfosten lehnte. Seine Brust und seine Hand waren blutüberströmt und um seine Füße hatte sich bereits eine kleine Lache gebildet.

»O mein Gott! Was ist denn geschehen?«

Arielle fühlte sich plötzlich seltsam ruhig, doch Alec erkannte, daß sie unter Schock stand, und rieb ihre eiskalten Hände. »Dorcas wollte mich töten«, berichtete sie mit völlig gleichförmiger Stimme. »Burke hat mir das Leben gerettet, doch sie hat ihn verwundet. Oh, Knight, da sind Sie ja endlich! Bitte, lassen Sie sofort Dr. Brody holen!«

Sie stieg über die Bewußtlose. »Setz dich hin«, forderte sie Burke auf, bevor sie zum Waschtisch ging und ein Tuch holte, das sie ihm fest auf die Wunde preßte.

»Laß mich das tun!« bat Alec in sanftem Ton. »Ich bin kräftiger als du und kann die Blutung leichter zum Stillstand bringen.« Er mochte ihr nicht sagen, daß sie nicht an der richtigen Stelle drückte.

Als sie mit leerem Augenausdruck zu ihm aufsah, fühlte er tiefes Mitleid. »Es wird alles gut werden, kleine Schwester! Er ist zäh und hält schon einiges aus. Setze dich ein wenig hin, denn Burke wird deine Kraft noch brauchen.«

Gehorsam tat sie es, und Burke umschlang sie mit seinem gesunden Arm, während Nesta, Percy und Lannie ins Zimmer stürzten und nur stumm auf die Szene starrten.

»Was ist geschehen, Arielle?« fragte Nesta.

Langsam wiederholte Arielle noch einmal die ganze Geschichte.

Mit spitzen Fingern hob Percy das blutige Messer auf. »Mein Gott, ist sie verrückt geworden?«

»Ich glaube es«, preßte Burke unter großer Anstrengung heraus. Urplötzlich hatten ihn heftige Schmerzen überfallen, und die Wunde pochte und brannte. Er wußte genau, was folgen würde, und war empört, daß er ausgerechnet in seinem eigenen Haus niedergestochen worden war, wo er doch so viele Jahre in Spanien und Frankreich überlebt hatte.

In diesem Augenblick kehrte Knight zurück. »Ich habe Geordie zu Doktor Brody geschickt. Joshua ist bereits hier, und das ganze Haus ist auf den Beinen.«

Burke kämpfte mit seinem Bewußtsein. Er durfte jetzt keinesfalls schlappmachen, sondern mußte Anweisungen geben. Doch der Schmerz zerrte zunehmend an seinen Nerven. Im selben Augenblick hörte er, wie Arielle mit klarer, fester Stimme ihre Anordnungen gab.

»Joshua soll Dorcas wegbringen. Er kann sie im Nähzimmer am Ende des östlichen Flügels einschließen. Montague und Mrs. Pepperall sollen die Überwachung regeln. Dr. Brody wird sie untersuchen, sobald er sich um Burke gekümmert hat. Die anderen sollen aufstehen und an ihre Arbeit gehen, denn ich kann mir nicht vorstellen, daß jetzt noch jemand in Ruhe schlafen kann. O ja, bevor ich es vergesse: Lassen Sie im Kamin Feuer machen!«

Wie schön, dachte Burke, sie benimmt sich tatsächlich wie eine Hausherrin. Dann trübten dunkle Wolken sein Bewußtsein, und er stöhnte leise. »Arielle!« flüsterte er und griff nach ihrer Hand.

»Ich bin ja da«, beruhigte sie ihn. »Du wirst sehen, es wird alles gut werden.« Und nach einer Pause: »Lannie, die Köchin soll bitte das Frühstück richten! Danke. Atme nicht so hastig, Burke! Ja, so ist es viel besser.«

Einige Zeit später hob Alec vorsichtig das Tuch von der Wunde und sah, daß die Blutung merklich geringer geworden war.

»Gut hast du das gemacht, Alec. Noch ein bißchen länger, und wir haben es geschafft!«

Alec lächelte und bewunderte insgeheim, mit welcher Energie Arielle sich aufrecht hielt. Doch das mußte sie auch, denn alles hing im Augenblick von ihr ab.

Vorsichtig deckte Arielle ihren Mann ein wenig weiter zu. Er hatte ihr Leben gerettet und war bereit gewesen, für sie zu sterben. Ein warmes und starkes Gefühl der Liebe durchflutete sie bei diesen Gedanken, und sie lächelte noch immer, als sie sich an Nesta wandte: »Bitte, Nesta, laß überall Kerzen anzünden, damit Doktor Brody genug sehen kann, und sorge für heißes Wasser, Tücher und Bandagen.«

Nachdem Nesta den Raum verlassen hatte, flüsterte Burke: »Ich bin sehr stolz auf dich!« Dann drückte er Arielles Hand, bis ihn wieder die Schmerzen übermannten.

Sie hatte ihn nicht genau verstanden, doch sie strich ihm liebkosend mit den Fingern über das Kinn. »Du mußt dich rasieren«, scherzte sie.

»So!« meinte Alec kurz darauf. »Die Blutung scheint zum Stillstand gekommen zu sein. Bewegen Sie sich nicht, alter Junge, denn ich möchte, daß der Arzt meine Fähigkeiten noch bewundern kann!«

»Das wird er bestimmt!« antworte Burke, doch dann stöhnte er mit schmerzverzerrtem Gesicht. Obwohl er Arielles leise, beruhigende Stimme nicht ganz verstand, fand er es angenehm, sich darauf zu konzentrieren, und dachte wieder daran, wie ihn die Erinnerung an sie nach seiner Verwundung in der Schlacht von Toulouse getröstet hatte. »Ich danke dir für alles, Arielle«, flüsterte er und sah, wie sich Arielle zu ihm hinunterbeugte und ihn küßte.

»Ich verspreche dir, daß wir dich wieder ganz gesund machen! Du bist schließlich mein Mann, und ich gestatte niemandem, dir etwas anzutun!«

Als Mark Brody eintraf, waren alle Vorbereitungen getroffen. Knight empfing ihn, und während sie die Treppe nach oben stiegen, berichtete er in Kürze, was geschehen war.

»Ich fürchte, Sie werden mich ein wenig zusammenflicken

müssen, Mark«, begrüßte Burke den Arzt mit einem fast gespenstischen Lächeln.

»Lassen Sie mich einmal sehen.« Mark nahm das Tuch ab und untersuchte die Wunde so zartfühlend wie möglich. »Ich erinnere mich noch gut an Ihre Verwundung von Toulouse. Die ist in kürzester Zeit verheilt. Nun, dieser Stich ging offenbar nicht ganz so tief. Sie haben großes Glück gehabt, daß kein wesentliches Gefäß verletzt ist. Die Muskeln scheinen auch noch in Ordnung zu sein. Ich kann nichts weiter tun, als die Wunde mit einigen Stichen zu nähen und mit Basilikum-Puder zu desinfizieren. Haben Sie das verstanden, Arielle?« Nachdem diese genickt hatte, fuhr er fort: »Danach werde ich mich um die alte Frau kümmern, obwohl ich von derlei Dingen nicht allzu viel verstehe. Aber ich werde ihr ein Medikament zur Beruhigung verschreiben. Glauben Sie, daß sie möglicherweise verrückt geworden ist?«

»So einfach kann man es vielleicht nicht ausdrücken, Doktor«, antwortete Arielle. »Ich habe darüber nachgedacht und befürchte eigentlich, daß es eine langsame, schleichende Entwicklung war. Was die Tat ausgelöst hat, ist nicht ganz klar. Doch«, sie hielt einen Augenblick inne, »darüber möchte ich mich auch erst mit Burke unterhalten, wenn er sich wieder besser fühlt.«

Der Arzt nickte zustimmend und machte sich dann schweigend an die Arbeit. Nachdem er die Wunde genäht und abschließend reichlich Basilikum-Puder aufgetragen hatte, bandagierte er Schulter und Arm. »Ich werde Ihnen ein Schlafmittel verordnen. Schlaf und Ruhe sind das Wichtigste. Bleiben Sie still liegen, damit es nicht wieder blutet. Werden Sie darauf achten, Arielle?«

»Aber selbstverständlich. Außerdem ist Burke nicht dumm und wird mir bestimmt gehorchen.«

Alec lachte leise, und Burke stöhnte.

»Ich liebe Wetten über alles und setze auf Arielle!« bemerkte Knight.

Es war später Nachmittag und es regnete. Im Schlafzimmer war es fast so grau und düster wie draußen. Knight saß in einem hohen Lehnsessel neben Burkes Bett. Seit dem Attentat der alten Frau waren mittlerweile zwei Tage vergangen, und Burke ging es zusehends besser.

»Ah, sind Sie endlich aufgewacht! Wie geht es Ihnen? Sie müssen nicht unbedingt reden. Sie dürfen auch einfach weiterschlafen.«

Das Schlafmittel hat mich in eine Art Schwebezustand versetzt, dachte Burke und schüttelte leicht den Kopf. Doch diese Bewegung verursachte einen so höllischen Schmerz in seiner Schulter, daß er nur nach Luft schnappte und stocksteif liegenblieb.

»Mir geht es gut«, brachte er schließlich heraus.

Angesichts dieser Übertreibung mußte Knight grinsen. »Ich hoffe, daß dies endgültig die letzte Verwundung war, Burke! Möchten Sie etwas trinken?«

»Ja, Brandy.«

»Es tut mir leid, aber das wird Arielle nicht gestatten. Sie sollen Limonade trinken.«

»Das soll wohl ein Witz sein! Limonade? Ich mag dieses Kindergesöff nicht!«

Doch Knight überhörte den Protest und goß ein Glas ein. Dann half er Burke beim Trinken.

»Wunderbar«, meinte Burke, nachdem er das ganze Glas getrunken hatte. »Ich wußte ja gar nicht, wie gut das Zeug schmeckt!«

»Genau das hat Ihre Frau auch gesagt. Sie hat prophezeit, daß Sie strampeln und meckern würden, doch in der Verzweiflung würden Sie es sogar mögen.«

Burke lächelte. Mittlerweile war sein Kopf ein wenig klarer. Die Schulter schmerzte zwar, aber es war erträglich. Im Augenblick wollte er jedenfalls kein weiteres Betäubungsmittel. »Erzählen Sie mir, was geschehen ist! Wie lange habe ich geschlafen?«

»Heute ist Sonntag, der Überfall war am Freitag.«

»Ach, Sie armer Teufel! Dann haben Sie ja Ihren Boxkampf versäumt!«

»Das macht überhaupt nichts. Die gibt es schließlich öfter!« bemerkte Knight und beobachtete, wie Burke nachdenklich vor sich hin starrte.

»Ich muß rasch gesund werden«, stieß Burke plötzlich hervor, »und so schnell wie möglich aufstehen! Ich kann Arielle unmöglich mit allen Entscheidungen alleinlassen. – Es wird ihr über den Kopf wachsen!«

Knight lachte. »Haben Sie denn nicht begriffen, daß Ihre Frau diese Limonade für Sie bestellt hat?«

»So? Das bißchen Limonade! Aber das ist doch nicht alles, Knight!« Ein plötzlicher Schmerz ließ ihn innehalten, und er schloß die Augen und biß sich auf die Lippen. Nachdem er sich wieder gefangen hatte, fuhr er fort: »Hören Sie, Knight! Arielle kann unmöglich für alles die Verantwortung tragen! Sie ist so verletzlich und schwach, wie Sie ja wissen.«

»Da muß ich Ihnen ganz energisch widersprechen, Burke. Liegen Sie nur ganz still und hören Sie mir einen Augenblick zu. Gestern kam George Cerlew ins Haus, um sich von Ihrer Frau eine Anweisung zu holen. Ich wollte mich schon einmischen, doch glücklicherweise habe ich es nicht getan. Ihre Frau hat ihm nämlich sehr präzise und äußerst kluge Antworten gegeben. Als eines der Mädchen Lannie um Rat bitten wollte, hat Mrs. Pepperall sie zurechtgewiesen und zu Ihrer Frau geschickt. Montague war der erste, der sie unterstützt hat, und er ist ihr treu ergeben. Es ist wirklich eine fast unglaubliche Änderung mit ihr vorgegangen, Burke. Sie brauchen sich überhaupt keine Sorgen zu machen!«

Doch Burke schüttelte nur ungläubig den Kopf. »Das ist nur der Schock, Knight. Sobald sie ihn überwunden hat, wird sie wieder ängstlich und hilflos sein.«

»Das glaube ich nicht. Sie ist sehr ruhig, aber gar nicht so, wie unmittelbar nach dem schrecklichen Ereignis. Damals stand sie unter Schock, doch jetzt benimmt sie sich wie die Hausherrin von Ravensworth Abbey.«

Burke schwieg und versuchte sich an die vergangenen Tage zu erinnern. Schemenhaft hatte er immer wieder Arielles Gesicht vor sich gesehen und ihre sanfte Stimme gehört. Ihre kühlen Hände hatten ihm beim Trinken den Kopf gehalten und ihn immer wieder zugedeckt. »Aber sie war doch die ganze Zeit über hier bei mir, oder?«

»Ja, meistens schon. Trotzdem hat sie den Haushalt wie ein General geführt! Glauben Sie mir, sie ist unglaublich stark. Ich würde Sie doch nicht anlügen!«

»Unglaublich«, brummte Burke und versank wieder in nachdenklichem Schweigen. »Bisher hat sie sich aus allen Verwaltungsdingen herausgehalten und auch den Haushalt weitgehend Mrs. Pepperall überlassen. Nun gut, aber wie nimmt Lannie das auf?«

»Lannie hat keinerlei Schwierigkeiten, Arielles Autorität anzuerkennen, und man könnte wirklich glauben, daß Arielle diesem Haus schon immer vorgestanden hätte.«

Burke lächelte noch immer leise vor sich hin, als Arielle, gefolgt von Doktor Brody, das Zimmer betrat. »Wie ich sehe, bist du endlich aufgewacht«, begrüßte sie Burke und warf Knight einen mißtrauischen Blick zu. »Oder haben Sie ihn aufgeweckt?«

Knight hob abwehrend die Hände. »Nein, Madam, ich würde mich hüten!«

Arielle nickte ihm kurz zu und beugte sich dann über ihren Mann. »Hallo!« Sie schenkte ihm das süßeste Lächeln, das er je auf ihrem Gesicht erblickt hatte, und strich ihm sanft das Haar aus der Stirn.

»Hallo, mein Liebling! Wie ich sehe, hast du den Folterknecht gleich mitgebracht!«

»Ja, aber ich verspreche, daß er dir nicht wehtun wird! Er muß sich nur die Wunde ansehen und den Verband wechseln. Mach dir keine Sorgen, Burke. Ich bleibe ja bei dir.«

Burke blieb vor Überraschung der Mund offen, und als Doktor Brody bei der Behandlung einmal aus Versehen an die Wunde rührte, entfuhr ihm ein kleiner Schmerzenslaut, den er eigentlich hatte unterdrücken wollen.

»Passen Sie doch auf!« sagte Arielle scharf. »Geht es wieder, Burke?«

»Ja«, erwiderte er, während er ihre Hand nahm.

Wie ein kleines Kind versuchte sie ihn von der Behandlung abzulenken. »Du siehst heute schon ein ganzes Stück besser aus. Wenn du willst, werde ich dich rasieren, obwohl ich dich eigentlich auch mit Bart mag.« Als sich seine Finger in einem schmerzhaften Augenblick fest um ihre Hand klammerten, tröstete sie ihn rasch: »Falls dein Magen keinen Einspruch erhebt, darfst du von heute an auch etwas anderes als Suppe essen. Magst du vielleicht Reispudding? Ich werde dir natürlich Gesellschaft leisten.«

»Reispudding«, wiederholte Burke und rümpfte die Nase.

»Ich habe ihn versucht und die Köchin gebeten, noch ein wenig mehr Vanille hinzuzufügen. Jetzt schmeckt er wirklich köstlich.«

Nachdem Doktor Brody fertig war, lobte er die Fortschritte seines Patienten. »In etwa zwei Wochen werden Sie wieder der alte sein, denke ich. Die nächsten drei oder vier Tage müssen Sie allerdings noch Bettruhe einhalten. Danach werde ich dann die Fäden ziehen. Passen Sie auf, daß er sich an die Anweisungen hält, Arielle?«

»Aber selbstverständlich. Mein Mann ist doch ein vernünftiger Mensch!«

Knight mußte lachen. »Aber nur, weil er ohnmächtig war!«

Burke lächelte nur und sagte überhaupt nichts. Als Arielle Doktor Brody hinausgeleitete, stellte er fest, daß sie aufrechter ging. Sie trug den Kopf hoch und strahlte eine Menge Selbstverständlichkeit aus. »Ich hätte es wahrscheinlich viel früher tun sollen«, murmelte er leise vor sich hin.

Knight hatte ihn gehört. »Ein wunderbarer Erfolg, nicht

wahr? Es gefällt mir zwar nicht unbedingt, daß Sie hier so wehrlos auf dem Rücken liegen, doch Arielle hat es mit Sicherheit gut getan.«

»Ja, allmählich glaube ich es auch.«

»Bevor Ihre Frau zurückkommt, noch rasch etwas anderes: Die alte Frau ist immer noch in einem Zimmer im dritten Stock eingesperrt. Arielle läßt sie Tag und Nacht beaufsichtigen, weil sie unverändert schimpft und tobt. Als ich gestern oben war, war ich ganz schockiert. Die Alte hat uns beide verwechselt und mich als Satan und ähnliches beschimpft. Haben Sie eine Vermutung, weshalb sie Arielle umbringen wollte?«

»Ja. Im Grunde ist die Erklärung sehr einfach. Dorcas hat uns in der Nacht beobachtet, als wir uns geliebt haben, und gesehen, daß das ›arme Opfer‹ durchaus Spaß hatte. Ich glaube, daß nach ihrer Vorstellung jede Frau als Opfer ihren Mann hassen muß. Anfangs war Arielle durch ihr Widerstreben in Dorcas' Augen perfekt, doch in der fraglichen Nacht wurde Arielle durch ihre Zustimmung zu einer gewöhnlichen Hure, zu einer Kreatur, die man zerstören muß.«

»Mein Gott!«

»Es kann schon sein, daß alles in Wirklichkeit ein wenig komplizierter ist, aber mit Sicherheit ist das das Wesentliche.« Während er den Satz vollendete, sah er auf und erblickte Arielle, die lautlos hereingekommen war und ihn mit bleichem Gesicht anstarrte.

»Hallo, mein Schatz! Kommt jetzt scheußliche Medizin? Ein Kuß wäre mir allerdings viel lieber, doch wenn es sein muß, werde ich notfalls auch tapfer sein!«

Knight war von Arielles blasser Miene mindestens so überrascht wie von Burkes überschwenglicher Rede und zog es vor, ein ausdrucksloses Gesicht zu machen.

Arielle schüttelte lächelnd den Kopf. »Nein, ich habe keine scheußliche Medizin für dich.«

»Umso besser, dann komm und setz dich zu mir. Ich habe Kopfschmerzen.«

Als Arielle seinen mitleiderregenden Tonfall hörte, eilte sie rasch an seine Seite. »Schließ die Augen. Ich werde dir die Schläfen reiben.«

»Das schmerzt«, beklagte sich Burke.

»Dann werde ich Sie jetzt Ihrem Schicksal überlassen«, verkündete Knight und grinste innerlich, während er das Zimmer verließ. Bald konnte er Ravensworth Abbey in aller Ruhe verlassen.

»Tut das gut?« Ihre Stimme hatte einen warmen, weichen Klang und der sanfte Druck ihrer Finger wirkte wahre Wunder, obwohl Burke überhaupt keine Kopfschmerzen hatte. »Oh, ja!«

»Ich habe gehört, daß du dich mit Knight über Dorcas und ihre Motive unterhalten hast. Ich wünschte, du hättest nicht ganz so – nun, nicht ganz so offen gesprochen!«

Burke riskierte ein Auge. »Bitte, sei nicht ärgerlich. Knight und ich kennen uns schon so lange. Wir sind sogar zusammen zur Armee gegangen.«

»Demnach weiß er alles über mich? Hast du ihm alles erzählt?«

»Ja, jedenfalls eine ganze Menge. Natürlich schätzt er dich sehr. Einige Einzelheiten über Dorcas hat er sich schon selbst zusammengereimt. Ich schätze seine Meinung sehr und hoffe, daß dir das eines Tages ähnlich gehen wird.«

»Deiner Meinung nach konnte Dorcas es also nicht akzeptieren, daß ich das Liebesspiel genossen habe und kein wehrloses Opfer war.«

»Genau das denke ich. Nein, hör nicht auf! Es ist ein wunderschönes Gefühl.«

Arielle lächelte ihn an, obwohl sie sich erst an den Gedanken gewöhnen mußte, daß Knight soviel wußte. Während sie ihre Augen von seinen dunklen, lockigen Haaren über die weiße Bandage auf seinen nackten Oberkörper gleiten ließ, fühlte sie plötzlich heftige Sehnsucht in ihrem Bauch. Das Gefühl kam völlig überraschend. Während der beiden vergangenen Tage hatte sie Burke zusammen mit Joshua versorgt und eigentlich nur als Patienten betrachtet und nicht als Mann. Doch jetzt... Sie atmete hörbar ein und versuchte, sich auf die Massage zu konzentrieren.

»Arielle, würdest du mir auch meinen Bauch kratzen?«

Sie zuckte zurück und fragte sich, ob er sie während der letzten Sekunden beobachtet hatte. Doch das war unmöglich, denn seine Augen waren fest geschlossen. Aufreizend langsam legte sie ihre Hand auf Burkes Bauch und begann, ihn zu kratzen.

»Weiter unten.«

Ihre Finger schlüpften unter die Decke.

»Ja, da ist es genau richtig. Nur ein wenig fester. Hör ja nicht auf!«

Seine Haut war so wunderbar weich und glatt. Ihre Finger rutschten noch ein wenig tiefer, spielten mit den dichten Haaren und streichelten ihn mehr, als daß sie ihn kratzten.

»Oh, das fühlt sich wundervoll an!« Er seufzte tief. »Aber ich schaffe es nicht.«

Langsam zog Arielle ihre Hand zurück und sah besorgt auf sein schmerzverzerrtes Gesicht. »Obgleich ich dich so sehr begehre, ist dieser Teil meines Körpers doch klüger als ich. Bei seinem nächsten Besuch werden wir Doktor Brody fragen, wann ich meine Frau wohl wieder lieben kann.«

Die Schmerzen hatten sich verstärkt, und Burke wußte, daß er sich ein wenig zuviel zugemutet hatte und doch noch viel Schlaf und Ruhe brauchte. Er bat Arielle um ein Schlafmittel, und nachdem sie es ihm, in Limonade aufgelöst, gereicht hatte, schmiegte er sich an sie und bat: »Bis ich einschlafe, kannst du mir eigentlich noch ein bißchen erzählen, was unsere Gäste so treiben.«

Arielle berichtete ihm von Alecs Spielstunden im Kinderzimmer, von Virgies und Poppets Entzücken, von Knights gnadenlosen Spötteleien und seinem guten Rat, die Kinder nach Möglichkeit zu ignorieren, so daß sie nicht die schlechten Eigenschaften ihrer Eltern übernähmen. Lannie und Percy kamen einander immer näher, weil sie sich völlig allein überlassen waren. Zu Burkes großer Erleichterung wurde Dorcas mit keinem Wort erwähnt.

Während er Arielles sanfter Stimme lauschte und die zarte Berührung ihrer Finger auf seiner Wange spürte, war er plötzlich eingeschlafen.

Am Mittwochvormittag kam Arielle gerade dazu, als Joshua leise Burkes Schlafzimmertür hinter sich zuzog und sehr bedrückt wirkte. »Was ist los, Joshua? Geht es ihm nicht gut?«

»Er benimmt sich wie ein Flegel!« beschwerte sich Joshua. »Er hat den Haferschleim nach mir geworden! Nach *mir*!«

Arielle runzelte die Brauen. Seit Burke gestern aufgewacht war, benahm er sich äußerst seltsam. Er war gegenüber jedermann unhöflich und grantig, aber mit Haferschleim nach Joshua zu werfen, war des Guten entschieden zuviel! »Ich werde mit ihm sprechen!«

Plötzlich war Joshua sehr besorgt. »Er ist aber in keiner guten Stimmung, Mylady. Ich weiß nicht, ob…«

»Er benimmt sich wie ein ungezogenes Kind. Machen Sie sich keine Gedanken, Joshua. Falls er etwas nach mir wirft, wird er es postwendend zurückbekommen! Er und sein ewiges Kopfweh! Ich werde ihn schon kurieren.« Voller Energie platzte sie ins Zimmer, stemmte die Hände in die Hüften und warf den Kopf in den Nacken.

Burke zog erstaunt eine Augenbraue in die Höhe. »Was gibt es, meine Liebe?« fragte er keck.

»Seit du gestern aufgewacht bist, benimmst du dich einfach entsetzlich! Ich kann es wirklich nicht länger durchgehen lassen. Das muß aufhören!«

Burkes Augenbrauen zogen sich finster zusammen. »Du willst *mir* in meinem eigenen Haus Vorschriften machen?«

»Joshua ist ganz verstört, daß du den Haferschleim nach ihm geworfen hast, und ich hatte alle Mühe, gestern die arme Joan zu beruhigen, nachdem du sie im hohen Bogen hinausgeworfen…«

»Ich habe Durst.«

»Ich werde dir ein Glas Limonade einschenken, sobald ich mit meiner Rede fertig bin! Dieses dickfellige, völlig idiotische Benehmen…«

»Ich möchte einen Brandy!«

»Mein lieber Burke, du bekommst aber keinen.«

»Ich will aber einen Brandy! Entweder holst du ihn mir jetzt auf der Stelle, oder ich stehe auf und besorge ihn mir selbst!«

Einige Augenblicke lang schwankte Arielle, doch dann schüttelte sie entschieden den Kopf. »Nein, jedenfalls nicht sofort. In Kürze wird Mark Brody kommen. Den kannst du ja fragen.«

»Du weigerst dich also, meine Wünsche zu erfüllen?«

Sie lächelte über seinen drohenden Ton. »Laß es gut sein, Burke. Ich verstehe sehr gut, daß du dir schrecklich hilflos und ausgeliefert vorkommst, doch du mußt nicht übertreiben. Ich verspreche dir, daß du es bald überstanden haben wirst.«

»Hör doch endlich auf, mich wie einen Halbidioten zu behandeln!«

Ganz ruhig setzte sie sich neben ihn auf die Bettkante und legte die Handflächen gegen seine Brust. Dann drückte sie ihn sanft in die Kissen und küßte ihn zu beider Überraschung.

»Das ist unfair. Ich bin doch wehrlos.«

»Ja«, murmelte sie, »aber ich bin gern unfair.« Daraufhin küßte sie ihn noch einmal, worauf sich seine Lippen ein wenig öffneten und seine Zunge sanft über ihre Unterlippe glitt.

»Tu es nicht!« rief sie und richtete sich auf.

»Weshalb denn nicht? Ich liege hier hilflos herum, und du quälst mich!«

Sie grinste und küßte ihn noch einmal. »Glaubst du wirklich, daß ich so grausam sein kann?«

Zwanzigstes Kapitel

Zwei Tage später verabschiedete sich Knight, da er Lannie, Percy und die Kinder wieder zurück nach London begleiten wollte. »Nach allem Trubel werden Sie froh sein, endlich mit Ihrer jungen Frau allein zu sein.«

»Dieses Mitgefühl ist ja völlig ungewohnt und überrascht mich«, neckte ihn Burke, während er die Hand des Freundes schüttelte.

Während sie noch lachten, hielt Burke plötzlich mit schmerzverzerrtem Gesicht inne und wartete, bis der Schmerz nachgelassen hatte.

»Ich muß Ihnen noch zu der Vorstellung gratulieren«, fuhr Knight fort, nachdem er gesehen hatte, daß der Freund den Schmerz wieder unter Kontrolle hatte, »die Sie für Arielle inszeniert haben. Ich nehme an, daß sie es nicht gemerkt hat.«

Burke grinste. »War das so deutlich zu merken?«

»Nur für jemanden, der Sie sehr gut kennt! Joshua hat sich allerdings ein wenig Sorgen gemacht, daß Sie es übertreiben könnten und Ihre Frau sich rächen würde. Doch ich konnte ihn beruhigen und habe ihm versichert, daß Sie schon wüßten, wie weit Sie gehen könnten.«

Burke lachte ein wenig vorsichtig, doch der Schmerz hielt sich in Grenzen. Am gestrigen Tag hatte Mark Brody die Fäden gezogen und Burke noch einen weiteren Tag Bettruhe verordnet, der allerdings überhaupt nicht vergehen wollte.

»Ich danke Ihnen, daß Sie Lannie und Percy nach London bringen und sich um die Kinder kümmern.«

Knight blickte spöttisch drein. »Irgend jemand muß sie ja beaufsichtigen, damit sie nicht im nächstbesten Graben landen! Guter Gott! Wenn man die Turteltäubchen beobachtet, kann einem schlecht werden. Sobald ich mich davon überzeugt habe, daß Lannie und die Kinder bei Ihrer Schwester untergebracht sind, werde ich mich empfehlen. Ich nehme an, wir sehen uns dann bei der Hochzeit im September.«

»Ich bin froh, daß sie bereits im September ist, denn wenn mich die Anzeichen nicht täuschen, ist Lannie bereits schwanger.«

»Nach Percys breitem Grinsen zu urteilen, ist das durchaus möglich. Der Himmel bewahre mich vor einem ähnlichen Schicksal!«

»Ich glaube, Percy ist sehr glücklich«, meinte Burke milde. »Nun, dieser Zustand ist nicht zu verachten, Knight.« Er seufzte tief.

»Übertreiben Sie es nur nicht, bevor Ihre Schulter verheilt ist!« mahnte Knight ihn rasch.

»Ich glaube fest, daß sie heute abend pünktlich in Ordnung sein wird!«

Knight schüttelte den Kopf. »Passen Sie gut auf Arielle auf, ja?«

»Aber natürlich. Sie gehört ja zu mir.«

»Sobald Alec und Nesta fort sind, werden Sie beide ganz allein sein.«

»Amen«, ergänzte Burke und fügte dann zwinkernd hinzu: »Ich muß allerdings ausdrücklich sagen, daß mir die Gesellschaft so vieler, lieber Menschen gut bekommen ist!«

Nach einem kurzen Abschied verließ Knight den Raum, und etwa eine halbe Stunde später trat Arielle mit einem Glas Brandy ins Zimmer.

»Ja«, sagte sie und lachte, als sie seinen hoffnungsvollen Gesichtsausdruck sah, »es ist tatsächlich Brandy! Und er ist für dich! Ich denke, du hast ihn verdient.«

»Meine schöne Frau hat tatsächlich Mitleid mit mir!« Burke stürzte den Inhalt in einem Zug hinunter und ließ sich, genüßlich seufzend, in die Kissen zurücksinken. »Glaubst du wirklich, daß ich ihn verdient habe, wo ich dich doch so schikaniert habe?«

Sie lächelte so bezaubernd sanft, daß er heftig schlucken mußte. Dann setzte sie sich neben ihn und strich die Decke glatt. »Es ist doch kein Wunder, daß du dich gelangweilt hast. Wenn man so aktiv und kräftig ist wie du und einem so etwas Entsetzliches angetan wird, kann man bestimmt kein lammfrommes Benehmen erwarten.« Mit diesen Worten beugte sie sich über ihn und küßte ihn.

Burke war ein wenig verwirrt und ziemlich sprachlos, daß sie so selbstverständlich die Initiative übernommen hatte, doch nach einer Weile hatte er sich wieder gefangen und bettelte in seinem gewohnten Jammerton: »Es wäre schön, wenn du mir den Rücken reiben würdest. Er tut richtig weh, wenn ich den ganzen Tag liegen muß.«

»Also gut«, stimmte Arielle zu. »Ich hole nur noch eine Creme.« Sie erwähnte nicht, daß es dieselbe war, mit der Dorcas ihr immer den Rücken behandelt hatte. Wahrscheinlich ahnte Burke, was sie meinte, doch sie war froh, daß er schwieg.

Als er schließlich bäuchlings auf dem Bett lag und Arielles zarte Hände auf seinem Rücken fühlte, stöhnte Burke vor Wonne. »Weiter unten.«

Arielle zögerte ein wenig und zog schließlich die Decke ein Stück herunter.

»Ah«, murmelte er. »Wenn du das jeden Tag machst, werde ich immer dein williger Sklave sein!«

Ohne besondere Absicht beugte Arielle sich plötzlich vor und küßte Burke auf das Steißbein. Sie fühlte, wie er heftig zusammenzuckte und ein wenig zitterte. Daraufhin küßte sie ihn noch einmal und liebkoste seine Haut ein wenig mit der Zunge.

»Arielle...«, stöhnte er und war froh, daß er auf dem Bauch lag.

Nachdem Arielle noch einige Minuten lang weitergeknetet hatte, meinte sie: »Meine Hände werden allmählich müde, doch heute abend werde ich es noch einmal machen. Ist dir das recht?«

»O ja, und wie!« stöhnte er ins Kissen.

»Soll ich dir beim Umdrehen helfen?«

»Nein«, stieß er heftig hervor.

Sofort bot ihm Arielle voller Besorgnis ein Schlafmittel an.

»Nein«, erwiderte er, diesmal ein wenig sanfter. »Ich möchte nur ein Weilchen ausruhen.«

Sanft strich sie ihm über den Rücken. »Ich muß nur noch schnell einige Dinge erledigen. Beim Mittagessen leiste ich dir dann Gesellschaft.« Ihr Blick verweilte längere Zeit auf seinem Rücken, bis sie sich schließlich überwinden und die Decke hochziehen konnte.

Als sie ihm zum Abschluß einen leichten Klaps auf das Hinterteil versetzte, weiteten sich Burkes Augen vor Erstaunen. Dann hörte er ihre Schritte auf dem Parkett, das Rascheln ihrer Röcke, das Öffnen und dann das Schließen der Tür. Er blieb fassungslos liegen und konnte einfach nicht glauben, daß sie ihn ganz natürlich auf die Kehrseite geklopft hatte. Er freute sich riesig über diese spontane Geste und war bester Laune, als sie später mit dem Mittagessen zurückkehrte.

Schweigend beobachtete Burke, wie Arielle ihr Nachthemd nahm und hinter dem chinesischen Wandschirm in der Ecke des Raums verschwand. Blödes Ding, dachte er seufzend. »Arielle! Beeile dich, ich bin so einsam!«

Als sie schließlich in ihrem schneeweißen Nachthemd erschien, sah er sie nur an. »Wie wunderschön du bist!«

»Soll ich dir nachher wieder deinen Rücken massieren?« fragte sie, während sie die Haarnadeln löste.

»O ja, sehr gern!« Bei diesem Gedanken durchfuhr es ihn glühendheiß, doch er nahm sich zusammen und beobachtete statt dessen, wie Arielle ihre roten, schimmernden Locken bürstete.

Kurze Zeit später setzte sie sich zu ihm auf die Bettkante. »Ich muß mir deine Schulter ansehen und den Verband wechseln.« Sie küßte ihn auf die Nasenspitze. »Keine Angst, ich werde vorsichtig sein.«

Er litt schweigend, doch nicht weil er Schmerzen gehabt hätte, sondern weil er ihren zarten Lavendelduft kaum ertragen konnte, als sie sich nahe an ihn lehnte und sich über seine Wunde beugte.

»Ich kann weder Schwellung noch Rötung entdecken – offenbar heilt alles bewundernswert schnell! Ich werde nur einen leichten Verband auflegen.« Nachdem sie damit fertig war, bat sie ihn: »So, jetzt lege dich auf den Bauch! Aber schön langsam!«

Als Arielle das Leintuch bis zu Burkes Hüften herunterzog, spannte er alle Muskeln und wartete auf die Berührung ihrer Hände. Doch er mußte sich gedulden.

Irgendwann sagte sie mit ganz weicher, fast ein wenig träger Stimme: »Du bist wirklich wunderschön, Burke!«

In diesem Augenblick spürte er ihre Hände und stöhnte.

»Ich hatte große Angst, daß du sterben könntest«, flüsterte Arielle, während ihre Massage in immer zärtlicheres Streicheln überging. »Anfangs war ich fast böse, daß du mich gerettet hast, denn ich hätte es nicht ertragen, dich zu verlieren! Du bist der bessere Mensch von uns beiden…«

»Was sagst du da?« Empört fuhr er in die Höhe.

»Bleib liegen!«

»Dann sag nie wieder etwas so Dummes! Verdammt, du bist meine Frau, und zufällig liebe ich dich mehr als alles andere auf der Welt, mich eingeschlossen! Hast du das verstanden?«

Statt einer Antwort beugte sie sich über ihn und küßte ihn auf den Rücken. Sie fing ganz oben an und arbeitete sich langsam nach unten vor.

»O Gott!« stöhnte er und ballte die Fäuste. Dann fühlte er, wie sie das Tuch bis zu seinen Kniekehlen hinunterschob, und spürte einen kühlen Luftzug auf seiner Haut. »Arielle!«

»Sei einfach still!« flüsterte sie an seinem Rückgrat, während ihre Hände über sein Hinterteil und die Oberschenkel wanderten.

Er keuchte, seine Erregung steigerte sich und dann spannten sich alle Muskeln. Sein Magen vibrierte, während sich ihre Finger ganz sanft zwischen seine Schenkel schoben und ihn berührten, so daß er zu zerplatzen meinte. Dann folgte ihr Mund den Händen.

»Du bist so schön«, hörte er sie flüstern und fühlte dabei ihren warmen Atem an den Innenseiten seiner Schenkel. »So ganz anders als ich!« Dann rutschte sie zur Seite. »Komm, laß mich dich umdrehen!«

»Weshalb?«

»Weil ich auch deine Vorderseite bewundern möchte. Ich will dich überall küssen!«

Burke traute seinen Ohren nicht, doch schließlich war es geschafft, und er lag leicht keuchend auf dem Rücken. Als Arielle ihn nur schweigend betrachtete, schwoll sein Glied an, wurde feucht und zuckte immer wieder ihr entgegen. »Findest du mich häßlich?«

Sie schüttelte den Kopf. »Nein, überhaupt nicht!« Dann berührte sie sein Glied erst vorsichtig und umfaßte es schließlich ganz. »So warm und so lebendig!«

Als sie den Kopf herunterbeugte, hielt er den Atem an. Er konnte es nicht glauben! Er wollte nicht, daß sie meinte, sie müßte...

Laut stöhnte er, als sich ihr weicher Mund um ihn schloß und sich ihre Haarmähne über seinen Bauch und seine Hüften breitete. Es mußte aufhören, wenn er nicht jede Kontrolle verlieren wollte! Energisch packte er ihr Haar. »Du mußt aufhören!« keuchte er heiser. »Bitte, Arielle!«

Sie hob den Kopf. »Und weshalb?«

»Weil ich dich spüren möchte. Ich möchte, daß du dich auf mich setzt.«

»Oh, das gefällt mir! Ich spiele gern mit dir!« Verschmitzt lächelte sie ihn an und ließ ihn ihren weißen Schenkel sehen, als sie über ihn kletterte. Sekunden später fiel das weiße Nachthemd wie ein Vorhang herunter.

Sie schmiegte sich an ihn und küßte ihn, während er mit seiner gesunden Haut durch ihr wildes Haar fuhr und dann ihren Rücken entlangtastete, bis er endlich am Saum ihres Nachthemds angelangt war. Als sich seine Finger bis zu Arielles Scham vorgetastet hatte, bäumte sie sich auf. Burke lächelte. Sie war bereit für ihn, ganz warm und feucht.

»Arielle! Du mußt mir helfen! Zeig mir den Weg und setze dich dann auf!« Nie hätte er gedacht, daß er in diesem Zustand so viele zusammenhängende Worte herausbringen würde.

»So, Burke?«

»O Gott!« Er fühlte, wie ihre Finger sein Glied umfaßten, und dann schob sie sich so langsam über ihn, daß ihn die Anspannung beinahe umbrachte.

»Oh, ist das schön, Burke, aber...«

»Was aber?«

»Ich möchte – ich möchte, daß du mich berührst!«

Er hatte nicht die geringste Verlegenheit in ihrer Stimme gehört und wußte, daß er gewonnen hatte. »Setze dich auf, Arielle! Ganz gerade! Und zieh endlich dieses verflixte Nachthemd aus!« Es durchzuckte ihn heiß, als er ihre Gebärmutter berührte, während sich Arielle über ihm reckte und das Nachthemd über den Kopf zog. Dann streichelte Burke über ihre Brüste und über ihren Bauch. »Ich werde wahnsinnig!« stöhnte er, als er ihre Scham fand und sich langsam unter ihr bewegte.

Die Berührung seiner Finger ließ Arielle zusammenzucken, so daß sie laut aufschrie. Sie bäumte sich auf, wand sich und geriet völlig außer sich. Burke beobachtete fasziniert ihr Gesicht, als sie ihren Höhepunkt erreichte, fühlte, wie sich ihre Muskeln um ihn zusammenzogen, und fühlte, wie die zuckenden Bewegungen das Letzte aus ihm herauspreßten. Er stöhnte und stöhnte, und es wollte kein Ende nehmen.

Wie hingegossen lag Arielle auf ihrem Mann, und ihre Haare ergossen sich über sein Gesicht bis aufs Kopfkissen. Ganz sanft streichelte Burke ihren Rücken. Sie zitterte ein wenig, als sie ihn noch in sich spürte, und er stöhnte bei ihrer Bewegung.

Schließlich schaffte sie es, sich aufzustützen. »Ich danke dir, Burke.«

»Wie bitte?«

»Ich danke dir. Das war so traumhaft schön, so verrückt! Ich hoffe jedoch nur, daß es dir nicht allzu weh getan hat.«

»Du hast mich zwar fast umgebracht, aber es war herrlich!«

Sie errötete zart und lachte. »Nun, dann wollen wir lieber kein weiteres Risiko eingehen.« Und bevor er noch protestieren konnte, war sie von ihm heruntergerutscht und schmiegte sich an ihn.

»Deck uns zu, mein Liebes!«

Bevor sie nach der Decke angelte, strich sie leicht über seinen Bauch und fuhr mit den Fingern durch seine dichten Haare.

»Die Decke«, erinnerte er sie erschöpft.

Arielle küßte ihn auf den Mund. »Aber sofort! Ich will dich ja nicht überanstrengen.«

Als Antwort klatschte er ihr mit der flachen Hand leicht auf die Hüften. Sie kicherte, und er fühlte sich großartig. Sie war nicht zurückgezuckt! Ganz offensichtlich hatten seine Bemühungen zum gewünschten Erfolg geführt, und er war der glücklichste Mann auf der Welt!

Als Mrs. Pepperall am folgenden Morgen leise das Schlafzimmer betrat, hatte Arielle gerade die Augen aufgeschlagen. Da Burke noch tief und fest schlief, legte sie nur rasch mahnend den Finger auf die Lippen und schlüpfte in ihr Nachthemd. Das ungewöhnliche Verhalten der Haushälterin ließ nichts Gutes erwarten. Leise schlüpfte Arielle hinter ihr aus dem Zimmer und schloß vorsichtig die Tür.

»Was ist los?« fragte sie ohne weitere Vorreden.

»O Mylady! O Gott, was sollen wir nur tun?«

»Das kann ich erst sagen, wenn ich weiß, was überhaupt geschehen ist.«

»Die alte – Ihr altes Kindermädchen ist verschwunden!«

Das war allerdings eine unerwartete Neuigkeit, über die Arielle erst einmal nachdenken mußte. Schließlich fragte sie: »Wann haben Sie das entdeckt, und wie hat sie sich befreien können?«

Mrs. Pepperall rang verzweifelt die Hände und berichtete, daß sie vor wenigen Minuten erst das Zimmer betreten hätte. Charlie hätte mit einer Beule am Kopf hinter der Tür gelegen.

»Aha!« rief Arielle. »Demnach hat Dorcas ihn also irgendwie in den Raum gelockt und dann niedergeschlagen. Geht es Charlie gut?«

»Ihm? Irgendwie geschieht es ihm recht, denn er schaut immer nur den Weibern nach, statt sich um seine Arbeit zu kümmern!«

»Das kann alles sein, Mrs. Pepperall, aber ich möchte trotzdem wissen, ob Doktor Brody sich um Charlie kümmern soll.«

Inzwischen hatte sich Mrs. Pepperall wieder ein wenig beruhigt. »Nein, nein, ihm geht es gut, Mylady.«

»Lassen Sie Geordie holen. Wir müssen Dorcas unbedingt finden. Da Charlie noch ohnmächtig war, als Sie es entdeckt haben, kann sie noch nicht allzu weit sein. In zwanzig Minuten möchte ich Geordie im Wohnzimmer sprechen.«

Rasch kleidete sich Arielle in ihrem eigenen Zimmer an und war eine Viertelstunde später unten, um auf Geordie zu warten. Kurze Zeit später betrat er in Begleitung von Joshua und Montague den Wohnraum. Arielle berichtete den Männern in kurzen Worten von der Flucht. »Wir müssen sie unbedingt finden, denn sie ist sehr krank. Womöglich tut sie sich oder auch anderen etwas an!«

Geordie murmelte etwas, doch Arielle unterbrach ihn. »Sie darf keinesfalls verletzt werden! Ihre Krankheit ist schließlich nicht ihre Schuld! Bitte, beeilen Sie sich!«

Als sie aufblickte, sah sie Burke unter der Tür stehen. Lächelnd hob er die Hand, um ihren Tadel zu bremsen. »Heute darf ich endlich dieses verdammte Bett verlassen. Wie wäre es mit einem schönen Frühstück?«

Während sie Eier und Schinken aßen, berichtete Arielle die Neuigkeit. »Ich nehme an, daß Geordie und Joshua sie rasch finden werden. Ich hoffe es zumindest!«

Ein Hüsteln von der Tür ließ sie sich umwenden. »Was gibt es, Mrs. Pepperall?«

»Agnes hat dies hier gefunden, Mylady.« Das Zimmermädchen hielt sich schüchtern hinter Mrs. Pepperall, die Arielle ein altes, hübsches Goldkettchen übergab.

»Wo haben Sie es gefunden? Und wem gehört es?«

»Agnes hat es bei Dorcas' Sachen gefunden. Es gehörte Mellie. Das weiß ich mit Sicherheit!«

Arielle schloß die Augen. »O nein!« flüsterte sie.

»Mellie hat es von ihrer Großmutter bekommen und war sehr stolz darauf. Sie hat es immer als ihre Aussteuer bezeichnet.«

Arielle stiegen die Tränen in die Augen, und sie hörte, wie Burke Mrs. Pepperall dankte. »Soviel ich weiß, hat Mellie noch eine Tante. Ich werde dafür sorgen, daß sie die Kette bekommt.« Dann erhob er sich und trat neben Arielles Stuhl. »Es tut mir wirklich leid, mein Liebes.«

Arielle sah zu ihm auf. »Wahrscheinlich hat also Dorcas Mellie getötet. Sie muß alle diese entsetzlichen Klatschgeschichten geglaubt haben! Ich erinnere mich noch, daß sie auch mir gegenüber einmal so abfällige Bemerkungen gemacht hat! Ich war damals wütend auf sie, daß sie so engstirnig war. O du lieber Himmel!«

»Pst, mein Liebes!« beruhigte sie Burke. »Wir werden sie finden, und dann...«

»Was soll dann werden? Sie ist doch krank. Und jetzt irrt sie hilflos draußen herum!«

»Wir werden sie finden, Arielle«, versprach er noch einmal, worauf Arielle trostsuchend den Kopf an seine Seite lehnte.

»Was, zum Teufel, ist denn los?« fragte Alec, als er mit Nesta das Eßzimmer betrat, »Montague ringt seine arthritischen Hände und Mrs. Pepperall ist leichenblaß!«

»Setzt euch erst, dann werde ich es euch erzählen!« sagte Arielle.

»Dürfen Sie denn überhaupt schon aufstehen, Burke?« wollte Nesta wissen.

Burke grinste. »Wissen Sie, Nesta, meine Frau hat mich heute an den Ohren aus dem Bett gezerrt. Im Grunde bin ich ja noch sehr schwach, doch sie hat mich beschimpft, ich sei faul und zu nichts nütze…«

»Du bist scheußlich! Erzähl lieber, was geschehen ist!«

Als er geendet hatte, war allen das fröhliche Lächeln gründlich vergangen.

Einundzwanzigstes Kapitel

Alec und Nesta verließen Ravensworth Abbey am Freitagvormittag. Es war ein klarer, nicht allzu warmer Tag und somit geschaffen für eine längere Fahrt. Burke und Arielle standen auf der obersten Treppenstufe vor dem Haus und winkten, bis der Wagen um die erste Kurve der Auffahrt verschwunden war.

»Alec schien ganz zufrieden zu sein, nicht wahr?« bemerkte Arielle.

»Zufrieden womit?«

»Oh, mit allem. Mit Nesta, mit ihrer Schwangerschaft, mit seinem ganzen Leben.«

Burke legte den Arm um Arielles Taille und drückte seine Frau an sich. »Ich will dir sagen, was ich denke. Alec ist rastlos. Er beschäftigt sich gern mit möglichst verschiedenen Dingen und reist gern in der Weltgeschichte umher. Er ist sehr aktiv, und ich kann ihn mir wirklich nicht als Philosophen hinter den Büchern seiner Bibliothek vorstellen.«

»So wie mein Vater war?«

»Ja, genau. Alec hat sich auf Ravensworth gründlich umgesehen und, zugegebenermaßen, Geordie manch guten Rat gegeben, während ich mich erholt habe. Ich bin überzeugt, daß er jetzt all seine Energie darauf verwenden wird, Carrick Grange in Northumberland auf Hochglanz zu trimmen. Er braucht einfach etwas, womit er sich beschäftigen kann.«

»Außerdem werden sie ja noch das Baby bekommen.«

»Du hast recht, das wird auch allerhand Unruhe mit sich bringen, wenn ich an Kindermädchen, Lehrer und Erzieherinnen denke.«

»Glaubst du, daß er Nesta liebt? Sie ist ganz deiner Meinung und hat begriffen, daß er die Abwechslung liebt und den Sex. Sie hat gesagt, daß sie ihn nur damit hat halten können.«

Burke warf den Kopf in den Nacken und lachte aus vollem Hals. »Sie hat dich bestimmt nur aufgezogen, Arielle! Alec ist ein Gentleman. Er würde seine Frau niemals verlassen.«

»Nein, das vielleicht nicht«, entgegnete Arielle gedankenvoll, »aber er könnte aufhören, sie zu lieben.«

»Siehst du dafür irgendwelche Anzeichen?«

Arielle schüttelte den Kopf. »Du hast recht, aber trotzdem mache ich mir immer wieder Sorgen um sie.«

»Ich bin davon überzeugt, daß Alec tun wird, was in seinen Kräften steht. Bestimmt wird er uns Bescheid geben, sobald das Baby geboren ist.« Er bemerkte, daß sie ein wenig traurig aussah. »Weshalb machst du so ein trauriges Gesicht? Du wirst die beiden doch bald wiedersehen, und dann wirst du Tante sein.«

»Ja, das stimmt!« erwiderte sie lächelnd, doch sofort wurde sie wieder ernst. »Im Augenblick habe ich mich allerdings gefragt, wo Dorcas wohl steckt. Ob sie noch lebt?«

»Wenn sie tot wäre, hätte man sie bestimmt inzwischen gefunden. Wir werden so lange suchen, bis wir Erfolg haben.«

Einige Zeit später hatte Arielle ihre Sorgen vergessen. Sie lag mit gespreizten Beinen rücklings auf dem Bett. Burke kniete vor ihr und liebkoste sie mit den Händen, wobei er jede Regung ihres ausdrucksvollen Gesichts genauestens beobachtete.

»Arielle!«

Sie stöhnte wohlig und öffnete langsam die Augen.

»Jetzt werde ich etwas tun, was dir ganz bestimmt gefällt. Warte...« Er packte ihre Hüften und hob Arielles Körper seinem Mund entgegen.

Seine rauhe, heiße Zunge konzentrierte Arielles Gefühle auf einen einzigen, winzigen Punkt. Schmerzhafte Schauer durchzuckten sie, und sie wäre bestimmt gestorben, wenn er aufgehört hätte. Doch Burke hielt immer denselben Rhythmus ein, bis sie schließlich laut aufschrie und sich nicht anders zu helfen wußte, als ihre Finger in seine Schulter zu krallen. Er genoß jeden ihrer Schreie, jedes Aufbäumen ihres Körpers, und als sie sich ganz langsam beruhigte, drang er mit einem einzigen Stoß in sie ein und erstickte ihren Lustschrei mit seinen Lippen.

»Oh, wie wunderbar!« rief Arielle.

»Ja, da kann ich dir nur zustimmen.« Er packte sie fester, doch sofort stöhnte er, weil seine Schulter schmerzte. »Warte, ich muß dich ein bißchen anders hinlegen! So, jetzt ist es besser.«

»Du solltest nicht ganz so gierig sein...«

Er lachte leise. »Wenn ich es nicht wäre, wärst du ganz schön enttäuscht. Das mußt du zugeben.«

Statt einer Antwort küßte sie seine Schulter und schmiegte sich an ihn. »Manchmal glaube ich, daß ich träume. Und diesen Traum verdanke ich dir. Ein anderer Mann würde mir niemals soviel Unabhängigkeit gestatten. Du allein hast diesen Traum Wirklichkeit werden lassen, und dafür danke ich dir.«

Seine Stimme klang rauh. »Und wenn mein Samen in dir wächst – wird dieses Kind dann auch nur ein Traum sein?« Er spürte, wie sich ihre Brüste an ihm rieben.

»Ein Kind?« fragte sie, während sie ihm einen leichten Kuß auf die Lippen hauchte. »Das gehört uns beiden. Ich glaube, das ist etwas sehr Reales, oder nicht?«

»Besonders, wenn es aufwacht und nach Nahrung schreit! Hör auf, dich so zu bewegen. Ich platze nämlich sonst...«

»Also gut.«

»Also was?«

»Dann platze! Ich möchte es gar zu gern erleben!«

Er drängte sich gegen sie und immer weiter in sie hinein, bis ihr Atem, ihre Hitze und ihre schweißnassen Körper ineinander verschmolzen. Sie stöhnte in seinem Mund und umschlang seinen Körper so fest, daß Burke bereits ahnte, wie sehr seine Schulter danach schmerzen würde. Lange versuchte er, sich zurückzuhalten, doch als ihn schließlich die Leidenschaft übermannte, hörte er die unglaublichsten Worte, so leise, daß er zuerst seinen Ohren nicht trauen wollte. »Ich liebe dich, Burke.«

An allem war nur diese dämliche Gans schuld, dachte Geordie, während er sich die Hände an der Hose abwischte und ausgiebig fluchte. Miß Arielle hatte vor einiger Zeit ein Dutzend bestellt, und zwar sechs Gänse und sechs Gänseriche, weil sie, wie sie ausführlich erklärt hatte, keines der Geschlechter hatte benachteiligen wollen. Doch schon nach dem ersten Tag in Ravensworth hatte sich ein Gänserich zwei Gänse geschnappt und sich mit ihnen still und heimlich aus dem Gehege entfernt.

Als es vernehmlich hinter ihm quakte, fuhr Geordie herum und fluchte noch lauter, als er sah, wie einer der verbliebenen Gänseriche in einer noch dramatischeren Flucht über den Zaun springen wollte. »Zurück, du blöder Kerl!« schrie Geordie und wedelte ungeduldig mit den Händen.

Arielle brach in schallendes Gelächter aus, doch als Geordie sich wütend umblickte, lachte sie nur noch lauter.

»Ich kann das nicht so witzig finden«, brummte Geordie und verschränkte die Arme.

»Das kann ich mir denken!« keuchte Arielle, als sie wieder zu Atem gekommen war. »Aber Sie sitzen schließlich friedlich zu Hause, während mein armer Mann Hannibal und seine Damen jagt.«

»Hannibal?«

»Nun, das ist schon ein Weilchen her, und damals ging es auch um Elefanten. Mögen Sie den Namen nicht?«

»Wenn Sie ihnen allen Namen geben, dann können wir ihnen doch unmöglich den Hals umdrehen und sie braten!«

»Genau das hat mein Mann auch gesagt. Ich werde mich jetzt auch noch ein wenig auf die Suche machen. Satteln Sie mir bitte Mindle, Geordie! Sie hat Fett angesetzt und ist träge geworden.«

»Kein Wunder. Sie hat ja in der letzten Zeit wirklich wenig Bewegung gehabt.«

Während Geordie davonging, lächelte Arielle vor sich hin. Sie fühlte sich herrlich. Der Nachmittag war sonnig und warm, und seit dem letzten Regenguß am Morgen war das Gras nur noch grüner geworden. Sie hoffte, daß Burke die Anstrengung nicht übertrieb. Er hatte sich mit Joshua und George Cerlew auf die Suche nach Hannibal gemacht, obwohl seit dem schrecklichen Morgen erst zwei Wochen vergangen waren. Es schien ihm allerdings gut zu gehen, und besonders im Bett war er so leistungsfähig wie immer.

Sie lächelte Geordie zu und ließ sich von ihm in den Sattel helfen. »Ich werde nicht lange wegbleiben. Falls mein Mann eher zurückkommt, richten Sie ihm bitte aus, daß ich mich ebenfalls auf die Suche gemacht habe. Ich glaube, an Weihnachten werden wir doch lieber Fisch essen!«

»Soll ich Sie nicht doch begleiten, Miß Arielle?«

Sie zögerte einige Augenblicke und sagte dann entschieden: »Ich kann doch nicht mein Leben lang wie eine Gefangene leben! Evan und Etienne haben bestimmt längst kein Interesse mehr an mir. Lassen Sie es gut sein, Geordie! Mir wird schon nichts geschehen.«

Mit Zungenschnalzen trieb sie Mindle an und galoppierte in Richtung auf die östliche Weide davon. Der Wind zerrte an ihren Haaren, und nach einiger Zeit hatten sich prompt einige Strähnen selbständig gemacht. Mrs. Pepperall, die sich als Aushilfe für Dorcas angeboten hatte, bis Arielle ein neues Mädchen gefunden hätte, war eben lange nicht so geschickt und geübt wie die alte Frau.

Die arme Dorcas! Arielle zweifelte heftig daran, daß sie noch am Leben war. Wohin hätte die alte Verrückte denn auch gehen können, ohne daß sie den Leuten auffiel und man über sie tuschelte? Irgendwann wäre dieses Gerede mit Sicherheit auch nach Ravensworth Abbey gedrungen.

Nach einiger Zeit zügelte Arielle ihr Pferd und rief laut nach Hannibal, wobei sie sich allerdings ein wenig lächerlich vorkam. Nirgendwo antwortete ein Schnattern, und ein weißes Federkleid war erst recht nicht zu entdecken. Schließlich ließ sie Mindle in langsamem Schritt weitergehen und erst, als sie die Schornsteine von Rendel Hall sah, bemerkte sie, welchen Weg sie eingeschlagen hatte. Seit sie mit Burke in Ravensworth Abbey lebte, war sie nicht mehr hier gewesen.

War es Traum oder Wirklichkeit? Wenn sie sich in ihrer alten Umgebung umsah, würde sie bestimmt erkennen, daß ihr jetziges Leben mit Burke die Wirklichkeit war. Entschlossen ritt sie auf das Haus zu, das so stumm und tot dalag, als ob es nie bewohnt gewesen wäre und nicht erst seit zwei Monaten zum Verkauf stand. Niemand hatte das Gras geschnitten, und die Fensterläden waren dicht geschlossen.

Ich brauche keine Angst zu haben, sagte Arielle zu sich selbst, denn ich bin kein kleines Kind mehr. Trotzdem schlug ihr das Herz bis zum Hals, und die Finger in den Handschuhen wurden feucht. Doch entschlossen biß Arielle die Zähne aufeinander und dirigierte Mindle vor die Eingangstreppe.

Rendel Hall war ganz offensichtlich unbewohnt. Aus keinem der Kamine stieg Rauch auf, nirgendwo bewegte sich etwas und nichts war zu hören. Wenn das Haus nicht an Wert verlieren sollte, durfte man mit dem Verkauf nicht länger warten, dachte Arielle, während sie vom Pferd stieg. Dann band sie Mindle an einen Eibenbusch und strich ihr sanft über die Nase. »Es wird nicht lange dauern.«

Sie lächelte leise, weil ihr das eigene Benehmen plötzlich ziemlich dumm vorkam, doch andererseits lag ihr sehr viel daran, mit diesem elenden Haus und allen unerfreulichen Erinnerungen Schluß zu machen. Sie wußte, daß Burke diese Einstellung gefallen hätte.

Die Haustür war zwar verschlossen, doch das konnte sie nicht lang aufhalten. Mit geschickten Fingern tastete sie unter dem Sims eines Bibliothekfensters entlang und fand prompt einen verrosteten Schlüssel, den sie an ihrem Reitkleid abwischte. Nach einigen Versuchen gab das Schloß tatsächlich nach, und Arielle konnte die Tür öffnen. Kalte, feuchte Luft schlug ihr aus der Halle entgegen, so daß sie zögerte, doch dann rieb sie entschlossen ihre fröstelnden Arme und betrat das Haus. Sie mußte endgültig die Geister der Vergangenheit bannen, dachte sie, während sie die Halle durchquerte und die Schiebetür zum Wohnraum öffnete.

Im ersten Augenblick erschrak Arielle, weil man die Möbel mit weißen Tüchern verhängt hatte, was sehr gespenstisch wirkte. Sekundenlang meinte sie, Paisley vor dem Kamin stehen zu sehen, doch dann schüttelte sie entschlossen den Kopf. Ihr drohte keinerlei Gefahr, denn Paisley war tot und sein böser Geist war mit ihm gestorben. In diesem Augenblick ließ sie ein leise scharrendes Geräusch aus dem oberen Stockwerk erstarren. Langsam ging sie zum Fuß der Treppe hinüber und horchte. Bestimmt waren es Mäuse, doch je länger sie zögerte, desto klarer wurde, daß sie sich fürchtete, in den ersten Stock hinaufzusteigen.

»So ein Unsinn!« Der Klang ihrer eigenen Stimme brachte Arielle wieder zur Vernunft. Schließlich befand sie sich in ihrem eigenen Haus und wollte lediglich nach oben gehen, um nachzuprüfen, ob sich dort Mäuse eingenistet hatten.

Doch Rendel Hall war niemals ihr Haus gewesen. Es war Paisleys Haus gewesen! Allein seines! »Aber du bist tot, du schrecklicher Alter!«

Rasch lief sie die Stufen hinauf und ging dann den Gang entlang, an dessen Ende ihr Schlafzimmer lag. Hin und wieder blieb sie stehen und lauschte, ob sie das Geräusch noch einmal hörte, doch alles blieb ruhig. Dann öffnete sie beherzt ihre ehemalige Schlafzimmertür. Auch hier hatte man alle Möbel mit Tüchern verhängt, wodurch der Raum sehr fremd und irgendwie beängstigend wirkte. Wenn Burke bei ihr gewesen wäre, hätte sie das bestimmt nicht so empfunden, und das ärgerte Arielle sehr. Sie war doch kein schwaches, hilfloses Dummerchen!

Als sie schließlich geräuschvoll die Tür zu Paisleys Schlafzimmer aufstieß und hineinschaute, erkannte sie im ersten Augenblick nur seltsame Umrisse und dunkle Schatten. Doch im selben Augenblick hörte sie wieder das seltsame Geräusch und hielt inne.

»Ach was! Das sind nur die Mäuse!«

Doch als sie über die Schwelle trat, klopfte ihr das Herz bis zum Hals. Solche Ängste, solche Hoffnungslosigkeiten und soviel Schmerz hatte sie hier ertragen müssen! Doch dieser Raum konnte nichts dafür. Es war ganz allein Paisleys Schuld. Dann bemerkte sie etwas vor dem Kamin, nein, es war eine Gestalt, die in lange, schleierartige Gewänder gehüllt war und ihr verstohlen zuwinkte.

»Wer sind Sie? Was machen Sie hier?«

Als sich die Gestalt bewegte, streckte Arielle abwehrend die Hand aus und schrie aus Leibeskräften. Als die Gestalt jedoch plötzlich auf sie zusprang, dachte sie nur noch an Flucht. Sie fuhr herum und versuchte, durch die Verbindungstür zu entkommen. Doch als sie fühlte, wie Finger sich um ihren Oberarm legten, schrie sie wieder laut und drehte sich um, um ihrem Angreifer ins Gesicht zu sehen. Bevor sie richtig aufblicken konnte, fühlte sie etwas Hartes auf ihrem Kopf. Dann tanzten nur noch Sterne vor ihren Augen, und schließlich war es Nacht um sie. Bewußtlos sank sie zu Boden.

Sie hatten zwar weder Hannibal noch seine beiden Damen zu Gesicht bekommen, aber trotzdem waren sie bester Stimmung. George Cerlew, der normalerweise sehr zurückhaltend war, amüsierte sich köstlich über die Geschichten, die Joshua in einem fort zum besten gab.

Selbst Burke lächelte immer noch, als sie wieder in Ravensworth ankamen.

»Wir hatten kein Glück!« rief Burke den herbeieilenden Stallburschen zu. »Wir werden ein wenig verschnaufen und später noch einmal losreiten.«

»Ich glaube nicht, daß das noch sehr viel Zweck hat«, meinte George Cerlew. »Inzwischen hat sie bestimmt jemand eingefangen, und am nächsten Sonntag landen sie im Kochtopf!«

»Reiben Sie Ashes gründlich ab!« befahl Burke einem der Stallburschen, während er abstieg.

»Mylord.« Geordie räusperte sich.

»Nicht die geringste Spur von Hannibal, falls Sie das wissen wollten!«

»Nein, Mylord. Es geht um Miß Arielle.«

Burkes Muskeln spannten sich. »Was ist mit ihr?«

»Sie ist ebenfalls ausgeritten, um Hannibal zu suchen, und ungefähr seit zwei Stunden weg. Allmählich mache ich mir Gedanken.«

»Ist sie allein ausgeritten?«

»Ja. Sie hat darauf bestanden, weil sie nicht wie eine Gefangene leben wollte, nachdem doch nun das Schlimmste vorbei ist und niemand mehr Interesse an ihr hat.«

O Gott! dachte Burke im stillen und fragte dann ganz ruhig: »Seit zwei Stunden, sagen Sie? Nun, vielleicht hat sie ja irgendwo lediglich die Zeit vergessen. Aber trotzdem...« Er fluchte. »Satteln Sie mir Khan, Geordie. Ashes ist zu müde.«

Zehn Minuten später ritten Burke, George Cerlew, Joshua und Geordie in östlicher Richtung davon.

»Sind Sie sicher, daß meine Frau in diese Richtung geritten ist, Geordie?« vergewisserte Burke sich zum wiederholten Mal.

»Hundertprozentig!« lautete Geordies entschiedene Antwort.

Der Gestank war entsetzlich. Es roch faulig und feucht, so daß Arielle würgen mußte. Schließlich öffnete sie die Augen, doch sie lag mucksmäuschenstill und versuchte erst einmal, ihre Sinne zu sammeln. Offenbar lag sie auf einem harten, kalten Fußboden. Ihre Füße waren gefesselt, und ebenso hatte man ihr die Hände auf dem Rücken verschnürt. Als Arielle langsam den Kopf drehte, spürte sie einen tobenden Schmerz hinter ihrem linken Ohr.

Sie unterdrückte einen Aufschrei, denn direkt neben ihr, auf einem Tisch, lag Hannibal, mit säuberlich durchschnittener Kehle. Sein langer Hals hing über die Tischkante herunter. Und in gleichförmigem Rhythmus fielen kleine Blutstropfen in eine

Pfütze direkt neben Arielles Kopf. Aufstöhnend warf sie sich zur anderen Seite herum.

»Pst, Kindchen. Es ist alles gut. Dorcas ist ja da. Niemand wird Ihnen etwas tun.«

Dorcas. Arielle erstarrte. Sie war vor Angst wie gelähmt und konnte kein Wort herausbringen. Die alte Frau kniete neben ihr und strich Arielle mit den Fingern durch die Haare.

»Dorcas!« flüsterte Arielle. »Ich habe mir solche Sorgen um Sie gemacht!«

»Ich weiß, ich weiß. Doch jetzt ist alles gut.«

Das Haar der alten Frau war völlig verfilzt und stand in alle Richtungen ab. Ihr Körper roch unangenehm, und ihre Kleidung starrte vor Dreck und Flecken. Dem leeren Ausdruck ihrer Augen nach zu urteilen, war sie verrückt.

Ich muß unbedingt mit ihr sprechen, dachte Arielle, doch dann überfiel sie eine Welle der Hoffnungslosigkeit. Mit einer Verrückten reden? Dorcas hatte sie gefesselt und hierher gebracht, wo es überall Messer gab. Vielleicht mußte sie nur allzu bald Hannibals Schicksal teilen!

»Warum binden Sie mich denn nicht los, Dorcas?«

»Das würde ich ja gern tun, aber ich fürchte mich vor *ihm.* Bestimmt tut er mir wieder weh!« Dabei stand sie auf und blickte sich verschwörerisch um. »Ich werde nachsehen, ob er da ist«, flüsterte sie und schlurfte aus der Küche.

Diese Alte war nicht länger ihre Dorcas, dachte Arielle. Und wer war *er*? »Bitte, kommen Sie zurück und binden Sie mich los!« flüsterte sie, doch es war nur absolute Stille um sie. Stille und der Geruch nach Blut.

Allmählich verlor Arielle das Gefühl in den Händen, und sie versuchte, ihre Gelenke zu befreien. Wie eine Verrückte zerrte sie ungefähr fünf Minuten lang an ihren Fesseln, doch ohne den geringsten Erfolg. Denk doch nach, Arielle! ermahnte sie sich schließlich im stillen. Sie mußte die Stricke durchschneiden, doch dazu brauchte sie ein Messer. Sie rollte sich zu einem Ball zusammen und schnellte dann mit aller Kraft hoch, so daß sie auf die Füße kam. Mit Mühe hielt sie das Gleichgewicht, als sie versuchte, mit den gefesselten Füßen zu hüpfen. Doch nach dem zweiten Versuch verlor sie die Balance und fiel wie ein Stein zu Boden. Einige Augenblicke lang mußte sie sich von dem Schock erholen und den Schmerz in ihrer Hüfte verdauen. Erst dann sammelte sie noch einmal alle Kräfte und schaffte es tatsächlich noch einmal. Diesmal hüpfte sie rückwärts zum Küchenschrank und streckte ihre gebundenen Hände nach dem Messer aus, das sie dort erspäht hatte.

Aber es war unerreichbar, obwohl es nur wenige Zentimeter waren, die sie von der Freiheit trennten. Voller Verzweiflung kämpfte sie gegen die Stricke, aber es war genauso sinnlos wie vorher. Als sie schon in Hoffnungslosigkeit versinken wollte, dachte Arielle an Burke, der bestimmt nicht so schnell aufgegeben hätte, und schon faßte sie wieder Mut. Als ihr Blick auf den armen Hannibal fiel, schwor sie, allen Gänsen, die genauso hilflos gefangen waren wie sie selbst, die Freiheit zu schenken, und dieser Entschluß gab ihr Kraft.

Irgendwo mußte einfach eine scharfe Kante sein! Während Arielle ihre Augen über das Chaos aus Essensresten und schmutzigem Geschirr schweifen ließ, wurde ihr klar, daß Dorcas offenbar die ganze Zeit über hier wie ein Tier vegetiert haben mußte. Vor Abscheu stellten sich Arielles Haare auf, und genau da fiel ihr Blick auf ein kleines Gemüsemesser, das zwischen einem Topf und einem Sieb auf einem Tisch lag. Am Schrank entlang hüpfte sie hinüber, bis sie schließlich keuchend den Tisch erreichte. Ihr Herz klopfte zum Zerspringen, als sie das Messer endlich in der Hand hielt.

Während sie es mühsam hinter ihrem Rücken umdrehte, um mit der Schneide an den Strick zu kommen, schnitt sie sich zweimal leicht in den Arm. Doch schließlich war es geschafft. Wie eine Säge schnitt das Messer in das Seil, und bereits nach kurzer Zeit hatte Arielle den richtigen Rhythmus gefunden. Es war anstrengend, doch sie gab nicht auf und fühlte schließlich, wie der Strick nachgab.

In diesem Augenblick hörte sie Schritte, keine schlurfenden Schritte, sondern den festen, raschen Gang eines Mannes. Dann ertönte eine laute, energische Stimme auf dem Flur. Die Stimme eines Mannes. Wie gebannt blickte Arielle zur Tür.

Zweiundzwanzigstes Kapitel

»So, so, und ich habe gedacht, daß die alte Frau mir Märchen erzählt hat! Hallo, mein liebes Mädchen!«

Arielle war nicht wirklich überrascht. »Etienne«, stammelte sie, weil sie ihre trockenen Lippen kaum bewegen konnte. Aus Furcht, daß er die durchschnittene Fessel entdecken könnte, hielt sie absolut still und hoffte, daß er ihr die innere Spannung nicht anmerkte.

»Kannst du mir verraten, was du da tust?«

»Nichts. Ich konnte nur nicht länger auf dem Boden liegen und immer das Blut riechen!«

»Das verstehe ich«, bemerkte Etienne lächelnd. Daß sie ganz offensichtlich Angst vor ihm hatte, gefiel ihm. Wochenlang hatte er zusammen mit Evan Pläne geschmiedet, wie er sie aus dieser Festung Ravensworth Abbey befreien könnte, und mehr als einmal hatten sie sich dabei sinnlos betrunken. Und ganz unverhofft lag sie plötzlich gefesselt und geknebelt in der Küche von Rendel Hall! Ein höchst unerwartetes Geschenk! Er lachte, während er die Arme vor der Brust verschränkte und sich gegen einen Tisch lehnte.

»Ich bin schon seit einigen Tagen hier, um ein Inventarverzeichnis aufzustellen. Ich möchte verschiedene Dinge mitnehmen, denn schließlich hat das Haus meinem Vater gehört. Das ist nur gerecht. Dein Halbbruder hat seine Pläne wohl endgültig aufgegeben. Ich habe ihn nie so wütend gesehen wie damals, als er mit geschwollener Nase nach Leslie Farm zurückgekommen ist. Dein Mann hat es ihm ja ordentlich gegeben!«

»Ich habe Evan auf die Nase geschlagen.«

Etienne war ehrlich verblüfft. »Du?« Und dann lachte er. »Bei allen Heiligen! Das ist ja herrlich. Nun, du hast Glück, daß du bei mir bist! Dein Bruder ist nämlich ganz und gar kein Gentleman!«

»Haben Sie Dorcas hierher gebracht?«

»Ich? Nein! Als ich herkam, entdeckte ich, daß sie hier lebte. Durch sie bin ich auf den Gedanken gekommen, daß du hier nach ihr suchen könntest. Dein netter Ehemann hat ja die ganze Gegend umkrempeln lassen! Also habe ich ihr erlaubt, hier in der Küche zu leben.« Etienne warf einen Blick auf die tote Gans. »Aha, das wird wohl unser Abendessen sein. Ich muß ihr sagen, daß sie die Tiere in Zukunft draußen schlachten soll. Dieser Gestank ist ja unerträglich!«

»Mein Mann wird bald nach mir suchen, Etienne. Lassen Sie mich frei und geben Sie mir Dorcas mit. Sie ist krank. Man muß sich um sie kümmern.«

»Was sind denn das für Töne? Etwa Mitleid? Mit dieser alten Hexe? Sie hat doch versucht, dich umzubringen, und dabei beinahe deinen Mann erstochen! Nein, mein Schatz, ich werde dich nicht weglassen. Du wirst mein Gast sein. Ja, das gefällt mir: Mein Gast. Vielleicht werde ich Lösegeld für dich verlangen, denn dein Mann ist reich und wird mit Sicherheit liebend gern für dich bezahlen!«

»Nein! Das werden Sie nicht tun, Etienne!«

»Reg dich doch nicht auf, Arielle!« spöttelte er. »Oder gefallen ihm deine besonderen Fähigkeiten etwa nicht? Ich konnte den Gedanken nicht ertragen, daß er dich ganz für sich allein haben darf. Jedesmal, wenn ich mir vorgestellt habe, wie du auf Knien vor ihm liegst, bin ich wütend geworden!«

Arielle stöhnte, doch dann biß sie sich hastig auf die Unterlippe. Sie wollte sich keinesfalls von ihm einschüchtern lassen!

»Soll ich dir jetzt verraten, mein liebes Mädchen, was dich erwartet, bevor ich deinem Mann meine Lösegeldforderung schicke? Bist du denn gar nicht neugierig? Aber ich werde es dir trotzdem verraten, denn du sollst dich an den Gedanken gewöhnen. Du wirst jetzt doch noch meine Geliebte werden, und mich so zärtlich streicheln und küssen wie damals.«

Seine Stimme hatte bei den letzten Sätzen gezittert, und Arielle starrte ihn fassungslos an. Insgeheim hatte sie nie daran geglaubt, daß Etienne so leicht aufgeben würde. »Ich kann Sie nicht verstehen! In meinem ganzen Leben habe ich Ihnen nichts getan! Ihr Vater hat mich zu dieser Sache gezwungen, doch ich habe es verabscheut! Weshalb sind Sie so grausam? Weshalb wollen Sie mich unbedingt verletzen? Ich möchte wirklich wissen, weshalb Sie das tun!«

Intensiv starrten seine graublauen Augen sie an. »Das habe ich dir bereits gesagt, aber du hast offenbar nicht zugehört. Mein Vater hat dich mir gegeben, und ich werde mich in dir fortpflanzen. Herr von Rendel Hall kann mein Sohn ja leider nicht mehr werden, aber als zukünftiger Earl of Ravensworth wird er ein reicher, mächtiger Mann werden. Sobald dein Mann das Lösegeld bezahlt hat, werde ich England den Rücken kehren.«

»Lassen Sie mich frei, Etienne, und zwar auf der Stelle! Burke wird Sie umbringen, wenn er das erfährt!«

»Burke? Ach, ja, Burke Drummond! Wie gefallen ihm eigentlich die Künste, die mein Vater dich gelehrt hat?«

»Schluß damit! Lassen Sie mich jetzt gehen!«

Er richtete sich auf, worauf sie sich näher an den Tisch drückte. Als er mit wütend entschlossenem Gesicht auf sie zukam, zerrte Arielle mit aller Macht an dem Strick, bis er endlich völlig nachgab. Doch Etienne kam immer näher. Als er schließlich die Hand nach ihr ausstreckte, stach Arielle mit voller Wucht mit dem Messer zu, doch Etienne duckte sich rechtzeitig und warf sich zur Seite, so daß das Messer nur sein Hemd aufschlitzte und seinen Oberarm leicht verletzte. Geschickt wirbelte er herum, schlug nach ihr und drückte sie krachend gegen den Schrank. Danach packte er ihr Handgelenk und verdrehte es so lange, bis sie das Messer fallen ließ.

»Du Hexe!« Wütend schlug er auf sie ein, bis sie, wegen ihrer immer noch gefesselten Fußgelenke, das Gleichgewicht verlor und zu Boden stürzte. Doch auch das hielt ihn nicht davon ab, weiter auf sie einzuschlagen. »Du wolltest mich also erstechen!«

Arielle gab keinen Laut von sich, und er prügelte sie, bis sie keine Luft mehr bekam. Ihr Rücken und ihre Schulter schmerzten von dem Sturz, und ihre Backe brannte wie Feuer.

Dann ließ er plötzlich von ihr ab. »Nein«, brummte er vor sich hin. »Nein, jetzt noch nicht.« Mit diesen Worten zerrte er Arielle auf die Füße. »Dorcas!« schrie er. »Kommen Sie her, Sie alte Hexe!«

Offenbar hatte Dorcas vor der Tür gewartet, denn sie schlurfte unmittelbar darauf kopfwackelnd ins Zimmer. »Es ist alles gut, Miß Arielle! Ich werde mich um Sie kümmern, wie ich das immer getan habe.«

»Halten Sie die Klappe!« fuhr Etienne sie grob an. »Richten Sie oben im großen Schlafzimmer ein Bad. Verstanden?«

»Ja, ich habe verstanden.«

»Nein, Dorcas! Hören Sie nicht auf ihn!«

Etienne quetschte Arielles Brustkorb zusammen, bis der Schmerz unerträglich wurde. Doch Schmerz konnte man aushalten. Arielle hatte gesehen, wie Burke es geschafft hatte. Man mußte sich nur konzentrieren und tief einatmen. »Versuch ja nicht, mir davonzulaufen!« Mit diesen Worten packte er ihr Kinn und küßte sie hart auf den Mund. Dann warf er sie wie ein Bündel über die Schulter und klatschte ihr kräftig auf das Hinterteil.

Am Fuß der Treppe blieb er plötzlich laut fluchend stehen. »Verdammt, das Pferd! Du wirst dich noch einen Augenblick gedulden müssen, denn ich muß erst deinen Gaul verschwinden lassen.« Er setzte sie auf der untersten Stufe ab und fesselte ihre Hände mit seinem Ledergürtel an das Geländer.

Verzweifelt ließ Arielle ihren Kopf auf ihre gefesselten Handgelenke sinken. Was sollte sie nur tun? Sich zu befreien, war unmöglich. Sie fühlte, wie ihr die Tränen in die Augen stiegen. Doch dann hörte sie, wie Dorcas die Treppe herunterkam.

»Es ist alles in Ordnung, Miß Arielle.« Sie fühlte, wie die alte

Frau ihr über die Haare strich. »Ich werde Sie versorgen, wie ich das immer getan habe. Wo ist nur die Creme? Ich muß sie unbedingt finden, denn ich möchte nicht, daß Sie Narben zurückbehalten.« Mit diesen Worten schlurfte sie an Arielle vorbei und verschwand in Richtung Küche.

Arielle versuchte, nicht an ihre Worte zu denken, sondern konzentrierte ihre Gedanken ausschließlich auf Burke. Mit Sicherheit vermißte man sie inzwischen, und bestimmt war er bereits auf der Suche nach ihr. Er war hartnäckig und würde niemals aufgeben. Ob Geordie sich daran erinnerte, welche Richtung sie eingeschlagen hatte? *Was wird geschehen, wenn er dich findet und du von Etienne mißbraucht worden bist? Wird er dich immer noch begehren?*

»Alles erledigt, mein liebes Mädchen!«

Arielle blickte nicht auf, als Etienne die Haustür sorgfältig schloß. Zufrieden rieb er sich die Hände. Als er Arielle die Wange tätscheln wollte, wich sie vor ihm zurück.

»Du mußt zugeben, daß ich besser aussehe als mein Vater, nicht wahr? Ich bin nicht so fett und habe auch keine schlechten Zähne. Bisher haben mir alle Frauen bescheinigt, daß ich ein guter Liebhaber bin. Los jetzt!«

»Lassen Sie mich gehen!«

»Ich bin gespannt, wie lange du so stur bleibst.« Er löste den Gürtel vom Geländer und befreite Arielles Hände. Sofort beugte sie sich zu ihren Füßen hinunter. »O nein, mein Liebes! Das ist noch zu früh!« Mit diesen Worten zog er sie hoch und legte sie sich wieder über die Schulter. »Du bist so leicht, Arielle! Hoffentlich bist du nicht zu dünn. Ich erinnere mich noch gut an deine schimmernde Haut, aber am deutlichsten sind mir deine großen Brüste in Erinnerung und deine schönen, langen Beine. Oft habe ich davon geträumt, daß deine Schenkel mich umschlingen.«

Arielle konnte es nicht länger ertragen. Sie bäumte sich auf und prügelte mit den Fäusten auf seinen Schädel ein, worauf er sie herunterzerrte. »Noch einmal, und du wirst es bedauern!«

drohte er und schüttelte sie so sehr, daß ihr Kopf willenlos hin und her schlackerte.

Arielle glaubte ihm aufs Wort und sackte zusammen, doch er riß sie hoch, packte sie um die Schultern und zwang sie, den Gang entlang neben ihm her zu hüpfen.

»Ich bin zwar nicht so brutal wie mein Vater, mein liebes Mädchen, und ich wollte dich eigentlich nicht auspeitschen...« Er machte eine kleine Pause und fügte dann mit fast träumerischem Ausdruck hinzu: »Wenn du mich allerdings dazu zwingst... So, da sind wir. Ich hoffe, die Alte hat alles vorbereitet.« Mit diesen Worten zerrte Etienne sie in das große Schlafzimmer.

Dorcas hatte die Vorhänge zurückgezogen, so daß das helle Sonnenlicht ungehindert in den Raum fluten konnte. Die kupferne Wanne stand genau vor dem Kamin. Hier gab es keine weißen Tücher, doch es roch muffig, und der Boden war staubig.

»Ich glaube, ich sollte deine Hände wieder fesseln. Keine Angst, ich werde dir nicht wehtun! Erinnerst du dich an den Haken? Mein Vater hat mir erzählt, wie er dich dort angebunden und dann stundenlang angeschaut hat.«

»Nein, Etienne, bitte nicht!«

»Na, endlich machst du den Mund auf! Aber ich möchte andere Worte hören. Ich werde tun, was mir beliebt, und du mußt es hinnehmen.«

In einem Schrank fand er ein dünnes Seil, mit dem er ihr die Hände fesselte. Dann stieg er auf einen Stuhl und knotete das Seil so an den Haken, daß Arielle mit hochgezogenen Armen gerade noch bequem stehen konnte. Anschließend löste Etienne ihre Fußfesseln und rieb die erstarrten Gelenke. Es schmerzte entsetzlich, doch Arielle schwieg verbissen. Als Etienne einen Augenblick lang unkonzentriert auf seinen Fersen hockte, trat Arielle ohne zu überlegen nach seinem Unterleib.

Sekundenlang starrte Etienne sie ungläubig an, bevor er gepeinigt aufschrie und rückwärts zu Boden stürzte. Gebannt sah sie ihm zu und fluchte insgeheim. Sie war hilflos und hatte seinen Zorn herausgefordert. Entsetzt schloß sie schließlich die Augen und wartete.

Sie mußte nicht lange warten. Als der entsetzliche Schmerz allmählich nachließ, rappelte Etienne sich hoch und strich Arielle ganz leicht mit den Fingerknöcheln über ihre leichenblasse Wange. »Armes, dummes Mädchen! Noch ein solcher Versuch, und du wirst teuer dafür bezahlen. Kapiert?« zischte er.

Sie hielt die Augen fest geschlossen und bewegte sich nicht.

»Hast du mich verstanden?« Er packte ihr Kinn und schüttelte ihren Kopf, bis sie die Augen aufschlug. »Ja?«

»Ja«, hauchte sie.

»Na, wunderbar.« Dann küßte er sie.

Sie schnappte nach Luft und wollte sich ihm entziehen, doch das gelang ihr nicht. Dann küßte er sie wieder und versuchte, mit der Zunge in ihren Mund einzudringen, doch Arielle hielt die Lippen fest geschlossen. Schließlich trat er einen Schritt zurück und schien nachzudenken.

»Es ist schon lange her, seit ich dich nackt gesehen habe! Ich kann mich einfach nicht entscheiden, was ich zuerst sehen möchte. Hast du vielleicht einen Vorschlag?«

Arielle wandte ihr Gesicht ab und schwieg.

»Also gut, dann werde ich von unten anfangen.« Er kniete vor ihr nieder und zog ihr die Reitstiefel aus. »Und jetzt den Rock!«

Sie fühlte, wie Etienne ihre Jacke aufknöpfte und dann den Rockverschluß löste. Rasch hatte er ihn über ihre Hüften heruntergestreift. Danach folgte der Unterrock, und schon fühlte Arielle die kühle Luft auf der Haut ihrer Schenkel. »Jetzt die Strümpfe!« Genüßlich langsam rollte er erst den einen und dann den anderen Strumpf herunter und streichelte dabei leicht über ihre Beine. Schließlich trug sie nur noch ihr kurzes Hemd, die Bluse und die Reitjacke.

»Das gäbe ein wunderschönes Bild!«

»Ich habe endlich die Creme gefunden, Miß Arielle!«

Wie entgeistert starrten sie beide auf die alte Frau, die mit einer geöffneten Cremedose in der Hand ins Zimmer geschlurft kam.

»Was wollen denn Sie hier, Sie alte Hexe?«

»Die Creme«, jammerte Dorcas. »Ich möchte nicht, daß das Kind Narben bekommt! Sie haben sie gefesselt! Das mag sie doch nicht. Sie hat immer geschrien, doch jetzt tut sie das nicht. Ich verstehe das nicht!«

»Raus! Und zwar sofort!«

Dorcas schien völlig verwirrt zu sein. »Also gut, ich warte in Ihrem Schlafzimmer, Miß Arielle.«

»Mein Gott, die Alte ist tatsächlich übergeschnappt!« Er folgte Dorcas zur Tür und befahl ihr, endlich das heiße Wasser zu bringen.

Nachdem die alte Frau einige Male die schweren Kannen hin und her geschleppt hatte und die Wanne endlich voll war, warf Etienne die Tür vernehmlich hinter ihr ins Schloß. Dann lächelte er Arielle zu. »Ich fürchte, daß wir die Bluse und die Jacke opfern müssen, doch du wirst sie bestimmt nicht vermissen! Vater hat mir erzählt, daß du manchmal stundenlang nackt gestickt hast und er dir dabei zugesehen hat!«

»Ihr Vater war verrückt, Etienne! Verrückt und böse. Wenn Sie angeblich so anders sind, dann lassen Sie mich jetzt auf der Stelle gehen.«

»Ich werde dich doch nicht behandeln, wie er das getan hat! Verdammt, das habe ich doch gesagt, oder? Das Thema ist langsam langweilig.« Dann ging er zum Schreibtisch hinüber und kam mit einem Papiermesser zurück. Der Griff bestand aus schneeweißem Perlmutt, und die Klinge war schmal und scharf. Bevor Arielle noch richtig begriffen hatte, hatte Etienne schon ihre Jackenärmel und die Schulternähte aufgeschlitzt und die Jacke heruntergezogen. Nachdem er dasselbe auch mit der Bluse gemacht hatte, trug Arielle nur noch ihr kurzes Hemdchen.

Lange starrte Etienne das zitternde Mädchen an. Dann berührte er ganz sacht mit der Fingerspitze eine Brustwarze und streichelte sie durch den dünnen Stoff. Arielle hielt die Luft an und wich so weit wie möglich zurück.

»So! Jetzt will ich dich sehen!« Blitzartig durchtrennte das scharfe Messer die beiden dünnen Träger. Ganz langsam zog Etienne das Hemdchen herunter und schob es schließlich über ihre Hüften, bis es zu Boden sank und ein weißes Häufchen um ihre Füße bildete. Dann trat er zurück und rieb sich nachdenklich das Kinn. »Herrlich!«

Diese entsetzliche Erniedrigung! Es war zwar einige Zeit vergangen, doch die war augenblicklich ausgelöscht. Arielle fühlte wieder Paisleys Augen auf ihrem Körper und spürte, wie seine Hand ihren Hintern streichelte…

»Schade, doch dein Badewasser wird kalt! Ich werde dich jetzt losbinden. Bei den geringsten Schwierigkeiten werde ich dich züchtigen müssen.« Dann zerrte er sie zur Wanne hinüber. »Setz dich und wasch dich!« Mit diesen Worten warf er ihr einen Schwamm und ein Stück Lavendelseife in den Schoß. Dann drehte er den Sessel vor dem Kamin so um, daß er sie sehen konnte und setzte sich. »Ein hübscher Anblick!« bemerkte er zufrieden.

Arielle saß regungslos in der Wanne. Erst als er ihr heftig drohte, wandte sie den Kopf ab und begann, sich zu waschen. Ihrer Meinung nach hatte Etienne sich verändert. Er war selbstbewußter geworden und hörte sich beinahe so an wie sein Vater. Außerdem war sein französischer Akzent beinahe verschwunden. Als sie dann plötzlich seine Stimme hörte, erschrak sie.

»Ist das Wasser schon kalt? Soll ich dir heraushelfen?«

Sie schüttelte heftig den Kopf, denn sie wollte ihn weder ansehen noch mit ihm reden. Sie wollte einfach so tun, als sei er nicht vorhanden.

»Tiefer, Arielle!« forderte er, als sie sich mit dem Schwamm den Bauch abseifte.

Arielle schluckte und gehorchte. Was hätte sie sonst tun können? Irgend etwas mußte ihr einfach einfallen! Ein passives Opfer – nein, das konnte und durfte sie nicht mehr zulassen! Sie mußte versuchen, stärker zu sein und die Initiative zu übernehmen.

Ganz langsam stand sie auf und wrang den Schwamm aus, so daß das Wasser in kleinen Bächen über ihre Brüste lief. »Geben Sie mir ein Tuch!« befahl sie mit kalter Stimme.

Etienne zog zwar eine Augenbraue hoch, doch dann stand er auf und reichte ihr das Handtuch, das Dorcas über eine Stuhllehne gehängt hatte. Dabei betrachtete er fasziniert ihre Brüste, die nassen Wasserstreifen und die weichen Warzen.

»Gehen Sie wieder zurück!« fauchte sie ihn an.

Ungläubig starrte er sie an. »Was hast du da gesagt?«

»Sie haben mich genau verstanden, Etienne! Gehen Sie! Seien Sie ein lieber Junge! Ich möchte mich allein abtrocknen.«

Verwirrt kehrte Etienne zu seinem Stuhl zurück und setzte sich. Dann beobachtete er, wie sie sich gründlich und sorgfältig abtrocknete, als ob es nichts Wichtigeres auf der Welt gäbe und er gar nicht mehr vorhanden wäre.

»Sie sind ein Narr!« bemerkte Arielle, während sie das Tuch um ihren Körper schlang und über ihren Brüsten verknotete. »Das allerdings war Ihr Vater nicht! Er war vielleicht grausam, fett und gerissen, aber er war kein Narr! Sie dagegen benehmen sich wie ein dummer kleiner Junge!«

Mit hochrotem Kopf sprang Etienne auf. »Wie kannst du es wagen, so mit mir zu sprechen!«

Arielle zuckte nur die Schultern und sah ihn gelangweilt an. »Nun, stimmt das etwa nicht? Sie versuchen, einem anderen die Frau wegzunehmen, und wollen mit der Frau Ihres verstorbenen Vaters schlafen? Können Sie sich denn nicht selbst eine Frau suchen? Geben Sie doch endlich zu, daß Sie in England keinen Erfolg gehabt haben!«

Mit wutverzerrtem Gesicht kam er ganz langsam auf Arielle zu.

»Wagen Sie es ja nicht, mich anzufassen. Sie elender, kleiner französischer Bastard!«

Angesichts ihrer drohenden Stimme hielt Etienne tatsächlich inne und starrte sie nur schweigend an.

»Tja«, meinte Arielle schließlich, nachdem sie einander eine ganze Weile angestarrt hatten, »Sie sind wirklich ein trauriges Exemplar. Etienne, kehren Sie nach Frankreich zurück und suchen Sie sich dort eine Frau, oder vielleicht doch besser ein junges Mädchen, denn Sie sind ja gar kein Mann!«

Etienne zitterte am ganzen Leib. Evan hatte ihn einmal ähnlich verhöhnt, und jetzt seine Schwester! Plötzlich sah er auch wieder die Hure in Calais vor sich, die ihn wegen seines Versagens ausgelacht hatte. Er wollte weg. Verzweiflung und Hoffnungslosigkeit überkamen ihn, und er wandte sich zur Tür.

Doch im selben Augenblick trat Dorcas durch die Verbindungstür ins Zimmer. »Brauchen Sie mich, Miß Arielle? Das nasse Handtuch ist doch viel zu kalt! Läßt dieser schreckliche Mann Sie wieder hier stehen? Er ist heimtückisch! Aber keine Angst, ich werde schon für Sie sorgen!«

Arielle hätte am liebsten geschrien. Sie beobachtete Etiennes Haltung und sein Mienenspiel, während Dorcas redete, und sah, wie er allmählich seine Fassung wiedergewann und schließlich sogar lächelte. In diesem Augenblick sah er seinem Vater zum Verwechseln ähnlich.

»Das ist ganz richtig, Dorcas! Ich werde sie hier stehen lassen und mich an ihrem Anblick erfreuen. Und sie wird auch noch andere schöne Dinge tun! Wenn sie Sie braucht, wird sie rufen! Doch jetzt verschwinden Sie!«

»Nein, Dorcas!« rief Arielle. »Sie bleiben hier!« Doch die alte Frau hatte sich bereits umgedreht und war gegangen.

»So!« sagte Etienne, nachdem sich die Tür geschlossen hatte. »Womit soll ich anfangen, mein liebes Mädchen?«

Dreiundzwanzigstes Kapitel

Als Arielle den Glanz in Etiennes Augen sah, schwand ihr Mut zusehends. Deutlich spürte sie, daß er sein Selbstbewußtsein zurückgewonnen hatte und nicht zögern würde, seine Macht zu benutzen. Sie sollte ihm gehorchen, sonst würde er sie bestrafen, wie sein Vater das getan hatte. Etienne war wahrscheinlich zu allem fähig, und ihr Versuch, ihn kleinzumachen, hatte ihm noch den richtigen Vorwand geliefert. Fast hätte sie es ja geschafft, doch Dorcas hatte ihn wieder daran erinnert, daß er der Herr war!

Sie stand bewegungslos und wartete.

Als er sprach, war seine Stimme sehr sanft und beinahe liebenswürdig. »Ich denke darüber nach, was mir wohl am besten gefällt: Hier im Sessel sitzen und dich nur ansehen, während du nackt am Seil hängst?« Er lächelte, während er zu ihr trat und ihr das Handtuch herunterriß.

Als sie sich wehrte, schlug er sie heftig, so daß ihr Kopf nach hinten geschleudert wurde. Blitzartig hatte er ihre Hände gepackt und wieder mit dem Seil am Haken gefesselt. Dann trat er zurück und bewunderte sein Werk. »Sehr gut.« Als er jedoch Arielles gequälten Gesichtsausdruck bemerkte, runzelte er die Stirn. »Ich hoffe, ich habe dir nicht wehgetan. Das täte mir leid. Aber trotzdem mußt du endlich lernen, daß du dich nicht gegen deinen Meister auflehnen darfst!«

Arielle schwieg. Ihr Kopf schmerzte und ihr Mund war wie ausgedörrt. Mit geschlossenen Augen wartete sie, doch plötzlich fühlte sie Etiennes Hand auf ihrem Bauch, spürte, wie er ihre Haut knetete und streichelte. Als sie zurückwich, lachte er nur.

»So weich wie Seide.« Etienne schloß die Augen, als seine suchenden Finger ihre Scham fanden und sie liebkosten. Doch Sekunden später zog er seine Hand unvermittelt wieder zurück und riß die Augen auf. »Nein, nicht so schnell! Das gefällt dir viel zu gut, nicht wahr?«

»Nein«, entgegnete Arielle mit harter Stimme, »ich möchte mich am liebsten übergeben! Sie sind einfach widerlich, Etienne! Sie sind...«

»Halt den Mund!« schrie er und hob drohend die Hand. »Wenn du nicht augenblicklich schweigst, schlage ich dich!« Er atmete stoßweise. Verdammt, er wollte ihr wirklich nichts tun, doch sie brachte ihn tatsächlich dazu, sich genau wie sein Vater zu benehmen! Unwillig ließ er sich in den Sessel fallen und betrachtete sie, während er rhythmisch die Finger gegeneinander klopfte.

»Du siehst wirklich wunderschön aus! Ich kann jetzt verstehen, weshalb mein Vater dich so oft angesehen hat! Nackt wirkst du so verletzlich und so hübsch hilflos. Ich werde dich nicht mehr mit den Fingern liebkosen, aber erzähl mir nur nicht, daß dir das kleine Spielchen mißfallen hat. Das glaube ich nicht! Ich bin wirklich kein schlechter Liebhaber und habe schon viele Frauen gehabt!«

Arielle wunderte sich im stillen über das grenzenlose Vertrauen, das Etienne in seine maskulinen Talente setzte. Erst vor wenigen Augenblicken hatte er äußerst verwirrt und unsicher gewirkt. Zu gern hätte sie gelacht, doch sie hatte zuviel Angst und wollte ihn lieber weitersprechen lassen. Sollte er doch reden, bis er schwarz wurde! In der Zwischenzeit würde Burke sie finden.

»Na, hast du nichts zu sagen? Du hast dich überhaupt ziemlich verändert. Viel zu unabhängig und viel zu fordernd bist du geworden! Früher habe ich dich lieber gemocht. Damals hast du deinen Platz gekannt und gewußt, was du zu tun hast. So wie du jetzt bist, gefällst du mir nicht, doch ich denke, daß ich dir helfen kann, die Uhren zurückzudrehen. Du wirst wieder so werden, wie du einmal warst, mein Schatz!«

Arielle wußte, daß sie sich verändert hatte. Burke hatte ihr dabei geholfen. Sie durfte es niemals vergessen, ganz gleich was Etienne auch mit ihr vorhatte. Unter gar keinen Umständen!

»Eine Frau ist nur dazu da, um einem Mann Freude zu machen. Ich möchte, daß du mich jetzt wieder mit dem Mund befriedigst und mich streichelst und küßt!«

Sie sah ihn sehr genau an. Wenn er das wollte, mußte er sie losbinden. Er mußte ihre Fesseln lösen, und vielleicht war das ihre Chance…

»Überlegst du, mich zu verletzen? Das kannst du natürlich, doch ich muß dich warnen! Auch den geringsten Versuch wirst du mehr bedauern, als du dir in deinen kühnsten Träumen vorstellen kannst! Falls du es auch nur versuchen solltest, werde ich dich mit der Peitsche prügeln! Du erinnerst dich doch bestimmt noch an die häßlichen Striemen und den schneidenden Schmerz?«

»Ich werde Ihnen nichts tun, Etienne! Und zwar aus dem ganz einfachen Grund, weil ich mich weigern werde, Sie überhaupt zu berühren.«

Ganz offensichtlich hatte er damit nicht gerechnet, denn er starrte sie erst nur wütend an, doch dann wurde er unsicher. Sie dagegen wartete bewegungslos.

»Doch, das wirst du!« stieß er drohend hervor.

»Nein, ich werde Sie nicht berühren. Ich möchte, daß Sie mich gehen lassen!«

Er sprang auf, und Arielle mußte all ihren Mut aufbieten, um nicht vor ihm zurückzuweichen. Wütend packte er eine ihrer dicken Haarsträhnen und riß ihren Kopf zurück. Vor Schmerz hatte Arielle jedoch die Augen geschlossen. »Sieh mich an, verdammt!«

Gehorsam öffnete sie die Augen, in denen Tränen standen.

»Du wirst gehorchen, oder ich werde die Peitsche holen.«

»Sie sind ein Feigling, Etienne! Sie wagen nur, mich zu schlagen, weil ich gefesselt und völlig hilflos bin. Doch das machen nur Feiglinge. Anständige Männer tun so etwas nicht!«

Sie hatte mit Schlägen gerechnet, doch er riß sie nur noch einmal wütend an den Haaren und stieß sie dann von sich. Sekundenlang glaubte sie schon, gewonnen zu haben, doch der Traum währte nur Momente. Dann sah sie, wie Etienne zu einem Schrank in der Ecke des Raums hinüberging und mit einer Reitpeitsche in der Hand zurückkehrte.

»Verdammt, ich glaube einfach nicht, daß die Richtung stimmt! Wo steckt sie denn? Wohin kann sie nur geritten sein?«

»Ich habe Ihnen doch gesagt, daß sie nach Osten geritten ist, Mylord!« entgegnete Geordie.

Burke schüttelte den Kopf, denn die vergebliche Suche ließ ihn allmählich verzweifeln. Er ahnte, daß etwas geschehen war. Er konnte es förmlich fühlen! Und dieses Gefühl hatte ihn in vielen Fällen nur selten getrogen. Sie suchten bereits seit fast einer Stunde nach Arielle und hatten noch nicht den geringsten Anhaltspunkt gefunden.

Ihm ging alles viel zu langsam! Falls Mindle sie abgeworfen hatte, lag sie womöglich die ganze Zeit über schon ohnmächtig in irgendeinem Gebüsch – oder sogar schlimmer!

Als Joshua laut Arielles Namen rief, zügelte Burke plötzlich sein Pferd, denn er hatte sich an Evan Goddis erinnert. »Wir reiten nach Leslie Farm!« rief er, während er seinen Hengst herumriß und bereits in entgegengesetzter Richtung davongaloppierte.

Kurze Zeit später starrte ein verwirrter Turp Burke ins Gesicht und versuchte verzweifelt, den staubbedeckten Gentleman richtig einzuordnen.

»Ist Ihre frühere Herrin, Arielle Leslie, anwesend? Los, Mann, antworten Sie!«

»Nein, Mylord. Soviel ich weiß, ist sie mit dem Earl of Ravensworth verheiratet und wohnt in dessen großem Haus weiter nördlich. Hier hat sie sich schon lange nicht mehr blicken lassen!«

»Ich bin der Earl of Ravensworth und...«

»Offensichtlich ist Ihnen Ihre Frau abhanden gekommen, Mylord. Wie unvorsichtig! Oder hat meine kleine Halbschwester wieder einmal genug und sucht neue – Zerstreuungen?« Evan Goddis lehnte in lässiger Haltung unter der Tür des Wohnraums und blickte dem Besucher lächelnd entgegen. »Sonst wären Sie ja wohl nicht hier, oder irre ich mich?«

Burkes Wut und seine Sorgen standen ihm im Gesicht geschrieben. »Ja, meine Frau ist verschwunden. Haben Sie sie gesehen, Goddis?«

»Ich, Mylord? Was soll ich mit der Kleinen – nein, wirklich nicht!«

Burke rief George, Geordie und Joshua über die Schulter zu: »Alles durchsuchen!«

»Mylord!« empörte sich Turp, als Joshua ihn ohne größere Förmlichkeit beiseite schob und zur Treppe ging.

»Für diese Beleidigung werde ich Genugtuung fordern!« stieß Evan leichenblaß hervor.

»Das wird mir ein Vergnügen sein!« erwiderte Burke und runzelte die Brauen.

Nach kurzer Suche stellte sich heraus, daß Arielle tatsächlich nicht im Haus war.

»Wo ist dieser Franzose?« wollte Burke wissen.

»Er ist letzte Woche abgereist, ich habe ihn fortgeschickt, weil er mir allmählich auf die Nerven gegangen ist.«

»Ich habe keinen Hinweis darauf gefunden, daß noch ein anderer hier wohnt«, bemerkte Joshua.

»Nun gut«, meinte Burke und wandte sich an Evan. »Falls Sie mich angelogen haben, Goddis, werde ich Sie umbringen. Das schwöre ich!«

Etienne bog die Reitpeitsche in seinen Händen, während er Arielle hart auf den Mund küßte. »Ich überlege, ob es dir im Stehen gefällt.«

Sie schwieg beharrlich.

»Ich erinnere mich, daß mein Vater dich in dieser Position

nie geschlagen hat. Er mochte es viel lieber, wenn du dich auf allen vieren vor ihm gewunden hast. Diese Haltung hat ihm gefallen!« Er legte die Peitsche aus der Hand und band Arielles Handgelenke los. »Du wirst jetzt dasselbe tun wie bei meinem Vater!«

Sie spuckte ihm wortlos mitten ins Gesicht.

Etienne zuckte zurück, doch er beherrschte sich, obwohl seine Augen vor Wut brannten. »Wirst du jetzt gehorchen?«

»Eher werde ich Sie umbringen!«

Blitzschnell trat Etienne einen Schritt zurück und ließ die Peitsche durch die Luft sausen. Arielle duckte sich und wich nach links aus, so daß der Schlag ihren Arm nur ganz leicht streifte.

»Los, runter auf die Knie!«

Doch statt ihm zu gehorchen, ging Arielle mit gespreizten Fingern auf ihn los. Etienne sprang beiseite und ließ wieder die Peitsche heruntersausen. Arielle ließ sich davon jedoch nicht abhalten, sondern drang schreiend und tretend weiter auf ihn ein. Sie hörte das Pfeifen, doch als der Schlag sie traf, fühlte sie fast überhaupt nichts. Etienne hatte ihren Arm gepackt und verdreht, so daß sie hinstürzte, doch Sekunden später war sie bereits wieder auf den Beinen und stürzte sich erneut auf ihn.

Tief gruben sich ihre Fingernägel in seinen Nacken, und sie spürte deutlich, wie die Haut nachgab. Er jaulte laut auf und schlug wieder zu. »Dir werde ich es zeigen!« schrie er.

Weshalb gab sie denn nicht nach? Weshalb gehorchte sie ihm denn nicht? Weshalb flehte sie nicht, ihm endlich gehorchen zu dürfen? Ganz langsam, aber unausweichlich drängte er sie gegen die Wand. Als er sah, wie sie zur Verbindungstür hinüberblickte, schnitt er ihr schnell den Fluchtweg ab und hatte sie kurz darauf in der Falle. Statt ihn wieder anzugreifen, bedeckte Arielle ihr Gesicht mit den Armen.

Keuchend warf Etienne die Reitpeitsche beiseite und drückte Arielle mit beiden Händen gegen die Wand. Dann holte er kurz Luft. »Nun, Arielle, wofür hast du dich entschieden? Wenn du mir gehorchen willst, werde ich dich nicht schlagen. Eigentlich bin ich nämlich ein umgänglicher Mann. Du mußt also nur ›ja‹ sagen.«

Langsam ließ Arielle die Arme sinken, doch dann ballte sie kurz entschlossen eine Faust und schlug Etienne mit aller Kraft auf das Kinn. Er stolperte nach rückwärts, trat dabei auf die Peitsche, verlor das Gleichgewicht und stürzte schließlich auf die Knie. Völlig außer Atem, sah Arielle auf ihn hinunter. »Lieber werde ich sterben, bevor ich noch einmal irgend jemandes Opfer werde! Haben Sie das verstanden, Etienne?«

Sie überlegte kurz, ob sie die Peitsche vor ihm erreichen könnte, doch im selben Augenblick hatte Etienne sie bereits aufgehoben. Während er zur Verbindungstür hinüberging, rieb er sich unaufhörlich das Kinn. Dann rief er nach Dorcas. Kurz darauf hörte Arielle die schlurfenden Schritte und dann das Gejammer.

»O je! Haben Sie sie wieder geschlagen! Sie elender, alter Mann! Das arme Kind!«

Als Dorcas sie umarmen wollte, befreite sich Arielle. Sogleich packte Etienne sie, stieß sie ins angrenzende Schlafzimmer und warf sie aufs Bett. »Verdammt, Arielle! Ich wollte dir nicht wehtun! Meinen Vater hast du doch auch nicht so behandelt, weshalb also mich?«

Sie hob ein klein wenig den Kopf. »Weil ich jetzt stark bin.«

Verblüfft sah er auf sie hinunter. »Kümmern Sie sich um sie!« herrschte er Dorcas an und verließ das Zimmer.

»Liegen Sie ganz still! Ich werde die Wunde behandeln, und gleich werden Sie sich besser fühlen. Er ist ein grausamer Mann! Wenn Sie es wünschen, werde ich ihn noch einmal umbringen«, murmelte die alte Frau.

Arielle war fast ohnmächtig vor Schmerzen, doch beim letzten Satz spitzte sie die Ohren. »Was haben Sie gesagt, Dorcas?« flüsterte sie.

»Ich sagte, daß ich ihn noch einmal für Sie töten würde, falls Sie das wünschen.«

Arielle versuchte, möglichst ruhig und vernünftig zu sprechen. »Paisley ist doch an einer Gräte erstickt.«

»Es ist durchaus möglich, daß er gerade eine Gräte im Mund hatte, aber vorher hatte ich ihm bereits eine hübsche Dosis Arsen verabreicht. Ich habe Sie vor ihm gerettet und kann es jederzeit wieder tun. Ich verstehe nur nicht…«

Arielle spürte, wie die Finger der Alten ganz vorsichtig die Creme in die Striemen einmassierten. »Was verstehen Sie nicht?«

»Daß er nicht gestorben ist! Er ist immer noch da und tut Ihnen weh! Es ist das *Böse*. Es regiert und ist nicht tot!«

Arielle schloß erschöpft die Augen. Das war zuviel für sie, entschieden viel zuviel! Doch bevor sie in Bewußtlosigkeit versank, schoß ihr der Gedanke durch den Kopf, daß sie nicht klein beigegeben hatte und das auch nie mehr tun wollte. Niemals mehr würde sie ein Opfer sein! Sie selbst wollte Etienne vernichten.

Erschrocken riß Arielle die Augen auf. Um sie herum war es beinahe dunkel. Wie viele Stunden waren vergangen? Wie lange hatte sie geschlafen? War sie die ganze Zeit über bewußtlos gewesen? Ihr Körper schmerzte vom Kopf bis zu den Zehen.

Plötzlich fiel sanfter Kerzenschimmer auf ihr Gesicht. »Wie fühlst du dich?« fragte Etienne mit leiser Stimme aus dem Dunkel.

»Mir tut alles weh! Was haben Sie denn erwartet, Sie elender kleiner Wurm?«

Etienne schnappte nach Luft. »Ich wollte das nicht, wirklich nicht! Ich wollte dich lieben, doch du hast mich regelrecht dazu gezwungen!«

Arielle erkannte die Spuren, die ihre Nägel auf seinem Hals und in seinem Gesicht hinterlassen hatten, und freute sich. Ganz offensichtlich hatte auch sie ihm Schmerzen zugefügt. »Hören Sie zu, Etienne! Wie Sie wissen, bin ich verheiratet, und zwar mit einem Mann, den ich liebe.« Ja, sie liebte Burke, und dieser Gedanke schenkte ihr ein Gefühl der Sicherheit und Wärme.

»Das ist mir gleichgültig! Ich will mit dir schlafen und kann nicht länger warten!«

»Hören Sie, Etienne: Falls Sie mich berühren, werde ich Sie umbringen. Das schwöre ich!«

Er lachte nur, doch der nervöse Unterton in seiner Stimme war nicht zu überhören. »Mach dich doch nicht lächerlich!« Dann stellte er die Kerze auf dem kleinen Tisch neben dem Bett ab und zog sich aus.

Arielle fühlte seine Hände auf ihren Oberarmen, fühlte, wie er das Laken wegzog, das ihren Körper bedeckte. »Du siehst wirklich zauberhaft aus!« Dann fühlte sie seinen nackten Körper neben sich.

»Fassen Sie mich nicht an!«

Er drehte ihr Gesicht zu sich herum und küßte sie. »Pst, bleib ganz ruhig! Ich möchte dir nicht noch einmal wehtun müssen. Halte einfach still, Arielle!« Mit diesen Worten drehte er sie auf den Rücken, drückte ihr die Beine auseinander und drängte sich zwischen ihre Knie, was sie verzweifelt zu verhindern suchte.

Und dann sah sie plötzlich Dorcas mit einem großen Messer hinter ihm stehen, das drohend auf Etiennes Rücken gerichtet war.

»Dorcas, nein!« schrie Arielle aus Leibeskräften. »Etienne! Vorsicht, hinter Ihnen!«

Im selben Augenblick stach Dorcas zu. Etienne erstarrte und öffnete den Mund. Seine Lippen bewegten sich, doch es kam nur ein Gurgeln heraus. Dann fiel er nach vorn. Sein Kopf landete auf Arielles Brüsten, und das Messer ragte aus seinem Rücken.

»So! Ich glaube nicht, daß das Böse jetzt noch einmal wiederkommt!« Fast träumerisch blickte Dorcas auf Etienne hinunter. »Ich wollte Sie nicht länger leiden sehen, denn Sie haben doch gehaßt, was er Ihnen angetan hat. Sie haben es wirklich nicht verdient, mit diesem niederträchtigen, alten Kerl verheiratet zu werden! Evan Goddis ist ebenfalls ein Werkzeug des Satans! Er…«

»Dorcas, helfen Sie mir, ihn wegzurollen!«

»Nein, ich muß erst sehen, ob er wirklich tot ist. Ich bin froh, daß ich kein Gift benutzt habe. Ein Messer gleitet so sanft und weich durch das Fleisch! Wenn er noch nicht tot ist, werde ich noch einmal zustechen. Er ist so böse…«

»Bitte, ziehen Sie ihn von mir herunter!« Arielle spürte, wie ihr übel wurde. In einer gewaltigen Anstrengung bäumte sie sich auf und es gelang ihr, Etiennes Leiche beiseite zu schieben, so daß sie unter ihm herauskriechen konnte. Hastig griff sie nach dem Nachttopf und übergab sich, bis ihr Körper nur noch von Krämpfen geschüttelt wurde.

Dies war keine Frage mehr von Traum oder Realität, sondern nur noch ein einziger Alptraum! Arielle rollte sich auf dem Fußboden zusammen und zog die Knie ganz eng an ihre Brust. Als Dorcas nach ihr rief, konnte sie kein Wort herausbringen.

Burke entdeckte den Rauch als erster. »Moment mal!« rief er Joshua und Geordie zu. Es war zwar bereits dunkel, doch glücklicherweise gab der Vollmond genügend Licht. Burke deutete in die fragliche Richtung. »Schauen Sie! Dort liegt Rendel Hall, nicht wahr?«

Hastig gab er seinem Pferd die Sporen, und Sekunden später waren die anderen an seiner Seite. Kalte Furcht überkam die Männer, als der Flammenschein immer heller wurde und schließlich den ganzen Himmel beleuchteten.

Instinktiv wußte Burke, daß Arielle sich dort befand und mit Sicherheit in größter Gefahr war. Er drückte sich tief auf den Hals seines Hengstes und trieb ihn zu immer größerem Tempo an.

Als sie sich dem Herrenhaus näherten, schlug ihnen die Hitze beinahe greifbar entgegen. Doch Burke ließ sich weder beirren noch aufhalten.

Er sprang vom Pferd und rannte die Stufen zum Eingang hinauf. Aus dem Dach schlugen bereits die Flammen in den Himmel, und aus den Fenstern quoll schwarzer Rauch.

»Mylord, warten Sie! Ich werde gehen!« rief Joshua.

Doch Burke hörte nicht auf ihn, sondern stieß die Tür auf und stürzte ins Haus. Die Halle war von dichtem Qualm erfüllt, und als Burke Arielles Namen rief, erhielt er keine Antwort. Auf dem Weg zur Treppe stolperte er über ein Hindernis, das sich bei näherem Hinsehen als tote Gans entpuppte.

Kopfschüttelnd lief Burke, dicht gefolgt von den anderen, die Stufen hinauf, wobei er immer wieder nach Arielle rief. Oben im Flur schickte er die beiden anderen Männer in den westlichen Flügel, während er sich den östlichen vornahm.

Plötzlich stolperte eine hustende Frau aus einem der Räume.

»Arielle!«

Doch es war Dorcas, die ein bluttriefendes Messer in der Hand hielt. Panik packte Burke, und als er einen beinahe tierischen Schrei hörte, wußte er sofort, daß er selbst ihn ausgestoßen hatte. »Wo ist sie?« schrie er die Alte an und schüttelte sie wie einen Lappen. »Verdammt, wo ist sie?«

Dorcas blickte Burke mit wäßrigen Augen an. »Ich weiß, daß das Böse nicht umzubringen ist. Zweimal habe ich es versucht, doch noch einmal wird es mir nicht entkommen!« Sie entwand sich seinem Griff und stach mit dem Messer nach ihm.

Doch Burke reagierte instinktiv und knallte ihr seine Faust so heftig gegen das Kinn, daß sie ohnmächtig zu Boden sank und das Messer ihren blutigen Händen entglitt. Dann rannte er in den Raum, aus dem die alte Frau herausgekommen war, und erblickte als erstes Etiennes nackten Körper, der noch halb im Bett und halb auf dem Boden lag. Mitten auf seinem Rücken klaffte eine blutige Wunde, und er schien tot zu sein.

Dann erst sah er Arielle, die auf Händen und Knien über den Boden kroch und wie wild hustete. Aus dem Augenwinkel entdeckte Burke im Nebenzimmer einen Haufen brennender Lumpen. Sollte die alte Frau etwa versucht haben, das Böse endgültig zu vernichten, indem sie es verbrannte?

»Mein Liebes!« Rasch packte Burke eine Decke und hüllte Arielles Körper ein. »Jetzt bist du in Sicherheit!«

Mühsam öffnete Arielle ihre blutunterlaufenen, brennenden Augen.

»Burke?«

Ihre Stimme klang sehr dünn, doch sie war am Leben! Überglücklich schloß er sie fest in seine Arme. »Jetzt wird alles gut, mein Schatz!«

»Ich wußte, daß du kommen würdest! Ich wußte es!«

»Ja, mein Schatz! Jetzt ist alles in Ordnung. Jetzt wird alles gut!«

Dann trat er mit seiner Last in den rauchgefüllten Korridor hinaus.

Ein kurzer Blick auf die verrückte alte Frau sagte ihm, daß sie tot war.

Schaudernd drückte er Arielle an sich und küßte sie auf die Haare.

»Weißt du, Burke, ich bin stark gewesen, ganz stark!«

Epilog

London, England
September 1814

»Endlich ist es vorbei!« Burke grinste Knight an, der sich soeben die Stirn mit einem weißen Taschentuch abgetupft hatte. »Weshalb schwitzen Sie eigentlich, wo es doch Ihnen gar nicht an den Kragen gegangen ist? Eines Tages werden Sie noch wünschen, auch einmal an der Reihe sein zu dürfen!«

»Ich werde mich doch nicht zähmen lassen wie der liebe Percy! Bei dem Gedanken daran wird mir schon ganz kalt. Aber Sie haben doch allen Grund zur Freude, Burke. Sie sind die Verantwortung für Lannie und die Kinder losgeworden!«

»Ich glaube, ich werde Virgie und Poppet aus tiefstem Herzen vermissen.« Plötzlich sah Burke richtiggehend erstaunt drein. »Wenn ich es mir recht überlege, werde ich auch Lannie vermissen!«

»Wo ist eigentlich Ihre hübsche Frau?«

Genau dasselbe hatte Burke sich auch schon gefragt. »Ich denke, sie ist oben bei der Braut.« Doch er war sich nicht ganz sicher.

Seit der entsetzlichen Nacht, die nun fast vier Wochen zurücklag, hatte er sie keine Sekunde aus den Augen gelassen. Wenn er sich diesen Tag in Erinnerung rief, stockte ihm noch heute das Blut in den Adern. Immer wieder hatte er das Flammenmeer vor Augen, sah das Dach von Rendel Hall zusammenstürzen, während er mit Arielle in seinen Armen davonritt. Das leichenblasse Gesicht seiner Frau und ihre angsterfüllten Augen verfolgten ihn bis heute. Er hatte ihr keine einzige Frage gestellt, sondern sie immer nur ganz nah bei sich behalten. Kurz hatte er überlegt, ob Etienne sie wohl vergewaltigt hatte, bevor Dorcas ihn niedergestochen hatte. Wenn ja, so war das mit Sicherheit die Erklärung für die Tat der alten Frau.

Burke hatte Arielle mit keinem Wort danach gefragt, weil es im Grunde nicht zählte. Das einzig Wichtige war, daß sie in Sicherheit war.

»Möchten Sie ein Glas von Corinnes Champagnerpunsch versuchen?«

Knights Frage brachte Burke wieder in die Gegenwart zurück, und er schüttelte den Kopf. »Nein, danke. Erst möchte ich nach Arielle sehen. Falls sie tatsächlich bei Lannie ist, geht ihr das dauernde Geschwätz inzwischen bestimmt auf die Nerven!«

»Schauen Sie sich doch nur den armen Percy an! Die Ehe verändert den Verstand eines Mannes. Genau wie bei Ihnen, Burke. Sie können auch an nichts anderes mehr denken als an Ihre Frau! Übrigens, Laura hat mir neulich gestanden, daß sie Sie vermißt!«

»Das ist ja nett«, meinte Burke abwesend, worauf Knight nur traurig den Kopf schüttelte.

»Sie hat gesagt, ich sei der bessere Liebhaber!« frohlockte Knight und klopfte Burke auf die Schulter. Dann ging er hinüber, zu Percy und seinen Freunden, die dem Champagner bereits ausgiebig zugesprochen hatten.

Burke hatte angeboten, Virgie und Poppet mit nach Ravensworth Abbey zu nehmen, während sich das jungverheiratete Paar auf Hochzeitsreise befand, doch Corinne hatte darauf bestanden, die Mädchen bei sich in London zu behalten. Vielleicht sollte er mit Arielle ebenfalls eine Reise machen, überlegte Burke, die schwarze Ruine, die einmal Rendel Hall gewesen war, und auch Evan Goddis und alle entsetzlichen Erinnerungen hinter sich lassen.

Drei Wochen hatte es gedauert, bis Arielles Haut völlig verheilt gewesen war und alle Striemen und Beulen verschwunden waren. Arielle hatte es vermieden, sich Burke zu zeigen, und er hatte ihren Wunsch respektiert. Erst vor zwei Tagen hatte er sie zum ersten Mal wieder nackt gesehen, und sie war so weiß, weich und schön gewesen, daß er sich am liebsten sofort auf sie gestürzt und sie umarmt hätte. Doch er hatte sich beherrscht. Ihr Körper war vielleicht geheilt, aber galt das auch für ihre Seele? Er hatte größte Angst davor, sie durch übereiltes Verhalten erneut zu verletzen. Seufzend wandte er sich der Treppe zu.

»Hallo, Burke!« Ihre sanfte Stimme riß ihn augenblicklich aus seinen Gedanken.

Entzückt lächelte er Arielle an. »Hast du von Lannies Geschwätz genug?«

»Nein, das nicht. Aber sie ist schrecklich aufgeregt.« Langsam stieg Arielle die letzten Stufen herunter und legte Burke die Hand auf den Arm.

Fieberhaft suchten seine Augen auf ihrem Gesicht nach Anzeichen von Müdigkeit oder Erschöpfung. »Geht es dir gut?«

»Ja.«

Das war die übliche Antwort, doch Burke wußte wieder einmal nicht, ob es auch tatsächlich die Wahrheit war. Was erwartest du eigentlich, fragte er sich insgeheim. Weshalb sollte sie ihre geheimsten Gedanken offenbaren, wenn er das auch nicht tat?

»Ich möchte gern ein bißchen Champagnerpunsch. Lannie hat eine ganze Menge davon getrunken und ist ziemlich lustig.«

»In dieser Beziehung geht es Percy wohl ähnlich.«

Arielle lachte leise und strich Burke mit der Hand zärtlich über die Wange. Ohne nachzudenken, küßte er sie, worauf sie sehr still wurde.

»Burke…«

Wieder küßte er sie ganz leicht, ohne sie im geringsten zu bedrängen. »Keine Angst«, murmelte er, während seine Fingerknöchel sanft ihre Kinnlinie liebkosten, »es war nur ein Kuß, und zwar von deinem Mann, der stolz auf dich ist und am liebsten der ganzen Welt erzählen würde, wie wundervoll er dich findet!«

Als er ein leises Räuspern hörte, blickte er auf und sah seine Schwester hinter Arielle auf der Treppe stehen. »Hallo, Corinne. Du hast dich selbst übertroffen. Ein sehr schönes Fest! Ich muß dir ein Kompliment machen!«

»Ihr beide seid mindestens ebenso schlimm wie Percy und Lannie! Nach zweiundzwanzig Ehejahren ist das ja überhaupt nicht auszuhalten.«

»Zweiundzwanzig Jahre«, wiederholte Burke und lächelte seine Frau an. »Ob du dich nach zweiundzwanzig Jahren wohl noch für mich interessierst?«

Arielle erwiderte sein Lächeln, doch es wirkte ein wenig verkrampft.

»Ihr kommt jetzt mit und kümmert euch bitte auch ein wenig um die anderen Gäste!« ermahnte sie Corinne und ging einfach voraus. Sie erwartete wohl, daß man ihren Anweisungen Folge leistete.

»Meine Schwester ist ein wahrer Dragoner«, bemerkte Burke. »Komm, mein Schatz, ich werde dir einen Champagnerpunsch holen.«

Erst fünfzehn Minuten später konnte Burke wieder ungestört mit Arielle reden. Sie stand im Schatten einer großen Palme und nippte an ihrem Punsch.

»Geht es dir eigentlich gut?« fragte er zum wiederholten Mal.

»Ja.«

Diese Antwort war zuviel. »Ich wußte, daß du so antworten würdest. Die ganze Zeit über sagst du immer nur ›Ja, Burke‹.« Er hielt inne, doch sie sagte nichts darauf. Sofort bedauerte er die Heftigkeit seines Ausbruchs. »Ich möchte mit dir sprechen, Arielle. Möchtest du vielleicht auch eine Hochzeitsreise machen?« Er beobachtete sie sehr genau, und als er sah, daß sie sekundenlang die Augen schloß und erschöpft aussah, bat er ganz ruhig: »Bitte, sag mir, was du denkst. Hab keine Geheimnisse vor mir, Arielle!«

Doch sie blieb stumm.

»Ich liebe dich, Arielle. Und ich bin dein Mann. Du mußt nicht alles allein tragen. Stütze dich auf mich und vertraue mir!«

»Mich auf dich stützen? Das habe ich doch nun schon so oft gemacht. Zuletzt, als du mir das Leben gerettet hast. Wenn du nicht gekommen wärst, hätte ich bestimmt bald Hannibals Schicksal teilen müssen!«

»Hör auf!«

»Es ist aber die Wahrheit!«

»Verdammt! Es war doch wirklich das Wenigste, was ich tun konnte, nachdem ich so lange gebraucht habe, dich überhaupt zu finden! Wenn ich doch nur genauer überlegt hätte und wir nicht erst nach Leslie Farm geritten wären…«

Zart legten sich ihre Finger auf seine Lippen. »Du konntest doch nicht ahnen, daß ich in Rendel Hall war. Aber trotzdem hast du mich dort gefunden und mir das Leben gerettet!«

Ganz unvermittelt nahm er ihr das Glas aus der Hand und leerte den Inhalt in den Palmentopf. »Laß uns zum Hotel zurückfahren!«

»Ja, gern«, hauchte sie.

Für ihren kurzen Besuch in London waren sie nicht erst umständlich in ihr Londoner Stadthaus gezogen, sondern hatten sich im Pulteney Hotel am Picadilly einquartiert, und zwar in derselben Suite, die Zar Alexanders Schwester während des Sommers bewohnt hatte.

Nachdem sie sich von den Hochzeitsgästen verabschiedet und während der Fahrt zum Hotel nur über Belanglosigkeiten geredet hatten, waren sie in ihren Räumen endlich allein.

Aufatmend lehnte sich Burke gegen die Tür. »Ich kann es einfach nicht länger aushalten, Arielle!« begann Burke ganz ruhig. »Ich weiß, daß du Schreckliches erlebt hast, aber ich kann dir nur helfen, alles zu ertragen, wenn du mir dein Vertrauen schenkst. Versuche es wenigstens! Hast du mich wenigstens manchmal gern genug?«

Ihn gern haben? Sie lachte rauh. »Ja, ich habe dich gern, Burke. Ich liebe dich. Es scheint schon so unendlich lange her zu sein, seit ich dir das zuletzt gesagt habe.«

Sie hatte rasch und aufgeregt gesprochen, und er hatte sie verstanden, doch er wollte es trotzdem noch einmal hören. »Wie bitte? Was hast du gesagt?«

»Ich habe gesagt, daß ich dich liebe. Viel mehr als dieses dumme, fünfzehnjährige Mädchen. Die hat dich verehrt und hielt dich für einen tapferen Krieger. Sie fühlte sich geehrt, daß du ihre Gegenwart überhaupt zur Kenntnis genommen hast.«

Er lächelte träge und ein wenig spöttisch. »Ist das wahr? Dabei war ich von diesem fünfzehnjährigen Mädchen hingerissen und fühlte mich unglaublich geehrt, daß sie mir ein Lächeln geschenkt hat. Ich hatte ja keine Ahnung von ihren Gefühlen, denn ich war viel zu sehr mit meiner Bewunderung für sie beschäftigt!«

»Ach, sei still! *Sie* ist nicht die, die heute vor dir steht! Ihre hingebungsvolle Verehrung war nichts im Vergleich zu dem, was ich fühle! Ich liebe dich – Burke Drummond. Einen feinen, guten…« Sie drehte sich um und ging einige Schritte, doch er faßte ihren Arm und drehte sie zu sich herum.

Dann nahm er sie ganz fest in die Arme und drückte ihr Gesicht gegen seine Schulter. »Du verrücktes Weib! Ich könnte zwei Leben mit dir leben und hätte immer noch nicht genug!« Dann küßte er sie besitzergreifend, und sie ließ es gern geschehn.

»Ich habe dich entsetzlich vermißt, Burke!« Sie hatte sich auf die Zehenspitzen gestellt und drückte sich ungeniert an ihn.

Sanft strich er über ihren Rücken, und dann brach alles aus ihm heraus, was er ihr schon längst hatte sagen wollen. »Du bist so zauberhaft, so weich und süß! Beinahe hätte ich dich im Stich gelassen! Wie sehr habe ich mich dafür gehaßt, und immer wenn ich mich an diese Nacht erinnere, verkrampft sich mein Magen und mir bricht der Schweiß aus! Niemals mehr lasse ich dich fort! Du lieber Himmel, Arielle, ich brauche dich!«

Sie lehnte sich in seinen Armen zurück und betrachtete ihn mit gerunzelten Brauen. »*Du* brauchst *mich*? Das hört sich so seltsam an, Burke!«

»Und weshalb? Glaubst du, daß ich unbesiegbar bin? Gewissermaßen völlig beherrscht und empfindungslos?«

Sie lehnte sich an ihn und spürte sein erregtes Glied an ihrem Körper. »Nein«, sagte sie lächelnd, »empfindungslos bestimmt nicht!«

Er mußte grinsen. »Das wirst du mir büßen!« Er hob sie hoch und trug sie in das riesige Schlafzimmer, das so luxuriös ausgestattet war, daß Arielle beim ersten Anblick geschlagene fünf Minuten lang nur gestaunt hatte.

Als er schließlich nackt neben ihr im Bett lag, flüsterte er: »Du bist die stärkste Frau, die ich kenne. Du bist stolz und tapfer und kannst mir und unseren Kindern noch viel beibringen! Willst du zu mir zurückkommen?«

»Ich habe dich niemals verlassen.« Sie sah ihm geradewegs in die Augen. »Niemals. Nur mich selbst habe ich einige Zeit verlassen.«

»Kannst du mir das genauer erklären?«

Sie lachte selbstbewußt. »Ich weiß, das hört sich ein wenig seltsam an, aber es ist mir soviel durch den Kopf gegangen, Burke. So vieles, das ich mit mir allein abmachen mußte. Du hast mir geholfen, Etienne zu überwinden. Nur durch dich bin ich zu der geworden, die ich jetzt bin! Ich habe nicht nachgegeben und war kein Opfer mehr. Im Gegenteil, ich hatte ihn in der Hand und war stärker, bis Dorcas ihn dann daran erinnert hat, daß er der Meister war und ich nur die arme, hilflose Arielle.«

Sie brach ab und schloß die Augen. Burke schwieg und strich ihr nur langsam das Haar aus der Stirn.

»Ich wollte dich nicht aus meinem Leben ausschließen, Burke, aber…«

»Aber du mußtest erst allein über alles nachdenken.«

»Ja, Burke. Etienne hat mich nicht vergewaltigt«, fügte sie

hinzu. »Er hat es versucht und hätte auch Erfolg gehabt, weil ich in diesem Augenblick keine Kraft mehr hatte. Doch im letzten Moment hat Dorcas ihn erstochen.«

»Es ist vorbei.«

»Ja, endlich.«

Die ganze Zeit über hatten seine Hände sie liebevoll gestreichelt, und als sie sich jetzt weiter nach unten bewegten, stieß Arielle unwillkürlich einen kleinen Schrei aus. Als Burke sah, daß die Lust ihre Augen verdunkelt hatte, lächelte er.

»Soll das heißen, daß du jetzt wieder ganz nahe bei mir bist, daß du mich begehrst? Daß du geliebt werden willst?«

»Ja, genau das soll es heißen! Ich begehre dich, und mindestens noch für die nächsten zwanzig Jahre!«

»Du wirst mich nicht wieder verlassen?«

»Nur, wenn du mir nicht endlich sagst, was Montrose damals gemacht hat, um das Pony zu bekommen!«

Völlig verdutzt sah er sie an.

»Erinnerst du dich nicht mehr an all die schönen Geschichten, die du mir während meiner Krankheit erzählt hast? Damals hast du von Victor erzählt und wolltest mir verraten, was dein Bruder gemacht hat, um es zu bekommen.«

»Du denkst also tatsächlich an diese uralte Geschichte, wenn ich dich lieben möchte?«

»Willst du es mir nicht verraten?«

Er gab sich Mühe, möglichst ernst und nachdenklich zu wirken. »Ich werde dir sagen...«

»Ja?«

»Daß du deine Hand da wegnehmen sollst! Du treibst mich sonst zum Wahnsinn!«

»So, so«, sagte sie gedehnt und ließ ihre Hände über seinen Bauch wandern. Während sie ihn immer intensiver streichelte, hielt er den Atem an. Sie lächelte leise vor sich hin. »Ich möchte so gern, daß du wahnsinnig wirst, Burke!«

»Und die Geschichte mit Victor?« keuchte er, während er vor Wonne beinahe verging.

»Später.«

Dann küßte er sie ganz langsam und ausgiebig.

»Vielleicht beim Frühstück«, neckte sie ihn lächelnd, als er einmal eine Pause einlegte. »Doch vor dem Frühstück mußt du erst noch eine Menge erledigen, Burke Drummond!«

»So!« entgegnete er, während er ihren Körper vom Kopf bis zu den Zehen betrachtete. »Dann sei aber endlich still, mein Schatz! Du weißt, daß ich ein sehr gründlicher Mann bin, den man nicht dauernd ablenken darf!«

»Also gut«, lachte sie und zog ihn auf sich herunter.

Catherine Coulter
Meisterin des historischen Liebesromans

Catherine Coulter läßt ihre Romane für sich sprechen - die Autorin tritt hinter ihren Werken zurück, und so erfährt man nur wenig über ihr Leben.
Sie wurde in Texas geboren und lebt heute mit ihrem Mann, einem Röntgenfacharzt, in Kalifornien.
Ende der Siebziger Jahre begann sie, historische Liebesromane zu schreiben; zuvor hatte sie, während ihr Mann an der Universität war, wöchentlich zwanzig bis dreißig Liebesromane gelesen. Sie erzählt: "Ich kann mich erinnern, daß ich eines Abends das Buch, das ich gerade las, quer durchs Zimmer warf und rief: 'Ich kann das besser machen!'"
Und sie hat bewiesen, daß dies keine leere Versprechung war. Catherine Coulter hat inzwischen 27 Bücher veröffentlicht und bekam 1989 von der Zeitschrift *Romantic Times* einen Preis als beste Autorin historischer Liebesromane.

Verzeichnis lieferbarer Titel

(Stand März 1994)

Calypso (04/104)
Jadestern (04/96)
Die Jungfernbraut (04/126)
Liebe ohne Schuld (04/45)
Lord Deverills Erbe (04/15)
Magie der Liebe (04/58)
Die Satansbraut (04/124)
Die Sherbrooke-Braut (04/122)
Die Stimme der Erde (04/86)
Die Stimme des Blutes (04/88)
Die Stimme des Feuers (04/84)
Sturmwind der Liebe (04/75)

Die Bandnummern der Heyne-Taschenbücher sind jeweils in Klammern angegeben.